HEINZ G. KONSALIK

Ausgewählte Romane in zwölf Bänden

Der Arzt von Stalingrad
Strafbataillon 999
Das Herz der 6. Armee
Liebesnächte in der Taiga
Liebe auf heißem Sand
Alarm! Das Weiberschiff
Haie an Bord
Frauenbataillon
Heimaturlaub
Die Fahrt nach Feuerland
Der Dschunkendoktor
Sibirisches Roulette

HEINZ G. KONSALIK

LIEBESNÄCHTE IN DER TAIGA

Roman

WILHELM HEYNE VERLAG
MÜNCHEN

HEYNE ALLGEMEINE REIHE
Nr. 01/8504

Einmalige limitierte
Jubiläumsausgabe

Der Titel erschien bereits in der Allgemeinen
Reihe mit der Band-Nr. 01/729.

31. Auflage
1. Auflage dieser Ausgabe

Wilhelm Heyne Verlag GmbH & Co. KG, München
Printed in Germany 1991
Umschlagfoto: IFA Bilderteam/Gottschalk, Taufkirchen
Umschlaggestaltung: Atelier Ingrid Schütz, München
Gesamtherstellung: Elsnerdruck, Berlin

ISBN 3-453-04785-0

Dies ist ein Roman –
man sollte also nicht nach Wahrheiten suchen –
nur nach dem Leben, wie es sein könnte . . .

ERSTES BUCH

1

Jeden Morgen pünktlich um neun Uhr erhielt Matweij Nikiforowitsch Karpuschin seine Liste. Ein Adjutant im Rang eines Leutnants brachte sie in einer ledernen braunen Mappe, grüßte mit der eckigen Ehrenbezeigung der sowjetischen Armee, sagte: »Guten Morgen, Genosse Oberst!« und klappte die Mappe auf. Und jeden Morgen wiederholte sich dann das gleiche: Oberst Karpuschin klemmte seinen altmodischen Kneifer auf die etwas gerötete und großporige Nase und kratzte sich den Haaransatz. Auf den Kneifer verzichtete er nicht, obgleich ein anderer Kneiferträger, der Genosse Außenminister Molotow, in Ungnade gefallen und in die Mongolei verbannt worden war. »Wozu eine Brille tragen?« sagte Karpuschin einmal. »Schon mein Vater sah durch einen Zwicker! Und er machte den Sturm auf Sewastopol mit.« Ein überzeugendes Argument.

Mit einem langen Blick überflog Karpuschin die Liste, zählte stumm mit dem Zeigefinger die Namen und hob seinen runden Kopf. Karpuschin trug einen unmodernen braunen Anzug mit weiten Hosenbeinen, ein hellblaues Hemd aus Baumwolle und einen roten Schlips. Olga Jelisaweta, seine Frau, hatte ihn ihrem Mann zum »Tag von Väterchen Frost« geschenkt, wie man heute Weihnachten nannte. Ein Schlips, der bald in der Sektion III – Überwachung Tourismus Westeuropa I – berühmt und berüchtigt war, denn des roten Schlipses wegen wurde der Feldwebel Jemeljan Alexejewitsch Schamow zu einem Feldkommando strafversetzt. Beim unvorsichtigen Anschneiden einer Knackwurst war die Wurstbrühe in hohem Bogen über den Tisch und dem Obersten Karpuschin auf die rote Zierde gespritzt.

»Etwas Besonderes, Kusma Mironowitsch?« fragte Karpuschin, nachdem er mit dem Zählen der Namen fertig war. »Neunundsiebzig! Flug 45 von Warschau.«

»Eigentlich nicht, Genosse Oberst«, antwortete der Adjutant und las noch einmal die Namen auf der Liste.

Es war warm in dem großen Zimmer. Schon seit dem frühen Morgen lag die Luft über Moskau wie ein Dach aus glühendem Blei. Zu Tausenden fuhren die Moskauer in den Gorkij-Zentralpark, ins Freibad am Kropotkin-Kai und zu den schwimmenden Restaurants am Ufer der Moskwa, um sich zu sonnen und zu baden. Es war der erste heiße Tag, und er war plötzlich gekommen, wie so vieles in Rußland plötzlich kommt.

Leutnant Kusma M. Fettisow wartete auf das, was sich ebenfalls jeden Morgen wiederholte: Der Oberst nahm einen Rotstift und kreuzte einige Namen an. Kleine, zierliche rote Kreuze – aber sie bedeuteten, daß diese Personen, von dem Augenblick an, da sie sowjetischen Boden betraten, nicht eine Stunde mehr allein sein würden.

Das Gespräch fand im Zimmer eines Eckhauses an der Lubian-Avenue und der Kujbischewa statt. In diesem Haus regierte das Ministerium für Staatssicherheit. Oberst Karpuschin war der Leiter der Sektion III des KGB; des Sicherheitsdienstes, der schon früher unter Bezeichnungen wie GPU oder NKWD in der Welt bekannt und gefürchtet war. Über seinen Schreibtisch gingen alle Namen von westlichen Ausländern, die auf den drei Moskauer Flugplätzen Wnukowo, Bykowo und Scheremetjewo landeten. Karpuschin war die letzte Instanz.

Matweij Nikiforowitsch sah in seinem braunen Anzug und seinem Zwicker auf der Nase wie ein biederer Beamter aus. Aber das täuschte. Im Großen Vaterländischen Krieg war er mehrfach hoch ausgezeichnet worden, hatte vor Stalingrad in einem Erdbunker am Steilhang der Wolga gelegen und war bekanntgeworden durch einen Tagesbefehl Stalins, in dem es hieß: »Der Genosse Major Karpuschin eroberte mit zwölf Mann Gardeinfanteristen die Bahnlinie nach Beketowka zurück.« Er war also ein ganzer Kerl, dieser Karpuschin, auch wenn er aussah wie ein Kanzleischreiber. Das gerade machte ihn so gefährlich für alle, die in sein Blickfeld traten. Er war freundlich und väterlich – nur, was dabei herauskam, war berüchtigt im ganzen Ministerium.

Leutnant Fettisow räusperte sich. Der Rotstift lag noch nicht in Karpuschins Hand, und das war verwunderlich. Statt dessen blickte der Oberst auf einen Namen und legte seinen Zeigefinger darauf.

Franz Heller, las Leutnant Fettisow. Handelsvertreter. Bonn, Hallbergerstraße 19. Geboren am 27. Juni 1919 in Groß Bliden, Kreis Riga.

»Es liegt eine Unbedenklichkeitsbescheinigung der Botschaft in Rolandseck vor, Genosse Oberst«, sagte Leutnant Fettisow. »Herr Heller vertritt die Interessen einer Schweizer Seidenspinnerei. Er kommt nach Moskau, um über den Export mongolischer Seiden zu verhandeln.«

Matweij Nikiforowitsch Karpuschin nickte mehrmals. »Was will das besagen, Kusma Mironowitsch?« Er wedelte mit der Hand durch die heiße, stickige Luft, nahm seinen griffbereit liegenden Rotstift und malte sein Kreuz hinter den Namen Heller.

»Erinnern Sie sich an den Fall Weber, Genosse Leutnant?« Karpuschin tat noch ein übriges. Er ummalte den Namen Heller, setzte ihn in einen dicken roten Kreis, nahm ihn gewissermaßen symbolisch in Verwahr. »Da kommt ein schmächtiges Männlein aus der Stadt Meschede, ausgedörrt wie eine Backpflaume. Will sich Klöster ansehen, der Gute. Nennt sich Kunsthistoriker. Und was sehen wir, als wir, rein zufällig, auf dem Flugplatz sein Gepäck durchleuchten? Mikrofilme! Aufnahmen von der Frunse-Militärakademie! Dieses Klostermännlein aus Meschede, von der Botschaft als harmlos gemeldet. Aus Meschede! Wer weiß hier, wo Meschede liegt? Wissen Sie's, Kusma? Nein! Im Sauerland, in Westdeutschland! Ein Pflaumenmännchen als Spion . . . man lernt nie aus.«

Oberst Karpuschin seufzte. Er nahm den Kneifer ab, putzte ihn mit einem Taschentuch und legte ihn wie ein wertvolles, aufgespießtes Insekt vor das Bild seiner Frau Olga Jelisaweta. Ein Foto in einem einfachen, glatten, gebeizten Holzrahmen.

»Rufen Sie Marfa Babkinskaja«, sagte er und tupfte sich mit dem Taschentuch über die Stirn. »Ich habe eine Abneigung gegen Männer, die bei Riga geboren sind.« Sein gutmütiges Gesicht war plötzlich verschlossen. »Vor Riga haben sie meinen Semjon erschossen. Meinen einzigen Sohn, müssen Sie wissen, Kusma. Gehen Sie . . . rufen Sie Marfa . . .«

Leutnant Fettisow verließ schnell das Zimmer. Karpuschin stieß den Stuhl nach hinten, stand auf und trat an das große Fenster. Durch die von Machorkarauch vergilbten Gardinen sah er hinaus auf die Straße. Über die Lubian-Avenue schoben sich Autos, Pferdefuhrwerke, Droschken, Omnibusse, Radfahrer und Menschen in offenen Hemden oder weiten Blusen durch die Glut des Tages. In weißer Uniform stand an der Ecke zur Kujbischewa, gegenüber der schönen Plevna-Kapelle, ein Polizist und dirigierte mit weiten Handzeichen den Verkehr.

Karpuschin trat zurück ins Zimmer. Die Sonne blutet, sagen an solchen Tagen die kalmückischen Hirten, dachte er. Ihre Kinder setzen sie in die Steppe, damit sie sich frühzeitig an die Glut gewöhnen, aber die Herden treiben sie an die Wasserstellen. Welcher Tag ist heute? Dienstag. Am Sonntag könnte man mit Olga Jelisaweta in den Kreml gehen. Zur riesigen Kanone »Zar Puschka«. Oder in den Sokolniki-Park, ins Grüne Theater, wo eine grusinische Gesangstruppe gastiert ...

Hinter ihm klappte die Tür. Ein Hauch süßlichen Rosenparfüms wehte zu ihm hin. Marfa Babkinskaja, dachte Karpuschin. Man brauchte sich gar nicht umzudrehen. Man riecht's. Zehnmal hatte er ihr verboten, sich im Dienst zu »bestinken«, wie er sich ausdrückte. Aber vergebens. »Ich habe den Auftrag, mich in Grenzen bourgeoise zu benehmen, Genosse Oberst«, hatte Marfa geantwortet. »Dazu gehört Parfüm. In Westeuropa parfümieren sich alle Frauen.« – Was konnte man da machen? Auch die Jugend begann, nach eigenen Gesetzen zu leben. Wie ein Bazillus war's, der mit dem Wind aus dem Westen kommt.

Karpuschin wandte sich um. Vor seinem Schreibtisch stand ein junges Mädchen mit langem, braunem Haar. Sie hatte die Lippen rot geschminkt, die Augenbrauen nachgezogen, die Fingernägel manikürt und trug über einem weißen Plisseerock eine tief ausgeschnittene Bluse, bedruckt mit bunten Blüten. Die schlanken Beine waren braungebrannt. Außerdem hatte sie weiße Schuhe mit hohen Absätzen an.

Oberst Karpuschin runzelte die Stirn. Marfa Babkinskaja kam ihm zuvor: »Die Kleidung ist genehmigt, Genosse Oberst. Wir haben die neuesten Modezeitschriften aus den kapitalistischen Ländern studiert und uns auf diese Kleidung geeinigt.«

Karpuschin ging hinter seinen Schreibtisch und hob die lederne Mappe hoch, die ihm Leutnant Fettisow gebracht hatte. Wozu diskutieren, dachte er. Es ist doch sinnlos. Eine Strafe Gottes ist es schon, mit weiblichen Dienststellen zusammenarbeiten zu müssen.

»Morgen, Flug 45 von Warschau, Landung in Wnukowo 14 Uhr 17, kommt ein Herr Heller an. Franz Heller aus Bonn.«

»Ich weiß, Genosse Oberst.« Marfa Babkinskaja lächelte wie ein zärtliches Töchterchen. »Hauptmann Blotkin hatte so eine Ahnung, daß Sie diesen Namen herausgreifen würden. Ich bin bereits informiert.« Sie nahm ein Notizbuch aus einer weißen, modischen Umhängetasche und las daraus vor.

»Franz Heller wohnt im Hotel Moskwa, drittes Stockwerk, Zimmer 389. Genossin Stupetka ist auch bereits informiert.«

»Wer ist die Stupetka?«

»Die Beschließerin des dritten Flures. Zimmer 389 besteht aus einem Schlafraum und einem Wohnraum.« Marfa Babkinskaja steckte das Notizbuch wieder in die weiße Umhängetasche. »Was soll ich tun?«

»Fragen Sie immer so dumm, Marfa?« Oberst Karpuschin warf die lederne Mappe auf den Schreibtisch zurück. »Sie betreuen diesen Heller. So wie Sie bisher die anderen betreut haben.«

»Er hat um die Erlaubnis nachgesucht, die Seidenraupenzucht in der Sowchose Lenin III zu besichtigen.«

»Sie fahren mit und erklären ihm den ganzen Mist.«

»Von Seidenraupen verstehe ich nichts!«

»Dann zeigen Sie ihm Ihre Seidenstrümpfe. Davon verstehen Sie ja was!« bellte Karpuschin. »Ich befehle, daß dieser Heller nicht eine Stunde ohne Aufsicht bleibt! Jeden Abend machen Sie mir eine Meldung!«

»Jawohl, Genosse Oberst.«

Marfa Babkinskaja deutete eine stramme Haltung an, drehte sich um und verließ das Zimmer. Ihr Rosenduft blieb zurück.

Matweij Nikiforowitsch setzte sich. Er griff zum Telefon und rief die Abwehr West an.

»Genosse Major«, sagte er und setzte wieder seinen Kneifer auf, »ich brauche eine Auskunft. Liegt etwas vor über einen Deutschen Franz Heller? Ich weiß, Brüderchen, bei Ihnen liegt nie etwas vor mit ehrlichen Namen. Aber es könnte möglich sein. Dieser Heller landet morgen mit Flug 45. Die Botschaft in Rolandseck hat ihm ein Visum gegeben. Nein, ich sehe keine Gespenster. Aber ich habe ein dämliches Gefühl. Lachen Sie nicht, Brüderchen. Mit Gefühlen macht man keine Politik, ich weiß, ich weiß. Aber viermal hatte ich ein richtiges Gefühl, obgleich sie mich alle für einen alten Trottel hielten. Bitte, sehen Sie einmal nach, ob irgendwo in Ihrer Kartei der Name Heller steht . . .«

Mein Gefühl, dachte Matweij Nikiforowitsch. Ein menschlicher

Seismograph bin ich. In mir zittert es, wenn eine Gefahr auf mich zukommt. Es zittert, bevor die anderen überhaupt zu denken anfangen.

Oder ist es nur das Wort Riga, das mich erregt? Riga, wo man meinen Semjon vom Panzer geschossen hat.

Er beugte sich wieder über die Liste und machte seine Kreuzchen.

Von der Lubian-Avenue wirbelte der Staub gegen die Fenster. Erst gegen zwölf Uhr kamen die Sprengwagen, um die Straßen abzukühlen.

Sommer in Moskau. Über dem Kreml leuchteten die goldenen Zwiebelkuppeln des Glockenturms von Iwan Weliki.

Fast lautlos zog der im Sonnenlicht silbern blendende Riesenvogel unter dem flimmernd blauen Himmel nach Osten.

Die schwere TU-104 B, eine Düsenmaschine der sowjetischen »Aeroflot«, war in Warschau gestartet. Der Flugkapitän begrüßte selbst seine Gäste, stellte seine drei Stewardessen vor, wünschte in vier Sprachen einen guten Flug und schloß dann die Tür zur Flugkanzel.

»Dieser Heller ist also drin?« fragte er und steckte die Passagierliste ein. »Ist es der mit der Goldbrille?«

»Ja, Genosse.« Die Stewardeß blickte durch ein kleines Fenster zurück in den langen Passagierraum. Am vierten Fenster links saß der Deutsche. Er hatte sich zurückgelehnt, die Augen geschlossen, und schien ein Nickerchen zu halten. »Er schläft.«

Während die TU-104 B die polnisch-russische Grenze überflog, meldete der Bordfunker an die Kommandantur des Moskauer Flughafens Wnukowo, daß alles in Ordnung sei. Zehn Minuten später wußte es Oberst Karpuschin in seinem Büro an der Lubian-Avenue.

»Er wird keine Mikrofilme abknipsen können«, sagte er zufrieden . »Wir werden in beobachten bis zum Scheißhaus.«

Franz Heller war ein unscheinbarer Mensch. Ein Alltagsmensch, nach dem sich niemand auf der Straße umgedreht hätte, der niemandem aufgefallen wäre. Er sah bieder aus, ein wenig hager vielleicht und mit lederner Gesichtsfarbe, so, als sei er in der letzten Zeit viel an der frischen Luft gewesen. Er hatte ein energisches Kinn, kräftige Hände, blaue, hinter den Brillengläsern scharf blikkende Augen, aber vielleicht bewirkte das der Schliff der Gläser;

denn wenn er die Brille abnahm, kniff er die Augen etwas zusammen, wie das Kurzsichtige immer tun. Er sah dann aus, als ziele er an einem unsichtbaren Gewehr.

Die Annahme, Franz Heller schlafe, war eine Täuschung. Die Gegend unter sich kannte er genau, nur aus einer anderen Perspektive. Hier war er 1942 mit seiner Kompanie durchmarschiert, von Minsk über Borissow, Orscha, Smolensk nach Wjasma. Hier hatte er in Erdbunkern gelegen und die verzweifelten Gegenangriffe der zurückflutenden Roten Armee aufgehalten. Hier hatte er die ersten, unübersehbaren Gefangenenlager gesehen, in die man Hunderttausende trieb, verdreckt, blutend, verwirrt von dem Grauen, das über sie gekommen war. Erdbraune Gestalten, die nach drei Tagen auf den Knien um eine Brotkruste bettelten oder in Haufen zusammengeballt auf der nackten Erde oder in mit den Händen ausgescharrten Mulden lagen und verhungerten. Wer hatte mit diesen Scharen von Gefangenen gerechnet? Woher sollte man Brot nehmen? Oder Hirse? Oder Grieß? Der Vormarsch lief schneller als alle Berechnungen, die Kesselschlachten spuckten immer neue Menschenmassen in die Lager, der Sieg überrollte die Organisation. Wo die Glocken läuteten und die Menschen beteten – und die guten alten Muschiks, die Bauern und Weiblein taten es in dem Glauben, daß Gott wieder den Segen über Mütterchen Rußland schüttete –, wo die Popen wieder die Kirchentüren aufrissen und zwischen den kahlen, entweihten Wänden die Hände zum Himmel hoben, waren die Wege gekennzeichnet von den zusammengesunkenen Häuflein verhungerter Rotarmisten. Und es wurden mit jedem Tag mehr, immer mehr. Es war, als blute Rußland Menschen aus . . .

Franz Heller nagte an der Unterlippe. Die schwere Düsenmaschine wiegte sich sanft hin und her. Aus der Bordküche trugen die Stewardessen jetzt Tabletts mit kaltem Huhn, Bohnensalat und einer kleinen Flasche Rotwein. Mukusani-grusinischer, dachte Heller, ein herrlicher Wein. Auf der Zunge kribbelt er vor eingefangener Sonne.

Nach neunzehn Jahren kehre ich jetzt nach Rußland zurück. Das war ein merkwürdiger, erregender Gedanke. Was lag alles zwischen damals und heute! Was war alles über ihn hinweggestampft!

Verwundung. Entlassung nach Riga. Am Strand von Libau lernt er Irena kennen. Blond und wie aus dem weißen Meersand geformt. Sie lieben sich, sie träumen in den vom Wind umrauschten Dünen von der Zukunft . . . der junge Fähnrich Heller und das Mädchen Irena.

»Ich werde einmal unseren großen Hof übernehmen«, sagt er und küßt ihre Augen.

»Und ich werde am Fenster stehen und dir zuwinken, wenn du von den Feldern geritten kommst«, flüstert sie und streichelt seine Brust.

»Wir haben dreitausend Morgen unter dem Pflug, Irena. Und mitten drin ist ein See. Mit Karpfen, so dick, daß meine Hände sie nicht umfassen können.«

»Es wird schön sein mit uns, Franz.«

»Wir werden das glücklichste Leben aller Menschen führen, Irena . . .«

Dann kam die rote Welle über Riga. Die Illusionen zerbarsten im Geheul der Stalinorgeln, wurden in den Dreck gewalzt von den sowjetischen Panzern, wurden aufgespießt von den Bajonetten siegestaumelnder Divisionen.

Auch Irena fand man.

Auf dem Küchenboden im elterlichen Haus lag sie. Erstochen.

Damals war Franz Heller – unbemerkt in einem Keller von den sowjetischen Truppen überrollt – an der Leiche Irenas niedergekniet. Er hatte nicht geweint. Er hatte in das schöne, jetzt mit Blut besudelte Gesicht gestarrt, war mit seinen Händen ganz zart, wie liebkosend über den kalten, geschändeten Leib gefahren, hatte die blonden Haare wie einen Schleier über die starren, vor Entsetzen und Schmerz versteinerten Augen gezogen und hatte einen Schwur getan.

Vor neunzehn Jahren.

Später gelang ihm die Flucht mitten durch die russischen Armeen bis Mazirbe an der Küste. Dort stahl er ein Boot und ruderte in die Ostsee hinaus, ziellos, nur immer geradeaus, nur weg vom Land. Nach vier Tagen fischten ihn schwedische Heringsfänger auf und nahmen ihn mit nach Gotland.

Vor neunzehn Jahren.

Und jetzt kehrte er zurück nach Rußland.

»Ihr Essen, mein Herr!« Die Stimme der Stewardeß ließ Heller aufschrecken. Er nickte, klappte seinen Tisch vor den Sitz und ließ das Tablett hinstellen. »Sie habben käinen Hungär?« fragte die Stewardeß in hartem Deutsch.

»Doch. Danke.« Heller versuchte ein Lächeln und griff zuerst nach dem roten grusinischen Wein. »Ich fliege zum erstenmal, wissen Sie. Da hat man so ein komisches Gefühl im Magen. Vielleicht ist es Angst.«

»Dagägän hilft Essän . . .« Die Stewardeß goß das Glas halb voll Wein, nickte Heller zu und ging zurück zur Bordküche.

»Er fliegt zum erstenmal«, sagte sie zu dem Flugkapitän, der im Gang zur Kanzel stand. Und dann lachte sie. »Er sieht ganz grün aus.«

Pünktlich um 14 Uhr 17 setzte die riesige TU-104 B auf der Betonpiste von Wnukowo auf. Sie rollte aus, fuhr einen Bogen und blieb vor dem Flughafengebäude stehen. Die Gangway wurde herangeschoben, drei Offiziere der Roten Armee warteten an der Treppe auf einen Fahrgast, ein Elektrokarren mit zwei Flachwagen brummte über die Piste, um das Gepäck aufzunehmen. An der Tür zum Zollraum stand Marfa Babkinskaja und musterte die in Gruppen herankommenden Fluggäste.

Das ist er, dachte sie, als sie einen mittelgroßen Mann mit braunem Haar und Goldbrille auf sich zukommen sah. In der Hand trug er sein Flugticket und eine schwarze, lederne Aktentasche. Er sieht eigentlich typisch deutsch aus, stellte Marfa mit Enttäuschung fest.

»Gospodin Heller?« fragte sie, als Franz Heller an ihr vorbeiging. Heller zuckte zusammen und wandte den Kopf.

»Ja . . .« antwortete er gedehnt.

»Ich bin beauftragt, Sie in Moskau zu betreuen.« Marfas Deutsch war klar und fast ohne die russische Härte. Sie war die Beste im Deutschunterricht gewesen, mit einem Diplom und einem Buchgeschenk für gute Leistungen. »Ich heiße Marfa Babkinskaja und bin Hosteß von Intourist.«

»Sehr erfreut.« Heller setzte seine Aktentasche neben sich ab und gab Marfa die Hand. Als er sie drückte, sah er das Aufblitzen ihrer Augen. Ganz kurz nur, staunend und mißtrauisch.

Ein Händedruck wie ein Boxer, dachte sie. Er hat mehr Kraft in der Hand als etwa Leutnant Fettisow Gedanken im Hirn. Man vermutet es gar nicht hinter diesem saloppen Aufzug.

»Ich bin allerdings nicht Reisender von Intourist«, stellte Heller klar, als Marfa ihm das Ticket aus der Hand nahm. »Ich bin eingeladen von der Sowchose Lenin III und soll die Seidenraupenzucht bewundern.«

»Wir betreuen jeden, Gospodin«, antwortete Marfa und lächelte wieder wie ein braves Töchterchen. »Ein Fremder ist in Moskau wie ein Säugling ohne Mama.« Ihr Lächeln wurde strahlender. »Ich habe den Auftrag, für Sie wie Mamuschka zu sorgen. Was Sie auch wünschen – Marfa wird es arrangieren, wenn es möglich ist.«

»Ich hätte es mir nicht träumen lassen, noch einmal eine so entzückende Mama zu bekommen.« Franz Heller blickte zurück zu dem Elektrokarren mit dem Flachwagen. Ein Haufen Koffer schnurrte durch ein Tor in die Gepäckabfertigung. Marfa Babkinskaja berührte ihn leicht am Arm.

»Ich werde alles für Sie erledigen. Paß, Zollkontrolle, die vielen Formalitäten. Sie haben gar keine Mühe. Sie sollen Moskau und unser Land in bester Erinnerung behalten, wenn Sie wieder zurückkehren. – Darf ich Ihren Paß haben?«

Franz Heller nahm die Brieftasche aus dem Anzug, zog den Paß heraus und gab ihn Marfa. Sie blätterte ihn auf, sah das Bild und verzog das Gesicht mit den etwas schräg stehenden dunkelbraunen Augen.

»Nix guter Fotograf«, sagte sie und klappte den Paß wieder zu.

»Es ist ein altes Bild. Auch der Paß ist alt. Zehn Jahre. In zehn Jahren verändert man sich ein wenig . . . man schrumpft in die Erde.«

Aber seine Muskeln sind wie Stahl, dachte Marfa Babkinskaja. Sie nahm die Aktentasche auf und ging voraus zu dem Beamten, der die Pässe kontrollierte und die Eintragungen studierte. Plötzlich empfand sie Sympathie für diesen Deutschen. Nur wußte sie nicht zu sagen, warum. Er ist doppelt so alt wie ich, dachte sie. Er ist ein Bourgeois! Er kommt aus einem kapitalistischen Land, das wieder voller Revanchismus ist. Er gehört zu jenem Volk, das immer Unglück über Mütterchen Rußland gebracht hat. Er ist – sieht man es so – ein Feind! Aber sieht man es anders . . . nicht so politisch wie Oberst Karpuschin . . . dann ist er doch bloß ein Mensch von 44 Jahren, etwas kurzsichtig, höflich und nett, bescheiden und wohlerzogen. Nicht ein einziges Mal hat er in meinen Ausschnitt geguckt, und der ist – so sagt Leutnant Fettisow – so tief wie das Flußbett der Wolga.

»Ich wohne im Hotel Moskwa«, erklärte Heller, als sie in unerklärlich kurzer Zeit Paßkontrolle und Zoll passiert hatten.

»Wir nehmen ein Taxi, Gospodin.« Marfa Babkinskaja winkte mit beiden Händen. Eine Limousine, an den Seiten mit einem Schachbrettmuster bemalt, war plötzlich da. Der Chauffeur riß die

Türen auf und brüllte auf russisch: »Willkommen im Arbeiterparadies, Genossen!« Dann hieb er den ersten Gang hinein, das Getriebe schrie auf, und der Wagen rollte mit einem wilden Ruck an.

»Moskwa . . .« sagte Marfa kurz. Sie lehnte sich zurück, zog den Plisseerock über die Knie und wies mit dem Zeigefinger nach draußen.

»Moskau ist die schönste Stadt der Welt«, sagte sie stolz. »Sie werden es noch sehen, Gospodin. Noch niemand ist wieder weggefahren von Moskau, ohne ein Stück seines Herzens hierzulassen.«

»Davon bin ich überzeugt.« Franz Heller legte seine Hand auf Marfas Knie und lächelte. Die Augen hinter seiner Brille blitzten. »Es fällt mir jetzt schon schwer, zu denken, daß ich Ihnen in einer Woche adieu sagen muß . . .«

Marfa Babkinskaja verfluchte sich. Sie spürte, wie Röte über ihr Gesicht kroch. Er ist ein Feind, sagte sie sich vor. Ein Feind. Aber sie ließ Hellers Hand auf ihrem Knie liegen. Und sie wünschte sich, daß der Weg zum Hotel Moskwa doppelt oder gar dreifach so lang sein möge.

Die Hotels in Moskau unterscheiden sich in nichts von den Luxushotels in Berlin, London, Paris, Rom oder Genf. Es sind Paläste mit großen Speisesälen und Kristallüstern, mit Bars und Restaurants, Bibliothekszimmern und Rauchsalons, Frühstückssälen und Tagungsräumen. Und doch sind sie anders, wenn man den Eindruck von Pracht und Größe überwunden hat, der den Gast beim ersten Blick überfällt.

Die großen Hotels in Moskau, wie die Riesenkarawansereien »Peking«, »Ukraina«, »Moskwa« und »Sowjetskaja«, sind jedes eine kleine Stadt für sich. Sie haben Intouristbüros und Wechselstuben, Friseurläden und Postämter, Buchhandlungen und Andenkengeschäfte, Kunstgewerbeläden und Kosmetiksalons unter ihrem Dach. Das »Moskwa« besaß sogar ein eigenes Telegrafenamt, eine Großwäscherei, Schneiderei und Schusterei. Das Verblüffendste aber, das Heller sah, waren die Zimmermädchen. In weißen Rüschenhäubchen umschwirrten sie die Gäste und zauberten in die modernen Hotels einen Hauch längst verblichener Romantik der Jahrhundertwende.

Im Hotel übergab Marfa Babkinskaja Hellers Paß dem Chefportier, der ihn, ohne einen Blick darauf zu werfen, in eine Schublade der breiten Theke legte. Verständnislos verfolgte Heller dieses Einkassieren seines Ausweises.

»Was ist mit meinem Paß?« fragte er, als Marfa zwei Boys heranwinkte und auf das in der riesigen Marmorhalle stehende Gepäck Hellers zeigte.

»Ihr Paß wird in gute Obhut genommen, Gospodin«, antwortete Marfa.

»Die beste Obhut ist meine Brieftasche!« Heller blieb stehen, als Marfa zum Fahrstuhl gehen wollte. »Ich möchte meinen Paß selbst verwahren.«

»Wozu?« Sie lächelte treuherzig. »Im Tresor kann er nie gestohlen werden. Auch verlieren kann man ihn nicht.«

»Ich habe ihn zehn Jahre lang nicht verloren.«

»Einmal ist immer das erstemal. Es gäbe Schwierigkeiten, wenn er nicht mehr da wäre. So ist es besser.«

»Ohne Paß bin ich ein Niemand!«

»Bin ich nicht bei Ihnen, Gospodin? Solange ich mich um Sie kümmere, sind Sie Gospodin Heller aus Bonn. Niemand wird Sie fragen: Brüderchen, zeig mir deinen Paß! *Ich* bin Ihr Paß!«

»Aber ich kann es nicht ausstehen, bevormundet zu werden!« rief Heller. »Ich bin ein freier Mensch . . . auch in Moskau!«

»Natürlich sind Sie es!« Marfas Gesicht verdunkelte sich. »Vielleicht gefalle ich Ihnen nicht. Ich werde Intourist bitten, Ihnen eine andere Begleiterin zu schicken. Soll sie blond sein? Oder schwarz? Lieben Sie den asiatischen Typ, Gospodin . . .?«

»Ich liebe es, mein eigener Herr zu sein!« Franz Hellers Stimme war hart und laut. »Ich bin Gast einer staatlichen Fabrik und wünsche, daß ich meinen Paß sofort zurückerhalte. Sofort!«

Vor Marfas Gesicht fiel es wie ein Vorhang. Ihre Lippen wurden hart.

»Morgen früh, Gospodin Heller«, sagte sie amtlich knapp. »Ich werde es sofort an die maßgebliche Behörde weiterleiten. Morgen früh ist der früheste Termin.« Sie fingerte an ihrer Umhängetasche. Sie war nervös und ärgerte sich, daß sie so amtlich sein mußte. »Was haben Sie heute noch vor, Gospodin?«

»Nichts!« Heller wandte sich wütend ab. »Ich werde die Koffer auspacken, mich waschen, rasieren, mit Kölnisch Wasser besprenkeln, die Wäsche wechseln, einen dunklen Anzug anziehen und irgend etwas essen.«

»Im Hotel?«

»Ich weiß nicht.«

»Das Hotel hat eine Speisekarte mit neunzig Speisen und sechzig Getränken . . .«

»Das reicht. Vielleicht gehe ich aber auch aus . . . ohne Paß«, sagte er trotzig. Er sah sich um. In der hohen Säulenhalle des »Moskwa« saßen Menschen aller Nationen. Inder in weißen Anzügen, Engländer mit der lässigen Eleganz der Weltreisenden, Schotten in bunten Kilts, chinesische Offiziere in Khakiuniformen, Neger und Araber in seidenen Haiks, Türken mit ihrem traditionellen roten Fes und eine Abordnung von koreanischen Politikern, die sich um einen runden Tisch mit ihrer Nationalfahne versammelt hatten. »Hat man denen auch den Paß weggenommen?« fragte Heller laut.

»Ich weiß es nicht.« Marfa Babkinskaja sah an Heller vorbei. »Wenn Sie auswärts essen gehen, empfehle ich Ihnen das Restaurant Aragwi, Uliza Gorkowo sechs. Es gibt dort einen herrlichen Schaschlik, grusinischen Käse und den Trockenwein Chwantsch-Kara. Ich komme Sie um zwanzig Uhr abholen, Gospodin.«

»Danke.« Heller wandte sich brüsk ab und ging zum Fahrstuhl. »Bis diese merkwürdige Behandlung eines Gastes geklärt ist, esse ich auf meinem Zimmer.«

Er verabschiedete sich nicht von Marfa und zwang sich, beim Hinaufschweben im Fahrstuhl nicht durch die Scheibe zurückzublicken. Er war auch nicht mehr wütend, als er wußte, daß er dem Blick Marfas entronnen war. Ein fast ironisches Lächeln lag in seinen Mundwinkeln.

Im dritten Stockwerk nahm ihn die Beschließerin Stupetka in Empfang, führte ihn zu seinem Zimmer, zeigte ihm, auf welchen Klingelknopf man drücken mußte, damit das Zimmermädchen, der Boy, der Etagenkellner, der Hausbursche oder sie selbst, Stupetka, kommen könnten, wenn der Herr Wünsche habe.

»Den Schlüssel, mein Herr, geben Sie bitte bei mir ab, wenn Sie das Zimmer verlassen«, sagte die Stupetka, und ihr Blick überflog noch einmal das Wohnzimmer. Es roch nach Sauberkeit. Bohnerwachs aus Gorkij.

»Ich bleibe.« Heller suchte in den Taschen nach seinen Kofferschlüsseln. »Ich möchte nicht gestört werden. Ich bin müde . . .«

»Ich werde es dem Zimmermädchen sagen. Es braucht Ihr Bett nicht aufzudecken?«

»Nein.«

Heller verriegelte hinter der Stupetka die Tür und ließ sich aufseufzend in einen der tiefen, schweren Plüschsessel sinken. Er legte den Kopf in den Nacken, schloß die Augen und bedeckte sie mit beiden Händen.

In Rußland! In Moskau! Der erste Tag einer unbekannten Zahl von Tagen.

Es gab kein Zurück mehr. Nur noch ein Vorwärts.

Das gefährlichste und doch so herbeigesehnte Abenteuer seines Lebens hatte begonnen . . .

Am nächsten Morgen, zehn Uhr, wurde der Flur des dritten Stockwerkes für jeglichen Zutritt gesperrt. Auf der Treppe stand ein Milizposten. Der Fahrstuhl hielt auf dieser Etage nicht an und fuhr zum vierten Stockwerk durch. Im Zimmer der Stupetka hockten die Zimmermädchen und Etagenkellner, die Boys und der diensthabende Hausbursche. Sogar der Direktor des »Moskwa« lehnte etwas bleichgesichtig an der Wand und spielte nervös mit seinem Taschentuch. Marfa Babkinskaja saß auf einem Stuhl und starrte ins Leere.

»Eine Schweinerei!« brüllte Oberst Karpuschin. Er rannte im Zimmer hin und her, warf eine Vase an die Wand und benahm sich ausgesprochen unfein. »Kann eine Armee von Aufpassern nicht einen einzigen Mann überwachen? Aber natürlich . . . wie soll man arbeiten können mit soviel Idioten!« Er blieb stehen und musterte die betretene Versammlung. »Keiner hat ihn gesehen! Nicht oben im Flur, nicht unten in der Halle, nicht auf der Treppe, nicht im Fahrstuhl. Ein Mensch kann sich doch nicht in Luft auflösen. Er kann doch nicht einfach weg sein! War wohl ein Zauberer, der gute Herr Heller? Sagte hupphupp, ich werde Luft, und entwich durchs Schlüsselloch!«

Matweij Nikiforowitsch war in Fahrt. Sein Gefühl hatte ihn also nicht betrogen! Ausgelacht hatte man ihn, als er gestern noch sagte: »Brüderchen, ich ahne einen dicken Fisch an der Angel!« Und nun, jetzt, heute? Weg war er! Was nutzte jetzt das Schreien und Klagen, das Beteuern und Rechthaben? Ein Mann war in Moskau verschwunden. Ein Deutscher!

Oberst Karpuschin wischte sich den Schweiß von der Stirn. Noch war der Fall intern in seiner Sektion III. Aber um die Mittagszeit mußte er den Rapport weitergeben ans Ministerium. Dann brach die Hölle los. Vom Kriegsministerium über die Abwehr West bis zum Innenministerium würde es heißen: Oberst Karpuschin hat versagt.

Was geschehen war, so gegen halb zehn Uhr morgens, ist schnell erzählt.

Marfa Babkinskaja erschien im Hotel »Moskwa«, um ihren Schützling abzuholen. Auf dem Programm stand eine Stadtrundfahrt mit dem Intourist-Omnibus. Ein Standardprogramm. Kremlbesichtigung, Roter Platz, Bolschoi-Theater, Puschkin-Museum, Lomonossow-Universität, die Stationen der Untergrundbahn, der größte Stolz Moskaus.

»Er schläft noch«, sagte die Stupetka, als Marfa auf dem dritten Stockwerk erschien, weil sich auf einen Anruf durch das Haustelefon niemand meldete. »Er schläft wie ein Bär im Winter. Nicht mal gegessen hat er gestern abend.«

Marfa Babkinskaja fand das im höchsten Grade merkwürdig. Sie ging zum Zimmer 389, klopfte an die Tür, wartete, klopfte noch einmal, dann ein drittes Mal, lauter, mit der Faust.

»Sag ich's nicht«, lachte die Stupetka. »Wie ein Bär schläft er!«

Marfa schob die Unterlippe vor. Ihre schrägen Augen waren auf einmal ganz dunkel und hart. Sie drückte die Klinke herunter. Lautlos schwang die Tür ins Zimmer. Sie war unverschlossen.

»Heilige Mutter von Kasan«, stotterte die Stupetka. »Was soll das bedeuten? Es ist doch nichts passiert, Schwesterchen?«

Mit ein paar großen Schritten durchmaß Marfa das Zimmer. Wohnraum. Schlafraum. Das unberührte Bett. In den Schränken die Anzüge. Auf der Glasplatte über dem Waschbecken Rasierzeug, Rasierwasser, Zahnbürste. Auf dem Bett ein gefalteter neuer Schlafanzug.

Sie hob die Kofferdeckel hoch. Die Koffer waren noch nicht ausgepackt, die Hälfte lag noch darin. Vor allem die Unterwäsche, drei Paar Schuhe, Strümpfe. Ein Stapel Perlonhemden.

»Was ist denn?« jammerte die Stupetka und rannte Marfa durch das Zimmer nach wie ein getretenes, jaulendes Hündchen. »Was ist denn, Schwesterchen? Ist ein Verbrechen geschehen? Wo ist denn der Herr? An mir ist er nicht vorbeigekommen! Ich schwöre es beim Augenlicht meiner Mutter.«

»Laß das Heulen!« sagte Marfa Babkinskaja. »Zunächst muß es Oberst Karpuschin wissen.«

»Der alte Teufel!« Die Stupetka sank auf einen Sessel und wimmerte. »Zehn Jahre bin ich auf der Etage. Nie ist etwas passiert. Nie!« Sie rannte wie ein gejagtes Huhn hin und her und heulte wie ein junger Wolf dazwischen, als Marfa sich mit dem KGB verbinden ließ und die Sektion III verlangte. Was dann geschah, war wie ein Wolkenbruch ohne Wasser.

Oberst Karpuschin durchwühlte das ganze Zimmer, nachdem er vorher im Büro der Hotelverwaltung der verstört lauschenden Direktion erzählt hatte, wie es in den Kohlengruben von Karaganda aussieht. Dann war er in das dritte Stockwerk gefahren, hatte die Stupetka eine blinde Sau genannt und begonnen, die Koffer, die Schränke und das Bett zu durchwühlen. Zwei Beamte der Sicherheitspolizei halfen ihm dabei und kamen zu demselben Ergebnis: Der Deutsche Franz Heller war verschwunden unter Hinterlassung seiner gesamten Habe.

»Sogar sein Paß ist bei uns im Tresor«, sagte der Hoteldirektor. Karpuschin stieß einen unschönen Fluch aus und stellte sich an das Fenster.

»Zunächst ist nichts passiert«, sagte er und sah dabei jeden an. »Gar nichts! Nicht ein Wort kommt nach draußen – werde ich richtig verstanden? Das ist jetzt Sache des KGB und hat keinen Platz mehr in euren Gehirnen. Die Sachen Hellers werden sofort abtransportiert und kommen ins Magazin des Ministeriums. Das Zimmer wird neu vermietet. Der Name Heller wird aus der Gästeliste des Hotels gestrichen mit dem Vermerk: Absage. Nicht eingetroffen. Verstanden?«

Ein dumpfer Chor antwortete mit Ja.

Erst dann begann Oberst Karpuschin, sich um die Einzelheiten zu kümmern. Sie waren haarsträubend.

Keiner hatte Heller seit dem Betreten des Zimmers 389 mehr gesehen. Er konnte also weder mit dem Fahrstuhl noch über die Treppe das Hotel verlassen haben. An der Fassade hinunter war ebenso unmöglich, denn Zimmer 389 lag hinaus zum Maneshnaja-Platz, und es wäre aufgefallen, wenn ein Mann das Hotel »Moskwa« durchs Fenster verlassen hätte und nicht durch den Eingang.

»Es ist zum Kotzen«, sagte Oberst Karpuschin, nachdem er die Verhöre abgeschlossen hatte. Einen Schuldigen gab es nicht, soviel war nun klar. Wie kann man jemanden verantwortlich machen, wenn ein Mensch sich wie Gas verflüchtigt? »Das ist eine ganz neue Form der Infiltration. Ein gemeiner Trick!« Er sah die mit ihm gekommenen Offiziere an und steckte die Hände in die

Taschen seines altmodischen braunen Anzugs. »Nun werden wir ihn suchen müssen, Brüderchen. Einen einzelnen Mann im großen Rußland . . .«

»Er wird nicht weit kommen.« Marfa Babkinskaja wagte diesen Einwand, um Karpuschin etwas aufzuheitern. »Er konnte keine Silbe Russisch . . .«

»O Engelchen!« Oberst Karpuschin hob den Blick zur Decke und lachte wirklich. Aber es war ein hartes Lachen. »Der wird ein Russisch sprechen wie Jewgenij Popow von der Kolchose ›Tausend Schweine‹! Einen Wolf werden wir jagen müssen . . .«

Nicht weit von der Kirche St. Nikolaus von Worobina, in der Straße Woronzowo Polje Nummer 17, wohnte der angesehene Möbelhändler Stepan Iwanowitsch Alajew mit seiner usbekischen Frau Jekaterina.

Alajew war weit und breit gut gelitten. In den Jahren, als Möbel so knapp waren wie Speck und Butter und man nach dem Sieg über die deutschen Armeen auf Decken und Säcken auf der Erde schlief, weil Moskau plötzlich doppelt so viele Einwohner hatte als vor dem Vaterländischen Krieg, als in einer Zweizimmerwohnung drei Familien hausten und selbst der Lokus auf dem Flur nachts als Schlafstätte diente (was ab und an zu erregten Diskussionen Anlaß gab, denn ein Lokus ist letztlich nicht zum Schlafen da), als eben Mütterchen Rußland aus den Nähten platzte, erwies sich Alajew als wahrer Menschenfreund.

Er hatte drei Möbelfabriken an der Hand, die zwar irgendwo im tiefen Osten lagen, in Kamensk-Uralskij, was das Transportproblem sehr erschwerte, aber diese Fabriken lieferten Bettgestelle. Es waren keine Luxusbetten, o nein. Ein paar Bretterchen waren es, roh gehobelt und zusammengenagelt wie eine Kiste, unten hatte der Kasten einen Lattenrost, auf den man den Strohsack legen mußte, auch vier Klötzchen waren daran, die man Füße nannte, aber Leute, es war ein Bett! Man mußte nicht mehr auf der Erde schlafen, man schwebte zehn Zentimeter darüber. Alajew gab beim Vertrieb dieser Bettgestelle auch weise Anleitungen mit. »Bewegt euch nicht so wild in den Betten, Genossen«, sagte er. »Ich komme für keinen Schaden auf. Die Witwe Jermila kam gestern fluchend zu mir und hatte einen Splitter in ihrem dicken Hintern. Ich frage, wie kommt ein Splitter in den Hintern, wenn man vernünftig und still im Bett liegt? Also, Genossen, wenn ihr euch bewegen wollt . . .« und dabei grinste er breit, ». . . geht zurück auf die gute Erde. Sie ist glatt, und es gibt auch keine Splitter.«

Ein wahrer Menschenfreund, der Stepan Iwanowitsch! Man hatte es ihm nicht vergessen, als die Zeiten sich normalisierten und Alajew wieder gute Möbel verkaufte. Dicke Polstersessel, pompöse Küchenschränke, sogar Teppiche aus Samarkand und Schlafzimmer aus polierter Birke. Alajew wurde Stadtviertelvorsitzender der kommunistischen Partei, er kam in das Stadtgremium für Wiederaufbau, er hielt Vorträge über Wohnkultur vor den Komsomolzen, und er wurde zweiter Vorsitzender des Moskauer Möbelhändlerkombinats, was ihm manchen Staatsauftrag einbrachte. Einer davon war die Einrichtung der dritten Etage des Hotels »Moskwa«. Aber das war schon vor vier Jahren, und wer dachte noch daran?

In der Nacht – um genau zu sein: 2.19 Uhr morgens – klingelte es an der Wohnungstür von Stepan Iwanowitsch Alajew. Jekaterina, seine Frau, fuhr aus dem Bett hoch, setzte sich, strich sich die schwarzen, strähnigen Haare aus dem breitknochigen Gesicht, schlug schnell ein Kreuz über der üppigen Brust und stieß dann Stepan in die Seite.

»Heilige schwarze Mutter Gottes«, flüsterte sie, als könne sie hier jemand hören. »Er ist da!«

Alajew sprang aus dem Bett. Er war ein mittelgroßes, drahtiges Kerlchen, mit Luchsäuglein und einer kleinen Knollennase, so daß er immer aussah, als lächelte er und habe schon vor dem Aufstehen seine Wodkas vertilgt.

»Endlich!« sagte er, fuhr in die Hosen und streifte die Hosenträger über. »Bis ein Uhr habe ich gewartet. Aber ein werktätiger Mensch braucht ja auch seinen Schlaf. Los, los, Jekaterinaschka . . . steh auf, koch einen Tee, von dem grünen, chinesischen, hol Speck und Schinken, brate ein paar Eier, und dann leg dich wieder hin . . .«

Er lief aus dem Schlafzimmer, und wenig später hörte Jekaterina, wie ein Mann das Wohnzimmer betrat und sagte: »Es war leichter, als ich angenommen hatte, Alajew. Wenn alles so reibungslos weiterläuft . . .«

Jekaterina seufzte tief. Warum muß er das tun, dachte sie, als sie in die Küche ging und die Bratpfanne vom Haken nahm. Verdient er nicht genug mit seinen Möbeln? Ist er nicht ein geachteter Mann in Moskau? Was hat er mit den Amerikanern zu schaffen? Man wird ihn aufhängen, wenn es herauskommt. Man wird uns alle verbannen. Oh, diese verfluchte Politik der Männer! Als ob es nicht wichtiger ist, daß man Speck in der Pfanne hat und ein gutes Stück auf dem Holzteller!

Im Wohnzimmer setzte sich Franz Heller in einen der Polstersessel. Er sah völlig verändert aus. Die goldgefaßte Brille fehlte, und auch die zusammengekniffenen kurzsichtigen Augen waren verschwunden. Er trug die Kleidung eines Hausburschen des Hotels »Moskwa«, sein braunes Haar war blond geworden und kurz geschnitten. Er wirkte wie ein bronzierter Igel. Alajew lachte noch immer, während sich Heller die Schürze abband und über die Sessellehne legte.

»Wie sehen Sie eigentlich richtig aus?« fragte er.

»Das weiß ich bald selbst nicht mehr.« Heller griff nach den Papyrossi, die ihm Alajew hinhielt, knickte das lange Pappmundstück zweimal ein und machte einen langen Lungenzug. Dann streckte er die Beine weit von sich und legte den Kopf zurück auf die Sessellehne. »Es war trotz allem eine verteufelte Situation«, sagte er. »Wußte ich, wer Alajew ist?«

»Es hat doch alles geklappt, nicht wahr?«

»Präzise. Im Wäscheschrank hing der Schlüssel zur Personaltreppe, unter der Matratze lag der Hotelgrundrißplan, im Etagenbad vier war im Hohlraum unter der eingebauten Wanne die Hausburschenkleidung versteckt. Trotzdem gab es eine verdammt kritische Minute. Ich komme vom Personaltreppenhaus in die Halle und treffe auf den Nachtdirektor. ›Wieso rennst du hier noch rum?‹ brüllt er mich an. ›Ich soll aus dem Wagen eines Engländers eine Tasche mit Schuhen holen!‹ sage ich und zeige einen kleinen Schlüssel, der aussieht wie ein Autoschlüssel. Dann war ich draußen.«

»Sonst hat Sie niemand gesehen?«

»Späte Spaziergänger. Ein paar Liebespaare. Wer beachtet einen Hotelburschen?«

Alajew war zufrieden. Von der Küche her zog der Duft gebratener Eier und brutzelnden Specks ins Zimmer. »Mein Täubchen macht Ihnen ein kräftiges Essen und einen stärkenden Tee. Ich hatte schon Sorge, als Sie bis ein Uhr nicht eintrafen. Aber U II hatte mir keine genaue Zeit angegeben, nur den Tag.«

Franz Heller nickte. Er war plötzlich müde. Die Nervenanspannung der letzten Stunden löste sich und erzeugte eine lähmende

Schlaffheit in allen Gliedern. Er hätte jetzt umfallen und schlafen können.

U II, dachte er, Major James Bradcock vom CIA. Wie eine Riesenspinne saß er in seinem kleinen, unscheinbaren Bauernhaus an der tschechischen Grenze und spann seine Netze über ganz Osteuropa. Dabei sah er aus wie ein Texasfarmer, trank gern und liebte rothaarige Frauen. Er nannte sich Wilhelm Reinfeld und hatte den Hof an der Grenze gepachtet. Wie bei einem normalen Bauernanwesen wurden die Felder bestellt, wurde gesät und geerntet. Nur nachts öffnete sich das Dach, einige Ziegel klappten nach unten, und eine schlanke, hohe Antenne fuhr in den Nachthimmel.

Das Ohr Bradcocks lauschte nach Osten. Nach Warschau, Leningrad und Moskau. Die Spinne webte an ihrem Netz . . .

»Mein Täubchen Jekaterina«, sagte Alajew und stellte seine Frau vor. Sie hatte Tee, zwei Teller mit Eiern und Speck gebracht, gab Heller die Hand und verließ dann stumm das Zimmer.

»Sie hat Angst«, erklärte Alajew und setzte sich. »Man muß das verstehen. Es geht uns gut. Ich habe die Rubel nicht nötig, die ich von euch bekomme. Ich tue es ja auch nur aus Überzeugung, das wissen Sie. Ich hasse den Bolschewismus. Die Roten haben meinen Vater gefoltert und dann erdrosselt, damals 1920. Mein Vater war weißrussischer Kosak. Mein Bruder wurde erschossen, 1943. Er soll Selbstverstümmelung begangen haben, um nicht an die Front zu müssen. Dabei ist er in eine Rübenhacke gefallen und hat sich das Schienbein zertrümmert. Mein Haß ist wie ein schleichender Brand, Brüderchen.«

Franz Heller nickte und aß ein paar Gabeln voll Ei und Speck. Der heiße grüne, süße Tee tat ihm gut. Die Erschöpfung wurde aus dem Körper getrieben, das gelähmte Hirn befreite sich.

Alajew erhob sich, ging zu einem Geldschrank in der Ecke, schloß ihn auf und holte aus dem Tresor ein paar Papiere. »Hier ist alles, was Sie brauchen. Ihr sowjetischer Paß. Sie heißen ab sofort Pawel Konstantinowitsch Semjonow. Hier ist Ihr Diplom als Ingenieur für Holzoberflächenveredelung. Haben Sie überhaupt eine Ahnung davon?«

»Ich habe zwei Jahre als Volontär in einem Furnierwerk im Schwarzwald gearbeitet.«

Alajew nickte zufrieden. »Hier sind Impfscheine, die Sie für Sibirien brauchen. Hier ist Ihr Parteibuch der kommunistischen Partei. Sie sind seit 1950 ordentliches Mitglied. Außerdem haben

Sie noch sechs Bescheinigungen, daß Sie an parteiideologischen Schulungen und Lehrgängen der Polits teilgenommen haben.« Alajew lachte, als er Heller die Papiere hinüberschob. »Sie sind also ein Musterrusse, Pawel Konstantinowitsch. Gratuliere.«

Heller nahm den Paß und las ihn durch.

Geboren in Barabanowka, im Kreise Tschkalow, dem früheren zaristischen Orenburg. Unverheiratet.

»Das Bild fehlt«, sagte Heller.

Alajew nickte. »Wir fotografieren Sie morgen, Pawel Konstantinowitsch. Morgen abend haben Sie Ihren vollständigen Paß mit Foto und amtlichen Stempeln. Und was wollen Sie dann tun?«

»Abwarten. Wir haben Zeit. Erst muß sich die Aufregung gelegt haben, die mein Verschwinden aus dem Hotel ausgelöst hat. Uns drängen keine Tage oder Wochen. Das Problem ist nur, ob es nicht auffällt, daß Sie so lange einen Gast bei sich haben.«

»Ich stelle Sie als Möbelträger ein, Pawel Konstantinowitsch. Da fragt uns keiner mehr. Offiziell schlafen Sie in einer Ecke des Möbellagers auf einem weichen Bett aus Sägespänen. Und nun trinken Sie noch eine Tasse von dem köstlichen Tee, Genosse. Mein Täubchen Jekaterina versteht sich auf das Teekochen . . .«

Vor den Fenstern der Wohnung dämmerte schon der Morgen, als sie endlich zu Bett gingen.

Jekaterina lag noch wach. Sie hatte beschlossen, gleich am Morgen hinüberzugehen zur Kirche St. Nikolaus von Worobina und ein stilles Gebet zu sprechen um Schutz und Befreiung von der Angst.

Zwei Tage lang schwieg man im KGB und machte sich Gedanken, was das Verschwinden des Deutschen Franz Heller bedeuten sollte. In keiner noch so geheimen Akte tauchte sein Name auf, kein Kontaktmann wußte etwas über ihn, die Meldungen aus Westdeutschland und von der Botschaft aus Rolandseck waren ebenso negativ. Selbst die in den amerikanischen CIC und CIA in Bonn, Paris und Washington eingeschleusten V-Männer gaben verneinende Auskunft, wenn der Name Heller fiel.

Oberst Karpuschin und sein Stab rauften sich die Haare. Das Ministerium für Staatssicherheit teilte seine Ansicht, daß in jener Nacht, als Heller verschwand, irgendein westeuropäischer Geheimdienst ein dickes Ei in das sowjetische Nest gelegt hatte. Aber wer? Der CIA nicht, der MAD in Bonn nicht, das Amt Gehlen in Pullach nicht, der Secret Service in London nicht . . . keiner war es, wenn man alle Meldungen zusammennahm. Hier sah man plötzlich ein informatorisches Loch, das die maßgebenden Leute in Moskau entsetzte und zutiefst unsicher werden ließ.

»Es bleibt kein anderer Weg«, sagte ein Ministerratsmitglied zu Oberst Karpuschin, nachdem man alle Möglichkeiten durchgegangen war. »Wir müssen der Deutschen Botschaft melden, daß wahrscheinlich ein Verbrechen an einem ihrer Landsleute begangen worden ist. Das ist zwar blamabel, aber einleuchtend. Wir zerstreuen dadurch etwaige Annahmen, daß wir an Spionage denken könnten, und haben Zeit, diesen Heller zu suchen. Offiziell ist er einfach weg!« Der Minister sah Karpuschin an. »Oder haben Sie noch einen anderen Vorschlag, Genosse Oberst?«

»Nur eine Ergänzung, Genosse. Wir werden diesen Heller als Opfer seiner homosexuellen Abart hinstellen. Es kommt auch bei uns vor, Genosse, daß in diesen Kreisen Morde geschehen, die man nie entdeckt.«

»War er denn . . .?«

Karpuschin schüttelte den Kopf. »Wer will uns das Gegenteil beweisen? Wir werden zwei Hotelboys als Zeugen vorstellen, die Heller schon kurz nach seiner Ankunft im Hotel mit Anträgen belästigt hat.«

»Das ist sehr gut.« Der Minister erhob sich und sah über die Köpfe des Stabes Karpuschin. »Genossen, man sagt so einfach: Was kann ein einzelner, kleiner Mensch schon der großen sowjetischen Nation schaden! Das ist falsch. Ein einziger Holzwurm genügt, eine Holzstütze zu zernagen . . . Er braucht nur seine Zeit. Es liegt an Ihnen, Genossen, dem Deutschen diese Zeit nicht zu lassen!«

Oberst Karpuschin hatte in den nächsten drei Tagen ein Riesenpensum zu erfüllen. In Zusammenarbeit mit allen staatlichen Verwaltungen und Organisationen wurden die Leiter der großen Werke und Staatsbetriebe gewarnt. Alle Neueinstellungen mußten ab sofort von den Politkommissaren überprüft werden. Vor allem die Stahlindustrie, die Zubringerwerke für die Rüstung, die Panzer- und Traktorenfabriken, die Feinmechanik, die Raketenbasen und die physikalischen Werke wurden angehalten, jeden Antrag um Einstellung neuer Arbeiter sofort nach Moskau zu melden.

Ein Riegel des Mißtrauens verschloß jedes Fabriktor. Von Minsk bis Wladiwostok, von Leningrad bis Tiflis, vom Schwarzen Meer bis zum Eismeer.

»Gerade weil ihn niemand kennt, ist er besonders gefährlich«, sagte Oberst Karpuschin immer wieder, als man ihm vorhielt, es sei unklug, eines einzigen Mannes wegen solch einen Wirbel zu machen. »Er muß ein eiskalter Bursche sein, daß er so öffentlich zeigt, was er bei uns will! Hätte man ihn heimlich nachts mit dem Fallschirm abgesetzt, lebte er als unbekannte Laus in unserem Pelz .... Brüderchen, das sind wir gewöhnt. Aber wie er es macht, das ist neu! Das soll unsere Nerven strapazieren. Das soll uns übereifrig und damit unvorsichtig machen.« Karpuschin hieb auf den Tisch. Sein runder Kopf war hochrot wie sein geliebter Schlips. »Sie irren!« brüllte er. »Und wenn ich ab jetzt nur noch für diesen Heller leben sollte – einen Karpuschin schafft man nicht auf solche Art!«

Am dritten Tag wurde der »Fall Heller« offiziell und politisch.

Karpuschin sprach selbst bei der Deutschen Botschaft in der Großen Grusinischen Straße Nummer 17 vor. Zuerst konferierte er mit dem Botschaftsrat für konsularische Angelegenheiten, später auch mit dem deutschen Botschafter.

Wie erwartet, wußte man auf deutscher Seite gar nichts. »Jeder kann in unserem Land hinreisen, wohin er will«, sagte man. »Wenn Herr Heller ein Visum für Moskau bekommen hat, ist alles in Ordnung.«

»Aber er ist weg«, sagte Karpuschin mit mühsamer Haltung.

»Das ist eine Angelegenheit der sowjetischen Polizei.« Der Botschaftsrat machte sich ein paar Notizen. »Wenn Ihre Vermutungen in bezug auf die Abartigkeit Hellers stimmen, um so mehr, Herr Oberst. Natürlich sind wir daran interessiert, daß der Fall sich bald aufklärt. Sehr daran interessiert. Wir werden in Deutschland ebenfalls Recherchen anstellen lassen und halten Sie auf dem laufenden.«

Karpuschin verließ wütend die Deutsche Botschaft. Nichtssagende Reden, dachte er erbittert. Höflichkeit, bei der man die Stiefelspitze im Hintern spürt. Mein Gefühl hatte recht. Wieder einmal.

Von diesem Augenblick an begann der stille Kampf der Abwehr in Ost und West.

Major Bradcock in seinem Bauernhaus an der tschechischen Grenze rieb sich die Hände, als er aus dem Hauptquartier in Bonn vom Besuch Karpuschins in der Deutschen Botschaft erfuhr. Aus Moskau, von Alajew, hatte er noch keine Nachricht. Es war zu gefährlich. Die Funkabwehr tastete jede Frequenz, jede Welle ab. Die Kontaktmänner schwiegen. Aber was Bradcock aus Moskau über diesen Umweg erfuhr, war genug. Heller war gut abgekommen. Nun hatte man Zeit. Viel Zeit.

In diesen Tagen wurden in ganz Rußland über 200 000 Personen überprüft, die ihre Stellung wechselten. Dabei wurden 23 gesuchte Verbrecher gefaßt und verhaftet. Unter ihnen ein Mörder. Oberst Karpuschin warf die Meldungen wütend an die Wand.

»Einen Heller brauche ich – oder wie er jetzt heißt! Gut denn, dreiundzwanzig Gauner haben wir! Aber dieser Heller ist gefährlicher als hundert Mörder! Er kann den Lebensnerv der Sowjetunion zernagen!«

Karpuschin dachte dabei an die geheimen Raketenabschußbasen in Sibirien und Kasakstan. An die Abschußorte der Kosmonauten. An die geheimsten Labors für Treibstofforschung.

Sein Gefühl trog ihn auch diesmal nicht.

Genau einer dieser Orte war das Ziel Pawel Konstantinowitsch Semjonows, der einmal Franz Heller hieß.

Am Sonntag gingen Alajew und Semjonow – wie Heller sich jetzt nannte – spazieren. Noch immer glühte der Himmel über Moskau. Zu Hunderttausenden strömten die Moskauer in die Strandbäder, in die riesigen, herrlichen Volksparks oder lagen entlang der Moskwa und der Kanäle unter schattigen Bäumen, fuhren in die Leninberge oder in die großen Wälder rund um Moskau.

Auch Alajew und Semjonow wanderten durch den Dsershinski-Park für Kultur und Erholung, dann wollten sie in den Botanischen Garten gehen. Sie handelten nach einer alten Weisheit: Am sichersten ist der einzelne in der Menge. Wer im Strom von Tausenden harmlos spazierengeht, mit offenem Hemd und an einem Stangeneis lutschend, ist so unverdächtig wie jeder andere neben und vor ihm.

Jekaterina war zu Hause geblieben. Sie hatte Angst. Alajew nannte sie ein blödes Vögelchen, überredete sie aber nicht, mitzugehen. »Frauen sollte man in großen Häusern sammeln und ab und zu, wenn's nötig ist, besuchen«, sagte er zu Semjonow. »Im Leben eines Mannes sind sie wie Bremsklötze, die eine Lokomotive ständig vor sich herschieben muß.«

In den vergangenen Tagen hatte Semjonow eingehend alle Pläne studiert. Es waren Mikrofilme, die Alajew später auf ein Format von 20×30 vergrößerte. Die vier Bilderchen hatte Semjonow, als er noch Heller war, auf einfachste Art durch die Zollkontrolle gebracht: Mit Leukoplast hatte er die dünnen Zelluloidscheibchen an die Innenseiten seiner Oberschenkel geklebt. Wer hätte jemals daran gedacht, einen westlichen Gast einer Leibesvisitation zu unterziehen?

»Ich muß in das Gebiet von Komssa«, hatte Semjonow gesagt. »Hier, am Jenissej. Die nächste größere Stadt ist Krasnojarsk.«

»Dahin führt eine Fluglinie Krasnojarsk-Irkutsk. Aber dann ... Sie kommen mitten in die Taiga, Pawel Konstantinowitsch.«

Semjonow nickte. Er hatte gelernt, tagelang zu wandern, von Moos und Wurzeln zu leben, in Blätterhütten zu schlafen oder zwischen aufgeschichteten Ästen und Baumstämmen. Er hatte es im Sommer geübt, wenn Millionen Mücken und Moskitos ihn überfielen, und im Winter, wenn der Eiswind in das Knochenmark fuhr. Einmal in den Sümpfen Floridas, das anderemal im Norden Alaskas. Für ihn war die Taiga, die sagenhafte, ewig schweigende, kein Schrecken mehr.

Als Alajew und Semjonow in den Botanischen Garten einbogen und die breite Allee mit den weißen Bänken entlanggingen – Alajew erklärte gerade, daß auch er vier Bänke gestiftet hätte –, sah Semjonow sie.

Marfa Babkinskaja.

Sie stand vor einem Springbrunnen und fütterte Goldfische.

Als ihre Blicke ihn trafen, war es wie der Einschlag einer Bombe.

Semjonow wollte weitergehen. Sie kann mich nicht erkennen, dachte er. Ich trage keine Brille mehr, und mein Haar ist wie ein blonder Igel. Ich sehe dem Mann, den sie kannte, nicht mehr ähnlich.

Er ging an ihr vorbei. Und dann drehte er sich nach ihr um, einem unbezähmbaren Zwang folgend.

Sie sah ihn an.

Am dunklen, tiefen Blick ihrer Augen las er, daß sie ihn erkannt hatte.

2

Alajew war schon ein paar Schritte vorgegangen. Er redete noch immer von seinen vier gestifteten Bänken, von dem Händedruck des Komiteevorsitzenden für die Pflege der Moskauer Kulturparks, er redete und redete und merkte nicht, daß er in die Luft sprach. Erst als von Semjonow keine Bemerkung zu hören war, erkannte Alajew, daß Semjonow gar nicht mehr neben ihm ging. Erschrocken fuhr er herum.

Er sah Semjonow am Goldfischbrunnen stehen und ein Mädchen anstarren.

»He, Brüderchen!« rief er geistesgegenwärtig. Es gab so schnell keinen, der Alajew aus dem Sattel hob. »Kommt da aus dem tiefen Süden, wo die schönen Weiber wie Sonnenblumen wachsen, und gafft eine Moskauerin an! Komm, Brüderchen!«

Marfa Babkinskaja starrte Semjonow noch immer an. Man sollte jetzt schreien, dachte sie. Da ist er! Man sucht ihn! In ganz Rußland sucht man ihn! Und er geht spazieren, an einem Sonntag, mitten unter uns! Haltet ihn, Genossen! Bindet ihn! Er ist gefährlich! Er hat Oberst Karpuschin aus der Fassung gebracht. Wißt ihr, was das bedeutet, Genossen? Nein, ihr wißt es nicht! Wer von euch kennt denn Karpuschin?

Aber sie schwieg. Sie spürte nur einen Stich in der Brust, als Semjonow sie mit einer ganz anderen Stimme, als sie der Deutsche Franz Heller hatte, ansprach. Und er sprach russisch. Ein schönes Russisch, wie man es nur im alten Stammland der Zaren gesprochen hatte.

»Wir kennen uns?« fragte Semjonow und lächelte breit. Seine blauen Augen leuchteten treuherzig. Er kam sogar noch einen Schritt näher, obgleich Alajew wieder »Komm, Brüderchen!« rief.

»Gospodin Heller . . .« stotterte Marfa Babkinskaja. »Sie sind doch Gospodin Heller, nicht wahr?«

»Oh, wir verwechseln uns. Das ist schade! Und es hat so gut begonnen mit uns, Genossin. Ein alter Trick, der immer wirkt: Man glaubt, man sei miteinander bekannt, so eng wie die Goldfischlein dort im Becken.«

»Wer ist der Genosse bei Ihnen?« fragte Marfa, nur um etwas zu sagen. Ihre Verwirrung war vollkommen. Sie stellte sich vor, wie der Mann vor ihr mit einer Brille aussah, und wurde plötzlich unsicher. Die Nerven sind's, dachte sie. Ist's ein Wunder bei diesem Brüller Karpuschin? Alle macht er uns verrückt, alle!

»Mein Freund? Er ist ein guter Kerl, Genossin.« Semjonow lächelte und winkte dem ein paar Schritte entfernt wartenden und wie auf glühenden Kohlen stehenden Alajew fröhlich zu. »Er heißt Wassili Maximowitsch Frolow, ist verheiratet und hat vier Kinderchen. Süße Kinderchen, Genossin. Ihm aus dem Gesicht geschnitten! Wenn Sie also an ihm Interesse haben . . . zu spät, Genossin. Zehn Jahre zu spät!«

Semjonow zwinkerte listig mit den Augen, schwenkte seine flache Mütze, die er der Sonne wegen in der Hand trug, und entfernte sich.

Dabei wartete er, das Kinn angedrückt, auf ihren Schrei. Er wußte nicht, was er tun sollte, wenn sie wirklich rief: Haltet ihn! Weglaufen? Es wäre sinnlos. Im Park gingen Tausende spazieren.

Noch sieben Schritte . . . noch fünf . . . noch drei bis Alajew. Warum rief sie nicht? Was tat sie? Er versuchte, in Alajews Augen zu lesen, was hinter seinem Rücken vorging. Aber Alajews Blick war ausdruckslos, ja, er wandte sich sogar um, zeigte auf eine Palme und sagte laut: »Auf die sind wir besonders stolz, Freundchen! Sie überlebt sogar den Winter. Keiner weiß, wie sie das schafft! Aber sie überlebt.«

Noch ein Schritt, sicher und ruhig wie die anderen, aber im Nacken das Gefühl, als brenne man ihm ein Kainszeichen ein. Dann war Semjonow bei Alajew, legte den Arm um dessen Schulter und sagte laut: »Eine Fehlzündung, Wassili Maximowitsch! Sie kennt mich doch nicht! Ich habe Pech an diesem Sonntag.«

Langsam gingen sie weiter, drehten sich nicht um, blieben sogar an besonders herrlichen Rosenbeeten stehen und bewunderten die Kunst der Genossen Gärtner.

»Wo ist sie?« fragte nach einer Weile Semjonow leise und beugte sich über einen Strauch mit blutroten Blüten.

»Ich sehe sie nicht mehr. Wer war denn das?«

»Marfa Babkinskaja, die Dolmetscherin von Intourist, die mich betreuen und bewachen sollte.«

»Sie hat Sie erkannt?«

»Sie glaubte es. Sie redete mich mit Heller an. Aber ich habe sie wohl unsicher gemacht. Sie hat nicht Alarm geschlagen.«

»Das will nichts bedeuten! O Himmel, eine Riesenscheiße ist's! Sie weiß jetzt, wie Sie aussehen! Sie weiß, das Sie noch in Moskau sind! Sie hat mich gesehen . . .«

»Wie will man aus sechs Millionen Einwohnern uns zwei herausholen, Stepan Iwanowitsch?«

»Das ist unser einziger Trost!« Alajew wischte sich mit einem großen, gepunkteten Taschentuch den Schweiß von der Stirn. »Mir ist der Sommer vergangen, Brüderchen! Schlagen wir einen Haken, und gehen wir nach Hause. Und kein Wörtchen zu Jekaterina. Sie bekommt sonst noch mehr Angst! Und Angst ist die letzte Verpackung, die für uns taugt.«

Sie mischten sich in einen Strom mongolischer Reisender, die von vier Führern durch den Botanischen Garten geleitet wurden und sich Namen anhören und Bäume ansehen mußten, die sie in ihrem ganzen weiteren Leben nie mehr erwähnen würden. Aber sie waren beeindruckt von Mütterchen Rußland und wunderten sich ehrlich, was alles auf dem Rücken der Erde wächst außer Reis, Mais, Steppengras, Sonnenblumen und dicken Bohnen.

Eine halbe Stunde später erreichten Alajew und Semjonow die U-Bahn-Station Botanischer Garten. Sie warteten in der kirchenhohen unterirdischen Halle, bewunderten die hellen Marmorverkleidungen und die Skulpturen, die die Natur verherrlichen sollten. Alajew erzählte begeistert vom schönsten und größten Moskauer U-Bahnhof, dem Komsomolskaja-Ring, der auf 72 achteckigen Pfeilern steht, die alle mit hellem Gasgan-Marmor aus Usbekistan verkleidet sind, aber während sie wie die anderen Wartenden sich die Zeit mit dem Lob der sowjetischen Arbeit vertrieben, spähten sie um sich und sicherten nach allen Seiten.

»Nichts!« sagte Alajew erleichtert, als sie endlich im Zug saßen und unter Moskaus Pflaster lautlos dahinglitten. »Wir haben sie abgeschüttelt. Aber das heißt nicht, daß wir sie überzeugten. Es werden vier Wochen vergehen müssen, ehe wir weitersehen.«

»Vier Wochen?« Semjonow lehnte sich zurück. »In vier Wochen will ich schon bei Tante Xenia sein.«

Alajew hob die Schultern, aber er schwieg. Er muß es selbst wissen, dachte er. Es ist nicht mein Körper, der später im Bergwerk zerschunden wird. Warum haben sie alle keine Zeit, die Brüderchen aus dem Westen? Rußland ist noch immer ein Kind, und es ist schon tausend Jahre alt.

Auf der Station Kursker Bahnhof stiegen sie aus und gingen durch die fast menschenleeren Straßen nach Hause. Über dem Pflaster spiegelte die Hitze, wie eingewachst sah es aus und dann blank poliert.

Da sie unvermutet früh wieder in die Wohnung kamen, trafen sie Jekaterina bei einer peinlichen Handlung an.

Sie hatte die Abwesenheit Alajews zum Anlaß genommen, aus einer Kiste eine alte Ikone zu holen, an die Wand zu hängen, zwei Kerzen davor zu setzen und einen Kranz Feldblumen. Nun hockte sie davor, ganz im Gebet versunken, und merkte nicht, wie hinter ihr die Tür aufgeschlossen wurde und die beiden Männer die Wohnung betraten.

»Und das in einem kommunistischen Haus«, sagte Alajew leise und schlich auf Zehenspitzen nebenan ins Schlafzimmer. »Ihr Onkel war ein Pope, Pawel Konstantinowitsch, müssen Sie wissen. Pope in Tschaljabinsk. Nach der Oktoberrevolution, als man glaubte, alles zerschlagen zu müssen, was Mütterchen Rußland in Jahrhunderten geboren hatte, erschlug man auch ihren Onkel, den Popen. Sie machten es mit Witz, Brüderchen . . . sie nagelten ihn an die Kirchentür und rasierten ihm den schönen, langen weißen Bart mit Beilhieben ab. So etwas war damals ein herrliches Vergnügen. Heute sind wir zurückhaltender, Brüderchen. Man erinnert sich nicht gern an die Geburtswehen, wenn der Knabe gut gedeiht. Nur Jekaterina – wer kann's ihr übelnehmen? – kann nicht vergessen. Lassen wir sie in dem Glauben, daß sie es heimlich macht . . .«

Sie setzten sich auf die Betten und rauchten.

Semjonow dachte an Marfa Babkinskaja. So schnell kann alles zu Ende sein, dachte er weiter. Ein Schrei nur . . . Wen hätte es jemals interessiert, daß es einen Franz Heller weniger gibt?

»Wir müssen ab morgen auf Zeichen warten«, sagte Alajew. »Gilt noch der alte Codeschlüssel?«

»Nein. Ich habe einen neuen mitgebracht.«

»Ach!« Alajew zog an seiner Papyrossa.

Dann schwiegen sie. Es war drückend . . . aber etwas war in ihren Herzen, seit zwei Stunden, das drückte mehr.

Gibt es etwas Lastenderes als die Ungewißheit?

Am Montagmorgen erschien Oberst Matweij Nikiforowitsch Karpuschin nicht in seinem alten braunen Anzug und dem roten Schlips im Amt, sondern in der Armeeuniform mit Ordensspangen und Sternen. Er sah gleich anders aus. Das Großväterliche, das alle so täuschte, war völlig gewichen, man sah, daß er ein harter, starker Mann war, ein Fels in der Brandung, ein Kriegsheld, eine Stütze der Nation. So eine Uniform hat es in sich, immer und überall, nicht nur in Rußland. In einer Uniform wächst ein Mann ins Gigantische. Um sein Haupt singen Engel Heldenlieder. Was unter seinen Blicken daherkriecht, ist armes Volk, zivilistisches Gewürm, ekelerregend schon im Anblick, denn für den Uniformierten ist der Nichtuniformierte nackt wie eine Mäusefrühgeburt.

Der Tag begann mit einer Kanonade. Karpuschin betrat das Zimmer des Hauptdirektorats für Nachrichtenwesen im Generalstab der Sowjetarmee, kurz GRU genannt, und fand schon Marfa Babkinskaja mit geröteten Augen vor. Sie hatte geweint, und wenn man den Generalmajor Chimkassy ansah, der hinter seinem Schreibtisch wie ein finsterer Bär hockte, wußte man, warum das schöne Täubchen in Tränen ausgebrochen war.

»Sie hat ihn gesehen, Matweij Nikiforowitsch!« rief General Chimkassy, als Karpuschin noch die Türklinke in der Hand hatte. Seine Stimme dröhnte, als habe er Stimmbänder aus Paukenfellen. »Sie hat ihn angesprochen! Und was tut sie? Sie füttert Goldfische!«

Marfa schluchzte auf. Sie sah Karpuschin flehend und um Hilfe bittend an.

»Ich war mir nicht sicher, Genossen! Er sprach anders, er ging anders, er . . . er . . . er war nur auf den ersten Blick Franz Heller, nicht mehr auf den zweiten!«

»Und der dritte? Wohin fiel der dritte Blick, ha? Auf den Hosenlatz, was, und die Nation wird vergessen!« General Chimkassy hatte keine Scheu vor Frauen. Er stammte aus der Volksrepublik Aserbeidschan, und es ist bekannt, daß dort die Frauen erst nach den Kamelen und Eseln kommen. »Was sagen Sie dazu, Genosse Oberst?« bellte er und knackte mit den Fingergelenken.

»Genossin Babkinskaja hat mir den Vorfall schon am Sonntagnachmittag gemeldet.« Karpuschin setzte sich seufzend. »Man kann bei einem Mädchen keine so logischen Denkvorgänge voraussetzen, wie wir sie haben, Genosse General.«

»Sie war eine Komsomolzin!« schrie Chimkassy. »Und sie benimmt sich wie ein Huhn, dem man das Loch zugipste! Es ist zum Weglaufen, Oberst!« Chimkassy beugte sich über den Schreibtisch weit vor. »Was haben Sie getan, Karpuschin?«

»Ich habe meine Schlüsse gezogen, Genosse General.«

»Das ist aber viel wert! « Chimkassy troff vor Gemeinheit. Er war in der Stimmung, New York zu erobern. Hinter seiner Erregung stand allerdings eine kurze Nachricht aus dem Kriegsministerium.

Sie hieß: »Um zwölf Uhr erwarte Aufklärung des Falles. Malinowskij.«

Wer Marschall Malinowskij kannte, wußte, daß er nicht bis fünf Minuten nach zwölf wartete.

Matweij Nikiforowitsch Karpuschin überhörte die Bemerkung Chimkassys. Er zählte auf, was er wußte: Erstens ist er also noch in Moskau. Zweitens wissen wir jetzt, daß er ein Agent ist. Drittens ist er nicht allein. Er hat einen Helfer, den er Wassili Maximowitsch Frolow nannte.«

»Ein falscher Name!«

»Ja oder nein! Er wurde durch den Anblick Marfas überrumpelt. Da hat man nicht gleich einen anderen Namen zur Hand. Aber was soll's? Solange er in Moskau ist, bekommen wir ihn doch nicht.«

»Das ist sehr tröstlich.« Chimkassy spielte mit einer Büroklammer, bog sie auf, bog sie zu einem Kreis, zerdrückte sie.

»Aber in Moskau bleibt er nicht. Er hat einen Auftrag, und ich ahne ihn.«

»Sie sind ein Genie, Genosse. Es gibt in der Sowjetunion vielleicht zehntausend Dinge, die für den Westen interessant sind.«

Karpuschin schüttelte den Kopf. »Wenn man einen solchen Mann zu uns schickt, Genosse General, einen so kaltblütigen Wolf wie diesen Heller, dann geht es nicht mehr um eine Schraube, die einen Kanonenverschluß hält. Dann geht es um das Große, Genosse.«

»Um die Raketenabschußbasen.«

»Sie sagen es, General.«

»Die kann man abriegeln!«

»Sehen Sie!« Karpuschin lächelte mild. »Machen wir die Falle auf, und warten wir auf den Hasen! Er kommt, er kommt bestimmt . . . er *muß* ja kommen, denn er ist nicht hier, um im Botanischen Garten Goldfische zu füttern! Ich habe heute schon telefonisch mit Marschall Warenzow gesprochen. Er wird einen geheimen Tagesbefehl herausgeben.«

General Chimkassy sah auf Marfa Babkinskaja und dann an die Decke mit der Stuckverzierung. Er kannte den Oberkommandierenden der sowjetischen Raketenstreitkräfte genau und wußte, daß er ein Freund Malinowskijs und ein Kamerad Karpuschins auf der Militärakademie war. »Und was soll ich dann noch?« fragte Chimkassy bitter.

»Es wird bei Ihnen liegen, Genosse General«, antwortete Karpuschin, milde gestimmt, denn die Trümpfe lagen in seiner Hand, »ab sofort alle Kontaktmänner zu mobilisieren. Irgendeiner *muß* wissen, wer dieser Heller ist und für wen er arbeitet.«

»Die Ermittlungen laufen schon«, sagte Chimkassy mürrisch. »Wir haben dreißigtausend Kontaktleute im Westen. Es muß der GRU gelingen, einen Mann dort einzuschleusen, wo man Heller kennt.«

»Wir sind schon dabei. Eine Sekretärin im Hauptquartier des CIA in Westdeutschland hat Verbindung zu einem Major aufgenommen, der erst seit drei Wochen in Deutschland ist. Offiziell gilt er als Kurier. Das hat mich stutzig gemacht. Ich erwarte in Kürze die ersten Nachrichten des Mädchens.« Chimkassy sah wieder Marfa Babkinskaja an. »Im Bett werden Staatsgeheimnisse wäßrig wie Schweiß ... « sagte er anzüglich.

Marfa sah zum Fenster hinaus. Ein ekelhafter Kerl, dachte sie und zog die Nase kraus, als stänke Chimkassy. Zu denken, daß er ein Mann ist und der Liebe fähig ... man ließe sich lieber mit eisigem Wasser berieseln.

»Was sagt die Deutsche Botschaft?« fragte Chimkassy.

»Nichts. Sie wirft uns vor, ihre Bürger, die als biedere Touristen ins Land kommen, nicht genug zu schützen. Sie wärmten sogar den Fall Schwirkmann auf, dem man im Kloster Zagorsk, in der Kirche, Säure über den Körper schüttete.«

Chimkassy winkte ab. Er wurde nicht gern daran erinnert. Man sagte, daß gerade die GRU dabei grobe Fehler gemacht habe.

»Warten wir also ab«, sagte er. »Meine Spezialisten sitzen Tag und Nacht an den Peilgeräten und tasten den Äther ab. Ich habe dreiundzwanzig neue Stationen eingerichtet. Sie stehen rund um Moskau und fangen jeden Zwitscher ab, der durch die Luft jubelt.« Chimkassy lächelte böse. »Ohne Informationen gibt es keinen Agenten, Matweij Nikiforowitsch. Einmal muß auch dieser Heller von außen angesprochen werden. Und dann haben wir ihn!«

»So sicher bin ich nicht, Genosse General.« Karpuschin erhob sich. »Sie wissen – solange einer spricht, aber der andere nicht antwortet, nützt uns das Peilgerät gar nichts. Und er wäre ein Idiot, dieser Heller, wenn er antwortete!«

Eine Woche später – Chimkassy hatte schon einen Magenkrampf vor Ärger bekommen – war es endlich soweit. Im Äther zirpte eine fremde Stimme:

»Hier ist Otto . . . hier ist Otto . . . hier ist Otto . . .«

Chimkassy, sofort telefonisch verständigt, wurde blaß vor Aufregung. Er ließ die Leitung zu seinem Zimmer blockieren und behielt den Hörer am Kopf, um in direkter Dauerverbindung mit dem Funkwagen 27 zu bleiben, der südlich von Moskau im Park der Domäne Otrada stationiert war.

Eine halbe Stunde später saß Oberst Karpuschin bei General Chimkassy in der Zentrale der GRU und hatte sich einen zweiten Kopfhörer übergestülpt. Sein Gesicht war gerötet wie im Fieber, und ab und zu trank er einen Schluck Oporto Krimsky, einen süßen, schweren Wein von goldener Farbe. Das Warten war qualvoll. Nur alle zehn Minuten zirpte es wieder: »Hier ist Otto . . . hier ist Otto . . .« Aber Otto antwortete nicht.

In dieser Nacht hockten rund um Moskau über zweitausend Funker der Roten Armee, der Staatssicherheitspolizei KGB und Spezialisten der GRU an den Peilgeräten und warteten. Einmal mußte die Antwort kommen.

In dieser Nacht saßen auch Alajew und Semjonow auf dem Speicher des Möbellagers in der Woronzowo Polje, hatten ein Dachfenster geöffnet und die dünne Antenne in den mondlosen Nachthimmel geschoben. Eine Woche lang hatten sie als brave Sowjetbürger gelebt. Semjonow stemmte Möbel in die Lastwagen und führte Käufer durch das Lager, Alajew bewies eine blühende Fantasie beim Anpreisen seiner Waren und verkaufte Seegrasfüllungen als echtes Roßhaar und Polstermöbel aus den fünfziger Jahren als »neueste Modelle, wie sie in den Datschen der großen Genossen stehen«. Zweimal besuchten sie sogar einen Vortrag der »Aktivistenbrigade der Einzelhändler«, und Semjonow, der das Wort ergriff, erzielte großen Beifall mit der Feststellung, daß vieles besser werden müsse.

»Sie haben einen guten Assistenten bekommen, Stepan Iwanowitsch!« sagte danach der Vorsitzende des Komitees für volkswirtschaftliche Planung. »Woher kommt er?«

»Von der Holzingenieurschule, Genosse. Er praktiziert bei mir und will dann in ein großes Holzkombinat.« Alajew stand der kalte Schweiß auf der Stirn. Dieser Semjonow, fluchte er innerlich. Kann er nicht die Schnauze halten? Was wird, wenn man ihn in den Vorstand wählt?

An den Abenden saßen sie über Spezialkarten und besprachen immer wieder die Möglichkeiten, die Semjonow hatte.

»Wir wissen, daß bei Norilsk Raketenabschußbasen sind und auch Lager mit Atomsprengköpfen.« Semjonow legte den Zeigefinger auf das unendlich scheinende Gebiet der sibirischen Tundra. »Aber hier, am Jenissej, bei Komssa, sollen Versuchsgelände sein, auf denen neue Treibsätze ausprobiert werden. Dahin muß ich! Es gibt in der Nähe ein großes Holzkombinat. Kalinin II heißt es und liegt bei Kusmowka an der Steinigen Tunguska. Wie komme ich da hin, Alajew?«

Stepan Iwanowitsch studierte noch einmal die Zugfahrpläne, die Fluglinien und die Schiffahrtswege. »Bis Krasnojarsk, wie gesagt, können Sie fliegen, Pawel Konstantinowitsch. Von da ab geht – aber nur im Sommer – ein Schiff jede Woche einmal nach Streka. In drei Wochen kann es dort schon wieder schneien, während wir hier in Moskau noch schwitzen.«

»In drei Wochen will ich längst in Kusmowka sein.«

Alajew wiegte den Kopf. Er glaubte es nicht. »Warten wir ab, was U II sagt«, meinte er. »Wenn es Winter wird, Brüderchen, gibt es dort nur Schlitten. Bei ganz großem Glück auch ein paar Lastwagen. Im allgemeinen ist der sicherste Weg mit einem Rentierschlitten.«

Semjonow nickte und rollte die von den Mikrofilmen vergrößerten Spezialkarten wieder zusammen. »Das habe ich gelernt. In Alaska. Ich kann mit Rentieren umgehen.«

»Was können Sie eigentlich nicht, Pawel Konstantinowitsch?« fragte Alajew fast ehrfurchtsvoll.

»Abwarten!« Semjonow steckte sich eine Papyrossa an und blies den Rauch gegen die Decke. »Ich werde verrückt, wenn ich hier noch lange rumsitzen muß oder Kunden durch die Möbelausstellung führe, anstatt schon am Ziel zu sein!«

Nach einem genauen Plan baute Alajew in dieser Nacht sein kleines Funkgerät auf. Es lag sonst versteckt zwischen den Dachsparren in einer Holzkiste, und niemand, der auf dem Speicher suchen würde, hätte bemerkt, daß dies ein Versteck war und nicht ein Teil der Dachkonstruktion.

»Da ist er!« sagte Alajew und reichte Semjonow den Hörer. »Otto! Den Namen kenne ich nicht . . . aber es ist die richtige Frequenz.«

»Otto ist Major Bradcock.« Semjonow setzte sich unter das kleine Funkgerät auf einen Gartenklappstuhl. Alajew lehnte gegen eine Dachverstrebung. »Ich hatte den Auftrag, Alajew, Ihnen bis zur heutigen Stunde nichts zu sagen. Ich sollte Sie beobachten.«

»Man mißtraut mir, Brüderchen? Das ist bitter!« Alajews Gesicht verzog sich. »Habe ich nicht alles zur Zufriedenheit gemacht?«

»Sie sind ein Goldstück, Alajew.« Semjonow nickte ihm zu. »Darum gebe ich Ihnen auch gleich den neuen Code. Sie heißen ab heute Gregor. Otto ist der frühere U II, ich bin Iwan. Als Dechiffriertext haben wir eine Romanseite von Hemingway, jeder dritte Buchstabe hat eine Nummer. Jede Woche ändert sich die Seite, und zwar in der Reihenfolge 17, 287, 6, 45, 28, 2, 155 und 91. Heute ist Seite 287.« Semjonow drückte auf die Taste Empfang. »Das Spiel kann beginnen«, sagte er fast heiter.

In der Zentrale der GRU zuckten General Chimkassy und Oberst Karpuschin zusammen, als plötzlich auf den Ruf »Hier ist Otto« eine Antwort kam. Eine Zahl.

827.

Karpuschin sah Chimkassy hilflos an. An der tschechischen Grenze dagegen, in seinem Bauernhaus, atmete Major Bradcock auf. 827 hieß ganz schlicht »Yes!« Die Verbindung war hergestellt. Der Herzschlag des CIA klopfte hinüber bis unter das Dachfenster des Hauses in der Woronzowo Polje.

»Was ist das?« fragte Karpuschin, als es wieder still war im Äther.

»Eine Sauerei, Genosse.« Chimkassy hieb mit der Faust auf den Tisch. »Wenn die weiter so knapp antworten, reicht die Zeit nie aus, den Sender anzupeilen.« Er wollte weitersprechen, aber ein Gewimmel von Zahlen, die nun alle Funkpeilstellen aufnahmen, verschloß ihm den Mund. Auch Karpuschin atmete kaum, er drückte den Hörer gegen die Ohren und registrierte nichts als Zahlen, Zahlen, Zahlen.

»Das wird Aufgabe unserer Dechiffrierabteilung sein, da einen Sinn herauszuholen«, sagte Chimkassy. »Verdammt noch mal, mich interessiert auch nicht, was sie funken. Ich will wissen, *wo* der Empfänger sitzt. Und er sitzt in Moskau, Genosse, er sitzt vor unserer Nase und legt dicke Eier!«

Fast fünf Minuten lang klingelte es im Äther von sinnlosen Zahlen. Es waren fünf Minuten, die Karpuschin und Chimkassy an die Galle gingen. Dann schwieg der Sender, und alles hielt den Atem an.

Die Antwort! Gütige Mutter von Kasan . . . laß ihn eine lange Antwort geben.

Und die Antwort folgte. Keine Zahlen, keine Verschlüsselung, keine Codewörter. Im Klartext funkte Semjonow, und es machte ihm einen höllischen Spaß, so offen zu sein vor zweitausend bebenden Ohren:

»Okay, boys!«

Schweigen. Aber bei Karpuschin hatte eine Granate eingeschlagen.

»Er verhöhnt uns!« schrie er wild und warf seinen Kopfhörer gegen die Wand. »Genosse General, ich erleide einen Schlaganfall! Ich überlebe das nicht! Okay, boys . . . vor unseren Ohren!«

»Er ist ein eiskalter Hund.« Chimkassy legte ebenfalls seinen Hörer weg. Er wußte, daß jetzt nichts mehr durch den Äther kam. Die große Chance war vorbei. Man würde nie den Sender in Moskau finden. »Es bleibt uns nur noch die Information aus Deutschland. Unsere Sekretärin beim CIA. Oder ein Verrat in Moskau . . . oder eine Dummheit dieses Heller selbst. Oder ein dummer Zufall! Vielleicht sieht Marfa Babkinskaja ihn noch einmal . . .« Chimkassy lachte bitter. »Auf jeden Fall haben wir jetzt eine Made im Speck, Genosse Karpuschin, und sie wird sich rund und voll fressen bis zum Platzen. Darauf warte ich. Die Satten werden zu bequem und faul. Glauben wir an unsere Erfahrung: Einen Fehler macht jeder einmal.«

Karpuschin nickte müde. »Sagen Sie das mal Marschall Malinowskij, Genosse General. Ich beneide Sie nicht um diese Berichterstattung!«

Chimkassy putzte sich die Nase. »Sie kennen ihn gut, nicht wahr«, sagte er leise. »Sie werden sich als mein großer Freund erweisen müssen, Matweij Nikiforowitsch . . .«

In diesen Tagen bekam das Holzkombinat Kalinin II in Kusmowka einen neuen politischen Kommissar.

Man muß wissen, wie das ist: Fleißige Arbeiter sind eine Selbstverständlichkeit. Die Erfüllung des Solls ist die Norm. Daß alle gute Kommunisten sind, setzt man voraus. Unzufriedene gibt es überall, der Mensch ist nun mal so, daß ihn nichts befriedigt, nicht einmal 300 Gramm Brot am Tag, etwas Margarine, Marmelade, Preßtee, ein Teller Fischsuppe oder Borschtsch oder an Sonntagen eine Terrine mit Rossolnike. Das ist etwas ganz Feines, Genossen, da läuft einem das Wasser im Mund zusammen: Man nimmt Schweinenieren, Gurken und

Sahne und macht daraus eine Suppe.

Und trotzdem sind die Leute unzufrieden, murren, stehen in der Freizeit herum, führen wilde Reden, verprügeln den Magazinleiter, nennen ihn einen Halsabschneider und Betrüger. Und vor zwei Wochen – es gab zum siebtenmal Kascha aus Maisgrieß und Bohnen, was doch den Bauch füllt und nahrhaft ist! – zogen sie mit Transparenten aus dem Lager zur Kombinatsverwaltung, überrannten die Milizposten und schrien im Sprechchor: »Wo bleibt die Gleichheit? Die einen fressen und die anderen hungern! Nieder mit Jurij Dambrowski! Nieder!«

Um das Soll weiter zu erfüllen und Moskau nichts von der Stimmung im Lager merken zu lassen, schickte man den Kommissar Dambrowski nach Hause und forderte einen neuen Schulungsleiter an.

»Er muß die Männer in der Hand haben!« schrieb der Natschalnik – der Direktor – des Kombinats an die Parteileitung in Krasnojarsk. »Er muß sie überzeugen können. Er muß Vorbild sein, nicht nur bei den Weibern im Bett! Er muß die Thesen der Weltanschauung nicht nur kennen, sondern auch an den Mann bringen können. Kurzum: Wir brauchen gerade in Kalinin II den besten Politruk, den Ihr, Genossen, bereithaltet.«

An einem feuchten Septembertag traf der neue politische Kommissar im Lager von Kusmowka ein.

Eintausendvierhundertsiebzig Männer und zweihundertdreiundvierzig Frauen und Mädchen standen vor den Holzbaracken und blickten auf den dunklen Moskwitschwagen, der durch die Hauptlagergasse zum Verwaltungsrat rollte. Und wo er vorbeigefahren war, hinterließ er lange Gesichter bei den Männern und böse Augen bei den Mädchen.

Im Fond des schwarzen Wagens saß eine Frau. Eine Frau in der grünen Uniform der politischen Abteilung, mit den breiten Schulterstücken eines Kapitäns.

Sie hatte einen schmalen Kopf, pechschwarze Haare, ebensolche Augen und einen kleinen, schmallippigen, energischen Mund. Sie sah unbeweglich geradeaus, als sie durch die stummen, wartenden Menschen fuhr, und sie sah sich auch nicht um, als sie vor dem Verwaltungsgebäude aus dem Wagen sprang, mittelgroß, zierlich, aber in der Uniform noch von einer fast aggressiven Fraulichkeit. Leichtfüßig lief sie die sechs Stufen zum Eingang hinauf, grüßte lässig den Natschalnik, der ihr entgegenkam, drehte sich dann erst um und umfaßte mit einem langen, stummen Blick das Lager, die sie anstarrenden Menschen, die Baracken und Schuppen, die Kraftwagenhallen und Maschinenhäuser und das große Transparent, das über die Hauptlagergasse gespannt war: »Für Frieden und Freiheit und immer bereit.«

»Freundschaft, Genosse!« sagte sie und sah den Natschalnik groß an. Ihre Stimme war hell und schneidend.

»Freundschaft, Genossin!« Dem Natschalnik saß ein dicker Kloß im Hals. Er würgte an ihm und wünschte sich ein großes Glas Wodka, um damit zu gurgeln.

O Mutter Gottes, dachte er. Was schickt man uns da aus Krasnojarsk? Sind die Brüderchen denn komplett verrückt? Eine Frau kommt in diese Hölle! Ein süßes, schwarzes Vögelchen. Und dort unten stehen Wölfe und Bären, Luchse und Marder, bereit, sie zu zerreißen! Man muß nur ihre Augen einmal sehen! Diese Mordgier, diese Freude, auch diese Frau zu zerstückeln wie den armen Jurij Dambrowski, der wirklich alles getan hatte, was in seinen Kräften lag! Aber schließlich und endlich scheitert jede Weltanschauung am Fressen, und was helfen Marx und Lenin, wenn zweitausend Arbeiter nur immer Blini erhalten, diese dünnen, aus Mehl und Wasser gebackenen Pfannkuchen, auf denen geräucherter Fisch liegt? Was kann da so ein schönes Täubchen machen? Weinen wird es, bitterlich weinen.

»Ich bin Ludmilla Barakowa«, sagte die junge Frau mit dem schwarzen Haar. Sie knöpfte ihre Feldbluse auf, denn im Zimmer des Kombinatsdirektors war es warm. Er heizte bereits. Der Regen brachte feuchte Kühle.

Unter der Feldbluse trug sie eine schwarze Seidenbluse, die stramm über den runden Brüsten lag. Der Direktor ertappte sich, als er das sah, bei kühnen Gedanken – da mußte das Herz ja schneller schlagen. Himmel, war das eine Frau! Mag sein, daß sie eine gute politische Kommissarin ist . . . aber hier in Kalinin II, dem Holzkombinat, das anerkannterweise die störrischsten Menschen von ganz Sibirien beschäftigt, wird man sie behandeln wie ein aus dem Nest gefallenes Vögelchen, aber nicht wie einen Kommissar, der Ordnung und Zucht, kommunistischen Geist und Ruhe im Lager schaffen soll.

Ludmilla Barakowa setzte sich hinter den Schreibtisch, der vor acht Tagen noch Jurij Dambrowski als Unterlage für sinnlose Fausthiebe gedient hatte, wischte über die Platte und hob den

Finger: »Dreck!« sagte sie mit ihrer hellen, kalten Stimme.

Der Natschalnik wurde rot. »Das Zimmer ist seit acht Tagen nicht bewohnt worden, Genossin.«

»Ist das ein Grund, alles verkommen zu lassen? Sind nicht genug Frauen im Lager, die putzen können?« Sie sah sich um, entdeckte braungelbe Gardinen an den Fenstern und rümpfte die Nase. »Die Gardinen – «

»Genosse Dambrowski rauchte gern Pfeife, und der Qualm ... er rauchte vorwiegend eigenen Tabak.« Der Kombinatsdirektor rang mit seinem Kloß im Hals.

Ludmilla Barakowa drehte sich vom Fenster weg. »*Ich* liebe weiße Gardinen, Genosse«, sagte sie mit Betonung. »Und ich rauche Zigaretten. Türkische oder chinesische. Lassen Sie mir bitte etwas zu trinken bringen ... Tee mit Konfitüre gesüßt ... Und dann zeigen Sie mir das Lager und die Männer, die behaupten, in Kalinin II herrschten Sitten wie in einem Saustall!«

Der Natschalnik nickte. Sein Hals war trocken. Was haben wir da bekommen, dachte er erschrocken. O Genossen in Krasnojarsk ... ihr habt uns eine Teufelin herübergeschickt. Das haben wir nicht verdient. Ein strenger Mann kann wie die Hölle sein. Aber eine mächtige Frau, das ist, wie wenn man im Hintern des Teufels wohnt ...

Das geschah an einem Vormittag, um genau zu sein, an einem Sonntag, wo alle im Lager waren und am Nachmittag Kuchen bekamen. Einen faden Kuchen mit dicken Zuckerkrümeln. Die meisten strichen sich ihre Marmelade darüber und verzichteten dafür auf ihr Frühstück am Montag. Zwar konnte man im Lagergeschäft Marmelade kaufen, aber die war so sündhaft teuer, daß dies kaum einer in Erwägung zog.

Am Nachmittag besichtigte Ludmilla Barakowa das Lager. Sie begann bei den Männern, und zwar in der Stolowaja, dem großen Versammlungssaal, wo die Schulungen und Parteifeiern stattfanden.

Auf den Bänken hockten nun über vierhundert finstere, bärtige Männer, hatten die klobigen, schwieligen Hände auf die Knie gelegt und dachten an die Worte ihrer Barackenältesten: »Leute, benehmt euch anständig! Vermeidet zu stinken und denkt daran, daß eine Frau – auch wenn sie Kommissarin ist – doch immer noch eine Frau bleibt. Unter der Uniform ist alles das, was ihr so gern habt ... also, benehmt euch danach!«

Ludmilla Barakowa ging durch die Bankreihen zum Podium, den Kopf hoch erhoben, den Blick geradeaus, mit einem festen Schritt in ihren schlanken, langen Beinen, daß die Dielen der Stolowaja knirschten. Auf dem Podium blickte sie eine Weile stumm über die vierhundert Köpfe, dann lächelte sie.

»Na, was ist, Genossen?« fragte sie. Ihre helle Stimme füllte den großen Raum auch ohne Mikrofon. »Ihr habt Zuckerkuchen bekommen, und am Abend gibt es Bohnengemüse mit Salzfisch.«

»Scheiße!« rief jemand von den vierhundert.

»Das ist Geschmackssache!« Einige lachten und wurden niedergezischt. Aber es war eine Bresche in den Wall der Abwehr geschlagen. Wie kann man wütend sein, wenn ein so schönes Frauchen ein mutiges Witzchen reißt?

»Ich komme aus einem Lager, da gab es morgens eine Scheibe steinhartes Brot, das man in Schneewasser aufweichte. Und mittags aßen sie Kohlsuppe, so dünn, daß man die Blättchen zählen konnte. Am Abend waren sie glücklich wie Kinder: Sie bekamen einen Fladen aus Sojamehl und einen Klecks Marmelade. Aber zwischen diesen Mahlzeiten lag die Arbeit an der Straße. Bei vierzig Grad Frost stemmten sie die Erde auf, schichteten Steine, fraßen sie sich auf dem Boden nach Norden. In Workuta war's, Genossen . . . und ich könnte mir denken, daß man ein ganzes Kombinat dorthin verlegt, denn Holzfachleute braucht man überall.«

Das war deutlich. Die vierhundert schwiegen verbissen. O du Teufel, dachten sie. Du schöner Satan! Du Auswurf der Hölle! So also wird es gehen mit uns! Eine solche bist du! Der Jurij Dambrowski war ein harmloser Idiot, der nur mit Parolen um sich warf. Aber jetzt wird es gefährlich in Kusmowka. Ein Weib regiert! Der Himmel sei uns gnädig . . .

»Ich habe Fotos mitgebracht, Genossen«, sagte die Barakowa weiter. Sie lehnte sich an das Rednerpult, an dessen Stirnseite ein Bild Lenins angebracht war. »Wir werden uns morgen diese Fotos ansehen. Danach werden wir uns einig sein: Das Kombinat Kalinin II in Kusmowka ist ein Paradies. Man muß vergleichen können, Genossen, ehe man urteilt!«

Wahrhaftig, dachten die vierhundert. Das ist ein wahres Wort, du Teufelchen. Nun vergleichen wir. Gott segne unseren Dambrowski, wo immer er jetzt auch ist. Er war ein Freund . . .

Fast eine halbe Stunde sprach Ludmilla Barakowa. Sie wußte,

daß ihre Worte bis zum Abend im ganzen Lager bekannt sein würden. Ihre Stimme war wie eine helle Fanfare, sie blies über die bärtigen Köpfe der vierhundert hinweg und tönte in ihren Hirnen wider. Was sie sagte, war nachher nicht mehr so wichtig ... *wie* sie es sagte, war viel ergreifender. Sie sagte es mit der Kälte eines Eisberges, der ein Schiff rammt und ruhig neben den Trümmern weitergleitet.

Am Abend, nach dem Abendessen, ließ sie sich den Rapport vorlegen. Der Sekretär des Direktors unterbreitete die Papiere.

»Lesen Sie vor, Genosse«, sagte die Barakowa. »Während Sie sprechen, kann ich weiterdenken.«

Der Sekretär las. Die Wochenzahlen der Produktion, der Sollziffern, die Einzelleistungen von Aktivisten, die Anforderungen der kommenden Woche, der Ernährungsplan; die Meldung von 300 Neuzugängen, die mit einem Transportzug aus Weißrußland kamen, wo die Landwirtschaft überschüssige Kräfte abgeben konnte; die Nachricht, daß in den nächsten Tagen ein Holzingenieur eintreffen werde.

»Ein Holzingenieur?« Ludmilla Barakowa hob den Kopf. »Was soll er hier?«

»Er wird den Produktionsablauf im Sägewerk überwachen.«

»Woher kommt er?«

»Aus Moskau.«

»Name?«

»Pawel Konstantinowitsch Semjonow, Genossin. Absolvent der Universität. War bisher in großen Möbelfabriken beschäftigt. Hat glänzende Papiere. Man lobt ihn sehr.«

Ludmilla Barakowa nickte. »Ich lese sie mir nachher durch. War das alles?«

»Für heute ja, Genossin.« Der Sekretär atmete auf. Sie kann einen mit ihrem Blick in Flammen aufgehen lassen, dachte er. Und trotzdem friert man, als liege man nackt auf dem Eis des Jenissej.

»Dann gute Nacht, Genosse.« Die Barakowa erhob sich. Neben dem Büro war ihr Schlafzimmer. In den vergangenen Stunden hatten vier Frauen alles geputzt und gewienert. Auch neue Gardinen hingen an den Fenstern. »Ich habe eine lange Reise hinter mir ... Die ganze Nacht bin ich durchgefahren ... Ich bin müde.«

Das erste persönliche Wort. Der Sekretär war beglückt und rannte aus dem Zimmer, um es allen zu erzählen: Sie kann auch müde sein, Genossen!

Hinter ihm knirschte der Schlüssel im Schloß. Ludmilla Barakowa war allein.

Sie zog die grüne Feldbluse aus, öffnete die schwarze Seidenbluse und ging nebenan in ihr Schlafzimmer. Dort warf sie sich auf das im Land des Holzes völlig stilfremde Stahlrohrbett, zog sich die weichen Juchtenstiefel aus, spielte mit den Zehen in den Strümpfen und legte die Beine hoch über das Fußende des Bettes.

Kusmowka, dachte sie. Nun bin ich in Kusmowka. »Es ist die größte Ehre, die wir Ihnen antun können«, hatte der Genosse Distriktkommissar gesagt. »Wenn Sie dort Ordnung schaffen und sich Respekt erwerben, wird Moskau Ihnen große Aufgaben übertragen.«

Der gute Maxim Sergejewitsch Jefimow. Er liebte sie, aber er zeigte es nicht offen – nur so hinten herum, wie jetzt, als er ihr die »große Ehre« erwies, sie nach Kusmowka zu schicken.

Ludmilla Barakowa beugte sich vor und nahm die Akte an sich, die der Sekretär zurückgelassen hatte.

Die Papiere des Holzingenieurs Semjonow.

Als sie die Mappe aufschlug, sah sie zuerst sein Bild.

Ein frisches, männliches Gesicht mit kurzen, stoppeligen blonden Haaren und fröhlich blickenden blauen Augen. Die Augen eines Jungen, der immer zu Streichen aufgelegt ist. Freche, sympathische Augen, die selbst auf dem Foto sprachen: Na, bin ich nicht ein Mordskerl?

Ludmilla Barakowa legte die Akte neben sich auf das Bett. Die Augen fielen ihr zu, wohlige Müdigkeit durchzog ihren Körper.

Sie werden mir helfen müssen, Pawel Konstantinowitsch Semjonow, dachte sie. Ich habe Angst unter soviel Männern. Ich habe schreckliche Angst. Aber niemand weiß es, niemand wird es jemals merken. Auch Sie nicht, Pawel Konstantinowitsch. Wann kommen Sie? In vier Tagen? Ich werde sehr erleichtert sein, wenn Sie endlich da sind.

So schlief sie ein, ein kleines, müdes, einsames, zartes, angstvolles Mädchen.

Im Lager aber, in den Baracken, beim dampfenden Tee, saßen die Männer und ballten die Fäuste.

»Ein Teufel ist sie. Paßt nur auf, in der Hölle wird es gemütlich sein wie in einer Wodkastube, verglichen mit Kusmowka!« sagten sie.

Und die Weiber im Frauenlager hockten zusammen und

tuschelten böse: »Man sagt, sie habe schon als Kind auf Menschen geschossen. Als Partisanin in den Sümpfen von Pripjet. Sie verachtet den Menschen. Man sollte sich bekreuzigen, wenn sie an einem vorbeigegangen ist . . .«

So sprach man überall von Ludmilla Barakowa.

Von Norden, über den Jenissej her, wehte ein kalter Wind. Er jaulte um die Baracken und klapperte mit den Fensterläden. Zwischen Herbst und Winter gibt es hier keine große Spanne . . . erst kommt der Wind, dann der Regen, dann der Schnee, dann das Eis. So schnell geht es.

Auf ihrem Bett zog Ludmilla Barakowa die Beine an. Sie fröstelte, weil sie nicht zugedeckt war, aber sie merkte es nicht; so müde war sie.

Um ihre Lippen lag jetzt ein Lächeln.

Wie tief in jeder Frau noch ein Kind schläft, o Freunde! Man sollte eine Frau im Schlaf studieren, um auch ihre Seele lieben zu lernen . . .

Und dann kennen wir sie doch noch nicht!

Wahrheit ist's, Brüderchen . . .

Alajew ließ es sich nicht nehmen, Pawel Konstantinowitsch Semjonow selbst zum Flugplatz und bis an die Rollbahnabsperrung zu bringen.

Seit dem Vorfall im Botanischen Garten waren fast drei Wochen vergangen. Die Gefahr schien nicht mehr groß, daß gerade hier, auf dem Flugplatz Scheremetjewo, 30 Kilometer von Moskau entfernt, wieder eine Marfa Babkinskaja auftauchte.

Alajew hatte auch die Flugkarte besorgt. Frech, wie er war, ging er zum Sonderschalter für Verbilligungen, legte die Anstellungspapiere Semjonows vor und sagte: »Genossen, einmal nach Krasnojarsk mit 25 Prozent Rabatt. Pawel Konstantinowitsch ist staatlicher Holzingenieur und Spezialist im Holzkombinat. Für ihn gilt die staatliche Verbilligung.«

Man verhandelte nicht lange und gab ihm die Flugkarte. Man hatte in Scheremetjewo keine Zeit, lange zu prüfen. Der Flughafen war erst vor kurzem eröffnet worden, ein ungeheuer moderner Betrieb, hineingehauen in ein malerisches Waldmassiv, ein Kleinod des Luftverkehrs, auf das die Moskauer fast so stolz waren wie auf ihre Untergrundbahn, das »neue Weltwunder«.

Überhaupt die Anstellungspapiere!

Als Semjonow durch einen kleinen Mittelsmann Alajews eine Liste der staatlichen Betriebe im Gebiet um Komssa erhielt, war ihm sofort das Holzwerk Kalinin II in Kusmowka aufgefallen. Bis zu den Treibsatzforschungszentren waren es von dort nur noch zweihundert Kilometer Luftlinie, eine lächerliche Entfernung, gemessen an den Weiten Sibiriens.

»Schreiben wir einfach hin«, hatte Semjonow gesagt. »Mehr als nein können sie nicht sagen.«

O Brüderchen, wer sagt nein, wenn sich einer findet, der freiwillig nach Sibirien will? Ab und zu gibt es solche . . . entweder entpuppen sie sich später als Vollidioten oder als heillose Idealisten. Semjonow erweckte mit seinen hervorragenden Zeugnissen den Eindruck, als sei er ein solcher Idealist, und der Distriktdirektor der staatlichen Holzkombinate in Krasnojarsk sagte zu seinem Stellvertreter:

»Das ist ein seltener Fall! Wir verpflichten ihn gleich für fünf Jahre. Dann kann er nicht mehr weg, wenn er sieht, was hier los ist! Mit dem Köpfchen muß man arbeiten, mein Lieber, mit dem Köpfchen!«

Es dauerte keine Woche, und Semjonow war im Besitz eines Anstellungsvertrages. Er unterschrieb. Was kümmerte ihn die Fünfjahresklausel? Kusmowka sollte nur ein Sprungbrett sein – wie lange er dort blieb, das wollte Semjonow allein bestimmen.

»Mir geht das alles zu glatt, Pawel Konstantinowitsch«, sagte Alajew und wiegte den Kopf. »Sie zerstören mit diesen Selbstverständlichkeiten die ganze Romantik eines Spions.«

Semjonow lachte. »Manchmal wundere ich mich auch, daß ich plötzlich ein Russe unter Russen bin. Aber es gefällt mir, Stepan Iwanowitsch. Wenn man vom Weltanschaulichen absieht . . . man kann gut unter euch leben.«

Nun also war es an der Zeit, Abschied zu nehmen, vielleicht Abschied für immer, wie Alajew im tiefsten Inneren befürchtete. Die schwere, etwas klobige IL-18, eine Turboprop-Maschine, war bereits zur Betonpiste gerollt, Mechaniker kontrollierten noch einmal die Räder; die Koffer und das Gepäck, meistens Kartons und Säcke, wurden auf Elektrowagen herangefahren, die Gangway stand bereit, an der Absperrung drängten sich die Fluggäste, meistens Tungusen, Chanten und Ewenken, kleinwüchsige, gelbgesichtige, breitknochige Völkerstämme, mit bestickten Käppchen auf den runden Schädeln oder schon in langen Lammfellmänteln oder Hundepelzen, denn in Krasnojarsk wurde es bereits kalt. Es war ein merkwürdiger Anblick, im Moskauer Sommer Männer mit dicken Pelzen würdevoll über den flimmernden Asphalt schreiten zu sehen.

»Leben Sie wohl, Pawel Konstantinowitsch«, sagte Alajew, als die Schranke geöffnet wurde und die Fluggäste zur Rollbahn eilten. »Ich wünsche Ihnen alles Glück der Erde.«

»Danke, Stepan Iwanowitsch.«

Sie drückten sich die Hand, umarmten sich dann und küßten sich nach alter russischer Sitte auf beide Wangen.

»Christus sei bei dir«, flüsterte Alajew dabei Semjonow ins Ohr. »Die Mutter Gottes segne dich!«

Über die großen Lautsprecher wurde der Flug ausgerufen. »Bitte zur Maschine!« sagte die Mädchenstimme. »Bitte zur Maschine.«

»Wir bleiben in Verbindung?« fragte Alajew und hielt Semjonows Hand fest, als wolle er ihn zurückreißen von diesem wahnwitzigen Abenteuer.

»Nein. Es sei denn, daß etwas ganz Außergewöhnliches geschieht. Ich muß mich allein durchschlagen. Das, was ich sehen soll, ist nicht gebunden an Tage oder Wochen. Noch einmal, Alajew: Leben Sie wohl. Und seien Sie etwas lieber zu Ihrem Weibchen Jekaterina. Die Gute hat Angst um Sie. Seien Sie vorsichtig.«

Alajew nickte. Die Kehle schnürte es ihm zu, als Semjonow über das Rollfeld ging, sich an der Tür noch einmal umwandte und zurücksah.

Was mag er jetzt denken, fragte sich Alajew. Ob er denkt: Leb wohl, du schönes Leben? Leb wohl, alles, was einmal Franz Heller hieß?

Die Gangway wurde weggeschoben, die Türen schlugen zu, aus den Motoren quollen Rauch und donnerndes Gedröhn. Langsam setzte sich die riesige IL-18 in Bewegung und rollte zur Startbahn.

Stepan Iwanowitsch Alajew winkte. Vielleicht sieht er mich, dachte er. Noch einmal winkt dir das Leben zu, Pawel Konstantinowitsch.

»Do swidania!« sagte Alajew leise. »Auf Wiedersehen!«

Aber er glaubte nicht an ein Wiedersehen.

Von Komssa nach Kusmowka hatte man eine Kleinbahn gebaut. Sie wurde von den Holzwerken betrieben. Es hatte sich nämlich gezeigt, daß Lastwagen für den Holztransport nicht ausreichten, und auf die Steinige Tunguska war auch kein Verlaß. Im Winter fror sie zu, im Frühling und Herbst trat sie über die Ufer, im Sommer machte sie ihrem Namen alle Ehre und wurde steinig und trocken. Wie kann man da Holz flößen? Es war schon eine schöne Schweinerei, Genossen! Also baute man eine Bahnlinie quer durch Tundra und Taiga bis zum Jenissej nur zu dem Zweck, Holz wegzuschaffen.

Mit diesem Zug sollte nun der neue Holzingenieur nach Kusmowka kommen. Er hatte aus Krasnojarsk von der Direktion Nachricht geben lassen, daß er am Freitag in Komssa sein würde. Am Nachmittag wollte er seine neue Heimat Kusmowka begrüßen.

Ludmilla Barakowa hatte diese Nachricht mit Erleichterung aufgenommen. »Ich hole ihn vom Bahnhof ab«, sagte sie zum Natschalnik. »So habe ich gleich auf der Fahrt zum Lager Gelegenheit zu sehen, ob er ein guter Kommunist ist. Wenn er so ist wie ihr, Genossen, schicke ich ihn gleich wieder zurück.«

Man nickte. In den wenigen Tagen der Machtübernahme durch die Barakowa hatte man es sich abgewöhnt, eigene Meinungen zu äußern oder gar zu widersprechen. Hinter Ludmilla stand der mächtige Distriktsowjet Jefimow in Krasnojarsk. Eine Meldung an Jefimow, und man konnte sich auf ein noch einsameres Leben vorbereiten.

Also fuhr Ludmilla Barakowa mit einem Jeep nach Kusmowka zum Bahnhof, um Semjonow abzuholen. Sie hatte ihre Sonntagsuniform angezogen. Die breiten Schulterstücke eines Kapitäns der Roten Armee leuchteten in der trüben Septembersonne. Sie war glücklich. Wenn er so ist, wie er aussieht, werde ich Hilfe an ihm haben, dachte sie immer wieder. Es ist ein Satansgeschäft, mit diesen störrischen, wilden Männern im Holzlager auszukommen. Und erst die Weiber aus den Hobelfabriken! Am Tage benehmen sie sich wie störrische Esel und nach Einbruch der Dunkelheit wie heiße Füchsinnen. Gebe der Himmel, daß dieser Semjonow ein ganzer Kerl ist ...

Aber Semjonow traf nicht in Kusmowka ein. Eine Stunde über die Zeit wartete Ludmilla Barakowa vor dem Bahnhof, dann stürmte sie in den Vorraum des Holzhauses und griff sich einen Mann, der hinter den Weichenhebeln saß, gähnte und Schmalzkuchen aß.

»Was ist mit dem Zug?« schrie die Barakowa. »Seit einer Stunde warte ich!«

»Der Zug aus Komssa?«

»Du Idiot. Fährt denn ein anderer? Wo bleibt der Zug?«

»Er liegt bei Ajachtaska«, sagte der Weichensteller gemütlich und suchte mit dem Zeigefinger einen Krümel, der an seinem Gaumen klebte. »Er ist entgleist, Genossin Kapitän! Rumbum, springt einfach aus den Schienen. Es soll bis jetzt dreiundzwanzig Tote gegeben haben, sagt man. Liegen alle unter den Wagen. Aber es sind noch mehr, bestimmt. Man hat ja erst angefangen aufzuräumen . . .«

»Entgleist?« Das schmale Gesicht der Barakowa wurde fahl. »Weiß . . . weiß man schon Namen?«

»Nichts, Genossin Kapitän. Die man gefunden hat, sehen aus wie geplatzte Blutwürste. Wie kann man da einen erkennen?« Er biß wieder in ein Stück Schmalzkuchen und kaute schmatzend.

Mit steifen Beinen, aber aufrecht und beherrscht, verließ Ludmilla Barakowa den Bahnhof. Sie stieg in den Jeep, ließ ihn an und fuhr bis zu einer Kreuzung, an der ein Polizist stand und den Verkehr beobachtete.

»Nach Ajachtaska?« fragte sie. »Wie fahre ich da, und wie lange dauert es?«

»Die Straße nach Komssa.« Der Polizist grüßte verblüfft. Ein weiblicher Kapitän bei uns, dachte er. Sie kann nur vom Lager kommen. »Es können gut drei Stunden Fahrt sein, Genossin.«

Ludmilla Barakowa nickte. Wie ein Teufel fuhr sie an und jagte aus Kusmowka hinaus.

Ihr Gesicht war unbeweglich wie ein Steinblock . . . ein schöner, weißer Marmorblock.

Dreiundzwanzig Tote, dachte sie. Und Semjonow ist dabei. Ich ahne es. Es kann gar nicht anders sein. Warum sollte ich im Leben einmal Glück haben . . .

Es war das erstemal, daß hier ein Zug entgleiste.

3

Die Eisenbahnunfallstelle erwies sich als ein großer, wilder Haufen aufeinandergeschobener Waggons mit einer noch qualmenden Lokomotive und einer Versammlung sich anschreiender Männer. Ludmilla Barakowa erreichte Ajachtaska in genau drei Stunden, wie der Polizist an der Straßenecke von Kusmowka es gesagt hatte. Der Bahndamm war bereits von Miliz abgesperrt, aber den weiblichen Kapitän in dem hüpfenden Jeep ließ man sofort durch.

An der Lokomotive stand der Lokführer, die Mütze im Nacken, und wehrte sich gegen die Anklagen eines Leutnants und wild gestikulierender Waldarbeiter.

»Wie ein von Flöhen in den Hintern gezwickter Affe ist er gefahren!« brüllte jemand aus der Menge. »Ich sage noch: Der hat aber Dampf auf der Pfanne . . . und da kracht's auch schon!«

»Die Bremse, Genossen!« schrie der Lokführer zurück. »Die Bremsen versagten. Sie packten einfach nicht mehr. Und wie kommt es, daß die Schienen sich verschoben? Ist das meine Schuld? Oder ist das die Schuld der Eisenbahnbrigade? Schiebt nicht alles auf einen ab, Brüderchen, nicht immer auf den armen Arbeiter! Ich habe ein süßes Frauchen und vier Kinderchen in Komssa . . . ich will sie wiedersehen, wenn ich diese verfluchte Strecke abgefahren bin.«

Ludmilla kümmerte sich nicht um das Gezeter der Leute. Was man ihr in Kusmowka erzählt hatte, stimmte zum Glück nicht. Von unkenntlichen Toten und Leichenbergen konnte keine Rede sein. Nichts schien passiert zu sein, als daß ein paar Wagen aus den Schienen gesprungen waren und nun schräg auf dem Bahndamm lagen. Vier, fünf Mann hatten Schrammen abbekommen, ein paar auch einige Beulen.

Sie lief die Wagenreihe entlang, bis sie den Personenwagen fand, der noch auf den Schienen stand, unversehrt und von den Insassen verlassen. Nur ein einzelner Mann stand am Fenster, rauchte eine Pfeife und schien sich um das Unglück und um den Lärm um sich herum nicht zu kümmern.

Das ist er, dachte Ludmilla Barakowa und blieb tief atmend stehen. So sieht er auch auf dem Bild aus. Blond, jungenhaft, zäh und gleichgültig. Ein Mann, der Eisen fressen kann, ohne sich daran den Magen zu verderben.

Daß er so ruhig am Fenster stand und rauchte, sogar Kringel in die kalte Luft blies und sich sichtbar daran erfreute, wie sie wiegend davonschwebten, ärgerte Ludmilla plötzlich maßlos. Sie stapfte durch Dreck und Erdbrei an den Wagen heran, stellte sich unter das Fenster und stemmte die Hände in die Hüften. Ihre zierliche, aber frauliche Gestalt hatte etwas rührend Kriegerisches an sich.

»He! Sie da!« rief sie mit heller Stimme, die schneidend klingen sollte, zum Fenster hinauf. »Sind Sie Semjonow?«

»Gewiß, Genossin Kapitän!« Semjonow klopfte seine Pfeife am Fensterrahmen aus. Die noch glühende Asche flog nur Zentimeter an Ludmillas Haaren vorbei und wurde vom Wind weggetrieben. Unwillkürlich riß sie den Kopf schräg zur Seite. Ihre schwarzen Augen blitzten.

»Von Höflichkeit halten Sie wohl nichts?« schrie sie. »Und von Arbeit auch nicht! Während die anderen sich um den Zug kümmern, rauchen Sie Pfeife, als ginge Sie das alles nichts an!«

»Sie haben wiederum recht, Genossin Kapitän. Mich geht das alles nichts an. Ich bin Reisender und kein Bahnarbeiter. Ich bin auf dem Weg nach Kusmowka, um dort eine Stelle anzutreten. Was auf der Fahrt dorthin passiert, ist Sache der für diese Strecke maßgebenden Genossen!« Er lächelte mild, als er Ludmillas flammende Augen sah. »Wir sind doch alle Spezialisten, Genossin! Jeder in der Sowjetunion ist ein Spezialist. Es wäre unverantwortlich, sich als Spezialist für Holz um die Pflichten der Spezialisten für Lokomotive oder Schienen zu kümmern. Das sehen Sie doch ein, nicht wahr?«

»Ich glaube, Sie verstehen den Kommunismus falsch! Wir alle sind eine Einheit, wir sind . . .«

»Einen Augenblick, Genossin!« Semjonow winkte, trat vom Fenster zurück und sprang wenig später neben Ludmilla Barakowa in den Dreck. »So redet es sich leichter über die Weltanschauung als von einem Abteilfenster aus. Mein Name ist Pawel Konstantinowitsch Semjonow.«

»Ludmilla Barakowa«, antwortete sie steif. »Ich war in Kusmowka, um Sie abzuholen. Da erfuhr ich von dem Unglück und kam hierher. Ich bin der Politkommissar des Holzkombinats Kalinin II. Sie werden also mit mir eng zusammenarbeiten müssen.«

»Das ist eine schöne Aussicht.« Semjonow meinte es doppelsinnig, und Ludmilla verstand es auch so. Ihre schmalen Lippen verzogen sich etwas. Ein arroganter Affe, dachte sie böse. Man könnte ihn dauernd in die Visage schlagen. Eine Frau ist für ihn ein Bettwärmer, weiter nichts. Genauso sieht er aus. Wie Bilder täuschen können. Er wird mir keine Hilfe im Lager sein, sondern eine neue Belastung. Und eine schwerere, als es die Arbeiter sind. Sie sind eine knurrende Masse Hunde, er aber wird sich zu einem hinterlistigen Wolf entwickeln.

An der Lokomotive entstand jetzt eine Schlägerei. Der Lokführer drosch auf einen Waldarbeiter ein und brüllte dabei: »Laßt mich, Genossen! Ich brauche mir das nicht bieten zu lassen! Einen Hurensohn nannte er mich! Vier Kinder hatte mein Mamachen und brachte sie alle durch ohne Vater! Ist das nicht anerkennenswert? Laßt mich ihn züchtigen, Genossen!«

»Ich schlage vor, Sie steigen in meinen Wagen, und wir fahren zusammen nach Kusmowka. Bis dieser Fall der Entgleisung untersucht ist, kann es noch lange dauern.« Ludmilla Barakowa sprach in einem herrischen Ton.

Semjonow nickte. »Ja, es wird lange dauern. Bei der Gründlichkeit der Beamten. Die Leutchen täten gut, statt zu schwätzen, sich etwas für die Nacht zu besorgen. Vor allem heißes Wasser, denn nachts wird es schon sehr kalt . . .«

Er stieg in den Waggon, holte zwei Koffer heraus und trug sie neben Ludmilla her zu deren Jeep. Fachkundig klopfte er gegen das Blech. »Amerikaner, was? Aus dem Großen Krieg noch. Unverwüstlich, nicht wahr? Sie können schon was, die Kapitalisten.«

»Wir bauen bessere Jeeps!« sagte Ludmilla hart und stieg wütend ein. »Aber warum sollen wir diese wegwerfen, solange sie noch laufen?«

»Eben!« Semjonow kletterte neben Ludmilla auf den Sitz und legte den Arm hinter ihr auf die Rückenlehne. Dabei berührte er ihre Schulter.

»Was soll das?« fragte sie wütend.

»Was, Genossin?«

»Nehmen Sie den Arm weg!«

»Ach, den Arm. Eine alte Gewohnheit von mir, wenn ich neben einer Frau im Wagen sitze. Verzeihung.«

»Ich bin keine Frau!« Sie ließ den Wagen an und lenkte ihn über das Feld durch den Schlamm hinüber zur Straße.

Semjonow betrachtete sie von der Seite. Eine wilde Schönheit, dachte er. Ein noch schwelender, noch nicht ausgebrochener Vulkan. Schwer zu sagen, woher sie stammt. Sie kann aus Kasan kommen oder auch aus Tiflis, aus Kasakstan oder Turkmenien, auf jeden Fall aber aus dem Süden. Und sie weiß, wie hübsch sie ist. Beim Autofahren wölbt sie den Busen vor, was gar nicht nötig ist, um Gas zu geben.

Nach wenigen Minuten lag die Unfallstelle hinter ihnen. Sie

waren allein in der weiten Einsamkeit von Moossteppe und Waldgruppen, durch die sich die Straße zog wie ein Schnürriemen, den einmal vor Urzeiten ein Riese aus seinem Schuh verloren hatte.

»Ich werde respektieren, daß Sie keine Frau sind, Ludmilla Barakowa«, sagte Semjonow und stopfte sich seine Pfeife. Er rauchte eine Mischung aus Machorka und gelbem chinesischen Tabak, den er noch in Krasnojarsk kaufen konnte. »Mir war das gleich bewußt, als ich Sie sah.«

»So?« fragte sie spitz zurück. Ein unverschämter Flegel ist er, dachte sie. Lustig macht er sich über mich! Oh, ich werde ihn hassen! Hassen wie den Eiswind, wie das Heulen der Wölfe in der Nacht, wie die Deutschen! Ja, das ist der richtige Haß. Hassen wie die Deutschen . . . gibt es eine größere Abneigung als einen solchen Ausdruck?

»Ich sah Ihre Uniform, Genossin Kapitän, und wußte, daß ein achtenswerter Kommunist vor mir stand. Sie waren sicherlich auf der Politrukschule?«

»Ich habe sie mit Auszeichnung absolviert.«

»Gratuliere.« Semjonow brannte die Pfeife an. Es roch süßlichherb. Der Geruch eines Mannes. Ludmilla atmete den Duft ein, und ihre Lippen wurden noch schmäler. »Wie lange fahren wir noch durch dieses schöne, kultivierte Land?«

Ludmillas Kopf flog herum. »Vier Stunden!« schrie sie außer sich. »Wenn Sie solch ein Genie sind, warum kultivieren Sie dann nicht dieses Land? Hier ist der Boden sieben Monate lang gefroren, und aus Steinen können Sie kein Brot machen! Aber nun sind Sie hier, Pawel Konstantinowitsch – nun zeigen Sie mal, was Sie können.«

»Ich bin Spezialist für Holz, Ludmilla«, sagte Semjonow sanft. »Nicht Spezialist für Bodenkultur. Und was ich darin leiste, na, warten Sie es ab. Nur eins noch, bevor wir überhaupt anfangen, miteinander zu arbeiten . . .« Er beugte sich vor, Ludmilla spürte seinen Atem auf ihrer Wange und umkrampfte das Lenkrad. »Ich habe nicht die Absicht, mich politisch zu betätigen, Genossin Kapitän. Ich bin Ingenieur, Russe, Kommunist, alles, was sein muß. Aber ich bin nach Kusmowka gekommen, um den Produktionsablauf auf neue Erkenntnisse einzustellen, nicht, um ideologische Phrasen zu dreschen. Mit Lenin-Worten sägen wir keinen Stamm mehr über das Soll. Verstehen wir uns?«

»Sie sind deutlich genug.« Ludmilla hielt den Jeep an und

wandte sich zu Semjonow. »Wer hat eigentlich die wahnsinnige Idee gehabt, Sie nach Kusmowka zu schicken?«

»Ich habe mich beworben!« Semjonow hob die Schultern, als bäte er um Nachsicht. »Allerdings: Hätte ich gewußt, daß ich Sie hier antreffe, Genossin Barakowa . . . ich hätte mich ans Eismeer oder an die mongolische Grenze gemeldet, aber nie nach Kusmowka!«

»Danke!« fauchte Ludmilla und ließ den Wagen wieder an. Mit einem Satz schoß er vorwärts, weil sie in ihrer Wut die Kupplung zu schnell losließ und zu sehr Gas gab. Semjonow wurde in den Sitz geschleudert und verlor seine Pfeife aus dem Mund.

»Das nennt man Temperament!« sagte er laut. »Ich bewundere Sie, Ludmilla Barakowa . . . obgleich Sie, nach eigener Darstellung, keine Frau sind . . .«

Von da ab sprachen sie kein Wort mehr miteinander. Drei Stunden lang. Jeder kann nachempfinden, was das bedeutet. Da sitzt man neben einem so herrlichen, schwarzlockigen Vögelchen und ist stumm, und auch das Vögelchen gibt keinen Pieps von sich, sondern starrt geradeaus wie ein Bussard auf eine Maus.

Aber denken, das taten sie beide.

Er ist ein eingebildeter Blender, dachte sie. Er stinkt vor Einbildung. Wie gut, daß ich nicht zuviel Hoffnungen auf ihn setzte. Ich werde ihn einfach nicht beachten, er ist für mich gar nicht vorhanden, er ist Luft. Aber während sie solche wilde Gedanken in ihrem Hirn kreisen ließ, empfand sie dort, wo das Herz unter der Uniform pochte, den Wunsch, er möge doch weitermachen, denn der Duft des Tabaks und das Knistern in der Pfeife und seine schmatzenden Lippen gaben ihr das Gefühl, nicht so grenzenlos allein zu sein in Kusmowka.

Sie ist ein Aas, dachte er. Ein wunderschönes Aas. Nie habe ich bisher ein solches Mädchen gesehen. Man sagt immer, daß Rußlands Reichtum nicht allein die Weite, das Erz, das Holz oder die Flüsse seien, sondern vor allem die Mädchen. Mütterchen Rußland . . . das ist nichts als der fruchtbare Schoß seiner Frauen. Und die Schönheit, die betört.

Er saugte an seiner Pfeife und sah an Ludmillas Kopf vorbei in die verfilzten Wälder, durch die man die Straße geschlagen hatte. Sie ist eine Russin, dachte er weiter. Eine Bolschewistin. Damals, in Riga, habe ich geschworen, alles, was russisch ist und in meine Hände gerät, ohne Reue zu vernichten. Ich hatte einen Grund dafür. Wer hätte es an meiner Stelle nicht getan? Und deshalb werde ich sie nicht ansehen als ein schönes, zauberhaftes Mädchen, sondern als politische Kommissarin, deren Aufgabe es ist, die Gewalt über das Recht zu setzen. Ich werde sie verachten müssen.

»Woran denken Sie?« fragte sie unvermittelt. Semjonow nahm seine Pfeife aus dem Mund.

»Ich denke über das Problem nach, ob man Astlöcher nicht umbenennen sollte in Holzhohlräume. Löcher – das kann bei unseren einfachen Arbeitern leicht zu erotischen Emotionen führen . . .«

»Sie Idiot!« fauchte Ludmilla Barakowa und gab noch mehr Gas. »Sie infamer Idiot!«

Dann fuhren sie in das Lager von Kalinin II ein. Der Holzwerkdirektor und der Sekretär standen auf der Treppe der großen steinernen Verwaltungsbaracke, als der Jeep durch die Lagergasse raste.

»Ich wette, das gibt eine fröhliche Arbeitszeit«, sagte der Natschalnik und rieb sich die Hände. »Pawel Konstantinowitsch Semjonow sieht nicht danach aus, als ob er der Barakowa wimmernd am Rock hinge . . .«

Im Lager flog es wie eine Feuersbrunst von Baracke zu Baracke: Der neue Ingenieur ist gekommen. Mit der Barakowa. Aber sie hat ihn einfach stehenlassen und ist in ihr Zimmer gelaufen. Können sich nicht riechen, die beiden, haha! Man wird gut tun, sich mit dem Ingenieur warmzuhalten, dann spuckt die Barakowa gegen den Wind und benetzt sich selbst!

Semjonow wurde schnell Freund mit allen leitenden Männern von Kalinin II. Er gab seinen Einstand mit vier Flaschen Wodka und einer großen, dicken Scheibe geräucherten, durchwachsenen Specks. Es wurde ein rechtes Festmahl und dauerte bis zum Morgen. Ludmilla nahm nicht daran teil. Sie lag zwei Zimmer nebenan auf ihrem Bett, hörte durch die Holzzwischenwände das Singen der wodkaseligen Männer, Wortfetzen, die aus schlechten Witzen stammten und mit brüllendem Gelächter quittiert wurden, zweimal hörte sie auch die Stimme Semjonows, der eine Rede hielt und später ein Hoch auf die Väterchen im Kreml ausbrachte, und sie drehte das Gesicht zur Wand, hieb mit der Faust wütend gegen das Holz und bezwang sich, vor Wut nicht zu heulen.

Er stiehlt mir mein Gesicht, dachte sie und wand sich auf dem Bett, als greife jemand nach ihr. Kaum ist er da, verliere ich mein Gesicht! Aber ich werde kämpfen, ich werde gegen ihn aufstehen, ich werde ihm zeigen, daß *ich* der politische Kommissar bin und er nur ein Ingenieur, den man wieder wegholen kann. Ein großmäuliger Bär, weiter nichts!

Semjonow unterhielt unterdessen die maßgebenden Herren des Holzkombinats mit Witzen und Erzählungen aus Moskau. Das war etwas, das ließ die Augen glänzen. Moskau! O unerreichbare Stadt mit den goldenen Kirchenkuppeln! Du Mekka aller Russen! Was ist das Leben wert gewesen, wenn man nicht den Kreml gesehen hat, nicht das Mausoleum Lenins, nicht an der großen Kanone »Zar Puschka« gestanden hat oder an der zersprungenen Riesenglocke »Zar Kolokol«, nicht durch das Spasski-Tor gefahren ist oder seinen Rundgang um die Basilius-Kathedrale auf dem Roten Platz gemacht hat? Nichts war es wert, Brüderchen, ein unbefriedigendes Leben ist so etwas! Man stirbt und hat Moskau nicht gesehen! Man stirbt als armer Russe, ohne einen Blick in die Erzengel-Kathedrale geworfen zu haben. Welch ein erbärmliches Schwein ist man doch, Brüderchen . . .

Gegen vier Uhr morgens weinten sie alle, vom Natschalnik bis zum Ersten Sekretär, denn sie hatten alle Moskau noch nicht gesehen und würden es auch nie sehen. Ihr Schmerz über ihr unwertes Leben war deshalb groß, und so weinten sie, voll des Wodkas, und lagen sich wie trauernde Brüder in den Armen.

Semjonow suchte sein Zimmer auf und legte sich schlafen. Dabei mußte er an der Tür Ludmillas vorbei. Unter der Ritze der Tür schimmerte noch Licht in den dunklen Flur. Er zögerte nicht vor ihrer Tür. Er ging festen Schrittes daran vorbei und schloß seine Tür mit einem harten Ruck.

Sie ist eine Russin, dachte er. Du mußt immer daran denken . . .

Ludmilla Barakowa löschte das Licht, nachdem sie die harten Schritte auf dem Flur hatte vorbeigehen hören. Mit der Faust schlug sie auf den Nachttisch. Auf was hoffe ich eigentlich, dachte sie und rollte sich in die Decke ein. Hassen will ich ihn, hassen!

Mit einem hungrigen Tiger kann man leichter spielen als mit einer bösen Frau, sagen die Mongolen.

Ludmilla Barakowa war keins von beiden, o nein, viel schlimmer: Sie war eine enttäuschte Frau . . .

Der nächste Morgen brachte dem Lager eine Überraschung. Der

neue Ingenieur kümmerte sich nicht um die Baracken, sondern war mit dem Direktor zu den Produktionsstätten gefahren. Er besichtigte die Fällerkolonnen, die Sägerei, das Furnierwerk, die Dämpferei, die Holzplätze, die Flößerufer, die Bauholzbetriebe und schließlich die Schreinerei, wo vor allem Frauen beschäftigt waren, die Fensterrahmen und Türblätter herstellten.

Überall sprach er mit den Arbeitern der Frühschicht, hörte sich ihre Klagen an, nahm Verbesserungsvorschläge entgegen und sagte immer das gleiche: »Ich werde mich darum kümmern, Genossen! Wir arbeiten ja nicht nur für uns, sondern für den Aufbau unseres Staates.«

»Ein Phrasendrescher wie alle anderen!« sagte jemand, als Semjonow weitergegangen war. »Ihr werdet sehen, Freunde, es ändert sich nichts. Sie sind alle nur angestellt, um gut zu fressen und dicke Haufen zu machen. Was aus uns wird, kümmert die doch einen Dreck!«

Im Lager traf unterdessen Besuch aus Krasnojarsk ein. Distriktkommissar Jefimow, der gefährliche Jefimow, kam selbst nach Kusmowka. Dienstlich, aber auch privat. Er wollte sehen, wie sich Ludmilla Barakowa eingelebt hatte. Er hatte sich vorgenommen, heute – wenn er dazu Gelegenheit bekam – zu fragen, ob es nicht sinnvoll wäre, die Einsamkeit in Sibirien damit aufzuhellen, daß man heiratete und süße Kinderchen bekam. Jefimow wäre dann am Ziel seines Lebens angelangt: Der mächtigste Mann im Gebiet von Krasnojarsk mit der schönsten Frau Rußlands. Natürlich würde Ludmilla nicht an diesem Tage ja sagen, aber sie wußte, woran sie war, und es gab ja auch keinen, der mit Jefimow konkurrieren konnte. Er war groß, fünfunddreißig Jahre alt, hatte rötliche Haare, einen gesunden Körper und eine normale Liebessehnsucht, er war nicht dumm – aber bei Gott auch kein Intelligenzler –, er konnte mit einem schönen Bariton Lieder vom Don singen, kurzum, er war ein Mann, der es wert war, eine Ludmilla Barakowa heimzuführen.

»Das ist ein hartes Problem, Ludmilla«, sagte Jefimow, als er seine Akten ausgepackt hatte und im Zimmer des Natschalniks mit der Barakowa allein war. »Die Entgleisung des Zuges bei Ajachtaska war Sabotage! Glatte Sabotage! Zwei Bolzen hatte man aus den Schienen gelöst. Die Schienen verschoben sich – und hops, waren die Wagen entgleist! Wir haben es genau untersucht. Ein Bolzen kann sich lösen, aber zwei? Es ist eine schöne Schweinerei,

Ludmilla, weil ich es nach Moskau melden muß! Wie benimmt sich eigentlich dieser Semjonow?«

»Das ist schwer zu sagen, Maxim Sergejewitsch«, antwortete Ludmilla ausweichend und vorsichtig. »Er hat ja kaum seine Koffer ausgepackt und besichtigt jetzt die Produktionsstätten.«

»Merkwürdig ist es, daß sich ausgerechnet die Bolzen lösten, als *er* auf der Strecke war!«

»Bedenken Sie, daß er *im* Wagen war, nicht draußen! Ein Zufall.«

»Sabotage ist nie ein Zufall, Ludmilla!« Jefimow blätterte in seinen Papieren. »Noch nie ist auf dieser Strecke etwas passiert. Warum sollte es auch? Holz wird weggeschafft, zu mehr ist diese Strecke nicht nütze. Aber da kommt ein neuer Ingenieur, von dem man Großes erwartet, und schon passiert etwas! Wir werden das untersuchen müssen, Ludmilla. Uns liegt viel daran, daß Semjonow gesund bleibt. Er ist ein Fachmann, auch wenn er keinerlei proletarische Manieren hat.«

»Er hat studiert, war auf der Akademie.«

Jefimow kräuselte die Stirn. »Sie verteidigen ihn sehr, Ludmilla. Er hat Eindruck auf Sie gemacht?«

»Sie kennen ihn besser als ich!« Die Barakowa trat ans Fenster. Man sollte ihre Augen nicht sehen. In ihnen lag Schwermut, wenn sie an Semjonow dachte.

Jefimow hob die Schultern. »Er war ein angenehmer Gesellschafter in Krasnojarsk. Man muß zugeben, er brachte einen Hauch von Moskau mit, der uns alle wohlig umwehte. O Ludmilla, welch ein Leben führt man da! Wenn er erzählt . . . die Cafés mit den Kuchenbergen, die Modenschauen im Kaufhaus GUM, die Vorstellungen im Bolschoi-Theater . . . Wir leben wie die Wilden hier.«

»Ich bin damit zufrieden«, sagte Ludmilla am Fenster. Die Autokolonne kam aus den Werken zurück. Vorweg der Wagen Semjonows. Durch die Windschutzscheibe sah sie das Schimmern seiner kurzen blonden Haare. Es gab ihr einen Stich ins Herz, und sie trat ins Zimmer zurück. Jefimow hob den Kopf, als er die Autogeräusche hörte.

»Sie kommen zurück?«

»Ja. Sie können Semjonow jetzt fragen, was er von dem Bahnunfall hält.«

»Ich werde nicht darüber sprechen. Sie auch nicht, Ludmilla. Die Saboteure sitzen in der Arbeiterkolonne. Man muß sie finden, indem man so tut, als suche man sie gar nicht. Siebenundvierzig Mann waren am Vortag an der Eisenbahnstrecke beschäftigt. Wir werden jeden von ihnen genau beobachten. Und jetzt, bitte, nichts mehr davon.«

Die Begrüßung zwischen Jefimow und Semjonow war freundschaftlich. Sie gaben sich die Hand, umarmten sich, küßten sich auf beide Wangen und taten so, als hätten sie sich seit Jahren nicht mehr gesehen. Die Begrüßung der anderen Herren war kühler. Es wurde klar, daß Semjonow ein Favorit war. Man sollte es sehen.

Nach einem Mittagessen aus Milch, gesottenem Fleisch, Kartoffeln und eingemachten Heidelbeeren ging Jefimow noch mit auf Semjonows Zimmer und setzte sich dort aufs Bett.

»Ein Wort noch, Brüderchen«, sagte er und nahm mit einem Kopfnicken das Glas Wodka an, das ihm Semjonow reichte. »Ein Wort unter uns. Wie gefällt Ihnen Ludmilla?«

»Ich kenne sie kaum«, wich Semjonow genau wie Ludmilla vor zwei Stunden aus. »Sie scheint eine hervorragende Kommunistin zu sein.«

»Aber Pawel Konstantinowitsch! Wer denkt an die Weltanschauung beim Anblick dieser Frau?« Jefimow wedelte mit den Händen durch die Luft. »Ich meine: Wie sehen Sie Ludmilla als Frau?«

»Darüber habe ich überhaupt noch nicht nachgedacht, Maxim Sergejewitsch. Bis jetzt habe ich noch wenig Frauliches an ihr entdeckt. Wir hatten gleich in der ersten Stunde unserer Bekanntschaft Krach und sprechen seitdem kaum miteinander, wie Sie wohl beim Essen bemerkt haben.«

»Das ist gut, Pawel Konstantinowitsch.« Jefimow beugte sich vor. »Ich mag Sie gern, müssen Sie wissen. Sie sind für mich wie ein Bruder, bestimmt! Und deshalb wäre es schade, wenn wir uns wegen Ludmilla entzweien würden. Ich möchte sie heiraten.« Jefimow erhob sich, er tat feierlich wie in einer Kirche. »Nur Sie wissen es. Nur Sie! Nicht einmal Ludmilla! Aber ich sage es Ihnen, damit wir Freunde bleiben.«

Semjonow nickte. Irgendwie hatte er ein unangenehmes Gefühl bei dem Gedanken, Ludmilla in den Armen Jefimows zu sehen. Was geht es mich an, dachte er grob. Soll er die politische Wildkatze zähmen, wenn's ihm Spaß macht!

»Wir bleiben Freunde, Maxim Sergejewitsch«, sagte er fest. »Sie brauchen keine Befürchtungen zu haben.«

»Ich danke Ihnen.« Sie drückten sich kräftig die Hand, wie es unter Männern bei solchen Pakten üblich ist. »Sie können jederzeit auf meine Hilfe rechnen. Und ich habe viele Möglichkeiten, Ihnen zu helfen, das wissen Sie.«

Semjonow nickte wieder. Bin ich ein Judas, dachte er. Ich gebe ihm die Hand und denke dabei an Ludmilla Barakowa. Schon die Vorstellung, daß er sie heiraten könnte, macht mich unruhig. Das ist ein falsches Spiel, ich weiß es, das ist ein Verrat an mir selbst . . . aber da drinnen im Herzen, da ist etwas Stärkeres, wenn ich an Ludmilla denke. Stärker als Haß. Stärker als jeder Schwur. Stärker als jeder Vorsatz. Man kann ihm nicht entkommen – es sei denn, man hängt sich auf.

Es wurde noch ein gemütlicher Tag, bis Jefimow nach Kusmowka zurückfuhr, von wo ihn ein Hubschrauber nach Krasnojarsk brachte. Man trank Kaffee und Tee, aß Schmalzkuchen und ließ sich von der Balalaikagruppe des Lagers ein paar Liedchen vorspielen. Dann standen sie alle auf der Treppe und winkten Jefimow nach. Ein Fahrer des Bürgermeisters von Kusmowka holte ihn ab.

»Ein schöner Mann«, sagte Semjonow leise hinter Ludmilla. Er beugte sich vor und sagte es ihr deutlich ins Ohr: »Ein mächtiger Mann! Und ein leidenschaftlicher Mann, was seine roten Haare beweisen. Was sollte eine Frau mehr wollen . . .?«

Mit einem Aufblitzen ihrer Kohlenaugen wandte sich Ludmilla Barakowa ab. »Man sollte Sie anspucken, Pawel Konstantinowitsch!« zischte sie. »Mehr sind Sie nicht wert . . .«

In dieser Nacht erlebte Semjonow eine Überraschung.

Zum erstenmal meldete sich aus dem Äther Sibiriens sein Kontaktmann, der die Verbindung zwischen ihm und dem Major des CIA, James Bradcock, herstellen sollte, der in seinem Bauernhaus an der tschechischen Grenze saß und gespannt war, was mit Franz Heller hinter dem Ural, an der Steinigen Tunguska, geschah.

Semjonow hatte seinen kleinen Kurzwellensender im Bett aufgebaut und ihn mit Kissen umgeben, damit man durch die dünnen Holzwände nicht das Ticken der Morsetaste vernahm. Die Sendezeit hatte er im Kopf, und in dem Augenblick, in dem er den Kopfhörer überstreifte und das Gerät auf Empfang stellte, zirpte es aus der Unendlichkeit heran.

»Dimitri an Iwan . . . Dimitri an Iwan . . . Dimitri an Iwan . . .«

Semjonow schaltete auf Sendung. »Iwan hört. Alles in Ordnung. Ende.«

Hebel auf Empfang. Dimitri antwortete.

»Alle Meldungen an mich«, funkte Dimitri in englischer Sprache und im Klartext. Semjonow traute seinen Ohren nicht und verfolgte mit ausgesprochener Verwunderung seine Hand, die den Text auf ein Stück Papier schrieb: »Ihr Auftrag lautet, in Komssa die Abschußbasis zu erkunden. Funkverkehr jeden Tag um zwölf Uhr mittags und um zwei Uhr nachts. Versteht Iwan?«

Semjonow warf den Hebel auf Sendung und funkte ebenfalls in englischem Klartext zurück: »Sind Sie verrückt, Dimitri? Haben Sie den Code nicht?«

Antwort aus dem Äther: »Hier versteht keiner Englisch. Außerdem ist hier keine Funküberwachung im engeren Gebiet. Ihre Meldungen gehen natürlich nach Moskau weiter im Code. Nur wir beide können uns unterhalten wie bei einem Drink. Machen Sie's gut, Iwan. Ende.«

Das Zirpen brach ab. Semjonow riß den Hörer von den Ohren und trat ans Fenster. Er schwitzte vor Erregung.

So ein Leichtsinn, dachte er. So eine Herausforderung des Schicksals. Es braucht nur eine Militärkolonne in der Nähe zu üben, ein harmloser Funktrupp, der die fremden Zeichen aufnimmt und sie weitergibt an irgendeinen Offizier, der Englisch kann.

Wer ist dieser Dimitri? Wo sitzt er? Wie kann der CIA ein solches Rindvieh als Kontaktmann nehmen?

Es wurde Semjonow von dieser Stunde an unheimlich in seinem Zimmer. Er montierte den kleinen Sender wieder ab, versteckte ihn unter einer gelösten Diele im Barackenboden und trat dann hinaus in die feuchtkalte Nacht. Fröstelnd schlug er den Kragen seines Mantels hoch und starrte über das schlafende Lager. In der Ferne loderte Feuerschein. Dort verbrannte man Sägespäne und Abfallschwarten. Es lohnte sich nicht, auch diese abzutransportieren.

»Sind Sie mondsüchtig, Genosse?« fragte eine helle Stimme in die Stille hinein. Semjonow drehte sich nicht um. Er hatte Ludmilla nicht kommen hören. Wie eine Katze mußte sie lautlos herangeschlichen sein. Aber er erschrak auch nicht ... fast hatte er es sich gewünscht, sie möge kommen. Und nun war sie da.

»Warum schlafen Sie nicht, Ludmilla Barakowa?« fragte er zurück.

»Ich kann nicht.« Sie trat neben ihn. Um ihre Schultern hing der schwere Uniformmantel. Trotzdem zitterte sie.

»Sie frieren.« Semjonow knöpfte den Mantel zu. Nun war sie unbeweglich wie eine Seidenraupenpuppe, ihre Arme lagen am Körper, angepreßt durch den geschlossenen Mantel. Durch ihre schwarzen Haare strich der Nachtwind, und es war ein Wind, der von Nordosten kam und den Winter in sich trug.

»Es wird bald schneien«, sagte Ludmilla leise. »Der Wind riecht nach Schnee.«

»Ja.« Semjonow suchte nach seiner Pfeife, steckte sie in den Mund und sog an dem Mundstück. Tabak hatte er im Zimmer, er wollte auch gar nicht rauchen, aber er mußte irgend etwas tun, um nicht so hilflos neben Ludmilla in der Nacht zu stehen. »Warum können Sie nicht schlafen?«

»Ich mache mir Gedanken, Pawel Konstantinowitsch.«

»Gedanken sind immer gut.«

»Fangen Sie schon wieder an, ekelhaft zu werden?« Sie trat einen Schritt zur Seite und stieß dabei gegen Semjonow.

Einer Eingebung folgend, legte er den Arm um Ludmillas Schultern und zog sie eng an sich. »So wird es Ihnen wärmer werden, Ludmilla«, sagte er und wunderte sich, daß seine Stimme plötzlich so hohl klang.

»Woran denken Sie denn?«

»An vieles.«

»Das wichtigste scheint mir, daß die Vorräte nicht ausreichen, wenn der Winter plötzlich einbricht. Wenn jeder vierhundert Gramm Brot bekommt, einen Teller Kascha, einen Teller Suppe, Butter, Marmelade, Speck und Zucker, dann reichen die Vorräte nicht länger als einen Monat. Der Küchenleiter rauft sich schon die Haare.«

»Ich weiß, Pawel Konstantinowitsch. Ich habe schon eine Meldung nach Krasnojarsk gemacht.« Ludmilla machte eine kleine Pause. Die Haare flatterten ihr über das schmale Gesicht, aber sie konnte sie nicht zurückstreichen, denn ihre Arme waren ja vom Mantel eingeknöpft. »Sie haben mit Jefimow gesprochen?«

»Ja . . .« antwortete Semjonow gedehnt.

»Was sagte er?«

»Nichts als politische und technische Details.«

»Sie lügen, Pawel Konstantinowitsch. Er sprach mit Ihnen über mich! Ich weiß, daß er mich heiraten will.«

Semjonow schwieg. Er starrte über die dunklen Baracken und

hinüber zum Feuerschein an der Tunguska. Er merkte nicht, daß er Ludmilla noch fester an sich drückte, denn er dachte: Sie weiß es, und es raubt ihr den Schlaf. Sie ist in Jefimow verliebt.

»Er ist ein schöner Mann«, sagte er, und es fiel ihm schwer, so zu reden. »Werden Sie vor Väterchen Frost noch heiraten? Sicherlich werden Sie dann zurück nach Krasnojarsk gehen, nicht wahr? Ich wünsche Ihnen viel Glück, Ludmilla.«

»Sie sagen das so bitter, Pawel Konstantinowitsch.« Ludmilla hob den Kopf. Das Gesicht Semjonows über ihr war wie aus einem Kanten Wurzelholz geschnitzt. »Warum hassen wir uns eigentlich?« fragte sie leise.

»Ich habe da meine besonderen Ansichten.« Semjonow sah sie an. Dann nahm er wortlos ihr schmales Gesicht zwischen seine großen Hände, zog ihren Kopf heran und küßte sie mit aller Innigkeit, deren ein Mann fähig ist, auf die schmalen, kalten, zitternden Lippen.

Ludmilla bewegte sich in ihrem Mantelfutteral. Sie wollte die Arme heben, sie um Semjonows Nacken schlingen, aber es ging nicht. Wie gefesselt war sie, eingeschnürt wie eine Mumie, und plötzlich wußte sie, daß alles Berechnung gewesen war, diese Fürsorge, das Zuknöpfen des Mantels. Wehrlos hatte er sie gemacht, mit allem Vorbedacht, weil er sie hatte küssen wollen.

»Sie Schuft!« sagte Ludmilla leise, als er ihren Mund freigab. Sie stieß mit dem Kopf nach ihm und zeigte die Zähne wie eine fauchende Katze. »Sie widerlicher Schuft! Ich *werde* Jefimow heiraten!«

»Viel Glück!« sagte Semjonow und ging ins Haus.

Erst viel später folgte ihm Ludmilla, nachdem sie sich aus dem Mantel befreit hatte. Sie warf ihn in die Ecke ihres Zimmers, hob die Faust gegen die Wand, hinter der Semjonow schlief, und legte dann das Ohr an die Bretter.

Semjonow schnarchte leise, als berühre ihn das alles nicht.

Doch das war ein Irrtum. Er schlief nicht. Er lag nur auf seinem Bett und schnarchte mit offenen Augen, weil er wußte, daß Ludmilla an der Wand horchen würde.

In Wahrheit focht er mit sich einen wilden Kampf aus.

Sie ist eine Russin, dachte er immer und immer wieder. Eine Russin. Denk an Riga . . . an die erstochene Irena . . . Soldaten der Roten Armee waren es gewesen . . . und sie trugen die gleiche Uniform wie Ludmilla Barakowa . . .

Unruhig warf er sich im Bett hin und her.

Die Kälte ihrer Lippen, das Zittern ihres Mundes bebten in ihm wider. Er sah ihre großen, schwarzen, etwas schräg gestellten Augen und wußte, was Sehnsucht bedeutet.

Bis zum Morgen lag er wach, und sein Herz war schwer, als habe man es mit Blei ausgegossen.

So gingen drei Wochen dahin.

Die Saboteure, die die Bolzen aus den Schienen gedreht hatten, entdeckte man nicht. Zwar verhörte man die siebenundvierzig Männer, die an diesem Tag Schienendienst gemacht hatten, und man verhörte sie so, daß alle siebenundvierzig Männer in die Lazarettbaracke kamen und sich verbinden ließen, denn Jefimow war ein harter Mann und kannte kein Erbarmen, so laut auch die Befragten brüllten und »Hört doch auf, Genossen! Hört auf! Ich war es nicht!« schrien. So blieb das Geheimnis ungelöst, wer die Bolzen aufgeschraubt hatte und den Zug entgleisen ließ. Um wenigstens einen Erfolg zu melden, ließ Jefimow die siebenundvierzig Streckenarbeiter auf einen Lastwagen verfrachten und nach Krasnojarsk bringen.

Man sah sie nie wieder, hörte nie wieder etwas von ihnen, aber der Ruf Jefimows war gefestigt. Ein strenges Väterchen, hieß es. Man muß sich hüten, unter seine Augen zu kommen.

Um so weniger klappte es mit den Lebensmitteln. Der Küchen-Natschalnik rang die Hände, verfluchte die Korruption und drohte, in Zukunft Suppen aus Sägemehl zu kochen, von dem es genug gab.

Es war ein Kreuz mit der Verpflegung. Einmal kam ein Waggon Salzfisch an, dann ein Waggon Sojamehl, die Woche darauf zwei Waggons Weizenkörner, die weiß Gott wie lange auf der Strecke gelegen hatten, denn sie waren matschig und halb angefault und mit Maden durchsetzt. Die Stadtbeamten in Kusmowka weigerten sich, Verpflegung auszugeben, denn das Lager stand unter der Hauptverwaltung in Krasnojarsk. In Komssa lachten die Beamten einem frech ins Gesicht, wenn man um Mehl und Fleisch bettelte, und sagten: »Genossen, alles muß in einem ordentlichen Staat seine Ordnung haben. Wendet euch nach Krasnojarsk. Wir sind froh, wenn unsere Vorräte für unsere Genossen reichen. Wie können wir da noch Kalinin II miternähren? Ihr müßt das einsehen, Freunde.«

Natürlich sahen sie das nicht ein, denn wer ist einsichtig, wenn einem der Magensack schlaff bis zu den Knien hängt? Aus Krasnojarsk aber kamen die wunderlichsten Antworten: Ein Zug ist unterwegs – er kam nie an; eine Lastwagenkolonne rollt heran – sie löste sich unterwegs auf, und niemand sah sie; bis der Winter kommt, sind die Magazine voll, keine Sorgen, Genossen, wer arbeitet, soll auch essen.

Über Nacht brach dann die Katastrophe herein.

Als zöge man einen Vorhang vor, verdunkelte sich der Nachthimmel zu einem bleiernen Grau, dann zog der Herrgott an einer Reißleine, und die Wolken barsten und schütteten Schneemassen über das Land, so daß in zwei Stunden alles begraben war unter weißen, schweigenden Kristallen.

Der Kombinatsdirektor stand im Nachthemd im Flur und schämte sich durchaus nicht, als auch Ludmilla aus der Tür sah, weil das Licht im Flur sie irritierte.

»Da haben wir's, Genossin!« sagte der Natschalnik mit fast weinerlicher Stimme. »Drei Wochen zu früh. Wir werden im Schnee ersticken, nicht eine Maus wird mehr atmen können. Und die Magazine haben keine Vorräte! Ich stelle hiermit fest, daß ich meine Pflicht getan habe. Mehr als anfordern und bitten und betteln kann ich nicht. Gute Nacht!«

Damit drehte er sich um, rannte mit wehendem Nachthemd in sein Zimmer, legte sich ins Bett und hoffte, daß alles nur ein böser Traum und am Morgen das Land wieder ohne Schnee sei.

Leider war es nicht so. Der Schnee blieb, und es schneite sogar weiter. Die Steinige Tunguska bekam ihre Eisdecke, so daß das Flößen aufhörte, die Straßen wurden unbefahrbar, nur dic Eiscnbahnstrecke blieb intakt, denn hier ratterten Loks mit Schneepflügen über die Schienen und hielten die Verbindung zu Kusmowka frei. Wahrlich ein Segen, solch eine Eisenbahn!

Acht Tage lang konnte man gekürzte Rationen ausgeben. Die Suppe war etwas dünner, die Kascha etwas sämiger, Brot gab es nur noch 300 Gramm pro Kopf, dafür aber Salzfisch genug, pro Mann drei Stück, und dazu große Kessel dampfendes Kipjatok, was nichts anderes als heißes Wasser ist. Aber, o Freunde, was kann man alles mit heißem Wasser machen? Man kann Brotkrumen hineinbröseln und sich so eine Brotsuppe machen, man kann den Salzfisch darin ziehen lassen und hat eine Fischsuppe und dazu noch das Fischfleisch und die Gräten, die man zwischen den

Zähnen pulversiert, denn sie enthalten ja Eiweiß und Kalk und geben Kraft. Überhaupt, was wäre die Welt ohne Kipjatok? Wer heißes Wasser hat und Fantasie, der überlebt einen russischen Winter.

Am neunten Tag aber platzte jegliche Geduld. Wer zehn Stunden am Holz arbeitet, draußen in den Wäldern, auf dem Holzplatz an der Tunguska oder an der Bahn, in den Sägewerken und Fabriken, der will am Abend nicht auf seiner Pritsche liegen und heißes Wasser mit ein paar Weizenkörnchen Einlage essen.

Ludmilla Barakowa versuchte, mit Schulungsstunden und Parteischlagworten die Stimmung zu dämpfen. Jeden Tag hielt sie Vorträge, aber immer mehr war zu erkennen, daß ein knurrender Magen nicht mit Leninworten gefüttert werden kann.

Überhaupt hatte es Ludmilla Barakowa sehr schwer.

Seit dem Kuß auf der nächtlichen Veranda sprachen Semjonow und sie nur noch in Gegenwart Dritter miteinander. Begegneten sie sich allein, so gingen sie aneinander vorbei, als seien sie taubstumm. Wichtige verwaltungstechnische Dinge teilten sie sich schriftlich mit. Das war eine Erfindung Ludmillas, die als erste schrieb: Hausmitteilung Nr. 1 an den Genossen Semjonow. Prompt folgte die Antwort: Rückmeldung Nr. 1 an die Genossin Barakowa.

Hinzu kam, daß Semjonow viel in den Werken war und sich mit Listen herumschlug, denn Krasnojarsk verlangte jede Woche eine Sollerfüllungsrechnung und einen Bericht, warum das Soll nicht um soundsoviel Prozent zu steigern sei.

Am neunten Tag der Hungerrationen hielt Ludmilla wieder einen Vortrag in der Stolowaja, dem großen Gemeinschaftssaal. Sie sprach über die Eroberung Sibiriens durch die Partei und über die großen Werke, die überall zwischen Tundra und Taiga und Steppe entstanden oder entstehen sollten. Dann sangen fünfhundert rauhe Kehlen die Internationale und ein Kampflied der Sibiriaken, vier kräftige Männer stiegen hinauf zum Podium, wo Ludmilla in ihrer Kapitänsuniform stand, nahmen sie in ihre Mitte und verkündeten leidenschaftslos:

»Genossin! Bis man uns etwas anderes zum Fressen gibt, bleiben Sie bei uns! Und wenn man Sie mit Gewalt herausholen will, hängen wir Sie im Waschraum auf. Ist das klar? Sie müssen das verstehen, Genossin, aber zwölfhundert knurrende Mägen sind nun einmal eine Tatsache, der man ins Auge sehen muß.«

Zur gleichen Zeit sagte diesen Spruch auch eine Delegation herunter, die beim Kombinatsdirektor vorsprach. Der Natschalnik erbleichte, hängte sich ans Telefon und rief Oberkommissar Jefimow an.

»Erschießen!« sagte Jefimow nüchtern. »Alle erschießen wegen Meuterei. Ich lasse Miliz ins Lager kommen.«

»Dann würde aber vorher die Genossin Barakowa aufgehängt. Darum geht es hier, Genosse.« Der Kombinatsdirektor schwitzte heftig und röchelte beim Sprechen vor Erschütterung. »Im Waschraum aufgehängt! Man muß etwas tun, Genosse Jefimow!«

»Jawohl! Sie befreien!« schrie Jefimow außer sich.

»Das ist nur möglich mit mehr Essen.«

»Ich habe nichts!« schrie Jefimow zurück. »Die Sowchosen, diese Hunde, halten die Vorräte zurück, die staatlichen Lager haben noch keinen Befehl zur Ausgabe, denn die Beamten – man sollte sie alle ertränken! – bestehen auf ihren Ausführungsbestimmungen. Der Winter ist drei Wochen zu früh gekommen, was soll ich da tun?«

»Dann sehe ich schwarz für die Genossin Ludmilla«, sagte der Kombinatsdirektor leise. »Wir werden in ein paar Tagen nicht mehr zwölfhundert Männer und Frauen, sondern zwölfhundert reißende Wölfe im Lager haben . . .«

Semjonow erfuhr von dem Aufstand im Lager auf einem Prüfstand, wo er eine Idee in die Tat umsetzte. Aus den riesigen Mengen Sägespänen und geraspelter Schwarten, die man sonst verbrannte, wollte er Häuserwände gießen. Das Verfahren war ganz einfach . . vier Teile Holz und ein Teil Zement mit Wasser vermischt, in eine Form gegossen, ergab den neuen Werkstoff Holzbeton. Statt Sand nehme man Holzspäne – eine einfache Idee.

»Man will die Barakowa aufhängen!« flog der Ruf durch die Fabrik, und ohne zu fragen raste Semjonow in seinem Jeep vom Ufer der Tunguska zum Lager zurück.

Es hatte keinen Sinn, zu verhandeln, das sah auch Semjonow ein, als er mit den Rädelsführern sprach. Er durfte Ludmilla sehen. . . sie saß in der Stolowaja auf dem Podium und las in einem Roman von Gorkij. Eine Leibwache umringte sie. Mit einem langen Blick sah sie Semjonow an, dann beugte sie sich wieder über das Buch und las weiter.

»Es ist der einzige Weg, Genosse Ingenieur, uns Gehör zu verschaffen«, sagte der Rädelsführer fast bedauernd. »Sie wissen, wir würden nur sehr ungern ein Seilchen um den schlanken Hals der Genossin Kapitän legen. Der Staat braucht unsere Arbeitskraft, aber Kraft kommt nur vom Fressen! Es ist nicht unsere Aufgabe, solche Probleme zu lösen.«

Semjonow nickte und ging auf sein Zimmer. Er schloß sich ein und wartete bis zwölf Uhr mittags. Dann baute er seinen Kurzwellensender auf und rief in den Äther nach Dimitri.

Punkt zwölf Uhr meldete sich Dimitri. Auf englisch. »Was gibt es?« fragte er.

Semjonow schilderte kurz die Situation. Dann funkte er: »Ich brauche für drei Tage und für zwölfhundert Menschen Essen.«

»Sie sind verrückt!« antwortete der ferne Dimitri.

»Dann ist alles gefährdet.« Semjonows Finger zitterten über der Morsetaste. »Dimitri, Sie müssen helfen. Soll alles umsonst gewesen sein? Überlegen Sie.«

Dimitri schwieg. Eine halbe Stunde lang. Dann zirpte wieder das Gerät und befreite Semjonow aus einer Hölle von Ungewißheit.

»Zehn Kilometer südlich von Komssa ist ein Verpflegungslager der Armee. Es gehört zur Raketenbrigade VI. Es wird bewacht von einem Leutnant und zwölf Rotarmisten. Lager liegt an der Straße Komssa–Podkamennaja, direkt am Jenissej. Ende.«

Semjonow riß sich die Kopfhörer von den Ohren, versteckte den Funkapparat unter den Dielen und rannte hinüber zum Kombinatsdirektor. Dort saß man an den Wänden wie in einem Wartezimmer beim Zahnarzt, man war auch so bleich wie unter einem Zahnbohrer, nur rauchte man dabei und trank Wodka aus Wassergläsern. Es war eine düstere Stimmung über allen, als stünde der Weltuntergang bevor.

»Ist die Strecke nach Komssa frei?« fragte Semjonow, nachdem er durch die Rauchschwaden den Fahrleiter entdeckt hatte.

»Ja. Aber was soll's?«

»Können wir auf Flachwagen zwei Lastwagen transportieren?«

»Natürlich.«

»Dann bereiten Sie alles vor, Genosse. Es wird ein Sonderzug in der Nacht nach Komssa fahren. Sagen Sie es der Strecke durch . . .«

Was dann geschah, war ein Bubenstück. Man darf eigentlich nicht darüber sprechen, aber unter guten Freunden, na ja . . . wenn wir alle schweigen, wird's keiner erfahren.

Also: In der Nacht fuhr ein Güterwagenzug nach Komssa. In ihm saßen fünfzig hungrige Holzfäller, alles kräftige Burschen, die mit den Muskeln rollen konnten wie Jongleure mit ihren Bällen. Zwei große Lastwagen schaukelten ebenfalls durch die Nacht. Es war eine Höllenfahrt durch Schnee und Eis, durch Wind und Dunkelheit. Auf dem Güterbahnhof Komssa empfing sie ein aufgeregter kleiner Beamter der Bahnverwaltung und schnauzte herum, daß so etwas unmöglich sei. Sonderzüge müßten genehmigt werden. Und dann noch mitten in der Nacht.

Ein großer Waldarbeiter brachte den Kleinen zum Schweigen. Er legte ihm einfach die Hand auf den Mund, hob ihn hoch und warf ihn den anderen zu. Dort verschwand der Beamte im Inneren des Waggons und ward nicht mehr gehört.

In dieser Nacht geschahen überhaupt wunderliche Dinge. Ein Leutnant der Roten Armee und zwölf brave Rotarmisten wurden niedergeschlagen und gefesselt. Zwei Lastwagen nahmen einen Pendelverkehr zwischen Jenissej und Güterbahnhof auf, und als der Morgen fahl heraufdämmerte, setzte man einen völlig demolierten Bahnbeamten in den Schnee, gab ihm einen Schluck Wodka, sagte zu ihm: »Erfrier dir nicht das Hinterteil, Brüderchen!« und ein unbekannter Zug dampfte wieder ab aus Komssa.

Als um zehn Uhr vormittags der ganze Umfang dieser nächtlichen Aktion überschaubar wurde, als Oberst Iswarin vom Raketenstab VI mit einer Kompanie ausrückte und der ganze Distrikt in Alarm versetzt wurde, als man Miliz aus Kusmowka und Komssa nach Kalinin II verlegte – da waren die Lebensmittel schon längst innerhalb des Lagers vergraben worden, da hatte man Wagen und Lok mit Schnee beworfen, als hätten sie die ganze Nacht im Freien gestanden, unbenutzt und Opfer des Winters, da hatte man Ludmilla Barakowa freigelassen und kochte in der Lagerküche eine dicke Kascha aus Grieß und Gulasch, einen Magenfüller, der gut war für drei Tage!

In dieser heiklen Lage zeigte sich Jefimow als großer Mann. Er war schon da, gelandet mit einem Hubschrauber, als Oberst Iswarin mit seiner Kompanie eintraf und das Lager stürmen wollte. Vor den Baracken standen über sechshundert entschlossene Männer, Knüppel und Eisenstangen in den Händen. Sie kannten keine Furcht vor den Maschinenpistolen der Soldaten.

»Es ist alles ein Irrtum, Genosse Oberst«, sagte Jefimow lächelnd. »Außerdem muß ich Sie darauf aufmerksam machen, daß das Lager nicht dem Militär untersteht, sondern der Zivilverwaltung. Also mir! Und ich lasse nicht zu, daß Ihre Soldaten sich benehmen wie wilde Böcke. Wer beweist überhaupt, daß der Zug von uns kam?«

»Hier fährt nur einer, und das ist das Holzkombinat!« brüllte der Oberst. »Ich werde Sie nach Moskau melden.«

»Bitte.« Jefimow lächelte breiter. »Es wird einen unguten Eindruck machen, daß sich ein Militärlager überfallen läßt. Daß so etwas überhaupt möglich ist ... mitten in Rußland, im tiefsten Frieden! Von Unbekannten! Denn es waren Unbekannte, Genosse Oberst. Oder haben Sie einen einzigen Namen zur Hand?«

Kurz und gut: Am Abend war die Umgebung von Kusmowka wieder frei von Uniformen. Jefimow verabschiedete sich von Semjonow. Er wollte zurück nach Krasjonarsk, um dort die schriftlichen Beschwerden abzufangen.

»Sie sind ein Satan, Pawel Konstantinowitsch«, sagte er beim Abschied. »Aber so etwas kann man nur einmal im Leben machen! Wie lange reichen jetzt die Vorräte?«

»Zehn Tage, Maxim Sergejewitsch.«

»Bis dahin haben die Beamten den Befehl, die Vorratslager zu öffnen.« Jefimow hielt sich die Pelzmütze mit beiden Händen fest. Der Hubschrauberpropeller drehte sich donnernd. »Grüßen Sie Ludmilla von mir!« brüllte er gegen den Lärm an. »Sie schläft, und ich wollte sie nicht wecken! Das arme Täubchen hat nach diesen Aufregungen Schlaf nötig. Leben Sie wohl!«

»Sie auch, Maxim Sergejewitsch.«

Dann war Jefimow am grauen Winterhimmel verschwunden, und Semjonow ging, um die Grüße an Ludmilla Barakowa auszurichten.

Er glaubte nicht, daß sie schlief.

Als er Jefimow zum Hubschrauber begleitete, hatte er ihre schwarzen Haare hinter der Gardine ihres Zimmers bemerkt.

Sie hatte ihnen nachgesehen, als wolle sie entscheiden, wer von ihnen beiden nun der Bessere sei.

Aber da Semjonow zurückblieb und Jefimow davonflog, war es eigentlich keine Frage mehr.

Meint ihr das nicht auch, Freunde?

Die Tür war nicht abgeschlossen und gab nach, als Semjonow leise die Klinke herunterdrückte. Er öffnete sie einen Spalt, spähte ins Zimmer, fand den Wohnraum leer und trat ein. Die Tür zum

Nebenraum, dem Schlafzimmer, war offen, und von dort fiel auch Licht herein. Ein Streifen Leben inmitten feuchter, warmer, nach Moder riechender Dunkelheit.

Semjonow wartete, ob sie sich rührte, ob sie fragte: »Wer ist da?«, ob sich überhaupt etwas regte. Aber nichts geschah, und so ging er weiter, dem Lichtschein entgegen, und stand wenig später vor ihrem Bett.

Ludmilla Barakowa tat, als ob sie schliefe. Sie lag auf dem Rücken, hatte die schwarzen Haare wie einen Vorhang über ihr Gesicht gezogen, die Arme lagen an der Seite. Sie trug ein dünnes, seidenes, mit Borten verziertes Nachthemd, wie es tatarische Prinzessinnen in der Nacht ihrer Hochzeit getragen hatten. Ihre Brust atmete regelmäßig auf und ab, zwei volle, harte Rundungen, die sich unter der Seide wölbten und unübersehbar waren.

Semjonow setzte sich auf die Bettkante und sah auf den Vorhang der schwarzen Haare. »Warum stellen Sie sich schlafend, Ludmilla Barakowa?« fragte er, als sie unbeweglich liegen blieb.

»Fangen Sie schon wieder Streit an?« Ihr Kopf flog zur Seite, mit einem Ruck drehte sie sich zur Wand. »Was wollen Sie überhaupt in meinem Schlafzimmer . . . auf meinem Bett?«

»Ich soll Ihnen Grüße bestellen von Maxim Sergejewitsch. Er ist vor wenigen Minuten abgeflogen.«

»Danke.« Ihre Stimme war gepreßt, aber sie lag ja auch mit dem Gesicht halb im Kissen. »Das hatte Zeit bis morgen.«

»Außerdem war Ihre Tür nicht abgeschlossen.«

»Ich verrammele mich nicht! Sie ist immer offen.«

»Das ist leichtsinnig, Ludmilla.«

»Ich wüßte nicht, warum.«

»Es könnten Männer kommen. Männer wie ich . . .«

»Ich fürchte keinen!«

»Das weiß ich.«

»Auch Sie, Pawel Konstantinowitsch, fürchte ich nicht. Sehen Sie hier . . .« Sie griff unter das Kopfkissen und holte eine Armeepistole hervor. »Ich schlafe nie ohne Begleiter.«

Sie drehte sich wieder zu Semjonow und setzte sich auf. Ihre Schultern waren jetzt frei. Schmale weiße Schultern, ein schlanker Hals, an dessen Seite man das Pulsen des Blutes in der Schlagader sah. »Was wollen Sie also?« fragte sie grob. »Habe ich vergessen, mich zu bedanken? Gut, ich hole es nach. Ich danke Ihnen, Pawel Konstantinowitsch, daß Sie mich aus den Händen der Meuterer befreit haben. Zufrieden? Dann gehen Sie bitte . . .«

Ihre schwarzen Augen glühten. Es zuckte durch ihre weißen Schultern, als stände sie unter dauernden kleinen Stromstößen.

»Sie sind ein Teufel, Ludmilla«, sagte Semjonow leise. Er zog die Decke von ihrer Brust, beugte sich vor und legte seine Lippen auf ihren Brustansatz. Er spürte, wie sie sich steif machte, er erwartete ihren Schlag, ihre trommelnden Fäuste . . . aber nichts geschah. Wie ein Marmorpüppchen saß sie da und atmete kaum. Da legte er die Arme um sie, und unter seinem Gewicht sank sie zurück. Er schob seine Finger in die schwarze Flut ihrer Haare. Aus ihren Augen brannte ihm alles entgegen, wovon er in den vergangenen Wochen geträumt hatte.

»Ludmilla . . .« sagte er leise. »Kleines schwarzes Vögelchen . . . du frierst . . .«

»Ja . . . es ist kalt, Pawluscha«, flüsterte sie und breitete die Arme aus wie jemand, der sich ergibt. »Aber du bist warm . . . du bist wie die Sonne über den Rosenfeldern . . .«

Vor dem Fenster rappelte der Wind an den Läden. Schnee trieb gegen die Wände, türmte sich auf, fegte in wirbelnden Schleiern über das Land. Jefimow hatte einen ekelhaften Heimflug, das war gewiß. Freunde, man sollte jetzt, gerade jetzt ein wenig Mitleid mit ihm haben.

»Ich liebe dich, Pawluscha«, sagte Ludmilla und legte ihr Gesicht in seine Achselhöhle. »Man kann sie nicht beschreiben, diese Liebe. Sie reißt die Sterne vom Himmel . . .«

Semjonow küßte ihre Lippen, die Nase, die Augen, die Schläfen, den Hals, die Brüste in seinen Händen. Er tat es ganz behutsam, voll leiser, warmer Zärtlichkeit.

»Wer bist du?« fragte er und küßte ihr Ohr. »Ich kenne dich nicht.«

»Ich bin Ludmilla, dein Täubchen . . .«

»Woher kommst du?«

»Von weit her . . . Dort tragen die Mädchen bunte Bänder im Haar, und die Knaben lernen erst reiten und dann sprechen.«

»Aus Kasakstan, stimmt es?«

»Ja. Aus Tschimkent. – Wie stark du bist, wie hart deine Muskeln sind. Sag, du könntest einen Bären erwürgen . . .« Sie hob den Kopf ein wenig, ein Zittern lief durch ihren zierlichen Leib. »Wie der Wind heult, Pawluscha . . . halt mich fest, ganz fest . . . es ist so schön, sich in dich zu verkriechen . . .«

So schliefen sie ein, nach vielen Zärtlichkeiten, nach vielen Küssen, nach Hingabe und Erfüllung, und sie waren so glücklich, daß Semjonow schon schlaftrunken sagte:

»Wir werden in diesem Glück ertrinken, Täubchen. Wir überleben es nicht . . .«

Sie hörte es schon nicht mehr. Sie schlief mit dem seligen Lächeln eines Kindes, das man in den Schlummer sang.

Noch bevor der Morgen graute, wachte Semjonow auf und kroch vorsichtig, damit er Ludmilla nicht aufweckte, aus dem Bett. Er zog sich an und setzte sich an das Fenster.

Nach dem Zauber der Liebe überfiel ihn mit ganzer Macht die Erkenntnis der Nüchternheit und Fragwürdigkeit seiner Situation.

Was geschehen war, hatte er kommen sehen und sich lange dagegen gewehrt. Nun gab es kein Ausweichen mehr, kein Versteckspielen, keine Lügen. Ludmilla Barakowa liebte Pawel Konstantinowitsch Semjonow, aber dieser Semjonow hieß in Wahrheit Franz Heller und war ein Deutscher. Ein Spion des CIA, kurz vor seinem Ziel, den Abschußrampen von Komssa.

Die Situation war ausweglos, Semjonow sah es ein. Er drehte sich eine Zigarette aus Machorka und Zeitungspapier. Man muß eine Entscheidung treffen, dachte er. Es gibt nur die Alternative: Entweder bleibe ich Semjonow und führe das Leben eines ehrbaren Russen . . . oder ich bleibe Franz Heller. Dann wäre es besser, morgen wegzugehen und zu verschwinden. Er ist verschollen, wird man nach tagelangem Suchen sagen. Die Taiga hat ihn verschlungen oder die Tunguska. Vielleicht kommt er im Frühjahr irgendwo zum Vorschein . . . in einem verschneiten Loch, im sumpfigen Ufer . . . vielleicht nie. Sibirien ist ein hartes Land, Genossen. Es lohnt sich nicht, um einen Menschen zu jammern . . .

Semjonow saß am Fenster und rauchte versonnen. Hinter ihm, im Bett an der Wand, dehnte sich Ludmilla und flüsterte im Schlaf. Es klang wie das Zirpen einer Grille im sommerlich warmen Gras.

Ich bleibe Semjonow, entschloß sich Heller in dieser Minute und wußte, daß es endgültig, unwiderruflich war. Er zerdrückte seine Zigarette und legte die Hände übereinander.

Mag kommen, was da will, dachte er. Ich werde mich abmelden von Dimitri und Major Bradcock. Ich werde sagen: Verzichtet auf mich. Ich mag nicht mehr. Laßt mir den Rest meines Lebens. Ende.

Was werden sie dann tun? Wie wird Bradcock reagieren? Zwischen Kusmowka und Deutschland liegt ein halber Erdteil, liegen Ural und Wolga, Ob und Irtysch, Tundra und Taiga, Steppe und Sumpf. Er wird sich damit abfinden und einen neuen Agenten schicken. Er wird meinen Namen durchstreichen in seiner Liste, als sei ich tot. Und er wird nicht einmal lügen dabei, denn ich, Franz Heller aus Riga, bin gestorben in dieser Nacht, dem 17. Oktober, während eines Schneesturms, gestorben in den weißen, weichen Armen einer herrlichen Frau. Es war ein freiwilliger Tod, der alles auslöscht, was hinter einem liegt. Alles!

Semjonow ging auf Zehenspitzen zu Ludmilla zurück und betrachtete ihr schlafendes Kindergesicht. Unendliche Zärtlichkeit war in ihm, ein Gefühl, das er nie gekannt hatte.

Aber er befand sich in einem tödlichen Irrtum. Er bedachte nicht, daß ein Spion niemals über sich selbst, über sein Schicksal, über sein Leben entscheiden kann. Andere bestimmen, was er zu tun und zu lassen hat – und was mit ihm geschieht, wenn er ausbrechen und sich seinem Auftrag entziehen will. Entfernungen, und seien es halbe Kontinente, spielen dabei keine Rolle.

In dieser Nacht hatte Pawel Konstantinowitsch Semjonow den Himmel erobert, aber auch die Hölle aufgerissen.

Er wußte es nur noch nicht . . .

4

Die Wochen, die hinter Matweij Nikiforowitsch Karpuschin lagen, gönnte er selbst seiner Schwiegermutter nicht.

Es begann damit, daß er, zusammen mit General Chimkassy vom GRU, dem militärischen Nachrichtendienst, in den Kreml kommen mußte, um Marschall Malinowskij Bericht über den deutschen Spion Franz Heller zu erstatten. Malinowskij schwieg während des langen Berichtes, nur wenn man seine zuckenden, buschigen Augenbrauen sah, wußte man, was hinter der breiten Stirn vorging.

Karpuschin schwieg nach einer halben Stunde Vortrag, selbst erschüttert über das wenige, was er zu berichten wußte, und sagte zum Schluß:

»Wir sind zu der Erkenntnis gekommen, daß Heller sich nach

Sibirien abgesetzt hat, um dort an die Raketenwerke heranzukommen. Wir müssen also auf Meldungen von dort warten.«

»Sehr schön, Genosse Oberst.« Marschall Malinowskij hieb mit der Faust auf den Tisch. Chimkassy senkte den Kopf. O Mütterchen, dachte er. Das kann die Karriere kosten. Das Wenigste, was dabei herauskommt, ist eine Versetzung in irgendein Kaff an der mongolischen Grenze, wo es mehr Steine und Geier gibt als Tränen, die man weinen kann.

»Da haben wir wieder den Beweis, wie lückenhaft unsere Abwehr ist!« brüllte Malinowskij. »Wir sind die stärkste Militärmacht der Welt, aber jeder halbwegs Intelligente kann uns durch den Hintern in die Därme kriechen und uns dort zerfressen! Wir sind ein Ruheplatz für Parasiten! Meine Haare stehen aufrecht, Genossen! Haben Sie den Fall Penkowsky schon vergessen?«

Oberst Karpuschin seufzte. Darauf hatte er gewartet. Das mußte kommen, das war das Paradestück Malinowskijs, wenn er gegen GRU und KGB ins Feld zog. Oberst Oleg Wladimirowitsch Penkowsky, Rußlands erfolgreichster Spion nach dem Großen Vaterländischen Krieg, der alles an die Amerikaner und Engländer meldete, von den Abschußrampen der Raketen bis zum Ehebruch Chruschtschows mit der Kultusministerin Furzewa, von den Angriffsplänen der Roten Armee bis zu den Waffenlieferungen an Kuba. Er war das Ohr und das Auge der westlichen Welt im Geheimzimmer des Kreml, bis er in den Mittagsstunden des 16. Mai 1963 unter den Schüssen eines Exekutionskommandos starb. Wenn von da ab irgend etwas im Bereich des Nachrichtendienstes nicht klappte, wurde Oberst Penkowsky zitiert, als flammendes Mahnmal, als beschämender Beweis, wie sehr ein Mensch sich in einem anderen Menschen irren kann.

»Sie haben also gar keine Anhaltspunkte?« fragte Marschall Malinowskij dumpf.

»Gar keine, Genosse Marschall.« Chimkassy sprach zum erstenmal. »Wir wissen nur, daß er vom CIA eingeschleust wurde und ein frecher Hund ist.«

»Das ist ungeheuer viel!« Malinowskij erhob sich hinter seinem langen Schreibtisch. Auf seinen breiten Schulterstücken lag die Sonne. Das Fenster neben ihm war geöffnet, die heiße Luft stand fest wie eine Wand im Zimmer. Karpuschin zog den Kopf ein. Wenn Malinowskij scherzte oder ironisch wurde, war der Grad erreicht, wo man früher ein Kreuz schlagen und sich mit einem

Leben in der Stille abfinden mußte. »Es hat keinen Sinn, Sie für diese Panne verantwortlich zu machen«, fuhr der Marschall fort. »Die Schuld liegt genauso bei der Botschaft in Rolandseck wie bei der mangelnden Sorgfalt des KGB. Nur eins sage ich Ihnen –«, hier hob sich die Stimme und dröhnte wie ein Paukenschlag, »– wenn sich herausstellt, daß dieser Heller wirklich militärische Geheimnisse herausschleust, werden einige Genossen daraus die Konsequenzen ziehen müssen! Wir verstehen uns?«

»Ganz klar, Genosse Marschall.«

Karpuschin und Chimkassy nickten, grüßten und verließen das ungastliche Zimmer Malinowskijs. Erst unten in der Eingangshalle des Kriegsministeriums wagten sie, wieder miteinander zu sprechen.

»Das war deutlich«, sagte Chimkassy und wischte den Schweißlederrand in der Mütze ab. »Sollte es wirklich wahr werden, daß wir über solch ein Schwein von deutschem Spion stolpern, Matweij Nikiforowitsch?«

Karpuschin zog die Schultern hoch. Er war noch ein wenig bläßlich, und in seinen Ohren klang die Stimme des Marschalls wider. »Er hat uns keinen Termin genannt, Freundchen«, sagte er und glaubte fast selbst an diesen rettenden Strohhalm. »Er hat uns nicht gesagt, am soundsovielten müßt ihr mir Heller präsentieren. Wir haben Zeit . . . und wenn wir geschichtlich denken, ist das gut, denn die Zeit war immer noch die beste Verbündete von Mütterchen Rußland!«

Es sollte sich zeigen, daß Karpuschin, der Mann mit dem »nie versagenden Gefühl«, auch hier wieder recht behielt.

Zwei Wochen später legte man ihm eine kurze Meldung auf den Tisch, die Matweij Nikiforowitsch elektrisierte.

»Peilwagen VI meldet: Kurzwellensender funkt verschlüsselten Text an Unbekannt von 2 bis 2.13 Uhr morgens. Sendestelle konnte angepeilt werden. Sie liegt im Hause Woronzowo Polje 17. Besitzer: der Möbelhändler Alajew.«

Karpuschin zögerte, Chimkassy anzurufen und damit die GRU zu alarmieren. Dann sagte er sich, daß dies keine militärische, sondern eine innerrussische Angelegenheit sei und damit die GRU nichts anginge.

»Meinen Wagen und drei Mann!« rief Karpuschin ins Telefon. Dann steckte er eine Pistole in die Tasche seines unmodernen, abgewetzten braunen Anzuges, zog den Knoten seines roten Schlipses hoch und machte sich bereit, den Möbelhändler Alajew zu besuchen.

Stepan Iwanowitsch Alajew war völlig ahnungslos, als vier neue Kunden sein Möbellager betraten und sich interessiert die Sessel und Sofas, die Küchenschränke und sogar die Wäschepuffs ansahen. Der älteste der Männer in einem braunen Anzug nahm eine Papyrossa aus der Tasche und wollte sie anzünden, und so peinlich es Alajew war – hier mußte er eingreifen.

»Genosse, in einem Möbellager sollte man nicht rauchen«, sagte er höflich. »Holz und Stoffe brennen schnell, und ich habe gutes, abgelagertes Holz hier. Bitte, rauchen Sie vor der Tür, wenn Sie das Bedürfnis danach haben.«

Karpuschin steckte die Zigarette zurück in die Tasche, trat auf Alajew zu und gab ihm eine schallende Ohrfeige.

»Genosse«, stammelte Alajew. »Was tun Sie? Ich habe Sie höflich gebeten . . . und Sie . . .«

»Setzen!« befahl Karpuschin. Er zeigte auf einen harten Küchenstuhl. Alajew sah sich hilfesuchend um. Und erst jetzt bemerkte er, daß die drei anderen Möbelinteressenten einen Kreis um ihn bildeten und ihn mit ausdruckslosen Gesichtern musterten.

In diesem Augenblick wußte Alajew, daß sein Leben beendet war. Er fand keine Erklärung dafür, wie man ihn hatte entdecken können, aber nun, als er den Mann im braunen Anzug und mit dem roten Schlips genauer ansah, erkannte er jenes Fluidum kalter Unpersönlichkeit, das ihn immer hatte frieren lassen, wenn er Möbel in den Kreml lieferte und in enge Berührung mit dem Geheimdienst gekommen war.

Leugnen hatte keinen Sinn mehr, das war Alajew klar. Zu leugnen versuchten nur die ausländischen Agenten, in dem Wahn, man würde ihnen glauben . . . ein Russe weiß, daß die Wahrheit nie versteckt werden kann. Selbst der tiefste Winkel des Herzens ist kein Versteck . . . man kann ein Herz aus der Brust reißen und es zerteilen.

»Sind Sie vom KGB, Genossen?« fragte Alajew, als er auf dem harten Küchenstuhl saß. Gelackte Naturbirke mit einem Linoleumsitz. Fünfzehn Rubelchen nur, ein Sonderpreis.

Oberst Karpuschin lehnte sich gegen eine Kommode. Er verschränkte die Arme über die Brust und sah Alajew wie einen Misthaufen an, der über Nacht vor seine Tür gelegt worden war.

»Du gibst also zu, ein Schwein von Spion zu sein?« fragte er nach dieser stummen Musterung.

»Ich habe noch nichts gesagt, Genossen.« Alajew dachte an Jekaterina, seine Frau, die jetzt oben in der Küche stand und für Mittag ein Hühnchen im Backofen hatte. Dazu sollte es Apfelmus geben und hinterher ein Schlückchen Kara-Tschanach. Und für morgen hatte das gute Weibchen einen Kuchen backen wollen, eine Biskuittorte mit Mandarinen. In den Gorkij-Park wollte man gehen, denn morgen war ja Sonntag. »Ich habe nur gefragt, woher Sie kommen.«

»Wo ist der Sender?« fragte Karpuschin, angewidert von soviel Ruhe.

»Unterm Dach, Genossen.«

»Mit wem haben Sie Verbindung?«

»Mit einem Mann, der sich Otto nennt.«

»Otto? Das ist deutsch!«

»Ja.«

»Wo ist Franz Heller?«

Das war die Frage, auf die Alajew von Beginn an gewartet hatte. Er hatte eigentlich immer damit gerechnet, daß sein Leben einmal in den Kellern der Lubjanka, dem berüchtigten Gefängnis Moskaus, oder irgendwo in einer Kiesgrube endete, nur hatte er sich immer wieder eingeredet, daß dieser Tag noch sehr fern sei und er bis dahin noch viel für seine Rache an den Bolschewisten tun könne.

»Heller?« fragte Alajew zurück und machte große, dumme Augen. »Wer ist das, Genosse?«

Karpuschin beugte sich vor und gab Alajew noch eine Ohrfeige. Es klatschte anständig, der Kopf wackelte wie bei einer Spielzeugpuppe, und Alajew mußte sich am Sitz des Küchenstuhles festhalten, um nicht in den Staub seines Möbellagers zu fallen.

»Benimm dich vernünftig«, sagte Karpuschin mit fast väterlicher Stimme. »Hat es Sinn, die Unwahrheit zu sagen? Ich bedauere jeden, der glaubt, mich anlügen zu können.«

Während sie miteinander sprachen, waren zwei der Begleiter Karpuschins weggegangen. Es dauerte nicht lange, und sie kamen zurück. Der eine trug den auseinandergenommenen Sender, der andere hatte Jekaterina an der Hand, die zeternd hinter ihm durch das Lager schwankte.

»Vom Hühnchen holt er mich weg, der Schuft!« schrie sie, als sie

Karpuschin sah und annahm, daß hier der Verantwortliche sei. »Es verbrennt mir! Wer mag schon ein schwarzes Huhn essen? Was soll das überhaupt? Wer seid ihr? Ist das ein Benehmen?« Dann erst sah sie ihren Mann Stepan Iwanowitsch auf dem Küchenstuhl sitzen, bemerkte seine dicke, rote, geschwollene Backe und wußte, daß man ihn geschlagen hatte. »Stjepa!« schrie sie. »Was macht man mit dir? Die Polizei muß her! Die Polizei! Hilfe!«

Karpuschin musterte Jekaterina Alajewa und krauste die Nase. »Ich bin Oberst Karpuschin!« sagte er. »Ich verhafte Sie und Ihren Mann.«

»Stepan Iwanowitsch ist unschuldig!« schrie Jekaterina. Sie war plötzlich weiß wie Schleiflackmöbel, das arme Täubchen; sie zitterte, rang die Hände, zerknüllte die Schürze und war versucht, vor Karpuschin auf die Knie zu fallen, um in der Art der alten russischen Leibeigenen um Gnade zu flehen. »Verführt ist er, mein Stjepa«, rief sie und weinte dann mit offenem Mund, was gar nicht schön aussah und Karpuschin durchaus nicht milder stimmte, denn in gewisser Hinsicht war Karpuschin ein Ästhet, vor allem, wenn es um Frauen ging. »Man hat ihn überredet. Er ist der beste Mensch, Genossen! Er ist ein guter Kommunist! Er hat viele Ämter, er ist sogar Ehrenvorsitzender –«

»Laß es gut sein, Jekaterinuschka«, unterbrach Alajew ihren Wortschwall und schüttelte den Kopf. »Sie haben den Sender, sie haben Beweise. Es hat keinen Sinn, ihnen zu sagen, wer ich bin.«

»Mitkommen!« Karpuschin machte ein Ende. »Wir haben Zeit genug, uns über diese Dinge genau zu unterhalten.«

Die Käufer, die am Samstagnachmittag zum Möbelhändler Alajew kamen, kehrten bestürzt und bedrückt den Rücken, als sie das Geschäft amtlich versiegelt fanden und vor der Tür einen Posten des KGB.

Er soll dem Kreml Möbel zweiter Wahl geliefert haben, machte bald ein Gerücht die Runde. Man klagt ihn des Betruges an. Wer hätte das gedacht? Der gute, nette, immer fröhliche Stepan Iwanowitsch. Ja, ja, wer kennt schon einen Menschen ganz – man sieht nur seine glatte Haut.

An die Möglichkeit, daß Alajew ein Spion der Amerikaner gewesen sein könnte, dachte niemand. Wie kann man auch so etwas denken, Freunde, mitten in Moskau?

In dieser Nacht suchte »Otto« vergeblich nach einem Zeichen von »Gregor«. Die Peilwagen des KGB und der GRU nahmen endlose Zahlenkolonnen auf, die sofort zur Dechiffrierzentrale weitergegeben wurden, wo die Fachleute für Codetexte mit dicken Köpfen hilflos herumsaßen.

Nach zehn Minuten brach die Stimme aus dem Äther ab. »Otto« schwieg. Für immer.

An der tschechischen Grenze verließ Major James Bradcock den Funkraum und ging in seinem Zimmer ans Telefon. Er wählte eine Nummer in Bonn und sagte nüchtern:

»Moskau VII-Otto schweigt seit heute. Codeänderung an alle Kontakte nach Plan XI. Es wäre vorzüglich, boys, wenn ihr feststellen könntet, was mit Otto passiert ist.«

In derselben Nacht hockte Stepan Iwanowitsch Alajew in einem großen, schalldichten Kellerraum des Lubjanka-Gefängnisses und wurde verhört.

Es war das erste Verhör, das er erlebte.

Er hatte sich darauf eingestellt. Solange er denken konnte, waren ihm die Erzählungen über die Methoden der Verhöre in Lubjanka im Gehirn haften geblieben. Erzählungen, die das Blut erstarren ließen, als habe man es mit Ameisensäure versetzt. Berichte von »Ochrana«, »Tscheka«, »GPU« und »NKWD«, in denen es hieß, daß Menschen in den Keller gingen und wahnsinnige Tiere wieder herauskamen.

Nun saß er selbst auf dem Stuhl vor den starken Scheinwerfern, die ihn anstrahlten und blendeten. Irgendwo hinter ihnen saßen die Verhörenden, saß Oberst Karpuschin, von dem es hieß, daß eher ein Wolf weinend davonläuft, als daß Karpuschin einen Hauch von Mitleid ausatmet.

»Fangen wir an, Stepan Iwanowitsch«, sagte Karpuschins Stimme durch die Blendung der Scheinwerfer. »Verschweigen Sie nichts! Wir wissen sowieso schon alles. Ihre Frau Jekaterina hat uns viel erzählt . . .«

Die Verhöre dauerten zehn Tage.

Meistens war es Nacht, wenn Alajew aus dem Schlaf gejagt und in den Keller geführt wurde. Immer wieder mußte er die gleichen Fragen beantworten:

Wer ist Ihr Auftraggeber? Wie heißen die anderen Kontaktleute? Haben Sie auch für Westdeutschland spioniert? Was haben Sie verraten? Waren Sie an Sabotageakten beteiligt?

Und als letztes, immer wieder, wie ein Wassertropfen aus einer defekten Leitung, die Frage: Wo ist Heller?

Alajew erklärte alles. Er gab bereitwillig Auskunft, denn ein Mensch, der weiß, daß er am Rande seines Lebens steht, hat keine Geheimnisse mehr. Nur bei der Frage nach Heller blieb er hart und sagte immer wieder: »Ich weiß es nicht!«

Oberst Karpuschin putzte sich am zehnten Tag – es war drei Uhr morgens – die Nase und kam aus der Dunkelheit in den Glanz der Scheinwerfer. Er trug heute seine Uniform mit allen Orden. Bis zwei Uhr war er im Kreml bei einer Feier gewesen, die man zu Ehren einer französischen Handelsdelegation gegeben hatte. Er hatte Wodka und Krimsekt getrunken und war in einer freundlichen Stimmung.

»Stepan Iwanowitsch, was soll der Blödsinn?« sagte er milde. »Ihr Weibchen Jekaterina hat ja alles gesagt.«

»Sie weiß überhaupt nichts.« Alajew beugte sich vor und legte die Hände vor die geblendeten Augen. »Was habt ihr mit Jekaterina gemacht?«

»Nichts! Sie hat eine schöne Zelle mit einem blanken Boden, bekommt eine gute Verpflegung und leidet keine Not.« Karpuschin legte Alajew die Hand schwer auf die Schulter. »Erleichtern Sie Ihr Gewissen, Alajew. Wenn Sie alles gestehen, was Sie wissen, werde ich mich dafür einsetzen, daß man Sie nicht hinrichtet, sondern in ein Straflager steckt. Sie können überleben, wenn Sie die Wahrheit sagen.«

Alajew schwieg. Er wußte, daß es für ihn keine Milde gab. Ob Straflager oder eine Erschießung in der Kiesgrube . . . es gab keinen Alajew mehr. Aber es gab einen Pawel Semjonow, der an der Wurzel des Bolschewismus nagte; eine Ratte, die man nie entdecken würde. Er würde das Werk vollenden, für das Alajew bisher gelebt hatte.

Im Hintergrund klappte eine Tür. Klappernde Absätze kamen näher, blieben hinter den Scheinwerfern stehen. Alajew nahm die Hände von den Augen und blinzelte gegen die Lichtflut an.

Eine Frau ist gekommen, dachte er. Nicht Jekaterina, denn sie trug keine Schuhe mit hohen, klappernden Absätzen.

»Er ist es!« sagte eine helle Mädchenstimme. »Es ist der Mann, der mit Heller im Botanischen Garten spazierenging.«

»Danke, Marfa.« Karpuschin sah Alajew fragend an. »Sie hören es, Stepan Iwanowitsch. Eine Augenzeugin. Marfa Babkinskaja, die Heller als Dolmetscherin von Intourist betreute. Heller nannte damals einen falschen Namen ... doppelt falsch, denn in Wirklichkeit nennt er sich jetzt anders. Wie heißt er heute?«

»Ich weiß es nicht!« sagte Alajew und senkte den Kopf. »Ich habe keine Ahnung.«

Oberst Karpuschin hob die Schultern und trat wieder hinter die Scheinwerfer. »Es hat keinen Sinn, Genossen«, hörte Alajew ihn sagen. »Wir fragen eine tote Wand! Man muß es anders machen ...«

Alajew wurde wieder in seine Zelle geführt. Aber diesmal ging er nicht so sicher zurück wie in den neun Nächten vorher. Man muß es anders machen, hatte Karpuschin gesagt, und Alajew wußte, was ihn jetzt erwartete.

Zum erstenmal, seit er denken konnte, kniete er an seiner Schlafpritsche nieder, bekreuzigte sich und betete leise. Er suchte nach den Worten, die er einmal von seiner Mutter gehört hatte, und als er sie nicht zusammenbekam, betete er nach eigenen Worten, wie sie ihm in den Sinn kamen, wirr und angstvoll, hervorgestoßen aus einem bereits jetzt zerrissenen Herzen.

Dann schlief er, bis ihn jemand an der Schulter rüttelte. Es war der Flurkalfaktor, der ihm heißes Wasser, Kipjatok, brachte. Vor der offenen Zellentür stand ein Weidenkorb mit frischem Brot. Der herrliche Geruch zog durch den ganzen Flur, und Alajew wußte, daß jetzt die Gefangenen hinter den Türen standen, schnuppernd die Nase hoben und ihnen das Wasser im Mund zusammenlief.

»Vierhundert Gramm heute«, sagte der Flurobmann und schob Alajew einen Kanten Brot hin. Und leise fügte er hinzu: »Ich habe dir eine Gorbuschka – ein Endstück – gegeben. Wir haben gehört, daß du heute zum Doktor sollst. Die Mutter Gottes sei mit dir, Towarischtsch.«

Alajew nickte ergriffen. Er umklammerte sein Brot, blieb stehen, bis die Tür wieder geschlossen, der Riegel zugestoßen und der Schlüssel im Schloß gedreht war, dann zerbrach er das frische Brot und brockte es in die heiße Kipjatok, so daß eine Art Mehlsuppe entstand.

Der Doktor. Er wußte nicht, was es bedeutete, aber wenn ihn die anderen Gefangenen segneten, ahnte er, daß an diesem Tag etwas Schreckliches mit ihm geschehen sollte.

Gegen elf Uhr holten sie ihn.

»Alles mitnehmen!« sagte der Wachsoldat. Ein Ausdruck, der

alles bedeuten konnte: Freiheit oder Tod. Alajew nickte stumm, packte seine wenigen Habseligkeiten zusammen, sah sich noch einmal in seiner sauberen Zelle um und nahm so Abschied vom Leben.

Man führte Alajew durch Gänge und über Flure, die er noch nie gesehen hatte. Er kletterte Treppen hinauf und Treppen hinunter, wartete in leeren Zimmern, sah hübsche Sekretärinnen, die ihn mit keinem Blick beachteten, und Beamte, die wie überall auf der Welt hinter ihren Tischen saßen, umgeben von Akten, und doch in ihren Augen die Schläfrigkeit eines in der Winterruhe gestörten Murmeltieres trugen.

Nach fast einer halben Stunde Wanderung durch die Lubjanka führte man Alajew in ein Zimmer, das nach Karbol roch, weiß gekachelt war und aussah wie ein Operationssaal. In der Mitte stand ein mit Wachstuch bezogenes Bett, und an diesem Bett sah er zwei unbekannte Männer in weißen Kitteln, Oberst Karpuschin, zwei fremde Offiziere in Uniform, einen Schreiber und den Lubjanka-Direktor.

Alajew blieb an der Tür stehen. Sein Herz war kalt vor Angst. Es ist einfacher, sich vorzunehmen, tapfer zu werden, als tapfer zu sein. Helden werden nicht geboren und nicht erzogen . . . meistens ist Heldentum nichts als Verzweiflung, wenn man's genau betrachtet.

»Kommen Sie, Stepan Iwanowitsch!« sagte Oberst Karpuschin freundlich. »Es geschieht Ihnen nichts. Wir werden mit Ihnen nichts machen, was sich nicht mit der Humanität vereinbaren läßt.«

Alajew atmete noch einmal tief, dann ergab er sich in das Schicksal.

Er mußte sich ausziehen und sich nackt auf den Wachstuchtisch legen. Einer der Männer im weißen Kittel stülpte ihm einen chromblitzenden Helm mit vielen dünnen Drähten über den Kopf, deren Enden er geschickt und schnell auf die Kopfhaut Alajews klebte. Sein rechter Arm bekam eine Manschette, Drähte legten sich um seinen Puls. Jemand band ihm die Beine und Arme fest. Ein Lederriemen fesselte seinen Kopf mit dem Helm fest auf den Tisch.

»Fertig!« sagte jemand.

Alajew sah, wie sich Karpuschin neben ihm auf einen Stuhl setzte. Auf der anderen Seite des Bettes wurde ein Tisch herangeschoben; dort hockte sich der Stenograf hin, ein mickriges Männchen mit einer randlosen Brille und einer dicken, gebogenen Nase. Er muß sich selbst in die Nase beißen können, dachte Alajew völlig sinnlos. Und wehe, wenn er Schnupfen hat. Dann schluckt er jeden Tropfen, der ihm aus den Nasenlöchern sickert.

In diesem Augenblick spürte er einen Einstich. Einer der weißen Männer gab ihm eine Injektion in die linke Armvene, und gleichzeitig schienen die kleinen Drähte um seinen Kopf zu summen wie tausend winzige Bienchen, wie Zwergmücken in den sommerlichen Sümpfen von Pripjet.

Alajew versuchte, weiter an die Nase des Schreibers zu denken, aber es gelang ihm nicht mehr. Er verspürte Übelkeit und Würgen, sein Herz begann zu flattern, in seinem Hirn wurde es dumpf, als decke jemand jede einzelne Partie mit einem nassen Handtuch ab. Seinen ganzen Körper durchzog es wie eine Lähmung. Ich scheiße ihnen auf den Tisch, dachte Alajew mit letzter Denkkraft. Ich habe Kipjatok getrunken mit frischem Brot. Das treibt doch, Genossen! Und nun gebt ihr mir eine Spritze, daß alles erschlafft, auch der Schließmuskel . . . Verzeiht, Genossen, wenn es übel riechen wird. Es war nicht mein Wille . . .

Hier verlor Alajew sein kontrolliertes Denken. Er lag in einer Art Halbschlaf, reagierte auf Fragen und gab Antworten und wußte und hörte es selbst nicht.

Man hatte sein Ich ausgeschaltet . . . man unterhielt sich mit seinem nach oben geholten Unterbewußtsein. Man zerrupfte seine Seele.

Die Gehirnwäsche begann . . .

Erst gegen Abend wurde es wieder klar um Stepan Iwanowitsch Alajew. Er lag auf seiner Pritsche in der alten Zelle, und es war ihm zum Kotzen übel. Mit schwankenden Beinen tastete er sich zum Kübel in der Ecke der Zelle, kniete sich davor und würgte, bis Magen- und Gallensaft kamen und ihm die Mundhöhle ätzten. Dann hatte er plötzlich das unstillbare Bedürfnis, zu schreien, warf den Kopf in den Nacken und brüllte hemmungslos wie ein verendendes Pferd. Nur wer schon ein sterbendes Pferd gehört hat, weiß, wie es klang.

Als er heiser war vom Schreien, schwankte er zurück zum Bett und sah erst da, daß er nicht allein in der Zelle war. Oberst Karpuschin saß neben der Tür auf einem Hocker und hatte ihm die ganze Zeit zugesehen.

»Es ist morgen vorbei, Stepan Iwanowitsch«, sagte Karpuschin leichthin. »Der Körper wehrt sich gegen die Droge, wenn die Nervenbetäubung nachläßt. Sie werden sich hinterher vorkommen wie nach einem Fünfzig-Werst-Marsch.«

»Was wollen Sie noch von mir?« röchelte Alajew und warf sich auf den Rücken. »Was wissen Sie denn noch nicht?«

»Wo Heller ist . . .«

»Das kann ich nicht sagen. Das weiß ich nicht!«

Karpuschin nickte. »Genau das haben Sie auch in der Betäubung gesagt. Wir müssen es Ihnen glauben. Aber wir wissen jetzt, wie Franz Heller heißt. Er ist, laut Paß, in Barabanowka im Kreis Tschkalow geboren und nennt sich Pawel Konstantinowitsch Semjonow.«

Alajew schloß die brennenden Augen. Unendliche Müdigkeit überkam ihn. Wie unvollkommen ist doch der Mensch, dachte er, bevor er einschlief. Eine kleine Spritze nur – und man kann in ihm lesen wie in einem aufgeschlagenen Buch.

Gute Nacht, Pawel Konstantinowitsch.

Auch Sibirien ist nicht groß genug, um einen Menschen zu verstecken, den man jagt . . .

Man soll einen Parteifunktionär nicht beneiden, nur weil er näher an der Quelle sitzt und ab und zu ein Pfündchen Speck mehr bekommt als die anderen. Er hat es verdient, Freunde! Er muß Nerven haben! Er ist ein Mensch, der an der Unterlippe nagt, während die anderen Genossen schon längst im Bett liegen. Denn so ein Funktionär hat Meldungen zu machen, die durch hundert Hände gehen, von hundert Augen geprüft werden und schließlich als Sammelbericht in Moskau erscheinen, im Herzen der Partei.

Man beneide deshalb auch nicht Maxim Sergejewitsch Jefimow, den Oberkommissar in Krasnojarsk, denn was der Hungeraufstand des Lagers Kalinin II und vor allem der Überfall auf das Armeeverpflegungslager ihm an Sorgen und Schreibereien einbrachten, ist eine Mitleidsträne wert. Keine Spur davon, daß der Kommandant von Komssa sich mit den Erklärungen der Partei zufriedengab! O nein, er schrieb einen dicken Bericht über die Verwilderung innerhalb der Arbeiterschaft, regte an, einmal in Kusmowka nach dem Rechten zu sehen, schilderte die mysteriöse Lokomotive mit den Güterwagen und den beiden Lastautos, der Güterbahnhofsbeamte beschrieb herzbewegend, wie man ihn gefesselt in den Schnee gelegt hatte, drei Stunden lang, so daß sein Hintern einer Eisscholle glich und er jetzt noch nicht ohne Qualen sitzen könne, kurzum, Jefimow hatte große Schwierigkeiten, das Holzkombinat zu schützen und vor allem Ludmilla Barakowa aus allen Fährnissen herauszuhalten.

Dreimal kam eine Kommission nach Kusmowka, Ludmilla führte sie herum, man fand natürlich nichts von den gestohlenen Lebensmitteln, überzeugte sich, daß in der Küche nur eine Kascha in den Kesseln siedete, und zog kopfschüttelnd wieder ab.

Zwischen Semjonow und Ludmilla Barakowa hatte sich nach außen hin nichts geändert. Wenn sie im Lager zusammentrafen, taten sie so, als wollten sie sich an die Kehlen, ja, es war sogar so arg mit ihren Gegensätzen, daß der gute, ahnungslose Jefimow vermitteln wollte und sagte:

»Ludmilla, mein Täubchen, sei ein wenig gut zu ihm. Er tut nur seine Pflicht. Und seitdem er hier ist, merkt man, daß ein wacher Geist im Kombinat schaltet. Pawel Konstantinowitsch hat Ideen! Allein schon seine Versuche mit dem Holzbeton. Ich sage dir, er revolutioniert den ganzen Hausbau! Man ist in Moskau sehr interessiert daran, daß Semjonow ein gutes Arbeitsklima findet! Also, sei keine Wildkatze . . .«

Ludmilla hob die schönen Schultern und antwortete: »Wenn er bei seinem Holz bleibt, ist ja alles gut, Maxim Sergejewitsch. Aber wenn er in meine Vorträge hineinplatzt und mir mitten ins Wort hineinruft: ›Ich brauche zwanzig Mann zum Abladen! Es gibt eine Portion Borschtsch extra!‹, und hundert rennen aus der Stolowaja, und es gibt ein Riesendurcheinander, dann werde ich wild! Habe ich dazu kein Recht, Genosse Jefimow?«

Wie gesagt, das war alles äußerlich. In der Nacht, wenn alles schlief, schlich Ludmilla, ihr Kopfkissen unter den Arm geklemmt, nebenan in die Wohnung Semjonows, kroch zu ihm ins Bett, kuschelte sich an ihn, schnurrte wie ein Kätzchen und flüsterte ihm ins Ohr: »Großer, starker Bär . . . ich friere. Wärme mich . . .«

Es waren Nächte voller Sterne, ihr könnt's mir glauben, Freunde. Und wenn der Morgen kam, der Wecker auf dem Stuhl rappelte und Semjonow aus dem warmen Bett steigen mußte, war es jedesmal eine große Überwindung, über den schlafenden Körper Ludmillas zu steigen, ohne sie zu berühren, ihre Brust zu küssen oder mit den schwarzen Haaren zu spielen.

Nur einmal fragte Ludmilla mitten in der Nacht: »Wie soll das alles werden, Pawluscha? Wir können nicht immer wie Hund und Katze vor den anderen leben. Wenn ich mit dir vor den anderen streite, habe ich oft das Verlangen, auf dich zuzustürzen und dich zu küssen. Weißt du, wie schwer es ist, das nicht zu tun? Einmal wird es mir zu schwer sein, und ich tue es!«

»Du solltest es zuerst Jefimow sagen«, meinte Semjonow.

»Davor habe ich Angst, Pawluscha.«

»Aber eines Tages wird er es wissen müssen.«

»Man muß sich das gut überlegen, Liebster . . .« Ludmilla Barakowa legte sich zurück in die Arme Semjonows. Wie ruhig und stark sein Herz schlägt, dachte sie. Wie stark er ist. Wie klug. Wie lieb . . . Was singen die Nomadenmädchen in den Steppen von Kasakstan? »Ich träum' von einem Mann, der den Mond umarmen kann . . .« O Pawluscha, du kannst den ganzen Himmel umarmen . . .

Kurz danach ergab es sich, daß Ludmilla und Semjonow dienstlich nach Komssa fuhren. Die Barakowa besuchte eine Tagung des Bezirkssowjets, Semjonow verhandelte mit dem Direktor einer Fabrik, die Futtertröge herstellte. Der Direktor hatte beanstandet, daß in den Trögen zu viele Aststellen waren. Trocknete das Holz aus, fielen die Äste heraus und übrig blieb ein Loch. »Ein Trog soll Futter aufbewahren, aber es nicht auf die Erde rieseln lassen«, hatte der Direktor richtig bemerkt. Nun war Semjonow unterwegs, um ihm zu erklären, daß man noch keine astfreien Bäume züchten könne.

Es war früher Mittag, als Ludmilla und Semjonow durch die Straßen von Komssa gingen. Der Tag war eisig kalt, der Schnee verharscht, Schneenebel lag über dem Land. Im kleinen Bahnhof von Komssa hatten sie zur Erwärmung eine Tasse Tee getrunken, nun knirschten ihre Stiefel durch die Straßen, um etwas anderes zu sehen als nur Baracke an Baracke oder Holzstapel neben Holzstapel.

In Komssa gab es außer Holzhäusern und Wohnblocks auch einige sehr imposante Staatsbauten. Da war das »Haus der Partei«, ein Bau mit Säulen vor dem Eingang, da ragte mit einem riesigen roten Stern auf dem First das Gebäude des »Kulturpalastes« in den Winterhimmel, auch der Stadtsowjet hatte ein festes Haus, und direkt daneben lagen das »Haus der Komsomolzen« und der sogenannte »Heiratspalast« von Komssa.

Mit diesen Heiratspalästen hat es eine besondere Bewandtnis,

Freunde. Früher heiratete man im Stadthaus, ganz nüchtern und kurz. Aber auch ein Arbeiter oder Bauer hat schließlich eine romantische Seele, und eine Eheschließung ist etwas anderes als ein Ferkelkauf. Ein Ferkel kann man schlachten und braten, bei einer Ehefrau ist das nicht zulässig – woran man den großen Unterschied erkennt!

Also richtete man die sogenannten »Heiratspaläste« ein, repräsentative Bauten, auf die heute jede Stadt in Rußland besonders stolz ist, auch wenn die Paläste, je weiter man nach Osten kommt, immer mehr zu Hütten zusammenschrumpfen. Aber was soll's, Genossen? Auf den Rahmen kommt es an, auf die Feierlichkeit, auf das Bewußtsein, daß eine Ehe wirklich etwas Besonderes im Leben ist, eine Erkenntnis, die nicht jeder hat.

In diesen Heiratspalästen sitzen Beamte, die nichts anderes tun, als junge oder auch ältere Leute zu Eheleuten zu erklären, Tag für Tag, wie ein Fließbandarbeiter. Man braucht nicht zu warten. Man legt seine Papiere vor, erklärt, daß man zusammenbleiben wolle und die Absicht habe, der Sowjetunion viele Söhne zu zeugen. Es wird eine Akte angelegt, man trägt sich in eine Liste ein, und dann kann die Freude losgehen. Unter dem Bild Lenins und unter der Roten Fahne.

Im europäischen Rußland wurde es wieder Mode, in Weiß zu heiraten, mit Schleier und Brautbukett, mit Verwandtschaft und großen Reden, aber hier, weit in Sibirien, am Jenissej und der Steinigen Tunguska, legte man weniger Wert auf die Kleidung als vielmehr auf eine einwandfreie amtliche Handlung. Ab und zu heirateten volkstumsbewußte Ewenken in ihrer Nationaltracht, aber meistens standen die Brautpaare in gesteppten Wattejacken vor dem Beamten Dronowjef und sagten ja, wenn er sie fragte, wie das Gesetz es vorschreibt.

Ludmilla blieb mit einem Ruck stehen, als sie an den »Heiratspalast« kamen. Semjonow wandte sich erstaunt um, als wäre er auf dem glatten Schnee ausgeglitten.

»Ich hab's!« sagte Ludmilla Barakowa mit einer Stimme, die ganz wie ihre politischen Reden in der Stolowaja klang. »Pawluscha, hast du alle Papiere bei dir?«

Semjonow legte die Hand auf die dicke Steppjacke. Sein Kopf verschwand fast in dem dicken Wolfspelzkragen. »Aber ja. Warum?«

»Wir werden Jefimow vor die Tatsache stellen. Ich habe auch

meine Papiere bei mir!« Ludmillas Stimme steigerte sich zu einem Jubelschrei. »Pawluscha! Blick dich um! Das Schicksal ist mit uns!«

Semjonow wandte den Kopf. Er stand vor einem Steinhaus mit einer Doppeltür. Ein roter Stern prangte über dem Eingang, außerdem hatte man ein Transparent in der Eingangsnische gespannt, auf dem in dicken Lettern stand: »Die Zukunft seid Ihr!«

»Wir werden heiraten . . .« sagte Ludmilla leise und lehnte den Kopf an Semjonows Wolfskragen. »Sofort, Pawluscha. Dann brauchen wir uns nicht mehr zu verstecken.«

Semjonow starrte auf den Eingang des Heiratspalastes von Komssa. Sein Entschluß stand fest, es hatte sich nichts daran geändert. Er blieb Semjonow. Es gab keinen Franz Heller aus Riga mehr, zuletzt wohnhaft in Bonn. Die Vergangenheit war verbrannt worden, im Hause des Möbelhändlers Alajew. Es galt nur noch die Gegenwart und die Zukunft, und beides gehörte allein Ludmilla Barakowa.

»Komm«, sagte er mit seltsam ergriffener Stimme. »Gehen wir hinein. Du kannst nicht begreifen, wie ich dich liebe. Ich ginge auch mit dir, wenn es meinen Kopf kosten würde . . .«

Sie nahmen sich an der Hand wie zwei Kinder, die ein Zauberland betreten, ein wenig scheu, ein wenig neugierig, aber mit weit offenen Herzen. In der Tür, unter dem Transparent und dem roten Stern, küßten sie sich und traten dann ins Haus.

Nach einer halben Stunde standen sie wieder auf der Straße, nun Mann und Frau vor dem sowjetischen Gesetz. Trauzeugen waren ein Ofensetzer, der im Nebenzimmer einen defekten Ofen aufmauerte, und ein schläfriger Fotograf, der die jungen Ehepaare fotografierte.

»Ludmilla Semjonowa«, sagte Semjonow. »Wie klingt das in deinen Ohren, Täubchen?«

»Wie die Fanfaren der Oktoberrevolution . . . und wie die Geigen aus Tschaikowskijs ›Schwanensee‹.« Sie breitete die Arme aus und rief in die eisige Luft: »Wer ist so glücklich wie ich? Ich bringe ihn um, wenn es einer behaupten wollte!«

Semjonow starrte versonnen in den verharschten Schnee. Nun ist sie meine Frau, dachte er. Ich werde Kinder von ihr haben, sie werden heranwachsen und gute Russen werden. Sie werden alle Semjonow heißen und nie wissen, daß ihr Vater ein Deutscher war, ein Spion in den Diensten der Amerikaner, ein Spion, der an der Liebe scheiterte, dem ein Kuß Ludmillas tausendmal mehr wert war als das Bewußtsein, mit einer Geheimmeldung die westliche Welt weiter aufgeklärt zu haben.

»Woran denkst du, mein Mann?« fragte Ludmilla und wischte sich ein paar gefrorene Tränen aus den Augen. Wirklich, sie hatte geweint, vor Glück geweint, und Semjonow hatte es nicht einmal bemerkt.

»Wir müssen einkaufen«, sagte er stockend. »Fleisch, Wein, Butter, Speck, Fisch, Gebäck . . . wir wollen feiern in Kusmowka! Man soll nicht sagen, der Semjonow nimmt sich ein süßes Frauchen, und nicht mal ein Schlückchen gibt er dafür aus, der Geizhals!«

Sie gingen weiter und trafen, als sie um die Ecke bogen, auf Jefimow. Es war ihnen, als werfe man sie in kaltes Wasser und tauche sie mit Stangen unter.

»Ah! Das ist eine Freude!« rief Jefimow und umarmte Ludmilla und Semjonow. »Ludmilla hoffte ich zu sehen beim Kongreß – aber Sie, Pawel Konstantinowitsch! Was treibt Sie in die Stadt?«

»Astlöcher in Futtertrögen, Genosse Kommissar.«

Man lachte darüber, und wenn Ludmilla nicht dabeigewesen wäre, hätte Jefimow bestimmt einen Witz erzählt, der sich mit Astlöchern befaßte. So blinzelte er nur, hakte sich bei Ludmilla ein und fragte:

»Was habt ihr vor bis zum Nachmittag? Ich muß vor der Sitzung im Sowjet noch hinaus zu den Abschußbasen.« Jefimow war stolz, das so leichthin sagen zu können. Er tat es auch nur, um Ludmilla damit zu imponieren. Sieh, welch ein bekannter Mann ich bin, sollte das heißen. Ich komme dorthin, wo Rußlands größte Geheimnisse schlafen. Ich habe Zutritt zum Herzen der Roten Armee. Ich bin mächtig genug, das Vertrauen der Großen zu besitzen.

Semjonow atmete tief. »Sie meinen die Raketen, Maxim Sergejewitsch?« fragte er gleichgültig.

»Ja. Die Raketen! Von hier aus schießen sie bis London und Paris, wenn's sein muß. Wunderwerke sind es, Freunde. Man steht davor und staunt, daß Menschengeist so etwas schaffen kann. Und man weiß plötzlich: Mütterchen Rußland wird ewig leben, denn hier ist der Beweis, daß wir unbesiegbar sind!«

Es klang wie eine Parteirede, aber Jefimow meinte es ehrlich. Und Semjonow glaubte ihm. Er wußte, wie man beim CIA über die sowjetischen Interkontinentalraketen dachte.

»Fahren wir hin!« sagte Jefimow plötzlich. »Ich werde dafür sorgen, daß wir hineinkommen. Man kennt mich . . . und die Genossin Kommissarin und der Genosse Ingenieur und Werkleiter von Kalinin II . . . man wird uns nicht hindern.«

Eine Stunde später, nach einer rutschigen Fahrt über die geräumte Straße, die später in einem dichten Wald endete, standen sie vor schwerbewaffneten Posten und Schlagbäumen. Jefimow beugte sich vor, zeigte seinen Paß, seinen Passierschein und die Pässe seiner beiden Freunde.

»Das ist der einzige Weg«, sagte er leise. »Rings herum in den Wäldern ist alles vermint. Erst vor ein paar Wochen, im Herbst, sind drei Pilzsucher in die Luft geflogen, weil sie in den Sperrgürtel kamen.«

Semjonow nickte stumm. Sein Herz schlug bis zum Hals.

Ich bin am Ziel, dachte er und schwitzte wie in einem Dampfbad. Der Spion Franz Heller vom CIA, Deckname Iwan, ist am Ziel. In wenigen Minuten sehe ich die Raketen und Abschußrampen, für die ich Semjonow wurde und mein Leben wagte.

»Passieren!« hörte er den Posten sagen. »Melden Sie sich aber bitte noch bei Major Bronissew am Kontrollpunkt III, Genosse Jefimow.«

Der Wagen fuhr wieder an, rollte in das abgesperrte Gelände.

Ein amerikanischer Spion sah in das Herz Rußlands.

Wer kann die Gefühle beschreiben, die Semjonow empfand, als er nach zwei Stunden zurück nach Komssa fuhr? Er hockte neben Jefimow im Fond des Wagens, während Ludmilla neben dem Fahrer saß.

»Was sagen Sie nun, Pawel Konstantinowitsch?« fragte Jefimow. »Sind wir nicht unbesiegbar?«

»Das sind wir, Maxim Sergejewitsch.« Semjonow dachte an die riesigen Raketenkörper mit den Atomsprengköpfen, an die neuartigen Abschußrampen, an den geheimen Treibstoff, der den Geschossen eine Reichweite verlieh, von der niemand im Westen etwas ahnte. Er sah vor sich die neuartigen Zielberechnungsgeräte, die Radarsteuerung und die bereits jetzt festgelegten Ziele auf den Spezialkarten mit den eingezeichneten Flugzeiten der Raketen. Man konnte auf einen Knopf drücken . . . und an hundert Punkten in Europa brach die Hölle los und verglühten Millionen Menschen in einem einzigen Feuerschlag.

Den ganzen Tag über war Semjonow bedrückt. Er tat seine Pflicht bei dem Direktor der Futtertrogfabrik, versprach astarme Hölzer zu liefern und wartete dann auf Ludmilla, die den Kongreß erst gegen Abend verließ. Mit dem letzten Zug fuhren sie zurück nach Kusmowka, sehr zum Bedauern Jefimows, der noch zwei Tage in Komssa bleiben mußte, um Vorträge vor den einzelnen Genossenschaften zu halten.

»Ich komme auf dem Rückweg vorbei!« rief er Ludmilla nach. »Ich habe noch etwas zu sagen zu den geklauten Armeeverpflegungen . . .«

Erst als sie im Zug saßen, eng aneinandergeschmiegt, und hinausstarrten in die vereiste Landschaft und über die Steinige Tunguska, auf der sich die Eisschollen türmten, fragte Ludmilla:

»Hast du alles eingekauft, was du wolltest, Pawluscha?«

»Nein.« Semjonow zog den Kopf in den Wolfspelzkragen. »Ich habe gar nichts gekauft, mein Täubchen. Ich habe ein anderes Geschenk für dich . . .«

Das klang sehr geheimnisvoll, und Ludmilla war so klug, nicht weiter zu fragen, sondern sich überraschen zu lassen.

Außerdem war sie müde vom vielen Sehen und Hören und von dem Glück, nun Ludmilla Semjonowa zu sein. Sie schlief bald ein.

Semjonow blieb allein mit seinen schweren Gedanken. Es war ein Konflikt, den nicht einmal der Teufel als Strafe erfunden hätte.

In Semjonows Hand lag jetzt das Wissen um den Fortbestand Europas, oder, weniger global, das Wissen um eine vernichtende Kraft jenseits der europäischen Grenzen. In seinem Herzen aber und an seiner Schulter schlief Ludmilla, seine Frau. Schlief das Glück seiner weiteren Jahre, träumte sein Himmel.

Das Schicksal aber schlief nicht, es verlangte von Semjonow eine Entscheidung. Sie war klar: der Verrat oder das Glück. Mit dem einen konnte er vielleicht Tausende retten. Mit dem anderen rettete er sich.

Der Zug keuchte und schwankte durch das wilde, eisige Land. Wälder, deren Bäume mit Kanonendonner zersprangen, weil der Frost innen bis ins Mark fraß, Tundrasteppe, über die der Schnee in riesigen Schleiern wehte.

Semjonow schloß die Augen. Ich bin kein Held, sagte er sich. Ich bin nur ein Mensch – ein armseliger Mensch, der nie wußte, was Glück ist, bis ich Ludmilla traf.

Warum frage ich noch? Bin ich Franz Heller aus Bonn?

Nein! Ich bin Pawel Konstantinowitsch Semjonow.
Und ich werde es immer bleiben!

»Setz dich auf das Bett, Täubchen«, sagte Semjonow, als sie spät in der Nacht wieder im Lager und in ihrer Steinbaracke waren. Ludmilla setzte sich auf Semjonows Bett und sah ihn mit ihren großen, dunklen Augen sehnsuchtsvoll an.

»Ich habe dir versprochen, dich zu überraschen«, sagte er und ging unruhig im Zimmer hin und her. »Es wird ein schreckliche Überraschung werden. Nur wenn du mich liebst, wie ich dich liebe, wirst du sie überstehen.«

Ludmilla hatte die Hände gefaltet und lehnte sich gegen die hölzerne Wand. »Was wird es sein, Pawluscha?« fragte sie mild. »Wie kannst du Schlechtes für mich haben?«

Semjonow bückte sich und löste das Dielenbrett vor dem Bett. Aus der Höhlung unter dem Fußboden nahm er den zusammengelegten Kurzwellensender, stellte ihn auf den Tisch und zog nur die lange, dünne Antenne aus dem Sendekasten.

Der Blick Ludmillas wurde starr. Noch nie zitterten in einem Paar Augen soviel Unglauben und stumme Fragen.

»Weißt du, was das ist?« fragte Semjonow.

Ludmilla nickte stumm.

Ebenso stumm sah sie zu, wie Semjonow den Sender zusammenbaute und sich an einen kleinen Tisch setzte. Dann hörte sie das Klappern der Morsetaste, und so sehr sie sich dagegen wehrte, sie buchstabierte mit, wie sie es auf der Kommissarschule gelernt hatte.

»Iwan an Dimitri . . . Iwan an Dimitri . . . Iwan an Dimitri . . . Hören Sie mich?«

Dimitri schien zu hören, die Antwort zirpte im Kopfhörer, den Semjonow übergestülpt hatte. Aber dann geschah etwas Ungeheuerliches.

Semjonow funkte: »Hiermit melde ich mich ab. Hören Sie mich, Dimitri? Ich melde mich ab, vernichte alle Geräte, den Code, die Unterlagen. Grüßen Sie Otto von mir. Ich will nicht mehr. Auch an Deutschland denke ich nicht mehr. Ich bin ein neuer Mensch. Gott mit euch allen. Ende.«

Er wartete keine Antwort mehr ab. Mit einem Ruck riß er sich den Kopfhörer von den Ohren, schleuderte den Funkapparat auf die Dielen und zerstampfte ihn mit ein paar Tritten seiner schweren Stiefel. Drähte, Kondensatoren, winzige Röhren und noch winzigere Transistoren spritzten durch das Zimmer. Dann bückte er sich wieder, holte unter den Dielen den Codeschlüssel heraus und die Spezialkarten, die von den Mikrofilmen abgenommen worden waren. In einer Blechschüssel entfachte er mit den Papieren ein Feuer und zerbröselte dann die Asche zwischen den Handflächen.

Diese ganzen langen Minuten hatte ihm Ludmilla stumm zugeschaut. Nun drehte sich Semjonow um und zeigte auf die Tür. »Zehn Schritte weiter schläft der Natschalnik. Du kannst ihn wecken. Ich halte dich nicht auf«, sagte er heiser.

Ludmilla Barakowa schluckte ein paarmal, ehe sie die Kraft besaß, zu sprechen. »Wer bist du?« fragte sie kaum hörbar.

»Von heute ab Pawel Kostantinowitsch Semjonow.«

»Und vorher?«

»Franz Heller. Ein deutscher Spion in amerikanischen Diensten.«

Ganz still war es im Zimmer. Der Eiswind sang um das Haus – wie deutlich man ihn jetzt hören konnte, obwohl es ein zarter Wind war im Vergleich zu den anderen Tagen.

»Ein Deutscher . . .« stammelte Ludmilla. Ihre Zunge war schwer, als habe man Blei darauf gestrichen. »Ein Deutscher . . . o Pawluscha . . . ich hasse die Deutschen!«

Hilflos ließ Semjonow die Arme sinken. Er tappte zur Tür und stieß sie auf.

»Tu deine Pflicht, Täubchen. Ruf die Wache.«

»Ein Deutscher!« Ludmilla liefen die Tränen über die Wangen. »Sie haben meinen Vater getötet, die Deutschen«, stöhnte sie. »Sie haben meinen Bruder erschossen! Sie haben meine Familie ausgelöscht bis auf mich . . .«

Semjonow nickte und schloß wieder die Tür.

»Die Russen haben Irena getötet, meine Braut in Riga. Nackt lag sie auf dem Boden, erstochen. Die Russen haben meine Tanten geschändet, meinen Onkel mit Peitschen erschlagen, meinen Bruder mit dem Kopf gegen die Wand geworfen!«

Ludmillas zarter Körper krümmte sich in inneren Schmerzen. Aber sie stand auf vom Bett, ging zur Tür, schloß sie ab, ging zurück zum Bett und begann sich auszuziehen, das Kleid, die Strümpfe, die Unterwäsche. Sie schlug die Decke des Bettes zurück, kroch hinein, schob mit beiden Händen die Haare aus dem Gesicht und lag dann still, wie aufgebahrt, wie ein weißes Marmorpüppchen.

»Komm, Pawluscha . . .« sagte sie leise, als Semjonow starr am Fenster verharrte. »Komm . . . mein Mann . . .«

Mit einem Laut, der wie ein Ächzen klang, fiel Semjonow auf die Knie.

»Mein Gott«, sagte er laut. »Ich danke dir.«

Und selbst der Wind schwieg nun und sang nicht mehr um das Haus. Die Stille war vollkommen.

Es war gegen zehn Uhr vormittags, als General Chimkassy Oberst Karpuschin anrief. Man hörte seiner trompetenden Stimme an, daß Chimkassy den schönsten Tag seines Lebens genoß; es fehlte nur noch, daß er einen privaten Salut gegen die Zimmerdecke schoß.

»Matweij Nikiforowitsch«, schrie Chimkassy zu Oberst Karpuschin hin, »was glauben Sie, was mir hier auf den Tisch gelegt wurde? Ah, Sie können es nicht ahnen, sonst säßen Sie jetzt nicht so ruhig am Telefon und hielten den Hörer in Ihren fetten Fingern! Wie können Sie es auch ahnen? Das ist eine so fantastische Gemeinheit, eine solch herrliche Teufelei, daß sie selbst uns nicht eingefallen wäre, und das will was heißen, was, Brüderchen?«

»Was ist denn nun, Genosse General?« fragte Karpuschin beleidigt, denn die fetten Finger hatten ihn getroffen. »Was begeistert Sie so?«

»Ich habe soeben von einem Kontaktmann einen Wink bekommen. Einen Hinweis, direkt aus dem Hauptquartier des CIA! Können Sie sich das vorstellen, Oberst . . . die Amerikaner haben sich so geärgert, daß sie uns, natürlich hintenherum, einen der gefährlichsten Leute in die Hand spielen.«

Mit einem fast piepsenden Laut sprang Karpuschin hoch. »Heller?« schrie er.

»Haha! Jetzt stehen Sie auch! Auch mich hat's vom Sitz gerissen, Freundchen.« Chimkassy genoß noch eine Kunstpause, in der Karpuschin heftig zu schwitzen begann. »Jawohl, Heller! Unser Pawel Konstantinowitsch Semjonow.«

»Und wo ist er?« brüllte Karpuschin.

»In Kusmowka. Ganz nahe an der Abschußbasis Komssa. Er ist dort Ingenieur im Holzkombinat Kalinin II.«

»Ich wußte es! Mein Gefühl!« Oberst Karpuschin stützte sich gegen die Schreibtischkante. Ihm fiel ein Zentnerstein vom Herzen. »In Kusmowka also. Ich danke Ihnen, Genosse General. Ich werde alles Notwendige veranlassen. Ja, ich fliege selbst nach Kusmowka! Das lasse ich mir nicht entgehen.«

Karpuschin legte auf und sah aus dem Fenster hinaus auf die verschneiten Moskauer Straßen.

Ein Wagen der Stadtreinigung fegte die Fahrbahn frei. Zwei Kinder bewarfen sich mit Schneebällen. Ein Pferdeschlitten huschte um die Ecke.

Kusmowka, dachte Karpuschin. Er trat an die große Karte, suchte Komssa, sah den Flugplatz Krasnojarsk und fand auch Kusmowka an der Steinigen Tunguska.

»Ich fliege noch heute nachmittag«, sagte er laut. »Verdammt noch mal . . . hier kann ich General werden!«

5

Es gibt Ausdrücke, über die man lächelt, wenn man sie sich bildlich vorstellt. Ihm stehen die Haare zu Berg, ist solch ein Ausdruck. Oder: Der Himmel hängt voller Geigen. Und erst recht: Er fiel aus allen Wolken . . . Man stelle sich das vor, Freunde. Da plumpst einer aus den Wolken und sagt: Na so was!

Und doch, Hand aufs Herz, es gibt so etwas! Man frage nur den Maxim Sergejewitsch Jefimow in Krasnojarsk, er kann's bestätigen. Denn als er den Anruf aus Moskau bekam und sich der KGB, die sowjetische Staatssicherheitspolizei, meldete und ein gewisser Oberst Karpuschin mit rauher, erregter Stimme ins Telefon schrie: »Kennen Sie einen Semjonow in Ihrem Gebiet? Einen Pawel Konstantinowitsch Semjonow?«, war es Jefimow wirklich, als falle er aus den höchsten Wolken direkt auf seinen Steiß. Sein Kopf brummte, seine Schläfen sausten, sein Herz machte wilde Sprünge, und seine Augen flimmerten vor Erregung.

»Ja!« antwortete er. »Jawohl, Genosse Oberst. Den haben wir hier! Einen fleißigen, ehrenwerten Mann, der im Holzkombinat große Neuerungen einführt –«

»Eine Scheiße ist er!« brüllte Karpuschin zurück. »Wissen Sie Vollidiot, wen Sie da unter den Augen haben? Den gefährlichsten Spion der Amerikaner! Das Auge und das Ohr der kapitalistischen

Welt! Ich bin gegen Abend bei Ihnen. Halten Sie alles für eine Verhaftung bereit! Und keine Anzeichen vorher, er soll sich völlig sicher fühlen. Nur beobachten lassen Sie ihn, bis ich eintreffe. Haben Sie vertrauenswürdige Männer da?«

Jefimow schüttelte den Kopf wie ein aus dem Jenissej gezogener nasser Hund. Semjonow ein Spion? Das muß ein Irrtum sein, dachte er, ein großer Irrtum.

»Im Lager Kalinin II arbeitet als Politkommissar die Genossin Barakowa«, stotterte er. Er hörte Oberst Karpuschin am anderen Ende der Leitung schnaufen wie ein Walroß, das Heringe wittert.

»Eine Frau!« Oh, welche Verachtung lag in diesem Ausruf. »Kann sie das übernehmen?«

»Die Genossin Barakowa ist eine glühende Kommunistin und völlig vertrauenswürdig, Genosse Oberst.« Jefimow gewann eine Portion Selbstvertrauen zurück. »Ich bürge für sie. Ich werde sie sofort anrufen und garantiere, daß sie diesen Semjonow nicht aus den Augen läßt! Ist es übrigens wirklich Semjonow?«

»Ja!« schrie Karpuschin. »Wir wissen es ganz sicher. Aus erster Hand. Von den Amerikanern selbst . . .«

Maxim Sergejewitsch Jefimow war ein scharfer, aber im Grunde doch biederer Kommissar. Er hatte gelernt, wie man störrische Bauern zur Räson brachte, wie man Viehdiebe verhörte oder Arbeiter, die unter dem Soll lagen, so in den Hintern trat, daß sie spurteten wie Hundertmeterläufer. Er konnte Vorträge halten, wußte einige Kernsprüche Lenins auswendig, rasselte Produktionszahlen herunter wie eine Rechenmaschine und war im Bezirk Krasnojarsk berühmt für sein Wort: »Schön singt die Nachtigall – aber noch schöner singt ein ehrvergessener Bursche, der in meine Hände fällt!« Er war gefürchtet, natürlich, aber mit den Spielregeln der großen Politik wußte er ebensowenig anzufangen wie die Kühe der Sowchose »Frunse«, denen man als Futter zweitausend Fässer Sauerkohl zugeteilt hatte.

»Die Amerikaner?« wunderte sich deshalb Jefimow. »Aber wieso denn?«

»Das verstehen Sie nicht!« Karpuschin war kurz angebunden. Diese Provinzler, dachte er. Aber man muß es ihnen nachsehen – wer immer nur Misthaufen vor Augen hat, bekommt mit den Jahren selbst ein stinkendes Hirn. »Sorgen Sie dafür, daß dieser Semjonow in Reichweite bleibt. Überwachen Sie ihn. Alles andere regelt sich heute abend. Auf keinen Fall verhaften Sie ihn selbst . . .

das ist eine hochpolitische Angelegenheit und bleibt Sache des KGB!«

»Ich verstehe, Genosse Oberst.« Jefimow legte den Hörer zurück. Er verstand zwar gar nichts, aber so etwas gesteht man ja nicht ein.

Man sollte es nicht für möglich halten, dachte Jefimow und putzte sich die Nase. Und plötzlich bekam er einen großen Schrekken, Schweiß sammelte sich auf der Nase und im Haaransatz, es wurde ihm höllisch warm im Rock, so daß er den Kragen aufriß und den Mund aufklappte wie ein Fisch, den eine Welle an Land geschleudert hat. Er dachte an den Besuch der Raketenabschußbasis in Komssa, er sah sich um die Abschußrampen gehen und Semjonow stolz alles erklären. Er erinnerte sich, wie Semjonow an die Raketen herantrat und sie genau musterte, vor allem die Leitwerke und Abschußmechanismen. Und er, Jefimow, hatte daneben gestanden, stolz, dem schwarzen Vögelchen Ludmilla zeigen zu können, welch ein Ansehen er besaß und wieviel er von diesen geheimen Dingen wußte.

O Mütterchen von Kasan, dachte Jefimow, als er die ganze Tragweite überblickte. Wenn das jemals herauskommt! Den Strick könnte man nehmen, sich eine dicke Föhre aussuchen und einen festen Ast, der einen Mann von 170 Pfund Gewicht trägt.

Mit schwerer Zunge rief er Ludmilla Barakowa an. Sie war in ihrem Dienstzimmer und sortierte Listen. Das war eine wichtige Arbeit, denn bei der russischen Bürokratie gab es nichts, was nicht durch Listen, Meldungen, Berichte, Tabellen oder Fragebogen erfaßt und katalogisiert war. Vom normalen Ferkeln einer Sau bis zum Bespringen einer Stute war alles erfaßt. Aber das waren noch große, wichtige Dinge, Freunde. Welch eine Mühe macht es erst, zum Beispiel einen neuen Schraubenzieher zu bekommen oder einen Hammer. Und erst eine Säge! Der Magazinverwalter verlangte genaue Details, wozu sie gebraucht wurde, man mußte Fragebogen ausfüllen, einen förmlichen Antrag, dann faßte man sich in Geduld, fragte zehnmal nach, ob der Genosse alles überprüft hatte, und wenn dann die Säge zugeteilt wurde, brauchte man sie nicht mehr, weil man den Baum längst mit der Axt gefällt hatte. Ist es da nicht wirklich ein Wunder an idealistischer Arbeitskraft, daß das Soll nicht nur erfüllt, sondern immer wieder überschritten wird?

»Ludmilla«, sagte Jefimow und räusperte sich, »wo ist Pawel

Konstantinowitsch?«

»In der Furnierfabrik, glaube ich. Was soll's?«

Ludmilla hob die Augenbrauen. Sie sah dann hochmütig aus, aber von einem Hochmut, Brüderchen, der das Herz wie einen Ballon schwellen ließ.

»Wann kommt er wieder?«

»Das weiß ich nicht. Wollen Sie ihn anrufen, Genosse Jefimow? Ich gebe Ihnen die Telefonnummer.«

»Wie benimmt sich Pawel Konstantinowitsch? Ist Ihnen etwas an ihm aufgefallen, Ludmilla?« Jefimow fragte ganz vorsichtig. Er wollte das Vögelchen nicht erschrecken, denn – zugegeben – wer bekäme nicht einen Schock, wenn er so mir nichts dir nichts erfährt, daß er neben einem staatsgefährlichen, ganz gemeinen, gesuchten amerikanischen Spion lebt?

Ludmilla Barakowa umklammerte den Telefonhörer mit weißen Fingern. Die tastenden Fragen Jefimows ließen eine böse Ahnung in ihr aufkommen. Ihre Augen wurden ganz dunkel, so schwarz wie ein Moorsee in der Nacht, und sie gab sich alle Mühe, ruhig und unbefangen zu sprechen.

»Ist etwas Besonderes mit ihm, Maxim Sergejewitsch?«

»Ich komme am Abend mit dem Hubschrauber hinaus«, antwortete Jefimow. »Ein Oberst Karpuschin aus Moskau begleitet mich. Vom KGB. Behalten Sie Semjonow im Auge, wiegen Sie ihn in Sicherheit . . . es scheint, als hätten wir hier ein schönes Schweinchen entdeckt! Er soll ein Spion sein . . . die Amerikaner selbst haben ihn fallengelassen. Warum, das wird er uns alles heute abend sagen. Schöner als eine Nachtigall wird er singen . . .«

Ludmilla legte den Hörer auf.

Ganz ruhig war sie, ohne Hast, ohne die leisesten Anzeichen von Panik. Nur daß alles so schnell gekommen war, das machte sie traurig. Gerechnet hatte sie damit, auch wenn sie es Semjonow nie gesagt hatte. Ob in Moskau oder Sibirien, am Eismeer oder an der mandschurischen Grenze, einmal erwischt man ihn doch. Es braucht nur eben alles seine Zeit. Und jetzt war diese Zeit kurz. Fast zu kurz.

Mit der Ruhe, mit der man große Taten vollbringen soll, ging Ludmilla ans Werk. Sie ordnete die Akten, schloß ihren Bericht mit einer Unterschrift ab, ging dann hinüber in ihr Zimmer, packte einen Koffer, ging in die Wohnung Semjonows und verstaute seine wenigen Habseligkeiten in einem Packsack, schnallte, nachdem sie ihre Uniform angezogen hatte, das Koppel mit der schweren Nagan, der Militärpistole, um die schlanke Taille, ließ durch einen Transportwagenfahrer den Jeep auftanken und vorfahren, setzte sich hinter das Steuer und fuhr ab, ohne um sich zu blicken.

Der Kombinatsnatschalnik sah ihr verwundert nach und wandte sich zu seinem Sekretär um.

»Ob in Uniform oder im Kleid, sie sieht immer aus, wie man sich ein Weibchen wünscht!« sagte der Sekretär und machte Fischaugen. »Und dabei ist sie solch ein Aas . . .«

»Mit einem Koffer und einem Packsack ist sie weggefahren«, sagte der Natschalnik. »Was bedeutet das? Will sie länger wegbleiben?«

»Man wird sehen.« Der Sekretär verfolgte mit Blicken die Schneewolke, die der Jeep mit den Hinterrädern aufwirbelte. »Sie spricht ja kaum mit uns, das stolze Adlerchen! Allein ihr Anblick wird uns sehr fehlen. Sie ist wie eine Sonne in dieser Öde!«

Semjonow stand vor einem der Trockenöfen, in denen die Hölzer im Schnellverfahren von ihrem Saft befreit werden, und unterhielt sich mit dem Leiter der Bretterbrigade, als Ludmilla aus dem Jeep sprang und durch den festgetretenen Schnee stampfte. Mit Erstaunen bemerkte Semjonow unter dem dicken Pelzmantel die Uniform und das Koppel mit der Nagan.

»Willkommen, Genossin Kommissar!« grüßte er deshalb und nahm sogar seine Pelzmütze ab. »Sie machen ein so ernstes Gesicht, Genossin. Was kitzelt Ihre Leber? Stimmen die Monatssolls nicht?«

»Kommen Sie mit, Pawel Kostantinowitsch!« sagte Ludmilla steif und dienstlich. »Steigen Sie ein! Ich muß Sie zum Lager bringen.« Dabei sah sie den Leiter der Bretterbrigade an und nickte ihm zu. Er wird bald ein wichtiger Zeuge sein, dachte sie zufrieden. Er wird berichten, daß ich Semjonow verhaftet habe. Wie groß wird die Verwirrung sein!

Semjonow zögerte und starrte seine Frau verständnislos an. Er stülpte die Mütze wieder über die Ohren, kratzte sich die frostblaue Nase und steckte die Hände in die Taschen seines mit Wolfspelz gefütterten Mantels.

»Ist etwas los?« fragte er.

»Fragen Sie nicht! Steigen Sie ein! Ich habe keine Zeit zu verschenken.« Ludmillas Stimme war scharf und schneidend. Der

Brigadeleiter hob die Schultern, als wehe ihn ein eisiger Wind an, und suchte nach einem Grund, schnell wegzukommen, denn schlechtgelaunte Kommissare sind eine Gefahr, auch wenn man ein noch so guter Kommunist sein mag.

»Brauchen Sie mich noch, Genosse Ingenieur?« fragte er deshalb. Semjonow schüttelte den Kopf.

»Wir sprechen morgen früh weiter, Luka Iwanowitsch.«

Schnell machte sich der Brigadeleiter aus dem Staub. Er informierte das Furnierwerk, daß die schöne Hexe da sei und eine Laune habe wie ein mit Wasser ernährter Wolf. »Ich sage euch, Genossen«, rief er seinen Arbeitern zu, »die kriegt es fertig und grault uns unseren Pawel Konstantinowitsch weg! Den einzigen Mann, dem man vertrauen kann! Der ein Herz für uns hat und uns versteht. Der auf unserer Seite ist und nicht zu den fetten Bonzen gehört. O Brüderchen, man sollte dieses schwarze Aas überfallen, fesseln, ausziehen . . . und dann, Genossen, einer nach dem anderen . . . barackenweise . . . bis sie ihre schwarze Seele ausgehaucht hat. Es ist ein zu schöner Gedanke . . .«

»Was gibt es?« fragte Semjonow draußen vor den Trockenöfen. Er hatte Ludmilla hinter die Bauten gezogen und erkannte in ihren Augen, daß große Dinge sich abzeichneten. »Hat Jefimow etwas von der Heirat erfahren? Macht er Schwierigkeiten?«

»Wir müssen weg, Pawluscha!« Sie sagte es mit gleichbleibender Stimme, völlig ruhig, so wie man sagt: Gieß noch mal ein Täßchen Tee ein, mein Röslein. Ist er auch süß genug?

»Weg?« Semjonows Augen zuckten.

»Ich habe alles mitgenommen, was wir haben. Nicht viel ist's . . . ein Köfferchen und ein Sack. Was uns fehlt, werden wir in Kusmowka auffüllen. Wieviel Geld hast du, Pawluscha?«

»Zweitausend Rubel.«

»Ich habe tausend. Wir sind reicher als die meisten in Sibirien. Außerdem haben wir noch den Jeep, den wir verkaufen können.«

Semjonow spürte, wie er trotz des schneidenden Windes, der um die Öfen heulte, zu schwitzen begann. Er faßte Ludmilla bei den schmalen Schultern und zog sie an sich.

»Was ist denn? Warum müssen wir weg? So red doch, mein Täubchen!«

»Sie haben dich verraten!« sagte Ludmilla in einem Ton, als spucke sie jemanden an, der ihr wie der Teufel verhaßt war.

»Verraten?« Semjonow lehnte sich an die vereiste Hauswand

einer Furnierhalle. »Wer denn? An wen?«

»Deine Amerikaner, deine westlichen Freunde haben dich an Moskau verraten.« Ludmillas Augen flammten. »Sie haben dir die Quittung gegeben für deinen Abfall, für deine Liebe zu mir. Oberst Karpuschin vom KGB ist bereits unterwegs, um dich heute abend zu verhaften und nach Moskau zu bringen. Weißt du, was das bedeutet? Weißt du, wie du in wenigen Stunden aussehen wirst? Kein Hund wird dich mehr anknurren. Sie werden vor Schrecken und Mitleid den Schwanz einziehen!«

»Ist das wahr, Ludmilla, ist das wirklich wahr?« Semjonow wischte sich über das Gesicht. »Sie haben mich an Moskau verraten?«

»Wäre ich sonst hier, Pawluscha? Komm, wir haben wenig Zeit.«

Semjonow riß sich die Pelzmütze vom Kopf. Es war ihm, als müsse er platzen. Wenn ein Mensch vor dem Unbegreiflichen steht, erkennt er erst, wie klein und armselig er ist. Verraten, dachte Semjonow. Man kann es einfach nicht glauben. Es sieht weder Major Bradcock ähnlich noch Oberst Wesson. Natürlich, ich habe meine Aufgabe nicht erfüllt, aber ist das ein Anlaß, mich auf diese Weise zu vernichten?

»Komm!« drängte Ludmilla. »Wir müssen aus Kusmowka hinaus sein, wenn der neue Schnee fällt.« Sie hob den schmalen Kopf und starrte in den farblosen, graumilchigen Himmel, in dem Berge von Neuschnee hingen, eine Sintflut weißer Flocken, ein Leichentuch, das die Wälder der Taiga überziehen würde.

Langsam gingen sie zum Jeep zurück, gefolgt von den Blicken der Arbeiter, die wie Bienenschwärme zusammengeballt an den Lagertoren standen und Ludmilla feindlich anstarrten.

»Es sieht aus, als führe sie ihn ab!« sagte Luka Iwanowitsch, der Brigadeleiter. »Bei Gott, sie hat ihn verhaftet! Brüderchen, sollen wir ihn heraushauen?«

»Was nützt es?«

»Dann kommt Jefimow!«

»Und wir alle gehen in die Verbannung.«

»Weißt du, wie's im Straflager ist? Ich kenne es, war drei Jahre in Norilsk. Drei Jahre keine Weiber im Bett! Das geht ins Gehirn, Freundchen.«

»Man soll sich da heraushalten.«

»Kräht einer nach uns, wenn man uns wegführt?«

»Jeder Posten hat sein Risiko.«

»Und mit Jefimow ist nicht zu spaßen.«

»Ihr seid eine feige Bande!« sagte Luka Iwanowitsch und ging in die Halle zurück. »Pfui, welche Feigheit. Geht, Genossen, und wascht euch die Hosen aus ... sie müssen voll sein!«

Man diskutierte im Furnierwerk noch lange über Semjonow und Genossin Barakowa und war sich klar darüber, daß dieser Vormittag nichts Gutes mit sich gebracht hatte.

Kurz vor Kusmowka drehte Semjonow den Zündschlüssel herum und brachte den Jeep damit zum Stehen. Ludmilla lehnte sich zurück. Sie war gefahren, und Semjonow hatte sie mit dem Schlüsseldrehen überrascht.

»Geh zurück ins Lager«, sagte er leise, als könne der Schneewind seine Stimme wegtragen zu fremden Ohren. »Lebe glücklich in deiner Welt. Vergiß mich. Rette dich. Man wird sagen, ich sei geflohen, und dir keine Schuld daran geben.« Er beugte sich über Ludmilla, zog ihr die schwere Nagan aus dem Futteral und lud sie durch. »Schieß in den Schnee und melde, daß du hinter mir hergeschossen, mich aber nicht getroffen hast. Und dann fahr zurück – laß mich allein ...«

Ludmilla schüttelte den Kopf. »Was denkst du von mir?« antwortete sie mit Würde. »Ich bin deine Frau!«

»Wir werden wie Wölfe sein, Ludmilla! Man wird uns erbarmungslos jagen. Kein Land, auch Sibirien nicht, wird groß genug sein, um uns zu verbergen.«

»Dann werden wir Wölfe sein, Pawluscha. Der große Wolf und die kleine Wölfin. Und wir werden alles reißen, was in unsere Nähe kommt! Zusammen werden wir blutend im Schnee liegen, wenn die Jäger listiger sind als wir. Zusammen, Liebster, nicht du allein.«

»Ich bitte dich zum letztenmal, Ludmilla ... fahr zurück ins Lager!«

»Und ich höre dir zum letztenmal nicht zu. Ich bleibe bei dir.«

Sie ließ den Motor wieder an. Er stotterte etwas, denn er war kalt geworden. Dann fuhr sie weiter, die kleinen Hände um das Lenkrad gekrallt, eine Handvoll Energie und ein Himmel voll Liebe. Semjonow senkte den Kopf, zog die Mütze über das Gesicht und verschränkte die Arme.

Da wollte man als Semjonow ein beschauliches Leben führen, dachte er. Glück sollte uns alle umgeben. Die Vergangenheit verwehte der Wind der Taiga, oder man streifte sie an den Bäumen der Urwälder ab. Ein neuer Mensch wollte ein neues Geschlecht gründen, das der Semjonows, harte, knorrige Menschen, steinig wie die Tunguska und mit weiten Herzen wie der ewige Strom Jenissej, ein Geschlecht, großgezogen von Sonne, Sturm, Eis und Sternen, Pioniere in einer jungfräulichen Welt, in der ein Axthieb heller klingt als ein Menuett von Mozart, in der die Bären tanzen und der Tiger brüllend durch das Schilf stapft, die Wölfe um die Feuer schleichen und mit gierigen, glühenden Augen den Waldboden erleuchten und der Brunftschrei der Elche und Rentierhirsche Gott und dem Himmel für das kraftvolle Leben dankt.

Was ist aus dir geworden, Pawel Konstantinowitsch Semjonow, der einmal Franz Heller hieß und aus Bonn kam?

Ein räudiger, gejagter Wolf, der sich im Unterholz versteckt.

Ein verratener Spion. Verraten von seinen eigenen Freunden.

Und das Geschlecht der Semjonows wird aufwachsen wie die Biber . . . irgendwo in der Weite Sibiriens, verborgen im Taigawald, ängstlich und scheu gleich den Hermelinen.

»Du weißt nicht, was dich erwartet«, sagte Semjonow und legte die Hand auf Ludmillas Arm.

»Ich weiß es sehr genau, Pawluscha.« Sie fuhr unbeirrt weiter. Die ersten Hütten von Kusmowka tauchten am Wegrand auf. Der Schnee hatte sie halb zugeweht, nur die Schornsteine qualmten und ließen den fetten, grüngelben Rauch brennenden, feuchten Holzes über das Land wehen und sich ätzend in die Augen setzen.

»Du wirst es nicht aushalten können!« schrie Semjonow plötzlich mit greller Stimme. Er fiel ihr in das Lenkrad, riß den Schlüssel aus dem Zündschloß und umkrallte mit beiden Händen ihre Schulter. Er schüttelte sie wie toll, ihr Kopf flog hin und her, die Pelzmütze rutschte von ihren Haaren, wie schwarze Schleier wehten sie über ihr und Semjonows Gesicht, und die Schneeflocken stickten Perlen in das seidene Gespinst.

»Begreif es doch!« schrie Semjonow außer sich vor Qual. »Ich bin ein Deutscher!«

»Ich liebe dich, Pawluscha«, sagte sie mit fast verklärtem Gesicht.

»Ich bin ein Spion!«

»Ich liebe dich . . .«

»Deinen Vater, deinen Bruder, deine ganze Familie hast du

durch uns verloren . . .«

»Ich liebe dich.«

»Du bist eine Kommunistin!«

»Ich liebe dich.«

»Du bist eine Russin! Ein Sowjet! Besinne dich doch, Ludmilla, besinne dich. Du bist die Kommissarin Ludmilla Barakowa!«

»Ich bin Ludmilla Semjonowa und liebe dich . . .«

Er schüttelte sie weiter, immer und immer wieder, und ihr Kopf flog von einer Seite zur anderen, als wäre ihr Hals eine dünne, biegsame Spirale. Und dabei schrie er sie an, und es waren jetzt nur noch sinnlose, unzusammenhängende Worte wie Freiheit – Leben – Jefimow – Vaterland – Glück – Liebe – Vergessen, und dann war es ein Stammeln, und daraus wurden unendliche Zärtlichkeiten und Küsse, unter denen die Schneeflocken im seidenen Haar schmolzen und die Körper sich erwärmten, und die Augen glänzten wie polierte Sterne, und die Herzen aufquollen wie vom Eis befreite Flüsse, und alles, alles um sie herum, der schneeschwere Himmel, die im Schnee erstickte Landschaft, die rauchenden Kamine, die Stadt, greifbar in der Ferne, die zugefrorene Steinige Tunguska, die Wälder, die wie ein Kranz den Horizont umzogen, alles, alles, alles wurde wie aus Gold. Und so saßen sie eng umschlungen in dem schmalen Wagen, wußten, daß nichts mehr sie trennen konnte, und wußten ebensogut, daß ihre Welt versunken war und sie auszogen, einen neuen Planeten zu entdecken und zu bewohnen . . . das Land Semjonowka, das ihnen allein gehörte . . . ihnen, den großen grauen Wölfen in der unendlichen Taiga . . .

Als sie später durch die Straßen von Kusmowka fuhren, waren sie ruhig und strahlten Glück aus. Sie hielten vor dem Kaufhaus des Genossen Jassenski und gingen hinein, um sich für sechshundert Rubel mit dem Allernötigsten zu versorgen, das man brauchte, um eine neue Welt zu suchen.

Für Stepan Iwanowitsch Alajew war die Welt nicht mehr der große, ersehnte Platz, auf dem er leben wollte.

Nach der Gehirnwäsche und den nächtlichen Verhören hockte er stumpfsinnig in seiner sauberen Zelle der Lubjanka, verrichtete jeden Tag ergeben die ihm angewiesenen Dienste, schrubbte und bohnerte den dunklen Dielenboden seiner Zelle, wie es vor ihm schon Generationen von Häftlingen getan hatten, die einen träge, die anderen mit Flüchen und jeden Zentimeter der verhaßten

Behausung anspuckend, oder auch mit müden, leeren Augen wie Alajew.

Von einem Wärter erfuhr er, daß seine Frau Jekaterina nicht mehr in der Lubjanka war. Man hatte das gute Weibchen abtransportiert, in eine Heilanstalt, wie der Wärter wußte. Beim zehnten nächtlichen Verhör war Jekaterina wahnsinnig geworden, hatte sich vor Karpuschin auf die Knie geworfen und ihn als Erzengel Michael angebetet. Dann hatte sie Choräle gesungen und den staunenden Untersuchungsrichtern das Akathist vorgetragen, jene aus zwölf Teilen bestehende Liturgie der russisch-orthodoxen Kirche, in der zwölf Heilige angerufen werden als Mittler zur ewigen Seligkeit. Am Ende der Vorstellung entkleidete sie sich und bat darum, noch einmal getauft zu werden.

Da in diesem Stadium der seelischen Auflösung nichts mehr an Aussagen zu erwarten war, fuhr man Jekaterina Alajewa aus der Lubjanka weg in eine Nervenheilanstalt. Allerdings wußte niemand etwas Genaueres, nur daß sie eben weg ist. Um es vorwegzunehmen . . . man hat sie auch nie wieder gesehen, und keiner fragte mehr nach ihr.

Das alles erfuhr Alajew, während er den Boden bohnerte, auf das Klosett geführt wurde, seine Runden auf dem kleinen Hof drehte oder an der Tür stand, um Brot, Kascha, Balanda – eine Suppe aus Getreide und Fisch –, drei Teelöffel Zucker und das zum Leben eines Russen gehörende Kipjatok in Empfang zu nehmen.

Oberst Karpuschin sah er seit der Gehirnwäsche nicht wieder. Auch wurde er nicht mehr verhört, sondern man ließ ihn dahindämmern und sich vorbereiten auf das Ende, das unabwendbar war.

Oft saß er jetzt auf der Pritsche, starrte gegen das mit einem Blech verschlagene Fenster seiner Zelle und kaute an einigen Fäden Tabak oder harten Rippen von Machorka, die er auf dem täglichen Hofrundgang von anderen Gefangenen gegen Zucker oder Brotreste einhandelte.

Es hat alles keinen Sinn mehr, darüber war sich Alajew im klaren. Man kannte den Namen Semjonow, und es war eigentlich ein unlösbares Rätsel, warum er bei der Umkehrung seines Unterbewußtseins zur Oberfläche nicht auch den Ort verraten hatte, an dem sich Semjonow verborgen hielt. Vielleicht würde man das beim zweitenmal versuchen, und Alajew wußte, daß er diese Tortur nicht noch einmal aushielt, ohne völlig den Verstand zu verlieren. Wie Jekaterinuschka . . .

An diesem Punkt angelangt, machte sich Alajew Gedanken, wie man das Leben beenden konnte. Es gab viele Methoden, auch in der Lubjanka.

Man konnte zum Beispiel den Wärter anspringen und ihn würgen. Dann wurde man totgeschlagen. Ein qualvoller Tod, den Alajew – so glaubte er – nicht verdient hatte.

Dann blieb die Möglichkeit, sich auf der Flucht erschießen zu lassen. Man rennt auf dem Hof einfach los, auf die Mauer zu, achtet nicht auf die Rufe »Stoj! Stoj!«, und dann knallt es, und der Rücken wird durchsiebt. Aber ob das eine sichere Methode war, bezweifelte Alajew. Man kann auch weiterleben mit Kugeln im Rücken.

Die nächste Möglichkeit war das Erhängen. Aber dazu fehlte ihm jedes Hilfsmittel. Als ahne man so etwas, hatte er keine Bettlaken und kein Handtuch erhalten. Er schlief unter einer Decke auf einer nackten Matratze, und die Decke ließ sich nicht in Streifen zerreißen, um daraus einen Strick zu drehen. Alajew hatte es längst versucht.

Selbst ein Nagel fehlte, um sich die Pulsadern aufzuschlitzen, oder die mühsam abgeschliffene Kante eines Löffels, die scharf wie ein Messer sein konnte. Nichts, gar nichts gab es in dieser trostlosen Zelle als ein kahles Bett und einen übelriechenden Eimer, denn nur zweimal am Tag wurde man zum Klosett geführt und mußte die andere Zeit über sich an den Eimer hocken.

Für Stepan Iwanowitsch Alajew war es ein Problem, von eigener Hand zu sterben. Er grübelte angestrengt darüber nach und hatte nach vielen Stunden eine Lösung gefunden. Sie war zwar grauenvoll, aber ebenbürtig dem, was er von seinen Peinigern erwarten konnte.

In dieser Nacht, der letzten Nacht Alajews, wurde er wieder wie ein Kind. Siebenunddreißig Jahre fielen von ihm ab . . . Er sah sich wieder als strammen Fünfjährigen neben der Mutter in die verbotene Kirche schleichen, versteckt unter der dicken, langen Schürze. Nur seine Beinchen trippelten neben den stämmigen Füßen der Mamuschka her. Der Vater durfte von diesen Gängen nichts wissen, er war Altkommunist, hatte das Winterpalais in Petersburg mit erstürmt und brüstete sich damit, vier Gardeoffiziere eigenhändig in die Newa gestoßen zu haben. Später dann, 1920, als Väterchen sah, was aus dem Bolschewismus zu werden drohte, wurde er weißrussischer Kosak, man nahm ihn gefangen und erdrosselte ihn mit der Peitschenschnur einer Nagaika. Die Revolution fraß ihre Kinder, und Vater Alajew war einer der Gefressenen.

Damals also schlichen sie zum Popen, die alten Weiblein und die Greise, die lieber noch dem Väterchen Zar den Stiefel küßten als mit erhobener Faust Freiheit zu schreien. Und er, Stepan Iwanowitsch, war unter Mutters Rock oder Schürze und hörte die orgelnden Gesänge des Popen und roch das Weihrauchfaß und lugte aus der Schürze hervor, geblendet von dem goldenen Gefäß, das der Pope emporhob in den Himmel.

Das alles war nun wieder da, in dieser Zelle der Lubjanka, in dieser letzten Nacht Alajews. Die Gesänge, der Rock der Mutter, der Weihrauchgeruch, der wallende weiße Bart des Popen.

Alajew kniete vor seiner armseligen, kahlen Pritsche und betete. Er bat alle, denen er im Leben weh getan hatte, um Verzeihung. Er entschuldigte sich für alle Gaunereien, die er als Möbelhändler für die eigene Tasche begangen hatte. Er flehte um einen kleinen Winkel im Himmel, ganz hinten, von dem er nur so viel zu sehen brauchte wie damals aus dem Schlitz von Mamuschkas Schürze.

Dann war er fertig, und er kam sich merkwürdig leer vor, wie ein ausgespülter und ausgeschütteter Samowar, ein Hohlgefäß ohne Inhalt. Ich bin eine tote Seele, dachte er. Wahrhaftig, so ist das also. Eine tote Seele.

Noch einmal erhob Alajew sein Gesicht nach oben und sah an die Decke, die für ihn keine Decke mehr war, sondern ein freier, weiter, sternenübersäter Himmel.

»O ihr Engelchen«, sagte er mit leiser, ergriffener Stimme, »ich habe ja nie gewußt, wie glücklich man sein kann, wenn man nichts mehr ist . . .«

Dann trat er zurück zur Tür, senkte den Kopf, schob ihn vor wie einen Rammbock, zog die Schultern hoch, um dem Nacken einen doppelten Halt zu geben, stemmte die Füße gegen die Wand und schnellte dann vor, wie es die Schnelläufer tun, wenn sie aus den Startlöchern hervorschießen.

Mit unvorstellbarer Wucht – Alajew wog immerhin 170 Pfund und hatte in den letzten Jahren nie zu hungern brauchen – prallte seine Schädeldecke nach einem Lauf von vier Metern gegen die gegenüberliegende Wand. Die Hirnschale zerbarst an den Steinen, Blut schoß ihm aus Nase, Mund, Augen und Ohren. Er gab noch einen ächzenden Laut von sich und sank mit ausgebreiteten

Armen an der Wand zu Boden. Sein Blut lief in einem breiten Bach über die Dielen, die er am Vormittag noch gründlich gewachst und gebohnert hatte.

So fand man ihn am Morgen, als Brot und Kipjatok verteilt wurden. Er lebte noch, sein starkes Herz schlug, aber auf dem Transport ins Lazarett der Lubjanka entwich ein Seufzen seiner Brust, jenes letzte Seufzen, von dem man glaubt, die Seele verlasse den Körper.

Stepan Iwanowitsch Alajew war tot.

Er wurde irgendwo begraben oder kam als Lehrmittel in die Anatomie der Medizinischen Fakultät der Lomonossow-Universität in Moskau. Man soll nicht glauben, daß es in Rußland genug Leichen zum Studium der jungen Mediziner gibt. Es ist ein Engpaß wie überall auf der Welt. Und so war man froh, eine solch gutgenährte Leiche wie Alajew auf den Seziertisch zu bekommen, einen Körper, an dem noch alles gesund war, bis auf eine zertrümmerte Hirnschale.

Wie gesagt, das ist eine Annahme. Es kann auch sein, daß er begraben wurde wie ein Christenmensch. Wer weiß es?

Man sprach nie wieder über Alajew.

Und so war sein letzter Verbleib ein Rätsel, dessen Lösung, ehrlich gesagt, niemanden interessierte.

Im Kaufhaus des Genossen Jassenski konnte man alles haben, wenn man es bezahlte. Vom Hosenträger bis zum Lockenwickler, vom Seidennachthemd – aus China – bis zur dicken Foffaika, der halblangen Steppjacke. Sogar französisches Parfüm gab es hier, und selbst der als fortschrittlich bekannte Jassenski grübelte darüber nach, wer wohl hier in Kusmowka an der Steinigen Tunguska, im Herzen Sibiriens, einen Flacon Soir de Paris erstehen wollte. Aber was soll man machen? Der Einkauf erfolgte zentral, die Verteilung war zentral. Irgendwo saßen ein paar idiotische Direktionsgenossen, die ihren Stenogramm-Mädchen Parfüm anbieten wollten und deshalb einen Bericht schrieben, daß die Einfuhr von Parfüm Teil des Fortschritts bedeute, und so kam es, daß die Nasen der ewenkischen Bäuerinnen oder der Rentiertreiber an geschliffenen Kristallflaschen schnupperten und sich zu der Bemerkung hinreißen ließen: »So ähnlich stinkt meine Hirschkuh Joijoij!«

Genossen, es war kein Geschäft!

Bei Jassenski kauften Ludmilla und Semjonow ein. Vorher hatte sich Ludmilla umgezogen. Eine Kommissarin fällt überall auf, aber ein schwarzhaariges Vögelchen in dicker Foffaika wird kaum beachtet. Davon gibt es genug.

Sie kauften Decken und Schlafsäcke, Büchsen mit Fleisch und Fett, eingesalzenen Speck und zwei Tönnchen Heringe, warme Unterwäsche und Filzstiefel, Ohrenschützer und Fellhandschuhe aus Hundepelz, erstanden eine kleine Apotheke in einem Blechkasten, kauften Scheren und Verbandmull dazu, Arterienbinden und Salben, Schmerztabletten und Jodfläschchen, kauften Ledergürtel und dicke Seile, vier scharfe Äxte und einen ganzen Holzkasten voller Werkzeuge. Jeder zahlte runde sechshundert Rubel dafür, denn sie kauften getrennt ein, als würden sie sich nicht kennen.

Über und über mit Paketen beladen, verließen sie das Kaufhaus Jassenski. Auf der Straße sah man ihnen neidvoll nach. Sie müssen Zobel erlegt haben, dachten die Passanten. Nur wer Zobelfelle bringt, kann sich solch einen Einkauf bei Jassenski leisten.

Die Pakete luden sie in den Wagen und verließen dann Kusmowka wieder in östlicher Richtung. Sie überquerten die Steinige Tunguska auf einer schmalen Holzbrücke, deren Pfeiler jeden Morgen von Pionieren der Roten Armee freigesprengt wurden, denn sonst wären sie vom Eis längst geknickt worden wie dünne Streichhölzer, und fuhren nach Osten.

Die Straßen in Sibirien, die nicht gerade zwei Orte verbinden müssen, enden alle in den Urwäldern. Meist ist am Ende ein großer Holzeinschlag, wo die Fällerkolonnen in Blockhäusern wohnen, und wenn sich die Schneise weiterzieht unter den Motorsägen und Äxten, wächst auch die Straße mit, bis sie irgendwo auf einen anderen Weg trifft, den andere Kolonnen in den Wald geschlagen haben. Dann wird gefeiert, die Wodkaflasche geht herum, jemand – meistens der Vorarbeiter, der von der Partei geschult ist – spricht vom Fortschritt – das beliebteste Wort in ganz Rußland –, man macht eine Meldung, und ein neuer Teil der Taiga ist erschlossen.

Ein Zentimeterchen von tausend Metern.

Denn unendlich ist die schweigende Taiga . . .

Nach drei Stunden Fahrt kamen Ludmilla und Semjonow in die Wildnis. Es hatte zu schneien begonnen, und das war gut so, denn alle Spuren füllten sich mit Neuschnee, das Land bekam eine neue glatte Decke, jungfräulich sah die Gegend aus, unberührt und keusch. Ludmilla hielt den Jeep an und küßte den schweigsamen Semjonow auf die Nase.

»Ich liebe dich, mein Mann«, sagte sie. Semjonow holte aus seinem Packsack eine kleine Ledertasche und entnahm ihr einige Lagepläne, die er in den Wochen seiner Ingenieurtätigkeit nach Berichten und Angaben angefertigt hatte. Er hatte in dieser Karte alles eingetragen, was er einmal hätte brauchen können, wenn er, allein auf sich gestellt, durch die Taiga hätte ziehen müssen.

»Wir sind jetzt hier«, sagte er und zeigte auf einen Fleck der Karte. »Diese Straße endet bei Außenstelle Zwölf der Fällerbrigade Kusmowkaja. Zwei Werst nördlich liegt eine Kolchose, drei Werst südlich ein Pelztierfarm. Wohin fahren wir?«

»Nach Süden, starker Bär.« Ludmilla sah hinauf in den Himmel. »Schnei! Schnei!« rief sie. »Deck alle Spuren zu. Schnei, als wolltest du die Erde ersticken . . .«

Eine kindliche Freude war über beide gekommen. Nach den Stunden der nervlichen Anspannung war alle Angst von ihnen abgefallen. Sie hatten den Weg in die neue Welt betreten, und sie wußten, daß sie das Ziel nur erreichten, wenn sie stark wie der Nordwind waren und zäh wie die Föhren im Sturm.

Fast drei Stunden brauchten sie bis zu der Pelztierfarm, und die lächerlichen drei Werst, die man im Sommer hinlegt wie zum Vergnügen, wurden eine mühsame Strecke mit Schneeverwehungen, aus denen sie den Wagen immer wieder freischaufeln mußten. Streckenweise mußte Semjonow sogar den Jeep schieben oder einige Säcke unter die Räder legen, Meter um Meter, weil die Räder durchdrehten und den Schnee wegstauben ließen.

Es war schon ein schwieriger Weg, diese drei Werst, und er gab einen kleinen Vorgeschmack dessen, was sie noch erwartete.

Sie kamen an der Pelztierfarm an wie vereiste Geister, stiefelten mit starren Beinen in die warme Stube und blieben erst einmal im Dunst, den sie sofort ausströmten, stehen, ließen sich auftauen und brachen mit leisem Knacken die Eiszapfen aus den Fellmänteln.

Ilja Saweliwitsch Lagutin, der Besitzer der Pelztierfarm, saß am Tisch, aß aus einer Bratpfanne Speck und Kartoffeln, Eier und Mehlfladen, lebte also wie ein Fürst und lächelte den beiden Eindringlingen mit fettigem Mund zu.

»Chleb-sol!« sagte er freundlich, hob das Messer, zeigte auf die Holzbank hinter dem Tisch und aß weiter. Wenn ein Russe chleb-sol sagt, so ist das wie »Gesegnete Mahlzeit« und lädt ein, mitzuessen.

»Erst das Geschäftliche, Genosse!« sagte Semjonow und knöpfte seinen Pelz auf. Lagutin schob die Pfanne zehn Zentimeter von sich, rülpste, was sein gutes Recht war nach einem so fetten Essen, legte das Messer hin und holte sich das schöne Weißbrot Kalatsch heran. Wie ein Kuchen sah es aus, schneeweiß, locker gebacken, flaumig.

»Ihr wollt Felle kaufen?« fragte Lagutin und stieß noch einmal auf. »Speck und Eier liegen gewichtig im Magen, müßt ihr wissen.«

»Wir wollen etwas verkaufen, Freundchen.«

»Das ist schlecht.« Lagutin zog die Pfanne wieder heran. »Ich brauche nichts.«

»Aber wir brauchen einen Schlitten und ein, noch besser zwei Pferdchen. Und sicherlich haben Sie das, Genosse.«

»Wer braucht so etwas nicht?« antwortete Lagutin philosophisch. Er wies wieder mit dem Messer auf die Bank. »Setzt euch! Wenn die Pfanne leer ist . . . ich habe noch Piroggen im Ofen.«

»Wir haben wenig Zeit.« Semjonow trat nahe an den Tisch heran. »Sie müssen uns helfen, Bruder. Wenn Sie ein Christenmensch sind – oder Ihre Mutter war es, ihr Andenken sei uns geheiligt–, dann helfen Sie uns! Ohne Schlitten sind wir verloren.«

Ilja Saweliwitsch Lagutin begriff den Ernst der Lage. Man darf nicht denken, daß alle Menschen, die sich Russen nennen, nur mit erhobener Faust herummarschieren, Freundschaft und Fortschritt brüllen und ein Bild Lenins über dem Bett hängen haben. Wer in den Urwäldern lebt, die Tiere fängt, sie abhäutet und die Pelze gerbt, wer zeit seines Lebens nur das Rauschen der Taiga hörte, das Heulen der Wölfe, das Tappen der Bären und das Hufeklappern der Rene, wer im Winter schläft, wenn die Bäume, von Eis zersprengt, wie mit Kanonenschlägen bersten, oder die Wirbelstürme im Frühling und Herbst erträgt, der ist ein Mensch, der in dem anderen auch nur einen Menschen sieht. Sonst nichts. Was kümmert ihn die Parteidoktrin? Was weiß er vom Stalinismus? Was geht's ihn an, ob Chruschtschow seinen Schuh auszieht und auf den Tisch schlägt oder in der Ukraine die Ernte wieder unter dem Durchschnitt liegt? Er hat den Urwald um sich, und er denkt wie er . . . weit, grenzenlos, an den Himmel stoßend.

»Man muß darüber sprechen, Sie haben recht«, sagte Lagutin und erhob sich ebenfalls. »Ich habe einen Schlitten. Ein Meisterwerk von einem Schlitten. Aus bestem Holz, mit bestem Stahl beschlagen, mit neuem Zaumzeug für zwei Pferdchen. Und Gäulchen habe ich . . . oh, zum Verlieben, zum Küssen, Brüderchen. Schnell wie der Südwind, wenn er das Eis verjagt. Ausdauernd wie ein Fuchs, wenn er eine Beute wittert. Genügsam wie ein Murmeltier im Winterschlaf. Nur . . .« – und hier machte der begeisterte Lagutin eine Pause –, ». . . es gehört eben alles mir.«

»Ich habe einen Tausch vorzuschlagen«, sagte Semjonow. »Draußen steht ein Jeep. Sie kennen diesen Wagen, Genosse? Man kommt mit ihm überall hin. Der Wald wird klein, wenn Sie einen Jeep besitzen.«

»Im Sommer, Brüderchen.«

»Natürlich. Und deshalb brauchen wir jetzt einen Schlitten . . .«

»Verstehe.« Lagutin kratzte sich mit der Gabel den Kopf, was beweist, daß er ein praktischer Mensch war, der alle Dinge mehrfach einsetzte.

»Gehen wir hinaus und sehen wir uns das Wägelchen an. Habt ihr's gestohlen, Genosse?«

»Es wollte uns begleiten, Freundchen«, sagte Semjonow.

Man lachte, und lachende Menschen verstehen sich immer.

Später aßen Ludmilla und Semjonow auch noch eine Pirogge an dem langen Tisch und tranken eine Kanne voll köstlichen Kwass, ein Bier, das man aus vergorenem Brot gewinnt. Es war stark säuerlich, aber es gab Kraft und Mut und regte die Därme an. Die Gesundheit aber liegt im Darm, das sagte schon Hippokrates.

Es war Abend, als Ludmilla und Semjonow weiterzogen, diesmal quer durch den Wald, nach Nordosten in die Einsamkeit. Mit einem schnellen Schlitten und zwei kleinen, struppigen, kugeläugigen Pferdchen davor.

Irgendwo, in der Ferne, hinter ihnen, heulten Wölfe. Dort mußten auch Menschen sein, deren Lager sie umstrichen.

Vor ihnen aber war nichts als Weite und Stille. Wälder und Schnee. Eiswind und klirrende Kälte.

Und Hoffnung.

Sagt mir, was wäre ein Mensch ohne Hoffnung . . .?

In der Abenddämmerung landeten zwei Hubschrauber auf dem Appellplatz des Lagers Kalinin II. Der Kombinatsnatschalnik, zwei Verwalter, der Sekretär, vier Barackenälteste rannten zum Platz, um zu sehen, was da vom Himmel herabschwebte. Ihre

Neugier legte sich schnell, als sie Oberst Karpuschin im dicken Militärpelzmantel aussteigen sahen und aus dem anderen Hubschrauber den verhaßten Jefimow.

»Was sind das für Affen?« fragte Karpuschin laut und hatte damit gleich die Feindschaft aller Umstehenden auf sich gezogen.

»Dort steht der Natschalnik des Lagers«, antwortete Jefimow und zeigte auf den Direktor.

»Wo ist die Genossin Barakowa?« bellte Karpuschin. »Warum steht sie nicht auch hier? Ist sie blind?«

»Sie ist weg!« erklärte der Sekretär eilfertig. »Weggefahren. Mit dem Jeep. Dienstlich sicherlich.«

Karpuschin rückte seinen Kneifer fester auf die Nase. Er sah sich um, fand das Lager trostlos, die Menschen, die in den Türen standen, stinkend und dreckig, eine Schande für das arbeitende Volk. Mit dem Zeigefinger winkte er den Direktor zu sich. Dieser, einen solchen Lakaienwink nicht gewöhnt, reagierte nicht darauf, sondern blickte auf die sich noch immer drehenden Flügel der Hubschrauber.

»Genosse Semjonow?« schrie Karpuschin.

»Ist im Furnierwerk, Genosse Oberst«, dienerte der Sekretär. Der Direktor verzog die Mundwinkel. Welch ein Schleimscheißer, dachte er verächtlich. Welch ein Stiefelpisser! Man wird ihn mehrfach in den Hintern treten müssen, wenn dieser Besuch wieder vorüber ist. Verdammt noch mal, es ist widerlich, wie er sich benimmt. Der Teufel soll ihn holen!

Karpuschin wandte sich um. Er sah gerade noch, wie Jefimow mit der Faust drohte und verstand plötzlich, wie schwer es ein Mann hat, der Zucht und Ordnung unter solchen Außenseitern halten soll.

»Wie weit ist es zum Furnierwerk?«

»Eine halbe Stunde vielleicht.«

»Fahren wir! Sie haben sicherlich Wagen hier?«

»Zwei SIS-Limousinen, Genosse Oberst.«

»Los denn! Wir haben keine Zeit zu verlieren.«

Wie eine wilde Jagd brausten die beiden schweren Wagen zum Furnierwerk. Schleudernd hielten sie vor der großen Halle, und Brigadeleiter Luka Iwanowitsch kam herbei, um zu sehen, wer da wertvolles Staatseigentum mißhandelte.

»Wo ist Semjonow?« schrie Karpuschin schon beim Aussteigen. »Mann, sehen Sie mich nicht an wie ein kurzsichtiges Kalb . . .

Semjonow soll herkommen!«

»Er ist weg, Genosse Oberst«, stotterte Luka Iwanowitsch. Also doch, dachte er. Man will unseren Ingenieur holen. Unser aller Freund, den Semjonow. Man könnte den kommunistischen Glauben verlieren!

»Weg?« Karpuschin zuckte zusammen. Der Zwicker tanzte auf seiner Nase. Auch Jefimow wurde blaß.

»Was heißt weg?« brüllte Karpuschin. »Sprechen Sie klarer, Sie Mißgeburt!«

»Er ist verhaftet worden.« Luka Iwanowitsch bezwang sich. Auch ein Oberst kann einen freien Arbeiter nicht beleidigen. Das läßt das Menschenrecht nicht zu, für das der Kommunismus kämpft. »Wir haben es alle erlebt . . . die Genossin Barakowa hat ihn verhaftet und in ihrem Jeep abtransportiert.«

»Sehen Sie!« Maxim Sergejewitsch Jefimow strahlte vor Stolz. »Meine Kommissarin. Sagte ich nicht: Zeigen Sie mir einen besseren Kommunisten als sie! Sie hat zugeschlagen, ehe Semjonow etwas ahnen konnte.«

»Und er hat sich von einer Frau abführen lassen?« fragte Karpuschin verächtlich. »Von einer Frau . . .«

»Aber von welcher Frau, Oberst. Sie kennen Ludmilla Barakowa noch nicht. Mit der Nagan schießt sie Schmetterlinge im Flug. Sie hat das Herz eines Adlers und das Gesicht eines Engels.«

»Schon gut!« Karpuschin winkte ab. Loblieder auf Frauen waren ihm verhaßt. Wer Frauen lobt, war seine Ansicht, unterwirft sich ihnen. Und Karpuschin war das Wort Unterwerfung ein Greuel. »Sie hat ihn verhaftet! Aber wo ist diese Ludmilla Barakowa? Nach logischem Denken müßte sie mit dem Gefangenen im Lager sein . . . oder wir müßten sie getroffen haben. Wo, zum Teufel, ist sie?«

Das war eine Frage, die Jefimow nicht beantworten konnte. Das einzige, was er konnte, war die Frage wiederholen:

»Ja, wo ist sie?«

»Sie sind abgefahren.« Luka Iwanowitsch hob die Schultern. »Dorthin . . .«

»Was heißt dorthin? Zum Lager?«

»Oder in die Stadt . . .«

Karpuschin ging mit festen Schritten zum Wagen zurück und ließ sich in die Polster fallen. Wenn es auch kein voller Triumph für ihn war, so war es doch erreicht: Franz Heller, der sich Semjonow nannte, war verhaftet. Ein großer Tag für Karpuschin.

»Fahren wir in die Stadt«, sagte er milder gestimmt.

Die Wagenkolonne fuhr an und tauchte in der Schneenacht unter. Die Räder warfen den Neuschnee auf, als bliesen sie ihn weg. Karpuschin lehnte sich zurück und putzte seinen Kneifer. Ein großer Druck war von ihm genommen.

Noch heute nacht verhöre ich ihn, dachte er. Ohne Rücksicht. Ohne Mitleid. Und morgen werde ich nach Moskau melden, daß er gestanden hat, Amerika wolle zum Krieg gegen Rußland rüsten. In aller Munde wird der Name Karpuschin sein.

General Matweij Nikiforowitsch Karpuschin.

Er hätte nicht die innere Heiterkeit gehabt, wenn er geahnt hätte, daß er der größten Blamage seiner Laufbahn entgegenfuhr.

Einer tödlichen Blamage, die den Namen Karpuschin auslöschte.

6

Nur wer die Sredne-Sibirskoje, die Mittlere Sibirische Hochebene, kennt, weiß genau, was es heißt, allein durch eine Welt zu wandern, die Gott anscheinend vergessen hatte, als er sich am siebten Tag der Schöpfung ausruhte und sich sagte, daß er es gut gemacht habe. Und wer dieses Land zwischen Jenissej und Lena, diese unendlichen Urwälder und Moossteppen, im Winter durchqueren will, mit einem Schlitten und zwei Pferdchen davor, der wird entweder als Idiot bezeichnet oder als Lebensmüder. Man sieht ihn wie einen bösen Geist an, bekreuzigt sich und sagt mit unsicherer Stimme: »Brüderchen, häng dich auf oder ersäufe dich, oder – von mir aus – leg dich in den Schnee und laß dich erfrieren . . . aber wähl dir bitte eine andere Todesart als die in der Sredne-Sibirskoje!«

Für Semjonow und Ludmilla aber war es der einzige Weg ins Leben. Nach Süden konnten sie nicht . . . dort wurde das Land immer dichter besiedelt, dort hatte die Partei ihre Beobachter im kleinsten Dorf, dort fiel ein Fremder auf, wenn er auftauchte und nach kurzer Rast weiterzog oder sich gar festsetzen wollte. Im Norden aber, im Urwald der Taiga, fragte niemand, weil niemand da war, der fragen konnte. Ab und zu zogen Pelztierjäger umher, wohnten in Holzhütten, die im Winter zu Schneehügeln zuwehten, die kleinen Ewenken züchteten Rentiere, oder es tauchten Holzschlagkolonnen auf, aber nur im Sommer, wenn man die gefällten Bäume auch abtransportieren konnte. Im Winter legte sich das große Schweigen über die Taiga. Nur der Sturm heulte, das Eis krachte auf den Flüssen, die Bäume ächzten und die Wölfe strichen mit blutenden Lefzen umher, denn die steinharte Baumrinde war ihre einzige Nahrung. Ab und zu blieb ein Wolf entkräftet liegen. Dann war es ein Feiertag für die anderen. Sie zerrissen ihn und waren wie toll beim Anblick des dampfenden Blutes.

Nach dem Abschied von Ilja Saweliwitsch Lagutin, dem Pelztierfarmer, zogen Semjonow und Ludmilla noch drei Stunden durch die Nacht, quer durch den Wald. Nun gab es keine Straße mehr, sondern nur noch eine Richtung. Es war eine windstille Nacht, zumindest zwischen den Bäumen. Sie kamen gut voran, und Ludmilla schlief etwas, während Semjonow die munteren Pferdchen wie im Slalomlauf zwischen den Bäumen hindurchdirigierte und erst anhielt, als der Wald sich lichtete und die Ebene eines kleinen Flusses das Land wie eine tiefe Narbe durchschnitt.

Ludmilla wachte auf, als das leichte Schwanken des Schlittens aufhörte.

»Ich habe ja geschlafen, Pawluscha«, sagte sie und rieb sich die Augen. Ein kleines, zusammengerolltes Fellknäuel war sie, ein Klümpchen Leben zwischen Kisten und Säcken, Werkzeugen und Decken, Kartons und blechernen Behältern. »Warum hast du mich schlafen lassen?« Sie kletterte nach vorn zu Semjonow und setzte sich neben ihn. Trotz des dicken Pelzes und der Foffaika, die sie darunter trug, fror sie. »Warum hältst du?«

»Ich möchte hier warten, Täubchen.« Semjonow sprang in den Schnee, schirrte die Pferde los und stampfte hin und her, um die lahmen Glieder aufzutauen und die Gelenke zu lockern. »Ich halte es nicht für gut, wenn wir den Morgen außerhalb des Waldes erleben. Vor uns beginnt eine kahle Steinebene, und wenn sie uns suchen, werden sie uns da entdecken wie Läuse auf einer glatten Haut.«

»Wie weit sind wir jetzt von Kusmowka weg, Pawluscha?« fragte Ludmilla. Sie sprang ebenfalls auf den Boden und suchte in dem Gewühl der Kartons und Kisten nach dem Spirituskocher, der Teebüchse und einem Wasserkessel.

»Nicht sehr weit.« Semjonow lehnte sich gegen den Schlitten und breitete eine Karte über einen der Holme. »Es wäre für

Jefimow eine Leichtigkeit, uns einzuholen, wenn er uns aus der Luft entdeckte. Er wird uns mit Hubschraubern suchen, sobald der Morgen graut. Er weiß, daß wir noch nicht weit sein können.« Semjonow faltete die Karte wieder zusammen und schob sie unter den Schlittensitz, über dem ein Wolfsfell lag. »Aber solange wir im Wald sind, werden wir unsichtbar sein.«

Er lehnte sich wieder gegen den Schlitten und sah zu, wie Ludmilla aus Holzstangen und Decken von der Rückseite des Schlittens aus ein kleines Zelt baute und den Spirituskocher anzündete. Das ging alles so schnell, als habe sie nie etwas anderes gekannt. Dann schöpfte sie Schnee in den Wasserkessel und setzte ihn auf die kleine bläuliche Flamme.

»Ludmilla«, sagte er heiser mit trockener Kehle. »Bis Kusmowka sind es nur vierzig Werst. Wenn ich dir ein Pferdchen gebe, brauchst du nur wenige Stunden, bis du die ersten Menschen wiederfindest. Ich komme auch mit einem Gäulchen weiter . . .«

»Schweig!« entgegnete Ludmilla hart. »Was redest du da?«

»Morgen wird es zu spät sein, Ludmilla. Ich bitte dich, flehe dich an . . . kehr zurück!« Er rannte zu ihr, als er sah, wie sie einen Sack mit Bohnen vom Schlitten hob, ergriff den Sack, warf ihn in den Schnee und preßte Ludmilla an sich, so fest, daß ihr fast der Atem ausging. »Ich liebe dich, mein Täubchen. Ich habe noch nie einen Menschen so geliebt wie dich. Mein Gott, was wußte ich denn, was Liebe ist? Habe ich jemals Liebe kennengelernt? Als ich ein Kind war, trug ich Uniform. Mein Vater marschierte vor der SA-Standarte her, meine Mutter gab Kochunterricht in der NS-Frauenschaft. Dann der Krieg, die nächste Uniform, die graue, dann die Flucht nach dem Westen . . . und wieder, immer wieder die Uniform; diesmal nicht mit Schulterstücken und Koppeln, sondern mit Overalls und Gummistiefeln, mit Leinenhosen und zerrissenen Hemden. Erst in der Pfalz, dann drüben in Amerika, in den Sümpfen Floridas, in der kalifornischen Wüste, im Eisgebirge Alaskas, in den kahlen Felsen von Pueblo, im Dschungel und in der wasserlosen Prärie. Ich wurde hart gemacht, ich wurde zur Maschine, die Eis und glühende Hitze überlebt, um in deinem Land wie ein Wolf leben zu können. Aber allein, Ludmilluschka, allein . . . Immer und immer wieder hat man uns eingehämmert: Liebe ist Selbstmord! Lernst du eine Frau kennen, dann gib dich nur mit ihr ab, wenn sie dir Informationen bringen kann! Du bist kein fühlender Mensch mehr . . . du bist ein Spion!

Und dann sah ich dich ... den Bahndamm heraufkommen, in Uniform, während die Arbeiter um die entgleisten Wagen standen und sich anschrien. Und ich sah dich und fühlte, daß es schwer sein würde, so zu bleiben, wie man mich in schweren, bitteren Jahren erzogen hatte.« Er beugte sich herab, schälte das schmale Gesicht Ludmillas aus dem Pelz und küßte den eisigen, zitternden Mund. »Was ist daraus geworden? Ludmilla, ich flehe dich an: Kehr zurück! Laß mich allein! Vor uns liegt die Hölle ...«

»Das Wasser kocht, Pawluscha! Hörst du, wie es rauscht? Ich werde uns einen starken Tee machen und dann Bohnen mit Fleisch kochen.« Ludmilla trat einen Schritt zurück, als seine Arme sie freigaben. »Du hast doch Durst, nicht wahr, mein Mann?«

»Ludmilla ...« Semjonow lehnte sich an den Schlitten. »Wir werden zugrunde gehen ...«

»Ich weiß es«, sagte sie ganz nüchtern.

»Aber du sollst leben!« schrie er.

»Warum? Leben ohne dich, Pawluscha? Ist das ein Leben?« Sie goß das sprudelnde Wasser auf den Tee, warf dann zwei Hände voll Bohnen in einen Topf und suchte in einem Sack nach einer Fleischkonserve. »Wo hast du den Büchsenöffner hingetan, mein Liebster?« fragte sie und hielt die Fleischdose zwischen den dicken Pelzhandschuhen.

Semjonow öffnete den Werkzeugkasten, holte den Büchsenöffner heraus, schnitt die Fleischdose auf und gab sie Ludmilla zurück.

»Ich werde mich ewig anklagen, dich unglücklich gemacht zu haben«, sagte er, als er die Hände an dem heißen Teebecher wärmte.

»Wieviel dummes Zeug du redest, Pawulscha.« Ludmilla lehnte sich gegen seine Brust. Sie saßen auf zwei Kisten, über die sie Hundefelle gelegt hatten. Der Tee wärmte köstlich, und aus dem Kesselchen zog der Geruch der kochenden Bohnen und des Fleisches durch die eisige Nacht. »Ich war nie glücklicher als jetzt. Die Welt, die ganze große Welt gehört uns allein! Wir sollten Gott danken, Pawluscha.«

»Und wo bleibt deine kommunistische Weltanschauung, Genossin Semjonowa?«

»Ach die!« Ludmilla sah Semjonow aus schwarzen Augen an.

»Kennst du das Märchen von der silbernen Welle? Es ist schnell erzählt. Da lebte ein Mädchen an einem Fluß, und der Fluß hatte silberne Wellen, und das Mädchen war verliebt in sie wie in nichts anderes auf der Welt. Nichts schien ihr schöner als die silberne Welle. Aber eines Tages trocknete der Fluß aus. Die silberne Welle war weit weg zwischen weißen Steinen, und am Ufer, dort, wo das Mädchen immer gesessen hatte, lag plötzlich ein goldener Klumpen im Geröll. Die Sonne leuchtete darauf, und das Mädchen nahm den Goldklumpen auf und rief: ›Oh, das ist ja viel schöner als die silberne Welle!‹ Und sie drückte das Gold an ihr Herz und lief davon und kam nie mehr zu der silbernen Welle zurück. Denn sie erkannte, daß die silberne Welle nur etwas noch Schöneres verdeckt hatte . . . Ein schönes Märchen, nicht wahr?«

»Ein böses Märchen.« Semjonow streichelte das kalte Gesicht Ludmillas. »Ich bin kein Gold, mein Täubchen . . . Ich bin Eis und Frost, Hunger und Gehetztwerden, Elend und Hoffnungslosigkeit.«

»Du bist mein Mann!« Ludmilla beugte sich vor zu dem brodelnden Topf. »Die Bohnen sind gleich weich, Liebster. Wenn du den Pferdchen etwas Hafer gegeben hast, können auch wir essen . . .«

Den Rest der Nacht schliefen sie hinten im Schlitten, unter Decken und Fellen. Es war so warm, daß ihre Körper dampften. Ludmilla kroch aus ihrem Pelz und der Foffaika, und auch Semjonow entledigte sich seiner Kleider und schichtete sie über sich, so daß sie mehr Kälte abhielten als vier dicke Federbetten.

Nackt lagen sie dann im Schlitten, mit heißen, schweißglatten Körpern, und ihre Hände streichelten sich, sie preßten sich aneinander und glitten wieder auseinander, und es war eine Seligkeit in ihnen und das jauchzende, schwere, beglückende Wissen, daß zwei Menschen eins sein können, so völlig eins, daß die Angst vor dem Morgen sich in die Kehle preßt, dem Morgen, an dem man auseinandergehen muß und aus einem Körper wieder zwei werden.

So schliefen sie ein, ineinander verschlungen, und die Pferdchen standen hinter ihnen, an die Bäume gelehnt, und schliefen im Stehen. Über die Ebene und den kleinen Fluß trieb der Schnee, der Sternenhimmel verblaßte. Aus der unendlichen Tiefe schob es sich grau heran: ein neuer Wintertag.

Sie wurden durch ein Brummen aufgeweckt.

Über ihnen kreiste ein Hubschrauber. Ein Militärflugzeug,

graugrün, mit dem Sowjetstern. Es flog, das sah man, genau nach der Karte die Planquadrate ab und entfernte sich vom Wald zur freien Hochebene hin.

»Sie suchen uns«, sagte Semjonow und legte sein Gesicht zwischen die warmen Brüste Ludmillas.

»Aber sie sehen uns nicht.« Sie zog die Felle über ihre Köpfe und legte beide Arme um den Körper Semjonows. »Und wir sehen sie auch nicht, Pawluscha. Oh, wie warm dein Körper ist. Ich werde nie erfrieren, nie . . . solange du mich umarmst . . .«

Gegen Mittag begann es zu schneien.

Da war Semjonow auf der Jagd. Er hatte die Spur eines Fuchses entdeckt. Der Lebenskampf hatte begonnen. Als Pelzjäger wollte er weiterleben, als einer der Einsamen, denen die Taiga nicht Feindin, sondern Vertraute ist.

In Kusmowka erlebte der gute Maxim Sergejewitsch Jefimow, daß auch ein gebildeter Mann in der Uniform eines Obersten der Roten Armee, ja sogar mit vielen Orden auf der Brust, unflätig reden kann wie ein Fischweib. Außerdem besann er sich darauf, daß sein Vorgänger in die Mongolei abgeschoben worden war, weil er wegen Unfähigkeit nicht mehr in Krasnojarsk tragbar schien. Die Unfähigkeit aber bestand darin, daß er Sollerfüllungen nicht mehr meldete, weil sie nicht vorhanden waren. Das faßte man als Sabotage am Siebenjahresplan auf, degradierte den Genossen Kommissar und verbannte ihn ins Tuwinische Gebiet. Dort – so erzählte man sich – wurde er irrsinnig, weil er nichts anderes zu essen bekam als ranzige Kamelbutter, Lamafleisch und Hirsebrei mit getrockneten Heuschrecken. Das soll einer aushalten, Genossen! Auch wenn Heuschrecken in diesen Gebieten zu den Delikatessen gehören. Es ist eben alles Geschmackssache.

In Kusmowka fuhren Karpuschin und Jefimow zunächst dorthin, wo man Ludmilla Barakowa sicher vermutete: zu dem Gebäude des Stadtsowjets, das im Keller Zellen für Leute wie Semjonow besaß.

Aber der Stadtkommandant wußte von gar nichts. Er hatte weder eine Kommissarin gesehen noch einen gefangenen amerikanischen Spion. »Ein Spion bei uns?« rief er ehrlich entsetzt. »Genosse Oberst, das ist ja fürchterlich!«

»Wo ist die Barakowa?« schrie Karpuschin unbeherrscht und hieb mit beiden Fäusten auf den unschuldigen Tisch des Stadtkommandanten. »Zum Teufel und verdammt noch mal, wo ist sie? Nicht im Lager, nicht in der Fabrik, nicht im Kombinat, nicht hier . . .«

»Vielleicht ist sie jetzt doch im Lager«, wagte Jefimow einen schüchternen Einwand. »Sie kann einen anderen Weg –«

»Anrufen!«

Man rief im Kombinat Kalinin II an. Der Natschalnik verneinte, was sollte er auch anderes tun? »Genossin Barakowa ist in voller Uniform weggefahren, wie ich schon sagte. Zurück ist sie noch nicht.«

»Man sollte in eure Gehirne scheißen!« schrie Karpuschin, und das war der Beginn einer Serie von Flüchen und Ausdrücken, die Jefimow nie aus dem Mund eines Obersten erwartet hätte. Er blieb ganz still, hörte sich die Beschimpfungen an und dachte nur immer wieder: O Mutter von Kasan . . . wenn er wüßte, daß ich ihn in die Abschußbasen von Komssa mitgenommen habe. Ihn, den amerikanischen Spion. Bei Jesus und seiner Speerwunde . . . er würde mich zerreißen. Jawohl. Karpuschin würde mich mit eigenen Händen zerfleischen wie ein Vampir. Es darf nie, nie bekanntwerden, daß Semjonow vor den Interkontinentalraketen gestanden hat und ich ihm auch noch den Abschußmechanismus erklärt habe . . .

Was hilft das Fluchen, wenn zwei Menschen verschwunden sind? Man wird nur heiser, verbraucht Kraft und alle gemeinen Vokabeln, setzt sich in ein schlechtes Licht und erreicht doch nichts! Also schwieg auch Oberst Karpuschin und begann, den Fall systematisch aufzurollen.

Eines wußte man genau: Die Genossin Barakowa hatte Semjonow verhaftet und mit einem Jeep abtransportiert. Dafür gab es eine Masse Zeugen, und es war gut für Jefimow, daß er so nachweisen konnte, wie pflichtbewußt seine Leute arbeiteten. Das war aber auch alles. Vom Verlassen des Holzwerkes an gab es weder eine Kommissarin noch einen Spion oder einen Jeep mehr.

»Nehmen wir an«, sagte Karpuschin, nachdem er sich mit drei Tassen Tee, in die er Wodka schüttete, beruhigt hatte, »daß Ihre Barakowa auf dem Weg nach Kusmowka oder zum Lager von Semjonow überwältigt wurde.«

»Das wäre schrecklich«, sagte Jefimow dumpf. Mein armes Vögelchen, dachte er. Mein süßes schwarzes Adlerchen. Im Frühling wollten wir heiraten . . . Ich hätte es dir bei der Feier von

Väterchen Frost gesagt.

»Er hat sie also überwältigt«, fuhr Karpuschin ungerührt fort. »Er hat sie getötet . . .«

»Nein!« schrie Jefimow auf.

»Doch! Oder glauben Sie, ein Mann wie dieser Semjonow, ein solch eiskalter Hund, der von Moskau aus ›Yes, boys‹ in die Luft funkt, setzt Ihre Ludmilla in den Schnee, streichelt ihr den kalten Popo und sagt: ›Mein kleines, zitterndes Hühnchen, nun wirst du ein wenig mit den Zähnchen klappern. Verzeih mir und Gott befohlen‹? Nein! Er knallt sie ab! Welche Waffe trug die Genossin Barakowa?«

»Eine Nagan«, sagte Jefimow tonlos. Er sah den schrecklichen Semjonow vor sich, wie er Ludmilla aus dem Jeep zerrte, an einen Schneehaufen stellte und sie mit einem breiten, sadistischen Lächeln erschoß. Mitten hinein in das ängstliche, süße Gesichtchen, zwischen die etwas schrägen schwarzen Kohlenaugen. Ein rundes Loch mit blutigem Rand.

Jefimow stöhnte und stützte den Kopf in beide Hände.

»Ein gutes, sicheres Ding, so eine Nagan!« sagte Karpuschin. Es war fast schon Sadismus, wie er es sagte. »Sie liegt also da. Was macht er weiter? Na, was würden Sie tun, Genosse Maxim Sergejewitsch?«

»Ich weiß es nicht, Genosse Oberst«, stotterte Jefimow. Daß Karpuschin es als sicher ansah, daß Semjonow Ludmilla getötet hatte, machte ihn völlig kopflos. Jetzt erst merkte er, wie sehr er Ludmilla Barakowa geliebt hatte und welch ein Feigling er gewesen war, es ihr nicht zu sagen. Es wäre sonst alles ganz anders geworden. Alles!

»Er verscharrt die Leiche! Logisch! Irgendwo abseits der Straße im Schnee. Dort wird sie steif wie eine Gefriergans. Es ist sinnlos, nach ihr zu suchen. Im Frühling, wenn das Eis schmilzt, werden wir sie finden.« Karpuschin liebte es, seine Theorien mit dramatischen Akzenten zu würzen. Er sprang auf und trat an die Karte des Gebiets Krasnojarsk, die an der Längswand des Zimmers klebte. »Nun ist Semjonow allein! Er hat einen Jeep, eine Nagan, Benzin für ein paar Werst, aber sonst nichts! Er wird sich also erst einmal für eine lange Reise versorgen. Ich nehme an, daß er Rubel genug in der Tasche hatte, um einzukaufen. Und wenn er ein kluger Mann ist – und das ist dieser Satan! –, fährt er nicht nach Westen, sondern nach Süden oder Osten. Und da ein Jeep überall auffällt, wird er versuchen, ihn umzutauschen. Es gibt ehrlose Genossen genug, die solche verwerflichen Geschäfte machen. Forschen wir also nach: Wo hat Semjonow eingekauft, und wo ist der Jeep?« Karpuschin blickte auf den Stadtsowjet von Kusmowka und auf den völlig gebrochenen Jefimow. »Das ist Logik, Genossen! So arbeitet man systematisch! Es ist zum Kotzen, wie wenig heute noch logisches Denken verbreitet ist!«

Oberst Karpuschin behielt, wie immer, völlig recht.

Nach zwei Stunden schleppten zwei Milizsoldaten den jammernden Warenhausbesitzer Jassenski ins Stadthaus und führten ihn zu Karpuschin.

»Aha!« brüllte der Oberst und nahm seinen Kneifer ab. »Das erste Schwein! Der amerikanische Spion hat also bei dir eingekauft?«

»Ich bitte um Verzeihung, Genossen!« Jassenski hob beide Hände. »Ich bin Kaufmann, ich habe ein staatlich konzessioniertes Kaufhaus, das einzige in der Stadt! Meine Aufgabe ist es, Umsätze zu machen, zu verkaufen, die Ware unter die Genossen zu bringen, zum Wohle des Aufstiegs, der Produktionssteigerung und des gehobenen Lebensstandards. Ich frage nicht, wer kauft, sondern freue mich über die Rubelchen, die in der Kasse klingeln. Natürlich fiel mir auf, als die beiden für zusammen zwölfhundert Rubel einkauften, aber ich dachte: Da haben die beiden Genossen einmal ein gutes Geschäftchen gemacht. Zobelfelle oder sonst etwas, was Geld einbringt. Und nun kommen sie zu Jassenski und stärken die Wirtschaft. Brave Leutchen ...«

»Moment! Moment!« Oberst Karpuschin setzte mit einem Ruck seinen Kneifer wieder auf die Nase. Selbst der an Herzweh leidende Jefimow sah verblüfft auf. »Sie reden da immer von zwei Genossen! *Einer* war es! Ein großer Mann mit kurzen blonden Haaren ...«

»Natürlich. Das war einer!« Jassenski rang die Hände. »Aber – um der Wahrheit zu dienen, Genossen –, der andere Käufer war eine Frau. Oh, ein Prachtweibchen! In einer schönen Foffaika. Mit schwarzen Haaren. Und Beinchen in den Stiefelchen. Beinchen! Und an der Kasse, da lachten sie sich an, der Mann und das Täubchen, und sie sagte: ›Liebster, nun haben wir alles.‹ Ich habe es deutlich gehört. Ich habe mich nahe herangeschlichen, müssen Sie wissen. Der Mensch ist schwach, und sie roch so herrlich nach Parfüm ...«

Oberst Karpuschin sah sich um. Jefimow saß, nein, er hing auf seinem Stuhl, und die Augen schienen ihm aus den Höhlen zu quellen.

»Was soll das?« fragte Karpuschin gefährlich milde.

»Ich weiß nicht, Genosse Oberst«, stammelte der arme Jefimow.

»Was geht hier vor?« brüllte Karpuschin wie ein gestochener Ochse. »Sie kaufen gemeinsam ein, sie nennt ihn Liebster, nun haben wir alles . . . Verdammt noch mal, was wird hier gespielt?«

»Wenn ich mir eine Bemerkung erlauben darf«, sagte der Kaufhausbesitzer Jassenski beflissen, »so hatte ich den Eindruck, daß sie Mann und Frau sind. Das Glück strahlte aus ihren Augen . . .«

»Bringt ihn weg«, sagte Jefimow leise und winkte den Milizsoldaten, die hinter Jassenski standen. »Werft ihn auf die Straße, diesen Aasgeier.«

»Ich sage die Wahrheit, Genossen!« schrie Jassenski. »Ich schwöre es bei den Toten der Oktoberrevolution!«

»Schon gut! Gehen Sie!« Karpuschin wartete, bis sich Jassenski fluchtartig entfernt hatte. Dann machte er einen Schritt auf Jefimow zu und sagte etwas, was sehr unfein war:

»Sie sind das größte Rindvieh, das die Sonne bescheint! Statt Semjonow zu bewachen, hurt Ihre Kommissarin mit ihm herum. Ich hätte mir so etwas gleich denken können!«

Am Abend war alles klar wie abgekochtes Wasser. Jefimow stand im Heiratspalast von Komssa, hatte das dicke Ehebuch durchgeblättert und war auf die Eintragung gestoßen: Pawel Konstantinowitsch Semjonow und Ludmilla Barakowa.

Es war am gleichen Tag geschehen, an dem er Semjonow zu den Raketen mitgenommen hatte. Die Hochzeitsreise Semjonows hatte er, Jefimow, spendiert: einen Blick in die Herzkammer der Sowjetunion.

»Genosse«, sagte Jefimow zu dem verstörten Beamten, der bis zur Wand zurückgewichen war. »Genosse, ich werde wahnsinnig. Haltet mich fest!« Dann hob er das dicke Heiratsbuch hoch empor und schmetterte es mit aller Kraft auf den Tisch. Dort zerbrach der Deckel, die Bindung löste sich, die Blätter flogen im Zimmer umher. Es war keine Qualitätsarbeit. Das Buch kam aus der »Genossenschaft Buchdruck und Buchbinderei Krasnojarsk«. Sie sollten sich dort was schämen, die Genossen!

»Was nun?« fragte Oberst Karpuschin, nachdem er alles in Stichworten hatte niederschreiben lassen. »Man stelle sich das vor:

Ich muß in Moskau dem Marschall Malinowskij melden, daß der gefährlichste amerikanische Spion mit einer sowjetischen Kommissarin geflüchtet ist! Maxim Sergejewitsch, können Sie sich denken, was daraus wird?«

Jefimow nickte schwer. »Ich stehe zur Verfügung«, sagte er traurig.

»Das kann jeder! Die beiden müssen herbei! *Das* ist Ihre Aufgabe. Den Hintern hinhalten, damit man reintritt, das ist keine Heldentat! Das macht jeder Hund!« Karpuschin stand wieder an der großen Karte des Gebietes Krasnojarsk und malte um ein Gebiet von hundert Werst mit Rotstift einen Kreis. »Hier, in diesem Gebiet, stecken sie! Weiter können sie in einer Nacht nicht gekommen sein! Ihr Vorsprung ist lächerlich! Lassen Sie alles einsetzen, was möglich ist!«

»Über das Militär habe ich keine Befehlsgewalt«, sagte Jefimow wie ein müder Greis.

»Ich habe alle Vollmachten mitgebracht!« Karpuschin ging zum Telefon und setzte sich. »Die Nummern aller Truppenteile! Vor allem die Luftflotte! Verdammt noch mal, ich habe noch nie gesehen, daß sich Mäuse aus einer Falle befreit haben! Und hier sitzen sie in einer Falle!«

Bis zum Morgen gab es keine Militärstation, die nicht alarmiert war. Von Komssa und Krasnojarsk, von Tura und Turukhansk, ja sogar von Igarka und Norilsk flogen Staffeln von Aufklärungsflugzeugen und Hubschraubern über die unendlichen Wälder der Taiga östlich von Kusmowka und südlich der Steinigen Tunguska.

Die Mausefalle war zugeschnappt.

Aber sie hatte einen großen Nachteil: Sie war über tausend Quadratkilometer groß und bestand aus undurchdringlichem, unerforschtem Urwald unter einer alles verbergenden, glitzernden Schneedecke.

Der Pelztierfarmer Ilja Saweliwitsch Lagutin sah am nächsten Morgen, allerdings zu spät, ein, daß er mit dem Erwerb des Jeeps eine große Dummheit begangen hatte. Zunächst überflogen Hubschrauber mit dem Sowjetstern sein Anwesen, dann fuhren drei Mannschaftswagen in den Hof und verlangten hier Quartier. Für eine Woche. Sie müßten die Wälder durchkämmen.

Lagutin dachte an den Jeep, der unter Strohballen in der Scheune versteckt war, und seufzte mehrmals, bat im stillen die Madonna um Schutz und Beistand, erzählte etwas von den lärmempfindlichen Nerzen seiner Farm, erwähnte, daß seine Zucht unter staatlicher Kontrolle stehe und er sich keine Ausfälle durch die Soldaten leisten könne.

»Soll ich melden«, schrie er, »daß meine besten Zuchtpaare eingehen, weil hier ein unerträglicher Lärm gemacht wird? Man wird Sie zur Verantwortung ziehen, Genosse Kapitän!« Lagutin hob beide Arme gegen den fahlen Schneehimmel und rollte mit den Augen. »Wenn Sie mir ein Papier unterschreiben, daß Sie für alle Schäden an meinen Nerzen aufkommen, gut denn, wohnen Sie hier mit Ihrem wilden Haufen! Aber ich sage Ihnen: Meine Nerzmännchen sind sensibel wie ein Jüngferchen vor der ersten Nacht, und meine Zuchtweibchen . . . oh, kennen Sie Prinzessin Mao Tschi-la? Eine Tatarin war sie, und sie wurde schwindelig, wenn eine Fliege nieste! Bitte, gehen Sie an die Stallungen, niesen Sie, Genosse Kapitän, und Sie werden sehen, wie sie umfallen, die Äuglein verdrehen, und weg sind sie. Weg! Tot! Die besten Mutationstierchen! Meine Sonnenscheinchen! Der Stolz des sowjetischen Pelzexports!«

Die lautstarke Beredsamkeit Lagutins erfüllte ihren Zweck. Die Soldaten quartierten sich in alten Gebäuden außerhalb der Farm ein. Es waren wackelige Holzhäuser, durch deren Wandritzen es pfiff und heulte und deren Dächer nicht einmal eine Raupe im Frühling ansah, so faul waren sie. Aber Soldaten sind hart, Genossen, sie müssen allen Unbilden trotzen können. So zogen sie in diese Häuser und fluchten auf die Nerze. Aber es half nichts.

Ilja Saweliwitsch Lagutin aber stand vor der schweren Aufgabe, sich seines Jeeps zu entledigen, ehe man ihn entdeckte und Lagutin an dem nächsten kräftigen Ast aufknüpfte. Nach einem jammernden Monolog, daß man nie menschenfreundlich sein solle, denn nun habe man einen Schlitten und zwei Pferdchen eingebüßt, aß er traurig eine Pfanne voll Eier und Speck, trank einen Krug Kwass, wartete, bis die Soldaten in kleinen Gruppen im Wald verschwunden waren, und holte dann den verteufelten Jeep aus der Scheune. Er fuhr ihn in eine Senke, die jetzt zugefroren, im Sommer aber sehr sumpfig war, betete, daß man den Jeep nicht vor der Schneeschmelze entdeckte, denn dann versank er im Sumpf und war aus der Welt geschafft. Lagutin stieg auf das struppige Pferdchen, das er mitgenommen hatte, ritt zurück und rauchte eine große Pfeife Machorka zur Beruhigung.

Man soll die Menschen nicht für dümmer halten, als man selbst ist. Vor allem die Soldaten nicht. Und wenn man auch, wie ich, der Ansicht ist, daß man mit dem Anlegen der Uniform den Verstand auf der Kleiderkammer abgibt, so ist das falsch, Freunde! Es ist vermessen, so etwas zu sagen, denn Soldaten haben Augen, und was man sieht, ist eindeutig!

So entdeckte denn der Unteroffizier Knoswolski am Abend den in der Senke auf der Seite liegenden Jeep und schlug Alarm. Es nutzte Lagutin nichts, daß er den Dummen spielte, den Blinden und Tauben . . . vor Maxim Sergejewitsch Jefimow begann er zu singen, getreu der Devise Jefimows, daß eine Nachtigall . . . Aber das wissen wir ja schon, Genossen.

Als es wieder Nacht wurde, fuhr man den unkenntlich gewordenen Lagutin nach Kusmowka ins Gefängnis. Dort warf man ihn auf eine rohe Holzpritsche, ohrfeigte ihn noch einmal gründlich, nannte ihn einen Kapitalistenknecht und überließ den Blutenden und unförmig Aufgequollenen seinen trüben Gedanken.

Oberst Karpuschin aber stand vor der Karte und sagte zu den Offizieren der eingesetzten Militäreinheiten:

»Genossen! Sie haben jetzt einen schnellen Schlitten, zwei Pferde und Verpflegung für mehrere Monate! Vor allem aber Waffen! Es hat keinen Zweck mehr, nur im Gebiet Krasnojarsk zu suchen – wir müssen auch die jakutischen Genossen verständigen. Wenn es den Flüchtigen gelingt, in die tiefen Wälder einzudringen, kann uns nur ein Zufall helfen!«

Das war ehrlich gesprochen.

Auch Oberst Matweij Nikiforowitsch Karpuschin kapitulierte vor der Taiga. Aber es war eine ehrenvolle Kapitulation.

Wer hat schon die Taiga besiegt?

Bitte – man nenne mir einen Namen . . .

In diesen Tagen fuhr der freundliche Bauer an der tschechischen Grenze zum Besuch seiner Tante nach Frankfurt. In Wirklichkeit reiste Major James Bradcock ins Hauptquartier des deutschen CIA. Er fuhr mit der Absicht nach Bad Godesberg, nicht nur auf den Tisch zu schlagen, sondern die Kollegen in den warmen, gläsernen Büros des Hochhauses am Rhein ausgewachsene Büffel zu nennen.

Was sich hinter dem Rücken Major Bradcocks abgespielt hatte, empfand er als eine komplette Schweinerei. Gut, man muß zugeben, daß sich Franz Heller als eine völlige Niete erwiesen hatte, daß sein Verrat am CIA alles andere als fair gewesen war und daß seine Begründung, er liebe ein Mädchen, so saudumm klang, daß niemand sie ihm abnahm . . . Aber daß man ihn dann mit eiskalter Überlegung dem russischen KGB auslieferte, gewissermaßen als Rache einer enttäuschten Jungfer, das begriff Bradcock trotz aller Intelligenz nicht mehr.

Das sagte er auch seinem Vorgesetzten, dem Oberstleutnant Mike Wilson, als er ihm gegenüberstand. Wilson hörte sich die Vorwürfe an, dann steckte er sich eine Zigarette zwischen die Lippen und wedelte mit der Hand durch die Luft.

»Ausgetobt, James?« fragte er gemütlich. »Nun hör mich einmal an. Erstens kam der Befehl aus Washington, zweitens kam der Abfall Hellers gerade richtig, denn die Jagd auf ihn machte die Kerle im KGB und GRU blind wie geile Hunde, und wir konnten vier Agenten mit dem Fallschirm absetzen und drei mit einem Boot von Japan aus landen. Außerdem liegen uns neueste U 2-Aufnahmen vor, die beweisen, daß im Gebiet von Komssa keinerlei Raketenstationen sind, sondern nur Attrappen, um uns von den wirklichen Basen abzulenken.«

»Und Alajew ging ebenfalls dabei hoch!«

»Das ist eine Nebenerscheinung«, sagte Wilson kalt. »Du wirst im nächsten Monat nach Moskau reisen, als Kurier der Botschaft, und dich mit Dimitri treffen. Östlich Orenburg soll eine neue Weltraumraketen-Basis gebaut werden. Dort ziehen wir ein neues Netz auf. Heller interessiert uns nicht mehr.«

»Aber mich! Er war mein Freund!« rief Major Bradcock. »Wir haben zusammen in Alaska –«

»Aber James!« Oberstleutnant Wilson hielt Bradcock die Zigarettenschachtel hin. »Nimm dir eine, rauch! Willst du einen Whisky? Soll ich dir für heute abend eine süße Maus besorgen? Wir haben ganz tolle Pussys bekommen, Sekretärinnen aus den Südstaaten. Du kannst von mir alles haben, nur keine Sentimentalitäten!« Wilson ließ das Feuerzeug aufschnappen, aber da Bradcock nicht rauchen wollte, drückte er den Deckel wieder zu. »Denk daran, was man uns sagte: keine Gefühle! Nur das Ziel vor Augen! Gut, ihr habt in Alaska sechs Wochen zusammen gehungert und euch Raupen und Regenwürmer gebraten. Das gehörte zur Ausbildung. Aber hier geht es um andere Dinge als um Erinnerungen. James, die Roten haben Raketen, die New York erreichen! Sie haben Dinger, mit denen sie über den Pol feuern können! Und da geht so ein Bursche wie dieser Heller hin, legt sich mit einer Russenmaus ins Bett, und die Kleine legt ihm ein Tempo vor, daß er sich seinen Verstand wegbraten läßt und uns meldet: Leckt mich! Ich bleibe in der Taiga! James, alter Junge, wach doch auf, sieh doch ein, daß dies eine riesige Schweinerei war von diesem Heller. Da gibt es nur eins: K.-o.-Schlag für den Jungen, und zwar so, daß er nicht wieder hochkommt! Ist das klar, James?«

Major Bradcock nickte langsam. Er sah es nicht ein, aber es war sinnlos, mit Mike Wilson zu streiten. Er hatte eine Seele aus Stahl, und wo bei anderen das Herz ist, war ein Computer, der Fakten ausspuckte und nüchterne Erfolgszahlen.

»Soll Pussy blond oder braun sein?« fragte Wilson gemütlich. »Um zwanzig Uhr im Club, okay, James?«

»Nein, Mike.« Bradcock erhob sich. »Ich fahre zu meinem Bauernhaus zurück. Ich erwarte die neuen Codes und neue Frequenzen. Ich will allein sein.«

»Doch 'n Moralischen?« Oberstleutnant Mike Wilson stand ebenfalls auf. »Soviel ich weiß, haben sie ihn ja noch nicht erwischt. Der Bursche schnürt durchs Land wie ein Wolf.«

Bradcock nickte. »Nach den neuesten Berichten ist er spurlos verschwunden. Man ist im KGB sehr aufgeregt.« Bradcock ging zur Tür, aber bevor er sie öffnete, wandte er sich noch einmal um. »Was machst du mit ihm, wenn er durchkommt?«

»Was heißt hier durchkommt?«

»Wenn es ihm gelingt, Rußland zu verlassen?«

»Glaubst du das wirklich?« fragte Wilson zurück.

»Ja. Ich kenne Heller. Er war der Zäheste im ganzen Lehrgang. Wenn die anderen schlappmachten und auf der Schnauze lagen, marschierte er weiter wie ein Panzer. Er hat als einziger die Dschungel durchquert. Die anderen lagen wie vergiftete Fliegen herum.« Bradcock sah Wilson forschend an. »Was macht ihr mit ihm, wenn er zurückkommt?«

»Mal sehen.« Mike Wilson hob die Schultern und lächelte schwach.

»Man sollte ihm raten, untergetaucht zu bleiben.«

»Danke, Mike.« Bradcock stieß die Tür auf. »Möge er nie wiederkommen!«

»Bitte, James.« Wilson winkte Bradcock zu. »Und halte dich bereit. Am nächsten Zehnten nach Moskau!«

Oberstleutnant Wilson stand oben am Fenster und blickte hinab auf den kleinen Menschen, der auf dem Parkplatz vor dem Hochhaus in seinen Wagen stieg.

James Bradcock, dachte er, man macht Weltgeschichte nicht mit Gefühlen. Sie sind ein tödlicher Luxus, wenn auch die anderen keine Gefühle kennen.

Aber das kann man nicht lernen, James. Dazu muß man geboren werden.

Spionage ist ein dreckiges Geschäft, ich weiß es, James . . . Aber oft hängt das Schicksal eines ganzen Volkes an einer einzigen Meldung . . .

Vier Nächte waren sie nun durch die Taiga gezogen. Sie hatten die Ebene überwunden, die felsigen Riegel vor den Hügelwäldern und zogen nun dem Golez-Kamm entgegen, einem niedrigen, von Urwald überwucherten Gebirge, hinter dem wieder die weite Hochebene sich dehnte bis zum Fluß Taimura.

Tagsüber schliefen sie, unter Fellen und Decken, Körper an Körper, nackt und glücklich. In der träumenden Umarmung vergaßen sie alle Mühen der vergangenen langen Stunden.

»Ist die Welt nicht schön, Pawluscha?« fragte Ludmilla, wenn sie beieinanderlagen und die Wärme ihrer Körper ineinanderfloß. »Was wollen wir mehr vom Glück?«

Die Suche der Hubschrauber hatte aufgehört. Vor zwei Tagen hatten sie in der Ferne Schüsse gehört. Aber es war so weit weg, daß es wie dünnes Peitschenknallen klang.

Es waren Soldaten, die während ihrer Suchaktion einen Bären aufgeschreckt hatten. Brummend kroch er aus seinem Bau und trottete in den Wald, und da es dämmerig war und die Soldaten nur einen Schatten sahen, schossen sie sofort, in der Hoffnung, den gesuchten Spion gestellt zu haben.

In den vier Tagen hatte Semjonow schon neun Füchse erlegt. Er tat es auf raffinierte Weise, ohne zu schießen. Er setzte eine Falle mit fauligem Fleisch auf die Spur des Fuchses, wartete, bis sie zuschnappte, und tötete das Tier dann mit einem Stich seines langen Dolches in den Nacken. Das hatte er alles in Alaska gelernt, als man ihn über einem vereisten, namenlosen Gebirge aus dem Flugzeug stieß mit den Worten: »So, nun sieh zu, wie du weiterkommst. Siebenhundert Kilometer südlich ist die nächste Ansiedlung! Mach's gut, boy!« Und er war durchgekommen . . . Drei

Monate hatte er dazu gebraucht. Man hatte ihn schon von der Liste gestrichen, als er plötzlich vor dem Militärposten stand.

In der fünften Nacht hörten sie wieder Schüsse, und sie waren näher und ganz deutlich. Sofort hielten sie an, mitten im Wald, schirrten die Pferde ab, bauten ihr Lager und warteten. Dann knackte es im Unterholz. Der Schnee knirschte leise, und die Pferdchen begannen zu schnauben, traten gegen die Baumstämme, an die sie Semjonow gebunden hatte, wieherten und gebärdeten sich wie toll.

»Wölfe«, sagte Ludmilla. Ihre Stimme war klar wie der Ton einer gläsernen Glocke. Sie stand auf, nahm das Gewehr in die Hand und lud durch. Semjonow sprang ebenfalls auf, aber er drückte den Lauf von Ludmillas Gewehr nach unten in den Schnee.

»Nicht schießen!« sagte er. »Du lockst die anderen ja heran.«

»Aber die Wölfe, Pawluscha!«

Sie starrten in das Dunkel und lauschten. Die Pferdchen hinter dem Schlitten schnaubten leise mit gesenkten Köpfen.

»Da . . . Pawluscha . . . da . . .« Ludmilla hob wieder das Gewehr. Ein großer grauer Schatten huschte nahe am Schlitten vorbei. Einen Augenblick hörten sie ein heißes Hecheln, es war fast, als röchen sie den scharfen Wolfsgeruch. Die Pferde heulten auf und stampften wild mit den kleinen Hufen.

Rund um sie herum raschelte es jetzt. Und dann heulte ein Wolf auf, langgezogen, auf- und abschwellend wie eine Sirene, ein Ton, der das Herz aufschnitt und das Grauen hineinträufelte.

»Mit dem Gewehr erreichst du gar nichts«, sagte Semjonow heiser. »Du kannst einen erschießen oder zwei . . . aber um uns ist ein ganzes Rudel. Sie haben uns eingekreist. Und sie werden über uns herfallen wie eine Woge, die von allen Seiten kommt.«

Ludmilla starrte Semjonow an. Ihre Augen waren voller Angst, aber ihr Mund sagte: »Ich habe gar keine Angst, Pawluscha. Ich weiß, daß uns nichts geschieht. Du bist so sicher, du wirst auch über die Wölfe Sieger bleiben. Denn du bist der größte, der stärkste Wolf.«

Für Semjonow war das gar nicht so sicher. Er schob Ludmilla wortlos in den Schlitten zurück, holte dann Brennholz aus ihrem Vorrat und setzte kleine Häufchen rund um den Schlitten und die Pferde in den Schnee. Die Holzhäufchen übergoß er mit ein paar Tropfen Spiritus und zündete sie dann an. In wenigen Minuten umgab den Schlitten ein Feuerkreis. Die Flammen loderten hell und warfen einen Lichtschein in den Wald.

Ein vielfaches, wütendes Heulen antwortete Semjonow auf diese Tat. Zwischen den Stämmen, im Unterholz, hinter Schneeverwehungen funkelten die kalten Augen der Wölfe. Hunger und Mordlust lagen in ihnen. Langsam ging Semjonow innerhalb des Feuerkreises um den Schlitten herum. Er zählte die grauen Klumpen im Schnee, er zählte die phosphoreszierenden Augen des Todes.

»Es sind über dreißig Stück«, sagte er, als er zum Schlitten zurückkam. Ludmilla hockte an der Holzwandung, hatte aus Dekken und Zeltplanen wieder ein Dach gebaut und bewachte den Rundgang Semjonows mit dem Gewehr. »Solange die Feuer brennen, greifen sie nicht an.« Er setzte sich neben Ludmilla und legte den Arm um ihre Schulter. Stumm sahen sie auf die kleinen, unruhigen Lichter, und wenn der Leitwolf heulte und vorsichtig bis auf einen Meter an das Feuer heranschlich, drückte Semjonow Ludmilla an sich und küßte sie auf die eisige Wange.

»Und wenn der Morgen kommt, Pawluscha?«

»Dann greifen sie an.«

»Und dann?«

»Wir werden so lange schießen, wie wir können. Zuerst werden sie die Pferde angreifen.«

»Ohne Pferde sind wir verloren . . .«

»Aber bevor sie die Pferdchen anspringen, werden wir zwei oder drei oder vier von ihnen erschossen haben. Und die anderen werden über sie herfallen und sie zerfleischen. Nur der Leitwolf wird weiterjagen. Ihn müssen wir mit dem ersten Schuß treffen.«

So saßen sie, wohl über eine Stunde lang, und starrten auf die Wölfe, die außerhalb des Flammenkreises als zweiter Kreis um sie lagerten.

Dann kam plötzlich Bewegung in die grauen Belagerer. Der riesige Leitwolf sprang auf, lauschte und heulte schaurig. Im selben Augenblick knatterte Gewehrfeuer, Kugeln pfiffen, drei Wölfe sprangen kreischend hoch in die Luft und fielen tot in den Schnee. Schatten jagten durch den Wald davon, zu fliegen schienen sie wie böse Geister, und das Heulen und Wimmern übertönte sogar die Schüsse.

Semjonow hatte Ludmilla zu Boden gerissen, als die ersten Schüsse fielen. Nun lag er halb über ihr, deckte sie mit seinem Körper und hatte die Zeltplanen, die als Dach dienten, auf sich herabgerissen. Über ihm schlugen Kugeln in das Holz des Schlittens, und sie hätten ihn oder Ludmilla getroffen, wenn sie nicht flach im Schnee gelegen hätten.

Dann war es plötzlich wieder still um sie. Als aber Semjonow die Decken von sich abwarf und sich auf die Knie aufrichtete, hörte er eine tiefe Stimme aus der Dunkelheit.

»Steh auf, Brüderchen, und nimm die Hände hoch!« befahl die Stimme.

»Und geh vom Schlitten weg zum Feuer.«

Semjonow gehorchte. Er hob die Hände, aber er blieb stehen. Hinter ihm, in seinem Schatten, bewegte sich Ludmilla unter den Decken. Er wußte, was sie tat. Ganz vorsichtig schob sie die Decken zurück, legte das Gewehr an und würde schießen, sobald der unsichtbare Rufer in den Feuerschein trat.

»Komm heran, Genosse«, sagte Semjonow. »Ich bin ein ehrlicher Jäger und will dir danken. Du hast mich vor den Wölfen gerettet.«

Aus den Schatten der Bäume blitzte es auf. Hinter Semjonow bewegten sich die Decken. »Ich sehe ihn noch nicht«, wehte ein Flüstern zu ihm hinauf. »Er versteckt sich hinter den dicken Stämmen.«

»Warum lügst du, Brüderchen?« fragte die tiefe Stimme aus der Dunkelheit. »Du bist kein Jäger! Kein Jäger fährt durch den Wald mit zwei Gäulchen! Es sei denn, er wäre ein Idiot! Aber wie ein Idiot siehst du nicht aus. Also komm, tritt zum Feuer und sage, wer du bist.«

»Gott hat dir einen scharfen Verstand gegeben, mein Freund«, sagte Semjonow in die Dunkelheit hinein. Er strengte seine Augen an, sah aber nur die vereisten Stämme, den von Wölfen zerwühlten Schnee, die drei blutigen Kadaver und die Finsternis hinter den Feuern. »Ich bin ein Geologe, der das Land vermißt. Und ich habe mich verirrt. Mein Kompaß ist ausgefallen.«

Semjonow wartete. Der Unsichtbare schien zu überlegen.

»Nicht schießen«, flüsterte Semjonow Ludmilla zu, die unter dem Berg von Decken lag und mit dem Gewehr an der Wange wartete. »Es sind keine Soldaten. Sie hätten längst geschossen. Laß ihn herankommen und rühr dich nicht . . .«

Zwischen den Bäumen knirschte der Schnee. Dann flog etwas durch die eisige Luft – eine Fellmütze. Sie fiel mit einem dumpfen Laut neben eines der Feuer und schwamm in einer Lache geschmolzenen Eises.

»Was soll das, Brüderchen?« fragte Semjonow, als nach dem Mützenwurf niemand zwischen den Stämmen hervorkam.

»Es ist gut. Du bist allein!« sagte die tiefe Stimme. »Hättest du noch einen bei dir, so würde er sich jetzt verraten haben. Gott grüße dich, Bruder!«

»Christus sei mit dir!« antwortete Semjonow.

Aus der Dunkelheit löste sich ein großer Schatten. Eine mit Fellen und Pelzen bekleidete Säule stapfte aus dem Wald zu dem Schlitten. Dort, wo man den Kopf vermutete, war ein wildes Gestrüpp vereister Barthaare.

Semjonow ließ die Hände sinken, die er noch immer erhoben gehalten hatte. Er ging dem Unbekannten entgegen bis zum Feuer. Aber da rührte sich Ludmilla, warf die Decken ab und sprang auf, das Gewehr im Anschlag.

Ein dumpfer Schrei wehte Semjonow an. Dann fühlte er sich gepackt und über das Feuer gerissen. Es war ihm, als spanne man seinen Körper in einen Schraubstock und drehe nun die Backen zu, bis Knochen und Gedärme durch die geplatzte Haut spritzten.

»Laß ihn los!« hörte er den hellen Schrei Ludmillas. »Laß ihn los, du Untier.«

Semjonow stand wieder auf der Erde. Auf seine Brust war das Gewehr Ludmillas gerichtet. Er war zum Schild des Fellriesen geworden.

»So überlistet man Jurij Fjodorowitsch nicht!« hörte er die tiefe, dröhnende Stimme über sich. »So nicht, mein Wölflein! Nun schieß, mein schwarzes Engelchen . . . Wenn du ihn durchlöchert hast, werfe ich ihn dir an den Kopf!«

Ludmilla ließ das Gewehr sinken.

»Lassen Sie Pawluscha los . . . bitte«, sagte sie mit merkwürdig kläglicher Stimme. »Sie haben uns das Leben gerettet . . . Er ist mein Mann . . . Wir sind friedliche Leute . . . Wir suchen bloß eine neue Heimat . . . nichts weiter. Wir sind auf dem Weg zu einem unbekannten Paradies . . .«

Der Griff um Semjonows Körper lockerte sich. Dann ließ er völlig nach. Semjonow fiel in sich zusammen und sank in den Schnee. Es war ihm, als habe er keine Knochen mehr.

7

»Was tust du mit ihm? He? Du hast ihm die Knochen gebrochen, du Untier!« schrie Ludmilla, als sie Semjonow im Schnee liegen sah, bewegungs- und hilflos. Sie griff wieder nach dem Gewehr, bückte sich, aber der Fellriese lachte dröhnend und stellte sich breitbeinig über den schlaffen Körper Semjonows.

»Welch eine giftige Kröte du bist!« sagte er gemütlich. »Leg dein Gewehrchen hin, Töchterchen. Ein wenig benommen ist er, dein lieber Pawluscha. Laß ihm ein paar Minuten Zeit, und er wird sich wieder besinnen.« Der Riese beugte sich über Semjonow, sah ihm in die Augen, lachte wieder und schob die dichte Pelzkapuze von seinem Schädel. O Himmel, welch einen Kopf hatte er! Unförmig und doch rund, gelbliche Haut und geschlitzte Augen, und die Haarberge waren grau, als seien sie vereist oder mit Schneestaub eingerieben worden.

Ludmilla kniete neben Semjonow im Schnee nieder und nahm seinen Kopf in ihren Schoß. Sein Mund zuckte, und seine Augen suchten immer wieder die turmartige Gestalt in dem Fellmantel. Es war, als begreife er gar nicht, daß ein Mensch so stark sein könne.

»Hat er dir weh getan, Pawluscha?« fragte Ludmilla und streichelte sein Gesicht. Sie küßte und herzte ihn, tastete über seine Gliedmaßen und bewegte seine Arme, die Handgelenke, die Beine in den langen Pelzstiefeln. »Fühlst du dich elend, mein Liebster? Was hat er dir getan, dieser Auerochse?«

»Ich begreife das nicht.« Semjonow richtete sich auf und saß nun im Schnee. »Mann, wie groß bist du?« fragte er den Riesen. Er starrte auf die Füße in den Fellstiefeln und rechnete sich aus, daß bei solchen Füßen der übrige Körper nach menschlichen Maßen nicht mehr meßbar war. Dann umarmte er Ludmilla und nickte ihr beruhigend zu. »Es war nur die Verwunderung, Täubchen. Noch niemand hat es fertigbekommen, mich auf den Boden zu legen. Er ist der erste. Alles haben wir durchtrainiert, alles. In Kalifornien wurden wir riesigen Negern gegenübergestellt und wußten: Die kennen keine Gnade. Und wir hatten unsere Griffe und legten sie auf den Rücken. Aber dieser hier ... Himmel, man kann doch keinen Felsen umwerfen!«

Semjonow stand auf, klopfte sich den Schnee ab und streckte dem Riesen die Hand entgegen. »Noch einmal, Brüderchen: Chleb-sol!«

»Christus sei mit dir!« Der Riese bückte sich, nahm das Gewehr Ludmillas aus dem Schnee, betrachtete es von allen Seiten, sagte sachverständig: »Das kommt aus einem Armeelager!«, und klemmte es unter den Arm. »Ich bin Jurij Fjodorowitsch Jesseij und wohne im Wald. Ich kenne den Wald wie keiner! Was wollt ihr hier?«

»Das ist mein Weibchen Ludmilla Semjonowa.« Semjonow legte den Arm um sie. »Wir haben nicht gelogen, Brüderchen, wir suchen eine neue Heimat.«

»Hier? In der Sredne-Sibirskoje? Seid ihr doch Idioten, Freundchen?«

»Wir müssen uns vor den Menschen verstecken und zu den Wölfen flüchten.« Semjonow trat in den Feuerkreis zurück. Jesseij folgte ihm. Stumm umkreiste er den Schlitten, tätschelte den schnaubenden Pferden die Nüstern und den Nacken, sah in den Schlitten hinein und wühlte zwischen den Decken und Fellen, Kartons und Säcken. Semjonow ließ ihn gewähren, denn er wußte, wieviel von dem Wohlwollen Jesseijs abhing und daß sie verloren waren, wenn sie ihn erzürnten.

»Es reicht gut für ein halbes Jahr«, sagte Semjonow, als Jesseij mit dem Durchwühlen des Schlittens fertig war. »Wir haben uns vorbereitet auf eine lange Wanderung.«

»Mit den Gäulchen?«

»Wir haben nichts anderes, Jurij Fjodorowitsch.«

»Nach drei Wochen wären sie euch gestorben! Dann hättet ihr den Schlitten selbst ziehen müssen!« Jesseij schüttelte den Kopf. Die Dummheit der Menschen ist grenzenlos, dachte er. Sie denken, mit Schlitten und Pferdchen kommen wir bis ans Ende der Welt. Ist der Bauch satt, gibt es keine Probleme mehr! Überall mag das so sein, überall mag das seine Gültigkeit haben. Aber in der Taiga? O Brüderchen, ihr kennt die Taiga nicht. »Ihr müßt einen leichten Schlitten haben. Einen Schlitten aus Weidengeflecht, mit Stahlkufen. Und davor zwei Renhirsche, groß und schnell und stark und zäh. Seht es euch an, Freunde . . . dort hinten warten sie.« Jesseij zeigte irgendwo in den dunklen Wald hinein. Dann pfiff er, und irgendwo knirschte Schnee, tappten leichte Füße. Durch die Finsternis schob sich ein schwankendes Gefährt heran, gezogen von zwei großen Hirschen, die mit ihren breiten Geweihen den Schnee von den Ästen schlugen. Ihre Nüstern dampften. Sie blieben am Feuerkreis stehen und starrten mit großen, runden

Augen auf ihren Herrn Jurij Fjodorowitsch. Die Pferdchen Semjonows wieherten und scharrten und stießen mit den Köpfen gegen den Schlittenkasten.

Semjonow betrachtete die beiden starken Hirsche und das leichte Schlittengebilde. Es war – dazu gehörte keine Fantasie – halsbrecherisch, mit einem solchen Gefährt durch den Schnee zu jagen, es mußte hüpfen und springen, und man hatte alle Hände voll zu tun, um die Balance zu halten. Aber es war ein schnelles Fahrzeug, es flog über die Tundren und schwang sich um die Baumstämme, und die Entfernungen schrumpften zusammen, sogar in einem Land, in dem man über Werste nicht mehr spricht, weil große Entfernungen gar nichts Besonderes sind.

Daran hat man in Alaska nicht gedacht, sagte sich Semjonow, als er zu den Hirschen ging und seine Hände über ihre warmen, dampfenden Nüstern legte. Man hat uns in die Eiswüste gesetzt mit Schlittenhunden, einmal sogar ohne sie, nur mit einem leichten Gleitschlitten, den wir an Lederriemen hinter uns herzogen. Zweihundert Kilometer mußten wir zu Fuß zurückkriechen. Aber wie lächerlich war das alles gegen die Wirklichkeit! Ein geflochtener Schlitten mit Rentierhirschen, und sogar die Taiga verliert ihre größten Schrecken.

»Wo wollt ihr hin?« fragte Jesseij.

»Irgendwohin, Brüderchen.« Ludmilla hielt die froststarren Hände über eines der niederbrennenden Feuer. »Pawel Konstantinowitsch meinte, man könne sich im Norden als Jäger niederlassen.«

»Ihr seid Politische?«

Ludmilla zögerte, aber Semjonow nickte. »Ja, wir sind Politische!«

»Saboteure?«

»Nein.«

»Kommunistenfeinde?«

»Nein.« Semjonow atmete tief auf. »Ich weiß nicht, ob du es verstehst, Jurij Fjodorowitsch. Hat man dir schon einmal gesagt, wenn du nach links gehen wolltest: Halt! Du mußt nach rechts gehen!?«

»Nein!«

»Du willst etwas tun, vielleicht einen Baum fällen, der dir im Wege steht, oder einen Fuchs abhäuten oder eine Renkeule braten, und immer ist da einer, der sagt: Halt! Das darfst du nicht!«

»Ich würde ihn in den Hintern treten, Brüderchen!« lachte Jesseij. »Er flöge wie ein Ball durch die Luft.«

»Siehst du. Wenn du das aber tust, sperrt man dich ein, nennt dich einen Staatsfeind, schickt dich in die Straflager nach Katanga.« Semjonow versuchte, durch einfache Vergleiche Jesseij zu erklären, wie notwendig es war, ihm und Ludmilla Hilfe zu gewähren.

»Du bist ein friedlicher Mensch, nicht wahr?« sagte er, und Jurij Fjodorowitsch nickte. »Und plötzlich siehst du, wie alle um dich herum von einem Krieg sprechen, wie sie riesige Raketen bauen, um die anderen Menschen auszulöschen, wie ein paar Männer die ganze Welt erobern wollen, wie sie aus einer Idee eine neue Religion machen, wie die Menschen Angst haben, nachts aus qualvollen Träumen aufschrecken und ins Leere stieren und im Herzen das große Grauen spüren: Was wird sein, morgen, übermorgen, in einem Jahr, in zehn Jahren? Überleben wir, werden unsere Kinder weiterleben können, macht man aus unseren Enkeln Asche, wird die ganze Welt zugrunde gehen? Und keiner, der diese Angst im Herzen hat, begreift, warum das alles so ist, warum die Menschen sich morden müssen, warum die Frauen und Kinder unter den Bomben sterben und die Männer sich gegenseitig die Bajonette in die Leiber rennen oder aufeinander zielen, wenn sie doch alle nur eines im Sinn haben: Frieden! Leben! Ein Feld voll wogenden Korns, ein Haus im Grünen, einen Kochtopf voll köstlich duftender, dampfender Suppe, ein Zimmerchen voll fröhlicher Kinder. Aber nein . . . Sie zerfleischen sich, schlimmer als die Wölfe. Aber fragst du laut: Warum ist es so, Brüder?, dann greifen sie dich, werfen dich in den Keller, foltern dich und möchten dir am liebsten das denkende Hirn aus dem Schädel reißen!« Semjonow holte tief Atem. »Siehst du, Jurij Fjodorowitsch, und deshalb sind wir auf dem Weg in eine Welt, die nur uns gehört – und wenn es ein Leben zwischen Urwald und Wölfen ist, zwischen reißenden Flüssen und wilden Bären, zwischen Felsen und Wasserbibern. Frieden suchen wir. Nichts als Frieden. Ludmilla und ich, wir wollen nichts als glücklich sein.«

Jesseij zog die Fellkapuze wieder über seinen unförmigen Kopf. In der Ferne heulten schaurig die Wölfe. Aber sie kamen nicht mehr näher. Ihre Feigheit war stärker als ihr Hunger. Ohne Leitwolf streunten sie jetzt durch den Wald und jammerten den Himmel an.

»Kommt mit!« sagte Jesseij. »Wir wohnen in einem Dorf mitten im Wald. Vierzehn Jäger und Frauen. Wenn ihr den anderen gefallt, könnt ihr bei uns bleiben.« Er musterte Semjonow und lächelte dann breit. »Bist ein kräftiges Kerlchen, Brüderchen. Kannst Du Häuser bauen?«

»Ja.« Semjonow begann, die Feuer zu zertreten. »Ich kann alles, Jurij Fjodorowitsch. Es kommt mir nur darauf an, daß uns niemand bei euch findet. Man sucht uns . . .«

»Und ihr habt keinen umgebracht?« Jesseij sah Ludmilla aus seinen schrägen gelben Augen an. Der Blick eines Schneeleoparden war es, durchdringend und kalt.

»Nein!« sagte Ludmilla.

»Wir nehmen keine Mörder auf.« Jesseij ging zu den Pferdchen und begann, sie anzuschirren, während Semjonow die Decken und Zeltplanen zusammenfaltete. »Sagt die Wahrheit, Freunde.«

»Wir schwören es dir bei Christus, Jurij Fjodorowitsch.«

Eine halbe Stunde später fuhren sie los. Voran Jesseij mit seinem Rentierschlitten. Zur Verwunderung Semjonows fuhren sie nicht auf den Spuren Jesseijs zurück, sondern kreuz und quer durch unberührten Wald und jungfräulichen Schnee. Es ist erstaunlich, wie er die Richtung kennt, dachte Semjonow. Ein Baum sieht wie der andere aus. Die Äste hängen schwer vom verharschten Schnee zu Boden. Ein paarmal ist der Wald gelichtet, dann liegen die Stämme übereinander, mit vereisten Wurzelballen in der Luft, ausgefranste Fäuste der Natur, drohend zum Himmel erhoben, aus dem der Sturm herniederfuhr, der sie entwurzelte und aus der Mutter Erde riß . . . im Frühjahr, wenn der Schnee weggetrieben wurde, oder im Herbst, wenn die großen Sturmregen über das Land fegten.

Ein paarmal drehte sich Semjonow nach Ludmilla um. Sie lag eingemummt in Felle hinten im Schlitten, den Kopf gegen eine Kiste gelehnt, und schlief. Sie hatte ein kleines, trotziges Gesicht im Schlaf, schmale Lippen und ein spitzes Kinn.

Meine Frau, dachte dann Semjonow, und sein Herz weitete sich. Meine Ludmilluschka. Ob man jemals verstehen wird, daß ich nicht zurückwollte in den Westen? Ob man je begreifen wird, daß ich Semjonow bleiben will und nicht wieder Franz Heller sein möchte?

Könnt ihr es verstehen, Freunde?

Ihr müßt Ludmilla sehen, um es zu begreifen. Und es würde euch nicht einmal schwerfallen . . .

Das Dorf, von dem Jesseij sprach, bestand aus zehn Blockhütten, einem großen Rentiergatter, einigen Gemeinschaftsställen und einer Bachquelle, die man ummauert hatte, im Winter mit Ästen abdeckte und so auch bei größtem Frost immer offenhielt. Die Häuser lagen nicht auf einer Lichtung, sondern verstreut zwischen den Bäumen. Trampelwege führten von dem einen zum anderen Haus, und wenn es nicht aus den gemauerten Kaminen gequalmt hätte und der Geruch von Sauerkohl durch den Wald gezogen wäre, würde jeder an ihnen vorbeigefahren sein, so eins waren sie mit dem Wald.

Als sie mit schneestaubenden Schlitten vor dem ersten Haus hielten, öffnete sich die Tür. Ein kleines, krummbeiniges Weibchen humpelte heraus und stellte sich in den Weg zum Eingang. Unter der dicken Fellmütze hingen lange weiße Haare über das faltige Gesicht, und nun, als sie sprach, öffnete sich ihr zahnloser Mund wie ein Froschmaul.

»Was soll das, Jurij?« schrie die lebende Wurzel. »Bringt Fremde mit, der Hohlkopf! Wir sitzen hier und kochen Baumrinde aus, und er bringt Fremde mit!« Die Alte starrte auf Ludmilla, aber das Lächeln der jungen Frau schien sie noch abweisender zu machen. Jetzt hüpft sie gleich vor Wut, dachte Ludmilla, von einem Bein auf das andere . . . rumbum . . . rumbum. Und ihre Finger . . . Knochen sind's, mit gelber Haut darüber. Hat man schon je solch häßliche Finger gesehen?

Jurij Fjodorowitsch stieg von seinem Schlitten, blinzelte seinen beiden Renhirschen zu und tippte der keifenden Alten auf die Schulter.

»Sie bleiben bei uns, Marussja. Für immer!«

»Die Hölle hole dich!« Die Alte drehte sich um und watschelte ins Haus zurück. Jurij half Ludmilla aus dem Schlitten, und über seinem haarigen Gesicht lag Fröhlichkeit.

»Das was Marussja Nasaroffa, mein Urmütterchen«, sagte er. »Sie freut sich, daß wir Gäste haben.«

»Ich hab's gehört, Brüderchen.« Semjonow blieb auf dem Schlittenbock sitzen. »Wäre es nicht besser, wir führen weiter?«

»Oh, weil sie schimpft, das Urmütterchen? Macht euch keine

Sorgen, ihr Lieben! Sie freut sich, glaubt es mir. Wie alt ist sie jetzt? Laßt mich nachdenken! Eigentlich muß sie so alt sein wie der Wald, denn so lange wir alle hier denken können, war sie da. Unsere Eltern hat sie schon durchgeprügelt, und man sagt, auch die Großeltern. Sie muß hundertzwölf Jahre alt sein, Freunde, ob ihr's glaubt oder nicht. Es läßt sich nicht anders errechnen. Zeit ihres Lebens hat sie nur geschimpft – wie kann sie da freundlich sein, wenn ihr kommt?« Jurij schirrte seine Hirsche ab. Sie liefen, einmal aus den Riemen, frei durch den Wald zum Gatter und zu einer Holzhürde, in der Moos und getrocknetes Gras lagen, Farne und gehobelte Baumrinden.

»Geht schon hinein«, sagte Jesseij. »Ich bringe eure Pferdchen in den Dorfstall. Ihr müßt wissen, wir sind eine große Familie. Alles haben wir gemeinsam . . . die Häuser, die Herden, die Schlitten, die Waffen, die Ställe, die Rubelchen, nur die Frauen nicht, o nein, wenn ihr so etwas denken solltet! Also, geht hinein und kümmert euch nicht um Mütterchen Marussja . . .«

Es war so, wie Jurij gesagt hatte. Das Urmütterchen stand am offenen, gemauerten Herd und kochte. Wie wild rührte sie in den Kesseln herum, sprach kein Wort, tat so, als sei niemand hereingekommen, aber es duftete köstlich vom Feuer her nach Fleisch, Kohl, saurer Sahne und gebräuntem Fett.

Jurij kam herein, schüttelte sich und stieß Semjonow an, der noch immer neben der Tür stand und in seinem dicken Pelz zu schwitzen begann.

»Zieht euch aus, Freunde! Und dann hinüber in die schöne Ecke. Streckt die Beine von euch und laßt die Gelenke knacken. Jetzt seid ihr zu Hause! Marussja, was kochst du?«

»Schtschi!« brummte die gelbe Wurzel am Ofen.

»Und vergiß die gerösteten Zwiebeln nicht, Mütterchen.« Jurij warf sich auf die Holzbank. Sie ächzte und bog sich unter seinem Gewicht. Auch Semjonow setzte sich, während Ludmilla zu Marussja ging und über ihre Schulter in den Topf blickte.

»Kann ich dir helfen?« fragte sie.

»Du kannst kochen?« Marussja warf einen giftigen Blick auf die schlanke, schöne Gestalt Ludmillas. »Geh, setz dich zu deinem Mann! Ich habe Angst, du schmilzt mir in der Glut davon, mein Püppchen.«

Ludmilla antwortete nicht. Sie sah, daß die Suppe kochte, daß der Kohl gegart war und vom Feuer genommen werden mußte. Mit einem Ruck schob sie Marussja zur Seite, und – der Teufel beiße sich in seinen Schwanz! – mit beiden Händen griff sie zu, faßte die Henkel des Kessels, hob ihn aus den eisernen Halterungen, trug ihn mit ausgestrecken Armen zur steinernen Abstellplatte, setzte ihn ab, strich sich die Haare aus dem Gesicht, griff zur Kelle und kostete.

»Es fehlt noch etwas Sahne, Marussja«, sagte sie, und sie war gar nicht außer Atem. »Und ein paar Graupen hätte ich hineingetan, Mütterchen . . .«

Marussja stand am Herd, und ihr zahnloses Froschmaul war aufgeklappt. Jurij saß in der schönen Ecke, klatschte in die Hände und brüllte vor Freude.

»Zeig es dem Drachen, mein Täubchen!« schrie er außer Atem. »O Himmel, wie sie dasteht, die Alte! Marussja, Mütterchen, sie nimmt den Kessel allein vom Herd und schreit nicht wie du: Nun hilf mir, du langer Esel! Soll ich den Topf allein tragen! – Sie trägt ihn allein! Du hast ein starkes, zähes Weibchen, Pawel Konstantinowitsch!«

Damit war die große Freundschaft geschlossen. Alle aßen zusammen die Schtschi, tranken dazu Wasser, brockten als Nachtisch Kalatsch in das Kipjatok, und dann holte Jurij aus einer Ecke, in der Felle und Kleidungsstücke lagen, seine alte, am Balg oft geflickte und geklebte Bajan hervor und spielte ein wehmütiges Lied vom Jäger und dem Geistermädchen.

Eine Bajan ist etwas Herrliches. Eine Art Knopfharmonika ist sie, beliebt bei allen, die Musik mögen. Man kann das Spiel leicht erlernen, und wenn's auch manchmal schaurig klingt für einen Gebildeten, der sich stur an Noten hält, an Rhythmus, Pausen, Kontrapunkt oder gar an Harmonielehre, ach, Brüderchen . . . was tut das alles zur Sache? Schön ist's, wenn draußen der Schneesturm heult, im Holzhaus das Feuer prasselt, die Wärme durch die Knochen streicht, man satt und faul ist, sich sicher fühlt unter dem Dach, ein Frauchen neben sich hat, und dann spielt man auf der Bajan . . . heiohei und hoihoihoi . . . spielt von den Kosaken und den mongolischen Reitern, von dem traurigen Eskimo oder dem verliebten Dorfschullehrer, von Fekla, dem Helden, der einen Tiger mit seinem Blick betäubte, und von Rossija, dem wilden Mädchen, das jeden, den es liebte, nach der Liebesnacht enthauptete.

Und so spielte Jurij Fjodorowitsch auf seiner Bajan und sang mit dröhnender Stimme, daß die Balken wackelten, wenn man ein bißchen Fantasie zu Hilfe nahm. Ja, sogar das wurzelähnliche Urmütterchen Marussja sang mit . . . nur hörte man es nicht. Marussja sang innerlich, aber ihr Mund bewegte sich, die Lippen schwabbten, die Zunge hüpfte im Gaumen hin und her. Welche Fröhlichkeit herrschte im Hause Jesseij!

In der Nacht schliefen Semjonow und Ludmilla auf einem Lager aus duftenden getrockneten Farnen. Jesseij und das Urmütterchen schnarchten auf dem Ofen, wie's sich gehörte. Wie einen kranken Affen hatte Jurij seine Urahne an beiden Armen auf die Ofenplattform gezogen. Dort plumpste sie seufzend auf die Decke, streckte sich und schlief ein.

»Wollen wir hier leben?« flüsterte Semjonow in das Ohr Ludmillas. Sie lagen wieder eng beieinander unter den warmen Decken und atmeten den betörenden Geruch des Farnes. Wie eine heiße Sommernacht ist es, dachten sie. Wir liegen im Wald zwischen den Farnen, und die Erde atmet die Hitze des Tages aus.

»Wollen wir hier bleiben?« fragte Semjonow noch einmal und küßte ihre Ohrmuschel.

»Ich bleibe, wo du bist, Pawluscha«, flüsterte sie zurück. »Ich habe keine Wünsche mehr . . . nur dich!«

»Wir werden hier ein Haus für uns bauen, und ich werde mit ihnen auf die Jagd gehen, die Felle verkaufen wie sie, die Rubel mit ihnen teilen, und wir werden sein wie Jurij und Marussja und alle die anderen, die wir noch nicht kennen: Menschen am Uranfang der Erde.« Semjonow legte seinen Kopf zwischen ihre Brüste. Es war eine demütige, völlig hingebende Lage, wie die Suche nach Mütterlichkeit und Wärme, wie das Hinkriechen eines jungen Tieres in den Schutz des Mutterleibes. »Wir werden nie mehr durch eine Straße gehen, gemauerte Häuser sehen, ein Theater besuchen, Omnibusse fahren sehen, flimmernde Leuchtreklamen an den Wänden betrachten, eine Zeitung lesen, vor einem Radio sitzen und Musik hören . . . Prokofieff, Tschaikowskij, Borodin, Wagner, Mozart, Beethoven . . . alles, alles wird es nicht mehr geben. Es wird nur noch die Taiga dasein. Die Hirsche werden wir abrichten lernen, Pelztiere jagen, im Sommer Beeren sammeln und Holz schlagen, und die Krähen am Himmel werden die einzige Musik sein und die Jagd der Wölfe unser einziges Theater.«

»Ist das nicht herrlich, Pawluscha?« Ludmilla legte beide

Arme um seinen Nacken. »Und unsere Kinder werden lernen, wie man Füchse mit dem Gezirpe aus Grashalmen anlockt, und ich werde sie das Schreiben und Lesen lehren, das Rechnen und klare Denken und werde immer und jeden Tag zu ihnen sagen, und sie werden es vor dem Schlafen wie ein Gebet sprechen: Mein Vater Semjonow ist der beste Mensch, den Gott geschaffen hat . . .«

»Ludmilla . . .« Semjonow schloß die Augen. Der Geruch des getrockneten Farnes und der Duft, der aus Ludmillas Poren stieg, betäubten ihn fast. »Wir bleiben hier . . .«

»Ja, wir bleiben, Liebster. Wir haben unser Paradies gefunden . . .«

Wer halbwegs die Bibel kennt, der weiß, daß im Paradies neben friedlichen Tieren auch eine Schlange lebte. Und von dieser Schlange her kommt es, daß bis heute noch kein Paradies ohne Fehler ist . . . sei es auf Samoa oder den Osterinseln, auf Sylt oder in einer Dachkammer von St.-Germain-des-Près, auf einem Paddelboot im Schilf oder in einem Blockhüttendorf in der Taiga der Sredne-Sibirskoje.

Bei Jesseij war die Schlange das Urmütterchen Marussja.

Zwei Monate ging es gut. Semjonow und seine schöne junge Frau wurden den anderen Jägern vorgestellt, die nicht anders aussahen als Jurij Fjodorowitsch. Sogar die Frauen waren urweltlich riesig mit mächtigen Brüsten, mit Hüften wie Kaltblutpferde und stämmigen Beinen, die Brückenpfeilern gleich in die Erde gerammt wurden. Vor ihnen wirkte Ludmilla wirklich wie ein verängstigtes Vögelchen, wie ein Kind, das eine Fee verloren hat, wie eine Mißgeburt, wenn man die Kinder betrachtete, die aus den Schößen dieser Riesenmütter geboren wurden.

Die Dorfgemeinschaft hatte nichts dagegen, wenn Semjonow und Ludmilla blieben. Im Gegenteil, die Semjonows brachten moderne Waffen mit, genug Munition und Büchsen mit Lebensmitteln, die man noch nie gegessen hatte. Als Semjonow ein Festessen gab und Ludmilla eine Soljanka-Störsuppe, Haselhuhn in saurer Sahne, gelbe Rüben in Milchsauce und Stolitschny-Keks in Karamelcreme kochte (das alles, Freunde, hatte der gute Jassenski in seinem Kaufhaus in Büchsen gehabt. Es lebe der Fortschritt durch die kollektive Marktwirtschaft!), als alle mit dicken Bäuchen in Jurijs Stube saßen und Serjoscha, ein grinsender Greis, mit wohligem Grinsen einen heftigen Wind streichen ließ, was höchstes Wohlgefallen bekundete, gab es keinen in Nowa Swesda – so hieß das Dorf –, der Ludmilla nicht lobte und sie von da an Töchterchen nannte.

Da alles gemeinsam war, bauten auch die Jäger, die nicht auf ihren Renhirschen zur Jagd ausritten, am Hause Semjonows mit. Auch die Riesenfrauen griffen zu. Sie sägten die Bretter, flochten das Fachwerk des Daches, planierten den Boden, gruben Vorratslöcher, kurz und gut, ganz Nowa Swesda war beschäftigt, Semjonow in seiner Mitte aufzunehmen. Um zu zeigen, was er konnte, ging Semjonow selbst jeden zweiten Tag mit Jurij in den Wald, und sie brachten die meiste Beute mit, prächtige Füchse, Iltisse und Hermeline und sogar drei Kronenzobel.

»Sie werden kopfstehen in der Faktorei!« schrie Jurij, als er die drei herrlichen braunschwarzen, glänzenden Felle hochhob und über seinem Kopf schwenkte wie eine Fahne. »Pawel Konstantinowitsch hat sie entdeckt! Freunde, das wird ein reiches Jahr!«

Nach zwei Monaten stand das Holzhaus der Semjonows. Am Tag, als sie es bezogen, verteilten sie Brot und Salz, wie es Brauch war, und begrüßten jeden Besucher mit einem Bruderkuß auf beide Wangen. Jurij Fjodorowitsch spielte wieder Lieder auf seiner Bajan und sang dazu. Dann, als es Abend war und die Gäste gegangen waren, wischte er sich die Augen, legte die Bajan vorsichtig auf den Tisch, druckste herum, stellte sich in die schöne Ecke, ging zum Herd und sagte dann: »Pawel Konstantinowitsch, mein Herz ist schwer. Ich weiß, daß ich ein merkwürdiger Mensch bin – aber ich mag dich gern. Laß uns Brüder sein!«

Dann stürzte er auf Semjonow zu, riß ihn an sich, drückte ihn an seine Brust, küßte ihn schmatzend ab und begann zu weinen.

»Dein Leid ist mein Leid!« schluchzte er und ließ sich auf die Ofenbank fallen. »Du weißt nicht, wie glücklich der Tag für mich ist. Seit zwölf Jahren lebe ich mit Marussja, dem Fossil, zusammen, allein und einsam. Früher war noch Arina da. Arina, mein Frauchen. Ein Engelchen von einem Weibchen.« Semjonow dachte an die anderen Riesenweiber und an ihre Brüste wie Mehlsäcke und nickte. »Vor zwölf Jahren war es, da fuhr Arina in die Stadt. Ich warnte sie, ich wollte sie fesseln, aber sie hatte einen starken Willen, mein Frauchen, und sie fuhr. Ich habe sie nie wiedergesehen.« Jurij wischte sich über die Augen. »Verhaftet hat man sie, weggeschleppt nach Katanga, in ein Lager am Eismeer, wo sie

Straßen bauen mußte, so sagte man mir. Und warum? Aus Versehen, Freunde, aus verständlicher Erregung. Sie kaufte ein, meine Arina, und sie sah einen roten Stoff für ein Kleid. Aber gleichzeitig mit ihr griff ein anderes Weibchen zu. Was nun? Da stehen sie nun, rechts Arina, Stoff in der Hand . . . links das andere Frauchen, auch Stoff in der Hand. ›Gib her, du Hure!‹ sagt Arina und reißt am Stoff. ›Ich war eher da!‹ – ›Geh weg, du fauler Kürbis!‹ schreit die andere. ›Um deinen Bauch wirkt der Stoff wie eine Bluse um ein Kuheuter!‹ Ich frage euch, Freunde: Kann ein Mensch da noch freundlich bleiben?« Jurij seufzte tief. »Mein Weibchen zerfetzte den Stoff, riß der anderen die Kleider vom Leib und warf sie durch das Fenster auf die Straße. Arina war ein kräftiges Weibchen, o ja! Und dann wurde sie im Kaufhaus verhaftet. Das andere Frauchen war eine politische Kommissarin in Zivil. Wie gesagt – ich habe Arina nie wiedergesehen, seit zwölf Jahren nicht. Aber das sage ich euch, Freunde . . .« Jesseij legte seine hammerartigen Fäuste auf den Tisch, ». . . wenn ich jemals im Leben einer Kommissarin begegne . . . zwölfmal zerreiße ich sie, für jedes Jahr einmal!«

Ludmilla sah Semjonow mit einem traurigen Blick an. Wirklich, er war traurig, nicht ängstlich.

Auch dieses Paradies ist eine heimliche Hölle, hieß dieser Blick. Pawluscha, mein Liebster, warum haben wir vergessen, daß wir Menschen unter Menschen sind? Es gibt kein Paradies mehr . . .

In dieser Nacht verkroch sich Ludmilla in den Armen Semjonows. Sie zitterte, sie schlief nicht und fror aus Angst.

Die erste Nacht im neuen, eigenen Haus.

Und in einer Kiste, in einer der Vorratsgruben, lag die graugrüne Uniform der Kommissarin im Rang eines Kapitäns.

Ein Todesurteil für Ludmilla, wenn Jurij sie jemals entdecken würde.

»Im Frühjahr verbrennen wir sie«, sagte Semjonow und wiegte Ludmilla in seinen Armen wie ein Kind. »Jetzt, im Schnee, fällt es auf, und man riecht es, wenn Stoff verbrannt wird. Aber im Frühjahr, wenn überall die Feuer lodern . . .« Er drehte den Kopf Ludmillas zu sich und küßte sie auf die Augen. »Im Frühjahr verbrennen wir den letzten Rest unseres alten Lebens!«

Erobert man so ein Paradies?

O nein, Freunde.

Wir haben Marussja, das Urmütterchen, vergessen.

Denn sie fand die Uniform, als Semjonow, Jurij und Ludmilla zur

Faktorei gefahren waren, um ihre Felle abzuliefern und Gerste, Salz, Zwiebeln, Sauerkohl und Grieß einzukaufen.

Marussja war eine gute Bäckerin. Man mag über ihren Charakter denken, wie man will, man mag ihr ständiges Schimpfen zum Teufel wünschen und sie lieber als Laus im Schwanzhaar des Satans sehen als hier in Nowa Swesda . . . eins muß man Marussja lassen: Ihre Brote, ihr Weißmehlkuchen, ihr Kalatsch und ihr Schmalzgebäck an den Feiertagen, vor allem zu Ostern und in der Butterwoche, der großen, fleischlosen Freßwoche vor dem Fasten, waren Meisterwerke der Backkunst. Das Brot duftete und war nirgendwo glitschig, man konnte es brechen und sich schon am Anblick erfreuen, kurzum – Marussja, das Urmütterchen, konnte wunderbar backen.

Auf einem ihrer Gänge zum gemeinschaftlichen Backhaus sah sie bei den Semjonows hinein, obwohl sie wußte, daß sie in der Faktorei waren. Da alle Häuser offenstanden, denn man war ja eine große Familie, wanderte sie murmelnd durch die Zimmer, kontrollierte auch die Vorratsgruben und fand darin eine Kiste, die wie eine Kleiderkiste aussah.

Marussja hatte keine Hemmungen, sie zu öffnen. Dann aber prallte sie zurück, stieß einen meckernden Schrei aus, raffte die Röcke, und mit ihren krummen, dünnen, hundertzwölf Jahre alten Beinchen lief sie hinaus, machte ein großes Geschrei, rief die Nachbarn und führte sie zu der schrecklichen Kiste.

»Ganz klar ist es, Leute«, sagte der alte Uman, der noch vor dem Zaren gekniet hatte. »Das ist die Uniform eines Kapitäns der politischen Truppe. Eine kleine, zierliche Uniform, also hat sie Ludmilla Semjonowa getragen!« Er warf die Uniformstücke zurück in die Kiste und wischte sich die Hände an den Hosen ab, als klebten sie. »Wir sind verraten worden, Leute! Wir haben einen Spion der Bolschewisten in unserem Dorf! Der Teufel sei mein Freund, wenn ich das dulde! Jetzt heißt es handeln!«

»O Gott!« jammerte Marussja, das Urmütterchen. »O Himmel! Und das bringt mein Jurij ins Haus! Welche Schande! Aber er weiß es auch nicht, ich schwöre es, auch ihn haben sie betrogen!«

Am Nachmittag kamen Semjonow und Ludmilla allein zurück von der Faktorei Wiwi. Sie liegt am Zusammenfluß der Taimura und der Unteren Tunguska und ist der Ankaufplatz für alle Dinge, die aus der Weite der Taiga herangebracht werden. Hier treffen sich Jäger und Hirten, Holzschläger und Geologen, Rentierzüchter und Pelztierfarmer, jakutische Nomaden und ewenkische Bauern und füllen die Magazine der staatlichen Faktorei.

Jurij Fjodorowitsch war in der Faktorei geblieben. Er wartete noch auf eine Sendung Werkzeuge, die aus Wiwi, der kleinen Stadt nördlich der Faktorei, kommen sollte.

Schon als sie mit ihrem Rentierschschlitten zurückkamen nach Nowa Swesda, verwunderte Ludmilla und Semjonow die Stille des Dorfes. Wenn sonst jemand von der Faktorei zurückkehrte, standen alle vor den Häusern, winkten, umringten den Schlitten und riefen: »Was gibt's Neues, Brüderchen? Was habt ihr mitgebracht? Habt ihr auch den Tabak nicht vergessen? Und an Lisanka habt ihr doch gedacht, was? Eine Bauchbinde braucht sie. Nach sieben Kindern hängt ihr Bauch über wie eine Schneewächte auf einer Tanne! Habt ihr? Der Himmel danke euch, Brüderchen . . .«

Nichts von alledem war heute zu hören! Schweigen herrschte im Dorf, nur der alte Uman stand allein vor seinem Haus neben dem der Semjonows. Als Semjonow hielt und aus dem Schlitten sprang und auch Ludmilla ausgestiegen war, kam er näher, und nun sahen sie, daß er eine alte, aber gut geölte Pistole in der Faust hielt und sie Semjonow auf die Brust richtete.

»Uman, Väterchen«, sagte Ludmilla erschrocken. »Was soll's mit dieser kriegerischen Aufmachung?«

»Geht ins Haus!« sagte der Uman dumpf. »Geht schnell ins Haus und seid ruhig . . .«

Als sie ihr Haus betraten, war es bereits voller Menschen. Der Flur, das große Wohnzimmer, ja selbst in der Schlafkammer wogten die Riesenleiber der Leute von Nowa Swesda, vor allem die Tonnenbusen der Frauen nahmen Platz und Luft zum Atmen weg. In der Mitte dieser dampfenden, nach Wald und Moos riechenden Körper war ein Gang gelassen bis zu einem Tisch, und auf diesem Tisch lag, schön ausgebreitet und dekoriert, als läge sie als Auslage in einem Schaufenster des Kaufhauses GUM, die Uniform Ludmilla Barakowas.

Ludmilla sah es mit einem Blick und faßte nach der Hand Semjonows. »Es ist vorbei, Pawluscha«, sagte sie leise und doch gefaßt. »Wir wollen uns noch einmal küssen . . .«

Sie blieben mitten im Gang stehen, zwischen den dampfenden Riesenleibern und schweren Brüsten, umfaßten und küßten sich. Ein Raunen ging durch die Menge, ein Seufzen und

Lispeln. Selbst Marussja, das Urmütterchen, das hinter dem Tisch saß wie ein verschrumpeltes Jüngstes Gericht, leckte sich über die Lippen.

»Erkennt ihr das?« fragte hinter Semjonow die tiefe Stimme des Umans. Ludmilla nickte.

»Es ist meine Uniform, Väterchen«, sagte sie.

»Du bist Kommissarin?«

»Ich *war* es. Ich bin mit Pawel Konstantinowitsch geflüchtet, zu euch, Väterchen, um nicht mehr Kommissarin sein zu müssen.«

»Wer soll dir das glauben, Töchterchen?« Der Uman trat zum Tisch und hob die Uniformjacke hoch. »Ein Kapitänchen! Mit Orden sogar! Und eine Medaille! Wie kann man das ablegen, Ludmilla Semjonowa? Ihr seid Bolschewiken, man kann das nicht aus dem Herzen reißen! Man bleibt es für immer . . .«

»Nein!« schrie Ludmilla und sah sich um. Starre Augen, riesige Leiber, bedrückendes Schweigen. Hier gab es keine Hilfe und kein Verständnis, hier waren nur Feindschaft und Haß. »Ich habe es abgelegt! Ich liebe Pawel Konstantinowitsch . . . sonst gibt es nichts mehr für mich auf der Welt!«

»Du wirst ihn behalten!« sagte der Uman dumpf.

»Was habt ihr vor, Väterchen?« fragte Ludmilla. Sie sah sich um. Die Gasse zur Tür hatte sich geschlossen, sie waren umringt von Leibern und Dunst. Das Urmütterchen Marussja lachte meckernd, wie eine Ziege klang's, die man kitzelt.

»Laßt mich alles erklären, Freunde!« rief Semjonow. So unheimlich es ihm war, so sicher er dem Verderben ins Auge sah, so verzweifelt wehrte er sich dagegen, sich kampflos aufzugeben. Was nutzte jetzt tätlicher Widerstand – man mußte mit Worten überzeugen. »Wir kamen in die Taiga, um ganz für uns zu leben! Wir suchen Frieden, Freiheit, wirkliches Glück. Wir hassen die Gewalt, und weil wir uns lieben, Ludmilluschka und ich, wollen wir einen Platz auf der Welt suchen, auf dem man leben kann ohne Angst . . .«

»Du redest zuviel, Brüderchen!« sagte der alte Uman. »Du weißt, daß wir das Töten hassen, daß wir gegen allen Zwang sind, daß wir den Menschen achten und seine Freiheit. Aber hier liegt die Uniform des Zwangs, der Gewalt, des Todes! Kennst du die Geschichte von Jurij und seiner Frau Arina? Weißt du, wie man meinen Sohn Serjoscha wegschleppte? Sein Schrei: Hilf mir, Väterchen! Hilf mir!, ist noch in meinen Ohren. Und Leute in dieser Uniform holten ihn ab! Seitdem ist er verschollen!« Der alte Uman warf Ludmillas Uniform gegen die Wand. Ein Stöhnen rann durch die dichte Menge. »Ob ihr den Frieden sucht, was geht es uns an? Ihr habt diese Uniform einmal getragen . . . das genügt! Führt sie hinaus, Leute!«

Man ergriff Semjonow und Ludmilla, hob sie hoch und trug sie aus dem Haus. Einen Augenblick wehrte sich Semjonow, er boxte einem Mann zwischen die Augen und trat einem zweiten in den Unterleib. Was half's? Drei andere ergriffen ihn, drei dieser Riesen, und auch die Weiber warfen sich über ihn, und ihre mehlsackschweren Brüste drückten ihn nieder und machten ihn wehrlos, als läge er unter einer Presse.

So wurden sie hinausgeschafft aus dem Haus. Im Schnee, gehalten von vier Weibern, standen zwei große Renhirsche! Riemen hatte man ihnen um den Leib geschnallt, und nun hob man Ludmilla und Semjonow auf den Rücken der Hirsche, band sie mit den Lederriemen fest, verschnürte sie wie Pakete, die Arme nach hinten gespreizt um den Hals der Hirsche, die Beine an den Flanken herunter. Wie gekreuzigt lagen sie auf den Rücken der Hirsche, und noch immer banden die Weiber Schnüre um Hirsch und Mensch und zogen und knoteten und rafften.

Ludmilla schwieg. Sie starrte in den fahlen Abendhimmel, und ihre Gedanken waren weit weg, nicht mehr in Nowa Swesda, in der Taiga oder in Krasnojarsk, sondern in einem Haus am Rand eines Sonnenblumenfeldes. Ihre Mutter saß an dem gescheuerten Tisch, und eine alte Frau schlug die Karten und zählte aus und mischte und legte wieder an und nickte und sagte endlich: »Bei Christus, Olga Gordejeffa . . . das ist eine böse Karte. Die Kleine, deine Ludmilla, wird einmal einen bösen Tod haben. Paß auf sie auf, Olga Gordejeffa . . . ich kann nicht aus den Karten sehen, wann es sein wird . . .«

Ein böser Tod . . . o Mutter Gottes, laß ihn schnell herbeikommen. Am nächsten starken, vereisten Baumstamm, wenn der Hirsch versuchen wird, mich von seinem Rücken abzustreifen.

Semjonow wehrte sich bis zuletzt. Drei Männer mußten ihn festhalten, als die Weiber ihn festbanden. Dann lag auch er gekreuzigt auf dem Hirschrücken, unbeweglich, Arme und Beine seitlich heruntergeschnallt. Sie würden die ersten sein, die zerfetzt wurden, stückweise abgeschabt an den stahlharten, vereisten Baumstämmen. So würde er qualvoll Zentimeter um Zentimeter sterben, von Baum zu Baum, durch rasiermesserscharfe Rinde, bis der Hirsch, selbst wahnsinnig geworden, sich irgendwo in einen Hohlweg stürzen und auf dem Eis wälzen würde und den Körper auf seinem Rücken in einen blutigen Brei verwandelte.

»Das ist alles ein Irrtum, Vater Uman!« schrie Semjonow, als er festgebunden war. »Hört mich doch an! Ich bin Deutscher! Ein Germanskij! Ich liebe euer Land, ich bin mit dem Herzen bei euch, ich hasse den Bolschewismus, ich . . . ich . . . Glaubt mir doch, es ist alles ein Irrtum!«

Uman, der Alte, schüttelte den Kopf. »Er fantasiert bereits vor Angst!« sagte er verächtlich. »Ein Germanskij! Man sollte ausspukken vor ihm, Freunde! Gebt den Tieren die Sporen!«

Alle traten zurück. Ganz still war es jetzt, nur der Atemdampf wehte über Hirsche und gebundene Leiber. Urmütterchen Marussja bekreuzigte sich fromm und betete.

O Madona, erkenne unser Recht, solches zu tun . . .

»Wartet, Freunde! Es ist Mord, was ihr tut! Mord! Wir sind ohne Falsch . . . glaubt es uns doch!«

»Das Messer!« sagte der Uman stolz.

Jemand reichte ihm einen langen, gebogenen Dolch. Vier Männer hielten die Hirsche an den breiten Geweihen fest, drückten ihre Köpfe herunter, machten sie wehrlos. Durch die wartende Menge flog ein tiefes Atmen.

Der Uman trat an die Hirsche heran. Die Schneide des Dolches blitzte auf, und dann stach er die Tiere tief in die Weichen, jedem Hirsch dreimal. Die Tiere schrien auf, versuchten die Köpfe zu heben, ihre Beine zertrampelten den Schnee, aber die Männer hielten sie am Geweih fest und lagen fast auf ihren Köpfen.

»Los, Brüderchen!« schrie der Uman.

Die Männer warfen sich zurück. Mit einem dumpfen Aufbrüllen schnellten die Hirschköpfe hoch, die Geweihe forkelten durch die eisige Luft, und dann jagten sie los, irrsinnig vor Schmerz, wild von der fremden Last auf ihren Rücken. Sie sprangen in weiten Sätzen in den Wald, der Schnee wirbelte in Wolken unter ihren Hufen auf, und noch eine Zeitlang, nachdem sie längst zwischen den Stämmen verschwunden waren, hörte man aus der Tiefe des Waldes die schmerzerfüllten Schreie der gequälten Tiere.

»Gott sei mit ihren Seelen!« sagte das Urmütterchen Marussja und bekreuzigte sich wieder. »Mögen sie schnell sterben . . .«

Dann ging sie zurück, holte ihren Korb und schlurfte damit zum gemeinschaftlichen Backhaus.

Das Brot, das schöne weiße, lockere Brot, mußte noch gebacken werden.

ZWEITES BUCH

8

Oberst Matweij Nikiforowitsch Karpuschin war nach Moskau zurückgeflogen. Er kam mit leeren Händen, aber vielen Worten und langen Berichten, besprach sich mit General Chimkassy vom GRU, erkannte die Schadenfreude in den Augen des anderen, verfluchte ihn im stillen und nannte ihn einen viergeschwänzten Satan. Dann berichtete er Marschall Malinowskij über die Aktion in Kusmowka und Komssa und schloß mit den Worten: »Genosse Marschall, um es klar zu sagen: Man hat uns überlistet! Aber wer denkt auch daran, daß eine russische Kommissarin und ein Deutscher . . . Es ist ausgesprochen verwerflich!«

Marschall Malinowskij tobte diesmal nicht. Wo es keinen Sinn hatte, blieb er kalt und ausdruckslos wie eine Sphinx. Sein Gesicht glich einem Granitstein; die eisgrauen Haare darüber sahen wie Reif aus. »Es ist gut, Oberst«, sagte er mit gleichgültiger Stimme. »Wir müssen von jetzt ab besonders wachsam sein. Es ist zu erwarten, daß man neue Spione einschleust, um den Ausfall von Heller und Alajew wettzumachen. Halten Sie die Augen offen . . .«

Karpuschin verließ schnell das Kriegsministerium. Die Milde des Marschalls gefiel ihm nicht, sie glich der Ruhe eines Löwen, der sich die Tatzen leckt, ehe er sein Opfer anspringt. Mit diesem unangenehmen Gefühl im Nacken kehrte Karpuschin in seine Dienststelle zurück und widmete sich wieder der Routinearbeit. Leutnant Kusma Mironowitsch Fettisow brachte wie jeden Tag die Fluglisten. Marfa Babkinskaja erhielt ihre Betreuungseinsätze. Das kleine Heer der Beobachter streifte durch Moskau, durch die Hotels, die Gaststätten, die Sportplätze und sammelte Stimmungsberichte aus der Bevölkerung.

Die Affäre Heller war ohne Resonanz geblieben, soweit konnte Karpuschin beruhigt sein. Keiner sprach darüber. Der Tod des Möbelhändlers Alajew war auch vergessen, zumal sein Geschäft vom staatlichen Möbelkombinat übernommen wurde. Das Angebot wurde dadurch zwar reichhaltiger, aber die Qualität miserabel. Man seufzte darüber, aber was sollte man machen? Hunderte von Jahren hatte Mütterchen Rußland geschlafen. Man kann die Versäumnisse nicht in einer oder zwei Generationen aufholen.

Denkt doch einmal logisch, Genossen!

So ruhig Karpuschin in den nächsten Wochen lebte, so elend erging es dem armen Maxim Sergejewitsch Jefimow. Daß seine Kommissarin abgefallen war, kreidete man ihm persönlich an. Genossen aus Tomsk, der Zentrale des KGB-Mittelasien, Genossen, die noch härter waren als Jefimow – und das will etwas bedeuten, Freunde –, verhörten ihn, erfuhren so von seiner stillen Liebe zu Ludmilla Barakowa, nannten ihn einen geilen Bock und gebrauchten andere unschöne Bezeichnungen, die ich aus Höflichkeit verschweige. Sie entkleideten ihn aller Ämter als Bezirkssowjet und ließen ihn spüren, welch eine Wanze er war und welches Glück es für ihn bedeutete, nicht zwischen den Fingern zerquetscht zu werden.

Dann – nach drei Wochen Warten im Hausarrest in Krasnojarsk, die Jefimow mit Fressen und Saufen verbrachte, wonach er seinen Kummer in langen Nächten ausweinte – hatte man sich über seine weitere Verwendung geeinigt.

Er wurde strafversetzt, als Leiter einer kleinen Grenzstation im Süden. An der russisch-iranischen Grenze.

Kisyl-Polwan heißt das Nest. Es liegt am Flusse Tedschen, gegenüber dem Karagebirge.

Eine Station mit fünf Häusern in einem steinigen Tal. So einsam und trostlos, daß selbst die Hunde vor Heimweh nach einem Baum sterben.

Maxim Sergejewitsch Jefimow suchte auf der Karte den Ort Kisyl-Polwan, fand ihn als einen winzigen Punkt, raufte sich die Haare und beklagte laut sein Leid.

Man wird sehen, daß gerade dieses Kisyl-Polwan noch große Bedeutung erhielt. Aber wer wußte das schon in diesen Tagen?

Welch ein Glück ist es doch, Genossen, nicht in die Zukunft sehen zu können . . .

Ein anderes Los traf den beklagenswerten Pelztierfarmer Ilja Sawelìwitsch Lagutin.

Man machte ihm in Komssa einen großen Prozeß, verurteilte ihn als Verräter, Saboteur und Amerikanerfreund zu lebenslänglicher Zwangsarbeit und transportierte in ab nach Karaganda in die Kohlengruben.

Seine Nerzfarm übernahm ein Günstling des Bezirksrichters, was alle in Ordnung fanden, denn wenn man schon einen guten

Bekannten in der höheren Beamtenschaft hat, so soll man diesen Glücksumstand auch ausnutzen. Wer tut das nicht, Freunde? Sind wir Heilige? Na also!

Für Lagutin allerdings bedeutete es nichts, daß er in Karaganda erfuhr, man habe ihn zu fünfundzwanzig Jahren Zwangsarbeit begnadigt. Er lag bereits nach einer Woche Untertagearbeit im Lazarett. Ein großer Gesteinsbrocken hatte seinen Kopf aufgerissen und das Gehirn bloßgelegt.

Wenig später starb er. Auf dem großen Friedhof von Karaganda wurde er begraben, in einem Massengrab, denn außer ihm starben an diesem Tag noch neununddreißig andere Verbannte und Verdammte.

Sein Grab hat die Nummer 191/VI.

Das ist das 191. Grab im VI. Bezirk des Friedhofes. Dritte Reihe, um ganz genau zu sein. Auch ein toter Verdammter ist ein behördlicher Vorgang und wird registriert.

Wer ihn also besuchen will, den armen Ilja Saweliwitsch Lagutin: Nr. 191/VI.

Dort liegt er in guter Gesellschaft, denn unter seinen neununddreißig Mitschlafenden sind ein Oberingenieur, ein Fabrikant, ein Schriftsteller und sogar ein Professor für Physik.

Amen.

Unter den Namen der Flugreisenden, die Oberst Karpuschin jeden Morgen durchsah, fand er auch unter der Bezeichnung »Diplomatischer Kurier – Amerikanische Botschaft« den Namen James Bradcock, Major.

Da man Diplomaten nicht überwachen kann wie andere Reisende, nahm Karpuschin einen grünen Stift und kreuzte den Namen Bradcock an, während er die anderen Personen, die ihm verdächtig schienen, wie wir wissen, rot umrandete. Grün bedeutete denn auch, daß man den Kurier Bradcock vom Flugplatz bis zur Amerikanischen Botschaft beobachtete und genau darauf achtete, daß der Kurier drei Tage später, wie gemeldet, Moskau wieder verließ. Was dazwischenlag – das ärgerte Karpuschin am meisten –, war den Blicken des KGB entzogen.

James Bradcock landete an einem strahlenden Vormittag auf dem Flugplatz Wnukowo. Der Schnee blendete, und Bradcock setzte seine dunkle Sonnenbrille auf, als er die IL-18 über die hohe Gangway verließ. Hinter der Zolltheke erwartete ihn der Militärattaché der Botschaft und begrüßte ihn als alten Freund mit Schulterklopfen und Händeschütteln.

»Das ist schön, James, daß du uns im alten Moskau besuchst!« sagte der Attaché und trug Bradcocks Koffer zu dem vor dem Gebäude wartenden Chrysler. »Hoffentlich hast du gute Laune mitgebracht. Wir haben ein paar süße Dolmetscherinnen in der Botschaft. Die sind ganz scharf darauf, einen Kerl wie dich auf die Federn zu legen!«

Bradcock lächelte sauer. In schneller Fahrt ging es zur Botschaft, und dort erwartete ihn weder eine wohlgeformte Pussy noch ein Drink, sondern der Oberstleutnant Hadley, der als Presseattaché ein schönes Leben an der Moskwa führte.

»Guten Flug gehabt, James?« fragte Hadley und bot Bradcock eine Papyrossa an. »Dein Zimmer siehst du gleich, auch deinen Whisky habe ich schon kalt gestellt. Doch zuerst die rauhe Wirklichkeit.« Hadley drückte auf einen Klingelknopf. Die Tür ging auf, und herein kam James Bradcock.

Bradcock starrte den Mann an, schüttelte den Kopf, als sei er ins Wasser gefallen und tauche nun auf, wischte sich über die Augen und sah dem Doppelgänger sprachlos in die listig blinzelnden Augen.

»Das haut einen Neger vom Stuhl, was, James?« lachte Hadley und klopfte Bradcock auf die Schulter. »Das ist Mike Lohrfeld. Durch Zufall entdeckten wir ihn in unserer Konsulatsabteilung. Junge, dachte ich, wenn wir dem die Haare färben, dann sieht er aus wie der gute James. Wir färbten ihm die Mähne, und nun sieht er James Bradcock so ähnlich, daß nicht einmal die Mädchen im Bett es merken würden, daß er vertauscht ist.«

Bradcock lächelte schwach. »Hallo, Mike!« sagte er und hob die Hand. »Was soll die Maskerade?«

»Dreimal erlaubte die gute Fee, zu raten.« Hadley ging zum Barschrank, holte den Whisky heraus und goß drei Gläser ein. »Übermorgen fliegt Mike als James Bradcock zurück nach Bonn, womit wir den guten Oberst Karpuschin beruhigt haben. Du, James, bleibst hier. Wir haben noch allerhand vor mit dir. Zum Wohl, Junge.«

Sie stießen an und tranken ihr Glas Whisky. Dann ging Mike Lohrfeld wieder hinaus, um sich aus Bradcocks Koffer die Wäsche und den Reiseanzug zu holen. Hadley drückte Bradcock auf einen Stuhl und wedelte mit einem dünnen Schnellhefter durch die Luft.

»Du sprichst ein gutes Russisch«, sagte er. »Du hast die gleiche Ausbildung wie Heller gehabt. Ihr wart Freunde. Die siamesischen Zwillinge hat man euch früher genannt. Nun ist der eine Zwilling verschollen . . .«

»Ich weiß es, Bill.« Bradcock sah auf seine Papyrossa. Sie schmeckte ihm abscheulich. »Ihr habt ihn hochgehen lassen.«

»Was blieb uns anderes übrig, James? Spione arbeiten entweder, oder sie schweigen – für immer! Heller ist uns durch die Lappen gegangen. Was liegt näher, als den anderen Zwilling zu holen?« Hadley warf die dünne Akte auf den Tisch zurück und setzte sich auf die Schreibischkante. »Wir haben bestimmte Vorstellungen, James, was du tun sollst. Man baut da im Norden an geheimnisvollen Dingern. Uns ist gemeldet worden, daß an verschiedenen Stellen eine neue Weltraumraketenabschußrampe in Einzelteilen gebaut wird und dann irgendwo im Schnellverfahren montiert werden soll. Fertigbauweise gewissermaßen. Noch kennen wir den neuen Standort nicht, aber ein großer Teil der Fertigteile lagert in Jakutsk. Wir denken, daß du erst einmal dorthin fährst und dich auf die Lauer legst.«

Hadley schwieg. Er sah James Bradcock an und bemerkte, wie dieser die Zigarette zwischen den Fingern zerbröselte.

»Nicht begeistert, James?« fragte Hadley.

»Soll ich sofort die Internationale singen?« Bradcock stand auf und trat an das Fenster. Auf der Straße vor der Botschaft spielten Kinder im Schnee. Sie bauten einen Schneemann und bewarfen ihn dann mit Schneebällen. »Wer hat sich denn das ausgeknobelt?«

»Der Chef in Washington und dein Freund Mike Wilson.«

»Davon hat er mir in Godesberg nichts gesagt.«

»Es sollte auch eine Überraschung sein, alter Junge. Das Geschenkpaket für Moskau.« Hadley trat hinter Bradcock und legte ihm den Arm um die Schulter. »Verstehe, wenn du sauer bist, James. Aber nimm's hin wie damals die Durststrecke in der Arizonawüste. Heute abend gehen wir aus, morgen kannst du schlafen, bis du dusselig bist. Übermorgen geht der Dienst los, wenn Lohrfeld über den Wolken nach Bonn schwebt und der Name Bradcock aus den Listen des KGB gestrichen ist.«

»Und was ist mit Heller?« fragte Bradcock und trat ins Zimmer zurück.

»Sucht ihr ihn noch immer?«

»Natürlich.«

»Und wenn ich ihm irgendwo begegne?«

»Dann mußt du entscheiden, James, was du in erster Linie bist: Freund eines Verräters oder ein Amerikaner!«

James Bradcock schwieg und kniff die Lippen zusammen.

Er wußte, was man von ihm verlangte.

Als Jurij Fjodorowitsch Jesseij aus der Faktorei Wiwi zurückkam und das Haus der Semjonows dunkel fand, war er sehr verwundert und tappte ratlos durch die leeren Räume. Dann ging er zu seinem Haus, wo er von dem herrlichen Duft frischen Brotes empfangen wurde. Urmütterchen Marussja hatte einen großen Laib angeschnitten und so auf den Tisch in der schönen Ecke gelegt, daß Jurijs Blick schon bei seinem Eintritt auf das Brot fallen mußte und ihm das Wasser im Mund zusammenlief.

»Was ist mit Pawel und Ludmilla, Mütterchen?« fragte Jurij und setzte sich, nachdem er den Schnee von seinen Stiefeln gestampft hatte. »Alles ist dunkel bei ihnen . . .«

»Iß, mein Söhnchen!« sagte Marussja beflissen und holte Ziegenbutter und Käse. »Wie war es in Wiwi? Was erzählt man sich in der Welt da draußen?«

Jurij spürte, daß etwas nicht stimmte. Er nahm das Brot, warf es gegen die Wand und fegte Butter und Käse auf den Boden. Das war unfein, aber wirksam. Marussja stieß einen Fluch aus und ergriff zum Schutz eine große eiserne Kelle.

»Was ist mit meinem Bruder Pawel?« schrie Jurij. »Warum ist es dunkel und leer bei ihm?«

»Man wird Väterchen Uman fragen müssen«, sagte die krumme Alte.»Es hat sich Böses ereignet, mein Söhnchen. Du dauerst mich . . .«

Jurij rannte hinaus und jagte hinüber zum Hause des Umans. Dort waren noch andere versammelt, vor allem die Riesenweiber. Auf dem Tisch lag die Uniform Ludmillas. Ein Blick genügte Jurij, um sie zu erkennen. Er brüllte auf und riß sie vom Tisch, hob sie hoch und wußte, wer sie einmal getragen hatte.

»Wo sind sie, Freunde?« schrie er. »Was habt ihr mit ihnen gemacht? O ihr Idioten! Ihr Mistköpfe! Ihr habt sie in den Wald gejagt, nicht wahr? Nach Tatarenart habt ihr sie vernichtet! Sagt es . . . ich sehe es euch an! O ihr Mißgeburten! Ihr Hurensöhne! Nie gab es bessere Menschen als Pawel und Ludmilla!« Er warf dem alten Uman die Uniform an den Kopf, stieß zwei Weiber, die ihm im Wege standen, beiseite, daß sie aufkreischten, und rannte hinaus in die Nacht.

Noch einmal kehrte er in sein Haus zurück, wo Marussja, das Urmütterchen, am Ofen saß und einen Brei anrührte.

»Ersticken sollst du an deinem Brei!« brüllte Jurij, nahm die Schüssel und stülpte sie der Alten über den Kopf. Dann zertrümmerte er den Tisch und die Bank, rannte hinaus zu seinem noch angeschirrten Schlitten und raste hinaus in den Wald wie ein wilder Geist.

Vor den Häusern standen alle Bewohner von Nowa Swesda und sahen ihm nach. Sie rührten sich nicht. Nur der Uman sagte mit zitternder Stimme: »Haben wir etwas falsch gemacht, Brüderchen?« Und da niemand ihm antwortete, hob er die Hände zum Nachthimmel und sagte laut: »Wie soll man diese Welt noch verstehen, Herr? Recht muß doch Recht bleiben . . .«

Brüllend jagte Jurij durch den Wald. Seine Renhirsche flogen fast, und er spürte die eisige Kälte nicht und nicht den Wind, der ihm das Gesicht zerschnitt wie mit tausend kleinen Messern.

»Pawluscha!« brüllte Jurij in die weiße Nacht der Taiga. »Ludmilluschka! Pawel! Paaawelll! Stoj! Stoj! Pawel . . .«

Aus seinen großen Augen tropften Tränen, und sie gefroren sofort im Bartgestrüpp und glänzten wie wunderbare edle Perlen.

Blind vor Schmerz, durch die Last der auf ihren Rücken gekreuzigten Menschen fast wahnsinnig geworden, rasten die beiden Hirsche durch den Wald. Ihr schauriges, kehliges Gebrüll wurde von der Stille zurückgeworfen, klang in vielfältigem Echo wider, röhrte hinauf in den dumpfen Abendhimmel und ließ die streunenden Wölfe verharren.

Aber so wild die beiden Tiere auch waren, sie blieben zusammen. Seite an Seite rasten sie durch den Schnee und über vereiste Bachläufe, rannten bewaldete Hügel hinauf und stürzten sich in enge Täler hinab, über Steilhänge, deren gefrorener Schnee unter ihren Hufen knirschte und wie Glas zerbrach. Ab und zu blieben sie stehen, mit zitternden Körpern, dampfend und heiser keuchend. Mit den starken Geweihen forkelten sie den Schnee von den herabhängenden Ästen, warfen sich gegen die vereisten Stämme und versuchten, die Last von ihren Rücken abzustreifen.

Nach dem zweiten Anprall, der die Stiefel aufriß und die Foffaika zerfetzte, fiel Ludmilla in eine gnädige Ohnmacht. Der schwere Himmel sank auf sie herab, aber er war nicht mehr von schwärzlichem Grau, sondern übersät mit hellen Sternen, und die Sterne wurden rot und tanzten wie die Bauern beim Erntefest. »Pawluscha!« schrie sie mit letzter Kraft. »O Pawluscha!« Dann erloschen auch die feurigen Sterne. Nur ein Brennen spürte sie noch, ein höllisches Brennen im rechten Bein, bis hinauf zur Hüfte.

Semjonow lag auf seinem Hirsch und starrte in die Zweige, die über ihn hinwegrauschten, sah in den bleiernen Himmel und versuchte immer wieder, den Kopf zu wenden, um Ludmilla zu sehen. Ab und zu kam ihr Hirsch in sein Blickfeld, wenn das rasende Tier seitlich an ihm vorbeijagte. Dann starrte Semjonow auf den schmalen Körper, auf die Fetzen der Steppjacke, auf die schwarzen Haare, die zwischen dem Geweih des Hirsches flatterten. Sein Herz zerriß, sein Mund öffnete sich zu einem wilden Schrei, aber kein Ton kam aus seiner Kehle. Es gibt ein Entsetzen, das stumm macht.

Ein paarmal stöhnte Semjonow auf, wenn sein Hirsch sich gegen die Baumstämme warf, um die Last abzustreifen. Dann war es ihm, als zerbrächen in ihm alle Knochen, als verwandle sich sein Leib in eine breiige Masse. Warum sterbe ich denn nicht, schrie es in ihm. Warum diese Qual? Wie kann ein Mensch das nur ertragen? Und wieder sah er Ludmillas Hirsch. Er jagte in weiten Sprüngen an ihm vorbei, und es war Semjonow, als sei das struppige, dampfende Fell mit Blut übergossen.

»Ludmilla!« brüllte er und hob den Kopf, so gut er konnte. »Verzeih mir. O Gott! Ludmilla! O Gott! Laß mich sterben! Laß mich sterben!« Und dann brüllte er unzusammenhängende Worte. Ein tierisches Gebrüll war es, schauriger noch als das schmerzliche Röhren der Hirsche. So schreit ein sterbendes Pferd, so brüllt ein zu Tode getroffener Bär . . . nein, so schreit ein Mensch, der offenen Auges durch die Hölle geht . . .

Aber auch dieser letzte Ton erlosch. Semjonows Körper bäumte sich in den Riemen auf; der Hirsch schabte sich an einem dicken, grantig vereisten Stamm. Semjonow brüllte noch einmal, als sein Bein aufgerissen wurde und der Schmerz in sein Gehirn fuhr, als träfe ihn eine Hacke an den Kopf. »Oh! Oh!«

Dann schwieg auch er. Daß Gott die Ohnmacht erfand, war eine größere Tat als die Erschaffung der Gestirne.

Nach drei Stunden blieben die Hirsche stehen, hocherhobenen Hauptes, die Geweihspitzen fast bis auf die leblosen Körper auf ihren Rücken gesenkt. Die Wunden an ihren Flanken, die der Uman mit dem gebogenen Dolch geschnitten hatte, waren verschorft und bluteten nicht mehr. Der große Schmerz war vorbei, die Last auf dem Rücken wurde zur Gewohnheit. Nun standen sie da, eng nebeneinander, sahen in den Wald, schnupperten, bewegten die Lauscher und zitterten vor Erschöpfung.

Weit, weit weg hörten sie eine Stimme. Ein Mensch. Ein gewohnter Laut. Und nun der Ruf eines anderen Hirsches.

Sie gaben Antwort, schlugen mit ihren Geweihen in den Schnee und gingen dann langsam, müde und doch mit einer majestätischen Würde weiter durch den Wald, den Lauten entgegen, die ihr feines Gehör aufnahm.

So fand sie Jurij Fjodorowitsch Jesseij, als er weinend und fluchend, Gott anklagend und Gott anflehend durch die Taiga fuhr und immer wieder in die Dunkelheit schrie. Als er die Hirsche sah, sprang er mit einem weiten Satz aus dem fahrenden Schlitten und breitete die Arme aus.

»Stoj!« brüllte er. »Stoj! Ihr lieben, guten Tierchen, bleibt stehen! Wartet ihr wohl? Ich helfe euch, ich befreie euch von euren Qualen! Stoj, ihr Süßen! Stoj!«

Wie ein Betrunkener stolperte er durch den Schnee auf die Tiere zu, und er war auch trunken vor Glück und Ergriffenheit. Zuerst strich er über das vereiste Gesicht Ludmillas. Als er sah, daß aus ihren Nasenlöchern ganz feine, zarte Atemwölkchen kamen, bekreuzigte er sich und blickte hinauf in den Nachthimmel.

»Oh, danke dir, Gospodin«, sagte er laut. »Du bist der wahre Gott . . .«

Er schnallte Ludmillas und Semjonows erstarrte Körper von den Rücken der Hirsche, trug sie in den Schlitten, bedeckte sie mit Fellen, kehrte zurück zu den bebenden Tieren und streichelte ihnen über den Kopf und den Geweihansatz.

»Ihr lieben Tierchen«, sagte Jurij, und seine von gefrorenen Tränen umrahmten Augen wurden traurig. »Es wäre schade, euch den Wölfen zu überlassen.«

Aus der Tasche zog er einen Revolver, setzte ihn den Hirschen an die Stirn und erschoß sie. Darauf schleppte er auch die Riesenlast der toten Rene zum Schlitten und warf sie neben Semjonow und Ludmilla auf die Decken. Keuchend dehnte er sich dann, denn auch für einen Mann wie Jesseij ist das Tragen zweier ausgewachsener Hirsche eine harte Arbeit.

Jeder Jäger in der Taiga hat in den riesigen, unwegsamen Urwäldern seine Stationen und Lager. Klug sind sie über das ganze Gebiet verteilt, in dem er jagt, denn oft kommt es vor, daß er drei oder vier oder sogar acht Wochen im Wald bleibt. Man soll nicht denken, daß er dann im Schnee schläft wie ein Schneehase, unter einen Baum kriecht oder in einem Zelt um einen Petroleumofen hockt. Ein richtiger Jäger lebt bequem auch in Gebieten, die außer ihm noch kein Mensch betreten hat. Da staunt ihr, Freunde, aber es ist so!

Erdhöhlen sind's, in denen er wie ein Bär im Winterschlaf lebt, warm, behaglich, sicher vor Wölfen und Frost, eisigen Winden aus dem Norden und tagelangem Schneefall. Meistens sind diese Höhlen in einen Hügel gegraben, einem Stollen gleich. Dicke Baumstämme stützen die Decke und befestigen die Wände. Der Boden ist glattgetreten, und wenn es ein ganz vornehmer Jäger ist wie Jurij Fjodorowitsch Jesseij, so liegen auf dem Boden Säcke und Ölpapier, die man in der Faktorei kaufen kann, zwar nicht um Höhlenböden damit auszulegen, sondern um undichte Strohdächer abzudecken.

In diesen Erdhöhlen läßt es sich leben, Freunde! Dort gibt es Lebensmittel und Preßtee, Kochkessel und trockenes Holz, ja sogar eine Blechflasche mit Wodka, um die eingefrorenen inneren Geister aufzutauen. In einer solchen Höhle kann man fröhlich sein, während draußen der Sturm heult und die Wölfe vor Hunger gegen die Tannen springen und die Äste fressen.

Jesseij erreichte nach einer halben Stunde eine dieser Stationen. Er trug die noch immer leblosen Körper Semjonows und Ludmillas in die Höhle, entfachte ein Feuerchen und zog den Ohnmächtigen die Kleider von den erstarrten Leibern. Eine große Mühe war's, denn das Eis knirschte in den Fasern, und der Stoff stand wie ein Brett. Als er Ludmilla nackt vor sich liegen sah, diesen zarten weißen, schmalen Körper mit den gewölbten Brüsten, strich er ganz leicht mit beiden Händen über ihre weiße Haut und durch das mit Schnee bedeckte schwarze Haar.

»Mein armes Vögelchen«, sagte er. »Wie kann ein ausgewachsener Mensch so kindlich sein?« Er dachte an die Riesenweiber von Nowa Swesda, an ihre säulenartigen Schenkel und ihre Brüste wie Mehlsäcke, an ihre Hintern, mit denen sie einen Ochsen wegdrükken konnten, und er seufzte, kroch aus der Höhle, holte eine

Schüssel voll Schnee und begann, Ludmilla und Semjonow mit Schnee einzureiben und zu massieren.

Zunächst achtete Jurij darauf, daß die schrecklichen Schürf- und Reißwurden an den Beinen und Schenkeln wieder zu bluten begannen. Als das Blut warm über die Körper lief, grunzte er zufrieden, massierte Herz und Bauch der Ohnmächtigen, drückte ihren Brustkorb ein und ließ ihn wieder aufschnellen, ja, er ohrfeigte sogar Semjonow und schrie ihn an.

Sagt selbst – müssen da nicht Tote aufwachen?

Zuerst schlug Semjonow die Augen auf. Sein Blick war starr, glasig, weltentrückt, aber dann erkannte er Jurij, bekam noch eine Ohrfeige, richtete den Kopf etwas auf und sagte mit restlicher Kraft: »Du bist ein Teufel, Jurij! Laß uns sterben.«

Jesseij nahm es ihm nicht übel. Er wandte sich Ludmilla zu, nachdem er über Semjonow eine Decke aus sechs zusammengenähten Hundefellen geworfen hatte. »Lieg ruhig!« sagte er noch. »Atme tief! Du bist gerettet, Brüderchen . . .«

Er beugte sich wieder über Ludmilla und sah, daß auch sie die Augen aufgeschlagen hatte. Ihr Blick war klar und gefaßt. Jurij wiegte den dicken Kopf hin und her, überlegte sich, ob es jetzt noch angebracht sei, den nackten Leib zu massieren, zog eine andere Decke heran und legte sie über den zarten weißen Körper.

»Morgen wird mein Vögelchen wieder zwitschern können«, sagte er dabei.

»Warum tust du das?« fragte Ludmilla. Sie wandte den Kopf zur Seite, sah Semjonow unter den Hundefellen und versuchte, sich aufzurichten. »Lebt er?«

»Ja, mein Töchterchen. Aber er will nicht.«

»Er ist ein kluger Mann.« Ihr Kopf fiel zurück auf den Höhlenboden. Der Schmerz in ihrem Bein hämmerte bis in die Schläfen. Sie spürte, wie das Blut warm an ihr herunterrann. »Was hast du mit uns vor?« fragte sie leise. »Genügt dir dieser Tod noch nicht? Gibt es schlimmere Arten?«

»Du redest zuviel, Töchterchen.« Jurij kroch in den Hintergrund der Höhle und holte Preßtee, einen Kessel, Aluminiumbecher und eine Flasche Wodka.

Er kochte Tee, indem er Schnee im Kessel schmolz, die Teeblätter aufkochen ließ und in den Sud Wodka goß. Darauf trank er zuerst, schmatzte wohlig und setzte den Becher an die Lippen Ludmillas. Nach zwei Schlucken hustete sie und spuckte die Flüssigkeit wieder aus. Jesseij lachte, ging zu Semjonow und gab auch ihm zu trinken. Erst dann, als ihre Körper wieder warm waren und sie, in Felldecken gehüllt, gegen die Wand gestützt, um das Feuerchen saßen, sprach er wieder und starrte dabei in die kleinen, züngelnden Flammen.

»Ich habe die Uniform auch gesehen, Freunde«, sagte er. »Und ich habe Marussja, das Urmütterchen, fast getötet und bin euch nachgejagt und habe euch gefunden. Und jetzt werdet ihr fragen, warum, und ich kann euch keine Antwort geben, denn ich weiß es selber nicht.« Er sah Ludmilla an und erkannte in ihren Augen Tapferkeit und Angst zugleich.

»Du bist eine Kommissarin?«

»Ich war es, Jurij Fjodorowitsch. Weil ich es nicht mehr sein wollte, weil ich Pawluscha liebe, sind wir in die Taiga geflohen.«

»Und hier hätte man euch fast getötet!«

»Sie waren im Recht, Jurij.« Semjonow umklammerte den heißen Aluminiumbecher. In kleinen Schlucken trank er den Sud aus Teeblättern und Wodka. Erinnerungen stiegen in ihm auf . . . der schreckliche Todesmarsch durch Alaska, die Blockhütte am zugefrorenen Peak-River, die drei Sanitäter, die ihn in den Schnee legten und massierten, die halbe Flasche Whisky, die Leutnant Oaks ihm gewaltsam zwischen die Zähne schob und die er leertrinken mußte. Bilder einer Qual, die sich heute wiederholten, in einem Land, in einer Urwelt, für deren Eroberung er gedrillt worden war bis an die Grenze des menschlich Erträglichen.

»Du kannst uns umbringen«, sagte Semjonow und setzte den Becher neben das Feuer. »Aber wenn du ein fühlender Mensch bist, Jurij, wenn du Gott im Herzen hast, wenn du überhaupt eine Seele spürst . . . dann laß Ludmilla leben und töte nur mich!«

»Ihr redet Unsinn, Freunde.« Jesseij legte neues Holz auf die Glut. Sein haariges, riesiges Gesicht schwamm im Feuerschein. »Ich bringe euch nach Wiwi. Zu einem verschwiegenen Brüderchen. Der wird euch pflegen und heilen.« Er goß seinen Becher voll Tee und schlürfte ihn laut.

»Du wirst in Nowa Swesda Schwierigkeiten haben, Jurij.« Semjonows Augen tränten. Das frische Holz qualmte, und der Rauch zog beizend durch die Höhle.

»Wer kann Jurij Fjodorowitsch Schwierigkeiten machen, he, Freunde?« Jesseij lächelte breit. »Ich werde den Uman mit dem blanken Hintern auf den Ofen setzen!«

»Sie werden dich ausstoßen!«

»Sie werden friedlich sein wie gemelkte Kühe!« schrie Jurij und hieb mit beiden Fäusten auf den Boden. »Oder ich zertrümmere ihre Köpfe wie faule Kartoffeln!«

Am Morgen kehrte Jesseij nach Nowa Swesda zurück.

Er hatte Ludmillas und Semjonows Wunden verbunden, die erschossenen Renhirsche abgehäutet und zerteilt, den Erschöpften noch einmal Tee mit Wodka eingeflößt, bis sie umfielen und schliefen. Er deckte sie zu, rollte sie in Felle und schob die geflochtene Tür vor die Höhle, schaufelte Schnee davor und überzeugte sich, daß auch ein starker Wolf nicht in der Lage war, die Tür einzurennen, wenn er den Geruch von Fleisch in der Nase hatte.

Still und ernst kehrte er ins Dorf zurück. Er stieg vor seinem Haus aus dem Schlitten, nahm die Häute der beiden Hirsche, ging hinüber zum Hause des Umans, klopfte an und warf dem Alten die Häute an den Kopf. Dann kehrte er um, betrat sein Haus und fand Marussja, das Urmütterchen, am Herd sitzen und an einer Speckschwarte kauen.

»Komm, setz dich, mein Söhnchen«, sagte sie und zeigte auf die schöne Ecke. Dort standen auf dem Tisch ein Teller, eine Schale mit frischem, duftendem Brot, Salz und geschabtes Rentierfleisch, und nun brutzelte es sogar in einer Pfanne, und es roch nach Eiern mit Speck. »Ein kaltes Windchen weht, nicht wahr?« murmelte die Alte. »Hast du etwas gefangen, mein Jurischka?«

»Der Teufel soll dich holen!« brüllte Jurij Fjodorowitsch. Er warf den Teller an die Wand, kippte das Salzfaß auf die Dielen und zermalmte das Brot zwischen seinen gewaltigen Händen.

»Der Irrtum kommt vom Teufel! Verfluche ihn nur, Söhnchen«, sagte Marussja. Auf ihren krummen Beinen trippelte sie zum Schrank, holte einen neuen Teller und stellte ihn vor Jurij auf den Tisch. Dann watschelte sie in die Vorratskammer, schleppte mit Stöhnen und Keuchen einen halben Sack Salz heran, knallte ihn vor Jurij auf den Boden und wackelte wieder davon, um vier große Laibe Brot heranzuschaffen.

»Noch sieben Teller haben wir!« sagte Urmütterchen Marussja sanft. »Sind sie weg, essen wir aus der Pfanne, mein wildes Bärchen! Nur das Salz ist wenig . . . du mußt es aus Wiwi wieder mitbringen.«

Jurij Fjodorowitsch schwieg. Er starrte vor sich auf den Teller, gab dem Salzsack einen gewaltigen Tritt und zwang sich, den köstlichen Duft des frischen Brotes zu ignorieren.

Marussja kam mit der Pfanne. Die Eier waren goldgelb, der Speck braun und knusprig. Die Butter tanzte über den Pfannenboden. O Brüderchen, wem läuft nicht das Wasser im Mund zusammen?

»Du hast sie gefunden?« fragte das Urmütterchen, als Jurij stumm und mit verkniffenen Augen aß. Und da er keine Antwort gab, fragte sie weiter: »Lebten sie noch?«

»Lebt der Uman? Lebst du, du Hexe?« schnaufte Jurij. »Wenn ihr lebt, leben sie auch!«

»Man kann sich irren, Söhnchen.« Marussja wischte sich die welken Greisenhände an der Schürze ab. »Gesteh es – sie paßten nicht zu uns! Du hast sie weggebracht?«

»Ja.«

»Das ist gut! Nun ist wieder Frieden in Nowa Swesda.«

Sie wackelte zum Herd, rührte in einem Topf und kam damit zum Tisch zurück. Jesseij schnupperte wie ein geiler Hund.

»Pudding, Mütterchen!« sagte er verklärt. »Heißer Pudding mit Wildkirschensoße . . .«

»Für meinen wilden Bären . . .«

»Du bist die Beste, Mütterchen!« Jurij nahm ihr den Topf ab. Wie ein großer Junge war er, der seinen ersten Fuchs gefangen hat. Er tauchte den Löffel in den heißen Pudding und aß ihn mit Schmatzen und tiefem, zufriedenem Grunzen.

»O Gott«, sagte er, als er den halben Topf leergegessen hatte, »und dich hätte ich glatt umgebracht, Mütterchen, wenn ihnen etwas passiert wäre.«

»Gott war mit ihnen«, antwortete Marussja weise. Sie bekreuzigte sich sogar. Und beim Teufel, sie meinte es ehrlich. Man muß das verstehen, Freunde. Sie lebte nur für ihren Jurij, die uralte Marussja, und sie hatte geglaubt, ihn beschützen zu müssen vor der Kommissarin.

Wie sagte sie richtig? Der Irrtum kommt vom Teufel.

Man soll auf alte Leute hören, Brüderchen. Sie haben ein Ohr an der Tür zur ewigen Weisheit . . .

Nach zwei Wochen waren Ludmilla und Semjonow soweit, daß Jurij Fjodorowitsch sie nach Wiwi bringen konnte.

Man muß sich Wiwi nicht als einen schönen Ort vorstellen, mit Steinhäusern, Straßen, einer Omnibuslinie, zehn Straßenkehrern,

Musikpavillons und einem Theater. Auch ein Kino gab es nicht und erst recht kein Bordell, woran man sieht, wie trostlos die Leute dort leben. Dafür aber besaß Wiwi ein »Haus des Volkes«, in dem der Stadtsowjet residierte, und ein Kaufhaus der staatlichen Konsumgenossenschaft. Genau neun Autos klapperten durch die Straßen, die im Frühjahr bei der Schneeschmelze zu Schlammbächen wurden, ja, und dann wohnten noch drei wichtige Personen in der Stadt: der Fährmann, der mit einem breiten, flachen Boot und zwei Ottomotoren über die Untere Tunguska setzte, der Pope Alexeij, dem man ein ewiges Leben nachsagte, denn keiner wußte, wie alt er schon war, und Oleg Petrowitsch Tschigirin, der Schuster.

Freunde, das war ein wichtiger Mann! Schuhe braucht man immer, und jeder braucht sie, denn wer wird schon barfuß oder auf Socken durch die Taiga laufen! Was man aber in Wiwi an Schuhen kaufen konnte, eben im staatlichen Kaufhaus, das war – Brüder, verzeiht den Ausdruck – reiner Mist. Nach dem ersten Regen weichten die Sohlen auf, nach dem zweiten Regen wölbte sich das Oberleder, als sei die große Zehe ein Blasebalg, beim dritten Regen quietschte der Stiefel wie ein vollgesogener Schwamm und bereitete dem Träger ein ungewolltes Fußbad! Schnupfen bekommt man davon, Genossen, Influenza, Rheuma, Gicht! Die reinen Krankheitserreger waren diese staatlichen Schuhe.

Aber bei Oleg Petrowitsch Tschigirin bekam man gute Schuhe. Festes Leder, dicke Sohlen, zwiegenäht, mit der Hand über den Leisten gezogen wie in guten alten Zeiten. Das sprach sich herum, und so blühte das Geschäft des Tschigirin. Sogar der Stadtsowjet ließ seine Schuhe bei ihm machen, was der ganzen Sache fast einen amtlichen Anstrich gab.

Tschigirin war ein Freund Jurij Fjodorowitsch Jesseijs. Er stammte aus Nowa Swesda, war einer der Taigariesen und hatte das Kunststück fertiggebracht, seine Frau Olga – wir kennen die Frauen aus Nowa Swesda! – zu überleben. Das nötigt Achtung vor ihm ab, denn es beweist eine urweltliche Gesundheit.

Oleg Petrowitsch saß hinter seinem Schustertisch und hämmerte Stahlnägel in eine dicke Sohle, als Jesseij eintrat und brüllte: »Brüderchen, hier bin ich wieder! Ich soll dich grüßen von Marussja, dem Urmütterchen!«

Oleg nickte, hämmerte weiter und kratzte sich dann mit dem Hammerstiel den Kopf, als hinter Jurij noch zwei Personen in das Zimmer kamen. Ein Mann und eine kleine, zierliche Frau.

»Was soll's?« fragte er und legte den Schuh zur Seite. »Ich bin mit Aufträgen bis zum Frühjahr eingedeckt, Freundchen.«

»Sie sollen bei dir wohnen.« Jurij legte seine baumdicken Arme um die Schultern von Semjonow und Ludmilla. Oleg staunte mit weit aufgerissenen Augen. Noch nie hatte er Jurij so freundlich gesehen. »Sie zahlen dir im Monat zehn Rubelchen für ein breites Bett, und was sie essen, verdienen sie sich bei dir. Pawel Konstantinowitsch hat gelernt, wie man Felle gerbt, und Ludmilla, unser Täubchen, wird dir den Haushalt führen und dir ein Essen kochen, daß dein Bauch wie ein Ballon wird. Ein Leben wird das sein, Brüderchen, wie im Paradies.«

»Und wie lange soll das gehen?« fragte Tschigirin, dem nicht nach Paradies, sondern nach Ruhe zumute war.

»Bis zum Frühjahr. Bis das Eis bricht. Dann müssen sie weiter . . . wenn sie dir dann nicht unentbehrlich geworden sind, Freundchen. Ich weiß, wie gern du Piroggen ißt und Schtschi, und ein Ferkelchen in Grütze macht sie dir, daß dir die Augen aus dem Kopf quellen! Machen wir es so, Oleg Petrowitsch? Zehn Rubelchen für das Bett, und sonst arbeiten sie bei dir.«

Tschigirin nickte. »Führ sie unters Dach, du kennst den Weg«, sagte er und nahm den Schuh wieder auf den Schoß. »Sind sie amtlich hier oder heimlich?«

»Natürlich heimlich, du Teufelchen«, sagte Jurij zufrieden. »Sonst könnten sie ja in der Herberge wohnen.«

Spät am Abend war's, als Ludmilla und Semjonow endlich allein waren. Jurij war abgefahren und hatte Semjonow und Ludmilla zum Abschied geküßt. Ludmilla hatte eine Hühnerpüreesuppe gekocht, von der Jurij vier Schüsseln voll aß. Semjonow besichtigte das Rohlederlager und ließ sich erklären, daß dies alles noch gegerbt werden müsse, und zwar nach einem Verfahren, wie es vielleicht Marussja noch von ihrer Urgroßmutter gelernt hatte. Kurzum, man lebte sich ein, man lebte sich in diesem einen Tag bereits zusammen, man wurde Freunde und war's zufrieden mit dem Zusammenbleiben bis zum Eisbruch der Unteren Tunguska.

In der Nacht schneite es wieder. Ludmilla kroch nahe an Semjonow heran, legte ihren Kopf auf seine nackte Brust und schlang ihre kalten Beine um seinen Leib.

»Ich bin so glücklich, daß ich weiterlebe«, sagte sie mit leiser Stimme. »Kein Himmel ist so schön wie eine Stunde mit dir . . .«

Semjonow schwieg. Frühjahr, dachte er. Wann schmilzt das Eis auf der Unteren Tunguska? Im April kann es sein oder erst im Mai . . . noch fünf Monate. O Gott, was sind fünf Monate . . . Und dann?

Diese Frage beantwortete ihm niemand. Nicht einmal nach dem Morgen konnte er fragen. Jeder Tag trug Gefahren in sich, konnte neue Qualen gebären, konnte sie wieder zurückjagen in die Urwälder der Taiga, in die schweigende weiße Einsamkeit, zu den Wölfen und Renen, Füchsen und Mardern, schlafenden Bären und streunenden Schneetigern.

»Liebster«, flüsterte Ludmilla. Ihre Lippen glitten über seinen Hals. Sie waren warm und feucht.

»Ja, Ludmilluschka . . .«

»Gibt es noch zwei Menschen, die sich so lieben wie wir?«

»Ich glaube es nicht«, antwortete er, und er war überzeugt davon.

Wirklich – auch ich könnte euch niemanden nennen, Freunde . . .

Weihnachten kam. In Wiwi wiederholte sich etwas, was jedes Jahr um das Weihnachtsfest die Leute aus nah und fern herbeilockte: der »Kulturkampf« zwischen dem uralten Popen Alexeij und dem Stadtsowjet Wladimir Jewsejewitsch Gapka.

Es begann jedes Jahr damit, daß der Pope Alexeij verkündete, morgen feiere man die Geburt des Herrn in der Kirche der Heiligen Jungfrau, wie das Holzkirchlein in Wiwi getauft war. Ein Chor sollte singen, der Gläubige Orjol ein Solo zu Gehör bringen – Orjol, ein Milchhändler, besaß einen herrlichen Baß! –, vor allem aber segnete er, Väterchen Alexeij, alle Christen und empfahl sie der Obhut des Ewigen. Kerzen seien schon jetzt zu kaufen, ebenfalls handgemalte Ikonen. Wie immer im hinteren Teil der Kirche, hinter dem Vorhang und dem Altar.

Genosse Gapka beeilte sich, den Gegenzug bekanntzugeben. Er ließ ein Manifest anschlagen: Morgen findet die große »Jolka-Feier« statt. Väterchen Frost kommt persönlich (es war jedes Jahr der Genosse Barakin, ein Sarghändler), begleitet von Fräulein Schneeflöckchen. Spielzeug, Tannenbäume, Süßigkeiten werden an die Kinder der Werktätigen verteilt.

So kam der denkwürdige siebte Januar, an dem die Russen die Geburt Christi feiern, denn nach dem Julianischen Kalender, der für die orthodoxe Kirche maßgebend ist, wurde Jesus am siebten Januar geboren.

In die Kirche der Heiligen Jungfrau strömten die Weiblein und Greise, bekreuzigten sich, zogen langsam, einer hinter dem anderen, zum heiligen Gnadenbild, knieten nieder und küßten das Deckglas. Das ist zwar nicht hygienisch, aber tief gläubig. Dann, vereinzelt erst, nachher in Scharen, kamen auch die Jüngeren, gingen zum Bild, knieten, küßten und stellten sich auf.

Väterchen Alexeij, der Pope, stand unterdessen vor der herrlichen Ikonostase, jener Bildwand, die den Chorraum vom Kirchenschiff trennt, hatte die Hände über der Brust gekreuzt und sang mit tiefer, zitternder Stimme sein »Christ ist geboren . . .« Und die Weiblein, die Greise und die jüngeren Einwohner von Wiwi fielen ein und schwiegen erst, als der stimmgewaltige Orjol, der Milchhändler, seinen Gesang anstimmte und inbrünstig die Geburt des Herrn verkündete.

Auch Semjonow und Ludmilla standen im hinteren Teil der Kirche. Jeder hielt eine lange Kerze in der Hand, und sie lauschten ergriffen der Feier.

Seit zwanzig Jahren stehe ich zum erstenmal wieder in einer Kirche, dachte Ludmilla und hielt die Kerze von sich weg, weil sie tropfte. Das letztemal war es in Kasan. Die Genossin Petka vom staatlichen Erziehungsheim hatte uns hingeführt, stellte uns vor die Ikonostase und sagte mit spitzer Stimme: »Und hier, ihr kleinen Genossinnen, seht ihr einen Ort, wo man das aufgeklärte Volk immer noch verdummen will. Nicht dieser Jesus ist ein Held des Volkes, sondern unser großer Lenin! Seht euch die alten Weiber an, wie sie beten und im alten Untertanenglauben niederknien. Sie werden aussterben . . . aber ihr, Genossinnen, an euch wird es liegen, die neue Wahrheit in alle Welt zu tragen!«

Ludmilla senkte den Kopf. Ihr Haar fiel über die Augen. Es war gut so, denn niemand sollte sehen, daß sie weinte. In ihrer Hand zitterte die Kerze und tropfte, und das heiße Wachs lief über ihre Finger. Aber sie merkte es nicht.

»Christ ist geboren . . .«

Die Gemeinde sang es wie eine Riesenorgel. Väterchen Alexeij breitete die Arme gegen die goldbemalte Decke der Kirche.

Auch an der Unteren Tunguska, in der Taiga, wohnen Gläubige.

Semjonow sah an dem Popen vorbei auf das Antlitz der großen Mutter-Gottes-Ikone. Während um ihn herum die Menschen sangen, rollte sein Leben vor ihm ab. Einundvierzig Jahre – und doch nicht mehr als ein paar Minuten.

Die Jugend in Lettland, der Badestrand der Rigaer Bucht, das Gymnasium ... »Franz Heller«, sagte der Mathematiklehrer und hob den Zeigefinger, »wenn alle so rechnen könnten wie Sie, hätte es nie einen Newton oder Einstein gegeben!«, die erste Liebe, Wegzug nach Berlin, Militärdienst, der Krieg, das Ende in Riga, die von den Russen erstochene Irena, die Flucht, die Hungerjahre in München und Köln, die erste Begegnung mit einem Mann des CIA, der Flug in die USA ...

Er blickte zur Seite auf seine schöne kleine Frau Ludmilla. Sie hatte den Kopf gesenkt und das Gesicht hinter dem schwarzen Vorhang ihrer Haare verborgen.

Jetzt bin ich glücklich, dachte Semjonow. Jetzt endlich hat das Leben einen Sinn bekommen!

»Christ ist geboren ...«

Mein Gott, ich danke dir für alles. Für das Grauen wie für die Seligkeit. Du hast es recht gemacht.

Die gewaltige Baßstimme des Milchhändlers Orjol klang wieder auf. Väterchen Alexeij, der Pope mit dem schneeweißen Bart, hob das Doppelkreuz empor.

Unterdessen fand auf dem Marktplatz vor dem »Haus des Volkes« die staatliche »Jolka-Feier« statt. Sarghändler Genosse Barakin stolzierte als Väterchen Frost in der Tracht eines Weihnachtsmannes umher, schwenkte einen glitzernden Tannenbaum, sagte Gedichte auf und küßte seine Begleiterin, das Fräulein Schneeflöckchen.

Mit Schneeflöckchen hatte Genosse Gapka jedes Jahr seine Plage. Es mußte ein attraktives Mädchen sein, kein Kind also, aber es mußte auch eine Jungfrau sein, rein wie der Schnee, den sie verkörperte. Und hier seufzte Genosse Gapka jedes Jahr auf: Die Jungfrauen waren in Wiwi ebenso selten wie überall! Ein schönes, junges Mädchen zu bekommen, von dem ganz Wiwi wußte, daß es völlig unberührt war, erwies sich mit jedem Jahr schwieriger und schließlich als ganz unmöglich. Und so griff Genosse Gapka, der Stadtsowjet, schweren Herzens auf seine Kusine zurück, auf Marja Nikonora, die garantiert engelrein war, denn sie hatte ein Fischmaul, schielte greulich und gehörte auch geistig zu den ewig Seligen.

Aber das fiel nicht auf, wenn man sie schminkte, in ein wallendes Gewand kleidete und als Schneeflöckchen lachend herumtanzen ließ. Nur daß Sarghändler Barakin sie küssen mußte, war eine anerkennenswerte Leistung von Väterchen Frost, die er nach der Feier mit Wodka übergoß.

Das also war das Duell zwischen Väterchen Alexeij und Genosse Gapka. Jolka gegen Christus, und während der eine predigte und der andere Leninsprüche donnerte, zählte jeder seine Schäfchen und hoffte auf den Sieg.

Nach dem Gottesdienst und der Staatsfeier kamen sie im Hinterzimmer der Kirche zusammen, jeder mit einem Blatt Papier in der Hand.

»Wieviel?« bellte Genosse Gapka und verhinderte, daß Pope Alexeij auf die Zahl gucken konnte.

»Genau zweihundertneunundvierzig!« sagte Alexeij zufrieden. »Und du?«

»Genau zweihundertvierzig!« schrie Gapka.

»Neun mehr! Sieger!« Väterchen Alexeij hob den Blick zur Decke. »Herr, dein ist der Tag!«

Wütend verließ Gapka die Kirche. Wie in jedem Jahr. Nun schon das vierzehntemal.

Es ist eben so, daß die Revolution in der Taiga etwas länger braucht. Man kann einen Ackerboden eher umpflügen als tausendjährige Stämme ausreißen.

Aber was bedeutet Zeit in Rußland?

Ist es nicht schon erstaunlich, daß es dieses Wort in der russischen Sprache überhaupt gibt?

Der Frühling kam eher, als man geglaubt hatte. Es war überhaupt ein merkwürdiges Jahr. Ab und zu hörte man aus Moskau wunderliche Dinge. Chruschtschow sei schwerkrank, hieß es. Dann sah man sein Bild wieder in der Zeitung, wie er Kosmonauten küßte und Rußland als den modernsten Staat der Welt pries. In Krasnojarsk war Mikojan zu Besuch und prophezeite, in zehn Jahren sei Sibirien das größte Industrieland der Erde. Er weihte eine landwirtschaftliche Hochschule ein und ein Kraftwerk im Jenissej. Aber selbst Gapka, der Stadtsowjet von Wiwi, der so etwas glauben mußte, glaubte es nicht . . . Wenn er an den Unterschied der staatlichen Kaufhausschuhe und der Schuhe von Oleg Petrowitsch Tschigirin dachte, schüttelte er verstohlen den Kopf. Kleine Dinge des Alltags sind überzeugender als große Worte, Genossen. Und das gilt für alle Politiker. Jawohl!

Über Nacht brach das Eis auf der Unteren Tunguska. Vom Fluß Wiwi und der Taimura schoben sich Eismassen heran, aufeinandergetürmte Schollenberge, die krachend die Uferböschungen aufrissen und das staatliche Holzlager am Ufer der Tunguska bedrohten. Pioniere aus Tura rückten heran, sprengten die Eisberge und hielten die Tunguska vor Wiwi packeisfrei.

Man sieht – es wurde wirklich Frühling!

Mitte April nahm der Fährmann seine Überfahrten wieder auf und steuerte sein breites, flaches Boot mit den beiden alten Ottomotoren über die Tunguska.

Unter den ersten, die übersetzten, waren auch der Schuster Tschigirin und Semjonow. Ludmilla war zu Hause und kochte, die Männer aber wollten zu einem Häutelager jenseits des Flusses, um für den Sommer neues Leder einzukaufen.

Es war eine fröhliche Gesellschaft, die an diesem Tag zum erstenmal übersetzte. Die Motoren tuckerten und stotterten, das Boot legte vom Ufer in Wiwi ab, man winkte und lachte, sang und tanzte, Pjotr Mihailowitsch Njeweroff, der Fährmann, stand am Ruder, soff aus einer runden Flasche Schnaps und schrie ein ums andere Mal: »Wir fahren, Brüderchen! Wir fahren! Hurra! Hurra!«

Man darf nicht denken, die Flüsse und Ströme in der Taiga seien Bäche, wie man sie sonst kennt. Riesig, wie alles in diesem Land, sind auch die Wasserwege. Dreimal so breit, mindestens, ist etwa die Untere Tunguska bei Wiwi als der Rhein bei Wesel. Und wenn auf solch einem breiten Fluß eine starke Strömung ist, wie jetzt bei der Schneeschmelze, und die Eisschollen wegtreiben zum großen Bruder Jenissej, dann ist der Beruf eines Fährmannes eine harte Arbeit. Trotz Ottomotoren.

Und so geschah es an diesem Tag, daß hundert Meter vom Ufer entfernt der linke Motor spuckte, knatterte und dann aussetzte. Das flache Boot drehte sich etwas und trieb dann mit der starken Strömung und den Eisschollen flußabwärts.

Die Weiber kreischten, die Männer brüllten den armen Njeweroff an, etwas zu tun, aber Pjotr Mihailowitsch, der Arme, war bereits so besoffen, daß er mit stieren Augen hinter seinem gewaltigen Steuerrad hockte und »Stenka Rasin« sang. Man trat ihn in den Hintern, man zerrte ihn zu dem defekten Motor, aber er jammerte nur und hob beide Arme gegen den blauen Himmel.

»Vier Kinderchen habe ich!« schrie er. »Wißt ihr, was das

bedeutet, wenn man im Winter am Ufer sitzt und nicht überfahren kann? Kein Rubel ist in der Tasche, keiner weiß, wie lange das Eis auf dem Fluß bleibt . . . und dann bricht es, man kann wieder fahren . . . Genossen, gönnt mir die Freude, wieder zu fahren und meine Kinderchen zu ernähren.«

»Wir ersaufen alle«, sagte Tschigirin zu Semjonow und klammerte sich an der Bordwand fest. Das Boot drehte sich ständig, und es war abzusehen, wann es mit einer Eisscholle zusammenstieß und sank oder umkippte und alle in den eisigen, reißenden Fluten der Tunguska umkamen. »Ich habe mir einen anderen Tod gewünscht!«

Die Weiber beteten bereits. Die Männer brüllten noch immer, mißhandelten den armen Njeweroff und versuchten, den Motor in Gang zu bringen. Aber was versteht ein Jäger oder Bauer von einem Ottomotor?

»Dort kommt eine Eisbarriere!« schrie jemand. »Wir treiben auf sie zu! Betet, Brüder . . . das Ende naht!«

Semjonow boxte sich durch die Menge der Schreier, erreichte den Motor und schob Njeweroff weg, der mit blutender Nase versuchte, eine Düse abzuschrauben.

»Hilf mir, Freundchen«, stotterte er, als er sah, daß Semjonow anscheinend etwas von Motoren verstand, denn er löste die Mutter des Benzinschlauches und blies in ihn hinein. »Sie schlagen mich tot, wenn etwas passiert! Und dabei liefen die Motorchen immer so gut, und ich hatte eine solche Freude, als sie wieder knatterten. Vier Kinder habe ich, und mein Weibchen . . .«

Semjonow warf den jammernden Pjotr Mihailowitsch gegen die Bordwand, wo er liegenblieb wie ein nasser Hund. Dann löste er alle Benzinzufuhren, schraubte die Zündkerzen heraus, reinigte sie von Öl und Ruß, kontrollierte den Filter und setzte alles wieder zusammen. Das dauerte etwa zehn Minuten, und die Eisbarriere wuchs vor ihnen auf, ein Gebirge aus übereinandergeschobenen Eisschollen.

Die letzte Mutter, die letzte Schraube . . . Jetzt muß er anspringen, dachte Semjonow, jetzt muß das Geräusch des Ansaugens kommen, oder uns behüte Gott in der Ewigkeit . . .

Und es kam! Der Motor spuckte, ein helles Knattern, Qualm quoll hervor. Aber dann arbeitete er, das Boot machte eine Wendung und fuhr seitlich zur Strömung zum gegenüberliegenden Ufer.

»Wir fahren!« brüllte Njeweroff. »Er hat den Motor in Gang gebracht! Ein Genie ist er, Freunde! Wir fahren!«

Er schwankte zum Ruder, hielt es fest und lenkte das Boot über die Tunguska.

Am anderen Ufer küßte er Semjonow, und alle, die auf dem Boot waren, umarmten ihn und nannten ihn ihren Lebensretter. Die Weiber küßten ihm die Hand wie einem Herrn, und Tschigirin klopfte ihm schwitzend auf die Schulter.

»Das vergesse ich dir nie, Pawel Konstantinowitsch«, sagte er. »Von jetzt an braucht ihr mir keine zehn Rubel mehr für das Bett zu zahlen.«

Der Ruhm Semjonows erklang laut in ganz Wiwi. Für den Stadtsowjet Wladimir Jewsejewitsch Gapka war es der Anlaß, den Popen Alexeij zu ärgern. »Nicht Gott, sondern der Mut, die Kraft und das Wissen eines Werktätigen haben eine große Tat vollbracht!« rief er auf dem Marktplatz bei der öffentlichen Ehrung Semjonows. »Genosse, ich habe nach Krasnojarsk geschrieben. Man soll dir eine Medaille verleihen! Wir sind alle stolz auf dich!«

Semjonows Herz stand still, als er dies hörte. Er wußte, daß sofort jemand aus Krasnojarsk kommen würde, aber nicht, um ihm die Medaille an die Brust zu heften, sondern um ihn gefesselt abzuführen.

Auch die Weite der Taiga ist nur ein enger Raum, wie man jetzt sieht.

Noch am selben Abend sprach Semjonow mit Tschigirin darüber. Ludmilla packte bereits die Kästen und Säcke für die Weiterreise. Sie hatte kein Wort der Klage geäußert. Mit großen Augen, in denen Semjonow die Wahrheit las: So wird es uns immer wieder ergehen. Nie werden wir Ruhe haben! – nahm sie ihre Kleider aus dem Schrank und suchte die Wäsche zusammen.

»Man sollte jeden Politiker erhängen!« schrie Tschigirin. »Du hast uns das Leben gerettet, aber die Idioten in Moskau wollen dich erschießen! Kann man das verstehen? O Himmel, warum sind wir Menschen bloß solche Hammel, die sich von einigen Großmäulern zur Schlachtbank führen lassen?«

Was halfen alle Klagen? Semjonow und Ludmilla kauften noch zwei große Körbe, und bepackt mit Säcken, den Körben und zwei Koffern stiegen sie in Wiwi in den Zug. Die Strecke war eingleisig und vor allem für den Materialtransport gebaut. Sie führte nach Nordosten, bis Tura.

Tschigirin hatte einen raffinierten Plan ausgedacht. Wenn man von Tura aus immer wieder umsteigt und alle Bahnen benutzt, die nach Norden führen – Holzzüge, Arbeiterzüge, Güterstrecken –, so kommt man nach einem Monat in das Gebiet des Flusses Olenek. Dort hat man die Republik der Ewenken verlassen und ist hinübergewechselt in das Gebiet der Jakuten. Was aber weiß man in Jakutsk oder gar Irkutsk davon, welche Sorgen man in Krasnojarsk hat?

»Im Mai seid ihr aus allen Gefahren heraus!« sagte Tschigirin, als er die Strecke auf der Karte eingezeichnet hatte. »Ich werde dir ein Zeugnis ausstellen, Pawel Konstantinowitsch, daß du Gerber bist und im Norden eine neue Arbeitsstelle suchst.«

So geschah es, und mit dem letzten Zug, der Wiwi in Richtung Tura verließ, fuhren Ludmilla und Semjonow erneut in eine ungewisse Zukunft.

»Sehen wir uns wieder?« fragte Tschigirin am Zug. Es war kein feudaler Zug; in Viehwagen hatte man den Boden mit Stroh bedeckt, Bänke aufgestellt und so für Fahrgäste hergerichtet. Einen Vorteil allerdings hatte man: Es gab genug Platz für das Gepäck.

»Ich glaube nicht«, erwiderte Semjonow. Noch einmal gab er Tschigirin die Hand, und Ludmilla küßte den Schuster auf die Stirn.

»Grüß mir Jurij, Oleg Petrowitsch«, sagte sie dabei. »Es war eine schöne Zeit bei euch . . .«

»Gott mit euch!« rief Tschigirin, als der Zug anruckte und sich langsam in Bewegung setzte. Er lief neben dem Waggon her. Und erst als sich die anderen Fahrgäste beschwerten, daß es zöge, schob Semjonow die Tür zu und winkte noch einmal zu Oleg Petrowitsch hinaus. Mit ausgebreiteten Armen stand der Schuster im hohen Schnee, als wolle er sie noch einmal an seine mächtige Brust drücken, den Zug, Ludmilla, Semjonow.

»Es gibt noch Menschen«, sagte Semjonow und setzte sich schwer neben Ludmilla, nahm ihre Hand in die seine und blickte auf die geschlossene Tür. »Wirklich, es gibt noch Menschen.«

Den Winter über blieb Major James Bradcock in Moskau in der Amerikanischen Botschaft. Der Plan, nach Osten zu fahren und in Sibirien unterzutauchen, wurde verschoben. Kontaktmänner berichteten von verstärkter Tätigkeit aller Agenten des KGB. Man war im Hauptquartier der Staatssicherheitspolizei nervös geworden, nachdem Oberst Matweij Nikiforowitsch Karpuschin von heute auf morgen abgelöst, seines Postens enthoben und verschwunden war. Nur unter der Hand sprach man darüber, daß er sich in der Lubjanka befinden sollte, aber das war eine Falschmeldung. Karpuschin erfreute sich noch bester Gesundheit, nur lebte er nicht mehr in Moskau. Vielmehr hatte Marschall Malinowskij durchgesetzt, daß Karpuschin unter Beförderung zum Generalmajor Kommandant der Garnison von Jakutsk wurde und damit Kommandeur des gesamten nördlichen jakutischen Gebietes. Und während Ludmilla und Semjonow nach dem klugen Plan Tschigirins nach Norden fuhren, hinein in die Unendlichkeit der jakutischen Taiga und des Stromlands von Lena, Wiljuj und Olenek, saß Karpuschin bereits in Jakutsk und baute ein Netz von Agenten in allen größeren Orten und Faktoreien auf.

Die Jagd nach Franz Heller, der sich Semjonow nannte, war zu seiner einzigen Lebensaufgabe geworden.

Das alles war unbekannt in Moskau, in den Dienststellen von KGB und GRU, ja sogar General Chimkassy erfuhr nichts davon und trauerte ehrlich, aber geheim, um seinen Freund und Gegner Karpuschin. Auch der amerikanische Geheimdienst CIA wußte es nicht, auch für ihn war Karpuschin ein toter Mann, der still von der Bildfläche verschwunden war, wie schon so viele vor ihm.

»Unseren Heller können wir abschreiben!« sagte CIA-Rußlandchef Hadley zu Major Bradcock. »Wer weiß, wo er bereits verfault. Sobald die Schneeschmelze beginnt, sausen Sie los, James! Es ist alles vorbereitet. Flugkarte nach Krasnojarsk, Eisenbahnfahrt nach Tura. Von dort gehen Materialzüge nach Norden. Sie werden es schon schaffen, alter Junge.«

Bradcock nickte. Er hatte in den vergangenen Wochen alles gelernt, was ein jakutischer Fellhändler wissen muß. Er konnte Güteklassen der Felle bestimmen, wußte die Preise, sprach ein jakutisch gefärbtes Russisch und übte sich jeden Tag mehrere Stunden lang im blitzschnellen Schießen.

Als in Moskaus Straßen der Schnee schmolz und Väterchen Schlamm das Land ringsumher unbegehbar machte, flog Major Bradcock nach Krasnojarsk. Ein russischer Reisender wie tausend andere. Er hatte weder einen Sender noch Spezialkarten bei sich, nur eine Mikrokamera und eine gut geölte Smith & Wesson-Pistole.

Zwei Tage nach Ludmilla und Semjonow traf er in Tura ein. Mit dem dritten Zug nach Semjonows Zug fuhr auch er nach Norden, um in Etappen den Olenek zu erreichen.

Nur achtundvierzig Stunden trennten Bradcock und Semjonow voneinander. Und in Jakutsk saß Karpuschin wie eine Spinne im Netz und wartete auf die einfliegenden Motten.

So klein ist die Welt, selbst in Sibirien.

Wer einmal mit einem russischen Güterzug durch Sibirien gerattert ist, der hat ein Abenteuer hinter sich, das nicht so leicht zu übertreffen ist.

Nicht daß es lebensgefährlich wäre wie auf bundesdeutschen Straßen, o nein, dazu hat man zuviel Platz in der Taiga, aber wer mit der Uhr in der Hand seinen Waggon besteigt und sich ausrechnet, in drei Tagen sei er zum Beispiel in Uwarowo, und sich aufregt, daß er in fünf Tagen immer noch nicht dort ist, der steige lieber erst gar nicht ein! Und Komfort, ich bitte, Freunde, wer denkt an Komfort? Dafür ist es warm in den Waggons, denn Hühner und Ferkelchen reisen mit, die Großmutter sitzt auf einer Kaninchenkiste, und wenn ein gelber, scharf riechender Bach durch den Wagen fließt, so ist das ein Beweis, daß irgendwo in einer der vielen Kisten ein Zickelchen lebt und geregelte Verdauung hat.

Im Winter zu reisen, ist unsinnig, denn ein Frost von vierzig Grad dringt selbst durch den dichtesten Waggonmief. Im Sommer glüht die Sonne, im Herbst ist es unsicher, wann der erste Schnee fällt – also reist man im Frühjahr, wenn die Straßen unpassierbar sind. Im Frühjahr beginnt die große Wanderung vom Norden zum Süden und vom Süden nach Norden. Dann sind ganze Völkerstämme unterwegs, und die Bahnbediensteten verfluchen den Tag, an dem sie auf den Gedanken kamen, sowjetische Beamte zu werden.

Auch Ludmilla und Semjonow waren unter den Scharen, die nach Norden fuhren. Sie hockten zwischen Hühnern und Schweinen, Karnickeln und Hunden in den mit Stroh ausgelegten Waggons, nahmen teil am nächtlichen ungenierten Familienleben der anderen Waggoninsassen und teilten mit allen ihre Mahlzeit, denn man war ja, solange man gemeinsam durch die Taiga fuhr, eine einzige große Familie.

Es war eine ziemlich einsame Strecke zwischen den beiden Holzfällerdörfern Schatzilski und Mulatschka. Sie führte mitten durch einen noch unerschlossenen, verfilzten Nadelwald, den nur die Schienenleger mit einer fünf Meter breiten Schneise durchforstet hatten. Was links und rechts der Eisenbahn lag, wußte niemand. Vielleicht trafen sich in zwei oder drei Jahren die Einschlagbrigaden irgendwo hier in der Wildnis und feierten dann mit Tanz und Schnaps die Vereinigung von Schatzilski und Mulatschka.

Wie gesagt, Geduld ist das beste Gepäck auf einer Reise durch die Taiga. Drei Tage Fahrt war das mindeste, was man bis Mulatschka rechnete, aber als am ersten Tag der Zug bereits zweimal in Schneeverwehungen steckenblieb und die Männer die Schienen freischaufeln mußten, ahnte man, daß es auch fünf Tage werden könnten. Man schlachtete dann eben ein Huhn mehr. Kein Grund zur Aufregung, Mamuschka.

Am zweiten Tag hielt der Zug wieder einmal plötzlich, und zwar so abrupt, daß die Kisten übereinanderpolterten, die Mütterchen ins Stroh rollten und die Männer sich unfreiwillig gegenseitig traten.

»Der Satan hole den Zugführer!« brüllte es aus allen Waggons. »Schläft er, der Hurensohn? O nein, Genossen, besoffen ist er! Total besoffen! Verdammt noch mal, was sind das für Zustände?«

Von der Lokomotive her wurde die Nachricht von Wagen zu Wagen weitergereicht: Der Lokführer liegt mit hohem Fieber neben den Kohlen. Er hat die Besinnung verloren. Sein Kopf glüht wie eine überhitzte Pfanne. Gott sei bei uns . . . wir können nicht weiter!

Semjonow watete durch den hüfthohen Schnee zur Lokomotive. Dort umstand ein Haufen Männer den ohnmächtigen Lokführer und beschimpfte und bespuckte ihn grundlos mit Sonnenblumenkernen.

»Plötzlich kippte er um, Brüderchen!« klagte der Heizer und fuchtelte mit seiner Kohlenschaufel durch die eisige Luft. »Er sieht mich noch an wie ein Hündchen, will etwas sagen, und bums, liegt er da. Ich habe sofort den Zug angehalten. Was soll ich anderes tun? Ich verstehe nur etwas von Kohlen . . . fahren konnte nur er!«

Semjonow machte sich mit den Ellenbogen Platz, kniete neben dem Ohnmächtigen nieder und zog ihm die Foffaika, den Pullover und das Hemd aus. Auf der gelblichen Haut zeigte sich ein weit verstreuter, rötlicher, pustelartiger Ausschlag, von den Schultern hinunter bis zum Bauch, an den Armen, ja sogar bis in die Handflächen hinein.

Semjonow warf die Foffaika über den nackten Oberkörper, legte den Kopf des Kranken in seinen Schoß und ohrfeigte ihn. Die

Männer um ihn herum grunzten zustimmend. Verdient hat er es, diese Mißgeburt von einem Lokführer. Feste, Brüderchen, schlag ihn! Wird wohl in Tura zuviel gesoffen und gehurt haben, das Schweinchen!

Semjonow wartete auf eine Reaktion. Langsam öffnete der Kranke die Augen, aber sein Blick war geistesabwesend, ja blöde, er verstand nicht, was um ihn herum vorging. Schließlich fiel sein Kopf wieder in den Schoß Semjonows zurück, und die Augendekkel schlossen sich.

»In den Schnee mit ihm!« schrie jemand aus der Menge. »Hat man so etwas schon gesehen? Sinnlos betrunken!«

»Nein, Genosse«, sagte Semjonow langsam, aber für jeden deutlich. »Er ist krank, sehr krank. Er hat den Flecktyphus! Ihr alle könnt euch anstecken an ihm . . .«

Einen Augenblick erstarrten die Männer, dann löste sich die Gruppe auf, stolperte zu den Waggons zurück und verschwand im Inneren.

Typhus. Das kannten sie. Das bedeutete Quarantäne, wenn es ein Amtsarzt erfuhr. Das bedeutete elendes Leben in Baracken, Impfungen, schlechte Verpflegung und zur Erholung weltanschauliche Schulung durch den Dorfsowjet.

Semjonow richtete sich auf. Ein älterer Mann in einem dicken Fuchspelz war als einziger im Führerstand der Lok geblieben.

»Was wird nun?« fragte er mit sachlicher Stimme. »Diese Idioten rennen davon, als wenn es davon besser würde. Nach Mulatschka sind es gute zwei Tage Fahrt. Bis man uns hier findet, können sechs Tage vergehen, denn so lange brauchen sie, um zu merken, daß etwas mit dem Zug nicht stimmt. Bis dahin sind wir erfroren. Aber daran denkt niemand!«

»Ich werde den Zug weiterfahren«, sagte Semjonow ruhig. »Wer sind Sie, Genosse?«

»Ich bin Kontrolleur der Holzlager. Wenn ich Ihnen helfen kann . . .«

Der Mann im Fuchspelz sah Semjonow fragend an. »Sie verstehen etwas von Lokomotiven?«

»Ich bin Ingenieur, Genosse. Ich habe selbst schon solche Züge gefahren.« Semjonow trat an den Führerstand und löste die Bremse. Dann drückte er den Fahrthebel hinunter, gab Dampf und ließ die Sirene dreimal aufheulen. Langsam ruckte der Zug an und ratterte weiter.

In den Waggons breitete sich Jubel aus. Ludmilla wurde umarmt, bekam Eier, Brot und Speck geschenkt, zwei Hühner und ein Ferkelchen. Sie mußte Gurken aus einem Glas essen und erhielt ein Säckchen mit Bohnen, und alle lobten den guten Pawel Konstantinowitsch Semjonow und nannten ihn einen Engel.

Nur Ludmilla schwieg, saß zusammengedrückt in ihrer Ecke im Stroh und starrte ins Leere. Auch das wird uns wieder eine neue Flucht einbringen, dachte sie schaudernd. Nur Gutes tut er, mein Pawluscha, und er muß es büßen mit Elend und Hunger, Kälte und Einsamkeit.

Nach zwei Tagen erreichten sie Mulatschka. Ein trostloses Dorf mit Blockhäusern und einem Bahnhof, der aus Holzstapeln und einer Hütte bestand. Man trug den Lokführer aus dem Zug, legte ihn in das Stationsgebäude und überließ ihn dann seinem weiteren Schicksal. Auf dem Nebengleis stand bereits ein anderer Zug unter Dampf. Er pfiff ungeduldig, und die Völkerschar mit Hunden, Katzen, Ziegen, Schweinen, Hühnern, Kisten und Säcken ergoß sich in die Waggons und richtete sich wohnlich ein.

Ludmilla und Semjonow setzten sich neben den kranken Lokführer und gaben ihm aus einer Thermosflasche Tee zu trinken. Von draußen tönte das Schreien und Rufen der Menschen in den warmen Raum, aber niemand ließ sich blicken, um dem Kranken zu helfen.

»Hier lebt ein Arzt«, sagte der Kranke schwach. Sein Körper war nun gescheckt, aber die schreckliche Blödheit war aus seinem Kopf gewichen. Er erkannte seine Umwelt wieder und konnte vernünftig reden. »Im Haus Nummer vierzehn. Boris Antonowitsch Pluchin. Ein Verbannter war er einmal. Nun lebt er hier, bei den Holzfällern. Holt ihn, Freunde . . .«

Während Ludmilla bei dem Kranken blieb, suchte Semjonow das Haus Nummer vierzehn und fand Dr. Pluchin auf dem gemauerten Ofen liegen. Schon als er die Tür aufmachte, klang Semjonow eine helle, schneidende Stimme entgegen.

»Behandlungszeit von zehn bis zwölf! Raus, du dreckige Laus!«

»Verzeihung, Doktor«, sagte Semjonow höflich, blieb in der Tür stehen und nahm die Pelzmütze von den stoppeligen blonden Haaren. »Es handelt sich um einen Flecktyphuskranken.«

»Blödsinn!« schrie Dr. Pluchin vom Ofen herunter. »Wie kannst du Idiot das feststellen?«

»Das Fleckfieberexanthem ist deutlich ausgebildet. Die Milz ist deutlich tastbar und sehr vergrößert und hart . . .«

»Zum Teufel auch!« Über der Ofenplattform erschien ein kleiner, zarter, feiner Greisenkopf mit langen weißen Haaren, der Kopf eines Gelehrten, zu dem die rauhe Sprache des Urwaldes gar nicht paßte. Dr. Pluchin sah auf Semjonow hinab, schob die Beine herum und kletterte vom Ofen. »Wer bist du?«

»Ich heiße Pawel Konstantinowitsch Semjonow, Doktor, und bin eben mit dem Zug gekommen. Der Lokführer erkrankte unterwegs an Typhus, und ich fuhr den Zug weiter.«

»Und wo liegt er?«

»Im Stationsgebäude. Meine Frau ist bei ihm.«

»Gehen wir.« Dr. Pluchin zog seinen Pelzmantel an, stülpte eine hohe Fellmütze über die weißen Haare und blickte Semjonow noch einmal fragend an. »Was wollen Sie hier?« sagte er, und es war eine große Ehre, daß er Sie sagte. »Hier ist die Welt zu Ende . . .«

»Wir suchen das Ende der Welt, Doktor.«

Dr. Pluchin schwieg. Er stieß Semjonow in den Rücken, und sie verließen schnell das Haus Nummer vierzehn.

So lernten sich Semjonow und Dr. Pluchin kennen. Man fragte sich nicht lange aus, man fand sich sympathisch, und Dr. Pluchin sagte in seiner abrupten Art: »Wenn Sie hierbleiben wollen, Semjonow, bleiben Sie. Ich habe Platz im Haus.«

»Sie kennen uns gar nicht, Doktor«, erwiderte Semjonow langsam.

»Nein.«

»Sie wissen nicht, was mit uns los ist.«

»Sie werden es mir schon erzählen, Pawel Konstantinowitsch, wenn Sie es für nötig halten. Ich habe verlernt, neugierig zu sein. Es ist oft besser, wenig zu wissen als zuviel. Also bleiben Sie! Ihre Frau braucht Ruhe. Sie sieht schlecht aus. Sie sollten sich darum kümmern . . .«

Als sie schon sechs Tage bei Dr. Pluchin wohnten, kam auch nach Mulatschka die Schneeschmelze, und die Wege ertranken im Schlamm. Am Morgen schwankte Ludmilla durch das Haus, klagte über Übelkeit, erbrach und legte sich blaß und erschöpft auf die Bank neben dem Ofen. Semjonow war nicht im Haus. Er watete durch den Schlamm und suchte zwei Hühner zu kaufen. Dr. Pluchin war im Holzfällerlager und behandelte einen Unfall. Als er zurückkam, fand er Ludmilla auf der Ofenbank vor, ein würgendes, armes, ratloses Vögelchen.

»Ich glaube, ich habe mich infiziert«, stöhnte sie und hielt den Leib fest. »Der Typhus, Doktor Pluchin, nun habe ich ihn auch . . .«

Dr. Pluchin untersuchte Ludmilla sehr gründlich. Sie mußte sich ganz ausziehen. Er legte sie auf den breiten Eßtisch, tastete ihren Leib ab und griff dann nach einem Paar Gummihandschuhen.

»Stehen Sie auf, Ludmilla Semjonowa«, sagte er, als er auch die innere Untersuchung beendet hatte. »Ziehen Sie sich an. Es ist nichts Ernstes. Im Gegenteil, wir werden heute abend zusammen ein Glas Wein trinken. Selbstgemachten Waldbeerwein, mein Schwänchen . . .«

Ludmilla rutschte vom Tisch und zog ihre Unterkleidung vor ihre Blöße. Ihre großen, dunklen Augen glühten.

»Warum lächeln Sie, Dr. Pluchin?« stotterte sie. »Ich habe keinen Typhus?«

»Aber nein, Ludmilla Semjonowa. In sechs Monaten werden Sie diesen Typhus in einer Wiege schaukeln. Sie bekommen ein Kind, mein Täubchen . . .«

Ludmilla spürte, wie ihr Herz aussetzte. Dann atmete sie wieder und schloß die Augen.

»Ein Kind«, flüsterte sie. »O mein armer Pawluscha . . . Was sollen wir jetzt mit einem Kind . . .?« Sie setzte sich auf die Ofenbank, drückte beide Hände gegen ihren Leib und lehnte den Kopf an die Wand. »Sie wissen nicht, Dr. Pluchin, was dieses Kind für uns bedeutet . . .«

9

Dr. Pluchin war gewohnt, nicht viele Fragen zu stellen. In den sechs Tagen, in denen Semjonow und seine hübsche Frau bei ihm wohnten, hatte er mancherlei beobachtet, ohne etwas zu sagen. Er hatte zum Beispiel die Scheu Semjonows bemerkt, sich allzuoft in der Öffentlichkeit zu zeigen. Er spaltete lieber Holz, heizte die Öfen und räumte den Abstellschuppen auf, als daß er Dr. Pluchin auf seinen Gängen zu den Kranken begleitete, schon gar nicht in das Holzfällerlager. Ging er aus, so war es erst bei Einbruch der Dunkelheit, und auch dann umkreiste er nur das Anwesen Pluchins oder saß hinter dem Haus, zwischen Stall und Schuppen auf einer Bank, eingehüllt in einige Decken, und genoß die frische, kalte Luft.

Man sucht ihn, dachte Dr. Pluchin. Er ist auf der Flucht, da gibt es gar keinen Zweifel. Von da ab betrachtete er Semjonow genauer. Nein, sagte er sich, ein Mörder ist er nicht, wiewohl man heute die Mörder nicht mehr nach ihrer Physiognomie beurteilen kann. Früher – gesegnet seien die alten Zeiten! – sah ein Mörder wie ein Mörder aus. Er hatte einen bösen, stechenden Blick, eine niedrige, degenerierte Stirn, beim Teufel, man sah ihm an, daß er Böses ausbrütete. Auf der Universität hatte man es als junger Studiker gelernt: Das verbrecherische Antlitz des Menschen nach Prof. Lombroso. Aber heute? Da kommt so ein Herrchen daher, mit Lackschuhen vielleicht noch, mit einem offenen Blick wie ein Jüngelchen, in einem eleganten Pelz, und was macht er? Er macht bum und schießt einen über den Haufen. Mit seinen ehrlichen Augen! So ist das heute, Brüderchen. Die Welt ist nicht schöner geworden . . .

Doch Semjonow war anders, das merkte Dr. Pluchin ohne lange Überlegungen. Er tippte ganz richtig auf die leidige Politik, und da gehörte seine ganze Sympathie der schönen Ludmilla und dem ernsten, verschlossenen Semjonow.

Boris Antonowitsch Pluchin war nicht in Mulatschka geboren. Mein Gott, schon der Gedanke war absurd. Vielmehr kam er in Petersburg zur Welt, vor 63 Jahren, als der Zar noch im Winterpalais residierte und die Menschen an den Straßenrändern auf die Knie sanken, wenn Väterchen Nikolaus an ihnen vorbeiritt. Mit zehn Jahren war der kleine Boris Antonowitsch sogar mit dem Wundermönch Rasputin in Berührung gekommen. Seine Mutter, Kammerfrau der Großfürstin Olga Romanowa, hatte ihn mitgenommen, weil er seit Monaten an einer eitrigen Angina litt, die keiner der Hofärzte, nicht mal Anton Sergejewitsch Pluchin, der Vater und dritte Leibarzt des Zaren, heilen konnte. Noch heute erinnerte sich Pluchin an die Begegnung mit Rasputin . . . Ein starker, schwarzbärtiger Mann in einem alten Bauernkittel, mit breiter Nase und durchdringenden Augen, einer tiefen, orgelähnlichen Stimme und dem stampfenden Schritt eines Stieres, legte beide Hände auf den Kopf des kleinen Pluchin und sagte: »Söhnchen, huste und spucke aus.«

Pluchin tat es; es war ihm, als zersprängen Lunge und Kehle, er spuckte Schleim und Eiter und sank dann ohmächtig in die Arme seiner Mutter.

Drei Tage später war er fieberfrei, und die Angina schien wie weggezaubert. Noch heute verstand Pluchin nicht, wie so etwas möglich war. Medizinisch blieb es ein Rätsel, und so wucherte in ihm ein schaudernder Aberglaube, wenn er an Rasputin dachte.

1917 wurde die Familie Pluchin zerrissen. Der junge Boris Antonowitsch studierte in Moskau; Vater Anton Sergejewitsch fischte man aus der Newa, von Unbekannten erschlagen; Mutter Sonja verfiel aus Entsetzen dem Wahnsinn und wurde in eine Heilanstalt gebracht, wo sie bald an einem Herzschlag starb; Schwesterchen Tanja verschwand – man sah sie zuletzt als Marketenderin im Gefolge eines sowjetischen Bataillons, das an die Front gegen die Weißen zog. Zurück blieb als einziger der Familie Boris Antonowitsch. Er wurde Arzt, weigerte sich, der kommunistischen Partei beizutreten, nannte Stalin einmal ein nationales Unglück, wurde verhaftet, zur Zwangsarbeit verurteilt, nach Workuta geschafft, betreute dort als Lagerarzt die Verbannten, wurde nach zehn Jahren begnadigt mit der Auflage, in Sibirien zu bleiben, bekam eine Stelle als Arzt in Mulatschka und lebte nun hier seit zwölf Jahren am Rande der Taiga – ein alter, knurrender Mann, der vom Leben nichts anderes mehr erhoffte als einen sanften Tod.

Das ist alles nichts Besonderes, Freunde, und es wäre auch nicht erwähnenswert, weil es ein russisches Schicksal ist, das Tausende erlebten. Nur muß man es kennen, um Dr. Pluchin zu verstehen, denn so wie er handelten wenige Menschen.

Zunächst ließ er Ludmilla auf der Bank sitzen und sich ausweinen. Er wusch sich die Hände, warf die Instrumente in einen Topf mit kochendem Wasser, drehte sich eine Zigarette und ließ aus dem ständig summenden Samowar eine Tasse Tee vollaufen. Erst dann kam er zu Ludmilla zurück, nahm ihren Kopf zwischen beide Hände und hob ihr tränennasses Gesicht zu sich empor.

»*Ich* werde es deinem Pawel Konstantinowitsch sagen«, brummte er, wischte die Tränen mit dem Handrücken aus Ludmillas Augenwinkeln und von den Wangen und tätschelte ihren nackten Rücken. »Denken kann ich mir, daß ihr kein Kind gebrauchen könnt.«

»Es ist ein Unglück, Dr. Pluchin.« Ludmillas Kopf sank wieder auf die Brust. »Dabei bin ich so glücklich, Väterchen«, sagte sie leise.

Dr. Pluchin rauchte nachdenklich seine Papyrossa zu Ende. Auch jetzt fragte er nicht. Sie werden es von selbst erzählen, dachte er. Ab und zu schielte er zu Ludmilla, während sie sich ankleidete.

Wer mag sie sein, dachte er. Sie ist kein Bauernmädchen, ebensowenig wie Semjonow ein Jäger und Fallensteller ist. Ihre Hände sind schmal und nicht rissig; und den Nägeln sieht man noch an, daß sie gepflegt wurden, mit Schere und Feile, vielleicht sogar mit Lack.

Eine Stunde später kam Semjonow zurück. Er hatte zwei Hühner erstanden und war sehr aufgeregt. Dr. Pluchin sah ihn am Herd mit Ludmilla tuscheln, und es war ihm, als zittere sie plötzlich und schüttelte müde den Kopf.

»Ich habe den Kontrolleur der Holzlager wiedergetroffen«, sagte Semjonow in diesem Augenblick. »Den Mann, der neben mir auf der Lokomotive stand, als ich sie weiterfuhr. Er umarmte mich und wollte mich mitnehmen zum Natschalnik. ›Überall haben wir nach Ihnen gefragt, Genosse!‹ sagte er. ›Sie sollen eine Belohnung bekommen für Ihre gute Tat!‹« Semjonow wischte sich den Schweiß von der Stirn. »Ich habe ihm versprochen, übermorgen ins Lager zu kommen.«

»Und welche Wohnung hast du angegeben?« fragte Ludmilla.

»Das Haus des Bahnbeamten . . . was sollte ich anderes sagen?« Semjonow setzte sich neben dem Herd auf einen Schemel. Von seinen Stiefeln fiel der Schlamm der Straßen in breiten Fladen ab. »Mein Gott, Ludmilluschka . . . sollen wir nie, nie Ruhe bekommen?«

Ludmilla schwieg. Sie dachte an das Kind. Ich kann's ihm nicht sagen, dachte sie. Jetzt nicht. Jetzt braucht er eine kräftige Suppe. Sie küßte ihn auf die stoppeligen blonden Haare, streichelte ihm zart über den gebeugten Nacken und sagte:

»Das Land ist groß, Pawluscha. Und der Frühling ist gekommen. Wir werden wieder durch die Wälder ziehen . . .«

Semjonow stöhnte leise auf.

Wieder die Taiga. Immer die Taiga. Das Leben eines Wolfes.

»Ich habe dir Unglück gebracht, Ludmilluschka«, sagte er heiser. »Verfluche mich . . .«

»Ich segne dich«, sagte sie zärtlich. »Bevor ich dich sah, hatte ich umsonst gelebt . . .«

Am Abend ging Ludmilla allein hinauf in die Kammer, zog sich aus, kroch unter die Decken und wartete auf Pawel Konstantinowitsch. Beide Hände legte sie auf ihren nackten Leib und streichelte ihn.

Mutig wie dein Väterchen sollst du werden, dachte sie und

lächelte, wie nur Mütter lächeln können, wenn sie an ihr Kind denken. Du wirst vielleicht aufwachsen wie ein Tier, zwischen Renen und Hirschen, Füchsen und Mardern, Wölfen und Elchen, aber du wirst von mir lernen, das Leben zu lieben.

Mein Kind . . . Pawluschas Kind . . .

Dann weinte sie wieder, weil sie so glücklich war und weil sie solche Angst hatte vor der Zukunft.

Unten saßen unterdessen Dr. Pluchin und Semjonow sich gegenüber und tranken aus Blechbechern den selbstgekelterten Waldbeerwein.

»Ist das ein Gesöff, mein Junge?« sagte Dr. Pluchin und schlürfte genüßlich den Wein über die Zunge. »Man riecht den Wald und schmeckt die Sonne. Trink noch ein Becherchen, mein Söhnchen.«

Semjonow schwieg und trank in kleinen Schlucken. Der starke Wein stieg in sein Gehirn wie eine fliegende Hitze. Glanz kam in seine Augen, die Wangen röteten sich, daß Herz schlug schneller.

Dr. Pluchin schmatzte voll Wonne. »Stoßen wir an, Brüderchen!« rief er lustig. »Aber auf was denn? Sag, was liebst du am meisten?«

»Mein Weibchen«, sagte Semjonow dumpf.

»Also dann: auf Ludmilla, das Täubchen! Und auf die Kinderchen, die aus ihrem Schoß kommen!« Dr. Pluchin hob den Blechbecher. »Los, Söhnchen! Stoß an!«

Semjonow ließ seinen Becher sinken. »Nein!« sagte er laut.

»Warum nicht?« schrie Dr. Pluchin. Er war aufgesprungen und hieb mit der Faust auf den Tisch. »Trink auf deine Kinderchen, du Schuft!«

»Ich würde auf zehn Kinder trinken, Dr. Pluchin, wenn es Sinn hätte.«

Semjonow lehnte sich an die Holzwand zurück. »Als Sie uns vor sechs Tagen aufnahmen, sagte ich Ihnen, daß Sie nicht wissen, wer wir sind. Ich wiederhole es . . .«

»Du wirst es mir jetzt sagen, Söhnchen.« Dr. Pluchin lehnte sich ebenfalls zurück. Er brach ein Stück Brot ab und steckte es in den Mund. Braunes, hartes Brot, gar kein Vergleich mit den duftenden Broten von Urmütterchen Marussja aus Nowa Swesda. »Los, erzähle!«

»Sie werden entsetzt sein, Dr. Pluchin.«

»Aber wieso denn? Ein Bär bist du nicht; zu einem Ren fehlt dir das Geweih; und wie der Satan aussieht, weiß ich nicht. Aber er soll nach Schwefel stinken! Stinkst du nach Schwefel? Also, Söhnchen, wozu diese Vorrede?« Dr. Pluchins greiser Gelehrtenkopf versank im Halbdunkel des Zimmers. Nur ein Öllämpchen brannte auf dem Tisch. In Mulatschka wurde Strom gespart; ab zehn Uhr nachts erloschen die Glühbirnen, denn dann wurden die mit Benzin getriebenen Turbinen abgeschaltet. In einem Jahr sollte es besser werden. Dann war der kleine Staudamm fertig, und er reichte aus, um Mulatschka in die Heiligkeit des Fortschritts zu heben.

Semjonow nagte an der Unterlippe. Er sah zur Decke, über der Ludmilla in dem breiten Bett lag und schlief, wie Semjonow dachte.

»Ich habe einen Revolver bei mir«, sagte Semjonow langsam und sah dorthin, wo Pluchins Gesicht in der Dämmerung verschwamm. »Und ich habe gelernt, auf kürzeste und auf weiteste Entfernung schnell und sicher zu schießen.«

»Es ist eine Schwäche des Menschen, zu viel Unnützes zu reden«, sagte Dr. Pluchin mit gleichgültiger Stimme. »Jemand – ein kluger Kopf, Freundchen – hat ausgerechnet, daß der Mensch ein Fünftel seiner Lebenszeit mit sinnlosem Gerede vergeudet! Du neigst auch dazu . . .«

Semjonow legte beide Fäuste auf den gescheuerten Tisch. Große, starke Fäuste, deren Schlag tödlich sein konnte.

»Ludmilla, meine Frau, hieß einmal Ludmilla Barakowa und war Kapitän der Roten Armee. Bis zum Oktober vorigen Jahres war sie politische Kommissarin im Bezirk Krasnojarsk und Lagerpolitruk von Kalinin II in Kusmowka. Dort lernte sie mich kennen.«

Dr. Pluchin zeigte keinerlei Reaktion. Semjonow wartete, doch nur der Rauch einer Zigarette quoll aus der Dämmerung.

»Ich war dort Holzingenieur. Wir heirateten heimlich und flüchteten dann.«

Dr. Pluchin wartete, aber Semjonow sprach nicht weiter.

»Was soll's?« fragte Pluchin. »Das ist keine Erklärung.«

Semjonow griff in die Tasche und legte seinen Revolver auf den Tisch. Um seine Augen lagen tiefe Schatten.

»Ich heiße nicht Semjonow«, sagte er langsam. »Ich heiße Franz Heller und war ein Spion des amerikanischen Geheimdienstes CIA.«

Schweigen, Dämmerung. Der Qualm einer Zigarette. Der Geruch des starken Waldbeerweins. Die Öllampe blakte. Semjonow beugte sich vor und drehte den Docht niedriger.

»Soso«, sagte Dr. Pluchin gleichgültig. »Und weiter?«

»Weiter?« Semjonow legte die Hände auf den Revolver. »Ich verliebte mich in Ludmilla, zertrümmerte meine Vergangenheit und wurde seitdem gejagt wie ein weißer Wolf. Ich ... ich bin ein Deutscher, Dr. Pluchin!«

»Ein Deutscher!« Die Stimme Pluchins war weich. »Ich dachte es mir, Söhnchen. Weißt du ... unser Kindermädchen in Petersburg war eine Deutsche. Sophie hieß sie ... ja, Sophie Eisemann. Aus Mecklenburg stammte sie. Von einem großen Gut. An ihrer Hand lernte ich laufen ... sie hat mir beigebracht, wie man mit einem Ball spielt, mit einem Roller fährt, mit einer Angel einen Fisch aus dem Teich holt. Sophie ... groß und kräftig war sie, ihr langes, dickes blondes Haar hatte sie in zwei Zöpfe geflochten, die sie um ihren Kopf wickelte wie prall gestopfte Würste. 1914 bei Kriegsausbruch wurde sie interniert, und sie verschwand für immer aus unserem Gesichtskreis.« Dr. Pluchins Kopf tauchte aus dem Schatten auf. Glänzende Augen hatte er, sein Greisenmund war weich, und auf seinem Gesicht lag ein glückliches Lächeln der Erinnerung. »Auch die deutsche Sprache wollte sie uns beibringen. Gedichte lernten wir ... ja, ich erinnere mich ... an eine Zeile ... du kennst es sicherlich, Söhnchen:

Lieb Vaterland, magst ruhig sein,
fest steht und treu die Wacht am Rhein ...

Mein Vater gab Sophie eine Ohrfeige, als er es hörte. Ja, ich hatte ein strenges Väterchen ...«

Dr. Pluchin sah Semjonow plötzlich mit starren Augen an. Dann hob er die Faust und hieb auf den Tisch, daß die Öllampe tanzte.

»Verdammter Schlappschwanz!« schrie Pluchin und beugte sich zu Semjonow vor. »Sitzt da und jammert, und die Welt ist weit und groß, und man ist noch so jung und voller Kraft und Saft wie eine vierzigjährige Erle! Und oben liegt sein Weibchen im Bett und weint und ist doch glücklich, wie alle Weibchen glücklich sind, wenn neues Leben in ihnen wächst. Leben aus dir, du deutscher Hund.«

Semjonow sprang auf. Die Jacke riß er sich auf, das Hemd. Er starrte den Arzt an. »Ludmilla ...«, fragte er schwer atmend.

»Im dritten Monat bereits. Und sie hat Angst, statt an deinem Hals zu jubeln!« Dr. Pluchin griff nach dem Blechbecher. »Los, Söhnchen, stoß an!« brüllte er. »Auf das Kind!«

Mit zitternder Hand hob Semjonow seinen Becher zum Mund.

»Auf unser erstes Kind!« sagte er leise. Dann trank er, hob den Arm hoch empor und warf den Becher an die Wand. Zerbeult fiel er auf den Boden und rollte zum Herd. »Gott verdamme den Völkerhaß!« schrie Semjonow. Seine breite Brust unter dem aufgerissenen Hemd atmete keuchend.

»Gott.« Dr. Pluchin füllte aus der Kanne Wein in seinen Becher nach. »Wie kannst du Gott anrufen, der weinend in seinem Himmel sitzt, weil die Menschheit ihm entglitten ist? Komm, Söhnchen, trink aus meinem Becher. Es ist unser letzter Abend. Morgen zieht ihr weiter, ihr Wölfe der Liebe! Wohin-... frag jetzt nicht. Der alte Pluchin weiß einen sicheren Weg. Aber nun trink, trink ... Ein richtiger Mann muß sich besaufen, wenn er entweder traurig oder glücklich ist. Vielleicht ist es bei euch Deutschen anders ... Aber du bist ja kein Deutscher mehr, mein Freundchen. Du bist Pawel Konstantinowitsch Semjonow, ein Russe, ein Jäger aus der Taiga. Und darum sauf, Brüderchen, damit die Sorgen schwimmen können und sich das Herz badet!« Pluchin reichte Semjonow den Becher hin. »Übrigens, der Becher kostet zwei Rubel! Dafür hackst du mir noch einen Wagen Holz!«

Semjonow trank.

Sie leerten die große Kanne bis auf den letzten Tropfen.

Dann schlief Dr. Pluchin mit offenem Mund auf der Ofenbank unter einem Hundefell, und Semjonow schwankte die Treppe hinauf in die Kammer. Dort sah er am Bett einen Lichtschein. Ob es eine Kerze war oder ein Lämpchen mit Öl, nahm sein vernebeltes Auge nicht mehr wahr. Aber er sah im fahlen Licht eine nackte weiße Schulter, einen schmalen Kopf und schwarze Haare, wie von schwarzen Spinnen gesponnen.

»Ludmilluschka«, stammelte er und schwankte ächzend zum Bett. »Mein Weibchen, mein Engelchen, mein ... mein Mütterchen ...«

Dann fiel er auf die Knie, und es krachte, als stürze ein gefällter Baum. Er weinte und umarmte den nackten, schmalen Körper Ludmillas und wünschte sich, jetzt in diesem Augenblick zu sterben.

»Mein großer Bär«, sagte Ludmilla leise und rückte nach hinten zur Wand. »Komm ins Bett ... die Nacht ist so leer ohne dich ...«

Am nächsten Morgen ging die Sonne strahlend auf. Blau war der Himmel, die Wälder leuchteten saftig grün, sogar der knietiefe Schlamm auf den Straßen und Wegen bekam ein freundliches Aussehen, wie Karamelpudding. Es war, als habe es nie einen Winter gegeben, nie Eisstürme, nie eine meterdicke Schneedecke, zugefrorene Flüsse, vom Frost auseinandergesprengte Bäume, vor Hunger und Elend heulende Wölfe.

Die Sonne war da. Die Frühlingssonne! Schon bald würden die ersten Blumenspitzen aus der Erde stoßen, Krokusse und weißblühende Moose. Die Lärchen würden grüne Nadelspitzen bekommen und an den Haselbüschen sich braungrün schillernde Knospen zeigen. Die Natur atmete auf. Murmeltiere, Biber und Bären krochen aus ihren Winterhöhlen. Die Füchse jagten schon wieder, und bald würden die Wildgänse über die Taiga ziehen, die Wildschwäne und Großtrappen, Eisvögel und Steppenhühner, Schneekraniche und Fischreiher.

Die Schönheit Sibiriens entfaltete sich wie das bunte Rad eines Pfaus. Die klare Luft roch schon nach Blütenpollen. Ein Wunder war's wahrhaftig, wie über Nacht ein warmer Atem über das Land wehte.

Dr. Pluchin kochte schon am Herd eine Gerstensuppe, als Semjonow mit brummendem Schädel und wäßrigen Augen die Stiege herunterkam und einen schalen Dunst von Alkohol mitbrachte.

»Die Pumpe im Hof geht wieder, Söhnchen!« sagte Dr. Pluchin. »Halt den Kopf drunter und den Atem an. Eisigkalt ist das Wasser, aber es treibt jeden Teufel aus den Poren! Und dann iß das Süppchen. Was macht Ludmilla, unser Täubchen?«

»Sie schläft noch.« Semjonow lehnte sich gegen die Tür und starrte Pluchin an. »Welch ein Satanszeug haben Sie da gebraut, Doktor! Ihr Wein lähmt das Gehirn.«

»Um so beweglicher ist die Zunge.«

»Ich habe dummes Zeg geredet, nicht wahr?«

»Du hast gut daran getan, alles zu sagen, Pawel Konstantinowitsch. Nach dem Frühstück packen wir, ich fahre euch zur Faktorei Turu, und von dort könnt ihr mit Transportkolonnen nach dem Norden ziehen. Einen Brief gebe ich euch mit, an eine Freundin. Katharina Kirstaskaja heißt sie. Sie ist Ärztin für den Distrikt Olenek. Dort werdet ihr bleiben können und eure Kinder großziehen.«

»Glauben Sie das wirklich, Dr. Pluchin?«

»Olenekskaja Kultbasa ist ein Ort, wo man sich wundert, daß nicht noch ein Mammut durch die Moosflechten stampft.« Dr. Pluchin schlug ein rohes Ei in die dampfende Gerstensuppe. »Und nun wasch dich, Söhnchen. Ausgeatmeter Alkohol ist mir ein Greuel.«

Um die Mittagszeit war es soweit. Ludmilla und Semjonow hatten in zwei große Säcke alles gepackt, was sie für die Reise brauchten. Dr. Pluchin winkte Semjonow. Sie gingen zusammen in den Schuppen, und hier räumte Pluchin einige Strohballen fort, öffnete die Klappe einer Falltür und holte aus einem Erdkeller zwei längliche, in Fettpapier und stinkende Felle verpackte Gegenstände. Während Semjonow die Falltür wieder schloß und das Stroh darüberschob, wickelte Pluchin die Pakete auf und legte zwei gut geölte, glänzende Militärgewehre auf einen Holzbock.

»Ein wundervolles Gewehrchen«, sagte Pluchin und streichelte die Läufe der Waffen. »Zwei Tokarev M 1940. Sie schießen wie der Teufel. Ihr werdet sie brauchen können.«

Semjonow blickte auf die glänzenden, geölten Gewehre. Dann sah er Pluchin an und nahm eines der Gewehre in die Hand.

»Woher haben Sie die Waffen?«

»Gefunden«, anwortete Pluchin kurz.

»Natürlich.« Semjonow blickte zurück auf die Strohballen, die wieder die Falltür verdeckten. »Und was haben Sie noch in Ihrem Fundbüro, Doktor?«

»Ein 7,62 AK-Maschinengewehr, ein PPS-43 Maschinengewehr und vier Tokarevs wie diese hier.«

»Und warum heben Sie diese Waffen auf, Doktor!« Semjonow legte das Gewehr auf den Bock zurück. »Wer Sie ansieht, glaubt an einen Friedensengel, nicht an einen Waffenhorter.«

»Haben sie jetzt nicht einen Sinn, die Waffen, he?« versetzte Pluchin giftig. »Alles hat im Leben einmal einen Sinn, nichts ist umsonst! Ob man einen Nagel aufhebt oder ein Maschinengewehr – einmal kommt die Zeit, wo man alles brauchen kann.«

Semjonow ergriff die Gewehre und warf sie an den Lederriemen über die Schulter. Sogar die Bajonette waren an den Schaft gebunden. Die Klingen war sauber, rostlos, mit einer dicken Fettschicht eingerieben.

»Wie sollen wir Ihnen danken, Boris Antonowitsch?« fragte Semjonow mit schwerer Zunge. »Um ehrlich zu sein . . . ich hatte damit gerechnet, hier am Ende meines Weges zu sein. Ich hatte keine Hoffnung mehr. Ich . . . ich wollte Ludmilla in Ihre Obhut geben und mich den Behörden stellen.«

»Solch ein Idiot!« Dr. Pluchin hob die Faust. »Das wäre dir recht gewesen, Söhnchen . . . ein Weibchen nehmen, ein Kind zeugen und mir dann beide an den Hals hängen! O nein!« Pluchin ging zur Tür des Schuppens und stieß sie auf. »Frühling ist, in zwei Wochen blüht sogar die Tundra, die ganze Welt erneuert sich, und dieser Idiot denkt, er sei am Ende! Hinaus, Pawel Konstantinowitsch, in einer Stunde fahren wir.«

Mit einem hochrädrigen Pferdewagen ratterten sie später zwanzig Kilometer durch Waldwege und Schneisen zum Flusse Turu, wo die Faktorei für die Gebiete am nördlichen Polarkreis lag. Hier herrschte schon Hochbetrieb. Fallensteller und Jäger lieferten ihre Winterbeute ab, tauschten gegen Felle Säcke voll Mehl, Salz, Hirse, Gerste und Grieß ein, schleppten Tonnen mit eingelegtem Kohl zu ihren Fuhrwerken und banden Säcke mit Büchsen und Kartons auf die Rücken ihrer Transportrentiere. Im Schankraum erscholl Gesang. Dort soffen die Unverheirateten den Frühling an. Rohe Kerle mit breiten, gelben Gesichtern und hängenden Schnauzbärten. Jakuten und Ewenken, Dolganen und Nenzen, Völkerstämme aus der Urwelt, in zottigen Pelzen und dicken Pelzkappen, Fellstiefeln, wattierten Hosen und Jacken.

Dr. Pluchin verhandelte mit dem Leiter der Transportbrigade. Was er sagte, erfuhren Semjonow und Ludmilla nie. Vielleicht erfährt man es, wenn Dr. Pluchin einmal begraben ist und jemand sich die Mühe macht, seine Aufzeichnungen durchzulesen. Dann wird er finden: »Habe mit Borja, dem Saukerl, gesprochen. Habe ihm gesagt: ›Du bringst die beiden Freundchen sicher nach Olenekisskaja Kultbasa, oder ich weigere mich, weiter deine Syphilis zu behandeln, und melde dich dem Kommandanten!‹ So wurde alles geregelt. Habe Borja hinter der Garage gleich eine Spritze als Anzahlung gegeben.«

Ludmilla umarmte Dr. Pluchin und küßte ihn, bevor sie unter die Plane des Lastwagens kletterten, den Borja selbst fuhr.

»Sie glauben nicht an Gott, Dr. Pluchin?« fragte sie.

»Nein«, brummte Pluchin.

»Wessen Segen soll ich dann für Sie erbitten?«

»Keinen Segen, Täubchen!« Pluchins Augen wurden weich und merkwürdig blau. »Glaubt weiter an den Menschen wie ich«, sagte er rauh. »Ich weiß, es ist ein dummer Glaube, nur Idioten können so denken . . . aber was wären wir ohne diesen Halt?«

»Und Gott?«

»Gott? Gott hat versagt, als er den Menschen schuf! Soll man ihn dafür loben?« Dr. Pluchin wandte sich ab und ging.

»Boris Antonowitsch!« Semjonow sprang noch einmal aus dem Wagen und lief dem Arzt nach. Er holte ihn vor der Faktorei ein und riß ihn an den Schultern herum. »Sie haben ebenso wenig auf dieser Welt wie wir. Sie sind der Einsamste unter den Einsamen. Kommen Sie mit . . .«

»Verrückt, mein Söhnchen.« Dr. Pluchin schob Semjonows Hand weg. »Ich habe meine Kranken. Meine wilden Kerle aus dem Holzlager. Von fünfhundert haben zweihundert die Syphilis; sie huren wie die Karnickelböcke und werfen sich auf alles, was Röcke trägt. Und die Unfälle! Voriges Jahr hatte ich neunzehn Blinddärme. Weißt du, wo ich sie operiere? Im Schuppen, Söhnchen. Über zwei Holzböcke lege ich gescheuerte Bretter, spritze die Körper mit Karbol ein und schneide die Würmchen aus dem Bauch. Nicht einer hat bisher eine Sepsis bekommen, nicht einer! Siehst du, und darum bleibe ich. Ich kann helfen. Das ist mehr, als selbstzufrieden zu sein . . .«

An der Ausfahrt hupte Borja. Semjonow zuckte zusammen. Die letzte Minute eines Abschieds für immer.

»Boris Antonowitsch«, sagte er heiser, »wenn ich mich wieder stark und mutig fühle, so ist es Ihr Werk, Väterchen.«

»Dann lauf! Lauf zu deinem Weibchen, mein Söhnchen. Und vergiß nicht Mut und Stärke, du wirst sie brauchen können . . .«

Hinter der Seitenwand der Faktorei sah Dr. Pluchin zu, wie der Lastwagen anfuhr, wie Semjonow unter die Plane kletterte und von Ludmilla hochgezogen wurde, als er gegen die Ladeklappe sprang und sich emporstemmte.

Dann, als die Wagenkolonne im Wald verschwunden war, ging er in den Schankraum, schob einen der Jakutenjäger zur Seite, klopfte mit der flachen Hand auf die Theke und sagte: »Iwan Lukanowitsch, du Rabenaas, gib mir einen Wodka. Aber einen guten, oder ich spritze dir nächstens Salzsäure in die Adern . . .«

An diesem Tag kam Dr. Pluchin nicht mehr zurück nach Mulatschka. Auf dem Speicher der Faktorei, auf einem Strohsack, schlief er seinen Rausch aus.

Freunde, es ist wirklich verdammt schwer, hart zu sein, vor allem

hart gegen sich selbst . . .
Die Ärztin Katharina Kirstaskaja war ein hübsches, blondhaariges Weibchen von siebenundzwanzig Jahren mit stämmigen Beinen, einem runden Hinterteil, wohlgeformtem Brustkorb und einem roten Mund, den Kenner vielleicht sinnlich genannt hätten. Aber wer ist schon nördlich des nördlichen Polarkreises ein Kenner in solchen Dingen?

Sie war nach Oleneksskaja Kultbasa abgeordnet worden. Nach ihrem Ärzteexamen in Irkutsk arbeitete sie erst drei Jahre in der staatlichen Klinik. Dann hatte jemand die wahnwitzige Idee, am Olenek eine neue Stadt entstehen zu lassen. Die Stadt wurde gebaut, mit einem kleinen Krankenhaus sogar, in dem es zur Verblüffung aller einen Operationssaal gab mit Wänden aus weißem Ölanstrich und einem gekachelten Fußboden. Der Stadtsowjet von Oleneksskaja Kultbasa konnte sich daran nicht sattsehen, zumal er selbst noch in einer miesen Steinbaracke wohnte. »Krank müßte man sein«, sagte er ehrlich, »und sich in dieses Haus legen. Statt dessen bringe ich die Hälfte der Nächte damit zu, Wasserratten in meinen Zimmern zu jagen! Kultivieren und Pionierarbeit leisten ist eine große Sache, Genossin Kirstaskaja, man dient dem Fortschritt und nützt der Nation – aber ein bißchen eigene Bequemlichkeit ist doch ein menschlich verständlicher Wunsch.«

Für Katharina Kirstaskaja bedeutete die neue Stadt Olenek nur einen Abschnitt ihres Lebensweges. Sie hatte bei der Universität Irkutsk eine Bewerbung eingereicht mit einer wissenschaftlichen Arbeit über eine Viruserkrankung, die im Frühjahr die Kinder der nördlichen Gebiete befällt. Man sieht daraus, welch kluges Weibchen die Kirstaskaja war und wie ehrgeizig sie sein konnte. Nun wartete sie schon drei Jahre auf eine Antwort vom Baikalsee. Und da Zeit in Sibirien kein Begriff ist, wartete sie weiter mit der Geduld, die die russische Seele so schwermütig werden läßt.

Nach zwei Wochen Fahrt erreichte die Wagenkolonne Borjas die neue Stadt Oleneksskaja Kultbasa. Der Drohung Dr. Pluchins eingedenk, fuhr er mit seinem Wagen zuerst zum Krankenhaus und holte die Kirstaskaja aus dem Behandlungszimmer, wo sie gerade einem Mädchen die Wirbelsäule massierte.

»Von Pluchin?« fragte Katharina Kirstaskaja und entfaltete den Brief. »Zwei Jahre habe ich nichts von ihm gehört. Wie geht es ihm, Borja?«

»Ein Tyrann ist er, Genossin! Ein Teufel!«

Die Kirstaskaja lachte und las die wenigen Zeilen des Briefes. Dann ging sie um den Wagen herum und sah zur Ladeluke hinauf. Dort saßen Semjonow und Ludmilla und warteten auf ihr weiteres Schicksal.

»Willkommen am Rande der Welt«, sagte die Kirstaskaja und steckte den Brief Pluchins in ihre Bluse. Die Bluse war rot und leuchtete in der Sonne grell gegen die blonden Haare an. Wie gesagt, Katharina war ein hübsches Frauchen.

Sie gab Ludmilla die Hand und half ihr aus dem Wagen. Semjonow sprang hinterher, holte die Säcke und die beiden in Decken gewickelten Gewehre aus dem Wagen. Kaum standen sie auf der Straße, fuhr Borja schon wieder an. Sein Ziel war das staatliche Magazin. An die beiden Menschen, die er abgeladen hatte, erinnerte er sich später nicht mehr. Er vergaß sie gründlich, um sein Gewissen reinzuhalten.

»Boris Antonowitsch hat mir alles geschrieben«, sagte die Kirstaskaja. Sie hatte eine tiefe Stimme, melodisch und schwingend wie der Ton aus einem Cello. »Seine Freunde sind mir immer willkommen.« Sie ging Semjonow und Ludmilla voraus in die Krankenstation und führte sie in ein kleines Zimmer. Nichts war darin als ein Bett und ein Sofa, ein schmaler Schrank aus Tannenholz und ein Tisch mit zwei Stühlen. Aber eine Blume stand am Fenster. Eine Primel, rot mit weißen Rändern. Etwas schwindsüchtig sah sie aus, aber sie blühte.

»Das ist alles, was ich Ihnen bieten kann«, sagte Katharina Kirstaskaja. » Aber das Zimmer ist sauber, ohne Läuse und Wanzen, und auch die Fenster sind dicht, wenn der Sturm aus dem Norden heult.«

Semjonow stellte die beiden Säcke mit ihren Habseligkeiten auf die Dielen und nahm seine Mütze ab. Ludmilla nickte.

»Wir werden uns hier wohl fühlen«, sagte sie mit fester Stimme.

Den Tag verbrachten sie mit Auspacken und Einräumen, badeten sich im Badezimmer, das gleich nebenan lag und einen Ofen für Holzfeuerung besaß. Semjonow versteckte die Gewehre unter der Matratze des Bettes, rasierte sich und schnitt sich die Haare wieder kurz. Gegen Abend steckte die Ärztin nach kurzem Anklopfen den Kopf durch die Tür.

»Kommen Sie mit zum Essen?« fragte sie. »Ich habe zwei Hühnchen braten lassen.« Sie trat ins Zimmer und staunte Ludmilla an.

Aus dem zarten, zerbrechlichen Frauchen in der schmutzigen Kleidung war eine schöne junge Frau geworden. Ludmilla trug einen grauen Wollrock, eine gelbe Bluse, Seidenstrümpfe und Sportschuhe. Es war die letzte Erinnerung an Wiwi und den Magazinverwalter, der ihr heimlich die seltenen Dinge in einem Karton hinters Haus gestellt hatte, wo Ludmilla sie in der Dunkelheit abholte.

»Sie sind schön, Genossin«, sagte die Kirstaskaja und sah dann Semjonow an. »Wir werden auf sie aufpassen müssen, Pawel Konstantinowitsch. Olenek ist eine wachsende Stadt, jeden Tag wird ein neues Haus errichtet . . . und die Stadt besteht fast nur aus Männern. Aus rauhen Männern.«

Sie aßen im Zimmer Katharinas, das groß und warm war und nach sibirischen Maßstäben fast luxuriös eingerichtet mit einem Büfett, Sesseln und einem runden Tisch. Sogar ein Radio mit Batteriebetrieb spielte auf einem Sockel, und ein Grammophon mit drei Plattenstapeln stand in der anderen Ecke. Semjonow hockte sich vor den Platten nieder und las die Etiketten.

»Beethoven . . . Brahms . . . Schubert . . . Wagner . . . Verdi . . . Glinka . . . Tschaikowskij . . . Borodin . . . Meyerbeer . . . Sie lieben klassische Musik, Genossin Kirstaskaja?«

»Sie ist für mich Medizin. Wenn mich Sibirien schwermütig macht, lege ich die Eroika auf. Dann ist alles weg, alle Sehnsucht, alle Verzweiflung, alle Wünsche.«

Ludmilla beugte sich vor. »Ich glaube, wir werden uns gut verstehen«, sagte sie. »Möge Oleneksskaja Kultbasa endlich das Ende unserer Suche nach dem Frieden sein.«

»So wird es sein.« Die Kirstaskaja stand auf, strich sich über die blonden Haare und ging hinaus. Semjonow legte eine Platte auf. Das Klavierkonzert Nr. 1 von Chopin. Ganz in sich versunken, hockte er vor dem Grammophon auf den Dielen und lauschte der Musik. Zwar klangen die Töne etwas blechern in dem alten Trichter, und zwischen den Konzertsätzen mußte er die Feder ein paarmal aufdrehen, aber von der Musik ging ein solcher Zauber aus, daß sein Mund lächelte, sein Arm sich um Ludmilla legte, als sie sich neben ihn kniete, und sein Kopf gegen ihre Brust sank.

Sollten wir endlich daheim sein? Endlich, endlich daheim? Er dachte es wie eine Bitte an Gott und lebte die Süße der Musik mit und empfand die große Liebe, aus der heraus Chopin diese Noten geschrieben hatte.

Im Nebenzimmer, durch dessen dünne Holzwand das Klavierkonzert deutlich zu hören war, saß die Kirstaskaja vor ihrem Schreibtisch und las eine Funkmeldung durch, die vor Wochen schon von einem Offizier des in der Nähe liegenden Fernmeldebataillons gebracht worden war.

Eine Fahndung. Ein Steckbrief.

Gesucht wird der deutsche Spion Franz Heller, der sich Pawel Konstantinowitsch Semjonow nennt. Und die ehemalige politische Kommissarin Ludmilla Barakowa, verheiratete Semjonowa, flüchtig mit Semjonow, angeklagt des Landesverrates.

Beschreibung der Ludmilla Barakowa: Mittelgroß, schlank, schwarze Haare, schwarze, etwas schräggestellte Augen ... Unterschrift Generalmajor Karpuschin ...

Mit ernstem Gesicht zerriß Katharina Kirstaskaja den Steckbrief und warf die Schnipsel in den Papierkorb.

Sie sollen hier ihre neue Heimat finden, dachte sie dabei. Pluchin hat sie geschickt, und er kennt die Menschen. Was sie auch getan haben mögen ... hier am Olenek, zwischen Taiga und Tundra, büßt man alles ab. Hierher hat Gott das Fegefeuer verlegt ... aber es brennt nicht ... es heult als Eissturm und nagt als Frost in den Knochen ... und im Sommer sind es Myriaden von Mücken, die über Mensch und Tier herfallen und ihr Blut saugen.

Leise, auf Zehenspitzen, kehrte Katharina in das Wohnzimmer zurück. Sie sah Semjonow und Ludmilla umschlungen vor dem Grammophon sitzen und ließ sich lautlos in einem Sessel nahe der Tür nieder.

So groß ist ihre Liebe, dachte die Kirstaskaja, und es war etwas Neid in ihren Gedanken. Kann man verstehen, daß Liebe so herrlich sein kann, daß man sich loslöst von allen Gesetzen?

Sie konnte es nicht verstehen. Sie kannte keine Liebe. Vier Tage und vier Nächte lang war sie die Geliebte eines Arztes in Irkutsk gewesen ... Dann warf er sie aus dem Zimmer wie einen angefaulten Apfel und sagte dabei: »Und nun geh, Kathinka ... ich kenne dich jetzt. Mich reizte nur das Neue!«

Erstechen, erwürgen, erschießen hätte sie ihn können. Sie hatte mit den Fäusten gegen die Wände getrommelt und ihr eigenes Spiegelbild angespuckt. Dann erfuhr sie noch, daß er verheiratet war und drei Kinder hatte. Eines Nachts begegnete sie ihm am Ufer des Baikalsees. Er war allein, betrunken und sang gegen den Wind unanständige Lieder. Ohne ein Wort war sie an ihn herangetreten und hatte ihm eine Tüte gemahlenen schwarzen Pfeffer in die Augen geworfen. Er heulte auf wie ein verwundeter Hund, warf die Hände vors Gesicht und rannte davon.

Niemand entdeckte, wer das Attentat verübt hatte. Die Augen waren nicht mehr zu retten. Er blieb blind. Kurz darauf wurde Katharina Kirstaskaja an den Olenek versetzt, und Irkutsk lag weit weg.

Liebe!

Katharina Kirstaskaja senkte den Kopf.

Wenn sie an Liebe dachte, stellte sie das Grammophon an. Wer kann ermessen, wie einsam ein Mensch sein kann, wenn er nur noch aus Sehnsucht besteht . . .?

Es wurde Juli. Der Sommer glühte über der Taiga, die Mücken schwirrten von den Sümpfen am Olenek herüber, und die neue Stadt wuchs noch immer, Haus um Haus, Straße um Straße. Man hatte ja Platz genug.

»Für wen bauen wir eigentlich?« fragte Semjonow einmal seinen Vorarbeiter. Er war eine Woche nach seiner Ankunft bei der III. Baubrigade angestellt worden und hatte sich als Spezialist für die Dielung erwiesen. »Zweihundert Häuser, so sagt man, stehen leer, und wir bauen immer noch weiter. Das ist doch Unsinn, Brüderchen. In Häuser gehören Menschen.«

»Es ist Befehl, Genosse. Wozu denken wir also?« Der Vorarbeiter ließ Semjonow aus seiner Flasche Tee trinken – es war Mittagspause – und nahm von Semjonow ein Speckbrot an, das Ludmilla ihm mitgegeben hatte.

»Man hört so vieles, Freundchen«, sagte der Vorarbeiter, als er das Brot gegessen hatte. »Die einen flüstern von Militär, das kommen soll, die anderen reden von Forschern. Neulich kam mein Schwager aus Suchana, und der erzählte von einem Oberingenieur, der bei ihm gewohnt hatte und das Land vermaß. ›In einem Jahr wird hier die Stille aufhören‹, soll er gesagt haben. ›Dann kracht es hier!‹ Aber man weiß gar nichts, Brüderchen. Nur daß wir bauen müssen, Haus um Haus, das wissen wir.«

Während Semjonow auf dem Bau arbeitete, hatte die Kirstaskaja nach einigen Wochen Ludmilla soweit ausgebildet, daß sie Verbände anlegen, Spritzen geben, Einläufe machen und den Puls fühlen konnte. Es fiel Ludmilla nicht schwer. »Wir wurden auch im Sanitätsdienst ausgebildet«, erklärte sie, als sich die Ärztin über

Ludmillas Geschicklichkeit wunderte. »Ich kann Brüche schienen und Brandwunden behandeln und Schlagadern abbinden. Und wenn ich bei Ihnen zusehen darf, kann ich Ihnen in ein paar Wochen auch assistieren.«

Bald übernahm Ludmilla alle einfachen ärztlichen Arbeiten, während sich die Kirstaskaja nur noch um die schwierigen medizinischen Probleme kümmerte. War sogenannter »Operationstag«, stand Ludmilla neben ihr und assistierte. Dreimal eine mißlungene Abtreibung, einen Blinddarm, einen tiefsitzenden Karbunkel, eine Amputation des rechten Daumens, der in eine Kreissäge gekommen war. Auch Zähne ziehen mußte die Kirstaskaja. Sie tat es ohne Betäubung, wenn die wilden Männer aus den Holzschlagkolonnen der Taiga zu ihr kamen, kleinlaut, mit aufgetriebener Backe, in den sonst harten Augen helle Angst.

»Hinsetzen!« kommandierte sie dann. Ludmilla band die Riesen meistens fest, denn trotz der Schmerzen und der Angst war es mehrfach vorgekommen, daß sie nach Ludmillas oder Katharinas Brüsten griffen und zweihundert Rubelchen für ein Wälzerchen boten.

»Mund auf!«

Ein Spreizer hielt den Mund offen, die Zange wurde angesetzt, tiefe, gurgelnde Schreie, ein Knacken und Knirschen im Kieferknochen ... »Oh!« brüllten die starken Männer. »Hui! Ah!« Schweiß lief ihnen über die Augen in den Mund, dann krachte es, und Katharina hielt den Zahn zwischen den Zangenbacken dem Patienten vor die Augen.

»Du Schlappschwanz!« sagte die Kirstaskaja dann verächtlich. »Vor solch einem Zähnchen geht ihr in die Knie, aber sonst wollt ihr den Weibern imponieren! Man sollte euch auslachen!«

Ja, so war's. Und wer einmal einen Zahn bei Katharina hatte ziehen lassen, der ging ihr aus dem Weg, Freunde, wie ein Hund einer Peitsche. Nur wenn sie allein waren, die starken Männer, hieben sie auf die Holztische und schrien: »Dieses Weibsstück einmal im Bett! Brüderchen, ich zerreiße sie, beim Teufel! Um Gnade würde sie flehen! Aber Gnade? Haha! Wie die Tataren unterm Sattel ihr Fleisch, so würde ich sie gar- und weichreiten! Satan verfluchter!«

An einem heißen Julitag war's, als Ludmilla mit dem Pferdewagen in den Wald fuhr, um den Vorarbeiter der Holzkolonne Stachanow I zu verbinden. Ein fallender Baum hatte ihm mit den äußeren

Ästen die linke Hand aufgerissen, weil er nicht weit genug zur Seite getreten war. Nun saß Kolka Nikolajewitsch Lidka auf einem Baumstumpf, hielt seine Hand fest, fluchte schauerlich und wartete auf die Ärztin. Er hätte sich in die Stadt bringen lassen können, aber wer sollte dann die Kolonne beaufsichtigen und die Abrechnungen des Tages machen? Diese Solls und Doppelsolls und Übersolls waren eine komplizierte Rechnerei. Es ging dabei um jeden Kubikzentimeter Holz, und alle Holzschläger – der Teufel hole sie – waren nur darauf aus, Kolka Nikolajewitsch zu betrügen.

Während die Sägen knirschten, die Winden ratterten und die mächtigen Stämme zur Erde krachten, sah Kolka mit Vergnügen, daß nicht der Satan Kirstaskaja, sondern die Assistentin Ludmilla mit dem Wagen kam. Der Tag war heiß, die Sonne schwamm im wolkenlosen blauen Himmel, und Ludmilla trug nur eine weiße Bluse und einen Faltenrock. Beides war so dünn, daß Kolka die Linie ihrer Schenkel und das nackte Fleisch ihrer schlanken Beine sah, als sie vom Kutschbock sprang.

»Ich lobe den Tag, Täubchen, der dich zu mir führt«, sagte er mit etwas belegter Stimme und atmete keuchend. Ludmilla untersuchte seine Hand, öffnete den Verbandskasten, nahm Puder und Binden heraus und eine lange, spitze Schere, mit der sie einige Stücke Zellstoff abschnitt, um die Wunde damit zu reinigen. Sie schraubte ein Jodfläschchen auf und einen Behälter mit Alkohol, legte die Hand Kolkas auf ihre Knie und betupfte die Wunde. So brennend auch der Schmerz war, Kolka spürte nur die Berührung seiner Hand mit ihrem Knie. Er starrte auf die tief ausgeschnittene Bluse vor sich, auf den Ansatz der Brüste, auf die schwarzen Haare, die über die Schultern quollen.

»Tut es weh?« fragte Ludmilla.

»Nein, Täubchen, nein«, keuchte Kolka. Er spürte ein Jucken und Ziehen in seinen Lenden und schämte sich darüber, um gleich darauf ganz dem Gefühl zu verfallen und mit den Fingern der rechten, unverletzten Hand zu schnalzen.

»So«, sagte Ludmilla und legte den Verbandskasten auf den Waldboden. »Nun ist die Hand verbunden. Ich gebe dir noch eine Schmerztablette für die Nacht.«

»Ist der Verband auch ganz fest?« erkundigte sich Kolka.

»Fester geht es nicht.«

»Man kann ihn nicht abschütteln?«

»Nein. Wer sollte das auch tun?«

Kolka Nikolajewitsch sah sich um. Sie waren allein auf der Lichtung. Irgendwo im Wald fraßen sich die Motorsägen in das Holz, wurden Bäume gefällt, tuckerten die Motoren. Eine Schneise führte zu dem Holzeinschlag ... Sie saßen außerhalb aller Blicke am Waldrand, und hinter ihnen begannen Büsche, Farne und weiches Moos. Farne, so hoch, daß ein mittelgroßer Mensch sich darin verbergen konnte.

»O Vögelchen«, sagte Kolka leise, und in seiner Stimme lagen Zärtlichkeit und tausend Sehnsüchte. »Ich könnte dich auffressen.«

Er beugte sich vor, umarmte Ludmilla, zog sie an sich und wollte sie küssen. Ein Fausthieb, genau auf die Nase, ließ Kolka zurücktaumeln. Er griff sich an die Nase, spürte, wie Blut über seine Finger rann, und das machte ihn wahnsinnig und raubte ihm den Verstand.

»Du Luder!« stammelter er. »Du schönes, geiles Luder!« Mit einem dumpfen Schrei stürzte er sich wieder auf Ludmilla, und als sie erneut zuschlug und ihre kleine, harte Faust wie ein Hammer zwischen seine Augen krachte, stieß er ein Röcheln aus und ließ sein Gewicht über die kleine, zierliche Gestalt fallen.

Keuchend rollten sie zwischen die Farne. Kolkas Riesenhände packten ihre Beine, rissen sie auseinander, preßten sie auf den Waldboden fest. Und jetzt lachte er sogar, ein heiseres, triumphierendes Gelächter. Speichel tropfte aus seinen Mundwinkeln, und ein Geruch von Wildheit strömte aus seinen schwitzenden Poren.

»Mein Füchschen«, stotterte er, und seine Augen waren rot vor Erregung. »Mein heißes Kätzchen ... fast ein Jahr habe ich kein Weibchen mehr gehabt ...«

Als er sich erneut über sie warf, weiteten sich seine Augen und starrten Ludmilla in stummem Entsetzen an. Etwas Glühendes war in seine Brust gedrungen. Vor seinen Augen zerplatzte der Wald in bunte Sterne, der Himmel färbte sich rot, und die Sonne wurde schwarz. Ludmillas Gesicht schrumpfte zusammen wie eine verdorrende Kartoffel, und das war so schrecklich, daß er aufschrie, mit beiden Händen zur Brust tastete, wo das glühende Ding noch immer stak und die Welt um ihn herum veränderte.

Dann war auch das vorbei ... Er rollte zur Seite, seine Knie streckten sich, die Hände schlugen ein paarmal flach auf die Farne, er seufzte tief und lag dann still.

Wie versteinert lag Ludmilla neben dem Toten und sah in den

blauen, wolkenlosen Himmel. Ich habe einen Menschen getötet, dachte sie. Zum erstenmal mit meiner Hand ... einen Menschen ... mit einer langen, spitzen Schere habe ich in sein Herz gestochen.

Pawluscha, ich bin dir treu geblieben. Aber es hat ein Leben gekostet.

Nach der ersten Erstarrung handelte Ludmilla schnell und überlegt. Sie zog die Schere aus der Brust Kolkas, schleifte den schweren Körper noch weiter in das Dickicht und deckte ihn mit großen Farnblättern zu. Dann sammelte sie alle gebrauchten Tupfer um den Baumstumpf herum auf, verwischte mit Farnen die Spuren des Pferdewagens und fuhr in den tiefen Räderfurchen der Lastwagen den Weg zurück bis zur Straße, die man nach Olenekskaja Kultbasa gebaut hatte.

Völlig ruhig stieg sie vor dem Krankenhaus ab, ging hinein, legte die Tasche im Behandlungszimmer hin, fand die Ärztin in ihrem Wohnzimmer beim Mittagessen und blieb an der Tür stehen. Aus dem Radio klang leise Musik. Schwanensee von Tschaikowskij.

»Katharina Kirstaskaja, ich habe eben einen Menschen getötet!« sagte Ludmilla mit fester Stimme, als mache sie einen Rapport. »Kolka Nikolajewitsch Lidka. Mit der Schere habe ich es getan. Ich habe meine Ehre verteidigt.«

»Aha!« Die Kirstaskaja schob den Teller mit Borschtsch von sich und drehte das Radio aus. »Wo liegt er?«

»Im Wald. Ich habe ihn unter Farnen versteckt.«

»Hat man dich gesehen?«

»Ich glaube nicht.« Ludmilla wischte sich eine Strähne aus dem Gesicht. Bleich war es, verfallen und klein. »Sie fragen gar nicht weiter, Katharina?«

»Wozu?« Die Kirstaskaja steckte sich eine Zigarette an. Dann hielt sie Ludmilla die Schachtel hin und steckte sie ein, als diese stumm den Kopf schüttelte. »Ich habe Verständnis für solche Dinge.«

Die Kirstaskaja dachte an Irkutsk, an den blinden Dr. Blewin, und ihre Lippen wurden schmal. Mir fehlte der Mut – sie hat ihn! Man sollte dich schwesterlich umarmen, Ludmilla Semjonowa ...

»Leg dich hin«, sagte sie mit ungewohnter Milde. »Versuch zu schlafen. Komm, ich gebe dir eine Tablette. Schlaf ist das einzige, was du brauchst. Schlaf ... und nicht mehr denken.«

In der Nacht, als Ludmilla nach einer Beruhigungsspritze endlich schlief, fuhren die Kirstaskaja und Semjonow wieder in den Wald. Sie holten die Leiche aus dem Dickicht, luden sie auf den Wagen und fuhren mit ihr zum Olenek, dem breiten Fluß, der in die Laptjew-See, einen Teil des nördlichen Eismeeres, mündet. Dort wickelten sie den Körper Kolkas in eine Matte aus Weidenruten, verschnürten die Rolle mit starken Seilen und warfen sie in die wilde Strömung des Flusses.

Gierig nahmen die Wellen den Toten auf, drehten ihn ein paarmal und jagten dann mit ihm davon, zum Norden, zum großen Meer.

Bis heute steht man in Oleneksskaja Kultbasa vor einem Rätsel, wo Kolka, der wilde Säufer, geblieben ist. Er hatte eine verletzte Hand, das war alles, was man zuletzt von ihm wußte. Dann war er verschwunden, wie ein Wassertröpfchen in der Sonne, aber selbst ein Wassertröpfchen kommt wieder mit einer Wolke. Nur Kolka Nikolajewitsch nicht. Er war wie weggezaubert.

Noch lange sprach man darüber; auch mit Dr. Kirstaskaja unterhielt sich der Stadtsowjet eingehend über diesen Fall. Damit die Bücher stimmten und die Berichte nach Jakutsk, einigte man sich, Kolka Nikolajewitsch Lidka als verstorben zu melden. An einer Lungenentzündung. Katharina schrieb einen Totenschein aus, und so war Kolka nun auch amtlich tot.

»Es war die einzige Lösung, Freunde«, sagte die Kirstaskaja, als sich wieder Ruhe über die Gemüter gebreitet hatte. »Man findet kein Paradies mehr . . . man muß es sich erobern . . .«

Bis Norilsk, der Stadt am Pjaschina-See, östlich des großen Jenissej, war Major Bradcock gekommen. Er hieß jetzt Fjodor Borodinowitsch Awdej, hatte die Papiere eines Geologen in der Tasche und reiste im Auftrag der sowjetischen geologischen Gesellschaft der Lomonossow-Universität von Moskau durch die Lande, um irgend etwas zu entdecken, was die nicht verstanden, denen er es erklärte. Es war die Rede von Gesteinen, aus denen man elektrische Energie gewinnen könnte. Durch die Atomspaltung, versteht sich. Wer Awdej anhörte, nickte weise, tat so, als verstände er alles, bewunderte den Mann, der sein Leben solchem Unsinn widmete, und fragte nicht länger, um sich nicht zu blamieren. Damit hatte Bradcock genau den Zweck seiner Maskerade erreicht: Die Eitelkeit der Menschen ermöglichte es ihm, quer durch Sibirien bis nach Norilsk zu reisen.

Dort fand er die erste Spur dessen, was er suchte: In den durch vielfache Postenketten der Roten Armee gesicherten Wäldern, deren Umgebung noch zusätzlich völlig vermint war, lagerten Fertigteile einer neuen Atomstadt. Jeden Tag flogen Transportmaschinen neue Teile heran, luden Schiffe auf dem Jenissej an besonders konstruierten Hafenanlagen Maschinen und eine unübersehbare Menge Kisten aus. Lastwagenkolonnen fuhren neue Truppen heran; auf Sattelschleppern wuchteten Rampen und stählerne Riesenlafetten durch die Taiga; und alles sammelte sich in Norilsk vor den Augen Major Bradcocks, der nun Awdej hieß. Er zog im Land umher, untersuchte Steinchen mit einem Mikroskop, klopfte mit Silberhämmerchen an Felsen oder ließ an manchen Stellen durch eine angeworbene Kolonne Löcher bohren, um Erdproben zu entnehmen.

Um die gleiche Zeit – es war im Mai – hatte Generalmajor Karpuschin eine Besprechung mit den Kommandanten der Taigagarnisonen. Karpuschin war in diesen Wochen gealtert. Gelblich war seine Haut geworden wie bei einem Leberkranken, und wenn er einen Bleistift in die Hand nahm oder gar ein Glas, dann zitterte sie, als friere er ständig.

Seine Suche nach Franz Heller, seine große Lebensaufgabe, hatte einen Gegenpol bekommen. Moskau, genauer gesagt, General Chimkassy, meldete, daß der GRU erfahren habe, Major Bradcock vom amerikanischen CIA habe Rußland gar nicht verlassen, sondern ein Doppelgänger. Die Information stammte aus Bad Godesberg und war zuverlässig. Ferner teilte General Chimkassy nicht ohne Genugtuung mit, daß Marschall Malinowskij getobt und Karpuschin vor allen anderen Offizieren eine leere Flasche genannt habe.

Karpuschin überwand diese Beleidigung nur mit Hilfe von Wodka. Nicht daß er zum Säufer wurde, das entsprach nicht seinem Wesen, nein, er soff drei Tage lang und kam dann zu der Erkenntnis, daß man in Moskau gut meckern konnte, aber auch keinen Weg wußte, die Infiltration von Spionen zu verhindern.

Mit anderen Worten: Karpuschin schaffte sich ein dickes Fell an und wartete auf die großen Helfer der internationalen Spionage: auf den Zufall – oder auf den Verrat!

War es das sibirische Klima oder wurde Karpuschin wirklich alt? Zum erstenmal verließ ihn sein schon legendäres Vorgefühl für kommende Ereignisse, als der Kommandant von Norilsk von dem seltsamen Geologen berichtete, der jeden Stein abklopfte.

Karpuschin lachte sogar und sagte: »Die Welt wäre ärmer ohne Idioten, Oberst! An ihnen orientieren sich die Klugen!«

Aber dann wurde er ernst. »Am ersten August geht es los, Genossen!« sagte der Generalmajor Karpuschin als Abschluß der Sondersitzung der sibirischen Standortkommandanten. »Plan VI–Wostok A tritt in Kraft. Am dreißigsten Juli ist Olenekskaja Kultbasa von der II. und der VI. nordsibirischen Division abgeriegelt, und keine Maus schlüpft mehr durch den Absperr-Ring! Keine Maus! Keine Wanze, Genossen!« schrie Karpuschin. »Alle Transportkolonnen rollen bereits. Am ersten August steigen die Transportgeschwader auf und landen auf dem neuen Flugplatz am Olenek.« Karpuschin blätterte in einem dicken Aktenstück und nickte zufrieden. »Der Kommandant von Olenekskaja Kultbasa meldet, daß zur Zeit neunhundert Häuser bereitstehen für die Techniker und Offiziere, Spezialisten und Wissenschaftler. Genossen!« Karpuschin rückte an seinem Kneifer. »Wir erleben eine große Stunde der Nation: Mit unseren Händen bauen wir eine neue Basis zur Eroberung des Weltraumes, neuen Ruhm für die Sowjetunion und neuen Glauben an die siegreiche Weltrevolution im Geiste unseres großen Führers Lenin!«

Am dreißigsten Juli flog Karpuschin von Jakutsk nach Olenekskaja Kultbasa und landete auf dem neuen Flugplatz vor der Stadt, zwischen der neuen Stadt, an der auch Semjonow als Dielenleger baute, und dem breiten Fluß.

Als die Militärmaschine landete, stand in der Menge auch der Bauarbeiter Semjonow am Flugplatzrand und sah die Offiziere in ihren Sommeruniformen aussteigen.

Als letzter kletterte ein stämmiger, untersetzter Mann aus der Maschine. Seine breiten Schulterstücke, golden mit einem silbernen Stern, und die roten Kragenspiegel mit dem schmalen goldenen Blatt leuchteten in der blendenden Sonne. Auf der starken Nase balancierte ein Kneifer, und nur die Uniform schützte Karpuschin davor, daß man nicht lachte wie bei einer Vorstellung des Clowns Popow.

»Ein gefährlicher Hund«, sagte einer der Bauarbeiter leise, als Karpuschin mit schnellen, ausgreifenden Schritten zu den wartenden Wagen ging. »Ich kenne ihn von Jakutsk her. War früher beim KGB. Kommt direkt aus Moskau. Genossen, wo der auftaucht, beginnt die Unruhe! Die schöne Zeit in den Wäldern ist vorbei.«

Semjonow sah mit versteinertem Gesicht Karpuschin nach, als dieser in der schweren SIS-Limousine in die Stadt fuhr.

Es gibt kein Entrinnen, das sah er jetzt. Rußland ist wie ein Schwamm . . . Millionen Tropfen nimmt er auf . . . aber sie kommen alle wieder heraus, wenn eine Faust ihn zusammepreßt.

Kurz nach der Wegfahrt Karpuschins meldete sich Semjonow krank, klagte über Leibschmerzen und fuhr mit einem Lastwagen in die Stadt. Dort traf er Ludmilla und die Kirstaskaja im OP an, wo sie einem kleinen Mädchen den Hals auspinselten.

»O Jesus«, sagte Ludmilla, als sie Semjonow erblickte, und ließ das Instrument fallen. »Was hast du, Pawluscha? Wie siehst du aus? Ist etwas geschehen?«

»Karpuschin ist in der Stadt«, erwiderte Semjonow dumpf. »Wir müssen packen und weiter . . . wieder in den Wald . . . irgendwohin . . . wieder ins Nichts!« Und plötzlich verließ ihn alle Beherrschung. Er trommelte mit den Fäusten gegen seine Stirn und schrie und brüllte: »Gibt es denn nirgendwo Frieden? Muß man sich umbringen, um endlich Ruhe zu haben?«

Katharina Kirstaskaja trug das Mädchen in ein Nebenzimmer, gab ihm ein Bilderbuch in die Hand und kam zurück in den OP. Ludmilla lehnte gegen den Instrumentenschrank. Sie hatte die Fäuste geballt, und ihre schwarzen Augen sprühten.

»Nein!« sagte sie gerade. »Nein! Nein! Ich gehe nicht mehr weg! Zum erstenmal weigere ich mich! Hörst du, Pawluscha, ich weigere mich, zu tun, was du willst! Ich habe ein Kind im Schoß, in drei Monaten wird es geboren. Soll ich es wie eine Wölfin auf den Waldboden werfen und mit Moos und Flechten großziehen?« Ihr kleines, tapferes Gesicht war blaß. Als sie die gequälten Blicke Semjonows sah, stampfte sie mit beiden Füßen auf und zerwühlte sich die Haare. »Ja! Ich weigere mich! Oh, ich liebe dich, Pawluscha . . . aber da ist nun das Kind. Für das Kind müssen wir leben, nicht mehr für uns! Ich bleibe, und wenn ich mich in den Keller verkrieche und unter faulendem Kohl schlafe. Aber ich bin unter Menschen, ich kann unser Kind gebären, wie es einem Menschen zukommt . . .«

Semjonow nickte. Für ihn gab es keine Wahl mehr.

»Wir bleiben, Ludmilla«, sagte er fest. »Vielleicht hast du recht: Man muß warten können und nicht immer etwas zu tun versuchen. Darin seid ihr Russen uns überlegen.«

»Du bist ein Russe, Pawluscha.« Ludmillas Hände sanken herab.

»Oder hast du Angst . . .? Sag es ehrlich, Liebster.«

Semjonow nickte langsam. »Ja, ich habe Angst. Um dich . . .«

Ludmilla lächelte. »Komm, gib mir einen Kuß«, sagte sie mit zärtlicher Stimme. Wie weggeblasen war ihre störrische Wildheit. »Ich habe keine Angst, Pawluscha. Wer ist schon Karpuschin? Ein Soldat! Ich aber habe ein Kind im Schoß, ich fühle, wie es sich bewegt . . . und das ist mehr, viel mehr . . . das ist eine ganze Welt . . .«

»Bravo!« sagte die Kirstaskaja und klatschte in die Hände. »Immer die Männer mit ihrem Eifer! Wie soll euch dieser Karpuschin entdecken? Gut. Er besichtigt auch das Krankenhaus. Ich führe ihn herum, und ihr wartet so lange im Keller. Hat man schon einen General im Keller gesehen? Und dann ist alles vorbei, und er kommt nie wieder.«

»Die ganze Stadt wird abgesperrt«, sagte Semjonow gequält. »Zwei Divisionen, sagt man. Die Häuser haben wir gebaut für Offiziere und Techniker. Wir wissen jetzt, was aus Oleneksskaja Kultbasa wird: eine neue Atomstadt!« Das letzte Wort schrie er heraus. »Begreift ihr das? Ich flüchte vor einem Auftrag, und das, was ich erkunden soll, läuft mir nach! Ich bin am Ziel! Ich sehe alles, was Millionen Dollar wert ist für die, die es wissen sollen! Ich baue mit an Rußlands größtem Geheimnis! Ich bin meinem Schicksal nicht weggelaufen . . . ich bin ihm in die offenen Arme gestolpert! Dafür sind wir zweitausend Kilometer durch die Taiga gezogen, Ludmilla . . . haben täglich unser Leben aufs Spiel gesetzt. Ein Paradies wollten wir suchen, aber wir landen in einer modernen Hölle! Darf man da nicht wahnsinnig werden?«

Ludmilla setzte sich neben den gläsernen Instrumentenschrank. Auch die Kirstaskaja lehnte sich plötzlich mit schwachen Beinen an die ölgestrichene Wand.

»Eine Atomstadt . . . hier«, sagte sie leise. »Das ist doch unmöglich!«

»Unmöglich? Wer kennt dieses Wort in Moskau?« Semjonow trat an das Fenster und blickte auf die Straße. Eine Kolonne Militärlastwagen rasselte vorbei. »Am ersten August, so wird jetzt bekannt, landen dreihundert Flugzeuge der Transportflotte am Olenek. Und von da ab täglich hundert Flugzeuge mit Material. Wir werden eine Frontstadt. Eine Front für den Frieden!«

Und dann lachte er, lachte so schrecklich, daß sich Ludmilla die Ohren zuhielt und die Kirstaskaja ganz dünne Lippen bekam.

Am ersten August, mit der Maschine 109 für Spezialisten, landete Major Bradcock, der sich jetzt Fjodor Borodinowitsch Awdej nannte, in Oleneksskaja Kultbasa. Man wies ihm das Haus Nr. 19 in der Frunsestraße zu. Diese Zuweisung war ein typischer Witz der Bürokratie, die nun auch in Sibirien zu arbeiten begann, denn das Haus Nr. 19 war erst halb fertig. Zimmerleute hämmerten noch die Dachbalken zurecht, als Awdej mit seinem Koffer erschien und einziehen wollte.

»Das ist ja eine schöne Schweinerei!« schrie Bradcock und warf den Koffer auf einen Sandhaufen, der mitten im Wohnzimmer lag. »Wer hat hier sein Soll wieder nicht erfüllt?«

»Brüderchen, leck uns am Arsch!« schrie vom Dach der Zimmermann-Vorarbeiter zurück. »Ohne Nägel halten keine Balken! Oder spuckst du sie fest, he? Aber die Nägel kamen erst im April! Frage beim Magazin nach!«

»April! Jetzt ist der erste August! Man wird in drei Monaten doch ein Dach fertigbekommen!«

»Er kann rechnen, das Jungchen!« sagte der Zimmermann-Vorarbeiter und legte seinen Hammer hin. »Wahrhaftig, drei Monate! Und wir – nur unsere Kolonne – haben in dieser Zeit einhundertzwölf Dächer gerichtet. Das vierfache Soll! Zum Teufel mit dir, noch ein Wort und ich schlage dir das Hirn ein!«

Bradcock setzte sich auf seinen Koffer und blickte um sich. Man muß Geduld haben, dachte er. Vielleicht kann man zu einem Kollegen von den Radartechnikern ziehen? Auf jeden Fall hatte man jetzt Zeit, viel Zeit. Man war im Herzen Rußlands und schwamm in seinem Pulsschlag mit.

In diesem Augenblick knackte es irgendwo. Von oben, vom offenen Dach, erscholl ein Schrei.

»Weg, du Idiot!« brüllte jemand . . . dann krachte es auch schon, ein Balken fiel herab, streifte Bradcocks Schulter, warf ihn in den Sandhaufen und schlug auf seiner linken Hand auf. Es war ihm, als fahre ein Zug über seinen Handrücken und zermalme ihn. Der Schmerz betäubte ihn fast, aber er besaß noch die Kraft, sich zur Seite zu rollen und die Beine anzuziehen. So stürzte das Ende des Balkens nicht auf seinen Kopf und seine Beine, sondern in den Sand.

»Bist du verletzt, Genosse?« schrie der Zimmermann-Vorarbeiter vom Dach. »Teufel noch mal, steh auf, wenn du heile Knochen hast!«

Bradcock erhob sich. Er wickelte einen herumliegenden Sack um seine gequetschte Linke und hielt sie mit der rechten Hand fest. Der wahnsinnige Schmerz ließ ihn hin und her schwanken.

»Nur die Hand!« hörte er eine Stimme über sich. »Sei fröhlich, Genosse! Es hätte schlimmer kommen können . . .«

Eine halbe Stunde später traf Ludmilla Semjonowa bei dem Verletzten ein. Man hatte ihn in ein fertiges Nebenhaus getragen, wo bereits ein Offizier, ein Oberleutnant, eingezogen war. Mit Wodka war Bradcock gestärkt worden, nun kam der Arzt, um zu entscheiden, ob er stationär behandelt werden müsse.

Es war, als ob sich selbst die Natur mit Grausen oder Mitleid abwandte. Denn draußen begann es zu regnen, ein Regen, als ob die Wolken aufbrächen, als Ludmilla ahnungslos sagte:

»Sie müssen ins Krankenhaus, Genosse Awdej. Das kann nur die Genossin Ärztin behandeln. Ich nehme Sie gleich mit, wenn es Ihnen recht ist.«

Bradcock nickte.

Und der sowjetische Oberleutnant half ihm in den Mantel, der im Kragen das Schildchen des Moskauer Kaufhauses GUM trug.

Das Schicksal nahm seinen erbarmungslosen Lauf . . .

10

Mit der Ankunft von Technikern, Arbeitern, Wissenschaftlern, Spezialisten, politischen Kommissaren, Offizieren und Soldaten einer Spezialtruppe, die sich geheimnisvoll »Brigade des Fortschritts« nannte, wurde von einer Stunde zur anderen das Krankenhaus Katharina Kirstaskajas zu klein. Man hatte beim Bau dieses schönsten Hauses von Oleneksskaja Kultbasa einen Zuwachs von 100 Prozent berechnet und es danach gebaut. Was aber jetzt in die neue Stadt zwischen Taiga und Tundra strömte, was jede Minute aus den ankommenden Transportflugzeugen kletterte, überstieg bei weitem alle Planungen am grünen Tisch.

Zunächst stellten sich sechs neue Ärzte vor, die aus Norilsk, dem großen Sammellager, an den Olenek geflogen waren. Die Kirstaskaja schüttelte nur den Kopf, als die sechs nacheinander, in Abständen von jeweils einer Stunde, so wie sie gelandet waren, bei ihr aufmarschierten und sie mit einem fröhlichen »Guten Tag, Genossin! Hier sind wir!« begrüßten.

»Das sehe ich!« antwortete die Kirstaskaja wütend. »Wenn die Genossen Kollegen im Keller schlafen wollen . . .«

»Das Haus hat doch genug Zimmer, Genossin!« sagte einer der Ärzte, ein Mann aus Tiflis, mit schwarzen, feurigen Augen und einem fröhlichen, pechschwarzen Bärtchen unter der Nase.

»Für die Kranken! Ich bin hier mit einem Arzt, einer Assistentin und vier Helferinnen voll belegt.«

»Dann legen wir uns einfach zu den Helferinnen!« sagte der Kaukasier fröhlich. »Man wird sich an alles gewöhnen, Genossin.«

»Das hier ist ein Krankenhaus, kein Bordell!« Die Kirstaskaja wandte sich abrupt ab und ließ die Ärzte stehen. Sie ging hinüber in den OP, wo vier Männer schon warteten. Einer hatte einen Furunkel im Nacken wie eine Birne so groß, der andere klagte über Bauchschmerzen, der dritte pfiff beim Atmen wie ein lädierter Blasebalg, und der vierte, o Freunde, war ein für die Kirstaskaja besonders ekelhafter Fall, denn er saß auf seinem Stuhl mit fröhlich-unschuldiger Miene, knöpfte auf Befragen seine Hose auf und sagte unbefangen: »Ich glaube, Genossin Ärztin, die Babuschka war nicht ganz gesund. Es juckt und tropft . . .«

In dieses Durcheinander kam Ludmilla Semjonowa und brachte Major James Bradcock mit, der jetzt Awdej hieß. Man sah es dem guten Kerl an, wie groß seine Schmerzen waren. Er war blaß, seine Augen blickten starr.

»Wer ist denn das?« fragte die Kirstaskaja, die gerade den Furunkel untersuchte, mit Jod bestrich und ihn aufspalten wollte, da er reif war wie eine Wassermelone. Bradcock grinste sie an, hob seine mit einem Notverband umwickelte gequetschte Hand und blinzelte ihr zu.

»Ein Zimmermann war so nett, mir einen Balken auf die Hand zu werfen. Höfliche Menschen hier, das muß man sagen. Die Begrüßung ist etwas derb, aber man vergißt sie nicht.«

Die Kirstaskaja legte das Skalpell zur Seite und musterte Bradcock. Ihr Instinkt sagte ihr, daß er anders war als die Männer, die bisher durch ihren OP gegangen waren. Selbst die sechs neuen Ärzte waren durchschnittliche Männer. Hier aber spürte sie eine Welle von Sympathie, die von ihr zu ihm und offensichtlich auch von ihm zu ihr floß.

»Wer sind Sie, Genosse?« fragte sie.

»Fjodor Borodinowitsch Awdej. Geologe aus Moskau. Ich sammle Steinchen wie die armen Bauern Schafsmist.« Bradcock lehnte sich gegen die Wand. Der Schmerz in seiner Hand warf ihn fast um. »Freunde nennen mich Fjojo ...«

»Interessant. Ich werde Sie nie Fjojo nennen ...«

Bradcock lächelte über diese Unlogik und wünschte sich ein Bett. Die gequetschte Hand, die Nervenanspannung, nun endlich am Ziel zu sein, mitzuerleben aus nächster Nähe, als Handlanger sogar, wie Rußland eine neue Atomstadt aufbaut, um Amerikas Führung auf diesem Gebiet zu übertrumpfen – das alles verdichtete sich jetzt zu einer bleiernen Müdigkeit und einer großen Sehnsucht, sich hinzulegen und nichts mehr zu erwarten als einen langen, langen Schlaf.

»Zeigen Sie her, Awdej.« Die Kirstaskaja wickelte den Notverband ab, und während Ludmilla die Hand festhielt, untersuchte die Ärztin die Quetschung. »Gebrochen ist nichts. Sie bekommen einen elastischen Verband, halten die Hand still und warten ab.«

»Eine besonders einprägsame und auf höchstem wissenschaftlichen Stand stehende Therapie!« sagte Bradcock höflich. Die Kirstaskaja bekam kleine, böse Augen. Ihre Stimme wurde noch dunkler, als sie von Natur aus war.

»Wenn es Ihnen nicht paßt, Genosse, so fahren Sie zurück nach Norilsk. Dort gibt es vielleicht bessere Ärzte!«

»Im Gegenteil.« Bradcock setzte sich auf einen Stuhl. Ludmilla legte die Binde an, nachdem sie eine Salbe über die gerötete, brennende Hand gestrichen hatte. Die Salbe kühlte und erfrischte sogar sein müdes Gehirn. »Ein Heilungsvorgang ist zum großen Teil auch ein psychischer Prozeß. Wenn das Auge sich erfreut, das Herz sich weitet und glüht, dann strömen die heilenden Säfte durch den Körper. Ist es nicht so, Genossin? Die Seele muß mitsprechen ...«

Katharina Kirstaskaja zog die Augenbrauen zusammen. Ihr Gesicht hatte einen harten Zug bekommen, fast männlich sah es aus.

»Sind alle Geologen so wie Sie?« fragte sie. »Ich nehme an, in Ermangelung von Menschen reden Sie mit den Steinen! Merken Sie sich: Ich bin kein Stein.«

»O Genossin, das will ich hoffen!« sagte Bradcock und grinste wieder breit. Die Kirstaskaja wandte sich ab, ging zu dem Mann mit dem Furunkel, nahm das Skalpell und spaltete das gelbrote Geschwür. Ein Strom von Eiter und Blut floß in die unter den Furunkel gehaltene Schale aus emailliertem Blech. Der Patient, ein bärtiger Montagearbeiter, stöhnte auf, hieb mit der Faust stumm auf das Metallgestänge des OP-Tisches und knirschte dann mit den Zähnen wie ein wütender Affe. Mit großen Augen starrte Bradcock auf diese Szene.

»Hier gibt es keine Lokalanästhesie, nicht wahr, Genossin?« fragte er.

»Nein!« Die Kirstaskaja hielt mit einer Pinzette den Schnitt offen und achtete nicht auf das Zähneknirschen des Mannes. »Sibirien braucht harte Männer, Fjodor Borodinowitsch. Wer bei einem Furunkelchen zusammenbricht, soll zurück unter Mamuschkas Schürze kriechen. Man verlangt hier mehr als Süßholzraspeln und dumme Reden!«

»Das ist wahrhaftig wahr!« pflichtete Bradcock bei. »Man wird's sich merken müssen. Wo ist mein Bett?«

»Welches Bett?«

»Wo Mamuschkas Söhnchen träumen kann . . .«

»Ich kenne Ihre Wohnung nicht, Genosse.«

»Meine Wohnung ist ein Haus, das aus vier Wänden und einem mit Balken verzierten Himmel besteht, wovon ein Balken auch noch auf mein Händchen fiel, was besonders schade ist, denn gerade mit der linken Hand konnte ich besonders gut streicheln. An meinem Haus, Frunsestraße neunzehn, ist das Soll nicht erfüllt worden. Und mit den Arbeitern diskutieren . . . lohnt sich das, Genossin? Lohnt es sich zum Beispiel, mit Ihnen zu diskutieren?«

»Nein!«

»Sehen Sie! Was soll ein armer Mann wie ich, auf den man Dachbalken wirft, wenn er nach seinem Recht fragt, anderes tun als hoffen, daß im Krankenhaus ein Bettchen frei ist, zumal sein Händchen, mit dem er so gut streicheln konnte –«

»Zimmer neun!« schrie die Kirstaskaja. »Aber da liegen noch fünf!«

»Nur ein Bett, Genossin. Und wenn zwanzig drum herumliegen . . .«

»Kommen Sie«, sagte Ludmilla und faßte Bradcock am Arm. »Sie können wegen Ihrer Hand nicht den ganzen Betrieb aufhalten.«

»Das sehe ich ein.«

Als sie aus dem OP hinausgingen, sah ihnen die Kirstaskaja versonnen nach, die Emailleschüssel mit dem Eiter in den Händen. Der Patient hatte den Kopf auf das OP-Tischgestänge gelegt und schien am Metall zu knabbern. So wenigstens klang es.

Was ist das für ein Mann, dachte sie, und ihre Augen waren dunkelblau und glänzend. Warum ist er so anders als die anderen? Ein Russe ist er, spricht Moskauer Dialekt, und doch ist er so völlig unrussisch. Ein rätselhafter Mensch, dieser Awdej. Ob es der ständige Umgang mit Steinen macht, der einen Menschen verändert?

An diesem Tag geschah noch vieles, was die bisherige Ordnung des Krankenhauses störte.

Die sechs Ärzte richteten sich ein. Sie zogen in den für Feiern gedachten Krankenhaussaal, eine Art Mehrzweckraum, denn auch Billards standen darin, zwei Schachbretter, ein Grammophon, ein Radio und ein Spielautomat. Mit ihm konnte man einen blitzschnell durch einen Lärchenwald rennenden Hirsch erschießen. Preis für den Sieger: zehn Kopeken.

Das alles wurde weggeräumt, in eine Ecke geschoben. Dann stellte man die Betten auf und schlug Nägel in die Wände, woran man die Kleidung aufhing. Nach einer Stunde sah die »Aula«, wie die Kirstaskaja den Saal vornehm nannte, wie ein Militärlager aus; es roch nach Schweiß, Leder und nassen Kleidern.

»Es hat keinen Sinn, sich zu beschweren«, sagte Katharina Kirstaskaja, als Ludmilla das Ungeheuerliche mitteilte. »Wo Männer auftreten, hinterlassen sie Chaos.«

Und wieder dachte sie an Fjodor Borodinowitsch Awdej, aber sie nannte ihn in Gedanken nur Fjojo.

Von diesem Tage an begann auch für Semjonow wieder eine Zeit des Sichverbergens. Er blieb auf seinem Zimmer, stand hinter der Gardine und sah auf die Straße, über die jetzt nicht abreißende Schlangen von Transportkolonnen rollten. Der Himmel dröhnte von den ungezählten Flugzeugen, und nachts zitterte die Erde und bebten die Wände der Häuser, wenn die schweren Panzer der die Stadt abriegelnden Truppen durch Oleneksskaja Kultbasa rasselten, um am Flugplatz Benzin zu holen.

Bereits am zweiten Tag, nachdem Generalmajor Karpuschin bei einer Besichtigung der Umgebung in den Sumpfgebieten des Olenek-Ufers von Millionen Mücken überfallen und trotz heftigen Zigarrenrauchens erbärmlich gestochen worden war, kreisten Hubschrauber über den Sümpfen und sprühten Giftpulver über die Mückengebiete.

Die ersten Vergifteten wurden bei der Kirstaskaja eingeliefert. Fischer, die während des Bestäubens aus der Luft gerade im

Schilfrohr ihre Reusen leerten, und Jäger, die in Schilfhütten mitten im Sumpf hockten und Sumpfhühner schossen. Sie alle waren mit dem Pulver bestreut worden, und nun saßen sie im Aufnahmeraum des Krankenhauses, mit geschwollenen, geröteten Augen, hustend wie asthmatische Esel, mit gedunsenen Gesichtern und farblosen Schleimhäuten.

Die sechs Ärzte traten in Aktion. Es lief alles wie am Schnürchen, das muß man ihnen lassen. Die Vergifteten bekamen Calciumspritzen, mußten jeder drei Liter Milch trinken, wurden mit einer Salbe eingerieben und erhielten aus einer Stahlflasche durch einen Trichter aus Plexiglas reinen Sauerstoff in die Lungen gepumpt.

Erst am dritten Tag sah die Kirstaskaja bei einer Visite Fjodor Borodinowitsch Awdej wieder.

Ludmilla hatte ihn bisher versorgt, und da er ein Patient wie alle anderen war, hatte sie mit Semjonow nicht darüber gesprochen. Auf demselben Flur wohnten sie, nur vier Zimmer voneinander entfernt. Ein paar dünne Wände trennten sie, und wenn Semjonow nachts über den Flur zum Bad ging, und er kam an Bradcocks Zimmer vorbei, hörte er manchmal Geräusche, ohne zu wissen, wer dort im Bett saß und sich die Nase putzte.

So gemein und hinterhältig war das Schicksal!

Man denke nicht, Semjonow hätte nun auf der faulen Haut gelegen oder seinen Tag damit verbracht, hinter der Gardine zu stehen und die Autos zu zählen, die vor ihm über die Straße rollten. Solange Karpuschin in der Stadt war, konnte er nicht ausgehen, aber die Kirstaskaja hatte ihm eine schöne Arbeit gegeben, die bisher nur magelhaft getan worden war: Semjonow führte die Krankenhauskartei. Von jedem Patienten wurde ein Blatt angelegt; alles, was mit ihm geschah, wurde darauf eingetragen, wenn er gestorben war, kam seine Karte in einen besonderen Kasten. So lebte er – medizinisch gesehen – weiter. Eine schöne Sache.

Auch den Namen Fjodor Borodinowitsch Awdej schrieb Semjonow mit der Schreibmaschine auf eine Karteikarte. Quetschung des linken Mittelhandknochens. Stationär. Zimmer neun. Unfall. Dann steckte er die Karteikarte zu den anderen in den Kasten und dachte nicht weiter an diesen Awdej.

Für Major Bradcock waren die Tage im Krankenhaus verlorene Tage. Aber wie konnte er es ändern? Die Hand mußte erst geheilt werden, und sein ihm zugewiesenes Haus war noch nicht fertig.

Solange die Transportkolonnen noch rollten und das Material erst heranschafften, war nicht mehr zu entdecken als Kisten und Eisenträger, Fertigbauteile von ganzen Wänden und mit Planen überdeckte, auseinandergenommene Abschußrampen und Meßgeräte. Aber das konnte sich ändern von einem Tag zum anderen, vor allem aber konnten die Kontakte schwerer werden, die jetzt, bei dem allgemeinen Durcheinander von Technikern, Soldaten und Monteuren, durch eine einzige Papyrossa zu knüpfen waren.

So war es Bradcock eine doppelte Freude, daß statt der stillen, schönen und in guter Hoffnung lebenden Ludmilla an diesem Abend die Kirstaskaja selbst im Zimmer erschien und seine Hand begutachtete. In den vergangenen drei Tagen war Zimmer neun langsam, aber stetig geräumt worden. Die fünf Zimmergenossen hatte man entweder entlassen oder in andere Räume verlegt. Verschiedene Abteilungen wurden eingerichtet, wie Chirurgische Abteilung, Innere Abteilung, Frauenabteilung, Kinderklinik und Infektionsstation. Jeder der sechs neuen Ärzte übernahm eine Station; die Kirstaskaja behielt die Oberleitung und wurde mit »Genossin Chefarzt« angeredet.

Zimmer neun war also leer bis auf Bradcock, der gelangweilt in seinem Bett lag, eine alte Prawda las und rauchte.

»Der Himmel segne deinen Eingang, Mütterchen!« sagte er, als Katharina Kirstaskaja eintrat. Er bemerkte ihr Zusammenzucken und freute sich darüber.

»Etwas Dümmeres fällt Ihnen wohl nicht ein?« Die Kirstaskaja setzte sich auf die Bettkante und hob seine Hand hoch. »Schmerzen?«

»Ein wenig. Es zuckt in der Hand. Aber noch schlimmer zuckt mein Herz, wenn ich Sie sehe, Katharina.«

»Kein Fieber.« Die Ärztin betrachtete die Fieberkurve, die Ludmilla jeden Morgen und jeden Abend gewissenhaft eintrug. »Normaler Stuhlgang?«

»Ich habe die Hand gequetscht, Mütterchen, nicht den Darm.«

»Warum nennen Sie mich eigentlich Mütterchen?« Die dunkle Stimme Katharinas bebte leise. »Sehe ich so alt aus?«

»Ich würde es nie wagen, Täubchen zu sagen. Ein Vögelchen, ein zahmes, nimmt man in die Hand, in die hohle Hand, und wärmt es, wenn es friert, und streichelt seine Federn und spricht mit ihm: Ei, mein Täubchen, mein weißes Engelchen, wie deine Äuglein glänzen. Komm, gib Väterchen ein Küßchen . . .«

»Kommen Sie sich nicht reichlich blöd vor, Fjodor Borodinowitsch?«

»Ehrlich gestanden – ja.« Bradcock drehte sich auf die Seite. Das Gesicht der Kirstaskaja war nahe über ihm, ein herbes Gesicht mit dunkelblauen, glänzenden Augen und blonden Locken, und der halbgeöffnete Mund besaß volle, sinnliche Lippen. Ihre Brüste waren da, stark und rund, und ein Duft von medizinischer Seife, vermischt mit einem Parfüm aus Rosenwasser. Bradcock spürte ein Hämmern in der Brust, und ein angenehmer elektrischer Strom rann ihm von den Haarwurzeln bis zu den Zehenspitzen. Er senkte den Blick und betrachtete ihren Schoß, die Schenkel, die sich unter dem Sommerrock abzeichneten, die stämmigen, gesunden Beine mit jener gelblichen Bräune, wie sie sonst nur Kreolen haben. Er sah, wie ihre Zehen unruhig in den astrahanischen, bestickten Pantoffeln spielten, wie Krallen einer Katze, der man Lederschützer über die Pranken geschoben hat.

»Sie sind wunderbar, Katharina«, sagte Bradcock leise. »Wenn es einen Zauber Sibiriens gibt . . . in Ihnen ist er eingefangen.«

Die Kirstaskaja schwieg, nur ihre Augen wurden dunkler. Man soll nicht denken, sagte sie sich. Nein, man soll nicht immer denken. Nicht alles im Leben ist logisch, am allerwenigsten das Gefühl einer Frau. Ein Bär sammelt Honig, ein Fuchs jagt das Huhn, ein Wolf fällt in die Herde, ein Adler stößt aus dem Blau des Himmels auf die Beute. Sie alle handeln so, wie die Natur es ihnen eingab. Ist der Mensch nicht auch ein Stück Natur, so wild wie die Stürme aus dem Norden, so hart wie das Eis auf der Lena, so weich und schmeichelnd wie die blühenden Moose im Frühling? Warum wehren wir uns mit Logik gegen unsere Natur, Fjojo? Oh, sind wir dumme Kinder . . .

Sie beugte sich vor, knöpfte das Hemd Bradcocks über der Brust auf und zog es ihm über den Kopf. Nun lag er nackt da, nur bedeckt mit einer dünnen Wolldecke. Die Fingerkuppen der Kirstaskaja glitten über seine Haut, über die Haarwellen, die seinen Oberkörper bedeckten, sie glitten vom Hals bis zum Nabel und zurück unter die Achseln und hinauf bis zu den Ohren. Bradcock dehnte sich unter diesen Händen. Er schämte sich nicht, erregt zu sein.

Mit einem Ruck sprang die Kirstaskaja auf und ging zur Tür. Sie schloß sie ab, steckte den Schlüssel in die Tasche und zog sich dann aus. Nur wenig hatte sie an, eine Bluse, einen Rock, die Unterwäsche aus Nylon . . . Als sie sie in die Ecke warf, war's eine Handvoll, mehr nicht. Als stände sie unter den Strahlen einer glühenden Sonne, dehnte sie sich, und Bradcock hielt den Atem an, als er ihren braungelben Körper sah, glänzend im Deckenlicht, ein herrlicher, voller, starker Körper, ein Urbild von Gesundheit und Fruchtbarkeit.

»Fjojo«, sagte sie gedehnt und dunkel. »O Fjojo . . .«

Er nickte, wollte »O Kathy!« sagen, schluckte es aber noch rechtzeitig hinunter und breitete die Arme aus.

Dann kam sie über ihn, heiß und rücksichtslos, seiner gequetschten Hand nicht achtend, ein glatter, bebender Körper, von einem Laut begleitet, der wie das Stöhnen eines Abendwindes im Schilf klang.

Wißt ihr, Freunde, wie es ist, wenn eine Sturmflut einen Deich zerreißt und das Meer, alles begrabend, über das freie Land flutet?

Genauso war es.

Wir sind in Sibirien, Brüderchen, vergiß das nicht . . .

In der Nacht – die Kirstaskaja schlief traumlos und satt von Glück an der Wand in Bradcocks Bett – verließ Bradcock Zimmer neun, um hinüber zum Bad zu gehen. Fast zur gleichen Zeit öffnete sich ein paar Meter weiter eine andere Tür, und ein Mann in Hose, aber mit nacktem Oberkörper, betrat den dunklen Flur. Durch das kleine Fenster am Ende des Ganges fiel soviel Mondlicht, daß man die Umrisse erkennen konnte. Bradcock blieb stehen und ließ den anderen herankommen. Zwei Meter trennten sie, als Bradcock sagte:

»Wenn du es nötiger hast, Genosse, so geh zuerst. Mir eilt es nicht so sehr . . .«

Semjonow blieb stehen. Wenn man einen Schlag vor den Kopf bekommt, dann brummt es im Gehirn, die Welt dreht sich, man wird schwindelig und fühlt sich leicht wie eine Feder. Hier war es anders. Die Stimme, der Tonfall der russischen Worte, das Profil, vom Mondlicht weich aus der Dunkelheit gehoben, erzeugten bei Semjonow eine Kälte, die größer war als in jeder Taiganacht. Ein paar Sekunden schwieg er, dann sagte er mit hohler Stimme:

»James! Verdammt noch mal!«

Er sagte es auf englisch. Bradcock erging es in dieser Sekunde nicht anders. Auch er erstarrte, sein Herzschlag setzte aus, er spürte Atemnot und eine plötzliche, unerklärliche Angst.

»Franz . . .« sagte er heiser.

Dann standen sie sich gegenüber, zwei Meter getrennt, zwei gute Freunde und zwei gegensätzliche Welten. Jeder wußte, daß Sibirien, daß die kleine, unbekannte Taigastadt Oleneksskaja Kultbasa die Endstation ihres Lebens war.

»Ich kann dich nicht in mein Zimmer mitnehmen«, sagte Semjonow leise. »Ludmilla hat einen leichten Schlaf. Und sie braucht nicht zu wissen, was geschehen ist. Gehen wir zu dir.«

»In meinem Zimmer schläft Katharina.«

»Die Kirstaskaja?«

»Ja.«

»Liebst du sie?«

»Sie ist ein Phänomen von Liebe. Sind alle russischen Weiber so?«

»Für mich ist Ludmilla die ganze Welt.«

»Ludmilla ist deine Frau?«

»Ja. Im November bekommen wir ein Kind.«

Bradcock sah sich um. »Gehen wir ins Bad, Franz«, sagte er. Semjonow nickte. Sie schlossen das Bad hinter sich ab, und Semjonow setzte sich auf den Rand der Wanne, während Bradcock sich auf die Brille der Toilette hockte.

»Was nun?« fragte Semjonow. »Wie lautet dein Auftrag?«

»Du kennst ihn.« Bradcock sah an Semjonow vorbei gegen die Kacheln.

»Und für den Fall, daß du mir begegnest . . .?«

»Auch das ist klar, mein Junge.« Bradcock legte die Hände flach auf seine Schenkel. »Ich habe mich innerlich gewehrt, das kannst du mir glauben. Wir sind Freunde gewesen. Mein Gott, was haben wir in Alaska und der Wüste von New Mexico alles zusammen erlebt! Die siamesischen Zwillinge nannte man uns. Weiß du es noch?«

»Und ob ich das weiß, James.« Semjonow tappte mit den großen Zehen auf den Boden des Badezimmers. »Einmal warst du fast am Ende, einmal ich. Und immer hat der eine den anderen aus der Scheiße gerissen. Jetzt ist es anders . . . jetzt stehen wir gegeneinander . . .«

»Es ist zum Kotzen, Franz!« Bradcock sah Semjonow fast traurig an. »Aber das ändert nicht, daß man dich zur Liquidation freigestellt hat.«

»Hast du mich an den KGB verraten, James?«

»Nein. Das erfolgte von der Zentrale aus. Ich habe damals getobt, aber dann ließ ich mich überzeugen. Freund oder Amerikaner ... welche Alternative! Man legte mir Berichte vor, die mich erstarren ließen. Eine einzige dieser Raketen, wie sie jetzt hier gebaut werden sollen, kann Boston oder Washington vernichten. Es ist einfach ein Akt der Notwehr, zu wissen, wo diese Abschußbasen sind, wie stark sie bestück sind, wie schnell sie einsatzbereit sind, von wo aus man sie mit einem Schlag ausschalten kann, wie man sich ihrer erwehren könnte. Es geht im Ernstfall um Millionen. Um Millionen Frauen und Kinder, Mütter und Väter. Denn diese Waffen in der Hand einer Ideologie, die die Weltrevolution anstrebt, bedeuten eine ständige Gefahr, sind ein Pulverfaß mit glimmender Lunte.« Bradcock schwieg und erhob sich von seinem Toilettensitz. Er stellte sich vor Semjonow und sah auf dessen stoppeligen blonden Schädel hinab.

»*Ein* Mann, und dieser Mann bist du, Franz, kann durch sein Versagen, durch seinen Verrat, durch seinen Egoismus zum zukünftigen Mörder dieser Millionen werden«, fuhr Bradcock fort. »Zugegeben – Ludmilla ist ein schönes Mädchen, und wer bei ihr schläft, kommt sich wie im Paradies vor. Aber um uns herum gibt es kein Paradies, Franz ... um uns herum ist die Hölle! Das darf man nie vergessen!«

»Liebst du Katharina nicht auch?« fragte Semjonow dumpf. Bradcock sah gegen die weiße Wand.

»Es war amüsant und anstrengend, mit ihr zu schlafen«, sagte er. »Vielleicht hat nur ein sibirischer Jäger soviel Wind in den Lungen, um da mitzuhalten; es war mir neu, von einem Weib besiegt zu werden, und ich gönnte ihr diesen Sieg, weil er süß wie Honig war. Aber was hat das mit meinem Auftrag zu tun? Wenn ich an Miami denke, das durch zwei Bomben in eine Mondlandschaft verwandelt werden kann ...«

»Dann weißt du nicht, was wirkliche Liebe ist!« rief Semjonow. Er sprang vom Wannenrand hoch und schüttelte Bradcock an beiden Armen. »James, ich war früher anders, du weißt es, du kennst mich seit Jahren. Wir haben zusammen den Teufel aus der Hölle geholt, es gab nichts, was wir nicht konnten, wir waren, als hätten wie Leder gefressen ... Aber dann kam Ludmilla, und die Welt war verzaubert. Ich sah in einen offenen Himmel ... Begreifst du das?«

»Nein!« Bradcock hob die breiten Schultern. »Das klingt alles so romantisch und kitschig wie in einem billigen Schmöker. Du bist kein junges Mädchen, Franz, du bist ein Mann, der einmal zu Fuß durch die vereisten Berge von Alaska gewandert ist. Junge, wo ist dein klarer Verstand? Ich sah in einen offenen Himmel ... Junge, ist das ein Blödsinn! Ist dir diese Ludmilla wirklich dein Vaterland wert?«

»Ja!« sagte Semjonow laut. »Ich bin Pawel Konstantinowitsch Semjonow und werde nie mehr etwas anderes sein.«

»Und deine Heimat?«

»Ist die Taiga geworden.«

»Und der Sinn deines Lebens?«

»Ludmilla und mein Kind.«

»Verdammter Spinner! Und die Bomben, die hier auf Abschußrampen gebaut werden?«

»Sie treffen nicht mich.«

»Aber mich! Und meine Mutter. Und meinen unschuldigen Bruder. Und was kann mein Großvater dazu, daß Lenin Paralytiker war und die Welt erobern wollte?« Bradcock hieb mit der gesunden rechten Faust gegen die Wand. »Himmel und Hölle, Junge – das sind doch größere Dinge als ein warmer Weiberschoß! Es geht nicht mehr um dich oder mich, sondern um unsere ganze Kultur.«

»Phrasen! Kultur! Was ist Kultur? Haben die Russen keine Kultur, die sie verlieren könnten? Leben hier nicht auch Frauen und Kinder, Mütter und Väter, die den Frieden wollen?«

»Und die Raketen da draußen?« schrie Bradcock.

»Und die Raketen im Westen?« schrie Semjonow zurück. »Die Atlas-Batterien? Die mit Polaris ausgerüsteten Atom-U-Boote? Wer kann hier wem etwas vorwerfen? Der Wahnsinn ist auf beiden Seiten! Ist es da nicht gleich, ob man in Miami oder in Oleneksskaja Kultbasa lebt? Bei uns kreist die taktische Luftflotte, mit Atombomben an Bord, Tag und Nacht unter dem Himmel ... für den Frieden wohlgemerkt ... Hier wird das Land mit Raketen gespickt wie ein Igel ... auch für den Frieden wohlgemerkt ... Wem kann man trauen?«

»Es ist zum Kotzen!« sagte Bradcock und fuhr sich mit der Hand durch die Haare. »Da liegt ein bisher so vernünftiger Junge bei einer Russin, und schon denkt er bolschewistisch! Es ist ja fast, als atmeten sie Leninsches Betäubungsgas aus ihren Poren!« Bradcock legte Semjonow die Hand auf die Schulter, aber der schüttelte sie ab und trat einen Schritt zurück. »Franz, alter Sünder, werde wieder klar in deinem Hirn!«

»Was nennst du klar, James?« fragte Semjonow langsam.

»Wir sehen uns gemeinsam diesen Aufbau der neuen Atomstadt an, und wenn wir genug wissen, setzen wir uns in die Heimat ab. Wir fahren nach Chabarowsk am Amur, und dort nimmt uns ein Flugzeug auf, das in einundzwanzigtausend Meter Höhe von Japan aus einfliegt, wie ein Raubvogel herunterkommt, landet, uns einlädt und im Nu wieder oben ist. Ehe die das auf den Radarschirmen erkennen, brummen wir schon in Richtung Heimat! Hoppla, da habe ich dir ja den ganzen Plan erklärt.«

»Und Ludmilla?«

»Junge, ich kenne in Texas Mädchen, die nehmen es auch mit einer Russin im Bett auf.«

»Und das Kind?« fragte Semjonow, eiskalt bis zum Herzen.

»Das ist das einzig Bedauerliche. Aber ich nehme an, daß es nicht das einzige Kind auf dieser Welt ist, das seinen Vater nie kennenlernt . . .«

Semjonow nickte mehrmals. Er ging zur Tür, schloß sie auf und winkte mit dem Daumen der rechten Hand.

»Geh raus, James . . . Ich habe einen fetten Kascha gegessen und muß ihn loswerden.«

Bradcock lachte. »Wie früher, Junge. Das freut mich! Wie mich das freut! Leer dich aus, und dann reden wir weiter über die Zukunft.«

»Die ist klar, James, völlig klar.«

»Du kommst also mit?«

»Nein! Ich bleibe bei Ludmilla und bei meinem Kind.«

»Idiot!« brüllte Bradcock. »Das bedeutet, daß ich dich umbringen muß!«

»Oder ich dich! Aber nicht wegen der Politik, die geht mich schon seit Monaten keinen Dreck mehr an, sondern wegen Ludmilla und dem Frieden, in dem wir endlich, endlich leben wollen. Und nun geh, James . . . ich kann den Hintern nicht länger zusammenkneifen . . .«

Bradcock verließ das Bad und ging langsam zu seinem Zimmer zurück.

Die Kirstaskaja lag auf dem Rücken und hatte die Decke weggestrampelt. Sie schlief, und ihre große, feste Brust zitterte beim Atmen. Wohlig grunzte sie, als sich Bradcock wieder neben sie legte, die Decke über sich zog und seinen Kopf an ihre glatte Schulter legte.

»Fjojo«, flüsterte sie im Schlaf. »O Fjojo . . .« Dann warf sie sich herum, klammerte sich an ihn und schlief glücklich lächelnd weiter.

»Mist!« sagte Bradcock leise. »So ein Mist! Ich kann ihn doch nicht umbringen!«

»Du bist lange geblieben, Liebster«, sagte Ludmilla, als Semjonow endlich zurückkam. Sie saß im Bett, rauchte eine Papyrossa und trank Mineralwasser aus einem Glas. Wie immer war sie nackt unter der Decke. Sie konnte sich gar nichts anderes denken, als Haut an Haut mit Pawluscha zu schlafen und jede seiner Bewegungen zu spüren, das Zittern seines Leibes, die Dehnung seines Brustkorbes, wenn er atmete, das Zucken seiner Füße, wenn er träumte. Oft, wenn sie nachts erwachte, richtete sie sich auf, schob die Decke von Semjonows Körper und betrachtete ihn. Sie kannte alles an diesem Körper, und alles liebte sie . . . jeden Winkel, jede Hautfalte, jeden Muskel, jede Narbe, jeden der kleinen Leberflecke, die über den ganzen Körper verteilt waren. Sie wußte diese Stellen ganz genau, denn alle hatte sie schon geküßt und Besitz von ihnen ergriffen. So saß sie dann da mitten in der Nacht, den starken Männerkörper neben sich, und war stumm vor Glück und atemlos vor Liebe. Ganz sacht deckte sie sich dann wieder zu, kroch neben Semjonow, küßte ihn wie mit einem Hauch, damit sein guter Schlaf nicht gestört wurde, sagte leise: »Gott segne dich, mein Mann!« und schlief selig wieder ein.

Auch heute war sie aufgewacht und hatte Semjonow aus dem Zimmer gehen sehen. Die Minuten, bis er wiederkam, kamen ihr unendlich vor. Zwei Papyrossi hatte sie schon geraucht, als sie seine tappenden Füße auf dem Gang hörte.

»Ich habe noch gebadet«, sagte Semjonow und zog seine Hose aus. »Herrliches kaltes Wasser. Es war so heiß im Zimmer, ganz mit Schweiß war ich bedeckt.«

»Laß fühlen . . .«

Er trat an das Bett, und Ludmillas kleine Hände streichelten über seinen Körper.

»Ganz kühl bist du, Pawluscha«, sagte sie und küßte ihn auf den Bauch. »Du bist so schrecklich frisch und wach und ich so müde . . .«

Semjonow lächelte schwach. Er legte sich neben seine Frau, nahm sie in seine Arme, streichelte sie und starrte über ihre schwarzen seidigen Haare gegen das Viereck des Fensters, vor dem die mondhelle Sommernacht stand.

Ist es unsere letzte Nacht, Ludmilluschka? dachte er. Bist du zum letztenmal meine Frau? Himmel, werde nie hell . . . laß es immer Nacht sein . . .

Zum erstenmal verschwieg Semjonow seiner Frau die Wahrheit. Solange sie die Chance hatten, in ein unbekanntes Leben zu flüchten, gab es keine Geheimnisse zwischen ihnen. Nun aber, an der Schwelle von Tod oder Weiterleben, erschien es ihm grausam, Ludmilla zu sagen, wie es um sie stand.

Er wartete, bis sie wieder eingeschlafen war, dann kroch er langsam, Zentimeter um Zentimeter, aus ihrer Umarmung und von ihr weg aus dem Bett, stellte sich an das Fenster und beobachtete den prächtigsten Sonnenaufgang seines Lebens.

Der Himmel brannte, die Lärchenwälder der Taiga flammten, die Häuser glühten, über Dächer, Straßen, Bäume, Tiere und Menschen kroch der Brand aus dem Unendlichen. Dann wurde alles orangefarben, gelblich streifig und schließlich golden, und die Sonne schob sich über die Taiga und brachte einen neuen Tag voller Hitze und Staub, Mücken und Flimmerdunst . . . und doch taute der Boden nur 10 Zentimeter auf und blieb in der Tiefe gefroren.

Unbeweglich stand Semjonow am Fenster und sah in den neuen Tag. Der letzte Tag.

Vier Türen weiter stand auch Bradcock am Fenster und erlebte den Sonnenaufgang. Die gleichen Gedanken hatte er und das gleiche schwere Herz wie Semjonow.

Irgendwo im Hause klingelte es.

Die Stationen erwachten. Militärische Pünktlichkeit war das erste, was die sechs neuen Ärzte eingeführt hatten.

Bradcock wandte sich ins Zimmer zurück. Vier Türen weiter tat Semjonow das gleiche.

Der neue Tag begann.

Und noch einmal küßten die Männer ihre Frauen und zwangen sich, in den weichen Armen die Wahrheit zu vergessen.

Am Nachmittag änderte sich plötzlich das Wetter. Von Süden trieben Wolken heran; der blaue Himmel wurde streifig und dann fahl und gelb. Wer diese Anzeichen kannte, bekreuzigte sich, trieb das Vieh in den Stall, mied Bäume und Schornsteine und vertraute darauf, daß die Nägel, die das Dach hielten, noch nicht verrostet waren. Die warmen Wirbelwinde aus dem Süden waren selten, kamen sie aber über die Taiga, so schlugen sie eine breite Schneise in den Urwald, knickten jahrhundertealte Stämme und schleuderten die Lärchen durch die Luft wie Gerstenkörner im kochenden Wasser.

Semjonow und Bradcock hatten sich heimlich außerhalb der Stadt getroffen, dort, wo der Wald begann und die Holzeinschlagstraßen in der Einsamkeit endeten. Für Bradcock war es leichter gewesen, wegzukommen, als für Semjonow. Er war gegangen, als die Kirstaskaja ihren Nachmittagsdienst begonnen hatte. Semjonow mußte warten, bis Ludmilla ihren Rundgang zu den ambulanten Patienten in der Stadt antrat, meistens Frauen oder Kinder, die Tabletten erhielten oder eine Injektion oder denen Fieber gemessen wurde. Denn wer hatte in Oleneksskaja Kultbasa schon ein eigenes Fieberthermometer? Die meisten wußten nicht einmal, was so ein Ding anzeigte, und wunderten sich, daß ihre Achselhöhle oder ihr After 38 oder 39 Grad Wärme enthielten und daß das nicht normal sein sollte.

Bradcock wartete schon am verabredeten Platz, als Semjonow auf einem struppigen Pferdchen, das zum Krankenhaus gehörte und im Winter den Schlitten der Kirstaskaja zog, heranritt. Er hatte einen langen Gegenstand vor sich auf dem Sattel liegen, und als er abstieg, sah Bradcock, daß es ein in Decken gehülltes Paket war. Es hatte eine Form, die ihm sehr bekannt vorkam.

»Was hast du da mitgebracht?« fragte er, nachdem sie sich wie alte Freunde begrüßt hatten.

»Zwei Gewehre. Tokarev M 1940. Weißt du, wie wir daran ausgebildet wurden? Wenn unsere Knarren im Schlamm gelegen hatten, konntest du sie an die Wand werfen, aber die Tokarevs, die schossen, als seien sie geölt.« Semjonow hob das Paket von dem hellbraunen, struppigen Pferdchen und legte es auf den Waldboden. »Wir waren immer für faires Spiel, James. Gleiche Waffen – gleiche Chancen. Einverstanden?«

»Okay, alter Junge.« Bradcock kniete nieder und wickelte die Gewehre aus der Decke. Er nahm eins an die Wange, zielte in den fahlen Himmel und nickte. »Ich habe einmal mit einem solchen Gewehr fünfmal hintereinander eine Zwölf geschossen, weißt du noch?«

»Und ob. Darauf hast du einen ausgegeben, und unsere Gruppe war am Abend stinkbesoffen. Drei Tage Strafexerzieren war die Quittung.«

»Junge, war das eine herrliche Zeit!« sagte Bradcock leise.

»Ja, James. Ich bin froh, daß wir das gemeinsam erlebt haben.« Semjonow nahm sein Gewehr vom Boden und schob seinen Munitionsrahmen in das Magazin. Es klickte metallen und gefährlich.

So lacht der Tod, dachte Bradcock und schüttelte sich. »Damit sollen wir uns also umbringen?« fragte er gepreßt.

Semjonow klemmte sein Gewehr unter den Arm. »Wie hast *du* dir denn gedacht, mich umzubringen?«

»Ich weiß nicht.« Bradcock hob die Schultern. Auch er lud seine Tokarev und sicherte sie. »Es wäre mir unmöglich gewesen, dich einfach nach Chikagoer Art umzulegen. Vielleicht hätte ich einen Streit mit dir angefangen, mich gewaltig aufgeregt und dich dann in der Wut erschossen. Dann hätte ich es auch vor meinem Gewissen verantworten können. Ich bin, wenn's sein muß, ein jähzorniger Bursche, Franz.«

»Ich weiß, James. In Arizona hast du einmal dem Corporal das Nasenbein eingeschlagen, weil er dich sechsmal hintereinander die Latrine schrubben ließ.«

Bradcock nickte. Arizona, New Mexico, Miami, Alaska, die kalifornische Wüste, die Spezialausbildung in Texas. Mein Gott, was hatte man alles miteinander erlebt. Und nun war es die letzte gemeinsame Stunde.

»Franz, alter Junge«, sagte Bradcock noch einmal. Seine Stimme war kaum zu vernehmen. »Wirf das hier alles hin, komm mit zurück nach Old Germany und den Staaten, sag, was du alles gesehen hast. Wir machen hier noch ein paar Meterchen Mikrofilm und dann ab in die Luft. Man wird dir beim CIA verzeihen; natürlich wirst du die Jacke vollkriegen, du kennst ja die Jungs, aber im Grunde genommen gehörst du doch zu uns! Du bist kein Russe. Mensch, solch ein Wahnsinn! Du bist Deutscher, wie ich ein Ami bin. Das kann man nicht ablegen, schon gar nicht im Bett!«

Semjonow starrte in den Himmel. Die Wolken jagten tief über die Baumwipfel. Schwefelgelbe Wolken mit ausgezackten Rändern. Die Taiga rauschte. Von ganz weit her klang ein helles Brausen, so als ob man eine Muschel an das Ohr legt und glaubt, das Meer rauschen zu hören.

»Ich bleibe bei Ludmilla«, sagte Semjonow.

»Dann nimm sie mit, in Teufels Namen!«

»Wie stellst du dir das vor?«

»Das weiß ich auch nicht! Auf jeden Fall ist es ein Irrsinn, daß wir uns gegenseitig umbringen sollen!«

Semjonow wandte sich ab und ging ein paar Meter in den Wald hinein. Bradcock folgte ihm, das Gewehr in beiden Händen.

»Gut!« schrie er Semjonow nach. »Dann bleib in diesem verfluchten Sibirien! Wir kennen uns nicht, wir haben uns nie gesehen! Laß mich hier meinen Auftrag erfüllen und wieder abhauen!«

»Auch das geht nicht«, sagte Semjonow traurig. Er blieb stehen und ließ Bradcock herankommen. »In der Stadt ist Karpuschin. Du kennst ihn nicht.«

»Nur dem Namen nach.«

»Bei der Ausbildung haben wir gelernt, Verhöre dritten Grades zu überstehen. Prügel, elektrische Schläge, Folter, Hunger und Durst, die kriegen uns nicht klein. Aber in Texas kennt man keinen Karpuschin. Gemütlich wie ein Väterchen sieht er aus, aber wenn er etwas wissen will, bei Gott, erfährt er es in kurzer Zeit. Ich möchte nicht wissen, was er mit Alajew gemacht hat. Und er wird dich eines Tages ausheben.«

Bradcock lächelte schwach. »Keine Sorge, Junge.«

»Und er wird aus dir herausbekommen, was er will. Ich weiß es. Die Russen haben Methoden, gegen die der menschliche Wille eine Null ist. Und dann wirst du mich verraten und Ludmilla und das Kind.«

Semjonow schüttelte den Kopf. »So geht es nicht, James. Es gibt nur eins: Verlaß Rußland sofort, heute noch!«

»Ohne meinen Auftrag erfüllt zu haben? Jetzt, wo ich im Detail sehen und fotografieren kann, wie eine Atomstadt entsteht? Bist du verrückt? Wann bekommt ein Spion jemals wieder eine solche Gelegenheit wie ich?« Bradcock schüttelte heftig den Kopf. Sein Gesicht war kantig geworden. »Junge, das war doch nicht dein Ernst!«

»Doch, James. Der letzte Ausweg. Fahr ab . . .«

»Nie! Was ich hier für Amerika tun kann –«

»Dann komm!« Semjonow setzte sich wieder in Bewegung. Bradcock folgte ihm, holte ihn ein und ging neben ihm her.

»Also, dann muß es sein!« Er stieß Semjonow in die Seite. »Und was wird aus Ludmilla, wenn ich dich treffe?«

»Du triffst mich nicht.« Semjonow war ganz sicher. »Du hast vieles gelernt, aber nicht, wie sich ein Wolf bewegt.«

Bradcock überrieselte es eiskalt. Stumm gingen sie nebeneinander in den Wald und kamen nach einer halben Stunde an eine Lichtung. Das Brausen am Himmel war stärker geworden, der Wind bog die Wipfel herunter, die Wolken waren weggetrieben. Nur gelbgraue Unendlichkeit zeigte der Himmel, eine Fahlheit, die bedrückte und Furcht erregte.

»Es gibt ein Unwetter«, sagte Bradcock heiser.

»Ja. Ein Wirbelsturm. Was hindert uns das?« Von diesem Augenblick an sprach Semjonow wieder russisch. Er blieb auf der Lichtung stehen, breitbeinig, ein Jäger der Taiga. Das Gewehr hielt er schräg vor die Brust. »Wir wollen uns nichts vorwerfen, Brüderchen«, sagte er fest. »Es soll fair zugehen bei uns. Wir gehen auf die Jagd ... und wir schießen das Wild ab, wenn wir es treffen können.« Semjonow wies in den Wald. »Du gehst vierhundert Schritte in diese Richtung, ich gehe vierhundert Schritte in die andere. Danach gibt jeder einen Schuß in die Luft ab als Zeichen, daß er die Position erreicht hat. Von diesem Schuß an sind wir Jäger. Der Weg führt nach hier, zur Lichtung, zurück. Ob im Kreis, ob in gerader Linie, das steht jedem frei. Ist das klar, Brüderchen?«

Bradcock nickte verbissen. »Ja«, sagte er auf englisch. »Mit anderen Worten: Wir jagen uns.«

Semjonow gab Bradcock die Hand. »Leb wohl, James«, sagte er leise. »Es ist ein Irrsinn, daß zwei Menschen wie wir nur wegen einer Politik so leben und so sterben müssen.«

»Mach's gut, alter Junge.« Bradcocks Adamsapfel zuckte. Er war sichtlich ergriffen und bezwang sich, Semjonow nicht zu umarmen. »Wenn's mich erwischt ... schreib meiner Mutter. Die Adresse kennst du ja. Sie ist jetzt neunundsiebzig Jahre alt. Schreib ihr, ich sei verunglückt ... sag ihr eine fromme Lüge.«

Semjonow nickte. »Verwundungen werden nicht gewertet, James. Ist jemand angeschossen ...«

»Ich weiß. Fangschuß.« Bradcock warf sein Gewehr über die Schulter.

»Also vierhundert Schritte ...«

»Vom Waldrand aus ...«

Ohne sich noch einmal anzusehen, gingen sie in entgegengesetzter Richtung in den Wald hinein. Sie zählten leise ihre Schritte ... zweihundert ... zweihundertfünfzig ... dreihundert . . . Die letzten dreißig Schritte waren die schwersten. Sie waren wie die Stufen zu einem Galgen.

Vierhundert. Semjonow blieb stehen, hob sein Gewehr und schoß in die Luft. Kurz darauf antwortete Bradcock. Im Rauschen des Sturmes klang der Schuß dünn und unendlich entfernt.

Semjonow wartete eine Sekunde, dann ging er langsam den Weg zurück, den er gekommen war. Er gab sich keine Mühe, anzuschleichen, wie sie es in Alaska und New Mexico geübt hatten, er suchte keine Deckung oder kroch durch Farne und Unterholz, er tarnte sich weder mit Gras und Buschzweigen noch paßte er sich dem Waldboden an. Hoch aufgerichtet, die Tokarev in den Händen, schritt er durch den Wald zur Lichtung zurück, ein Bär, der weiß, daß die Taiga ihm gehört. Aber er zählte beim Gehen seine Schritte, und während er ging, dachte er nicht an Bradcock, sondern an Ludmilla und das Kind und an den Frieden, den er sich jetzt mit Blut erobern wollte.

Noch hundert Schritte. Semjonow glitt auf den Boden, faßte das Gewehr vorn am Lauf und zog es neben sich her, während er zur Lichtung weiterkroch.

Der Sturm hatte nun ihr Gebiet erreicht. Die Bäume ächzten unter der Hebelkraft des Windes. Armdicke Zweige wirbelten durch die Luft wie Federn, getrocknetes Moos tanzte auf der Lichtung Ringelreihen; und wo die Flechten den harten Boden bedeckten, hatten sich Strudel gebildet und drehten die Wurzeln aus der Erde.

Semjonow kroch an den Waldrand heran. Der Sturm fiel heulend über ihn her, drückte ihn zu Boden, zerrte an seiner Kleidung, kämpfte mit ihm und versuchte, ihn gleich den Ästen durch die Luft zu wirbeln. Semjonow krallte sich an einem Baumstumpf fest, kroch dahinter, zog das Gewehr nach und spähte über die Lichtung zur anderen Seite, von der jetzt Bradcock kommen mußte. Es konnte sein, daß er einen Bogen gemacht hatte oder gar von hinten kam. Das Heulen des Sturmes, das Knarren und Ächzen der Bäume, das peitschende Knallen der gegen die Stämme geschleuderten fliegenden Äste verhinderten jegliche Aufmerksamkeit. Es gab nur eines: sich auf den Boden legen, den Kopf einziehen, die Arme über den Nacken legen und beten, daß die unermeßliche Faust des Sturmes einen verschonte.

Als Semjonow den Baumstumpf nahe dem Waldrand erreicht hatte und sich hinter ihm ausstreckte, sah er gegenüber der Lichtung einen Schatten. Ein Gleiten war es, ein Schimmer nur zwischen den Stämmen. Semjonow lächelte schmerzlich. Er macht es wie in den Rocky Mountains, dachte er. Von Stamm zu Stamm springen, immer im Zickzack, nie ein festes Ziel geben. Dann wieder auf den Boden, wie eine Schlange kriechend, ganz flach, das Gesäß eingezogen, zur Seite, in eine Richtung, die keiner ahnt, und dann wieder von Stamm zu Stamm, nach vorn geduckt, ein huschender Schemen. Indianerart.

Semjonow wartete, das Gewehr im Anschlag. Noch dreimal sah er den Schatten zwischen den Stämmen, und er hätte schießen können. Wer ein pfeilschnell jagendes Wieselchen schießt, kann auch einen Menschen treffen. Der gute alte Jurij Fjodorowitsch Jesseij aus Nowa Swesda hatte es mit ihm geübt. Selbst einen Nerz, der von Baum zu Baum springt, hatte er im Flug zu treffen gelernt.

Aber Semjonow schoß nicht, er wartete. Und dann ging alles sehr schnell, so schnell, wie der Wirbelsturm über den Wald raste.

Zwischen den schützenden Stämmen schwankte Bradcock hervor. Das Gewehr lag auf seiner umwickelten linken Hand, mit der rechten umklammerte er den Abzugshebel. Blut rann ihm aus einer Kopfwunde über das Gesicht, und vergeblich versuchte er, es mit der Schulter und dem Oberarm abzuwischen. Ein starker, durch die Luft gewirbelter Ast muß ihn getroffen haben. Aus den Haaren heraus strömte das Blut.

Semjonow sprang auf. Bradcock sah ihn, er zuckte zusammen und hob die Tokarev. Auch Semjonow legte an . . . Gott, verzeih mir, dachte er. O Gott, verzeih mir . . . Du hast mir die Hölle vorweggenommen!

Aber keiner schoß. Mit angelegten Gewehren standen sie sich gegenüber, nur dreißig Meter getrennt, die Finger am Abzug, den Kopf des anderen im Visier. Nur eine leichte Krümmung des Fingers, nur ein Durchziehen des Druckpunktes . . . So einfach ist es, einen Menschen zu töten, einen Freund zu verlieren.

Ich kann es nicht, dachte Semjonow. Er schloß die Augen und ließ sein Gewehr sinken. Nun schieß, James, und während er es dachte, wurde ihm heiß ums Herz. Ich liebe dich, Ludmilluschka . . .

James Bradcock senkte den Kopf. Fast zur gleichen Zeit dachte auch er: Ich kann es nicht! Pfeif der Teufel auf die Politik, ich krieg's nicht fertig! Er warf das Gewehr auf den Moosboden und schloß ebenfalls die Augen.

Schieß, alter Junge . . . Seine Kehle schnürte sich zu. Schieß! Wenn du wirklich ein ganzer Russe geworden bist, dann kennst du jetzt kein Zögern . . . Eins nehme ich mit in die Ewigkeit: Wir sind betrogen worden! Du und ich! Und das wird nie aufhören, mein Junge. Es wird immer Schafe geben, die ihrem Schlächter noch die Hand lecken . . .

Semjonow sah auf. Bradcock stand auf der Lichtung. Das Gewehr lag vor ihm auf dem Boden. Die Arme hingen herab, der Kopf war gesenkt. Das Bild eines Hingerichteten.

»James«, stammelte Semjonow, und seine Augen wurden feucht und brannten. »Alter James . . .«

Und dann schrie er auf, grell und tierhaft. Er warf die Arme hoch in die Luft und stand wie gelähmt vor dem, was sich vor seinen Augen vollzog.

Die Faust des Sturmes schlug hinter Bradcock in den Wald. Sie drehte den Baum hinter ihm aus der Erde, es knirschte ohrenzerreißend, das Holz schrie auf und stemmte sich gegen das Siegesgeheul des Windes. Dann fiel der große, herrliche, stolze Baum zur Erde, senkte sich über Bradcock, überschattete mit seinem Ästedach den kleinen, hilflosen Menschen.

»James!« brüllte Semjonow. »James, zur Seite!«

Bradcock erwachte aus seiner Erstarrung. Er wandte den Kopf, sah den fallenden Baum und hetzte mit ein paar Sprüngen von der Lichtung.

»Nach links!« schrie Semjonow. »Nach links!«

Der heulende Wind verwehte seine Stimme. Bradcock stolperte, im Fallen noch warf er sich zur Seite, überkugelte sich, kroch weiter. Zwei Meter neben ihm krachte der Stamm auf den Boden und federte zitternd auf und nieder.

»Oh!« schrie Bradcock. »Oh!«

Eine feurige Faust schlug gegen seinen Rücken und riß ihn auf wie mit tausend Widerhaken. Einer der oberschenkeldicken Äste, hart und an den Bruchstellen der kleineren Äste scharf wie eine Lanze, schlug in seinen Rücken, zerfetzte ihn, wippte wie der Stamm auf und nieder und riß dabei immer neue Fleischstücke aus ihm heraus, wie ein Hai, der sein Opfer mit jedem Biß mehr zerreißt.

Schreiend kam Semjonow herbeigerannt. Er zog Bradcock unter dem Ast hervor, schleifte ihn auf die Lichtung und riß ihm die zerfetzte Kleidung vom Körper.

Die Rückenwunde war fürchterlich. Das Rückgrat lag bloß, und zwischen den Fleischfetzen quoll eine blutiggraue, zitternde, poröse Masse hervor. Die Lunge.

Semjonow sah Bradcock noch einmal an. Dann rannte er zurück zu dem struppigen Pferdchen, das zitternd hinter einem dicken Baum angebunden stand, warf sich in den Sattel und ritt wie der Teufel zur Stadt zurück.

Eine halbe Stunde später lag Bradcock auf dem Operationstisch des Krankenhauses von Oleneksskaja Kultbasa. Drei Ärzte operierten. In ihrem Zimmer lag die Kirstaskaja auf dem Sofa und weinte und schrie und mußte festgehalten werden, damit sie nicht in den OP rannte.

»Er stirbt!« schrie sie, und ihr Schrei war so erschütternd wie der Todesruf eines Wildschwans. »Ich weiß, daß er stirbt! Ich habe seine Lunge gesehen . . . Laßt mich, laßt mich zu ihm, ihr Mißgeburten! Warum haltet ihr mich fest, ihr Hurenbälger? Ich will zu ihm. Ich will bei ihm sein . . .«

Bradcock starb nach einer Stunde. Die Kirstaskaja saß an seinem Bett, hielt seine Hand, küßte seine farblosen Lippen und rief ihn immer wieder an, als könne er sie noch hören.

»O Fjojo«, rief sie und küßte und herzte ihn. »Fjojo, mein Liebling, mein Sternchen, mein Wölfchen . . . Fjojo, ich liebe dich . . . Sieh mich an, öffne die Augen, ich will deinen Blick sehen, deine blauen Augen . . . Fjojo . . .«

Sie merkte gar nicht, wie er starb. Erst als Semjonow sich über sie beugte und Bradcock die starren Augen zudrückte, seine schlaffen Hände nahm und sie über der Brust faltete, wachte sie aus ihrer Verzweiflung auf und erkannte die Wahrheit.

Noch einmal küßte sie ihn auf die jetzt schmalen, eiskalten Lippen und legte ihr Gesicht auf die gefalteten Hände. »Mit ihm ist alles von mir gegangen«, sagte sie dumpf. »Ich werde mich töten . . .«

Semjonow sah sich um. Sie waren allein im Zimmer, er, Ludmilla, Katharina und der tote Bradcock.

»Sie haben ihn geliebt, Katharina? Wirklich geliebt, nicht wahr?«, sagte er und versuchte, sie von der Leiche wegzuziehen. Sie wehrte sich und umarmte den Toten.

»Ja!« Ihre Hand glitt über sein starres Gesicht. »Er war mein Fjojo, mein Leben . . .«

»Er war ein Amerikaner!« sagte Semjonow fest. »Ein amerikanischer Spion.«

Durch die Kirstaskaja lief ein heftiges Zittern. Ihr blonder Kopf wühlte sich tiefer in das Bett. Dann aber schnellte sie hoch und starrte Semjonow haßerfüllt an.

»Fjodor Borodinowitsch Awdej hieß er!« schrie sie. »Du Lügner. Du Verleumder! Einen Toten bewirfst du mit Mist! Hinaus mit dir und deiner Hure, du Aas!«

Semjonow blieb stehen. Ludmilla war zur Tür zurückgewichen. Ihr kleines, schmales Gesicht unter den schwarzen Haaren war farblos. Sie ahnte nun alles. Sie glaubte zu wissen, warum Semjonow und Awdej weggegangen waren, sie hatte es gleich gewußt, als sie bemerkte, daß beide Gewehre fehlten. Da war sie herumgelaufen, stumm, hatte am Fenster gesessen und gebetet, bis sie Pawluscha auf seinem Pferdchen kommen sah. Er war herangestürmt wie der wilde Jäger, über den Nacken des Pferdes gebeugt gleich einem angreifenden Kosaken.

»Er hieß Bradcock«, fuhr Semjonow ungerührt fort. »Major James Bradcock. Abteilungsleiter beim CIA. Er . . . war mein Freund.«

»Dein Freund?« Die Kirstaskaja ballte die Fäuste. »Und wer bist du?«

»Semjonow. Du kennst mich doch.«

»Lüge! Lüge!« Die Kirstaskaja warf die Fäuste hoch und sprang Semjonow an. Er fing den Schlag auf und hielt ihre Arme fest. »Du hast ihn umgebracht, du Mörder!« schrie sie. »Du hast meinen Fjojo getötet! Du hast Fjojo ermordet! Erschießen wird man dich! Aufhängen! In ein Bleibergwerk stecken!« Sie war außer sich, eine Furie, die gegen sich, die Menschen, die ganze Welt tobte. Sie riß sich los, warf sich wieder über den Toten, küßte ihn, schnellte herum, sprang Semjonow an und ohrfeigte ihn, ehe er sich wehren konnte.

»Verhaften lasse ich dich!« kreischte sie. »Jetzt! Sofort! Auf der Stelle! Wer weiß, wer du bist? Wer kennt dich denn? Wo kommst du her? Pluchin hat dich geschickt. Man wird feststellen, woher du kommst. Du und dein engelgleiches Weibchen! Aus dem Weg, du Mörder! Geh!« Semjonow atmete tief auf und sah Ludmilla traurig an. Sie verstand seine stumme Frage und nickte ihm zu. Mein Lieber, dachte sie. Wir sind Verfluchte, die man jagen wird, solange sie leben. Es ist unser Verbrechen, daß wir uns lieben.

Komm, Pawluscha . . . Rußland ist groß, und die Taiga reicht bis in den Himmel, sagen die Jakuten. Alles, was du tust, ist gut, Pawluscha.

Semjonow packte die Kirstaskaja, schob ihr ein Taschentuch in den offenen Mund, warf sie neben das Bett des Toten und band sie mit Mullbinden und einem Strick, den er aus der Tasche zog, an den Pfosten fest. Er tat es ungern, er hatte sich immer gescheut, eine Frau anzugreifen; aber auch das hatte man ihn in den USA gelehrt, daß eine Frau gefährlich sein kann und dann zu behandeln ist wie ein harter Mann. Und als er jetzt in die Augen der Kirstaskaja blickte, in diese glühenden Augen voller Haß, wußte er, daß er richtig handelte, sosehr sich sein Inneres auch dagegen sträubte. Er hob die Hand, ballte sie zur Faust und schlug dann gegen die Schläfe der Kirstaskaja. Ihr Blick wurde wässerig, dann erlosch er ganz, und der Körper sank schlaff in der Fesselung zusammen.

»Du hast sie erschlagen?« stotterte Ludmilla.

»Nur betäubt ist sie. Komm, wir haben keine Zeit zu verlieren.«

Sie verließen das Zimmer, schlossen es ab, warfen den Schlüssel in das Bad und sagten dem Arzt, der ihnen begegnete, daß die Chefin nicht gestört werden wolle. Sie sei bei dem Toten und melde sich später.

Eine Stunde später ritten Semjonow und Ludmilla auf den beiden Pferdchen, die dem Krankenhaus gehörten, aus der Stadt hinaus nach Osten. Der Sturm hatte sich gelegt. Es wehte zwar noch ein wenig, aber aus dem Gelbgrau des Himmels schälten sich blaue Flecken, und darüber ahnte man die Sonne. Schwer bepackt waren die Gäulchen, und Ludmilla hatte vor sich im Sattel genau wie Semjonow eine schußbereite Tokarev liegen.

»Wie gut, daß Sommer ist«, sagte Ludmilla nach einer Weile, in der Semjonow stumm und vor sich hinstarrend vor ihr hergeritten war. Sie kam neben ihn und griff zu ihm hinüber an seinen Ärmel. »Du, wir können die ganze Nacht durch reiten . . .«

»Du hältst es nicht aus, Ludmilluschka. Denk an das Kind.« Er hielt an und sah auf ihren Leib. »Mich soll der Teufel holen! Ich bringe nur Unglück . . .«

»Muß ich dir wieder sagen, wie sehr ich dich liebe? Willst du's immer wieder hören, du Bär?« Ludmilla gab Semjonows Pferdchen einen Hieb auf die Kruppe. Es wieherte und trabte weiter. »Voran, Pawel Konstantinowitsch!« rief sie, ritt an ihm vorbei und übernahm die Führung durch den Wald. »Ich fühle mich so stark wie nie! Nun ist niemand mehr da, der dich verfolgen kann, mein blonder Wolf . . .«

Sie ritten sieben Stunden ohne Halt, ohne Unterbrechung. Sie ritten, bis Ludmilla schlafend von ihrem Pferdchen glitt und Semjonow sie unter ein Gebüsch trug und eine Decke über sie breitete.

Die Nacht war tief und fast lautlos. Nur die Bäume ächzten, jenes rätselhafte, menschlich klingende Ächzen, das durch die ganze Taiga zieht. Der Wald lebt, sagen dann die Jakuten. Er kann atmen und sprechen und erzählt die Sage von der Urmutter allen Lebens.

Gegen Morgen schlief auch Semjonow ein. Er saß neben Ludmilla, gegen einen Stamm gelehnt, und atmete erschöpft mit offenem Mund.

Wie sagte er, als sie die große Wanderung zu ihrem Paradies begannen? Wir werden wie Wölfe sein!

Wahrlich – sie waren Wölfe!

Am Abend, gegen zehn Uhr vielleicht, wurde es dem Stationsarzt unheimlich. Nichts hörte man von der Kirstaskaja, keinen Laut, keine Bewegung, und wenn man auch versteht, wie groß eine Trauer sein kann, so hindert das den Menschen nicht, ab und zu natürliche Bedürfnisse zu verrichten. Bei diesen Überlegungen wurde der Stationsarzt nachdenklich, klopfte erst an die Tür von Zimmer neun, hieb schließlich mit der Faust dagegen, als er die Tür abgeschlossen fand, und trat am Ende mit zwei anderen Ärzten die Füllung ein. Er ahnte, daß etwas nicht in Ordnung war.

Das Bild, das sich ihnen bot, vergaßen sie nie. Der Tote auf dem Bett mit gefalteten Händen, die Kirstaskaja auf der Erde neben dem Bett, gefesselt mit Mullbinden und einem Knebel im Mund.

»Welch eine Situation, Genossin Chefarzt!« rief der Assistent, band die Kirstaskaja los und befreite sie von dem Taschentuchknebel. »Auf dem harten Boden! Ein unhöflicher Mensch! Man hätte Ihnen wenigstens ein Kissen unterschieben können . . .«

»Rufen Sie Generalmajor Karpuschin«, sagte die Kirstaskaja, nachdem sie ihre Glieder bewegt und gestreckt und ein paarmal lautlos gekaut hatte, denn die Kiefer hatten sich verkrampft. »Wie spät ist es?«

»Etwa zweiundzwanzig Uhr, Genossin Chefarzt.«

»Man kann sie noch erwischen!« Sie sah noch einmal auf den Toten und verließ dann schnell das Zimmer. »Sagen Sie dem

Genossen Karpuschin, daß ich eine Anzeige und eine Meldung machen will.«

Während der Assistent nach vielen Beschimpfungen der Vermittlungsstellen endlich eine Verbindung zu Karpuschin bekam, wusch sich die Kirstaskaja, kämmte sich, schminkte sich sogar und zog ihr bestes Kleid an. Dann drehte sie sich vor dem Spiegel, blieb stehen und sah sich lange an.

Sie nahm Abschied von sich selbst. Das Leben, das ihr der Spiegel entgegenwarf, würde noch heute verlöschen. Nur der Schatten würde übrigbleiben, der Schatten, der Kirstaskaja hieß, weil eben alles einen Namen haben muß.

Eine Viertelstunde später traf General Karpuschin im Krankenhaus ein. Man führte ihn zu Zimmer neun, wo die Kirstaskaja wieder am Bett des Toten saß, geschmückt wie zu einer Hochzeit. Blumen umgaben sie und die Leiche, es roch statt nach Karbol scharf nach Rosenöl im Zimmer.

»Guten Abend, Genosse General«, sagte sie und lächelte sogar wie ein Bräutchen. »Ich übergebe Ihnen hier Major James Bradcock vom amerikanischen CIA. Ich bekenne mich schuldig, ihn beherbergt und auch geliebt zu haben . . .«

Generalmajor Karpuschin starrte auf den Toten. Dann überfiel ihn eine verständliche, wenn auch unmilitärische Schwäche. Er zog mit dem Fuß einen Stuhl heran und setzte sich schwerfällig.

»Bradcock«, sagte er, nahm seinen Kneifer von der Nase und putzte ihn am Ärmel der Uniform. »Bradcock ist doch ordnungsgemäß nach Bonn zurückgeflogen. Das . . . das muß ein Irrtum sein, Genossin. Das muß auf jeden Fall ein Irrtum sein . . .«

11

Es gibt Stunden, in denen man plötzlich einsieht, daß eigentlich alles–das Leben, die Umgebung, die Vergangenheit und die Zukunft–sinnlos und dumm ist und man überhaupt nicht mehr weiß, warum man eigentlich lebt. Die einen nennen es einen seelischen Kater, die anderen das »arme Tier«, spülen es mit Wodka hinunter oder legen sich zu einer schönen Frau ins Bett – es gibt so viele nützliche Mittel, sich abzulenken, Genossen! –, aber es bleibt der schale Geschmack im Mund und die Galle im Gaumen und die Erkenntnis, daß man nahe an der Wahrheit aller Dinge war.

Generalmajor Matweij Nikiforowitsch Karpuschin war in einer solchen Lage, als er dem toten Awdej, der eigentlich Bradcock hieß, in das starre, weißgelbe Totengesicht sah und wußte, daß dieser Tote im Augenblick gefährlicher war, als der Lebende hätte sein können. Nicht gefährlich für die Sowjetunion, o nein, *die* Gefahr war mit seinem Tod beseitigt; aber man soll nicht glauben, wie schwer der Leichnam auf der Seele Karpuschins lastete und welche Gefahr er bedeutete.

Major James Bradcock – das war ganz klar in einer Tagesmeldung festgehalten, von dem damaligen Oberst Karpuschin in Moskau abgezeichnet – hatte mit einem planmäßigen Flugzeug Moskau verlassen. Zwei Agenten des KGB hatten ihn unauffällig bis zur Maschine begleitet. Seitdem war kein amerikanischer Spion mehr in Rußland abgesetzt worden. Alle Kontaktmänner schwiegen. Franz Heller blieb verschwunden. Vielleicht verfaulte er schon irgendwo in der Taiga, oder die Wölfe hatten ihn im Winter in Fetzen zerrissen.

Aber nun lag da ein Toter im Krankenhaus von Oleneksskaja Kultbasa, und die Ärztin Katharina Kirstaskaja behauptete, es sei Bradcock. Ein Geständnis legte sie sogar ab, die Närrin! Gab man diese Aussage zu den Akten, dann legte man gleichzeitig schriftlich nieder, daß der Generalmajor Karpuschin ein Idiot war.

»Schwesterchen«, sagte Karpuschin mild, beugte sich vor und zog ein Leinentuch über das starre Gesicht. Er war sonst nicht so zart besaitet, aber es sprach sich leichter, wenn man einem Irrtum nicht immer in die Augen sehen muß. »Wir müssen uns darauf einigen, daß dieser Tote Fjodor Borodinowitsch Awdej ist und kein anderer. Ich weiß, Ihr Schmerz ist groß, aber warum sollen wir die Dinge komplizieren, wenn es sich anders leichter leben läßt?«

»Ich möchte aber nicht mehr leben, Genosse General«, sagte die Kirstaskaja dumpf.

»Aha!« Karpuschin nickte schwer. »Gestatten Sie, Schwesterchen, die Bemerkung, daß dies Ihre Privatangelegenheit ist. Was hat der Staat damit zu tun? Wenn es Ihnen Spaß macht, dann hängen Sie sich auf oder vergiften Sie sich oder ersinnen sich sonst eine Methode, sich umzubringen . . . aber belästigen Sie nicht die Obrigkeit mit Geständnissen, die keiner hören will.«

»Ich denke –«

Karpuschin unterbrach sie mit einer heftigen Handbewegung. Er setzte seinen Kneifer wieder auf und hatte jenen galligen

Geschmack im Mund, von dem wir vorhin sprachen. Er kam sich vor wie auf einer eisbedeckten Insel, allein und ausgesetzt, ohne Kleider und mit dem nackten Hintern auf dem Eis festgefroren. Eine wahrhaft unangenehme Situation.

»Mein Täubchen, bitte nicht denken! Es gibt im Leben Minuten, da ein Gehirn geniale Taten vollbringen kann, indem es *nicht* denkt. Eine solche Stunde ist jetzt angebrochen. Hier liegt unser armer Genosse Awdej, von einem Baum erschlagen, und wir wollen ihn würdig begraben, wie es einem guten Kommunisten zusteht . . .«

»Genosse General«, stammelte die Kirstaskaja. »Das ist Betrug!«

»Man nennt Notwendigkeiten nicht Betrug, Schwesterchen«, tadelte Karpuschin. »Nur Sie und ich wissen, daß Awdej wirklich der amerikanische Major Bradcock ist! Wenn wir unser Wissen weitergeben, wem nützt es etwas? Nur Schwierigkeiten bekommen wir. Er ist tot . . . Also soll man ihn auch schweigen lassen.« Karpuschin sah durch seinen blitzenden Kneifer die Kirstaskaja streng an. »Sie haben doch noch keinem etwas vorgesungen, Schwesterchen? Es weiß doch keiner, wer dieser Awdej ist?«

»Doch, Genosse General!«

»Der Teufel hat in die Suppe gespuckt!« schrie Karpuschin ohne Achtung vor dem Toten. »Wer ist es?«

»Seine Freunde und Feinde, die, die ihn getötet haben! Darum rief ich Sie ja an, Genosse General. Pawel Konstantinowitsch Semjonow und Ludmilla Semjonowa wissen es!«

»Oh!« sagte Karpuschin nur und faltete die Hände. Dieser Schlag traf seinen Nerv. »Sie sind hier?« fragte er ungläubig.

»Sie haben bei mir gewohnt. Ludmilla als Assistentin, Pawel als Hausmeister. Nun sind sie weg mit unseren beiden Pferdchen.«

»Weg sind sie! Weg!« Karpuschin wiederholte es, und er steigerte sich, bis er brüllte und ohne Ehrfurcht vor dem Toten gegen den Bettpfosten schlug. »Wissen Sie, was das bedeutet, Katharina Kirstaskaja? Sie haben den gefährlichsten Mann beherbergt und laufenlassen! Er ist der große graue Wolf, den ich fast ein Jahr lang jage . . .«

»Semjonow?«

»Heller heißt er! Franz Heller, und er ist ein Deutscher. Und seine Frau, dieses Aas, ist die ehemalige Kommissarin und

Kapitän der Roten Armee Ludmilla Barakowa aus Krasnojarsk. Ich hätte sie erschossen, ohne ein Wort zu sagen!« Karpuschin schwitzte vor Erregung. Glühend rot war sein Gesicht, und sein Kneifer beschlug sich schon wieder.

»Ein Deutscher«, stotterte die Kirstaskaja. »Das habe ich nicht gewußt, Genosse General.«

»Wie kann ein halbwegs gebildeter Mensch so dumm lügen?« schrie Karpuschin. »Woher kam er denn? Was wollte er hier? Gerade hier, wo Mütterchen Rußlands neues Herz entsteht?«

»Er suchte Arbeit, und ich nahm beide an.«

»Ohne Papiere?« Karpuschin kratzte sich den Kopf.

»Er hatte Papiere.«

»Gefälschte!« schrie Karpuschin.

»Wer achtet darauf in der Taiga? Wer hier lebt und arbeiten will, *muß* ein Russe sein.«

Es war nichts zu machen. Wenn man die Lage Karpuschins überdenkt, hatte er ein Recht auf Mitleid. Ein toter Amerikaner, zwei flüchtige Staatsfeinde, und das alles auf einem Gebiet, das zur Geheimnisstufe I des sowjetischen Vaterlandes erklärt worden war.

Als man draußen im Flur das Brüllen des Generals nicht mehr vernahm, brachte man den Koffer und den Reisesack des toten Awdej herein, die sein Hausnachbar, der junge Oberleutnant, im Krankenhaus abgeliefert hatte. Außerdem ließ er bestellen, daß Awdejs Haus in der Frunsestraße nächste Woche zu beziehen sei. Alle Handwerker erfüllten an diesem Haus das dreifache Soll.

Karpuschin war höflich, ließ die Sachen auf den Tisch legen, schloß dann die Tür ab und öffnete Koffer und Reisesack.

Beschämend war es, Freunde, was da zutage kam.

Neben Wäsche und schlechten russischen Socken, einem Anzug und einigen Lehrbüchern über Geologie, Büchsen mit Schmalzfleisch und Sojabohnen in Tomatensoße, einer Plastiktüte mit Grieß, einer Dose Fisch und zwei Säcken mit Reis fand Karpuschin eine Mikrokamera und vier bereits belichtete Filme in einer Ölsardinenbüchse mit einem Patentdeckel.

Karpuschin, dem nichts fremd war, was in das Gebiet der Spionage fiel, trennte den Doppelboden des Koffers auf, zerschlitzte den Sack und holte wunderliche Dinge hervor; Spezialkarten von Norilsk und Krasnojarsk, einen Code, kleine Rollen Plastiksprengstoff, in Metallhülsen verpackt, neue Filme, ein

Mikroskopierbesteck, einen Kugelschreiber mit unsichtbarer Tinte.

»Aha!« schrie Karpuschin bei jeder neuen Entdeckung. »Aha! So ein Lump! So ein schwerer Junge! Ein Fachmann, wahrhaftig! Ein goldener Fang! Nur schade, daß er nicht Bradcock ist, sondern der arme verunglückte Awdej, ein Geologe aus Moskau.«

Karpuschin setzte sich neben die Kirstaskaja und tippte gegen ihre Schulter. Langsam wandte sie ihm das erstarrte Gesicht zu.

»Wo kann man das alles verschwinden lassen, Schwesterchen?« fragte er. »Gründlich verschwinden.«

»Verbrennen.« Die Kirstaskaja blickte wieder auf den Toten.

»Das gäbe ein Feuerwerk mit dem Plastiksprengstoff! Ich werde alles in den Olenek werfen.« Karpuschin schob die Ausrüstung Bradcocks wieder in den Kleidersack und verschnürte ihn. »Ich werde Ihnen eine amtliche Empfangsbescheinigung über die Habseligkeiten Awdejs schicken, Genossin«, sagte Karpuschin dienstlich. »Die Leiche des armen Fjodor Borodinowitsch wird sofort abtransportiert . . .«

»Nein!« Die Kirstaskaja sprang auf und stellte sich vor das Bett. »Ich habe gestanden, daß ich einem amerikanischen Spion Unterschlupf gegeben habe. Ich war seine Geliebte. Und ich gestehe ferner, daß ich ihn weiter verborgen hätte und seine Geliebte geblieben wäre, auch wenn ich erfahren hätte, daß er ein Amerikaner ist. Für dieses Geständnis bitte ich um ein christliches Begräbnis Bradcocks.«

»Alles, was Sie reden, ist Unsinn, Schwesterchen«, antwortete Karpuschin. »Im Bett liegt der Geologe Awdej. Er starb in Ausübung seines Dienstes für das Vaterland und wird als Aktivist von uns begraben werden. Mit Fahnen und Schalmeien und einem Ehrenzug Infanterie. Vielleicht bekommt Awdej sogar eine Medaille für besondere Verdienste, wer weiß? Bradcock lebt in Bad Godesberg, gewöhnen Sie sich endlich daran, Katharina Kirstaskaja!«

Wenn Karpuschin so sprach, gab es keine Widerrede mehr. Zwar versuchte es die Kirstaskaja, aber Karpuschin ließ sie in einer fensterlosen Gerätekammer einsperren, bis man die Leiche Bradcocks abtransportiert hatte. Sie wurde im Rathaus, im Versammlungssaal aufgebahrt, mit Blumen umkränzt, und während einer der sechs neuen Ärzte die Kirstaskaja mit zwei gewaltsamen Injektionen beruhigte und in tiefen Schlaf versenkte, hielt Karpuschin eine Rede über den selbstlosen Einsatz des kommunistischen Aktivisten, übermittelte die Grüße der Partei an den Genossen Awdej und ließ dann den Toten zum Friedhof hinauskarren, wo man ihn feierlich in die harte sibirische Erde senkte.

»In deinem Geiste, Genosse Awdej, voran!« rief der Stadtsowjet sogar zum Abschied. Und Karpuschin dachte daran, wie sehr doch die Welt betrogen wird, nicht nur jetzt und hier, sondern überall und immer.

Zwei Tage später war Katharina Kirstaskaja aus Oleneksskaja Kultbasa verschwunden. Zuletzt hatten Handwerker und der Totengräber sie gesehen, als sie vor dem Grab Awdejs stand und betete. Barfuß stand sie am Grab wie eine Magd, in einem alten Rock und einer verwaschenen Bluse. Ein Bild des Jammers. Und dann war sie weg. Mit dem größten Teil ihrer Kleider, ihrem Bettzeug und sogar dem Grammophon mit den Platten.

Sie wird an den Baikalsee zurückgekehrt sein, mutmaßte man. Kam sie nicht aus Irkutsk, das wilde Vögelchen? In den See wird sie weinen, das verwundete Schwänchen, und die Wellen werden ihre Tränen hinwegtragen zu den Ufern der burjätischen Steppen.

Das Grab des Aktivisten Awdej aber verfiel bald, sank zusammen und wurde vom Moos überwuchert.

Nur Karpuschin wußte, wohin man die Kirstaskaja gebracht hatte. Getobt hatte sie, eine Gerichtsverhandlung verlangt, ein Protokoll wollte sie unterschreiben, das arme Närrchen! Auf der Wahrheit bestand sie, bis Karpuschin als Militärgerichtsherr der nordsibirischen Lager sie kurzerhand verurteilte und wegbringen ließ.

»Sie stört durch ihre dummen Reden den Frieden!« belehrte er den Major, der als Besitzer auch eine Stimme im Gericht hatte. Und da Karpuschin es sagte, nickte der Major und war überzeugt, in Katharina Kirstaskaja eine notorische Lügnerin zu verurteilen.

»Ich werde nie schweigen! Nie!« schrie die Kirstaskaja, als man sie aus dem Gerichtsraum hinausführte. »Ich habe nichts mehr zu verlieren! Aber in euren Augen sehe ich die Angst, ihr Memmen! Oh, wie ich euch hasse! Wie ich alles hasse! Alles!«

Karpuschin nagte an der Unterlippe und putzte wieder seinen Kneifer. Man sollte sie verunglücken lassen, dachte er und hauchte gegen die Gläser. Die innere Ruhe des Staates erfordert Opfer. Das ist traurig, aber notwendig. Wer ein bißchen politisch denken kann, wird zustimmend nicken. Mit Moral hat das zwar nichts zu tun und mit dem fünften Gebot schon gar nicht, aber – seien wir ehrlich, Genossen! – wie vereinbart sich Politik mit Moral? Die Bibel ist ein Märchenbuch für Nichtdenker, sagt Lenin.

Das alles dachte auch Karpuschin, und er hatte keine Gewissensqualen, als man ihm meldete, daß die Ärztin Katharina Kirstaskaja mit einem Transport nach Osten geschafft worden war. Nach Bulinskij an der herrlichen, kilometerbreiten Lena, dem Strom Sibiriens, vor dem das Herz verstummt aus purer Ergriffenheit.

Vier Wochen, nein, seien wir genau – 29 Tage lang zogen Ludmilla und Semjonow durch den Wald.

Man müßte lügen, wollte man sagen, es wäre eine sehr beschwerliche Reise gewesen. Es war ja Sommer. Die Sonne schien auf den nie ganz auftauenden Waldboden; die Lärchen dufteten nach Harz; in den Sümpfen an den Ufern der kleinen Taigaflüsse schwirrten die Mücken und Moskitos; der Bär jagte nach Bienenstöcken; Wiesel und Hermelin schossen wie braune Pfeile durch das Moos; und nachts, in den kalten Niederungen und Senken des welligen Landes, hörte man ab und zu das Heulen der Wölfe und einmal sogar das brüllende Fauchen eines Tigers. Dann kroch Ludmilla ganz nahe an Semjonow heran, sie entsicherten ihre Gewehre und saßen am niedrig gehaltenen Lagerfeuer, oftmals stundenlang Rücken an Rücken, und beobachteten den Waldrand vor sich. Immer schlugen sie ihr Lager in Lichtungen auf, die Wirbelstürme aus dem Wald herausgedreht hatten. Zwischen zwei Stämmen spannten sie ihre Decken und banden die Pferdchen fest, eine winzige Burg, die niemand ungesehen angreifen konnte, denn er mußte den schützenden Wald verlassen und ins Freie treten.

In den ersten Tagen begleitete sie das gewohnte Bild einer Suche: Hubschrauber schwirrten in geringer Höhe über die Wipfel der Bäume, Aufklärungsflugzeuge zogen größere Kreise über die Taiga. Es erregte Ludmilla und Semjonow nicht mehr. Wenn sie das Motorengebrumm in der Luft hörten, blieben sie stehen, zogen die Pferdchen in ein Gebüsch und warteten, bis alles vorüber war. Auch die Flieger mochten einsehen, daß es Unsinn war, einen Urwald abzufliegen und die grünen Baumspitzen zu beäugen. Hinzu kam ein fataler Zwischenfall, der sich in der Nacht nach der Flucht der Semjonows ereignet hatte. Ein Hubschrauber hatte zwanzig Werst südlich des Olenek Feuerschein im Wald gesehen und es gemeldet. Das sind sie, lautete der Befehl aus der Zentrale in Kultbasa. Heruntergehen und schießen! Semjonow und seine Frau haben Tokarev-Schnellfeuergewehre bei sich.

Der Hubschrauber zog also über die Lichtung, flog einen Kreis und beschoß das Feuer mit zwei Maschinengewehren.

Es gab sieben Verwundete, denn um das Feuer lagen zwanzig Mann eines Vermessungstrupps, der eine Straße durch den Urwald plante. Die Panik war groß, noch größer das Gebrüll, das Karpuschin anstimmte, als die Meldung auf seinen Tisch kam.

»Man soll es nicht für möglich halten!« schrie er grob. »Sehen die Idioten mit ihren Augen oder mit ihren Hinterteilen? Überhaupt schießen! Ich will sie lebendig haben! Rösten will ich sie! Ich verbiete ab sofort jede Waffengewalt, nur in Notwehr darf geschossen werden!«

Man sieht, es war ein rechtes Durcheinander, das Ludmilla und Semjonow zugute kam, denn ihre Wanderung durch den Wald wurde bald nicht mehr gestört, weil die Flugzeuge aufstiegen, sich irgendwo in der Luft tummelten, bis ihre Zeit um war, und dann landeten mit der schon bekannten Meldung: Nichts zu sehen, Genossen. Die Taiga hat sie verschluckt.

Wenn es keine Flucht gewesen wäre, ein Weglaufen vor dem sicheren Tod, hätte man diesen Ritt durch den duftenden Wald herrlich, ja ergreifend nennen können. Luchse und Hermeline in ihrem hellbraunen Sommerfell, Tausende von Eichhörnchen und dunkelbraune Füchse, Bären mit fast schwarzem Pelz, dick und satt, und seltene Zobel begegneten ihnen oder begleiteten sie ohne Scheu auf der Wanderung. Die Flüsse und Bäche glitzerten mit ihrem silberklaren Wasser in der Sonne, und wo der Wald sich lichtete, an Hügeln oder Flußniederungen, blühte der sibirische Mohn, leuchteten Wildkirschen und bogen sich die Beerensträucher.

»Wir haben das Paradies erreicht, Pawluscha«, sagte Ludmilla am achtundzwanzigsten Tag, als sie wieder ihr Lager aufgeschlagen, Tee gekocht und ein großes Stück Hasenrücken über dem Feuer gebraten hatten. Nun lagen sie nebeneinander. Die Pferdchen hinter ihnen rieben die struppigen Köpfe an den Baumstämmen und rissen mit ihren rauhen Zungen Gras und Moos aus der Erde. »Laß uns hierbleiben, Pawluscha.«

Semjonow starrte in den Abendhimmel. Er hatte jeden Begriff für Raum und Entfernungen verloren. Er wußte nicht, wo sie jetzt rasteten, wie weit sie noch von der Lena entfernt waren, ob noch Hunderte Werst Taiga vor ihnen lagen oder das Land sich plötzlich senkte und der riesige Strom den Wald durchsägte. Er wußte nur, daß sie immer nach Osten gezogen waren und nun in einem Gebiet waren, das noch nie von Menschen bewohnt worden, sondern nur den Zügen der Nomadenjäger bekannt war. Herrlich war der Sommer. Die Taiga sorgte für einen reich gedeckten Tisch. In den Flüssen wimmelte es von Fischen, und die Hasen saßen im Gras zur Auswahl, nur daß sie nicht schon gebraten waren wie im Schlaraffenland. Wildbienen hatten ungeheure Honigvorräte in hohlen Stämmen angesammelt; die Beeren reiften in großen Mengen, man brauchte sie nur zu pflücken und einzuzuckern – wahrhaftig, Freunde, Sibirien ist ein herrliches Land ... wenn man nicht wüßte, daß jedes Jahr der Winter kommt und 40 Grad Frost den letzten Gedanken an ein Paradies zerstören. Und die Eisstürme, die heulenden Winde, die Schneeverwehungen, die erbarmungslose Kälte, der Himmel, der auf die Erde fällt – wer nicht in diesem Land leben muß, wird es grandios nennen; wer aber von Oktober bis Mai ein Gefangener der Natur ist, wird die Taiga verfluchen ... und doch nie mehr verlassen, weil sie sein Herz erobert hat.

»In zwei, drei Wochen wird der erste Schnee kommen«, sagte Semjonow und zog Ludmilla an sich. Ihr Leib war jetzt gewölbt, ganz deutlich sah man ihren gesegneten Zustand; und wenn Semjonow die Hand flach auf ihren Bauch legte, spürte er, wie sich das Kind bewegte, wie neues Leben in der warmen Geborgenheit ihres Leibes heranwuchs. Das machte ihn jedesmal unsagbar glücklich, ja, er legte das Ohr an die glatte, gespannte Haut und hielt den Atem an. »Ich höre das Herzchen«, sagte er dann atemlos. »Ganz leise klopft es. Ist es möglich, daß man es hört?«

»Ja, mein Dummchen«, sagte dann Ludmilla und kraulte seine kurzen blonden Haare, streckte sich und lag ganz still, damit er lauschen und tasten konnte und sich badete in einem nie gekannten, herrlichen Glücksgefühl.

»Wir müssen ein festes Dach haben, ehe es schneit.« Semjonow legte seine Hand auf Ludmillas Leib. Das Kind, dachte er. Sie wird es tatsächlich wie eine Wölfin gebären, in einer Hütte aus aufeinandergestapelten Stämmen, und niemand wird ihr helfen können außer Gott.

Seit Tagen dachte Semjonow an diese Geburt. Einmal müssen wir auch hier auf Menschen treffen, das war seine große, stille Hoffnung. Eine Fischersiedlung an einem Fluß, ein Jägerdorf, ein Flößerlager; es mochte sein, was es wollte, immer waren Frauen dabei. Und sie würden Ludmilla helfen in der schwersten Stunde und Semjonows Kind in die Welt heben, wie sie es mit den eigenen getan hatten.

Mit dieser Hoffnung zog er weiter. Und nun, am achtundzwanzigsten Tag, als die Nächte kühl wurden und die Wildgänse sich zum Zug nach Süden an den Flußniederungen und in den Sümpfen sammelten, gab er die Hoffnung auf, noch Menschen zu treffen. Zu den Tieren der Taiga gehörten sie jetzt, und so würden sie auch leben in grandioser Einsamkeit und gnadenloser Härte.

»Wir bleiben?« fragte Ludmilla wieder, und ihre Hand streichelte über seinen warmen Körper. »Ich weiß, Pawluscha, du denkst an den Winter.«

»Ja, Ludmilluschka.« Er wandte den Kopf zu ihr und sah ihr glückliches Lächeln. Sie war so voll Liebe und Vertrauen und von einer fast kindlichen Zuversicht. »Laß uns noch einen Tag weiterziehen. Ich will unser Haus an einem Fluß bauen. Dann kann ich im Winter das Eis aufhacken und Fische fangen. Und zum Fluß kommen im Sommer auch die Tiere, und wenn ich mir ein Boot baue, kann ich mit der Strömung fahren und entdecke vielleicht eine andere Siedlung. Ein Flußufer ist immer ein guter Platz, Ludmilluschka.«

Sie nickte und dehnte sich wohlig unter der Decke. Die Nacht kam schnell, und wieder hörten sie von fern das Tigergebrüll und das tausendfache Rascheln und Rauschen und Knacken und Wispern des Waldes.

Semjonow blieb wach, während Ludmilla schlief und im Traum leise, aber unverständliche Worte sprach. Noch einen Tag, dachte er. Oder zwei. Wenn die Richtung stimmt, ziehen wir der Lena entgegen, und um sie herum ist ein weites Gebiet mit Flüssen und Bächen, ein reiches, wasserglänzendes Land, wo man leben kann als ein König der Wildnis. Wasser, Wald und

Himmel – was will der Mensch mehr? Und was, o Brüder, gibt es Schöneres?

Am neunundzwanzigsten Tag, gegen die Mittagszeit, erreichten sie tatsächlich einen Fluß. Der Wald lichtete sich. Steinig, mit Geröll übersät, senkte sich das Land, und dann war er da, mindestens 400 Meter breit, majestätisch und mit rauschenden Stromschnellen, Inseln aus Sand und großen, weißgrauen, in Jahrhunderten abgeschliffenen Steinen, mit schilfigen Ufern und Kieshalden, mit sandigem Strand und felsigen Uferböschungen: ein herrlicher Fluß, ein Silberstrom in der Sonne.

»Unsere Heimat«, sagte Ludmilla ergriffen, als sie am Ufer standen und über die Strömung sahen. »Unsere wunderbare neue Heimat.«

»Ja, hier bleiben wir«, stimmte Semjonow zu und reckte sich wie ein erwachender Bär. »Hier suchen wir uns ein Ufer, wo Schilf und Sand sind und der Wald nahe an den Fluß reicht.«

Noch eine Stunde ritten sie flußabwärts. Dann gelangten sie an eine Landzunge, die in den Fluß hineinragte. Zwischen Büschen, verkrüppelten Birken, Weiden und windgebeugten Lärchen sahen sie ein Dach aus geflochtenem Schilf, mit Moos bewachsen.

»Menschen!« rief Semjonow. Es klang erlöst und doch enttäuscht. »Eine Hütte . . .«

Langsam ritten sie einen überwachsenen Weg entlang zur Landzunge. Er sah nicht danach aus, als sei er in den letzten Jahren befahren worden. »Hallo!« rief Semjonow, als sie sich dem Haus näherten, einem Blockhaus aus dicken rot-schwarzen Lärchenstämmen, von einem verfallenen Zaun umgeben, der einer Palisade glich, denn die Bretter waren oben angespitzt. Verrosteter, zerrissener Stacheldraht war mit den Latten verflochten. »Hallo, Freunde!« schrie Semjonow noch einmal und legte beide Hände als Trichter vor den Mund. »Verbergt euch nicht, Brüderchen. Gute Menschen kommen! Ich wünsche euch chleb-sol!«

Sie warteten auf eine Antwort, aber nichts im Hause rührte sich.

»Es ist verlassen«, sagte Semjonow und stieg von seinem Pferd.

»Oder sie warten, bis sie dich treffen können.« Ludmilla hielt Semjonow an der Jacke fest. »Laß uns weiterreiten, Pawluscha.«

»Ist das Haus verlassen, haben wir alles, was wir suchen, Ludmilla. Land, Wasser, den Wald, ein festes Dach. Ich sehe nach.«

Nun stieg auch Ludmilla ab. Während Semjonow langsam auf

das Haus zuging, stand Ludmilla neben den Gäulchen, das Gewehr schußbereit in den Händen. Sie beobachtete die verriegelten Fenster und die Tür des Schuppens, die windschief und verfault an einer einzigen Angel hing.

Noch einmal blieb Semjonow stehen und rief: »Gott segne euch, Brüderchen! Heute ist ein guter Tag ...« Aber niemand antwortete.

Es dauerte einige Minuten, und Ludmilla spürte heiße Angst in ihrer Kehle, als das Fenster zum Wald aufgestoßen wurde. Sie hob das Gewehr. Aber da erschien der Kopf Semjonows. Er lachte und winkte mit beiden Händen, beugte sich aus dem Fenster und schrie: »Es ist leer, mein Täubchen! Seit Jahren ist es nicht bewohnt! Der Himmel hat uns eine Heimat geschenkt.«

Welche Freude! Mit den Pferdchen am Zügel rannte Ludmilla zum Haus hinunter. Dort stand Semjonow vor der Tür, verbeugte sich, ganz wie ein Herr, machte eine weite Handbewegung, die Haus, Wald und Fluß umfaßte, und sagte mit dröhnender Stimme: »Willkommen, Großfürstin von Taigask. Verfügen Sie über den Palast und das Land. Es ist Ihr Besitz ...«

Arm in Arm, wie fröhliche Kinder, lachend und befreit von allen Zukunftssorgen, gingen sie in das Haus.

Es war eingerichtet wie alle Blockhäuser Sibiriens. Ein riesiger, aus Flußsteinen gemauerter Ofen, ein offener Steinherd, eine Bank, drei Hocker und ein massiver, mächtiger Tisch, an den anderen Wänden Bettkisten mit Moos und Blättern gefüllt, die jetzt verschimmelt waren und in denen Salamander raschelten und Flußmäuse nisteten. In einer kleinen Hinterkammer lagen Werkzeuge. Äxte ohne Stiel, ein Hammer, zwei Schaufelblätter, eine verrostete Zange, eine Kiste mit Nägeln, zerrissene, verrottete Netze, drei Kescher ohne Netz, vier große Holzwannen und eine Reihe runder Schüttelsiebe, mit verschiedenen Siebgrößen, vom groben Netz bis zum haarfeinen Geflecht.

Sinnend betrachtete Semjonow die Siebe. Nebenan im großen Zimmer stieß Ludmilla die anderen Fenster auf und lachte hell, als sie die Köpfe der Pferdchen in der Tür sah.

»Ist es nicht schön hier, ihr Lieben?« rief sie fröhlich und drehte sich im Kreis. »Seht euch um, ihr Gäulchen. Einen Stall werdet ihr haben und gute Nahrung, und wenn der Winter kommt, liegt ihr auf trockenem Moos. Ein Paradies ist's, seht ihr? Wir haben das Paradies gefunden!«

Dann ging sie in dem großen Zimmer umher, von Wand zu Wand, und streichelte das rauhe Holz. In der Ecke neben dem Ofen blieb sie stehen und betrachtete ein Bild, das dort in der Ikonenecke hing. Noch sah man auf dem Brett, wo sonst die Ewigen Lichter stehen, den Kerzentalg. Gelbe und rote Kerzen hatten hier gebrannt. Das Bild aber war auf Packpapier gemalt, auf gelbgraues Packpapier, aus dem man die Papiersäcke macht, in die man Fischmehl füllt oder Grieß oder auch Steinsalz. Eine ungelenke Hand hatte mit billigen Ölfarbstiften eine Madonna gemalt . . . einen zur Seite geneigten Kopf mit großen, traurigen Augen, einem blauen Kopfumhang und langen, schmalen, gefalteten Händen. Hinter dem Kopf schien gelb die Sonne und ersetzte den Heiligenschein. Ein rührend schlichtes Bild, über das jetzt das feine Gespinst einer Spinnwebe hing.

Unten aber, auf einem freien Raum, unter den gefalteten Händen der Madonna, stand etwas geschrieben, was Ludmilla nicht lesen konnte. Eine fremde Sprache war's in einer fremden Schrift.

Aus dem Nebenraum trat Semjonow, die Siebe in den Händen.

»Mir scheint, wir sind nicht weit entfernt von einer Siedlung«, sagte er. »Nur weiß ich nicht, ob sie flußabwärts oder -aufwärts liegt.«

»Hier ist eine Ikone, Pawluscha.« Ludmilla wischte die Spinnweben von dem Bild aus Packpapier. »Es steht etwas darunter, was ich nicht lesen kann. So muß man bei euch im Westen schreiben . . .«

Semjonow ließ die Siebe fallen und eilte zu Ludmilla. Plötzlich krampfte sich sein Herz zusammen, und alle Fröhlichkeit wich aus seinem Inneren. Groß und schmerzvoll wurden seine Augen, als er das kindliche Madonnengemälde sah und die Worte las, die mit einem dicken Bleistift daruntergeschrieben waren:

»Gott sei bei uns.
Diese Maria hing in unserer Kirche von Niederhald.
1955, im Winter. Nun sind wir freie Menschen.«

»Du kannst es lesen, Pawluscha?« fragte Ludmilla leise, als Semjonow schwieg.

Er nickte stumm und wandte sich ab. »Hier haben Deutsche gewohnt«, sagte er stockend und setzte sich an den Tisch. »Deutsche Kriegsgefangene. Sie . . . sie haben dieses Haus gebaut, die Bank gehobelt, den Tisch, die Hocker, den Ofen gemauert, das Ufer planiert, die Landzunge gerodet ... und einer von ihnen hat die Madonna gemalt und vor ihr gebetet und dabei an die Heimat gedacht.« Semjonows Hände strichen über den Tisch, die Kante entlang, über die dicken Tischbeine, über den Sitz der Bank. »Sogar hier waren sie ... und nun werden wir in ihrem Haus leben ...«

Ludmilla sah wieder auf die Packpapier-Madonna. Ich reiße sie herunter, dachte sie. Ja, ich zerfetze sie, ich werde auf ihr herumtrampeln. Nichts, nichts soll von ihr übrigbleiben! Aber sie tat es nicht. Nur die schönen schwarzen Augen kniff sie zusammen und ballte die Fäuste. »Ich bin stärker als du«, sagte sie leise. »Auch du kannst mir Pawluscha nicht mehr nehmen!«

Sie kam an den Tisch zurück, wo Semjonow versunken saß und immer noch das Holz streichelte. Man merkte, woran er dachte. An den Rhein, an die deutschen Buchenwälder, an die Weinberge zur Zeit der Traubenlese, an die Obstwiesen und die schwarzweißen Fachwerkhäuser mit den Dächern aus Schiefer. Er dachte an die Hafenstädte und die kleinen Gebirgsdörfer in den Alpen, an den feinsandigen Strand der Ostsee und die brausenden Wellen der Nordsee, er hörte die Möwen kreischen und die Finken schlagen und das trillernde Lied einer Lerche im blaugoldenen Frühlingshimmel.

»Pawluscha«, sagte Ludmilla leise und legte ihm die Hand auf die Schulter. Er schrak auf und starrte sie mit fernem Blick an.

»Ja ...?«

»Ich weiß jetzt, daß du nie ein Russe werden wirst.«

»Nein.« Sein Kopf sank herab. Sein Herz war wie mit Blei gefüllt. »Ich hätte es selbst nie geglaubt, Ludmilla.«

»Auch ich könnte keine Deutsche werden, Pawluscha.« Ludmilla legte ihr Gesicht auf seinen Kopf und umarmte ihn. »Ich könnte Rußland nie vergessen.«

»Aber nun leben wir zusammen, wir werden ein Kind haben, wir« – Semjonow fuhr herum und riß Ludmilla an sich. Er nahm ihren schmalen Kopf in beide Hände und starrte in ihre großen, etwas schrägen, glühenden Augen. »Was sind wir denn, Ludmilla?« rief er. »Wir lieben uns! Wir können unsere Herzen doch nicht teilen!«

»Wir sind Wölfe der Taiga«, sagte Ludmilla und legte das Gesicht gegen seine Brust. »Wir haben keine Heimat und keine Namen. Wir sind Wildnis.«

Als Semjonow am Abend ins Haus kam, nachdem er die Pferdchen gefüttert und ihnen im verfallenen Schuppen ein Lager zurechtgemacht hatte, empfing ihn der Duft von Tee und gebratenem Fleisch. Über dem Tisch lag eine Decke, und die mitgebrachte Öllampe flackerte.

Aber noch ein Licht brannte.

Eine Kerze unter der Madonna aus Packpapier.

Semjonow setzte sich an den Tisch und schielte in die Ikonenecke. Ludmilla sah seinen Blick und trug einen Topf mit Tee heran.

»Wie die Sonne hinter ihrem Kopf leuchtet, nicht wahr?« sagte sie.

»Und plötzlich können ihre Augen sprechen. Es war ein guter Mensch, der sie gemalt hat . . .«

Semjonow nickte stumm.

Gott sei bei uns, stand unter der Madonna.

Möge es so sein, dachte er. Möge er diese Hütte am unbekannten sibirischen Fluß nicht vergessen. Wir werden Gott nötig haben.

Im November kommt das Kind . . .

Man darf nicht glauben, daß Karpuschin untätig war, als feststand, daß man Semjonow und seine Frau wiederum aus den Augen verloren hatte. Zwar tobte er wie in alten Tagen, nannte die Flugzeugbesatzungen blinde Wanzen und die Offiziere der Sucheinheiten lahme Läuse, alles Worte, die nicht zu Karpuschins Beliebtheit beitrugen, aber auch keinen Widerspruch duldeten.

»Wie will man die Weltrevolution zum Erfolg führen, wenn man nicht mal einen einzigen Mann fangen kann?« schrie er die Offiziere bei der Abschlußbesprechung eine Woche nach Bradcocks Tod an. »Was soll ich nun nach Moskau melden? Amerikanischer Spion durch die Dummheit sowjetischer Soldaten erneut entkommen? Ist's so recht, Genossen? Oh, wenn ich Sie ansehe, Sie stupide Ameisen, kommt mir der Magen hoch! Weggetreten!«

Aber damit war nichts gewonnen. Bradcock konnte man verschweigen, aber Heller, dieser Hund von einem Spion, mußte nach Moskau gemeldet werden. Acht Tage lang waren die Truppen um Olenieksskaja Kultbasa im Einsatz gegen einen einzelnen Mann, das mußte belegt werden. Zum Kotzen war's, und Karpuschin schrieb auch in seine Meldung, daß die Schuld nicht bei den Armee-Einheiten, sondern bei der Weite und Undurchdringlichkeit des Landes läge. Fast poetisch lautete der Schluß seiner Meldung: »Es ist zu bedenken, daß man wohl auf dem Meer ein Schlachtschiff, aber nicht in einem Heuhaufen ein Staubkorn finden kann. Da aber Semjonow-Heller nur notdürftig ausgerüstet ist, steht zu erwarten, daß er sich bei Einbruch des Winters gezwungen sieht, Siedlungen aufzusuchen, um sich wintermäßig auszurüsten. Alle Stationen, Faktoreien und Dörfer sind verständigt. Nach menschlichem Ermessen kann er nicht mehr entkommen.«

Matweij Nikiforowitsch Karpuschin wäre kein Mann des KGB gewesen, wenn er den Tod Bradcocks nicht doch ausgenützt hätte. Nicht amtlich, denn amtlich war nur ein Fjodor Borodinowitsch Awdej begraben. Aber mit ein wenig Hirn – und Karpuschin war ein Mensch, der genug Hirn besaß – konnte man den Gegner treffen, ohne selbst ins Schußfeld zu geraten. Mißtrauen ist etwas, was im Geschäft der Geheimdienste wie Schimmel auf dem Brot ist. Und Mißtrauen war es, was Karpuschin mit einem eleganten Trick in die Herzen der CIA-Kollegen säen wollte.

Mit der Kurierpost schickte Karpuschin die Mikrokamera und einen unbelichteten Film nach Moskau an einen Vertrauensmann. Zwei Tage später lagen beide Dinge auf dem Schreibtisch von Oberstleutnant Hadley in der Amerikanischen Botschaft von Moskau. Der Botschafter und sämtliche Attachés waren um den Tisch versammelt und betrachteten Kamera und Filmrolle. Hadley rauchte nervös und trank schon das vierte Glas Whisky.

»Was soll man davon halten?« sagte er. »Es sind einwandfrei die Sachen, die ich Bradcock mitgegeben habe. Daß sie jetzt wieder hier sind, über einen unserer Kontaktmänner, beweist, daß Bradcock nicht mehr lebt. Ich lese Ihnen vor, meine Herren, was mir berichtet worden ist: James Bradcock ist südlich von Krasnojarsk erschossen worden, und zwar von Franz Heller. Während man James fand, ist Heller weiter flüchtig. Er hat, so wird ferner berichtet, einen Zettel bei Bradcocks Leiche hinterlassen, daß er alle CIA-Kontaktmänner auf diese Weise umlegen wird!« Hadley zerdrückte seine Zigarette und deckte ein Tuch über Kamera und Film, als seien sie das Antlitz Bradcocks. »Was halten Sie davon, meine Herren?«

»Ein tolles Ding!« Der stellvertretende Botschafter nagte nervös an den Fingernägeln. »Man sollte alle V-Männer warnen.«

»Natürlich. Aber wissen wir, ob nicht gerade das der Sinn dieser Information ist? Panik unter den amerikanischen Agenten! Wissen wir, ob Bradcock vielleicht doch noch lebt? Man kann ihm diese Dinge auch abgenommen haben.« Oberstleutnant Hadley steckte sich mit unruhigen Fingern eine neue Zigarette an. Auch ein CIA-Mann hat nur Nerven und keine Drahtseile im Körper. »Ich halte einen anderen Weg für besser. Wir lassen dem KGB zugehen, daß wir an Bradcocks Weiterleben glauben und sogar von ihm einen Funkspruch bekommen haben. Das wird sie irremachen. Wir kennen doch die Reaktion der Russen. Erst wenn man mir die Leiche Bradcocks zeigt, glaube ich an seinen Tod. Offiziell.« Hadley senkte den Kopf, seine Stimme verlor den forschen Klang. »Wenn auch für mich sicher ist, daß James nicht mehr lebt . . .«

Im Kreml wunderte man sich, als General Chimkassy einen glucksenden Freudenlaut ausstieß, eine Meldung in eine rote Mappe legte und sich bei Marschall Malinowskij melden ließ. Es mußte etwas ungeheuer Wichtiges sein, denn Malinowskij ließ Chimkassy nicht lange warten, obwohl er ihn nicht leiden konnte.

»Wieso ist Bradcock tot, wieso lebt er weiter, wieso ist er überhaupt in Rußland?« fragte Chimkassy, nachdem Malinowskij die Meldung studiert hatte. »Bisher war nur bekannt, daß er nach kurzem Besuch Moskau wieder verlassen hat! Es scheint, Genosse Marschall, daß General Karpuschin uns etwas verschwiegen hat, was für den Weltfrieden gefährlich sein kann.«

Das war gut und elegant ausgedrückt. Malinowskij, von jeher ein Mann von wenig Worten, griff zum Telefon.

»Anruf nach Jakutsk«, sagte er knapp und legte die Meldung in die rote Mappe zurück. »General Karpuschin soll nach Moskau kommen. Unverzüglich. Mit allem Gepäck . . .«

General Chimkassy verließ kurz darauf das Zimmer Malinowskijs. Er ging mit gesenktem Kopf zu seinem Dienstraum, er fror und zitterte innerlich. Mit allem Gepäck . . . Das war ein Wort, hinter dem nur noch das Amen kam.

Die letzte große Intrige Karpuschins erwies sich als ein Bömbchen, das er sich selbst unter den Stuhl gebunden hatte.

Wenn er es auch nicht verdient – haben wir Mitleid mit Matweij Nikiforowitsch Karpuschin! Denn was ihn in Moskau erwartete –

wir werden es noch erfahren –, war nicht schön. Schließlich war er ein Mensch, wenn auch ein unangenehmer.

Mit allem Gepäck ... Das wünsche ich keinem von euch, Genossen.

Drei Wochen räumten Ludmilla und Semjonow das verfallene Haus auf, flickten das Dach mit neuen Schilflagen, reparierten Türen und Fensterläden, reinigten den Schornstein, in dem eine Dohle genistet hatte, flochten aus zwei zerrissenen Netzen ein ganzes, schossen Hasen und ein wildes Ren, salzten das Fleisch für den Winter in eine Holztonne ein, hackten Holz und schnitten Gras, um Heu für die Pferdchen zu haben. Am vierten Tag gelang Semjonow ein seltener Schuß. Ein mächtiger Bär mit schwarzem Pelz, dessen Haarspitzen schon weißlich schimmerten, ein guter, alter Vater also, tappte am Flußufer entlang, setzte sich in den Sand und fing mit schnellen Tatzenhieben Fische. Semjonow hatte keine Mühe, ihn aus kurzer Entfernung ins Herz zu schießen. Mit einem dumpfen Brüllen sank er um und wühlte die spitze Schnauze im Todeskampf tief in den Ufersand.

»Das wird unsere Schlafdecke für den Winter«, rief Semjonow, als er das blutige Bärenfell bis zur Hütte geschleift hatte. »Eine Schande ist es, daß wir es nicht richtig gerben können.«

Ludmilla schabte drei Tage lang die Fleischfetzen von der Bärenhaut, ehe sie, die Lederseite nach oben, das Fell in die Sonne legte. Dann goß sie Salzlauge darüber und wiederholte es, wenn die Sonne sie getrocknet hatte, bespritzte das Fell mit Wasser und überließ es der Hitze, das Leder zu gerben. Eine Woche lang stank es fürchterlich nach Aas, und Ludmilla übergab sich jedesmal, wenn sie an das Fell kam, um es zu begießen, aber dann hatte die Sonne die Haut ausgeglüht und das letzte Leben aus den Poren weggesogen.

Zu Beginn der vierten Woche – nachts war zum erstenmal Schnee gefallen, den der Regen am Morgen wegspülte – sah Semjonow einen schlanken Kahn den Fluß heraufkommen. Drei Männer in Lederkleidung ruderten ihn. Sie hatten über ihren Köpfen eine Zeltplane auf Stangen gespannt und waren so vor dem Regen geschützt. Sie steuerten auf die kleine Landzunge zu, und Semjonow, der im Uferschilf hockte, entsicherte sein Gewehr, als er sah, wie einer der Männer auf den Rauch zeigte, der über der Hütte mit dem Wind wegflatterte. Ludmilla kochte eine Kascha und hatte den Herd dick mit Holzkloben belegt.

Kurz vor dem Landesteg, den Semjonow ausgebessert hatte, hielt das Boot im seichten Wasser an, und einer der Männer stemmte eine Stange als Bremse gegen die Strömung.

Der Regen rann in dicken Fäden vom Himmel. Semjonow legte das Gewehr an und wartete.

»Ist da jemand?« schrie der vordere Mann im Boot. Er trug die spitze sibirische Pelzkappe mit den Ohrenschützern, wie sie die Tungusen aus Fuchs- oder Hundefell anfertigten. Das Gesicht konnte Semjonow nicht erkennen, es lag im Schatten der Zeltplane.

Aber die Zeltplane erkannte er, und sein Herz krampfte sich zusammen. Es war die grün-braun-gelb gefleckte Plane, wie er sie selbst durch Rußland geschleppt hatte. In dieser Plane hatte er die toten Kameraden weggetragen; mit dieser Plane hatte er sein Schützenloch abgedeckt, wenn es regnete; unter dieser Plane hatte er geschlafen und geträumt vom Frieden, der Heimat und dem Mädchen in Riga, das er liebte. In dieser Plane empfing er sein Viertel Brot, die Marmeladendose und die Fleischkonserve, und diese Plane hatte ihm auf dem schwarzen Markt vier Pfund Kartoffeln eingebracht, von denen ein Pfund ungenießbar und verfault war.

»Ist da jemand?« schrie der Mann im Boot noch einmal. Er hatte eine Art Harpune in der Hand, und als niemand antwortete, warf er sie geschickt ans Ufer. Sie bohrte sich in den Boden, und langsam zogen die Männer das Boot am Harpunenstrick bis zum Steg, gegen die Strömung, die hier in Wirbeln gurgelte.

Sie machen das nicht zum erstenmal, dachte Semjonow. Sie gehören hierher. Es wird ihre Hütte sein.

Mit dem Gewehr im Anschlag trat er aus dem Schilf ins Freie, im selben Augenblick, als die drei auf dem Steg standen und das Boot an einem Pfahl festbanden.

»Wer seid ihr?« fragte er laut.

Die drei Männer fuhren herum und starrten in die Mündung der Tokarev. Nun sah auch Semjonow, daß es keine Tungusen oder Jakuten waren, sondern weißhäutige Russen mit glattrasierten Gesichtern und fast europäischem Aussehen.

»Nimm das Gewehr weg, Brüderchen«, sagte der vordere der drei. »Wir dachten uns schon, daß jemand in unserer Hütte wohnt. Von selbst qualmt ein Öfchen nicht, das tun sie nur im Märchen, nicht wahr?«

»Die Hütte gehört euch?« fragte Semjonow. »Wer soll euch das glauben? Seit Jahren ist sie nicht bewohnt, das habe ich gesehen.«

»Wir kommen jedes zweite Jahr hierher.« Der Mann blickte hinüber zur Hütte und zu dem aufsteigenden Rauch aus dem Kamin. »Wer ist noch bei dir, Brüderchen?«

»Meine Frau Ludmilla.«

»Oha, ein Weibchen! Wo kommt ihr her?«

»Was kümmert's dich?« Semjonow hob wieder das Gewehr. »Steigt wieder ein und fahrt ab.« Doch dann dachte er daran, daß diese drei nicht allein auf der Welt waren und daß sie nach ihrer Rückkehr Alarm schlagen würden. Sie würden berichten, was sie gesehen hatten, und man würde kommen, um den unbekannten Mann mit seiner schwangeren Frau abzuholen.

Semjonow trat noch einen Schritt zurück. »Es ist bedauerlich, Genossen, daß ich euch töten muß«, sagte er mit klarer Stimme. »Aber mein Leben duldet keine fremden Augen. Es ist euer Unglück, daß ihr gekommen seid.« Semjonow hob das Gewehr an die Backe. Die drei Männer standen eng beieinander wie Kühe, die sich vor einem Gewitter zusammendrängen. Ihre Gesichter waren wie weiße Scheiben, ausdruckslos und starr. Nur die Augen wanderten und suchten einen Ausweg.

»Nun tu mal was, Egon«, sagte einer der Männer leise. »Lenk ihn ab! Der kann uns doch nicht einfach abknallen . . .«

Semjonow zuckte zusammen. Das Gewehr fiel ihm aus der Hand, er breitete die Arme aus, der Kopf sank nach hinten; und als er brüllte, war es, als schrie er zu Gott und klopfe mit seiner Stimme an den Himmel.

»Deutsche!« schrie er. »Kameraden! Jungs . . . Haltet mich fest, ehe ich wahnsinnig werde . . .«

»Das ist 'n Ding«, sagte der erste der drei, sprang mit zwei Sätzen zu dem auf dem Boden liegenden Gewehr und riß es an sich. Dann stürzten sich die anderen auf Semjonow, hielten ihn fest, drehten ihm die Arme auf den Rücken und schleppten ihn zur Wand des Schuppens. Dort stellten sie ihn hin und umringten ihn.

»Woher kannst du Deutsch, Freundchen?« fragte einer. Er sprach nun wieder Russisch, und Semjonow hörte beglückt, daß es ein angelerntes, einfaches Russisch war. »Warst du in Deutschland, was? In Gefangenschaft? Nun red schon, Iwan.«

»Kommt in die Hütte.« Semjonow antwortete deutsch. »Ludmilla kocht eine Kascha, und Tee ist auch bereit. Wärmt euch, Jungs, und zieht die nassen Klamotten aus. Oder wollt ihr euch den Pips holen?«

»Der ist tatsächlich 'n Deutscher!« sagte der erste und riß seine Fellmütze vom Kopf. »Pips! Das kann nur 'n Deutscher sagen. Junge, wo kommst du denn her?«

Sie umarmten Semjonow, sie schlugen sich auf die Schultern, und dann führte Semjonow sie in die saubere Hütte, aus der ihnen der Duft von Salzfleisch entgegenschlug. Ludmilla stand in der Ecke zwischen Ofen und Ikone. Die Beine hatte sie gespreizt, über dem prallen Leib spannte sich das Kleid, und sie zielte mit dem zweiten Tokarev-Gewehr auf die Tür, als die Männer lachend eintraten.

»Stoj!« schrie sie. »Nehmt die Hände hoch, ihr Lumpen!«

»Oha! Das Weibchen!« Die Männer blieben stehen, grinsten und ließen Semjonow, der als letzter eintrat, vor.

»Pawluscha, wer sind sie?« rief Ludmilla und ließ den Finger am Abzug. »Haben sie dich entwaffnet? Geh aus dem Weg, ich schieße ihnen die Warzen aus dem Gesicht!«

»Gratuliere, Kumpel«, sagte der erste mit hocherhobenen Armen. »So'n Mädchen ist gut! War wohl früher Partisanin, was? Kenne diese Sorte vom Pripjet her.«

Ludmilla ließ das Gewehr sinken, als sie die deutschen Worte hörte. Sie drehte sich um und sah auf die von der Kerze beschienene Madonna aus Packpapier.

»Die hat der Ludwig gemalt, 1955, im Winter.« Der vordere Mann ließ die Arme sinken, ging zum Tisch und setzte sich auf die Bank. »1956 ist er dann gestorben. Am Sumpffieber. Er hatte gerade sein Haus fertig . . .«

»Wer sind sie, Pawluscha?« fragte Ludmilla leise. »Sind es Deutsche?«

»Ja. Mit einem Boot sind sie gekommen. Noch weiß ich nichts von ihnen.«

»Und wir nichts von euch.« Einer der Männer hob schnuppernd die Nase und sah zum Herd. »Brennt das Fleisch nicht an, Täubchen? Koch es nicht zu weich, unsere Zähne wollen was zu beißen haben.«

Es wurde Abend, ehe man am Tisch zusammensaß und über alles sprach. Vorher hatten die drei Männer Holz gehackt und

Kessel, Töpfe und Pfannen aus einem Versteck geholt, das unter dem Schuppen lag. Auch zwei Tönnchen mit Sauerkohl brachten sie mit und zehn Flaschen Wodka. Dann holten sie aus dem Boot Decken und zwei Kisten mit Konserven, ein Säckchen Mehl und ein Säckchen Grieß, einen Karton Milchpulver und einen Blecheimer voll Zucker.

Später hockten sie um den Tisch, rauchten Machorka aus selbstgeschnitzten Pfeifen und tranken Tee mit Wodka aus verbeulten Blechbechern.

Semjonow hatte ihnen seine Geschichte erzählt. Nun saßen sie da, starrten vor sich hin und kauten auf den Pfeifenmundstücken.

»Und wer seid ihr?« fragte Semjonow.

»Ich bin Egon Schliemann«, antwortete der Mann mit der Narbe über den Augen. Er hatte braune Haare und einen runden Kopf. »Aus Recklinghausen. War dort auf der Zeche Betriebselektriker. Hatte noch 'ne Mutter. Ob sie noch lebt . . .«

Er sah an Semjonow vorbei, und wer jetzt in seine Augen blickte, sah die Stadt mit den Fördertürmen und Kokereien, sah die Straßen der Bergarbeitersiedlungen, die Gärtchen hinterm Haus, die Ziege im Stall, die Karnickelkästen, die Taubenschläge unterm Dach, den Fußballplatz am Sonntag und die Stammkneipe an der Ecke. Jakob – ein' Korn und 'n Pils! Die Jungs haben heute wieder gespielt, was? Vier zu eins! Und der Tuballek kann dribbeln, wat! Der haut se alle vom Feld . . .

Egon Schliemann wischte sich über die Augen.

»Das alte Lied, Franz, du kennst es ja. Im Oderbruch kriegten se mich. Weil ich Funker war – Verurteilung zum Tode wegen Mithilfe am Völkerkrieg. Dann zu ›Lebenslänglich‹ begnadigt. Zehn Jahre hab' ich geschrieben, immer an Mutter. Nie kam 'ne Antwort. Weiß ja keiner, ob die Briefe überhaupt angekommen sind. Dann plötzlich – 1955 – wurden die meisten von uns entlassen, in die Heimat, hieß es. Jeden Tag wurden Namen aufgerufen, nur meiner nicht. Und dann war auch das vorbei. Sind die Kameraden angekommen in der Heimat?«

»Ja«, sagte Semjonow kurz.

»Zu uns kamen ein Jahr später politische Funktionäre und Wirtschaftsexperten. ›Ihr seid frei‹, sagten sei. ›Ihr könnt euch frei bewegen, eine Stellung annehmen oder sonst was tun. Wir gliedern euch in den Produktionsprozeß ein. Ihr seid gleichberechtigte Sowjetbürger.‹ Und so war's. Das Lager wurde aufgelöst, aus den Baracken wurde eine Sowchose, die Zäune fielen. Viele von uns arbeiteten in der Stadt in Sägewerken, andere machten eine Landwirtschaft auf und züchteten Hühner. Wir haben einen Kumpel, der hat jetzt zweitausend Hühner und liefert Eier bis nach Jakutsk. Tja, so ist das ... Wir sind frei, Kumpel ... keine Plennies mehr ... Nur zurück in die Heimat können wir nicht ...«

»Und du?« fragte Semjonow gepreßt den anderen, einen Mann mit weißen Haaren, der älter aussah, als er war.

»Ich bin Willi Haffner. Aus Monschau in der Eifel. Maurer.«

»Und ick heeße Kurt Wancke. Wo ick herkomme, is ja woll klar. Ick war Buchhalter bei Siemens. Jetzt führe ick die Bücher der Produktionsgenossenschaft Munaska.«

»Das hier ist also der Fluß Muna?« fragte Semjonow. »Er fließt in die Lena, nicht wahr? Ist die Lena noch weit?«

»Vielleicht vierzig Werst. Unser Dorf liegt an der Mündung.«

»Und von dort kommt ihr jetzt?«

»Ja.«

Sie schwiegen wieder, rauchten und tranken Tee mit Wodka, Ludmilla saß nicht mit am Tisch. Sie saß auf der gemauerten Ofenbank, den Rücken gegen die warmen Steine gelehnt, die Hände über dem schweren Leib gefaltet. Kein Wort verstand sie, aber sie sah, wie der Raum zusammenschrumpfte, die Weite Sibiriens, und das ferne, ferne Deutschland, jenes Land, das sie schon auf der Schule hassen lernte und von dem man ihr immer gesagt hatte, es gebäre nur Männer, damit sie Rußland zerstörten, dieses schreckliche Land, das sie durch Pawluschas Liebe nun ebenfalls liebte, kam in die Hütte und war greifbar wie ein fester Gegenstand.

»Stimmt das alles, was wir manchmal in unseren Zeitungen lesen?« fragte Egon Schliemann heiser. »Wollt ihr wirklich wieder einen Krieg gegen Rußland?«

»Nein.«

»Ihr beutet die Arbeiter aus?«

»Unsinn, Egon.«

»Ihr seid total amerikanisiert?«

»Das stimmt.«

»Ihr tanzt keinen Walzer mehr oder einen langsamen Fox, sondern wackelt nach Urwaldrhythmen mit dem Arsch?«

»Auch das stimmt.«

»Ihr seid Knechte der Arbeitgeber?«

»Das ist wieder Quatsch.«

»Eure Musik hört sich an wie Katzenheulen, und eure Literatur ist vollgestopft mit Ferkeleien?«

»Das stimmt.« Semjonow sah Egon Schliemann fragend an. »Willst du wieder zurück nach Deutschland, Egon?«

»Ich weiß nicht.« Schliemann drückte mit dem Daumen den Tabak tiefer in den Pfeifenkopf. »Wir haben jetzt hier geheiratet, wir haben unseren Beruf, unsere Kinder . . . Wenn sie alle mitkommen können . . . und wenn meine Mutter noch lebt . . . Ich könnte wieder auf der Zeche anfangen.« Schliemann lehnte sich zurück und streckte die Beine unterm Tisch aus. »Und du, Franz? Wenn du zurückkönntest?«

»Nein!« sagte Semjonow fest.

»Und warum?«

»Ich habe zwischen Wolkenkratzern gewohnt und war einsam. Hier lebe ich in der Einsamkeit und habe Ludmilla. Nein, ich bleibe.«

»Und die Heimat, Junge?« Der weißhaarige Haffner aus Monschau in der Eifel beugte sich weit vor. »Dieses verdammte Gefühl, wenn man nachts gegen die Wand starrt und denkt an zu Hause?«

»Dann beiße ich die Zähne zusammen, umarme meine Frau und sage mir: Du bist Semjonow. Du bist Semjonow! Du bist Semjonow. So lange, bis das Heimweh überredet ist.«

»Und das hilft?«

»Es hat bisher immer geholfen.«

»Dann biste rauher als ick.« Kurt Wancke, der Buchhalter aus Berlin, legte beide Hände um den Becher mit Tee. »Jedes Jahr hab' ick meinen Koller. Dann beiß' ick in die Kissen und sage zu meiner Frau: ›Olga, bind mich an! Ich bringe mich sonst um!‹ Und imma is det Weihnachten. Jedes Jahr. Dann hab ick den Duft der Zimtsterne in der Neese, so, wie se Mutta imma jebacken hat . . .«

Ganz still war es in der Hütte. Auch später noch, als sie alle in ihre Bettkästen krochen, die Decken über sich zogen und Ludmilla als letzte das Licht ausblies und zu Semjonow tappte.

Irgendwann, in der Nacht, wachte Semjonow auf, weil Ludmilla sich bewegte und ihn in die Seite stieß. Er setzte sich auf und lauschte in die Dunkelheit.

Aus einer Ecke des Raumes hörte er Schluchzen. Wie das Weinen eines Kindes klang es, wie das Wehklagen einer zerrissenen Seele.

»Du . . .« sagte Semjonow halblaut.

Das Schluchzen verstummte.

Um die Hütte peitschte der Regen und pfiff der Wind. Es war schon kalt, wenn man die Hand auf die Ritzen der Balken legte.

Der Winter kam.

Eine Woche blieben die drei bei Ludmilla und Semjonow. Es stellte sich heraus, daß sie alle zwei Jahre hierherkamen, um Gold aus der Muna zu waschen. Deshalb die vielen runden Siebe, die Semjonow gefunden hatte. In zwei Jahren hatte sich genug neues Geröll an den Inseln und vor der Landzunge angesammelt, goldhaltiger Sand, den die Muna aus den Weiten der gebirgigen Taiga mitbrachte, aus der Unendlichkeit des sibirischen Hochlandes, wo sie irgendwo entsprang und abwärts floß nach Norden, in den Schoß der gewaltigen Mutter Lena.

»Hier haben wir schon Gold für zweitausend Rubel herausgeholt«, erzählte Willi Haffner. »Aber in diesem Jahr lohnt sich's nicht. Das sehe ich mit einem Blick. Alles schon gesiebter Sand. Wenn es in der Taiga wie aus Eimern regnet und die Flüsse werden wie wilde Stiere, dann bringen sie Goldsand mit herunter.«

Nach einer Woche, wie gesagt, fuhren sie wieder ab. Semjonow brachte sie bis zum Boot, Ludmilla blieb im Haus. Der Schnee lag schon fußhoch, und am Fluß war das Ufer vereist und glatt. Es konnte schlimme Folgen haben, wenn sie jetzt hinfiel.

»Wir schicken dir ein Motorboot, Pawel Konstantinowitsch«, sagte Egon Schliemann beim Abschied auf russisch. Nun, da sie zurückkehrten in ihr Dorf, waren sie wieder Menschen der Taiga. »Es wird Ludmilla nach Bulinskij bringen. Das ist die Stadt an der Mündung. Dort haben sie eine Krankenstation. Du wirst staunen, wie sie eingerichtet ist. Bisher hat sie ein alter Arzt geführt, aber seit vier Wochen lebt er im Ruhestand, der Gute. Ein Väterchen von fast achtzig Jahren ist er. Der neue Arzt aber – eine Frau ist es – soll ein Satan sein. Sie operiert wie in einer großen Klinik. Sie hat einer Freundin von Kurts Olga die linke Brust abgenommen, und die Frau läuft schon wieder durch das Dorf. Zu ihr, dieser Ärztin, bringen wir deine Ludmilla.«

»Es ist noch nicht soweit, Freunde«, sagte Semjonow und küßte zum Abschied nach russischer Sitte alle auf beide Wangen. »Habt Dank für alles. Aber ihr wißt ja, daß man uns nicht sehen darf.«

»Die Ärztin wird verschwiegen sein. Sie ist eine Verbannte und hat ein Herz für uns.«

»Trotzdem, Brüderchen.« Semjonow stieß den Kahn ab und winkte. »In vier Wochen wird das Kindchen kommen. Seht es euch an . . .«

»Wir kommen in drei Wochen mit dem Motorboot!« schrie Egon Schliemann durch Wind und Strömung. »Ich werde mit der Ärztin sprechen! Leb wohl und Gottes Segen, Pawel!«

»Gottes Segen, Freunde!«

Das Boot schoß mit der Strömung abwärts, einem Pfeil gleich, den man ins Wasser geschossen hat. Es tanzte zwischen den Inseln hindurch und löste sich als dünner Strich zwischen Fluß und Himmel auf.

»Wir haben Freunde gewonnen, Ludmilluschka«, sagte Semjonow, als er ins Haus zurückkam. Ludmilla saß auf der Ofenbank und atmete schwer. Sie hatte einen Korb mit Holz getragen und ruhte sich nun aus von der Schwäche, die sie überfallen hatte.

»Es sind gute Menschen, Pawluscha«, sagte Ludmilla mühsam.

»Und es lebt sich leichter mit Freunden.« Semjonow setzte sich neben Ludmilla und küßte sie auf die schweißnasse Stirn. »Ich glaube, wir haben das Ziel unseres Lebens erreicht, mein armes Engelchen . . .«

Zwei Wochen später, mitten in der Nacht, wachte Semjonow von einem Stöhnen auf. Ludmilla saß auf einem Hocker am Tisch und krümmte sich vor Schmerzen.

»Ludmilluschka!« schrie Semjonow und sprang aus der Bettkiste. »Was hast du . . .?«

»Es ist soweit, Pawluscha. Die Wehen sind's. Die Wehen.« Sie krümmte sich und stöhnte, es klang hohl und dumpf, als presse sich ihre Kehle zusammen.

Semjonow rannte im Zimmer umher, holte die Lampen, entfachte auf dem Herd das Feuer, schob dicke Kloben in den Ofen und legte Tücher auf die heißen Steine, damit sie durchgewärmt wurden.

Vor der Hütte heulte der Wind und trieb den Schnee in dichten Schleiern gegen den Wald. Der Fluß war zugefroren. Semjonow hatte jeden Tag zwei Fischlöcher aufgehackt und offengehalten, durch die er die Netze zog, oder er legte sich nach Eskimoart auf den Bauch, spähte in das klare Wasser und stieß mit einem Speer zu, wenn ein großer Fisch am Loch vorbeischwamm. Ganz einfach war das. Sie brauchten nicht zu verhungern.

»Es ist noch zu früh«, sagte Semjonow, nahm Ludmilla auf seine Arme und trug sie wieder zum Bett. Er legte sie auf die Bärenhaut und deckte sie mit vier aneinandergenähten Wolfsfellen zu. Die Jagd kurz vor dem Kälteeinbruch war gut gewesen. Mit den Pferdchen war er herumgeritten und hatte geschossen, was sich im Wald bewegte. Im Schuppen stapelten sich die Felle, bretthart gefroren, denn schon waren es wieder 30 Grad Kälte in der Taiga.

Ludmilla lächelte Semjonow an und hielt seine Hände fest. »Ob heute oder in zwei Wochen . . . was macht's? Unser Kind kommt, Pawluscha, unser Kind . . . Oh . . .« Sie bäumte sich wieder auf und biß Semjonow in die Hand. Ihr Leib zitterte, und die schönen, schlanken Beine trommelten auf das Bärenfell.

Semjonow lief umher wie ein Blinder. Seit Wochen hatte er sich auf diese Stunden vorbereitet. Alles, was er tun mußte, hatte er sich vorgesagt, wie ein Schüler, der seine Lektionen lernt.

Schüsseln mit heißem Wasser.

Heiße Tücher.

Die Hände mit Seife schrubben.

Den Körper Ludmillas warm halten.

Tücher unter ihre Schenkel legen.

Und keine Panik zeigen. Keine Panik. Gott steh uns bei. Keine Panik.

Semjonow rannte durch das Zimmer. Vom Herd zum Ofen, vom Ofen zu Ludmilla, von Ludmilla zum Herd. Immer im Kreis. Und dann saß er wieder neben ihr, hielt ihren schweißnassen Kopf, sah in ihre schmerzerfüllten Augen und hielt den Atem an, wenn wieder eine Wehe ihren Körper krümmte und die Beine wie im Krampf gegen den Leib stießen.

»Pawluscha!« schrie sie einmal. »O Pawluscha, ich sterbe! Sorge für das Kind, sei lieb zu ihm. Pawluscha! Oh! Es zerreißt mich, das Kind. Es spaltet meinen Leib.«

Daß der Morgen dämmerte, sah er erst, als er aus der Hütte rannte, um einen Eimer Schnee zu holen und ihn aufzutauen. Über den Fluß fegte der Schnee mit dem Wind, und auf einer der Inseln, jetzt Hügel im Eis der Muna, saß ein kleiner, dicker Bär und fraß einen Fisch. Er mußte ihn aus einem der Löcher, die Semjonow ins Eis geschlagen hatte, mit den Tatzen geangelt haben.

Der Morgen kam, der Mittag . . . Ludmilla lag mit halbgeschlossenen Augen, die Fäuste geballt. An den Schläfen traten bläulich die Äderchen hervor, und jedesmal wenn eine Wehe kam, öffnete sie den Mund, aber sie schrie nicht, sie hatte keine Stimme mehr. Sie hauchte nur einen Schrei, der wie das Piepsen eines verletzten Vogels klang.

Semjonow kniete neben ihr und küßte sie, hielt ihre Fäuste und ließ sich kratzen und schlagen und beißen, wenn die Preßschmerzen unerträglich wurden und Ludmilla um sich schlug wie ein sterbender Schwan.

»Einen Strick!« keuchte sie, als es wieder Abend wurde und der Körper noch immer zuckte.

»Ludmilluschka«, stotterte Semjonow. »Mein Täubchen . . .«

»Gib mir einen Strick. Bind ihn am Bett fest! Schnell . . . schnell . . .«

Semjonow rannte und holte ein dickes Tau. Vom Bootssteg mußte er es holen. Er kämpfte sich durch den Schneesturm, kappte das Tau, taumelte zurück durch die pfeifende Schneehölle und kam ins Zimmer wie ein riesiger, tropfender Eiszapfen.

»Um den Pfosten!« schrie Ludmilla und bäumte sich auf. »Bind ihn fest.«

Semjonow schlang das Tau mit einem Schifferknoten um den hölzernen Pfosten und drückte Ludmilla das andere Ende in die Hände. Sie umklammerte das Seil, ließ es wieder los und sah Semjonow aus flatternden, halb irren Augen an.

»Zieh mich aus!« sagte sie mit klarer Stimme.

Semjonow nickte stumm. Er riß das Hemd über ihrem Leib entzwei und zerrte den Stoff unter ihr weg. Hoch wölbte sich ihr Leib; durchsetzt mit Äderchen war die weiße, gespannte Haut. Darunter wirkten die Beine und Schenkel fast kindlich dünn, und die Füße waren zwergenhaft. Nur die Brüste waren stark und prall, mit tiefroten Monden und Warzen.

»Den Strick, Pawluscha.«

Er gab ihn ihr, sie packte ihn mit beiden Händen und stemmte die Beine gegen das untere Bettbrett. Wieder durchjagte eine Wehe ihren Körper, aber nun schrie sie nicht mehr, sondern sie warf den Kopf zurück auf das Bärenfell, preßte die Lippen zusammen, und während sie die Schenkel spreizte, zog sie an dem Strick, als solle ein riesiger Anker geborgen werden, und stemmte sich gleichzeitig gegen das Fußbrett.

»Meinen Bauch!« keuchte sie. »Massiere meinen Bauch. Presse ihn, Pawluscha. Presse ihn!«

»Das ist doch Wahnsinn!« schrie Semjonow und fiel neben dem Bett auf die Knie. »Ludmilla! Vergib mir. Vergib mir!«

»Pressen!« gellte ihre Stimme. Und dann brüllte sie wie ein Stier, ihre Augen wurden rot, und der Körper bäumte sich wie unter heftigen elektrischen Schlägen. Und keiner war da, der ihr eine Spritze geben konnte, der ihre Schmerzen linderte, der ihr die letzte, größte Qual nahm, als Blut und Wasser aus ihrem Schoß stürzten und der Kopf des Kindes sich langsam hervorschob.

Über Semjonows Gesicht rann der Schweiß. Er drückte mit beiden Händen auf den prallen Leib, und als er den Kopf des Kindes hervortreten sah, stieß er dumpfe, ächzende Laute aus und zitterte wie im heftigsten Schüttelfrost.

»Ah!« schrie Ludmilla. »Ah!« Sie ließ den Strick los; ihre Finger krallten sich in Semjonows Rücken, gruben sich tief in das Fleisch und rissen an ihm. Er spürte es nur als dumpfen Druck. Er kniete auf dem Bett und hatte beide Hände wie Schalen unter das Kind gelegt, das mit dem Blut hervorkam und dann auf seinen Armen lag, ein winziges, runzeliges Wesen mit zugekniffenen Augen und geballten Fäustchen und einem Köpfchen voller schwarzer Haarbüschel.

»Das Kind«, stammelte Semjonow. »Unser Kind . . . schwarze Haare hat es . . . ein Mädchen . . . Unser . . . unser Kind . . .«

Und dann weinte er und heulte wie ein junger Hund, hielt das Kind in der Schale seiner beiden Hände und wiegte es und starrte auf das Blut, das noch immer aus dem Leib Ludmillas floß und über das Bärenfell lief.

Dann tat er, was er vorbereitet hatte. Er durchschnitt die Nabelschnur mit einer sterilen Schere, legte heiße Tücher auf den noch zuckenden Leib Ludmillas, trug das Kind zu den Schüsseln und badete es, und als er es hochhob, geschah das große Wunder des Lebens . . . Der kleine Brustkorb dehnte sich im ersten Atemzug, das Mündchen öffnete sich, und es ertönte ein dünner, aber heller Schrei, der Gruß eines neuen Menschen an diese Welt.

»Es lebt«, heulte Semjonow. »Es atmet! Es schreit! Mein Kind lebt . . .«

Er wickelte es in warme Tücher, legte es auf sein Bett, deckte es mit einem Fuchsfell zu und rannte zurück zu Ludmilla.

Ihr Körper bebte noch in den Nachwehen, aber sie waren erträglich. »Massieren«, keuchte sie. »Immer weiter massieren . . . Es ist noch nicht zu Ende, Pawluscha. Mein armer Pawluscha . . .«

Semjonow drückte den Leib und rieb ihn mit beiden Händen, bis die Plazenta sich löste und mit einem letzten Blutstrom fortgeschwemmt wurde.

Dann wusch Semjonow den nun wieder schmalen Körper Ludmillas, trug die blutigen Tücher hinaus und warf sie in den Schnee, reinigte das Bett und die Dielen und wickelte Ludmilla in ein gewärmtes großes Leinentuch. Sie schlief schon, als er sie mit den Wolfsfellen zudeckte. Wie entspannt ihr Gesicht war und wie glücklich! Wie eine Madonna sah sie aus, und die schwarzen Haare lagen um ihre nackten Schultern wie ein seidener Schleier.

Semjonow setzte sich erschöpft auf die Ofenbank und bedeckte das Gesicht mit beiden Händen. So schlief auch er ein, ohne es zu merken, den Kopf nach hinten an die runden, zum Ofen gemauerten Steine gelegt.

Drei Tage später legte das Motorboot aus Bulinskij an, um Ludmilla Semjonowa in das Krankenhaus zu holen. Da der Fluß zugefroren war und eine glatte Eisfläche bildete, hatte ein deutscher, ehemals kriegsgefangener Ingenieur das Boot für den Winter in einen großen, gleitenden Motorschlitten umgebaut. Seit Jahren fuhr das Boot nun im Sommer über das Wasser von Muna und Lena und im Winter über das Eis. Drei Kommissionen hatten das Schlittenboot schon besichtigt und Empfehlungen ausgearbeitet, um es nachbauen zu lassen und alle Flüsse damit zu befahren.

Willi Haffner, der weißhaarige Maurer aus Monschau in der Eifel, war der erste, der die Hütte betrat. Er sah Ludmilla bleich und einer Toten ähnlich auf dem Bärenfell liegen. Neben ihr hockte Semjonow, hielt ihre Hand und hatte das Gewehr auf seinen Knien. Auf einem anderen Bett, in Tücher gewickelt, greinte das Kind.

»Pawel!« schrie Willi Haffner und stürzte auf Semjonow zu, riß ihm das Gewehr weg und stieß ihn zur Seite. Ludmilla hörte es nicht mehr. Sie war bewußtlos und schien blutleer.

»Sie stirbt«, stammelte Semjonow und sah den Angekommenen wie im Wahnsinn an. »Sie stirbt . . . Brüderchen . . . Sie blutet aus . . . es rinnt aus ihr . . . wie eine Quelle . . . Blut . . . Blut . . . Sie stirbt, meine Ludmilluschka . . .«

»Es ist zum Kotzen!« Haffner rannte aus dem Haus und winkte den anderen, die noch ausluden. »Alles drin lassen! Eine Trage, schnell! Das Kind ist schon da! Verdammt, es wird schon zu spät sein . . .«

Kaum zehn Minuten später jagte der Schlitten über den Fluß nach Norden, der Lena entgegen. In der winzigen Kabine lagen Ludmilla und das Kind nebeneinander, in Felle gehüllt. Kurt Wancke, der Buchhalter von Siemens, kniete vor ihr und preßte eine große Packung blutstillender Watte gegen ihren Leib. Es war das einzige, was er in der Bordapotheke finden konnte.

»Sie stirbt«, sagte Semjonow immer wieder. »Sie stirbt. Ich weiß, daß sie stirbt.« Er saß neben Egon Schliemann hinter dem Steuerrad und hielt den Kopf in den pfeifenden, schneidenden Fahrtwind. »Sie stirbt!« brüllte er gegen das Heulen der Natur. »Und ich habe sie getötet! Ich! Ich! Ich habe Ludmilla getötet! Erschlagt mich, Brüder, wie einen tollen Hund! Werft mich aufs Eis! Ich habe es verdient! Getötet habe ich sie, meine kleine, süße Ludmilluschka . . .«

Dann weinte er wieder, hieb mit der Stirn gegen das Holz der Kabine und war wie von Sinnen. Nichts war übrig von dem alten Semjonow . . . Er war nur mehr eine hilflose, in der Qual sich selbst zerfleischende Kreatur.

12

Vier Stunden rasten sie über das spiegelnde Eis der Muna, und vier Stunden lang tobte Semjonow gegen sich selbst, bis er heiser wurde und Willi Haffner ihm eine große, mit Fell überzogene Blechflasche voll Wodka an den Mund preßte und ihn zwang zu trinken und der ätzende Schnaps aus seinen Mundwinkeln tropfte und in den Pelzkragen lief. Von da ab saß Semjonow die letzte Stunde still neben Schliemann, sah auf die unter meterhohem Schnee erstarrten Wälder und blickte den Schneehühnern nach, die am Ufer aus dem eisknirschenden Schilf flatterten. Den letzten Teil der Fahrt verbrachte er lallend, hockte im Windschatten zu Schliemanns Füßen und schrie nur ab und zu auf, als steche ihn jemand mit einem Messer in die Seiten. Das waren die Augenblicke, in denen sein Hirn plötzlich wieder klar dachte und der Gedanke an Ludmilla durch seinen Körper zuckte wie eine Flamme.

Das Dorf Nowo Bulinskij liegt an der Mündung der Muna in die Lena, dort, wo der gewaltige Strom viele Inseln bildet und die unberührte Taiga bis an die Ufer reicht. Wer nicht genau hinsieht, fährt an Nowo Bulinskij ahnungslos vorbei, vor allem im Winter, wenn Wald, Uferstreifen und Fluß wie in Watte gepackt sind und nur drei Silos, ein Wasserturm, ein hoher Schornstein und ein schlankes Türmchen mit einer Zwiebelkuppel aus dem welligen Schneefeld ragen wie weggeworfenes Riesenspielzeug.

Wie meistens in kleinen russischen Städten, die sich ein eigenes Hospital oder auch nur eine Krankenstation leisten können, lag auch das Krankenhaus von Nowo Bulinskij außerhalb des Ortes an der Lena. Das hat mit der schönen Aussicht nichts zu tun, sondern mit der panischen Angst der Russen vor Infektionen. Selbst in den trostlosesten Straflagern wird man die Krankenbaracke nie im engsten Lagerbereich finden, sondern außerhalb und peinlich getrennt von den Gesunden.

Man muß das verstehen, Brüderchen. Der Ruf »Eine Epidemie!« erzeugt mehr Panik als die Nachricht von einem neuen Krieg. Dann stehen die Mütterchen und Väterchen in langen Schlangen vor den Arzthäusern und verlangen ihre Spritze, oder sie verkriechen sich wie sterbende Tiere in ihren Häusern, verriegeln Fenster und Türen und warten auf die ersten Anzeichen der ausbrechenden Krankheit. Und ein ganz abergläubisches Mütterchen legt gezuckerte Beeren auf die Fensterbank, damit der große Waldgeist Ljeschi milde gestimmt ist und die Krankheit vom Haus wegbläst. Und gar der gute Hausgeist Domowoi! Zu fressen hat der, Genossen, ich sage euch, es ist eine Schande mit dem Aberglauben! Da hängen die Mütterchen getrockneten Lachs in die Ecke und backen Pfannkuchen mit gezuckerten Himbeeren, alles für einen Geist! Aber so ist das nun mal in der Taiga. Gott wohnt neben den alten Geistern, und sie kommen gut miteinander aus, denn im riesigen Wald ist Platz für alle. Und man kann nie wissen, Freunde, ob es nicht doch einen Ljeschi und Domowoi gibt. Lassen wir den alten Mütterchen die Freude, den Geistern gezuckerte Beeren zu schenken . . .

Der Schlitten auf der Lena fuhr etwas langsamer. Kurz vor dem Krankenhaus zog Schliemann an einer kreischenden Sirene. Dreimal kurz ... Dann wußten sie im Krankenhaus, daß ein eiliger Fall über den Strom herankam. Borja, der Krankenpfleger, wusch sich dann die Hände, nahm noch einen tiefen Schluck – er soff Samogonka, einen milchigen Knollenschnaps, nach dem man drei Tage elend ist, wenn man's nicht kennt! – und sagte: »So Gott es will!« Dann rollte er das einzige fahrbare Bett zum Eingang.

Semjonow erlebte das Anlegen des Eisschlittens im Nebel der Trunkenheit. Doch dann packte ihn jemand, schleifte ihn an Land, warf ihm einige Hände voll Schnee ins Gesicht und schrie ihn an. Man schüttelte ihn, und als er um sich starrte wie ein geblendeter Ochse, rieb man ihm wieder Schnee übers Gesicht und behandelte ihn recht unfein, indem man ihn mit aller Kraft in den Hintern trat.

Aber es tat gut, Brüderchen! Der Wodkanebel lichtete sich wie im Frühlingssonnenstrahl, und dann sah Semjonow mit erschrekkend klaren Augen Ludmilla. Auf einer Tragbahre lag sie; Schliemann und Wancke trugen sie vom Schlitten an Land. Das große Tor im Bretterzaun, der das Krankenhaus umgab, war geöffnet, und dahinter sah er das langgestreckte, im rechten Winkel angelegte Gebäude, die glitzernde Fensterreihe, die geöffnete Eingangstür, in der der Krankenpfleger Borja stand und sich die Nase putzte.

Wie ein totes Vögelchen sah Ludmilla aus. Weiß war sie wie der Schnee, durch den man sie im Laufschritt zum Krankenhaus trug, und die schwarzen Haare hingen an den Seiten der Trage herab wie gebrochene Flügelchen eines wundersamen schwarzen Schwans.

»Sie ist tot!« stöhnte Semjonow, grub die Hände in den Schnee und rieb sich das Gesicht, als wolle er sich die Haut abschaben. Dann lief er neben der Trage her, und sein Jammern war außer dem Knirschen der Schritte im Schnee der einzige Laut in der Stille. »Ihr seht es doch, Brüderchen!« rief er immer wieder und streichelte Ludmillas Kopf. »Tot ist sie! Tot! Wer von euch bringt mich um? Ich flehe euch an ... erschlagt mich! Ich habe sie getötet, meine Ludmilluschka ...« Und als alle schwiegen und stumm zum Hospital eilten, blieb er stehen und warf beide Arme hoch in die eisige Luft.

»Ich werde mich stellen!« brüllte Semjonow. »Zum nächsten

Politruk werde ich gehen und sagen: ›Hier bin ich! Ich bin Franz Heller, der deutsche Spion!‹«

»Jetzt dreht er völlig durch«, sagte Schliemann, der unter der Last der Trage keuchte und von einer Atemwolke umgeben war, die in der Kälte fast zu einer Wand erstarrte. Er nickte Haffner zu, der neben ihm ging. »Mach, daß er die Fresse hält, Willi. Morgen wird er sich selbst an die Stirn tippen und ›blöder Hund‹ zu sich sagen.«

Es gab einen kurzen Laut, wie das Klatschen eines nassen Lappens auf einen nackten Rücken, als Haffner mit seinen dicken Fellhandschuhen Semjonow gegen das Kinn schlug. Semjonow schwankte, hustete ein paarmal, sah blöde um sich und fiel dann steif in den Schnee wie ein Bäumchen, das mit einem einzigen Hieb von der Wurzel getrennt wird.

In der Tür stand Borja mit dem fahrbaren Bett und winkte den durch den festgestampften Schnee rennenden Männern zu.

»Alles bereit, Genossen!« rief er. »Die Genossin Ärztin wartet schon. Ganz schön kalt, Genossen, was?«

»Laß uns in Ruhe mit deinen Genossen!« schrie Schliemann. Sie setzten die Trage im warmen Flur ab und hoben gemeinsam den steifen, blutleeren Körper Ludmillas auf das fahrbare Bett.

»Die ist tot!« sagte Borja, als er den schmächtigen Körper zudeckte. »Was soll's?«

»Sie atmet doch noch, du Idiot!« schrie Haffner.

»Aber sterben wird sie, das sieht man doch, Genossen. Die tiefen Augen, die bläulichen Augendeckel, das weiße, spitze Näschen, die schmalen Lippen . . . vorbei ist's, Genossen.«

»Hau ab, du Stiefelpisser!« brüllte Wancke auf deutsch. »Hier ist jede Minute wichtig!«

Borja verstand nichts, aber er hörte, daß es etwas Unhöfliches war. Zur Hölle mit den Germanskij, dachte er, schob das Bett fort und rollte es in den sogenannten Operationsraum.

Die Ärztin Katharina Kirstaskaja erhob sich von einem Schemel, auf dem sie gewartet hatte, und trat an Ludmilla heran. Sie hob die Lider der Bewußtlosen hoch, fühlte den kaum tastbaren Puls und horchte ihren Herzschlag ab.

»Geh hinaus!« sagte sie zu Borja, der hinter ihr stand und die weiße Haut Ludmillas und die Zartheit ihres Körpers bewunderte. Borja war Jakute, und die Weiber, die er bisher kannte, waren kräftige, muskulöse Bärchen mit gelblicher Haut und

Fettpölsterchen an den Gelenken. Heiß wie Steine in einem Backofen waren sie, und sie kicherten und gackerten wie Hühner, denen man Maiskörner vorwirft. Hier aber lag ein weißes Elfchen, ja wirklich, wie ein Engelchen sah sie aus, wie die zarten Wesen auf den Ikonen in der Kirche. Da darf man doch staunen, nicht wahr, Genossen?

»Hinaus? Wieso?« fragte Borja begriffsstutzig.

»Ich brauche dich nicht mehr.«

»Aber warum denn, Genossin Ärztin?«

»Raus!« Das war ein Kommandoton; die dunkle Stimme der Kirstaskaja dröhnte. Borja zog die Schultern hoch und den Kopf ein. Beleidigt verließ er den OP und stieß auf dem Flur auf die drei deutschen Verbannten.

»Hinaus!« gab Borja den Befehl weiter und zeigte auf den Ausgang. »Nun seid nicht so störrisch, Genossen.«

»Man sollte deinen Eierkopp aufklopfen!« sagte Kurt Wancke und lehnte sich gegen die weißgestrichene Bretterwand. Es war eine weiße Lackfarbe, die jeden Tag abgewaschen wurde. Die Kirstaskaja hielt auf peinliche Sauberkeit. Selbst die Betten hatten weiße Bezüge, weiße Bettlaken und weiße Kopfkissen. Und das an der Lena, in der Taiga. Der alte Arzt, der vor der Kirstaskaja das Krankenhaus von Nowo Bulinskij geleitet und ausgebaut hatte, brauchte genau dreiunddreißig Jahre, bis er resignierte und den Kampf gegen Taiga, Einsamkeit und Sehnsucht nach Zivilisation aufgab. Von da ab soff er alles, was nach Alkohol roch . . . Man fand ihn eines Morgens hinter dem Krankenhausmagazin auf einer leeren Buttertonne sitzen. Er lehnte gegen die Wand und war tot. Eine Kommission aus Shigansk stellte Herzschlag fest. Aber jeder wußte, daß sich der gute alte Doktor Pewdej totgesoffen hatte. Ein Opfer der Taiga. Und als er begraben wurde, stellten die Mütterchen wieder gezuckerte Himbeeren an die Fenster für den großen Waldgeist Ljeschi. Versteht ihr es nun, Brüderchen?

Während Borja noch mit den drei deutschen Verbannten diskutierte, untersuchte die Kirstaskaja den Leib Ludmillas. Was sie geahnt hatte, fand sie bestätigt. Ein Rest der Plazenta war zurückgeblieben, die Gebärmutter hatte sich nicht wieder geschlossen, und nun verblutete Ludmilla langsam aus der Tiefe ihres Leibes heraus.

Die Kirstaskaja handelte schnell und überlegt. Es blieb keine Zeit mehr für Bestimmungen der Blutnebenfaktoren, es ging nur um die Blutgruppe allein und um die Zufuhr frischen Blutes. Im kleinen Labor neben dem OP bestimmte sie die Blutgruppe und deckte dann den nackten Körper Ludmillas wieder ab.

»Wer hat Gruppe B?« rief sie in den Flur, nachdem sie die Tür einen Spaltbreit geöffnet hatte.

»Ich!« antwortete Kurt Wancke.

»Sicher?«

»Wenn man mir mein Soldbuch gelassen hätte, da stand's drin!«

»Gesund?«

»Ich glaube.«

»Geschlechtskrank gewesen?«

»Aber Frau Doktor!« Wancke strich sich über die struppigen Haare. »Nicht alles, was Soldat war, hat 'n Tripper!«

»Reinkommen!«

Wancke betrat den Operationsraum. Unter einer Lampe, die von einem eigenen Transformator gespeist wurde, lag Ludmilla unter den weißen Laken. Ihre Brust bewegte sich kaum, ja, man sah keinen Atem mehr.

»Lebt sie noch?« fragte Wancke leise.

»Warum rufe ich dich sonst?« Die Kirstaskaja schob einen Stuhl neben den OP-Tisch und holte einen Schlauch mit einem Zweiwegehahn und einem kleinen gläsernen Kontrollzylinder. Es war das einfachste, primitivste Blutübertragungsgerät, das Wancke je gesehen hatte. »Wasch dir den Arm, und dann hilfst du mir, Ludmilla auf den Tisch zu legen. Du bist verheiratet?«

»Ja, Frau Doktor. Und zwei Kinder habe ich.«

»Dann kannst du eine nackte Frau ansehen, ohne Augenschmerzen zu bekommen. Mit Borja ist es schlimm. Er schielt sich die Pupillen weg!«

Sie hoben den schmalen Körper Ludmillas auf den OP-Tisch, die Kirstaskaja schlug die Laken zurück; und während sich Wancke wusch und seifte und wieder wusch, führte die Ärztin die Hohlnadel in die Armvene Ludmillas.

»Setz dich neben sie und kontrolliere die Übertragung«, ordnete die Kirstaskaja an, als Wancke mit dem Waschen und Desinfizieren seines Armes fertig war. »Ich muß noch etwas aus ihr herausholen.«

Wancke nickte. Er ließ sich die Hohlnadel einstechen, stützte seinen Arm auf den Tisch und sah stumm zu, wie sein Blut durch den Schlauch, durch den Glaszylinder und weiter in den Körper Ludmilla Semjonowas floß.

»Geht es?« fragte die Kirstaskaja. Sie hatte aus einem Instrumentenschrank die Kürette, ein kleines und ein größeres Spekulum und eine Uterussonde geholt.

»Natürlich, Frau Doktor«, antwortete Kurt Wancke gepreßt. »Und was wird nun?«

»Ich mache eine Kürettage.« Die Kirstaskaja setzte sich vor den nackten Leib Ludmillas, hob deren Beine auf zwei blitzende Halter und beugte sich vor. »Wenn du schlappmachst«, sagte sie zu Wancke, »dann sieh weg! Es ist kein schöner Anblick.«

»Ich war Hilfssanitäter, Frau Doktor.« Wancke wandte aber doch den Kopf zur Seite, nicht weil er es nicht sehen konnte, sondern weil es ihm peinlich war. »Und bei der Geburt meiner zwei Kinder war ich auch dabei. Ich kenne das.«

»Paß auf das Blut auf. Und sieh ihr auf die Augen und die Nase. Wenn sie rosa werden, sag es.«

Die Kirstaskaja arbeitete schnell und gewandt. Nur als die Kürette über den Gebärmutterboden kratzte, lief ein Frösteln über Wanckes Rücken. Ein ekelhafter Laut, und doch war es nichts Neues. So klang es, wenn man vor dem Gerben die Fleischreste von den Fellen schabte. Tausendmal hatte er es gehört, tausendmal selbst getan ... Aber hier geschah es im Leib eines lebenden Menschen, im Leib eines weißen, schönen Engels.

Mit einem tiefen Seufzen erhob sich die Kirstaskaja und legte Ludmillas Beine auf den Tisch zurück. Große Ballen Zellstoff preßte sie ihr zwischen die Schenkel und warf dann die Instrumente in einen Emailleeimer. Es klirrte laut, und Wancke schrak zusammen.

»Fertig!« Die Kirstaskaja wusch sich die Hände. »Wie ist die Nase?«

»Ein klein wenig rosig. Und sie atmet deutlicher.« Wancke drehte ein bißchen an dem Zweiwegehahn, und der Blutstrom vermehrte sich. Er spürte, wie sein Kopf schwer wurde, wie Übelkeit in ihm hochkroch, wie ein Zittern durch seine Beine fuhr und die Kehle trocken war wie nach einer Tagesjagd in der sonnenglühenden Taiga. Wieviel Blut habe ich eigentlich gespendet, dachte er. Keiner hat das kontrolliert. Wie ich die Kirstaskaja kenne, wird sie es so lange laufen lassen, bis ich vom Stuhl falle.

Er nahm alle Kraft zusammen und setzte sich wieder aufrecht. Aber als sich die Kirstaskaja über Ludmilla beugte und das Herz abhorchte, sah er die Ärztin nur noch wie durch einen Nebel, ihr Gesicht verschwamm, wurde teigig und gelb und schien wie aus altem Quark geformt.

»Genug!« sagte die Kirstaskaja und stellte den Blutstrom zwischen Wancke und Ludmilla ab. Sie entfernte zuerst die Hohlnadel aus der Vene Ludmillas und verband den Einstich mit einer Lage Mull und Heftpflaster. Dann befreite sie Wancke von dem Schlauch, verklebte auch seinen Einstich und hieb ihm auf die Schulter.

»Du bist ein starker Mann«, lobte sie dabei. »Du hast ihr das Leben gerettet!«

Wancke nickte stumm. Watte war in seinem Mund, aus Watte bestand die ganze Umwelt, die Stimme der Kirstaskaja klang wie aus Watte, und als er an den OP-Tisch faßte, o Himmel, war auch der aus Watte.

Dann fiel er vom Stuhl, streckte sich auf dem Steinplattenboden aus und schlief ein.

Die Kirstaskaja lächelte, ging zur Tür und winkte Borja und die anderen herein. »Nehmt ihn mit«, sagte sie und zeigte auf den schnarchenden Wancke. »Laßt ihn schlafen, und wenn er aufwacht, gebt ihm rohes Fleisch und rohe Leber vom Ren, gesüßte Sahne und zart gekochten Fisch. Wo ist übrigens das Kind?«

»Es liegt bei Semjonow im Zimmer.« Schliemann und Borja faßten Wancke unter den Achseln und schleppten ihn hinaus auf den Gang.

Die Kirstaskaja schob die Unterlippe vor. »Wieso im Zimmer? Ist Semjonow auch krank?«

»Besoffen ist er!« Willi Haffner faßte Wanckes Beine. »Hau ruck!« kommandierte er, und sie hoben den schweren Körper auf das rollende Bett. »Wir haben ihn mit dem Kind auf Zimmer zwanzig geschafft. Dort sitzt er jetzt und will sich umbringen, wenn seine Ludmilla stirbt.« Haffner ließ die Beine Wanckes los und sah die Ärztin bittend an. »Wird sie sterben?« fragte er ganz leise.

Die Kirstaskaja antwortete nicht. Sie ging mit vorgestrecktem Kopf an den Männern vorbei, riß die Tür zu Zimmer zwanzig auf und schlug sie hinter sich zu.

»Au Backe!« sagte Schliemann auf deutsch. »Die ist in Fahrt.

Möchte wissen, was sie gegen Semjonow hat. Sie kennt ihn doch noch gar nicht . . .«

Semjonow saß im Zimmer auf dem Bett, das schlafende Kind hinter sich, und starrte auf die Dielen. Er hob den Kopf nicht, als er die Tür zuschlagen hörte, sondern senkte sein Gesicht noch tiefer über die gefalteten Hände. Die Trunkenheit war aus ihm gewichen, aber sein Körper atmete den Schnaps aus. Es roch nicht gut in dem kleinen Zimmer.

»Sag nichts!« sagte Semjonow, als von der Tür her kein Wort fiel. »Sie ist tot. Ich weiß es. Ich habe sie doch gesehen. So sieht kein Mensch aus, der weiterleben kann . . .«

Die Kirstaskaja schwieg noch immer. Sie starrte auf das kleine Bündel aus Rentierfellen, aus dem ein rundes Gesichtchen wie ein weißer Knopf hervorstach. Dann sah sie, wie die Hände Semjonows zitterten, und kein Schüttelfrost konnte stärker sein als das Zucken in seinem Körper.

»Das war einmal der von Moskau so gefürchtete Semjonow!« sagte sie dunkel und lehnte sich gegen die Tür. »So müßte Karpuschin ihn sehen . . . eine bebende Memme, die wie ein hungriger Wolf den Mond anheult! Hat der Mond je geholfen, he? Hat man mit Klagen das Schicksal besiegt? Du solltest dich in die Erde schämen, Pawel Konstantinowitsch.«

Semjonows Kopf zuckte hoch. Seine Hände fielen auf das Bett und krallten sich in die Wolldecken.

»Sie!« sagte er dumpf. »Sie sind hier! Ich gebe es auf!«

»Was gibst du auf?«

»Alles, alles! Auch Rußland ist nicht groß genug für zwei Menschen, die nur miteinander leben wollen, nur leben, weiter nichts! Wo wir auch hinkamen . . . nirgendwo war das Paradies, selbst nicht in der Hölle der Taiga! Das klingt absurd, nicht wahr? Aber ich dachte mir: Was anderen die Hölle ist, kann für uns das Paradies werden. Welch ein Irrtum, Katharina Kirstaskaja. Überall sind Menschen . . . und wo sie sind, gibt es kein Paradies mehr! Und nun sind Sie hier – und ich bin am Ende.«

»Du bist ein Rindvieh, Pawel Konstantinowitsch.«

Semjonow nickte. »Ich weiß es, Genossin Kirstaskaja. Ich war es schon, als ich dachte, ich könnte einem Karpuschin davonlaufen. Jetzt resigniere ich. Sehen Sie es? Ich wehre mich nicht mehr. Verständigen Sie die Gendarmerie, rufen Sie Karpuschin, ich gehe mit wie ein Lamm zur Schlachtbank. Nur eine Bitte habe ich, eine letzte Bitte: Lassen Sie Ludmilla und das Kind in Ruhe. Lassen Sie ...« Er stockte und wischte sich über die Augen. »Wer ... wer wird mein Kind großziehen?« fragte er heiser. »Es kommt in ein staatliches Kinderheim, nicht wahr? Und dann auf die Komsomolzenschule. Ihr werdet einen guten Kommunisten aus ihm machen, natürlich, das ist ja eure Aufgabe. Und es wird nie erfahren, wer seine Eltern waren. Dafür ist es also geboren worden ...«

»Was redest du für Unsinn!« Die Kirstaskaja holte aus ihrer Kleidertasche unter der hellgelben Gummischürze eine flache Schachtel hervor, nahm sich eine Papyrossa heraus und warf die Schachtel dann Semjonow zu. Jetzt erst sah Semjonow, daß die Kirstaskaja eine blutbespritzte Gummischürze trug, und er wußte, daß es Ludmillas Blut war. Er ließ die Schachtel fallen und seufzte tief.

»Hat ... hat sie sehr gelitten?« fragte er mühsam.

»Wer?«

Semjonow starrte die Ärztin wie ein Geblendeter an.

»Kann ... kann ich Ludmilluschka sehen?«

»Aber ja. Sie liegt noch auf dem OP-Tisch, aber sie schläft und bekommt langsam rote Bäckchen ...«

»Katharina Kirstaskaja!« brüllte Semjonow und spreizte die Finger. »Spotten Sie nicht darüber ... oder ich bringe Sie um!«

»Halt den Mund!« Die Ärztin zündete sich die Papyrossa an und machte ein paar tiefe Lungenzüge. Dann hustete sie trocken und zerdrückte die Papyrossa an der Wand. »Ich sage, sie schläft. Sie kommt gleich hier ins Zimmer. Und in zwei Wochen kannst du sie wieder an der Hand nehmen und mit ihr auf dem Eis Schlittschuh laufen. Ein wenig müde wird sie noch sein ...«

»Sie lebt?« stotterte Semjonow. »Wie haben Sie das gemacht?«

»Eine Kürettage und eine Bluttransfusion. Einer von diesen deutschen Verbannten hatte die gleiche Blutgruppe. Glück, mein lieber Pawel Konstantinowitsch, weiter nichts. Das Ärztliche war nicht so aufregend.«

»Sie lebt«, flüsterte Semjonow. Dann sank er auf das Bett zurück, drehte den Kopf zur Wand und weinte.

»Du hast keine Nerven mehr«, sagte die Kirstaskaja und trat näher. Sie beugte sich über das schlafende Kind und streichelte es mit leichter, kosender Hand. »Wann hast du zum letztenmal gegessen?«

»Vor drei Tagen«, schluchzte Semjonow.

»Dann komm.« Sie klopfte ihm auf die zuckende Schulter, und als er sich nicht rührte, boxte sie ihn in den Rücken. »Steh auf und laß das Heulen! Ich habe Piroggen mit frischem Lachs gekocht, Gurkensalat und marinierte Pilze. Zum Nachtisch gibt es in Honig kandierte Kalmuswurzeln und Erdbeeren.«

»Ich kann nichts essen, Katharina Kirstaskaja.« Semjonow trocknete seine brennenden Augen. »Ich möchte Ludmilluschka sehen . . .«

»Die siehst du noch ein ganzes Leben lang. Und augenblicklich schläft sie. Also komm mit und iß . . . Was soll dein Weib von dir denken, wenn es aufwacht und sieht einen ausgewrungenen Waschlappen am Bett sitzen?«

Eine böse Woche folgte, eine Woche des Wartens und Hoffens, des stillen Betens und lauten Fluchens. Die Kirstaskaja saß stundenlang am Bett Ludmillas, wenn der Puls wieder wegblieb und das Herz flatterte. Um den Flüssigkeitsverlust im Körper auszugleichen, gab sie ihr am vierten Tag eine Kochsalzinfusion und legte einen Dauertropf mit Glukose an. Semjonow wunderte sich, woher sie diese Medikamente hatte, und konnte nicht begreifen, daß man hier oben an der Lena Penicillin und Tropfflaschen, ein Narkosegerät und sogar ein EKG besaß. Auch ein Röntgenraum war vorhanden und ein Bestrahlungszimmer, in dem Kurzwellen und Höhensonne verabreicht wurden.

»Ihr macht euch im Westen alle ein falsches Bild von Sibirien«, sagte die Kirstaskaja, als sie Semjonows Staunen bemerkte. »Warum glaubt ihr, der Ural sei die Grenze der Kultur? Wer erzählt euch diesen Unsinn? Und warum? Seid ihr alle Vogel Strauße, die vor dem Fortschritt Rußlands den Kopf in den Sand stecken? Was hier in der Taiga sich täglich vollzieht, zwischen Ob, Jenissej und Lena, ist der größte Umbruch eines Volkes, den es je gegeben hat. Und niemand will es sehen, niemand glauben . . . Es ist doch Dummheit, vor der Wahrheit zu fliehen.« Die Kirstaskaja faltete eine Zeitung auseinander, die »Jakutskaja Prawda«, die mit der Post, die wöchentlich einmal nach Bulinskij kam, gebracht wurde und dann im Ort von Hand zu Hand ging.

»In vier Jahren werden wir hier fernsehen wie in den großen Städten«, sagte die Ärztin und zeigte Bilder aus Jakutsk, Shigansk, Leninha und anderen Orten an der Lena. Auf den Dächern der Häuser ragten die Fernsehantennen in den Himmel, nicht anders als in jeder westlichen Stadt. »Wenn das große Netz der elektrischen Leitungen bis zum Eismeer verlegt ist, wird Sibirien das schönste Land der Erde werden.«

Semjonow nickte. Er glaubte es, denn er kannte jetzt die Taiga. Und er liebte sie. Die mondhellen Sommernächte unter den hundertjährigen Zedern und den schweigenden Winter mit dem flammenden Nordlicht am unendlichen Himmel.

»Jeden Monat kommt mit der Post alles, was ich anfordere«, sagte die Kirstaskaja. »Die Zentralapotheke in Jakutsk hat alles, was ein Arzt benötigt. Sogar ausländische Medikamente, sogar Präparate von Bayer und Hoechst. Und amerikanische Antibiotika. Alles haben wir. Wir leben nicht *hinter* dem Mond, wir erobern den Mond!«

Das klang stolz. Die Größe Mütterchen Rußlands schwang in der Stimme mit. Kann man nicht stolz sein, Freunde, wenn man sieht, daß alles besser wird, als es vordem war?

Um das Kind kümmerte sich eine Amme, die Borja besorgt hatte. Es war eine der drei Freundinnen Borjas, die kürzlich das dritte Kind bekommen hatte und deren Brüste vor Milch fast platzten. Stolz war Borja auf diese Freundin und tätschelte ihr das Hinterteil, während sie das Kind Semjonows säugte.

»Sie ist ein fabelhaftes Weibchen!« schwärmte Borja einmal Semjonow vor, während er das Kind hereintrug, frisch gewickelt, gebadet und nach Rosenöl duftend. »Und die anderen Weibchen sind es auch. Neun Kinderchen habe ich mit ihnen zusammen, und nicht abzusehen ist's, Brüderchen, wann's zu Ende geht.«

Sibirien. Taiga. Eine Urwelt, in die sich die Zivilisation schleicht wie ein Frettchen in einen Hühnerstall. Semjonow lachte, ja, er konnte wieder lachen und wurde von Tag zu Tag mehr der alte, der Teufelskerl, der einmal in Kusmowka Holzbeton konstruiert und die fanatische politische Kommissarin Barakowa geheiratet hatte. Der große graue Wolf, der zum Schicksal Jefimows und Karpuschins geworden war und über den man im fernen Moskau, in den Büros des Kreml, nur mit Schrecken sprach.

Nach vierzehn Tagen konnte Ludmilla zum erstenmal aufstehen. Am Arm Semjonows ging sie ein paar schwankende Schritte bis zum Fenster, und dort lehnte sie sich an das schmale Fensterbrett, preßte das Gesicht gegen die kalte Scheibe und sah hinaus über den Lattenzaun auf die riesige, vereiste Lena und den blauen, kalten, wolkenlosen Himmel, an dem die Sonnenscheibe hing wie ein polierter Messingknopf.

»Wie schön das Leben ist«, sagte sie leise und legte den Kopf gegen die Brust Semjonows. »Sei ehrlich, Pawluscha . . . war ich schon gestorben?«

»Fast, Ludmilluschka.«

»Und was hast du getan?«

»Ich wollte auch nicht mehr weiterleben.«

»So lieb hast du mich, Pawluscha?«

»Es gibt kein Wort für meine Liebe, Ludmilluschka.« Semjonow legte den Arm schützend um ihren Leib. »Frierst du auch nicht?«

»Nein, o nein . . . du bist so warm.« Sie hob die Arme und schlang sie um seinen Hals. Einen Morgenrock aus tatarischer Seide trug sie, bestickt mit Sternen und Sonnen. Die Kirstaskaja hatte ihn ihr gegeben. Er war noch aus Irkutsk, aus der schönen Zeit ihrer ersten Liebe. Sie hatte ihn getragen, als sie zum erstenmal einen Mann empfing, und damals hatten sogar die gestickten Sonnen um sie geleuchtet.

»Wie soll das Kindchen heißen, Pawluscha?« fragte Ludmilla. Auf der Lena erschienen jetzt sieben flache Schlitten. Sie hielten an den offen gehaltenen Eislöchern. Junge Burschen in Rentierkleidern und dicken Mänteln aus schwarzen Hundefellen knieten an den Löchern nieder, hielten den Fünfzack in den Fäusten und stießen blitzschnell zu, wenn sie einen großen Fisch erspähten. Meistens waren es Störe, die sie auf das Eis warfen, oder Sterlets, einen Meter lang und zehn Kilo schwer. Und die kalte Sonne übergoß alles mit einem flimmernden Gold.

»Wie es heißen soll? Nennen wir es Ludmilla. Gibt es einen schöneren Namen?«

»Ich möchte es Nadja nennen«, sagte sie leise.

»Wenn du willst. Nennen wir es Nadja. Aber warum Nadja?«

Ludmilla schwieg. Ihr noch immer blasses und durchsichtiges Gesicht hob sich zu Semjonow empor.

»Nicht böse sein, Pawluscha . . .«

»Was du redest, Ludmilluschka . . .«

»Nadja hieß meine Schwester«, sagte sie kaum hörbar. »Von den Deutschen wurde sie verschleppt . . . Sie kam nie wieder . . . Darum soll unser Kindchen Nadja heißen . . .«

Semjonow schwieg. Er legte sein Kinn auf ihre seidene Haare, und zusammen sahen sie auf die Lena, auf die Fischer, auf die auf dem Eis im Todeskampf zappelnden Störe und Sterlets, auf die Schlitten, die Hunde, die am Ufer bellten, auf das Eis, das in der Sonne bläulich funkelte, die unterm Schnee gebeugten Wipfel der Lärchen und Zedern, die in den Himmel sahen, in diesen weiten, blauen, herrlichen, unendlichen Himmel, der grenzenlos war wie ihre Liebe.

»Wir werden es taufen lassen«, sagte Ludmilla und streichelte Semjonows Hände. »Glaubst du, daß man es tauft, obgleich ich aus der Kirche ausgetreten bin?«

»Wer könnte Gott mehr lieben als wir?« erwiderte Semjonow. »Wenn es in Nowo Bulinskij einen Popen gibt, werde ich es ihm sagen, und er wird uns verstehen, so wahr uns Gott beschützt hat . . .«

Matweij Nikiforowitsch Karpuschin gab sich keinen Illusionen hin. Wer den Befehl bekommt, mit allem Gepäck nach Moskau zurückzukehren, der kann ohne Hemmungen den Sarghändler verständigen, ein möglichst schönes Kistchen für ihn bereitzuhalten, mit Bronzegriffen und geschweiften Füßen, wie es einem General der Roten Armee zusteht. Und weil Karpuschin im tiefsten Innern ein Patriot war, dachte er sogar daran, den Sarg mit einer roten Fahne bedecken zu lassen, und zwar so, daß Hammer und Sichel über seinem Kopf lagen, der immer nur an die Nation gedacht und sie glühend geliebt hatte.

Olga Jelisaweta, Karpuschins armes Weibchen, weinte zwei lange Tage und Nächte über diese Tragödie, denn so lange dauerte es, bis Karpuschin alles Gepäck zusammen hatte. Dann flog er von Jakutsk nach Moskau. Olga Jelisaweta begleitete ihn, die im Herzen den Plan ausbrütete, sich vor dem Genossen Chruschtschow selbst auf die Knie zu werfen und um das Leben ihres geliebten Matweij Nikiforowitsch zu flehen. Ob das möglich war, wußte sie nicht, aber versuchen wollte sie es jedenfalls.

Zunächst allerdings ging Karpuschin allein in den Kreml. Er verabschiedete sich von Olga Jelisaweta, küßte sie auf den Mund, was er seit nachweislich zehn Jahren nicht mehr getan hatte, und Olga schluchzte auf, denn dieser Kuß bewies ihr, daß Karpuschin nicht mehr an eine Rückkehr glaubte.

Durch das Spasski Warota, das Spasski-Tor mit dem Glockenspiel, das genau um Mitternacht mit fünfundzwanzig Glocken die sowjetische Nationalhymne spielt, die jede Nacht von Radio Moskau in alle Welt übertragen wird, betrat Karpuschin den Kreml, zeigte der Wache seinen Ausweis, erlebte das beschämende Schauspiel, daß man sein Kommen telefonisch seinem Widersacher General Chimkassy meldete, und wurde dann von einem jungen Leutnant in Empfang genommen. Lebt wohl alle, die ich liebte, dachte Karpuschin wehmütig und sah empor zum Glockenspiel des Erlösertores. Vielleicht bringt man mich am Nikolski-Tor wieder hinaus. Heimlich, aus einer eisernen Seitentür, in der Nacht. Leb wohl, geliebtes Moskau. Und die Hölle über Pawel Konstantinowitsch Semjonow!

Marschall Malinowskij war freundlicher als sonst, als Karpuschin das große Arbeitszimmer betrat, ja, er kam Karpuschin sogar entgegen und begrüßte ihn wie einen alten Freund. Das erschreckte Matweij Nikiforowitsch maßlos, denn wo soviel Sonne scheint, ist ebensoviel Schatten.

»Ich habe mir alles genau überlegt, und der Genosse Ministerpräsident ist mit mir einer Ansicht, daß wir etwas ganz anderes machen müssen«, sagte Marschall Malinowskij, als er Karpuschin nicht nur eine grusinische Zigarre, sondern auch ein Glas gelben, süßen Gurdschaa – grusinischen Wein – angeboten hatte. »Wir werden Sie zum Tode durch Erschießen verurteilen.«

»Danke, Genosse Marschall.« Karpuschin legte die Zigarre weg und schob den Wein zur Seite. Beides schmeckte ihm nicht mehr, was man verstehen kann.

»Sie werden ein volles Geständnis ablegen, mit den Amerikanern paktiert zu haben.«

»Natürlich, Genosse Marschall«, sagte Karpuschin leise.

»Sie gestehen alles.« Malinowskij lächelte breit. O Himmel, er kann sogar lächeln, dachte Karpuschin. Wer hat jemals Malinowskij lächeln sehen? »Sie bekommen nachher eine Liste, auf der alles steht, was Sie getan haben. Lernen Sie sie auswendig, damit Sie Ihr Schuldbekenntnis fließend hersagen können.«

»Ich werde mir alle Mühe geben«, erwiderte Karpuschin. Dabei wurden seine Augäpfel rot, und seine Mundwinkel zuckten.

»Und dann, lieber Karpuschin«, sagte Malinowskij freundlich, »färben Sie Ihre Haare schwarz, lassen sich einen Bart wachsen, auch schwarz natürlich, werfen den dummen Kneifer weg –«

»Ohne ihn bin ich fast blind, Genosse«, stotterte Karpuschin überwältigt.

»Sie werden Haftschalen eingepaßt bekommen! Also, Sie verändern sich total, denn jeder Angehörige des westlichen Geheimdienstes kennt Ihr Bild, auch dieser Heller-Semjonow. Wenn Sie so aussehen, daß Ihre eigene Frau Sie nicht mehr kennt, kehren Sie zurück nach Oleneksskaja Kultbasa und nehmen die Spur Semjonows auf. Sie werden hiermit zu dieser Aufgabe abkommandiert. Es ist Ihre Lebensaufgabe, Karpuschin! Es geht jetzt nicht mehr darum, was dieser Semjonow weiß und gesehen hat, sondern es ist eine Prestigesache der Roten Armee. Sie *müssen* Semjonow aufspüren!«

»Und meine Erschießung, Genosse Marschall?« Karpuschin griff mit bebenden Händen zum Wein und trank das Glas in einem Zug leer.

»Ihre Exekution geben wir amtlich nach Ihrem Schuldbekenntnis bekannt. Das wird alle Geheimdienste der Welt beruhigen. Wo Semjonow auch steckt, er wird es ebenfalls erfahren. Ihre Bestrafung wird allen Truppen und Garnisonen bekanntgegeben werden.«

»Das heißt, daß ich wirklich exekutiert bin! Daß mein Name unehrenhaft aus der Liste der Armee gestrichen wird!«

»Sie tun es für das Vaterland, General!«

»Und wenn ich Semjonow gefunden habe . . . Wie soll ich da wieder als Karpuschin auferstehen, Genosse Marschall?«

»Karpuschin ist exekutiert«, sagte Malinowskij gemütlich und hielt Karpuschin die Schale mit den grusinischen Zigarren hin. »Sie werden weiterleben mit einem anderen Namen.« Er lächelte wieder, und Karpuschin war es, als sei er das Kaninchen, das vor dem Blick der Schlange erstarrt und sich willenlos fressen läßt. »Noch sind wir nicht soweit, Tote auferstehen zu lassen, und Sie sind in einer Woche nun einmal für die Welt tot, lieber Genosse Matweij Nikiforowitsch.«

»Und Olga Jelisaweta?«

»Sie wird eine gute Pension erhalten und die Möglichkeit, eine fröhliche Witwe zu sein. Wie ich weiß, ist sie eine gläubige Christin. Man wird sie nicht hindern, in der Auferstehungskathedrale Kerzen für das Glück Ihrer Seele zu opfern.«

»Das beruhigt mich ungemein.« Karpuschin erhob sich. Ihm war übel von dem Gedanken, ein lebender Toter zu sein. »Und was geschieht jetzt mit mir?«

»Wir lassen den ersten Akt unserer Komödie über die Bühne

gehen, Genosse. Ich verhafte Sie. Im übrigen haben Sie ein schönes Zimmer im Kremlpalast mit einem herrlichen Blick auf die große Glocke ›Zar Kolokol‹.« Malinowskij erhob sich ebenfalls. Sein gedrungener, schwerer Körper beugte sich über den breiten Schreibtisch. »Die Rote Armee setzt alles Vertrauen in Sie, Genosse.«

Karpuschin nickte, völlig unmilitärisch.

»Ich werde es erfüllen, Genosse Marschall.«

Aber es klang nicht begeistert, im Gegenteil, er kam sich vor, als sei er schon exekutiert, und nur sein Geist blicke auf die verlogene Welt zurück.

Der hinter verschlossenen Türen im Kreml ablaufende Prozeß gegen General Karpuschin war eine echte Sensation. Der Westen blickte erschrocken und doch fasziniert auf die wenigen amtlichen Verlautbarungen. Das Geständnis Karpuschins wurde belächelt, sein Tod durch Erschießen, der zwei Tage nach dem Urteil stattfand, wurde ein politischer Mord genannt. Dann aber vergaß man auch dieses Moskauer Intermezzo, denn für die Weltöffentlichkeit war ein Autorennen oder ein Boxkampf wichtiger als die Erschießung irgendeines Russen.

Nur Geheimdienstchef Hadley in Moskau verstand sein Metier nicht mehr. Er sah keine Logik in dem Urteil. Karpuschin hatte etwas gestanden, was völlig irrsinnig war. Man konnte so etwas gestehen, wenn man unter Einfluß bestimmter Drogen stand, die alle Willenskraft töteten. Aber warum tat man dies bei Karpuschin, dem nachweislich besten Mann im KGB? Es gab gar keinen anderen Grund als den, daß interne Machtkämpfe im Kreml den Kopf Karpuschins gefordert hatten.

Aber auch Hadley glaubte an Karpuschins Tod und atmete im stillen auf, als er das Kommuniqué las. Der große Gegenspieler war liquidiert. Der Nachfolger, ein Oberst Bendarian, ein Georgier, war dem amerikanischen CIA bekannt aus Einsätzen in Baku. Ein stiller Mann, ein Büromensch, ein Rechner, ein trockener Beamter, dem die ganze urhafte Vitalität Karpuschins fehlte.

Während aber die Geheimdienste den Namen Karpuschin aus ihren Listen strichen, fand im Kreml die letzte Besprechung zwischen Karpuschin, Malinowskij und zwei anderen, eingeweihten Generalen statt.

Es war so, daß auch Olga Jelisaweta sich empört abgewandt

hätte, wenn der Mensch, der jetzt auf einem Sessel im Kreml saß, sie auf der Straße angesprochen hätte. Einen dichten Vollbart hatte er, lange, aber über den Ohren gestutzte Haare, wasserhelle, brillenlose Augen und ein braunes Gesicht. Malinowskij lachte und winkte Karpuschin zu.

»Sieht er nicht aus wie Rasputin?« rief Malinowskij. »Mein lieber Karpuschin, danken Sie dem Schicksal, daß Fürst Jussupoff in Frankreich lebt ... Er würde Sie sonst als Rasputin noch einmal ermorden! Wenn Sie jetzt noch Stiefelchen anziehen, Stepphosen und die Foffaika, ich wette, man wird Ihnen eine Kopeke geben, wenn Sie an der Straßenecke stehen.« Doch dann wurde Malinowskij ernst und winkte. Ein Mädchen trat ein, und Karpuschin sah mit Staunen, daß es Marfa Babkinskaja, die Dolmetscherin, war. Sie trug einen eleganten Pelzmantel, hohe weiße Stiefel, eine runde Pelzmütze, wirklich, sie wirkte wie ein Modepüppchen aus der Ausstellung des Kaufhauses GUM.

»Sie wissen nicht, wie Semjonow aussieht«, sagte Malinowskij zu Karpuschin. »Sie kennen nur Franz Heller, und sonst müssen Sie sich auf Beschreibungen verlassen. Aber Marfa hat ihn in seiner neuen Maske gesehen, damals im Botanischen Garten, und wir wissen, daß er diese Maske beibehalten hat. Sie werden also zusammenarbeiten ...«

»Ich mit diesem Modepüppchen?« Karpuschin sah Marfa mißbilligend an. »Ich habe schon immer ihre Aufmachung verurteilt.«

»Sie ist gebilligt von der Kontrollabteilung der –« setzte Marfa an, aber Karpuschin winkte mit beiden Händen ab.

»Ich weiß, ich weiß!« schrie er. »Wenn sie so in Sibirien auftaucht, werden wir nicht Semjonow finden, sondern zehn Kinder mitbringen.«

Beleidigt drehte Marfa Babkinskaja sich um und starrte gegen die Wand. Malinowskij lachte zum zweitenmal, was bewies, wie gut seine Laune war.

»Auch Marfa wird sich anpassen«, sagte er dann. »Übermorgen fliegen Sie mit ihr unmittelbar nach Oleneksskaja Kultbasa. Und dann, lieber Karpuschin, sehe ich Sie nur wieder, wenn Sie mir ein Haarbüschel von Semjonow auf den Tisch legen können!«

»Und wieviel Zeit lassen Sie mir?« fragte Karpuschin mit trockener Kehle.

»Zeit? Wir haben genug Zeit. Sie versäumen ja nichts mehr, Genosse . . . Sie sind ja tot!«

Und wieder war es Karpuschin, als ob er ein Kaninchen sei und sich duckte vor dem hypnotischen Blick der Schlange.

Im Krankenhaus von Oleneksskaja Kultbasa nahm Karpuschin, der einen Paß auf den Namen Schelkowskij hatte und Kontrolleur der staatlichen Betriebe sein sollte, seine Ermittlungen wieder auf.

Noch einmal wurde alles durchsucht, jede Krankengeschichte durchgeblättert, die von der Ärztin Kirstaskaja zurückgelassenen Koffer und Kleidungsstücke untersucht, die Nähte aufgetrennt und das Futter losgelöst. Es war Marfa Babkinskaja, die etwas fand. Ein Brief, mehrere Monate alt, noch nicht geöffnet, anscheinend angekommen, als Katharina Kirstaskaja schon nach Bulinskij verbannt worden war.

»Sieh an, sieh an«, sagte Karpuschin, als er den Brief aufgerissen und gelesen hatte. »Von einem Dr. Pluchin aus Mulatschka. Fragt an, wie es seinen Schützlingen geht. Ist das eine Spur, Marfa?«

»Und ob, Genosse Schelkowskij.«

Karpuschin lächelte sauer. Es war schwer, sich an den neuen Namen zu gewöhnen. Die ersten Tage hatte er gar nicht darauf reagiert, als man ihn so anrief, bis er sich jedesmal, wenn er den Namen hörte, vorsagte: Das bist du! Antworte!

»Mulatschka! Wo liegt dieses Nest?«

»Südlich von uns, Genosse. Hier.« Marfa Babkinskaja legte ihren manikürten Finger auf eine Stelle der an der Wand hängenden Gebietskarte. Dort war dichter Wald eingezeichnet, urweltliche Taiga, und an einem dünnen Schienenstrang ein Punkt mit dem Namen Mulatschka. »Es führt keine Straße hin. Aber zwei große Holzlager sind dort. Es fällt nicht auf, wenn Sie als Kontrolleur mit einem Hubschrauber landen.«

So wurde es gemacht. Karpuschin flog in das Taigadorf, landete neben dem Lager, brüllte den Natschalnik an, alles sei ein Sauhaufen und er käme in einer Stunde wieder, um die Hölle einzuheizen, erkundigte sich nach Dr. Pluchin und ließ sich mit einem Pferdeschlitten in das Dorf fahren.

Dr. Boris Antonowitsch Pluchin war zu Hause, aber er lag auf der Ofenbank, hatte einen hochroten, fiebrigen Kopf, glänzende, starre Augen, und sein Atem röchelte und pfiff aus der schmalen Brust. Das geistvolle Gelehrtenhaupt lag auf einem alten Kissen aus Gänsefedern und einem Samtbezug, und der verwaschene Buntdruck auf dem Samt zeigte das Winterpalais von St. Petersburg, das herrliche Schloß des Zaren, wo Pluchin in seiner Kindheit so glücklich gewesen war.

»Sind Sie Dr. Pluchin, Genosse?« fragte Karpuschin, zog mit dem Fuß einen Stuhl heran und setzte sich neben den Kranken. Pluchin drehte den Kopf etwas zur Seite und starrte Karpuschin an.

»Behandlung fällt heute aus, Brüderchen«, sagte er mit schwerer Zunge. »Es tut mir leid . . . aber ich sterbe selbst . . .«

»Reden Sie keinen Unsinn, Pluchin! Ich weiß, daß Sie den Spion Semjonow und seine Frau, die verdammte Hure, beherbergt haben. Was wissen Sie von Semjonow?«

»Semjonow?« Dr. Pluchin blinzelte. »Ich habe den Namen nie gehört. Doch ja . . . ja . . . Von einem Semjonow gibt es eine geographische Beschreibung von Sibirien. Habe sie in Moskau auf der Universität gelesen, ohne zu ahnen, daß ich einmal selbst hier krepiere . . .«

»Lassen Sie das Theater, Pluchin.« Karpuschin packte den fieberheißen Arzt mit beiden Händen, hob ihn hoch wie ein Kätzchen und setzte ihn auf die Ofenbank. Es gab einen dumpfen, knackenden Laut, als habe sich Pluchin beim Aufsetzen den Steiß gebrochen.

»Was wissen Sie?« schrie Karpuschin den Arzt an. Dr. Pluchins Kopf sank nach hinten an die heißen Steine des gemauerten Ofens.

»Infiziert habe ich mich«, sagte der Arzt mühsam. »An einer Leiche, mein Lieber. Seziert habe ich sie, um festzustellen, woran der Kerl gestorben ist. Es war Lungenkrebs. Verstehen Sie das? Hier, in der Taiga, Lungenkrebs! Ich habe Tausende sterben sehen . . . an Typhus, an Fleckfieber, durch Unfälle, durch Hunger. Sie brachten sich gegenseitig um oder verfaulten an der Syphilis . . . aber Lungenkrebs?«

»Was wissen Sie über Semjonow?« brüllte Karpuschin. Er schüttelte Pluchin wie einen Würfelbecher. »Einen Dreck geht mich Ihr Lungenkrebs an!«

»Aber mich, Brüderchen, mich! Infiziert habe ich mich an der Leiche. Beim Einschneiden in das Brustbein . . . ritsch . . . das

Messerchen rutscht aus und mir in den Mittelfinger. Sieh ihn dir an.« Pluchin hielt seine linke Hand hoch. Der Mittelfinger war dick aufgetrieben, gelb und glasig. Das schrecklichste aber war, daß Finger, Hand, Gelenk und Unterarm eine einzige, gleichförmige, geschwollene Masse bildeten, ein sichtbares Todesurteil. »So sieht der Tod aus, Brüderchen«, stammelte Dr. Pluchin und lehnte sich wieder gegen den heißen Ofen. »Und warum sterbe ich? Weil ich keine Medikamente habe, weil man uns hier vergessen hat, weil wir alle krepieren wie die Läuse, weil dieser Staat ein Verbrechen ist, weil es kein Gewissen mehr gibt, weil der Zar tot ist, weil der Mensch nichts mehr gilt, weil wir unsere Ehre verloren haben . . . Darum, Brüderchen, darum sterbe ich an der Sepsis. So, und nun laß mich in Ruhe. Was du auch hast, kuriere dich selbst. Nimm Rizinus und scheiß die Krankheit aus dir hinaus. Im Darm sitzt alles Übel, sagte schon Paracelsus. Kennst du Paracelsus? Natürlich nicht. Bist ein lieber alter Idiot, mein Söhnchen. Hast vierzig Jahre gefressen, gesoffen und gehurt . . . Recht hast du, das genügt zum Leben. Mach so weiter, und du lebst im Sinn der Natur. Und denk daran . . . Rizinus im Magen garantiert dir Wohlbehagen . . .«

Dr. Pluchin schloß die Augen. Schüttelfröste durchjagten seinen schmalen Körper, er klapperte schaurig mit den Zähnen.

»Gleich ist es vorbei!« rief er. »Begrabt mich neben dem Kerl, an dem ich mich geschnitten habe. Er liegt dort hinten auf dem Tisch . . .«

Karpuschin fuhr herum. Jetzt erst sah er auf dem Tisch eine nackte, aufgeschnittene Leiche liegen. Der Leib war gespalten vom Kehlkopfknorpel bis zum Schambein. Die Därme lagen als graugrüne Masse neben der linken Hand.

»O Himmel!« sagte Karpuschin. Er legte die Hand vor den Mund und rannte aus der Hütte. Draußen atmete er tief die frische Schneeluft ein, unterdrückte die würgende Übelkeit und kehrte ins Haus zurück.

Der Arzt lag zusammengekrümmt vor dem Ofen auf den Dielen und hatte das Gesicht in das heruntergerissene Samtkissen vergraben. Das Kissen mit dem Bild von St. Petersburg. Karpuschin bückte sich, zögerte und drehte den Körper dann auf den Rücken.

Dr. Boris Antonowitsch Pluchin war tot. Aber sein Mund lächelte breit, als sei sein Tod sein letzter Triumph.

Der Nachfolger Karpuschins im KGB, der verschlossene Beamte Oberst Bendarian, arbeitete wie eine Maschine.

Er ließ nach den Angaben, die vorlagen, von den besten Zeichnern Moskaus ein Bild Semjonows zeichnen, bis man ihm bestätigte, daß er so ausgesehen habe und nicht anders. Dieses Bild ließ er in riesigen Mengen drucken und in alle Städte und Dörfer Rußlands schicken. Ob am Eismeer oder in Wladiwostok, an der mandschurischen Grenze oder in der Ukraine, von Königsberg bis Tiflis, jeder Dorfsowjet erhielt einen Abzug und die Mitteilung, daß dieser Kopf fünftausend Rubel wert sei.

Auch nach Bulinskij kam dieser Steckbrief, und Egon Schliemann, der den Dorfsowjet gut kannte und wußte, daß dieser zweimal eine Falschmeldung über das Erntesoll abgegeben hatte, brachte ihn mit ins Krankenhaus.

»Fünftausend Rubelchen«, sagte er nachdenklich zu Semjonow. »Das ist für einen Sibiriaken ein Vermögen, das er nie im Leben durch ehrliche Arbeit verdienen kann. Man wird jetzt vorsichtig sein müssen. Zu viele wissen schon, daß du im Dorf bist. Borja, das Rindvieh, hat allen erzählt, daß es Frauen gäbe, deren Körper weiß wie frischer Käse sei. Bei fünftausend Rubel Belohnung ist dem besten Freund nicht mehr zu trauen.«

Freundschaft gab es in Nowo Bulinskij, das muß man sagen. Solange Semjonow und Ludmilla im Krankenhaus wohnten, kamen jeden Tag die drei deutschen Verbannten zu Besuch, brachten etwas zu essen und zu lesen mit, erzählten von ihrem Leben in Sibirien und dachten gemeinsam an die ferne Heimat, aber – das erkannte Semjonow gleich in den ersten Tagen – ohne Wehmut oder den – im Sprachgebrauch der Politiker so beliebten – »glühenden Wunsch der Heimkehr«. Sie hatten geheiratet, besaßen ihr Haus, eine Scheune, eine Banja, hatten Felder und Wälder, lebten einfach, aber gesund, kümmerten sich wenig um das, was draußen in der Welt geschah, sondern rodeten die Taiga, lieferten ihre im Winter erbeuteten Felle an der staatlichen Sammelstelle ab, bekamen gute Rubelchen dafür, kauften im staatlichen Konsum zu Festpreisen ein, hatten für die Kinder eine Schule, für die Seele einen alten, aber immer noch rüstigen Popen . . . Ich frage euch, Brüderchen, was will der Mensch denn mehr als Ruhe und gutes Essen und ein festes Dach überm Kopf? Und im Bett ein liebes, warmes Frauchen, natürlich. Und auch davon gab es genug in Sibirien.

Selbst für die Kultur war gesorgt. Vor dem Großen Vaterländischen Krieg war Nowo Bulinskij wirklich ein erbärmliches Taigadorf, so wie man sich die Dörfer in Sibirien vorstellt. Aber dann kamen die deutschen Plennies, die politisch Verschickten, die Lebenslänglichen; die Intelligenz kam in die Taiga, und wo sie auftaucht, hat auch der Urwald seine Macht verloren.

Und so bekam Nowo Bulinskij eine Stolowaja, einen Saal für Kultur. Gedacht war er für politische Schulungen und Versammlungen, etwa zur Oktoberrevolution, zu Lenins Geburtstag, zu Lenins Todestag, wo die Wände schwarz behangen wurden und ein Chor getragene Volkslieder sang. Meistens aber spielte man in der Stolowaja Theater, unter Leitung des ehemaligen deutschen Schauspielers Henk Wolters, der früher am Stadttheater Osnabrück den Mortimer in »Maria Stuart« gespielt hatte, 1944 mit seiner Frontheatergruppe von den Sowjets überrollt wurde und sich eines Tages in Nowo Bulinskij wiederfand. Heute besaß er eine Schneiderei, hatte eine Theatergruppe gegründet und führte deutsche und russische Komödien auf . . . nur Komödien, Freunde, denn tragisch und ernst war ja das Leben ohnehin. Und welch herrliche Komödien haben Gogol und Jewgenij Schwarz geschrieben!

Ja, so war das Leben hier an der Lena, von der die Leute im Westen denken, hier bissen sich die Füchse vor Hunger und Einsamkeit in den eigenen Schwanz. Nichts da, Brüderchen! Semjonow spürte es jeden Tag: Immer neue Freunde gewann er, immer wieder brachte der eine die anderen mit, Deutsche wie Sibiriaken, und alle küßten Semjonow und die zarte Ludmilla dreimal auf beide Backen. Es war eigentlich der österliche Kuß, aber sie taten es schon jetzt, nur um zu zeigen, daß man nun Brüder sei und seine große Familie am Rand der Taiga.

»Wir werden dir ein Haus bauen!« sagte eines Tages Egon Schliemann. Man saß in einem weiten Kreis im Aufenthaltsraum des Krankenhauses an einem hufeisenförmigen Tisch, trank Tee und aß dazu frisch gebackene Pjelmenji sibirski, das sind sibirische Mundtäschchen, etwa wie die italienischen Ravioli, nur waren sie gefüllt mit Rinderhackfleisch, Kalbsnierenfett, gehackten Nierchen und Zwiebeln, schwammen in einer fetten Fleischbrühe und dufteten herrlich nach Dill und Thymian.

»Gleich am Wald steht ein altes Haus«, fuhr Schliemann fort, als sich das Händeklatschen gelegt hatte, mit dem seine Ankündigung bedacht worden war. »Wir reparieren es, bauen eine Scheune daran, eine Banja, ein Magazinhaus und umgeben es mit Palisaden. Zwei Pferdchen hast du, und Schweine, Ziegen, Hühner bekommst du von uns. Es ist eine beschlossene Sache: Du bleibst bei uns, Semjonow.«

»Wie soll ich euch danken, Freunde«, antwortete Semjonow gerührt. »Soll es wirklich wahr sein, daß ich hier Ruhe finde?«

»Niemand wird erfahren, daß du hier bist. Und in zwei oder drei Jahren ist es überhaupt selbstverständlich. Wer fragt da noch nach Semjonow?«

Semjonow schwieg. Ihr kennt Karpuschin nicht, dachte er. Und Ludmilla dachte dasselbe und sah auf ihre schmalen Hände. Rußland ist ein Land ohne Zeit . . . Was sind zwei Jahre für Menschen, die in Generationen rechnen?

»Wann soll es anfangen mit dem Hausbau?« fragte Semjonow, nachdem man weiter gegessen und getrunken hatte. Nun trug man den Samogonka herein, den starken Schnaps, den die Sibiriaken lieben wie ihre Mütterchen. Die Gläser wurden gefüllt, und es roch in der großen Stube wie in einem Brennkeller.

»Am nächsten Montag, Brüderchen«, sagte der Dorfsowjet. Jawohl, auch er war dabei und hatte Semjonow dreimal auf die Wangen geküßt. Das war zwar keine bolschewistische Geisteshaltung, aber in der Taiga schleifen sich die Ideologien ab, glaubt es mir, Freunde.

»Ich möchte mithelfen!« sagte Semjonow. »Ich verstehe etwas davon. Ihr wißt ja gar nicht, was ich alles in diesen Monaten gelernt und getan habe . . .«

Doch zunächst gab es einen Zwischenfall, den der Dorfsowjet mit dem Mäntelchen der Lüge zudeckte.

Am Freitag dieser Woche erschien auf der Posthalterei von Nowo Bulinskij der Jakute Dschimskij. Man kannte Dschimskij gut im Ort. Er handelte mit Glasperlen, die die Mädchen zum Besetzen ihrer Festtagskleider brauchten; und jeden Monat kam ein großes Paket von Jakutsk herauf, voll mit wunderschönem mongolischen Glitzerkram, bunten Bändern und Stoffen mit durchgewebten goldenen Fäden.

Dieser Jakute Dschimskij also kam auf das Postamt, beugte sich zum Schalter hinein, atmete den Posthalter mit einem Hauch von Knoblauch und Zwiebeln an und sagte: »Genosse, ich möchte ein Telegramm aufgeben. Geht das?«

»Natürlich«, antwortete der Posthalter. »Dafür sind wir ja da! Brauchst du neue Glasperlen, Brüderchen?«

»Etwas viel Wichtigeres, Genosse. Ich will mir einen schönen Batzen Geld verdienen.« Dschimskij trommelte mit den dicken gelben Fingern auf die Schalterplatte. »Ist es auch sicher, daß das Telegramm gleich weggeht?«

»In einer Stunde ist es in Irkutsk. Sieh hier, der Morseapparat. Damit geht es durch die Luft.« Der Posthalter schob Dschimskij ein Formular hin und einen Bleistift. »Füll es aus, Freundchen«, sagte er dabei. »Adresse, Absender, Text, alles. Und genau! Wenn jemand reklamieren sollte . . . Wir müssen es schriftlich haben.«

Der Jakute Dschimskij starrte auf das Papier, schob es dann weg und atmete dem Posthalter wieder seinen Knoblauch- und Zwiebelduft ins Gesicht. »Bin ich ein Professor?« sagte er. »Ich bin im Wald aufgewachsen und habe gelernt, nicht gegen den Wind zu pissen, aber schreiben war nicht so wichtig. Kannst du schreiben, Genosse?«

»Los, diktiere!« sagte der Posthalter. Es war vormittags, und soviel Knoblauch auf nüchternen Magen erregt. »Was soll ich schreiben?«

Dschimskij lehnte sich gegen die Glaseinfassung des Schalters und sah gegen die getünchte Decke.

»Schreib!« sagte er. »An die Polizeistation in Jakutsk. Melde, Genossen, daß sich in Nowo Bulinskij ein Deutscher befindet, der sich Semjonow nennt und von Euch gesucht wird. Mein Name ist Miron Pjotrowitsch Dschimskij aus Nowo Bulinskij. Wenn Ihr den Deutschen abholt, bringt die fünftausend Rubelchen Belohnung gleich mit. Es lebe die Sozialistische Volksrepublik!« Dschimskij sah den Posthalter an. »Hast du's, Genosse?«

»Natürlich.« Der Posthalter legte den Bleistift weg. »Sag mal, bist du verrückt?«

»Fünftausend Rubel sind fünftausend Rubel!« sagte Dschimskij. »Oder meinst du nicht?«

»Semjonow hat keinem etwas getan!«

»Weißt du das so genau?«

»Weißt du es anders?«

»Ich weiß nur, daß ich fünftausend Rubelchen verdienen kann. Hast du einmal ausgerechnet, wieviel Glasperlen ich dafür verkaufen müßte? Man kann es gar nicht ausrechnen . . .« Dschimskij setzte seine hohe, spitze Pelzmütze wieder auf den struppi-

gen Schädel. »Wann ist das Telegramm in Jakutsk?«
»In einer Viertelstunde.«
»Dann werden sie morgen kommen und mir die Rubelchen bringen.« Dschimskij grinste breit und wohlig. »Ich glaube, Genosse, man wird sich nach einem anderen Glasperlenhändler umsehen müssen. Ich ziehe weg in die Stadt . . .«
Die Ahnung Dschimskijs, daß er keine Glasperlen mehr verkaufen würde, bewahrheitete sich. Kaum war der Jakute weg, schloß der Posthalter das Postamt, hängte ein Schild an die Tür: Komme gleich wieder, und lief zum Dorfsowjet und zu einigen anderen Freunden.
»Ich bin zwar Beamter der Post«, sagte er immer wieder. »Aber das schließt ja nicht aus, daß man auch Mensch ist!«
Das geschah am Freitagvormittag.
Am Samstagmorgen bot sich den Fischern auf dem Eis der Lena ein merkwürdiger Anblick. In einem Eisloch hing, mit dem Kopf nach unten im strömenden Wasser, der erstarrte Körper des Jakuten Dschimskij. Er war schon seit Stunden tot. Wie einen Eiszapfen trug man ihn zurück ins Dorf und legte ihn zunächst in die Stolowaja.
»Der Fall ist ganz klar!« sagte der Dorfsowjet, nachdem man Dschimskijs Leiche aufgetaut hatte und die Kirstaskaja nach einer gründlichen Untersuchung feststellte, daß der Körper keinerlei Verletzungen aufwies. »Dschimskij, das versoffene Schwein, hatte einen schweren Kopf, wollte ihn abkühlen, steckte ihn in ein Fischloch und verlor das Gleichgewicht. Ein tragischer Unglücksfall ist's, Genossen. Schließen wir die Akten.«
Noch am gleichen Tag begrub man Dschimskij am Waldrand, denn da er kein Christ war, kam er nicht auf den Friedhof. Ganz Nowo Bulinskij stand an seinem Grab, und ganz Nowo Bulinskij wußte, was dieser Unglücksfall bedeutete.
Das Telegramm Dschimskijs kam nie in Jakutsk an.
Und es wurde auch nie mehr ein Telegramm solchen Inhalts aufgegeben. Man soll nach Möglichkeit Unglücksfällen aus dem Wege gehen, Genossen.

13

Kurz vor Weihnachten schnallte sich Semjonow die breiten, geflochtenen tungusischen Schneeschuhe unter, die aussahen wie riesige Schwimmflossen und den Körper über den tiefsten Pulverschnee besser trugen als Skier, warf über seine Rentierlederkleidung einen dicken Wolfspelzmantel, nahm sich eine Axt und stapfte in den Wald, um eine schöne Tanne zu suchen.

Kleine Tannen, die sich für einen Weihnachtsbaum in der Stube eignen, sind selten in der Taiga. Hier ist alles riesengroß, als schössen die Bäume gleich hundertjährig aus dem Boden. Es gab Zedern, Lärchen und sturmzerfetzte Tannen, die ihre Zweige voll Kampfesmut weit und verkrümmt gegen den Himmel streckten, aber kaum einen Baum, der soviel stille Demut und Fröhlichkeit ausstrahlt wie ein deutscher Tannenbaum.

An Weihnachten sollte Nadja in der kleinen Kirche getauft werden. An Weihnachten sollte Semjonow auch mit Frau und Kind in das neue Haus einziehen, an dem zwanzig Männer von früh bis zum Sonnenuntergang gearbeitet hatten. Ein großes Fest sollte es werden, mit einem Spanferkel am Spieß, aus Honig und Blütenpollen gebrautem Met, Piroggen mit Stör und gesalzener Rentierlende. Und ein Baum sollte im Zimmer stehen, ein Weihnachtsbaum nach deutscher Art, mit Wattebällchen und Kugeln aus Stanniolpapier und bunten Glasperlenketten aus dem Nachlaß des armen Dschimskij geschmückt.

Drei Stunden lang tappte Semjonow durch die Taiga, über Hügel und durch Senken, suchte und suchte und war sehr kritisch bei der Auswahl seines Bäumchens. Einmal rastete er, trank heißen Tee aus der Fellflasche, aß einen Fladen, der mit gezuckerten Beeren bestrichen war, und tappte dann weiter.

Er wußte später nicht zu sagen, wie es kam . . . Plötzlich gab der Schneeboden unter ihm nach. Er warf die Arme noch empor, versuchte, sich an fester Erde anzukrallen, aber die Finger glitten am eisigen Boden ab, und er fiel in eine runde, enge Grube. Wie tief sie war, wußte er nicht, aber als er nach unten trat, stampfte er ins Leere, in weichen, grundlosen Schnee, der ihn, je mehr er sich bewegte, in sich hinabzog, wie ein sumpfiger Boden langsam, aber stetig sein Opfer verschlingt.

Semjonow blieb steif und unbeweglich stehen. Er überlegte und zwang sich, nicht daran zu denken, daß er in ein paar

Minuten oder in einer Stunde oder später ganz im Schneeloch versunken sein würde und dann erstickte.

Noch einmal versuchte er, den Grubenrand zu erreichen, mit der Verzweiflung eines Menschen, der vor dem sicheren Tod zu fliehen sucht. Er zog die Knie an und schnellte sich empor, ergriff mit den Fingerspitzen wirklich den Rand, krallte sich in das Eis und zog sich keuchend und stöhnend empor, bis er die Arme und Ellenbogen auf den festen Boden aufstützen konnte. So hing er nun in der Grube, unfähig, sich ganz herauszuziehen, und wußte, daß ein erneutes Hineinfallen in die Grube das endgültige Versinken und Ersticken im Schnee bedeutete.

Ein paarmal schrie Semjonow um Hilfe, aber dann sah er die Sinnlosigkeit seines Versuchs ein. Woher sollte er in der Wildnis Antwort bekommen? Später schneite es dann, und die Grube füllte sich mit neuem Schnee. Semjonow hatte die Stirn auf den Grubenrand gelegt, dachte an Ludmilla und das Kind und fluchte über das Schicksal, das ihm einen solchen sinnlosen Tod zugedacht hatte. Er spürte, wie er trotz der Rentierlederkleidung und des Wolfsmantels vor Frost erstarrte, wie seine Arme erlahmten und er immer weiter zurück in die tödliche Grube rutschte.

Dann wurde er müde. Die Augen fielen ihm zu, und er kämpfte gegen diese Schlaffheit an, redete mit sich und sang sogar mit tonloser Stimme, nur um nicht einzuschlafen und abzustürzen. Er verlor jeglichen Zeitbegriff, und es schneite noch immer, lautlos und in dicken Flocken.

Hundegebell, ganz in der Nähe, riß ihn aus einer drohenden Ohnmacht. Er stemmte sich erneut gegen den Rand und rief und rief. Er hörte seine Stimme selbst kaum und wußte, daß auch die Hunde ihn nicht hören konnten. Doch dann brachen drei kleine, struppige, wolfsähnliche Hunde aus dem Unterholz, umkreisten bellend und heulend das Loch mit dem Menschenkopf darin im Schnee, rasten hin und her, fletschten die spitzen Zähne und legten sich dann am Rand des Loches in den tiefen Schnee, die rotleuchtenden Rachen aufgerissen.

Und dann war auch ein Mensch da. Aus dem Wald kam er, einen Bärenspieß in der Hand, in ein zottiges Hundefell gekleidet, mit wildem, vereistem Bart, einer Mütze aus Wolfswamme tief im Gesicht und dicken, aus Bärenfellen genähten Stiefeln. Ein Gewehr trug er an einem Riemen über dem Rücken, und an einem breiten Hirschledergürtel hingen das Futteral einer schweren

Nagan und zwei lange, scharfe Messer mit breiter Schneide.

»Ei! Welch ein starkes Bärchen haben wir denn da gefangen?« sagte der Urmensch, pfiff die leise heulenden Hunde zu sich heran und setzte sich auf einen Baumstamm, Überreste eines Windbruches im Herbst. Er machte keinerlei Anstalten, Semjonow aus der Grube zu ziehen, sondern sah zu, wie der um sein Leben Ringende sich erneut emporzuziehen versuchte.

»Hilf mir, Brüderchen!« stammelte Semjonow und starrte den Fremden aus hervorquellenden Augen an. »Was sitzt du herum? Hilf mir heraus.«

Der Urmensch schüttelte den Kopf und kraulte einem der Hunde den Kopf.

»Einen Bären wollte ich fangen«, sagte er. »Und was finde ich? Einen albernen Menschen! Das ist eine Enttäuschung! Die Arbeit einer Woche ist vertan, denn in eine Grube, in der ein stinkender Mensch war, geht kein Bär mehr hinein! Leb wohl ... Ich verspreche dir, daß ich dich zuschaufeln werde, wenn du dich endlich hinabfallen läßt ...«

Semjonow krallte sich in den Eisboden. Schweiß rann über seine Augen und gefror sofort zu kleinen Kügelchen.

»Warum willst du mich umbringen?« keuchte er und legte das Gesicht in den Schnee. »Was habe ich dir getan? Ich habe eine Frau und ein kleines Kind ...«

»Du hast mich gesehen!« sagte der dunkle Urmensch. »Das ist genug ...«

»Ich habe nichts gesehen!« brüllte Semjonow und fühlte, daß er wieder tiefer in die tödliche Grube rutschte. »Wenn du mich herausholst, habe ich gar nichts gesehen. Allein war ich im Wald, und ich werde vergessen, daß es dich gibt ...«

Der finstere Mensch lachte dumpf und klopfte einem seiner Hunde mit der flachen Hand auf den spitzen Wolfskopf. »Man verspricht viel, wenn einem das Messer an der Kehle sitzt. Am sichersten aber ist, sie durchzuschneiden!«

»Hilf mir – ich habe keine Kraft mehr!« stöhnte Semjonow. »Hilf mir doch, Brüderchen.«

»Wo kommst du her?« fragte der Urmensch.

»Aus Nowo Bulinskij«, keuchte Semjonow. Seine Finger krallten sich in das Eis, aber sie hatten nicht mehr die Kraft, sich einzugraben.

»Ach, aus dem deutschen Dorf. Wir nennen es so, weil man dort mehr Deutsch als Russisch spricht. Bist du auch ein ehemaliger Plenny?«

»Nein«, schrie Semjonow, einer Eingebung folgend, man könne ihn als Deutschen erst recht krepieren lassen. »Ich bin Russe.«

»Aus Bulinskij?«

»Nein. Aus Moskau.«

»Und was machst du da an der Lena?«

»Ich bin Holzingenieur. Eine Frau habe ich und ein Kindchen. Rette mich, Bruder . . .«

Der wilde Mensch erhob sich, streckte den langen Bärenspieß vor und hielt ihn Semjonow hin. »Halt ihn fest!« knurrte er. »Mit beiden Händen. Ich zieh dich heraus.«

Mit letzter Kraft umklammerte Semjonow den vereisten Spieß und hielt die Luft an. Ein paarmal ruckte es, er spürte, wie sein Leib über den Rand gezogen wurde, wie sein Oberkörper plötzlich im Schnee lag, wie das Grundlose unter ihm verschwand und seine Knie festen Boden fühlten. Da warf er die Arme weit nach vorn, ließ den Spieß los und sank mit dem Gesicht in den frischen, pulvrigen Schnee. Die drei Hunde umkreisten ihn bellend, stießen mit den spitzen Schnauzen gegen seine Schulter und den Kopf, leckten dann seinen Nacken und die vorgestreckten, zitternden Hände.

»Ich habe es mir überlegt«, hörte Semjonow die Stimme des dunklen Menschen über sich. Er wurde auf den Rücken gedreht, das Mundstück einer kalten Metallflasche wurde ihm zwischen die Zähne geschoben; und dann trank er ein paar Schluck Wodka, spürte es wohlig durch seinen Körper rinnen und hatte das Empfinden, seine Adern und sein Gehirn weiteten sich, als blase man Luft hinein.

»Was hast du dir überlegt, Brüderchen?« sagte Semjonow müde. »Ich danke dir, ich danke dir . . . Ich sehe, du bist doch ein Mensch mit einem fühlenden Herzen . . .«

»Wie lange bist du in Nowo Bulinskij?«

»Ein paar Wochen erst.«

»Aber du kennst den Ort genau?«

»Ja!«

»Könntest du einen Plan zeichnen?«

»Natürlich. Aber wozu, Freundchen?«

»Wer viel fragt, verkürzt sein Leben . . . Das solltest du dir merken, ehe wir gehen.« Semjonow hatte nun nach dem Wodka einen klaren Blick. Die schreckliche Schwäche ließ nach, durch den Körper rann wieder etwas Kraft, er konnte sich aufsetzen und sah den Fremden an, der wie eine Säule aus pelzbehangenem Stein neben ihm aus dem Schnee ragte und mit seinem Kopf gegen den Himmel stieß. Wenigstens sah es so aus in dieser Perspektive. Einen gewaltigen Bart hatte der Mann, buschige Augenbrauen, eine dicke Knollennase. Aber die Augen waren nicht schräg, und das Gelbliche seiner Hautfarbe war nicht angeboren, sondern in heißen Sommern und eissturmdurchheulten Wintermonaten gegerbt. Er war weder ein Jakute noch Tunguse, und auch aus dem Süden kam er nicht.

»Ich heiße Illarion«, sagte der Finstere, als verstünde er Semjonows abtastenden Blick. »Ich bin ein Brodjaga . . .«

Er wartete auf eine Reaktion, aber Semjonow antwortete nicht und zeigte auch keinerlei Erstaunen oder Entsetzen. Illarion schüttelte den dicken Kopf. Das war etwas Neues in seinem Leben.

»Du sagst nichts?« brummte er. »Macht dich die Angst stumm?«

»Angst? Nein, warum, Bruder?«

»Ich bin ein Brodjaga!« wiederholte Illarion laut.

Semjonow lächelte. »Sehr schön. Aber ich kenne diesen Volksstamm nicht.«

»Volksstamm! Er sagt Volksstamm, der Dummkopf!« Illarion lachte dröhnend, wirbelte mit seinem Bärenspieß den Schnee auf und bewarf die jaulenden Hunde damit. »Verstellst du dich, Freundchen, oder bist du so dumm?«

»Vielleicht bin ich so dumm«, erwiderte Semjonow und stand auf. Er schwankte zwar noch ein bißchen, und seine Beine waren weich wie biegsame Weidenruten, aber er versuchte die ersten Schritte, und sie gelangen ganz gut. »Was ist ein Brodjaga?«

Illarion zog den Spieß an sich, richtete die Spitze auf Semjonow und sagte düster: »Ich bin ein entsprungener Sträfling, Brüderchen. Brodjagi nennen sie uns. Noch nie gehört? Wenn du den Namen in Nowo Bulinskij nennst, werden die Weiber verstummen und die Männer vor Feigheit zittern.« Illarion lachte dunkel und legte die Spitze des Bärenspießes auf die Schulter Semjonows. »Nur wirst du den Namen nie nennen, Freundchen. Du kommst mit mir in den Wald! Ich habe eine gute Idee.«

»Und meine Frau und das Kindchen?« Semjonow legte die

Hände auf den Schaft des Spießes. »Du hast mir das Leben gerettet, und nun laß mich gehen.«

»Wozu reden wir? Komm!« Illarion riß den Spieß aus Semjonows Händen, hob ihn und gab Semjonow einen Schlag gegen den Rücken. »Los, Brüderchen! Gehen wir! Staunen werden die anderen. Statt eines Bären bringe ich einen Menschen. Und dann wird man entscheiden müssen, was mit dir geschieht. Los, gehen wir!« Illarion bückte sich und hob die Axt auf, die Semjonow beim Sturz in die Grube weggeworfen hatte. »Was willst du mit der Axt?«

»Einen Baum habe ich gesucht.«

»Im Winter? Mit der Axt? Du bist doch ein Idiot!«

»Ich suchte einen Weihnachtsbaum, Bruder«, sagte Semjonow leise.

Illarion steckte die Axt in seinen breiten Ledergürtel. Sein grobes Gesicht hatte einen merkwürdigen, ja fast versonnenen Ausdruck. »Ein Weihnachtsbaum«, sagte er rauh. »In der Taiga. Wolltest ihn wohl auch noch schmücken, was? Mit Kügelchen und Flimmer?«

»Ja. Und Watte wollte ich dranhängen und mongolische Glasperlen. Eine Gans wollte ich braten und sie mit Schweinemett und Thymian füllen.«

»Ein Weihnachtsbaum.« Illarion pfiff nach den Hunden. Sie waren vorausgelaufen, als ahnten sie, daß es nach Hause ging. »Ich habe den letzten Weihnachtsbaum vor vierzig Jahren gesehen. Dann haben sie mich geholt . . .«

»Vor . . . vierzig . . . Jahren . . .« Semjonow wischte sich über die Augen, streifte die gefrorenen Tränen ab und sah zu Illarion hinauf wie zu einem Denkmal. »Du bist seit vierzig Jahren Sträfling?«

»Ungefähr, Brüderchen. Vor vier Jahren bin ich mit zwanzig anderen ausgebrochen. Aus dem Lager Semenka. Neun Jüngelchen in Soldatenuniform haben wir die Köpfchen eingeschlagen wie Eier, sind ein halbes Jahr durch den Wald gezogen, bis wir eine Stelle fanden, wo es sich leben ließ. Da haben wir Hütten gebaut, haben uns sechs Frauen gestohlen, und so leben wir nun. Ein einfaches Leben ist es, aber es ist ein freies Leben! Sechs Frauen für einundzwanzig Männer sind natürlich ein bißchen wenig, findest du nicht auch? Da gibt es Schwierigkeiten, glaub es mir. Immer sind sie schwanger. Und keiner weiß, wer's nun gewesen ist. So hat jedes Kind einundzwanzig Väter ... Es ist eben eine neue, andere Welt, Freundchen!« Illarion lachte und stützte Semjonow, dem die ersten Schritte im tiefen Schnee so schwerfielen, als habe er wochenlang seine Beine nicht mehr bewegt. »Du wirst in dieser Welt leben«, fügte er hinzu.

»Ich?« Semjonow blieb stehen.

»Es muß sein, Brüderchen. Du kannst nicht mehr zurück nach Nowo Bulinskij. Wer einmal uns Brodjagi gesehen hat, gehört zu uns, bis er stirbt. Das ist das einzige Gesetz, das wir kennen! Und das Diebstahlsgesetz, ja. Wer bei uns dem anderen etwas wegnimmt, dem wird die rechte Hand abgehackt.« Illarion lächelte breit. »Wir haben alle noch unsere Hände am Körper. Nun geh schon, Brüderchen, wir haben einen weiten Weg.«

»Ich mache dir einen Vorschlag, Illarion«, sagte Semjonow und blieb stehen. »Du läßt mich zurück nach Nowo Bulinskij, und ich habe dich nie gesehen. Ich schwöre es dir bei der Seligkeit meines Frauchens und meines Kindes.«

Illarion schüttelte den Kopf. »Es geht nicht um dich, mein Freund, es geht um uns alle«, sagte er dumpf. »Bedenke ... sechs Frauen für einundzwanzig Männer. Und immer sind sie schwanger! Ist das ein Zustand? Ein paarmal sind welche von uns in die Dörfer gegangen. Ja, die Weibchen waren zur Liebe bereit und haben mit ihnen geschlafen. Aber mitgehen in den Wald wollte keine. Sag selbst, ist es nicht lästig, immer vierzig oder gar sechzig Werst zu wandern, nur um ein Weibchen zu umarmen?«

»Ich kann euch bei der Lösung dieses Problems nicht helfen!« sagte Semjonow.

»Vielleicht doch, Freundchen. Wir wollen sehen. Los, laß uns gehen!« Er umarmte Semjonow, aber es war keine freundschaftliche Geste, sondern ein Griff, der Semjonow vorwärtsschob und keinen Widerstand duldete. So gingen sie durch den Urwald, über zwei Stunden lang, rasteten in einer Senke, aßen kaltes Rentierfleisch und tranken dazu Wodka.

Das Waldlager der einundzwanzig Brodjagi und ihrer sechs Frauen lag zwischen zwei Hügeln in der Talsenke, mitten in der dichtesten Taiga. Kein Flugzeug hätte es entdecken können, keines Menschen Fuß verirrte sich dahin. Nur Fuchs und Bär, Luchs und Hermelin kannten das Tal und den kleinen Fluß, der es durchzog; er hatte keinen Namen und mündete irgendwo im Urwald in die Muna.

Als Illarion und Semjonow die Talsenke erreichten, blieben sie auf dem rechten Hügel stehen, und Illarion zeigte in die weiße, gefrorene Tiefe. Zwischen den hohen Baumwipfeln kräuselte sich dünner, weißer Rauch empor, zerflatterte über den Bäumen und zog träge, wie Nebelschwaden, über die vereisten Kronen der Zedern und Lärchen.

»Siehst du was?« fragte Illarion.

»Rauch. Das ist alles.«

»Ist das nicht gut getarnt?« Illarion stützte sich auf seinen Bärenspieß. Er war stolz auf sein freies Leben. »Hier sind wir die ersten Menschen, Brüderchen. Und wir werden auch die letzten sein. Wenn sich die anderen draußen zerfleischen und sich die Herzen aus den Leibern reißen . . . wir werden weiterleben, auf unseren warmen Öfen liegen und unser Weibchen lieben, wenn wir nach Plan an der Reihe sind.«

Das Lager der Brodjagi war in der Tat etwas Besonderes. Um ein großes Haus mit Lagerschuppen gruppierten sich genau einundzwanzig Hütten aus dicken Stämmen. Das Ganze war mit drei Meter hohen, oben zugespitzten Palisaden umgeben, eine Burg, in der die Rechtlosen einen eigenen, winzigen Staat gegründet hatten. Es gab einen Präsidenten, einen Stellvertreter und einen Justizminister. Der letztere war zuständig für die Schlichtung aller Streitigkeiten, und er tat es mit der Weisheit der Gesetzlosen: Er stellte die beiden Gegner in die Mitte des Lagers, gab jedem einen gleich langen und gleich dicken Knüppel und sagte: »So, nun schlagt euch gegenseitig tot!«

Bis heute hatte es noch keinen Toten gegeben. Denn jeder kannte ja den anderen, und die Chancen waren gleich. So läßt sich's ruhig leben, glaubt es mir, Freunde. Wäre die Welt nicht friedlicher, wenn man jedem Politiker einen Knüppel in die Hand gäbe und sie einander gegenüberstellte? So aber reden sie sich heiß und jagen dann die anderen ins Feuer, das sie angezündet haben. Das ist nicht gerecht, Genossen. Man sollte die Politiker zur Lehre in die Taiga schicken. Ein ganz bescheidener Vorschlag ist es, aber ich glaube, er hülfe mit, die Welt lammfromm zu machen . . .

»Das große Haus ist das Frauen- und Kinderhaus!« erklärte Illarion, als sie das Tor in dem hohen Palisadenzaun durchschritten hatten und Illarion dem Wächter, einem ebenso wilden und dunklen Menschen wie er, gesagt hatte, das gepflegte Brüderchen habe er in der Bärenfalle gefunden. »Da man sich nie einig werden kann, wer mit wem ein Kind gezeugt hat, wohnen die Weibchen und die Kinder zusammen und werden von allen ernährt. Ist das nicht praktisch angewandter Kommunismus?«

»So ist es, Brüderchen«, bestätigte Semjonow und hockte sich auf einen Holzbock, der neben einem Haus stand.

»Und uns hat man eingesperrt als Antikommunisten!« rief Illarion böse. »Die Welt ist voller Widersinn!«

»Allerdings«, sagte Semjonow. »Ihr beweist es.«

Und so war es, Scherz beiseite, Freunde. Man sollte nicht über die Brodjagi lächeln oder gar die Nase rümpfen, auch wenn es Kerle sind, die kein Erbarmen kennen, keine Moral, kein Gewissen, für die ein Leben nichts bedeutet und die einen Menschen ebenso geschickt umbringen wie einen Wolf oder einen Fisch. Es sind nun einmal Ausgestoßene, ewig Gejagte, Heimatlose und für immer Verdammte, und nicht nur die Behörden jagen sie, sondern auch die anderen Menschen gehen ihnen aus dem Weg oder – wenn dies nicht mehr möglich ist – rotten sie aus wie Wanzen oder Flöhe. Brodjaga zu sein ist ein schreckliches Schicksal, das nur schreckliche Menschen ertragen können.

»Wir sind eine gute Mischung«, sagte Illarion, als sie vor seinem Haus standen. Aus dem Schornstein stieg eine dünne Rauchsäule, und Illarion rieb sich die Hände. »Ein Frauchen ist bei mir«, rief er freudig und schnalzte laut mit der Zunge. »Vier Tage sind vorbei, ich bin an der Reihe. Hoffentlich ist es Annuschka. Du mußt wissen, Annuschka hat den Hintern eines Rennpferdes und die Ausdauer eines Luchses. Ins Schwitzen bringt sie einen, beim Satan. Wenn mich nichts täuscht, habe ich zwei Kinderchen mit ihr . . . Aber so genau weiß man das ja nicht.« Er sah sich um. Die Mehrzahl der Männer war noch im Wald. Aus dem großen Zentralhaus klangen Kinderlachen und helles Kreischen.

Illarion hatte die Hand auf die Klinke gelegt, die aus einem geschnitzten Hirschknochen bestand.

»Sieben Mörder sind wir«, sagte er. »Zwei haben Bomben gelegt, drei haben einen politischen Beamten mißhandelt, neun sind richtige Gauner, vom Einbruch bis zum Überfall. Macht einundzwanzig.«

»Und du? Was hast du getan?« fragte Semjonow.

»Ich bin ein Mörder!« antwortete Illarion stolz. »Ich habe zwei

Menschen umgebracht. Mit einem spitzen Messerchen.«

»Vor vierzig Jahren?«

»Ja.«

»Da warst du doch noch ein Kind!«

»Zwölf Jahre war ich alt, Brüderchen. Groß und stämmig, aber schmaler als jetzt. Wir sitzen in unserem Häuschen – bei Orscha war's, an der großen Straße nach Moskau, weißt du. Da hatten wir ein Höfchen, nicht groß, drei Kühe, zehn Schweinchen, ein paar Hühnerchen, aber wir lebten zufrieden, wirklich, wir lobten Gott, daß wir einen satten Bauch hatten und die Eierchen in der Pfanne brutzelten. Also nun, da kommen zwei Männer aus Smolensk, kommen in unsere Stube, nennen Väterchen einen Hurensohn und fordern von ihm eine Unterschrift, daß sein Hof ab sofort dem Staat gehört und Teil einer Kolchose wird. ›O nein‹, sagt Väterchen, ›auf diesem Hof sitze ich seit meiner Geburt, und hier hat mein Vater gearbeitet, und mein Großvater, der hat ihn geschenkt bekommen vom Zaren, als einer der ersten Leibeigenen, die freigelassen und selbständige Bauern wurden. Wie komme ich dazu?‹ Und was tun die beiden Männer aus Smolensk? Sie greifen Väterchen in die Haare und in den Bart, zerren ihn vom Stuhl, werfen ihn zu Boden und trampeln mit ihren Stiefeln auf ihm herum. Keinen Ton hat Väterchen gesagt, aber als sie von ihm abließen, hatte er kein Gesicht mehr. Alles nur Blut und offenes Fleisch. Mamuschka lief hinaus in den Stall und hängte sich neben dem Futtertrog auf. Und ich stand allein im Zimmer, sah zu und hörte, wie die beiden Männer sagten: ›Was soll mit dem langen Lümmel geschehen? Am besten, wir ersäufen ihn wie eine junge Katze.‹ Da habe ich mein Messerchen genommen, und ich war flink, o ja, wie ein Wiesel, und habe es ihnen in die Rippen gerannt . . . einmal links, einmal rechts . . . Die Herrchen aus Smolensk haben dumm geguckt, sie haben die Mäuler aufgerissen und sind dann neben Väterchen auf den Dielen gestorben.« Illarion drückte die Klinke herunter. »So bin ich zum Mörder geworden . . . vor vierzig Jahren . . . Und nun bin ich ein Brodjaga, ein entsprungener Sträfling, und du, Brüderchen, wirst mit uns leben müssen . . . als der zweiundzwanzigste. Du siehst doch ein, daß du nicht mehr zurück kannst nach Nowo Bulinskij . . .«

Semjonow nickte. Er folgte Illarion ins Haus und sah eine hübsche junge Frau am Herd stehen und Kascha rühren. Außerdem taute in einer Schüssel ein vereister Salzfisch auf. Die Frau trug ein Kleid aus blauem Leinen und Fellpantoffeln an den kleinen Füßen. Blonde, lange Haare hatte sie und blaue Augen. Ha, wie die Augen blitzten, als sie Semjonow sah. Sie drehte sich um, und er sah, daß sie schwanger war. Unter dem Kleid wölbte sich, noch nicht auffällig, der sonst schlanke Leib.

»Marfa ist's!« sagte Illarion und schnalzte wieder mit der Zunge, wie ein Kutscher, der dem Leitpferd das Zeichen zum Trab gibt. »Ein braves Frauchen. Aber siehst du, Freundchen«, er zeigte auf Marfas gerundeten Leib, »auch sie! Und keiner kennt sich da mehr aus! Ist das ein Zustand? Nein! Es muß anders werden!«

Semjonow schwieg und setzte sich an den Tisch. Er dachte an Ludmilla und wußte, daß sie jetzt unruhig am Fenster saß, hinaussah und auf ihn wartete. Und dann würde der Abend kommen, und Pawluscha war noch nicht da, und sie würde zu Schliemann, Haffner und Wancke laufen und rufen: »Ihm ist etwas geschehen! Ein Wolf! Oder ein Bär! Oder gar ein Tiger! Helft mir, ihr Lieben! Helft mir, meinen Pawluscha suchen!«

Nach dem Essen – Illarion fraß einen ganzen Fisch und zwei Schüsseln voll Kascha, tätschelte dabei Marfas Oberschenkel und starrte ihr auf die pralle Brust, während Marfa, das schöne Luder, Semjonow unter den Lidern her musterte und ihm ein Lächeln schenkte –, nach diesem doppelten Schmaus führte Illarion seinen Gast in einen kleinen Nebenraum, wo Säcke mit Mehl und ungemahlenem Korn lagerten, zog einen Lederstrick durch einen Eisenring, sagte: »Leg dich hin, Brüderchen!« und band Semjonow an einem Eckbalken fest. »Es ist nur zur Sicherheit«, sagte er dabei. »Jeder braucht seine Eingewöhnungszeit. Schlaf gut, Freundchen, und laß dich nicht durch Geräusche stören, die du nebenan vom Ofen her hörst.« Er lachte laut, strich sich über die Hosen und ging hinaus.

Semjonow schlief bald ein. Und während Illarion auf der Plattform des warmen, aus Flußsteinen und Lehm gemauerten Ofens grunzend seinen Anteil an Marfa kassierte, lag Semjonow mit offenem Mund zwischen den Getreidesäcken und träumte von Ludmilla. Frühling war's in seinem Traum. Das Eis der Lena war gebrochen, der Strom rauschte blauschwarz über die Steine und um die Inseln; die ersten Wildgänse kehrten schreiend zurück; und Ludmilla stand zwischen den Weidenbüschen am

Ufer in der Sonne, ihr nackter Körper spiegelte sich im strömenden Wasser und leuchtete weiß gegen die Uferböschung. Dann ging sie ins Wasser, ganz langsam, mit hocherhobenen Armen, und der Fluß saugte sie in sich auf, die Wellen streichelten ihren Leib, jeder Wassertropfen küßte sie, bis sie schwamm und wie ein silberner Fisch davongetragen wurde. Und er, Semjonow, stand am Ufer und sah ihr zu, und sein Herz weitete sich vor Glück und Stolz. Er lief neben der schwimmenden Ludmilla her, und als sie aus dem Strom kam, triefend und zitternd, denn das Wasser war noch kalt, packte er sie, hob sie in seine Arme, trug sie zum Wald, legte sie ins Moos und rieb sie mit den Tüchern ab, die er auf seiner Brust für sie gewärmt hatte.

Ein schöner Traum, nicht wahr?

Er ließ völlig vergessen, wo man schlief. Gott segne den Schlaf, er macht den Menschen zum Engel.

Wie Semjonow es sich vorgestellt hatte, so war es. Als die Abendschatten über Nowo Bulinskij glitten, rannte Ludmilla zur Ärztin Kirstaskaja.

»Pawluscha ist noch nicht zurück aus dem Wald!« rief sie. »Ihm muß etwas zugestoßen sein! Ich weiß nicht, was er holen wollte – von einer Überraschung sprach er. Aber er ist noch nie so weit in den Wald gegangen, daß er nach soviel Stunden noch nicht zurück sein könnte.«

»Was hat er denn mitgenommen?« fragte die Kirstaskaja. Sie füllte ihren monatlichen Bericht für die Apotheke in Jakutsk aus und die Meldungen an das Gesundheitskontrollamt. Was sie jetzt schrieb, war eine Lüge. Sie verschwieg die Behandlung Ludmillas und buchte die Medikamente und das verbrauchte Verbandsmaterial auf einen Unfall.

»Eine Axt!«

»Nicht die Nagan?«

»Nein. Sie hängt neben seinem Bett. Und auch die Tokarev ist da.«

»Seit wann ist Pawlik leichtsinnig? Man geht nicht ohne Waffen in die Taiga.«

»Es beweist doch nur, daß er nicht weit gehen wollte! Und nun kommt die Nacht! Wir müssen ihn suchen, Katharina. Oh, ich habe solche Angst.« Ludmilla Semjonowa sah noch elend aus, mit dunklen Ringen unter den Augen und blassen Lippen. Selbst das schöne Haar glänzte nicht mehr wie früher. Noch zweimal hatte Kurt Wancke, der Buchhalter von Siemens, Blut spenden müssen, dann sagte er: »Jetzt wart ick nur ab, bis se ganz auf'n Damm ist. Und wenn se dann nich perfekt Berlinisch spricht, jloob ick nischt mehr an de Biologie!« Seine Blutspende hatte Ludmilla tatsächlich gerettet, aber es dauerte noch lange, ehe sie wieder das tatkräftige, mutige Frauchen war, das einmal als Ludmilla Barakowa die Uniform eines Kapitäns getragen hatte und Kommissarin im II. politischen Kommissariat von Krasnojarsk gewesen war.

Der halbe Ort hatte sich eine Stunde später vor der kleinen Kirche auf dem Platz versammelt. Erstaunlich war's, woher die vielen Waffen kamen, denn niemand stand herum, der nicht ein Gewehr auf dem Rücken trug oder eine Pistole im Gürtel oder gar beides. Und Willi Haffner, der Maurer aus Monschau in der Eifel, hatte sogar eine Maschinenpistole in den Fellhandschuhen und drei gefüllte Magazine an einem Lederriemen vor der Brust.

Der Dorfsowjet wandte sich mit Grausen ab und schwor sich, nichts gesehen zu haben. Ich müßte sie alle melden, dachte er. Bewaffnet sind sie wie eine kriegsstarke Kompanie. Wer weiß, was sie noch versteckt haben. Und dabei muß jedes Gewehr registriert werden, und ich muß Buch führen über die Munition, die ich ausgebe. O Gott, ich bin blind. Und außerdem will ich noch lange leben. Kann man's mir übelnehmen?

Ludmilla saß in einem kleinen Schlitten, vor den man die Pferdchen gespannt hatte, die sie in Oleneksskaja Kultbasa aus dem Stall der Kirstaskaja gestohlen hatten und die nun – ein Witz des Schicksals ist's, nicht wahr? – zur Kirstaskaja zurückgekommen waren. Man hatte Ludmilla in dicke Bärenfelle eingepackt, denn sie bestand darauf, bei der Suche dabeizusein, und hatte sich gewehrt und gedroht, allein in den Wald zu laufen, wenn man sie nicht mitnehme.

Die Nacht war gekommen, und auch der letzte Zweifler war überzeugt, daß Semjonow etwas zugestoßen war. Das sicherste Zeichen, daß man Schlimmes befürchtete, war die Schweigsamkeit, die Ludmilla umgab. Keiner sprach mit ihr, um nicht zu lügen, um nicht dumme Worte zu schwätzen und damit doch nur zu beweisen, daß man genausoviel Angst im Herzen hatte wie Ludmilla in ihren Augen. Nur Borja, der Krankenpfleger, sprach etwas, aber auch nur, weil er den Kutscher spielte und den Schlitten lenken sollte. Die Kirstaskaja hatte ihn Ludmilla mitgegeben, außerdem einen Medizinkasten mit allem, was man brauchen konnte.

Binden, Bandagen, Salbe gegen Frost, Spritzen mit Herzmitteln, sogar eine Flasche Traubenzuckerlösung mit Tropfnadel. Sie selbst konnte das Krankenhaus nicht verlassen. Eine Frau mit schweren Brandwunden war eingeliefert worden. Ein Unglücksfall. Gerade als die Frau Holz nachlegen wollte, fuhr ein Windstoß durch den Kamin auf die offene Feuerstelle und schlug die Flammen über ihre Hände und Arme. Schreiend vor Schmerz hatte man sie ins Krankenhaus gebracht.

»Er kann nur von einem Tier angefallen worden sein«, sagte Egon Schliemann leise zu Haffner. »Warum hast du Rindvieh die MPi mitgebracht? Sieh nur, wie Genosse Dorfsowjet seine Augen auf Stielchen setzt. Jetzt weiß er, was los ist. Das Jagdgewehr hätte es auch getan!«

»Und wenn's kein Tier war?« erwiderte Haffner. »Mir ist's egal, ob er's jetzt weiß. Er hat bisher geschwiegen, warum sollte er jetzt reden? Er wird sich denken, daß ein Bauch zum Fressen besser ist als einer, der wie ein Sieb aussieht.«

»Leute!« sagte Schliemann laut. »Wir wissen ziemlich genau, wo unser Bruder Pawlik in den Wald gegangen ist. Aber es hat geschneit. Darum seid doppelt wachsam und geht jeder Ahnung von Spur nach, die ihr seht. Und ruft. Schreit, so laut ihr könnt. Es kann sein, daß er die Richtung verloren hat und sich verirrte und nun irgendwo unter einem Baum wartet, daß man ihn sucht, daß er einen Laut hört.«

Jeder wußte, daß Schliemann nur wegen Ludmilla Semjonowa so sprach. Kein Jäger wartet im Wald, bis man ihn sucht. Er kennt seine Richtung genau . . . Er hat am Tag die Sonne und in der Nacht die Sterne, und er verirrt sich nie so gründlich, daß er nicht mehr weiß, wo Norden oder Süden ist. So etwas gibt es gar nicht, Brüderchen. Selbst der größte Dummkopf weiß, daß im Osten der Tag beginnt und im Westen die Sonne sich schlafen legt. Und dazwischen sind Norden und Süden. So einfach ist die Welt gebaut! Und gerade Semjonow sollte sich verirren?

Mit starken Handlaternen, mit Geschrei und immerwährenden Rufen: »Pawlik! Pawlik! Pawlik! Pawel Konstantinowitsch! Semjonow! Antworte, Brüderchen! Pawel Konstantinowitsch!« Und alles noch mal im Chor, schaurig in der eisigen Nacht: »Pawel Konstantinowitsch!« Und wieder, und immer wieder. Vier Stunden lang wurde gesucht, wurde der Wald in langer Kette durchkämmt, fuhr der Schlitten, mit Borja als Kutscher und Ludmilla, durch die Taiga, ganz langsam, von Baum zu Baum, Senken hinunter, Hügel empor, über zugefrorene Wasserläufe und vereiste Windbrüche. Ludmilla starrte auf den kleinen Lichtkreis, den die Lampe in die Nacht warf, und mit jeder Minute sank in ihr die Hoffnung. Aber sie klagte nicht, sie weinte nicht . . . Ganz starr war ihr Gesicht, verschlossen und fast trotzig. Ich habe Nadja, dachte sie. Er lebt weiter in uns! Oh, wie hasse ich jetzt dieses Land! Vernichten will es uns, aber wir werden leben. Ich, Ludmilla Semjonowa und sein Kind Nadja Ludmillana! Nicht in die Knie werden wir gehen, nein, wir werden kämpfen! Wie er es wollte! Was bist du denn, Taiga? Was strengst du dich an, Sibirien? Warum fluchst du uns, Mütterchen Rußland? Vergebens ist es, seht es ein! Meine Liebe ist stärker, ist stärker als Taiga, Sibirien und Mütterchen Rußland! Ihr seid die Natur, aber Semjonow war die Liebe! Er sprengte den Himmel auf! Und ich lebe mit ihm weiter, auch wenn er nicht mehr ist. Unsterblich ist er für mich! Unsterblich, du Taiga! Unsterblich, Sibirien! Unsterblich, Mütterchen Rußland! Nichts seid ihr gegen meinen Semjonow . . .

Nach vier Stunden fand jemand die halb zugeschneite Bärenfalle. Man umringte sie, wunderte sich, wer hier so etwas anlegte, und begann ein Verhör. Es war niemand da, der zugeben konnte, sie gegraben zu haben.

»Vielleicht waren es jakutische Nomaden?« sagte Kurt Wancke aus Berlin. »Von uns gräbt doch keiner eine Bärengrube! Wir wissen doch, wo sie ihren Wechsel haben, und schießen sie wie echte Jäger. Das können nur ortsfremde Nomaden sein. Und da sie eingedrückt ist, muß sie schon lange gegraben worden sein. Vielleicht schon im vergangenen Jahr.«

Man nickte und zog weiter durch den Wald. Der Irrtum gehört zum Menschen wie der Atem.

Nach fünf Stunden blies Schliemann die Suche ab. Semjonow konnte sich nicht weiter in den Wald gewagt haben, nur mit einer Axt bewaffnet, um einen Tannenbaum zu schlagen, wie man jetzt von Wancke erfuhr, der Semjonow zehn Minuten vor dem Weggehen noch gesprochen hatte. Mit traurigen Augen und zusammengekniffenen Lippen trat Schliemann an den Schlitten, den Borja langsam zu der Menschengruppe lenkte.

»Es hat wenig Zweck mehr, Ludmilla Semjonowa«, sagte er, und jeder hörte, wie schwer ihm die Worte fielen. Und es war keiner da, dem nicht das Herz schwer war. »Der Wald ist leer. Wir können es uns nicht erklären.«

»Wozu muß man für alles eine Erklärung haben, Egonja?« Sie hatte eine feste Stimme, und nichts schwang in ihr von der Trauer, die Schliemann wie ein Kloß im Hals saß und aufquoll. »Der Wald hat ihn genommen! Sollen wir uns hinsetzen und klagen wie die frierenden Wölfe? Das könnte ihm so passen, dem Wald! Nein, fahren wir zurück ins Dorf. Und leben wir weiter! Ich weiß, wo Pawluscha jetzt ist!«

»Bei Gott«, sagte Haffner leise. »Er hat sich diesen Platz verdient.«

»Nicht Gott!« schrie Ludmilla. Ihre Stimme war hell und schrill. »Wäre er bei Gott, ich risse ihn von dort zurück. Bei mir ist er, Genossen, in mir, allein in mir, und dort wird er für immer bleiben! Ich trag ihn hier . . . hier . . . hier . . .« Mit der Faust hieb sie gegen ihre Brust, so heftig und wild, daß sie husten mußte und sich wie im Krampf schüttelte. »Fahr zu, Borja!« schrie sie. »Zurück ins Dorf! Hinaus aus dem Wald! Oh, wie ich dich hasse, du Taiga!«

Borja warf den Schlitten herum und jagte zwischen den Stämmen davon, als säße der Waldgeist Ljeschi in seinem Nacken und zwicke ihn. Schneestaub überschüttete die Männer, und als sich die wirbelnden Flocken gelegt hatten und sie das Eis aus den Augen kratzten, waren sie allein und hörten nur noch das helle Keuchen der kleinen, struppigen Pferdchen.

»Wir dürfen sie nicht allein lassen, Freunde«, sagte Schliemann, bevor auch sie den Rückweg antraten. »Aus solchem Schmerz wird oft der Wahnsinn geboren. Wenn ihr nichts dagegen habt . . . ich nehme sie und Pawels Kind zu mir ins Haus. Bis sie es überwunden hat. Dann soll sie wieder in ihrem Haus wohnen, und wir sorgen für sie. Wir alle.«

»Das ist doch klar, Egon«, sagte Haffner.

»Ehrensache«, bekräftigte Wancke.

Die anderen nickten stumm.

Man macht wenig Worte in Sibirien, man handelt. Worte frieren ein, sagt der Jakute, aber Taten brennen.

Semjonow war tot . . . Ein Rätsel blieb es nur, wie er gestorben war. Ein Wolf war nicht sein Mörder. Wölfe hinterlassen blutige

Spuren. Ein Bär schleift keinen Menschen mit. Ein wilder Renhirsch forkelt ihn zu Boden und zieht weiter. Nur ein Mensch kann einen anderen Menschen spurlos von der Erde verschwinden lassen. Das ist der Vorteil eines denkenden Hirns.

»Wir werden weitersuchen«, sagte Schliemann, als sie in Gruppen nach Nowo Bulinskij zurückkehrten. »Morgen . . . den ganzen Tag . . . und, verdammt noch mal, auch übermorgen . . .« Er blieb stehen, und auch die anderen gingen nicht weiter. »Wer ist am weitesten im Wald gewesen?«

»Ich!« sagte ein kleiner Jakute in einem zottigen Fuchsbalgkleid. »Zwanzig Werst.«

»Zwanzig Werst. Und sonst keiner so weit? Ist das nicht lächerlich, Freunde?« Schliemann wandte den Kopf und blickte zurück auf die schweigende Taiga. »Und wenn nach einundzwanzig oder dreiundzwanzig oder gar dreißig Werst andere Menschen wohnen und Semjonow bei ihnen ist? Wissen wir's? Hinter uns und vor uns sind tausend Werst Wald! Und tausend Möglichkeiten.« Schliemann nickte bekräftigend und ging weiter. »Morgen suchen wir wieder. Mit Schlitten, Freunde. Ich glaube nicht an die Geister der Taiga, die Menschen in Bäume verwandeln. Oder ihr?«

Die deutschen Verbannten lächelten, aber in den Augen der kleinen Jakuten und alten Sibiriaken sah er Zweifel und Schrekken. Sie kannten die Taiga, und sie wußten, daß in ihr möglich war, was sonst überall auf der Erde als unmöglich galt.

Semjonow wachte auf, weil ihn jemand rüttelte und von den Lederfesseln losband. Illarion kniete neben ihm, roch nach Knoblauch, Zwiebelbraten, Kwass und süßlich-strengem Schweiß. Er trug nur ein weites gelbweißes Hemd mit langen Ärmeln, das bis zu den Knien reichte und von bewundernswerter Sauberkeit war.

»Aufwachen, mein Bärchen!« rief er fröhlich und klatschte Semjonow auf die Wangen. »Der Morgen leuchtet, die Sonne scheint sogar, du kannst ins Zimmer kommen. Marfa ist schon weg, um für die Kinderchen zu sorgen. Eine Nacht war das, mein Bruder. Man weiß, wozu man lebt, wenn man ein Weibchen wie Marfa im Arm hält. Jetzt heißt es wieder vier Tage warten, und dann kommt – ich weiß es schon – nach der Liste die dicke Darja. Ein Pferd, sag ich dir. Ein Auerochsenweib! Liegt da wie ein Zuckersack und läßt sich bespringen, ohne einen Mucks von sich zu geben. Aber was soll man machen, Brüderchen? Die Reihe muß rumgehen . . .« Er half Semjonow aufzustehen, denn Semjonows Glieder schmerzten und waren steif von der unglücklichen Lage. Illarion führte ihn in die Stube und ließ ihn vor einem Tisch niedersitzen, auf dem der heiße Teetopf stand. »In einer Stunde ist die Versammlung, Freundchen. Es wird sich vieles ändern, vieles!« sagte Illarion geheimnisvoll, ging zum Herd, streifte das Hemd über den Kopf und wusch sich nackt und ungeniert an einem Holztrog voll dampfenden Wassers.

Nachher aßen sie Eier mit Speck, tranken Tee und rollten sich aus grob gehacktem Tabak Zigaretten. Illarion wurde nicht müde, die Vorzüge Marfas zu besingen und das herrliche Leben der Freiheit, das ein Brodjaga in der Taiga führt.

»Man darf sich natürlich nicht erwischen lassen, Brüderchen«, sagte er und saugte das Fett mit einem großen Stück glitschigen Brotes aus der Pfanne. »Wenn man uns fängt, geht's um unser Leben! Deshalb ist es auch dein Unglück, Freundchen, daß du in meine Bärengrube gefallen bist und nun nicht mehr zurück kannst.«

»Ich werde niemandem von euch erzählen.« Semjonow rauchte mit tiefen Zügen den beizenden Tabak. Illarion schüttelte den dicken Kopf.

»Was sind Versprechungen, mein Lieber? Laß uns davon schweigen. Es ist erledigt.«

Kurz nach dem Frühstück füllte sich die große Stube in Illarions Haus. Fünfzehn der entsprungenen Sträflinge setzten sich an den gescheuerten Tisch, alles wilde, bärtige Gestalten in Wolfsfellen und dicken Pelzstiefeln, hohen Mützen aus Fuchsbälgen und Handschuhen aus Rentierbäuchen. Eine recht abenteuerliche Gesellschaft war's, die da in Illarions Hütte trat. Stämmige Burschen waren darunter und kleine, zierliche Männlein. Der Jüngste schien um die Zwanzig zu sein; der Älteste trug einen langen weißen Bart wie ein Pope. Anführer aber war nicht der größte an Gestalt, sondern ein kleiner, zarter Mensch, der als einziger rasiert war und einen schmalen Kopf mit kleinen mausgrauen Äuglein hatte. Man nannte ihn »Professor«, wie Semjonow gleich zu Beginn verwundert hörte. Er setzte sich Semjonow gegenüber, entrollte einen Bogen Papier und legte einen Bleistift daneben.

»Fangen wir also an!« sagte der »Professor« ohne Einleitung, nachdem er Semjonow gemustert hatte. »Illarion hat dir erzählt, wer wir sind.«

»Ja«, antwortete Semjonow abwartend.

»Mörder sind wir, Verbrecher, Halsabschneider, Diebe, Gauner, Revolutionäre, Bombenleger, alles, was es Schlechtes auf der Welt gibt! Deshalb haben wir auch kein Gewissen, und wir werden dich ganz einfach hier auf dem Tisch in Stücke reißen, wenn du uns belügst oder dich wehrst, das zu tun, was wir wollen.«

»Das ist mir klar«, sagte Semjonow gepreßt.

Der »Professor« schob Semjonow das Blatt Papier hin und warf den Bleistift hinterher. »Zeichne den Ort Nowo Bulinskij«, sagte er dabei. »Mach einen Plan! Wo die Kirche liegt, das Krankenhaus, die Vorratshäuser, der Wasserturm, die Häuser der Bauern, die Poststelle, das staatliche Warenmagazin, das Haus des Dorfsowjets, die Schneiderei, die Bäckerei, der Schuhmacher, alles.«

»Warum?« fragte Semjonow.

Illarion legte ihm die Hand auf die Schulter. Er stand hinter Semjonow und hatte ein ungutes Gefühl, denn schließlich hatte er ihn mitgebracht.

»Den Professor fragt man nicht, Brüderchen. Man tut, was er will.«

»Das mag für euch zutreffen!« antwortete Semjonow und warf den Bleistift auf den Tisch. »Ich bin mein eigener Herr.«

»Ein störrischer Mensch!« Der »Professor« lächelte. In seinen Mausäuglein tanzte ein böser Funke. »Welche Mühe hat man doch immer mit dem menschlichen Widerspruchsgeist. Überzeugt ihn, Freunde.«

Zwei kräftige Männer rissen Semjonow vom Stuhl, drehten ihm die Arme nach hinten, und Illarion band ihm die Beine mit einem Lederstrick zusammen. Dann trat ein anderer aus dem Kreis der Bärtigen – es war der »Justizminister«, wie Semjonow später erfuhr –, schob den Ärmel von Semjonows Hemd empor und drückte die glühende Spitze einer Papyrossa auf die Haut. Es zischte, Brandgeruch zog durch das Zimmer, und die fünfzehn Menschen warteten auf den Aufschrei Semjonows und auf sein Flehen, damit aufzuhören.

Aber Semjonow schwieg. Er preßte die Lippen zusammen, er hieb die Zähne aufeinander, daß sie knackten, und starrte auf einen Punkt an der Wand, über die Köpfe der anderen hinweg.

Fort Hendricks, dachte er. Arkansas. Die Folterkammer des CIA, durch die jeder gehen mußte, der als Agent einmal in Asien eingesetzt werden würde. Man hatte ihn eingegraben bis zum Hals und den Kopf mit Wasser begossen, in glühender Sonne, bis er ohnmächtig wurde. Auch Zigaretten hatte man auf seinem Körper ausgedrückt, so lange, bis der eigene eiserne Wille stärker war als der wahnsinnige Brandschmerz. Nun war es Ernst geworden. Seine Haut zischte und sprang auf unter der Glut einer russischen Zigarette.

»Danke«, sagte der »Professor« höflich, als dreimal ein Brandfleck auf Semjonows Arm entstanden war. »Du bist ein harter Bursche. Aber der menschliche Geist ist genial, wenn es gilt, Foltern zu ersinnen. Da gibt es eine chinesische Art der Enthäutung. In kleinen Streifen wird die Haut vom Körper geschnitten, bis du marmoriert aussiehst. Dann streut man gemahlenen Pfeffer in die Wunden. Es wird berichtet, daß dies wohl einige Menschen überlebt haben, aber sie wurden wahnsinnig dabei.«

»Wozu wollt ihr den Ortsplan?« fragte Semjonow heiser. Seine Zähne klapperten beim Sprechen. Es war ihm, als brenne sein Arm ab.

»Zur Orientierung, mein Freund.« Der »Professor« hielt ihm den Bleistift unter die Nase. »Es ist besser, zu zeichnen, als enthäutet zu werden. Ein halbwegs Intelligenter muß das einsehen. Nur kommt es darauf an, genau zu zeichnen. Zwei Freunde werden es morgen nachprüfen und als reisende Händler nach Nowo Bulinskij gehen. Ist der Plan ungenau oder gar falsch, ist das Betrug. Betrug ist bei uns ein tödliches Delikt. Jeder lebt hier durch die Ehrlichkeit des anderen, eine einzige Familie sind wir. Verstehen wir uns, Brüderchen?«

»Ja.« Semjonow nickte. Man ließ ihn los, er setzte sich und starrte auf den weißen Bogen Papier.

»Fang mit der Lena an«, sagte der »Professor« fast gütig. »Dann hast du eine feste Linie. Von ihr aus gehst du bis zum Wald und dann in die Breite. Ich weiß, daß du es kannst. Illarion sagte mir, daß du ein Ingenieur bist. Nun wehr dich nicht, Brüderchen. Ein Leben bei uns ist immer noch besser als ein Loch unter einer Baumwurzel. Auch das dreckigste Leben ist schön, weil man lebt! Man muß so werden wie wir, um das zu begreifen . . .«

Semjonow schwieg. Und dann zeichnete er Nowo Bulinskij. Keine Feigheit war's, sondern die Hoffnung, doch noch zurück zu können zu Ludmilla und der kleinen Nadja. Und während er zeichnete, begann er plötzlich an Wunder zu glauben, warum, das konnte er nicht sagen; aber er hoffte nun auf ein Wunder, das ihn wegführte aus dem Waldlager der Brodjagi, und nur deshalb zeichnete er, um Zeit zu gewinnen und dem Schicksal Raum zu lassen, Wunder zu tun.

»Gut!« sagte der »Professor«, als Semjonow nach etwa einer Stunde Bleistift und bemalten Bogen von sich schob. »Es sieht vernünftig aus. Nun werden wir nachprüfen, ob es stimmt.« Er erhob sich, rollte den Bogen zusammen und steckte ihn in den breiten Gürtel. Zu Illarion sagte er: »Bind ihn wieder fest. Ich weiß noch nicht, was mit ihm geschieht.« Dann blieb er an der Tür stehen, sah sich zu Semjonow um, und seine Mausäuglein strahlten. »Du bist mir zu intelligent, Brüderchen«, sagte er laut. »In der Gesellschaft dieser Kerle wärest du wie ein Wundertier, das sie anstaunen. Es genügt aber, wenn hier nur ein ›Professor‹ ist.«

Es war ein Todesurteil, wenn es auch eleganter und höflicher gesagt wurde als ein plumpes: Du mußt sterben. Semjonow verstand es. Er wandte sich ab und drehte dem »Professor« den Rücken zu.

Den Rest des Tages verbrachte er in der fensterlosen Nebenkammer zwischen den Mehl- und Getreidesäcken. Illarion hatte ihn eingeschlossen. Semjonow klopfte die Wände ab – es gab keine Hoffnung. Dicke Balken waren es, aufeinandergelegt, mit lehmverschmierten Ritzen. Hier half nicht einmal eine Axt. Es war eine Wand, die für hundert Jahre gebaut worden war.

Für die Nacht wurde Semjonow wieder gefesselt. »Es muß sein, Brüderchen«, bedauerte Illarion, als er ihm die Lederschnüre festband. »Der ›Professor‹ will es so. Und wenn er kontrolliert und findet dich nur eingeschlossen ...«

»Ihr habt wohl alle große Angst vor ihm, was?« fragte Semjonow.

»Er ist ein kluger Kopf, Freundchen. Die Idee des Ausbruchs stammte von ihm. Und alles lief reibungslos. Er ist wirklich ein Professor. Aus Charkow. Ein Genie ist er! Wir haben nie bereut, daß er uns sagt, was wir tun sollen. Und schließlich muß ja einer kommandieren. Das ist im Leben nun einmal so, nicht wahr?«

»Natürlich«, stimmte Semjonow zu, legte sich zwischen die Getreidesäcke und ließ sich anbinden.

Ein Wunder, dachte er, als er wieder allein war in der Finsternis. Es ist das einzige, was mir geblieben ist . . . die Hoffnung auf ein Wunder . . .

Mit dem Tode Dr. Pluchins in Mulatschka endete die Jagd des verkleideten Karpuschin. Wütend fuhr er zurück nach Oleneks-skaja Kultbasa, beschimpfte Marfa Babkinskaja als Hure, weil sie mit einem der jungen Ärzte im Krankenhaus zärtliche Blicke tauschte, hieb in ohnmächtiger Hilflosigkeit auf den Tisch und brüllte:

»Ist das ein Leben! Zum Teufel mit allem! Jetzt sitzen wir hier herum wie hinausgeworfene Bettnässer! Gut reden haben sie in Moskau! Finden Sie Heller! Das sagen sie so, als sei ein Hund entlaufen, und man brauche nur zu pfeifen: Komm her, mein Hundchen, komm her, mein Kleiner . . . ein Töpfchen mit Leber wartet auf dich. Hebe die Pfötchen, mein Süßer. Ein warmes Plätzchen ist am Öfchen. Komm . . .«

Aber was nutzte alles Klagen und Toben? Irgendwo in der grenzenlosen Weite der Taiga saß Pawel Konstantinowitsch Semjonow, und für Karpuschin gab es kein Leben mehr, ehe er nach Moskau melden konnte: Franz Heller-Semjonow ist unschädlich gemacht.

Dieser Gedanke hatte für Karpuschin etwas Faszinierendes. Vor allem, wenn er allein in seinem Zimmer saß und Marfa Babkinskaja mit den Ärzten schäkerte, daß man es durch drei Wände hindurch hören konnte, braute sich in Karpuschins Hirn ein böser Plan zusammen. Ein regelrechtes Rezept war es, und nicht einmal ein dummes . . . Es würde ein schmackhaftes Süppchen geben, das man in Moskau schmatzend löffeln konnte.

Man nehme:

Einen Mann von der Größe Semjonows, mit blonden Haaren natürlich.

Diesem Mann gebe man einen Schuß ins Herz. Dann mache man sein Gesicht unkenntlich, schneide ihm die Haare kurz, lege ihn irgendwo im Wald auf die Erde, hole Miliz und Militär, lasse ihn fotografieren und schicke die Bilder nach Moskau:

»Ich melde, Genosse Marschall, daß der Spion Heller-Semjonow von mir überrascht und erschossen wurde. Die Volkswut war so groß, daß man die guten Genossen nicht daran hindern konnte, dem Feind mit den Stiefeln den Kopf zu zermalmen.

Erwarte weitere Befehle, Karpuschin, Generalmajor der Roten Armee.«

Ja, so konnte man es machen! Ein schöner Plan! Ein einfacher Plan. Wer spricht hier von Moral, Genossen? Es geht um den inneren Frieden der Nation!

Aber Karpuschin – so sehr ihn dieses Rezept reizte – schreckte doch zurück, das Süppchen zu kochen. Nicht weil er Hemmungen hatte, einen Mann zu finden, der Semjonow im Körperbau glich, nicht weil er zögerte, diesen Mann zu erschießen . . . Was geschieht, dachte Karpuschin, wenn irgendwo doch noch der wahre Semjonow auftaucht, denn kein Zufall ist so dumm, daß er nicht wahr werden könnte? Nur das allein war der Grund, daß ein unschuldiger, braver Genosse aus Oleneksskaja Kultbasa weiterleben durfte . . . vielleicht war's ein Zimmermann, der gerade ein Dach richtete, oder ein Holzfäller oder ein Flugplatzkehrer. Wer es auch war, der Mann hatte Glück, daß Karpuschin so weit in die Zukunft dachte und zögerte, eine Leiche in Moskau zu präsentieren.

Statt dessen flog Karpuschin selbst nach Moskau. Er ließ Marfa Babkinskaja am Olenek allein und sagte zum Abschied giftig: »Mein Täubchen, vergiß nicht, daß es Ärzte sind und keine Schmiede. Heilen sollen sie, aber nicht immerzu hämmern . . .« Beleidigt warf die Babkinskaja die Tür zu, und Karpuschin reiste über Krasnojarsk in die Hauptstadt.

Marschall Malinowskij allerdings war anderer Ansicht als Karpuschin, und die Unterredung im Kreml war kurz. Auf die Bitte Karpuschins, ihn wieder zurückzuverwandeln in einen Generalmajor und ihn zu Olga, seinem Frauchen, zu lassen, erwiderte der Marschall:

»Gewöhnen Sie sich an den Gedanken, daß Sie tot sind, Genosse. Sie wurden erschossen! Das ist amtlich! Sollen wir uns lächerlich machen? Wenn Sie glauben, so nicht leben zu können, bleibt uns nur der Weg, das Urteil wirklich nachzuholen.«

Das war deutlich. Karpuschin verzichtete auf weitere Interventionen, stand stramm und verließ den Kreml durch eine Seitenpforte. Er quartierte sich im Hotel »Ukraine« ein, bewohnte ein kleines Zimmer mit Blick auf den Küchenhof, wo der Abfall gegen die Mauern stank, saß am Fenster und starrte in den Himmel oder lag auf dem Bett und döste traurig vor sich hin.

Dreimal ging er spazieren. Einmal als offizieller Besucher des

Kreml, wo er sich der Fremdenführung anschloß und sich erklären ließ, was er selbst viel besser wußte. Dabei traf er General Chimkassy, der aus dem Kremlpalast kam und hinüber zu seiner Dienststelle ging. Karpuschin stellte sich ihm in den Weg, aber Chimkassy erkannte in dem dunkelbärtigen, alten Mann nicht Karpuschin, vor allem, da er keinen Kneifer trug. Vielmehr sagte er nach dem Zusammenstoß: »Passen Sie doch auf, Genosse! Sie rennen mich ja fast um! Eine Brille sollten Sie tragen, wenn Sie so schlecht sehen!« Und Karpuschin nickte stumm und sah Chimkassy nach, bis er im Haus verschwand. Dabei hatte er einen Blick wie ein getretener Hund.

Das zweitemal schlich er um sein eigenes Haus in Moskau, in der Hoffnung, seine Frau Olga zu sehen. Aber Olga war nicht daheim. Die Fenster waren verhängt, die Tür abgeschlossen, und es öffnete ihm auch niemand, als er klingelte und sich als Bettler ausgeben wollte. Im Milchgeschäft an der Ecke erfuhr er dann, als er mit zitterndem und vor Widerwillen schiefem Mund ein Glas warme Milch schlürfte, daß sein Weibchen Olga Jelisaweta sich schnell getröstet habe, mit einem Diplomingenieur der staatlichen Physikakademie. Verreist waren sie zusammen, irgendwohin zum Wintersport. »Wie die Turteltäubchen sind sie«, wußte die geschwätzige Milchfrau zu erzählen. »Händchen halten sie, und die Blicke, o je! Und das in ihrem Alter! Schamrot könnte man werden vor dem eigenen Geschlecht . . .«

Karpuschin seufzte, ließ die Milch stehen und ging. Auch das ist vorbei, dachte er. Natürlich, ich bin ja tot. Wer hindert Olgaschka daran, einen anderen zu lieben? Ist es nicht ihr gutes Recht, wenn sie sich noch rüstig fühlt und ihre Schenkelchen zittern? Nur etwas mehr Pietät hätte ich erwartet. Noch bin ich kein Jahr tot. Man soll's nicht glauben! Konnte nicht warten, das Luder, und hebt die Witwenröcke hoch! Das ist ein unschöner Zug von ihr. Karpuschin hatte so etwas von Olga nicht erwartet. Aber so ist es . . . Erst nach dem eigenen Tod lernt man seine Umwelt richtig kennen. Nur haben die wenigsten die Möglichkeit, es wie Karpuschin zu beobachten.

Der dritte Spaziergang führte ihn zu einer Frau, die er vor drei Jahren schon einmal verhaftet hatte, weil von ihr bekannt wurde, sie habe aus den Karten gesehen, daß sich die oberste Sowjetführung langsam, aber stetig selbst umbringen würde. Gute Genossen hatten es dem KGB weitergetragen, und so wurde damals die alte Waschfrau Alexandra Polansky verhaftet und zu Karpuschin gebracht. Er hatte ihr nichts beweisen können, hatte sie verwarnt und wieder weggeschickt.

Jetzt ging Karpuschin zu ihr. Er sah sich mehrmals um, ehe er das alte Haus im sogenannten Tatarenviertel Moskaus betrat und dreimal an die Tür der Alten klopfte, wie es üblich war, damit man eingelassen wurde. So wenigstens hatte man es ihm damals erzählt.

»Mein Söhnchen«, sagte die Alte, als Karpuschin auf einem zerschlissenen Sessel saß und seinen Wunsch vorgebracht hatte, »mein liebes Kindchen, ich lege keine Karten mehr. Die Karten lügen! Aber in der Hand jedes Menschen liegt sein Schicksal. Gib mir deine linke Hand her . . . Aber leg zuerst fünf Rubelchen auf den Tisch. Es sind böse Zeiten, Söhnchen. Alles wird teurer. Früher kostete es nur drei Rubel, aber weißt du, wie teuer man jetzt das Fleisch bezahlt? Und ein Kopftuch? Und die Schuhe? Und schlecht sind sie . . . die Sohlen fallen ab, wenn es regnet. Und alles so teuer. Fünf Rubelchen . . .«

Karpuschin nickte, griff in die Tasche seines alten Rockes und legte einen Zehnrubelschein auf den Tisch. »Für beide Hände, Mütterchen«, sagte er. »Vielleicht steht in der rechten auch was.«

Wer ein wenig mitfühlt, liebe Freunde, muß Mitleid mit dem armen Kerl haben, der ein braver Kommunist ist, ein Generalmajor der Roten Armee sogar, und der doch in diesen Augenblicken so tief russisch fühlte und im Aberglauben der Jahrhunderte schwamm, der auch bei ihm nur durch Erziehung überdeckt war.

»Du bist ein böser Mensch, du Bengel!« sagte das alte Mütterchen und betrachtete Karpuschins offene Handflächen. »Ein ganz böser Mensch! Und ein Dummkopf dazu! Dein Charakter stinkt wie Jauche, deine Seele ist eine Kloake, und dein Hirn ist ein Misthaufen! Aber das alles schadet nichts. In deinen Händen steht, daß du mit diesen Eigenschaften ein großer Mann werden wirst und dann bald stirbst.« Sie blickte auf und starrte in Karpuschins ängstliche Augen. »Wie alt bist du, Dummkopf?«

»Fast sechzig . . .«

»Schon?« Die Alte schob die offenen Hände Karpuschins weg, als stänken sie nach saurer Milch. »Dann hast du nur noch wenig Zeit, alles zu ordnen. Sieh dir deine Hand an. Die Lebenslinie bricht plötzlich ab. Abgeschnitten ist sie. Man wird dich vielleicht aufknüpfen, Söhnchen! Bist du ein Gauner?«

»Nein. Ich handle mit Holz«, sagte Karpuschin heiser.

»Wie's auch sei ... es geht zu Ende, Freundchen, plötzlich. Es wird einer kommen und dir das Licht ausblasen.« Die Alte erhob sich und schob ihm den Zehnrubelschein wieder hin. »Nimm ihn!« sagte sie und schlug mit beiden Händen ein Kreuz über Karpuschins bebendes Haupt. »Kauf dafür einige Kerzen und opfere sie dem Heiligen Dimitrij. Und geh ... Du stehst näher an der Grube als ich. Und ich bin schon achtzig ...«

Es war ein schlechter Tag für Karpuschin, das muß man einsehen. Er kam niedergeschlagen aus dem Haus der Alten, fuhr mit der Untergrundbahn zum Hotel »Ukraine« und schloß sich auf seinem Zimmer ein.

Unsinn ist es, dachte er immer wieder. Dummer Hexenzauber. Blödes Geschwätz. Man hätte sie damals wegbringen sollen, diese murmelnde Alte. Auch das habe ich versäumt, zum Teufel!

Aber auch Karpuschin war ein Russe, und in jedem Russen lebt das Mystische in einem Winkel seines Herzens. Was die Alte aus seinen Händen gelesen und ihm berichtet hatte, blieb nicht ohne Wirkung. Es machte Karpuschin nachdenklich und vor allem vorsichtig.

Es wird einer kommen und dir das Licht ausblasen, hatte sie gesagt.

Semjonow? Malinowskij? Ein Beauftragter des Kreml?

Am nächsten Tag flog Karpuschin zurück nach Krasnojarsk und von dort nach Oleneksskaja Kultbasa. Er brachte eine fatalistische Lebensauffassung mit. Amtlich bin ich tot, Olgaschka hat einen Geliebten. Mein Lebenslicht beginnt zu flackern. Verdammt noch mal ... es muß ein anderes Leben werden, auch wenn ich Schminke und Parfüm nicht ausstehen kann ...

Als Karpuschin auf dem neuen Flugplatz Kultbasa landete, hatte er beschlossen, als Abschluß seines Lebens Marfa Babkinskaja, das hübsche schwarze Vögelchen, zu seiner Geliebten zu machen und dann in ihren Armen auf sein Ende zu warten.

In der Nacht wachte Semjonow durch ein leises Rütteln an seiner Schulter auf. Nebenan schnarchte Illarion wie ein betäubter Elefant. Beim Einatmen pfiff er, und beim Ausatmen bebten die Deckenbretter.

»Sie schlafen alle«, sagte eine Frauenstimme dicht an seinem Ohr, und Semjonow wußte, daß es Marfa war, eine der sechs

Frauen. »Sie fühlen sich sicher. Bist du stark genug, um zu gehen?«

»Wenn jemand um sein Leben läuft, spürt er keine Muskeln und keinen Atem mehr.« Semjonow merkte, wie die Lederfesseln nachgaben. Er richtete sich auf, massierte die Beine und die Handgelenke, tastete dann in der Dunkelheit um sich, berührte einen weichen, warmen Arm, eine pralle Brust, einen nackten Hals, wurde an den Händen ergriffen und emporgezogen.

»Ich führe dich«, flüsterte Marfa. »Illarion schläft, aber draußen sind Hunde. Sie dürfen nicht bellen. Nimm die Schneeschuhe von Illarion, zieh seinen Pelz an, dann riechen sie Illarion und schweigen. Komm, mach schnell . . .«

Sie zog Semjonow in die große Stube. Auf Zehenspitzen schlichen sie am Ofen vorbei, auf dem Illarion lag und Wälder zersägte, gelangten in den Vorraum, wo die Schneeschuhe standen und die Pelze an den Nägeln hingen.

Semjonow zog eins der dicken Bärenfelle über, drückte die tungusischen Schneeschuhe an die Brust und trat hinaus ins Freie. Die Kälte warf sich ihm entgegen, und sein Atem gefror sofort zu raschelnden Kristallen. Im ungewissen Licht eines schwachen Mondes sah er nun Marfa. Sie trug über ihrem blauen Leinenkleid einen Wolfspelz und ein Tuch aus dicker Wolle um den Kopf.

»Geh«, sagte sie scharf, als Semjonow zögerte. »Du hast noch einen weiten Weg . . .«

»Willst du nicht mitkommen? Illarion hat mir gesagt, du seist – ebenso wie die anderen Frauen – geraubt worden.«

Marfa nickte. »Das ist lange her. Wir haben vergessen, was früher war. Nun haben wir Kinder. Kann ich sie zurücklassen, sag ehrlich?«

Semjonow schüttelte den Kopf. Er schnallte die Schneeschuhe an, drückte die Pelzkappe tief ins Gesicht und gab Marfa die Hand. »Wenn du jemals nach Nowo Bulinskij kommst, frag nach Semjonow. Du bist immer zu Hause bei mir.«

»Semjonow. Ich werde es behalten.« Marfa zog den Pelz um sich. »Leb wohl . . .« Aber dann ging sie doch noch neben ihm her durch den Schnee bis zu den Palisaden, vorbei an den Hunden, die in ihren offenen Ställen lagen, die Köpfe hoben, schnupperten und weiterschliefen, als sie den vertrauten Geruch aufnahmen. Am Palisadentor blieb Marfa dann stehen und sah Semjonow aus ihren tiefliegenden blauen Augen traurig an.

»Du bist ein Mensch ... wir aber hier sind Tiere«, sagte sie leise. »Neunzehn Kinder leben hier ... Sie sind unschuldig. Vergiß das nicht, Semjonow ... und verrate uns nicht. Und nun geh ...«

Semjonow beugte sich vor. Er nahm die Schneestöcke in die Fäuste und stieß sich ab. Lautlos glitt er in die Dunkelheit und den Wald hinein. Er sah sich nicht um, sondern lief und lief und keuchte die Hügel hinauf und glitt die Senken hinunter und starrte den Mond an und die vereinzelten glimmenden Sterne und rechnete sich aus, wo die Lena fließen mußte und Nowo Bulinskij unter der Schneedecke träumte.

Vier Stunden – so meinte er – lief er schon, mit kurzen Atempausen, in denen er sich gegen die vereisten Stämme lehnte und die Fäuste auf das hämmernde Herz preßte, als er von weit her das Wiehern von Pferden und das helle Knirschen von stählernen Schlittenkufen hörte.

Menschen! Menschen! Menschen!

»Hierher!« brüllte Semjonow und hieb mit den Schneestöcken gegen einen dicken Stamm. Es dröhnte wie eine Trommel. »Kommt hierher! Hier ist ein Mensch! Hilfe! Hilfe! Hilfe!«

Dann stolperte er weiter, unendliche Müdigkeit in den Knochen. »Hierher!« schrie er immer wieder, aber er glaubte, daß niemand ihn hörte und seine Stimme nur noch in seinen Ohren widerklänge.

So kamen sie sich entgegen ... Semjonow, ein taumelnder, vereister Waldgeist, und Schliemann in einem leichten, von einem Rentier gezogenen Schlitten. In die Arme fielen sie sich, und Semjonow weinte vor Glück und Erschöpfung, ließ sich hochheben und wegtragen wie ein Kind, in einen Schlitten legen, mit dicken Fellen zudecken, und als der Schlitten, der von einem Jakuten gelenkt wurde, gleich wieder zurückfuhr und durch den Wald schwankte, schlief er bereits.

Dort, wo Schliemann auf Semjonow getroffen war, versammelten sich wenig später etwa fünfzig Männer mit Schlitten und kleinen struppigen Reitpferden.

»Ich habe recht gehabt«, sagte Schliemann, als alle Suchtrupps um ihn versammelt waren. »Semjonow wurde von Menschen gefangengehalten. Wir werden sie suchen, Freunde. Wir haben die Spuren Pawluschas. Gehen wir ihnen nach.«

Nach zwei Stunden erreichten sie das Tal, in dem die Brodjagi hausten. Sie folgten der Spur Semjonows, jagten wie die wilden Jäger durch das Palisadentor, und als die Hölle aufbrach, die Hunde jaulten und bellten, im Frauenhaus die Weiber sich vor die Kinder warfen und mit Eisenstangen in den Händen auf die Eindringlinge warteten, stürmten die Männer aus Nowo Bulinskij die Hütten und trafen die Sträflinge an, wie sie gerade in ihre Kleider fuhren, sich die Hosen zuknöpften und nach ihren Stiefeln suchten.

Es war ein kurzer, heftiger Kampf, unblutig und nur als Strafe gedacht. Je zwei oder drei aus Nowo Bulinskij fielen über einen Brodjaga her, verprügelten ihn mit den Fäusten, trieben ihn vor sich her und schlugen ihn so lange, bis er umsank und das Bewußtsein verlor. Jedem erging es so, auch dem kleinen »Professor«, der nur vier Schläge nötig hatte, um den Rest der Nacht zu verträumen. Sogar Illarion wurde besiegt ... Schliemann trieb ihn mit den Fäusten aus der Hütte. Vor seinem Haus wurde Illarion in den Schnee geboxt und gab mit einem lästerlichen Fluch sein Bewußtsein auf.

Dann ritten die Männer aus Nowo Bulinskij wieder davon. Die Hunde tobten wie irr, und die Frauen krochen aus den Verstecken hervor, liefen von Haus zu Haus, schichteten Schnee auf die betäubten Köpfe, massierten die Körper, kühlten die Wunden und die verschwollenen Augen. Ein wahres Chaos war's, und eine Schande für die Männer dazu. Heulend vor Wut saß der »Professor« auf den Stufen seiner Hütte, nachdem er wieder zu sich gekommen und von Weiberhänden massiert worden war.

An diesem Tag wurde Illarion einstimmig zum Tode verurteilt. Er mochte brüllen und betteln, auf die Knie fallen und beten, die Heiligen anrufen und die Kameradschaft ... Es nutzte ihm nicht. »Du hast ihn zu uns gebracht!« sagte der »Professor«. »Ein Brodjaga kennt kein Mitleid!«

An einer großen Zeder wurde Illarion aufgehängt, mit dem Kopf nach unten. Drei Stunden lang brüllte er wie ein gestochener Stier, dann stürzte ihm das Blut aus Mund, Nase, Ohren und sogar aus den Augen; aber noch eine Stunde hinterher zuckte sein Körper, und erst gegen Mittag war er tot. Wie ein riesiger Eiszapfen hing er am Baum.

Drei Tage lang ließ sich Semjonow pflegen und verwöhnen. Er wurde geherzt und geküßt, ins warme Bett gesteckt und von Ludmillas zartem, kühlem Körper getröstet für alle erlittene Mühsal. Die Kirstaskaja, assistiert von Borjas strammen Jakutenweibchen, überhäufte ihn mit Leckereien. Da wurde gekocht und gebraten, gesotten und gebacken. Es gab Potschki po russki, das sind Nieren mit saurer Sahne und Steinpilzen, Sharanja Baraschik, einen Lammbraten mit Kümmel und roten Beten, Bitkis, die man bei uns gebratene Fleischkügelchen nennt, nur überstreut man sie nach dem Braten mit Käse, Semmelbröseln und Butterflöckchen und überbackt sie noch einmal; und zur Erfrischung kochte Borjas Weibchen eine Okraschka, eine Gurkensuppe, in die gekochter Schinken, gekochtes Rindfleisch, gekochte Zunge und saure Sahne gegeben werden, und es wird behauptet, daß ein rechter Russe vor einer Okraschka ebenso still und ergriffen sitzt wie vor der Ikonostase in einer Kathedrale.

Nach diesen drei Tagen Schlemmerleben fühlte sich Semjonow stark genug, aus dem Bett zu springen und hinüber zu seinem neuen Haus zu gehen, an dem das halbe Dorf gearbeitet hatte.

Was sich im Wald ereignet hatte, wurde ihm verschwiegen. Er fragte auch nicht danach, weil er glaubte, daß man mit ihm zurück nach Bulinskij gefahren sei, nachdem man ihn halb tot in der Taiga aufgelesen hatte. Daß er allein zurückgebracht worden war, daß Borja, die Kirstaskaja und Ludmilla ihn aus dem Schlitten gehoben, ins Krankenhaus getragen, ihn ausgezogen, seinen Körper mit Schnee massiert und die Kirstaskaja ihm zwei Kreislaufspritzen gegeben hatten, das alles wußte er nicht mehr. Er war erst wieder bei Verstand, als er am nächsten Morgen aufwachte, den nackten Leib Ludmillas an seiner Seite spürte und als er die Hand hob und sachte über ihre schönen Brüste strich, weil er noch gar nicht glauben konnte, daß dies alles Wahrheit sei und kein schöner, wehmütiger Traum.

Schliemann, Wancke und Haffner und alle die anderen ehemaligen deutschen Plennies, die nun als Bürger von Nowo Bulinskij an der Lena ihre neue Heimat hatten und sich ihre schönen, kräftigen Frauen aus Shigansk oder Jakutsk holten, besuchten Semjonow, brachten Bärenschinken mit, Rentierkeulen, eingekochten köstlichen Stör und Schüsseln voll großkörnigem Kaviar, mild gesalzen und besser als im Ritz oder Excelsior in Paris. Semjonow lachte und rief: »Brüderchen, ich habe doch gar nichts! Mir fehlt nichts! Ihr benehmt euch, als sei ich ein Schwerkranker. Wenn es so weitergeht, schäme ich mich sogar!«

Nun also ging er zu seinem neuen Haus und sah, daß es bezugsfertig war. Ludmilla putzte den letzten Handwerkerschmutz aus den Ecken. Mit heißem Wasser schrubbte sie die Dielen, und drei Frauen halfen ihr dabei. Willi Haffner, der Maurer aus Monschau in der Eifel, verputzte die letzten Fugen des großen zentralen Ofens. Ein herrlicher, wuchtiger, für Jahrhunderte gemauerter Ofen war's, aus mächtigen Flußsteinen, Gneis, Granit und Basalt und runden, in Jahrtausenden abgeschliffenen Kieseln, über die die Lena gerauscht war und sich das Eis geschoben hatte, unter denen sich die Lachse verborgen und die Störe miteinander gekämpft hatten.

»In zwei Tagen kannst du einziehen!« rief Willi Haffner.

»Was machst du hier?« rief Ludmilla, ließ den Schrubber fallen, wischte die schweißnassen Haare aus dem geröteten Gesicht und kam auf Semjonow zu. »Zurück ins Bett, mein Liebster!«

Die anderen lachten, und Semjonow zog sein Frauchen an sich, küßte sie auf die Augen und hob sie hoch, trug sie durch das neue Haus und setzte sie neben dem Ofen auf den schon eingebauten großen Tisch.

»So stark bin ich schon wieder!« sagte er dabei. »Und sie will mich ins Bett schicken, Bürger! Allein! Kann man das ertragen, wenn man wieder so gesund ist?«

Es wurde selbstverständlich, daß Semjonow wieder mitarbeitete. Er hobelte die Schemel nebenan im Schuppen, fütterte die beiden Pferdchen, die ihnen die Kristaskaja nun geschenkt hatte, und richtete die Ställe ein für die anderen Tiere, die ihm die Dorfgemeinschaft gab: zwei Schweinchen, zehn Hühner, vier Lämmer, fünf Gänse und ein Rentierpaar. Das Rentierpaar war ein fürstliches Geschenk. Es kam vom Dorfsowjet von Nowo Bulinskij und hatte einen tieferen Sinn.

»Man muß immer an die Zukunft denken, Täubchen«, hatte der Dorfsowjet zu seiner Frau gesagt, als diese zeterte und ihn einen Idioten nannte, weil er das beste Rentierpaar verschenken wollte. Frauen sind in solchen Fällen geiziger als Männer, weil sie nur bis zur eigenen Haustür denken und nicht weiter. »Dieser Semjonow ist ein besonderer Kerl. Es kann sein, daß er einmal verhaftet wird

– die Mutter Gottes möge es verhüten, aber möglich ist es! –, man wird ihn nach Jakutsk bringen und verhören. Mein Täubchen, solche Verhöre sind keine reine Freude. Und es kann möglich sein, daß man dann Semjonow fragt, was in Nowo Bulinskij geschieht oder geschehen ist. Wie gut und nützlich wäre es da, wenn er von mir als einem fleißigen Mann spräche und nicht erwähnte, daß meine Sollmeldungen seit Jahren nicht stimmen und wir besser leben, als wir dürfen. Vier volle Magazine habe ich, zehn Tönnchen mit Fett und Fleisch, neun Schweine sind nicht registriert . . .«

Das geizige Frauchen schwieg und nickte stumm. Zahlen überzeugen. Und jedes Jahr kam eine landwirtschaftliche Kommission nach Nowo Bulinskij, um zu kontrollieren, ob die Meldungen auch stimmten. Da sie vorher von guten Freunden aus Shigansk angemeldet wurde, fand die Kommission alles so vor, wie es der Dorfsowjet berichtet hatte. Ein sauberes Dorf an der Lena und Muna, aber ein armes Dorf, bei Gott. Nur weil die Natur so hart macht, sahen die Menschen so gut aus.

Ein wohlwollender Semjonow war also zwei Rentiere wert, jeder muß das einsehen. Und entrüstet euch nicht, Genossen . . . seht euch mal bei euch um! Schließlich sind wir alle Menschen und schwach . . .

Einen Tag vor Heiligabend war das Haus Semjonows fertig. Bekränzt mit Tannengirlanden und bunten Bändern war der Eingang, und auf dem gescheuerten Tisch stand eine große hölzerne Schüssel mit einem Häufchen grobem Salz und einem Laib dunklen, duftenden, frisch gebackenen Brotes . . . das erste Brot, das Ludmilla selbst hinter dem Haus, im Backraum neben dem Stall, gebacken hatte.

Girlanden hingen auch in der großen warmen Stube, und Schliemann, der Witzbold, hatte aus Draht und Papier einen großen Storch gebastelt und ihn oben auf den gemauerten Ofen, auf die breite Liegefläche, gestellt, denn was ein richtiger Russe ist – auch wenn er früher einmal Franz Heller hieß –, der schläft im Winter oben auf dem warmen Ofen, nicht weil er bequem ist, sondern weil draußen vor der Wand in der Nacht fünfzig Grad Frost stehen und die Stämme krachen und ächzen.

Der Auszug aus dem Krankenhaus und die Fahrt zum neuen Haus war ein Triumphzug. Ein langer Schlittenzug begleitete den Schlitten Semjonows, die Glöckchen an den Pferdehälsen bimmelten hell, der Schnee wirbelte unter den stampfenden Hufen auf, die Peitschen knallten, und dann sangen sie alle. Ihr Atem schwebte als Eiswolke vor den Mündern, denn verflucht kalt war es an diesem Tag kurz vor Weihnachten. So kamen sie vor Semjonows neuem Haus an, eine Kavalkade von Schlitten und Rentierreitern, mit lautem Gesang und Geschrei und dem kreischenden Lachen der Weiber, die in dicken Pelzen in den Schlitten saßen und schon angewärmt worden waren von einigen Gläschen Wodka oder Samogonka. Um die Mittagszeit war's, die Sonne schien zwischen grauen Wolken hindurch; es war ein milchiges Licht, als schwimme die ganze Welt in einem Topf mit bläulicher Magermilch. Von der Lena her hörte man, wie ein Trupp Fischer mühsam die wieder zugefrorenen Fanglöcher im Eis aufhackte, und vom Wald vernahm man lautes Knallen, wenn die Bäume, die noch Saft unter der Rinde gespeichert hatten, unter dem Einfluß der klirrenden Kälte auseinandersprangen.

Nun sahen sie das neue Haus, und die Kirstaskaja, die neben Ludmilla im Schlitten saß, legte den Arm um ihre Schultern und küßte sie auf die frostrote Wange. Semjonow, der selbst den Schlitten lenkte, zog die Zügel stramm, und die beiden Pferdchen wieherten, hoben die Köpfe und schüttelten die zottigen Locken von ihren schwarzen Augen.

Vor der Tür, unter den Girlanden und Bändern, stand Väterchen Alexeij, der Pope. Er trug seinen Festornat, mit der Kamilawka auf den langen Haaren, das goldbestickte Phelonion um die Schultern, unter dem Gürtel die Stola, die man hier Epitrachelion nennt. Das große goldene Kreuz leuchtete auf seiner Brust, und in seinem langen weißen Bart funkelten Eiskristalle und verfing sich sein Atem zu knisternden Wolken. Man sah, Väterchen Alexeij fror erbärmlich, aber feierlich hob er die Hände, und so empfing er Semjonow und Ludmilla, die an der Schwelle des Hauses niederknieten und seinen Segen entgegennahmen.

»Christus sei mit euch!« sagte der Pope mit tiefer, dröhnender Stimme. »Er hat euch eine Heimat geschenkt – er wird euch auch Frieden geben. Tretet ein in euer Paradies, aber vergeßt im Glück nicht Gott, der immer um euch ist.«

Ludmilla schloß die Augen. Daß sie vor einem Popen kniete, empfand sie als selbstverständlich. Und doch dachte sie in diesen wenigen Minuten an alles, was hinter ihr lag an anerzogenem Haß gegen die Kirche. Als Schulkind war sie mit anderen vor die

Kirche gezogen, mit roten Fahnen, und während in den ikonengeschmückten Hallen die Lieder der frommen Weiblein und Greise erklangen, hatten sie kommunistische Kampflieder angestimmt und später, nach dem Gottesdienst, die Fahnen über den gesenkten Häuptern der Gläubigen geschwenkt und sie als Volksfeinde und Verräter beschimpft. Als Komsomolzin hatte sie mitgeholfen, die enteigneten Kirchen auszuräumen, Silos aus ihnen zu machen, Lagerhäuser, ein Warenhaus, einmal sogar eine Wodkabrennerei; und es war ein besonderer Spaß gewesen, dort, wo einmal der Altar gestanden hatte, die große Abfüllstation des Schnapses zu montieren.

Selbst noch in Krasnojarsk, als Kommissarin unter Jefimow, hatte sie an einem Prozeß gegen einen Popen teilgenommen. Ein uralter Mann war es, gebeugt von den Jahren und von der Gicht. Jefimow, der Allgewaltige, hatte ihn angeschrien und ihn eine dreckige Laus genannt, die seit Jahrzehnten als Schmarotzer im Pelz des Sozialismus sitze. Und dann hatte er die Anklage vorgelesen, die sie, Ludmilla Barakowa, zusammengestellt hatte, denn sie hatte den alten Popen verhört und verspottet, wie er in seiner kalten Zelle auf der deckenlosen Holzpritsche lag und ächzte, weil die gichtigen Gelenke stachen und brannten. »Wo ist denn dein Gott?« hatte sie den Alten angeschrien. »Ruf ihn doch! Warum hilft er dir nicht? Ich denke, er ist so mächtig?« Und der alte Pope hatte genickt und geantwortet: »Er ist ja bei mir, Töchterchen. Er ist in mir und wärmt mich. Bringt mich ruhig um . . . Er ist unsterblich. Und auch du wirst ihn einmal sehen . . . denn wir alle brauchen Gott!«

Damals hatte sie laut gelacht und den Alten einen wimmernden Idioten genannt. Ja, so hatte Ludmilla Barakowa gesprochen. Und selbst als sie ins Lager Kalinin II nach Kusmowka kam, hatten die Männer noch vor ihrem Blick gezittert. Bis auf einen. Bis auf Pawel Konstantinowitsch Semjonow.

Und nun kniete sie neben ihm, war seine Frau, war die Mutter seines Kindes. Sie würde ein eigenes Haus haben, ein winziges Fleckchen Land zwischen Lena und Taiga und würde glücklich sein wie nie ein Mensch zuvor.

Wie anders wird ein Mensch, wenn er liebt, dachte sie und senkte den Kopf, denn der Pope segnete sie. War ich überhaupt Ludmilla Barakowa, die Kommissarin? Gab es sie jemals? O Väterchen Alexeij, segne mich doppelt, ich habe es nötig . . .

Dann endlich trat der Pope zurück, riß die Tür auf und flüchtete vor der eisigen Kälte in die Wärme des Hauses.

Semjonow stand von den Knien auf, klopfte den Schnee von seinen Rentierlederhosen, bückte sich und nahm Ludmilla auf seine starken Arme. Die Leute um sie herum jubelten und riefen: »Glück! Glück! Viel Glück!« Sie klatschten und trampelten mit beiden Beinen, die Pferdchen wieherten, und Semjonow drückte seine Frau an sich und trug sie über die Schwelle seines Hauses, vorbei an dem Popen und hinein in die geschmückten, nach frischem Brot und jungen Tannen duftenden Zimmer.

»Zu Hause«, sagte er leise, als er Ludmilla wieder auf den Boden stellte. »Endlich zu Hause, Ludmilluschka . . .«

»Und für immer zu Hause, Pawluscha. Wir haben unser Paradies gefunden.« Ganz klein war ihre Stimme, wie ein piepsendes Vögelchen.

»Ja, wir haben es gefunden«, sagte er fast andächtig, umarmte seine Frau und küßte sie lange, mit angehaltenem Atem. »Wir haben uns unser Leben erobert. O Ludmilluschka, wie ich dich liebe . . .«

Bis spät in die Nacht wurde dann gefeiert. Es gab Lachs und Stör, eingesalzene Rebhühner und Piroggen, ein ganzes Spanferkel und Schüsseln mit rotem und schwarzem Kaviar, Pfannkuchen und gezuckerte Beeren, Rentierlenden und geräucherte Bärenschinken. Vier Frauen aus der Nachbarschaft kochten und brieten. Der Dorfsowjet schleppte einen Korb mit Flaschen herbei – eisgekühlt, was ja keine Kunst war bei 50 Grad Frost im Freien – und schrie: »Brüderchen, das müßt ihr trinken! Sekt ist es. Selbstgemachter Sekt. Da staunt ihr, was? Anna, mein Weibchen, ist eine Künstlerin! Probiert, Genossen, probiert! Und auch das Rezept verrate ich euch! Im Frühjahr zapft ihr Birkensaft, füllt ihn auf Flaschen, gebt Rosinen und Honig zu, verkorkt die Flaschen mit Draht und Siegellack, legt sie hin und wartet . . . Ich kann euch sagen, Genossen: Ein Sekt ist es . . . wie Freudentränen der Engel!«

Das war eine merkwürdige Ansprache für einen Sowjet. Als die erste Flasche mit einem lauten Knall geöffnet wurde und der goldgelbe Birkensekt in das Glas Semjonows sprudelte, klatschte man Beifall, denn immerhin – Kohlensäure enthielt das Getränk. Vorsichtig nahm Semjonow den ersten Schluck, und es schmeckte köstlich, wie sprudelnder Met, wie alter Traminerwein.

»Na?« schrie der Dorfsowjet gespannt und stieß Semjonow in die Seite. »Na? Sag etwas, Brüderchen! Schnalze mit der Zunge, verdreh die Augen, mach ein Tänzchen . . . Wie läßt sich's trinken?«

»Es ist köstlich!« sagte Semjonow ehrlich. »Nie habe ich so etwas Herrliches getrunken, Genosse.«

»Sagte ich es nicht?« brüllte der glückliche Spender. »Anna, mein Mütterchen, dein Sekt ist entdeckt. Und nun, Brüder und Schwestern, herbei, herbei und die Becher her! Ich verrate auch, daß ich noch vierzig Flaschen im Keller habe!«

Der Morgen dämmerte schon, als die letzten Gäste das Haus Semjonows verließen. Sie wälzten sich in ihre Schlitten, schnalzten mit schwerer Zunge, und die Pferdchen, die treuen, trotteten nach Hause. Sie waren die einzigen, die noch den Weg wußten.

Als vorletzter ging Väterchen Alexeij, der Pope. An seinem Schlitten mußte er sich festhalten, so wenig gehorchten ihm noch die Beine. Semjonow und Schliemann hoben ihn zwischen die Strohballen, deckten ihn mit Felldecken zu und zogen ihm die Pelzmütze tief ins Gesicht, damit der schneidende Fahrtwind ihm nicht die Haut aufriß.

»Christus sei mit Ihnen, Väterchen«, sagte Semjonow, bevor er dem Pferdchen einen Schlag auf die Kruppe gab, damit es loszog. »Ist jemand da, der Sie aus dem Schlitten hebt?«

»Der Mesner wartet, mein Söhnchen. Gott segne dich.« Väterchen Alexeij tat einen Rülpser und faltete die Hände unter den Felldecken. »Auch ein Pope ist ein Mensch«, sagte er weise mit tiefer Stimme. »Und die Liebe Gottes ist bei den Schwachen und mit Sünde Beladenen. Hojhoj, dawai, mein Gäulchen! Lauf, du Rabenaas . . .«

So fuhr Väterchen Alexeij nach Hause. Semjonow und Schliemann sahen seinem Schlitten nach, bis er zwischen den Stämmen verschwand.

»Ein schöner Tag«, sagte Schliemann leise und gab Semjonow die Hand. »Mach's gut, Pawel Konstantinowitsch.«

»Wirklich ein schöner Tag.« Semjonow umarmte Schliemann. »Ich danke dir für alles, Egon. Ich bin glücklich, zu euch gehören zu dürfen.«

»Das ist doch selbstverständlich. Was wären wir hier in der Taiga ohne den anderen, ohne einen Freund? Hier kann man nur leben, wenn man gemeinsam denkt und gemeinsam arbeitet. Der einzelne ist ein Stück trocknen Holzes, das der nächste Sturm in die Lena bläst.«

Semjonow nickte. »Trotzdem«, sagte er leise. »Du weißt, wer ich war.«

»Ich weiß nur, wer du *bist*. Wer denkt an unsere Vergangenheit, Pawel Konstantinowitsch? Sie ist ausgelöscht.« Egon Schliemann sah zum Wald und über das flache Land, das hinunterging bis zum Ufer der Lena. »Denke ich noch an die Zeche, Junge, an Recklinghausen, an meine Elektrikerbude auf'm Schacht?« sagte er langsam und stockend. »Es lohnt sich nicht, Kumpel . . . Nowo Bulinskij ist jetzt mein Recklinghausen, und daran ändert sich nichts mehr. Die Vergangenheit ist vorbei . . . Ich habe jetzt drei Kinder, und dafür lebe ich. Gute Nacht, mein Junge.«

»Gute Nacht, Egon.«

»Schmückst du morgen die Kirche mit?«

»Ja. Natürlich.«

»Um neun Uhr fangen wir an.«

»Ich komme.«

»Seid glücklich, ihr beiden!« Schliemann stieg in seinen Schlitten. Semjonow winkte ihm mit beiden Armen zu.

»Wir sind es, Kamerad . . .«

Dann ging er zurück ins Haus, in sein eigenes, schönes Haus, und schob zum erstenmal den Riegel vor die Tür.

Ludmilla schlief schon . . . Sie lag nicht auf dem Ofen, sondern nebenan im Schlafraum, in einem breiten Bett, in einem Pfühl aus dicken Federunterbetten und leinenbezogenen, mächtigen Oberbetten, die einem wahren Gebirge glichen. Sie hatte das Oberbett zur Seite gelegt, und als Semjonow herantrat, blickte er auf ihren schönen, glänzenden Körper und auf ein seliges, im Traum lächelndes, kindliches Gesicht. In einer Wiege zu Füßen des riesigen Bettes atmete leise die kleine Nadja. Satt und rund sah sie aus und rosig wie zart getöntes Porzellan.

Ganz leise setzte sich Semjonow an das Bett und blickte auf Frau und Kind. Und sein Herz war so schwer von Glück, daß es fast weh tat unter dieser Last der Freude.

Wir werden nie mehr Wölfe sein, dachte Semjonow. Nie mehr. Jetzt sind wir endlich wieder Menschen.

Dann war Weihnachten da.

Am Heiligen Abend war man allein in seinem Haus, aß gut und

trank Wodka oder Kwass, bekränzte die Hausikone und beschenkte sich. In Nowo Bulinskij allerdings kam noch etwas hinzu: der gute, alte deutsche Weihnachtsbaum. Da stand er in der schönsten Ecke des Zimmers, vom Boden bis zur Decke, wild gewachsen wie alle Bäume der Taiga, und er war geschmückt wie die Bäume in Köln und München, Hamburg und Passau, Lübeck und Saarbrücken, wie überall, wo Deutsche am Heiligen Abend vor einem vom warmen Licht der Wachskerzen beleuchteten Tannenbaum sitzen und Besinnlichkeit und Frieden durch ihre Herzen ziehen.

Der erste Weihnachtsbaum leuchtete in der Heiligen Nacht 1947 am Ufer der vereisten Lena. Aus der Taiga hatten ihn deutsche Plennies an den Strom geschleppt und in die steinhart gefrorene Erde gerammt. Vier Kerzen, in zusammengerollten Blechdosen aus Kerzenresten des ganzen Jahres gegossen, flakkerten in die fahle Eisnacht, und um den Baum herum standen siebenundvierzig in Wattemäntel und Pelzmützen eingemummte deutsche Kriegsgefangene und sangen »Stille Nacht, Heilige Nacht . . .« über Taiga und Lena. Etwas abseits standen die sowjetischen Posten, die Maschinenpistolen auf dem Rücken, frierend und durch den Schnee stampfend, hörten zu und bewunderten die Deutschen, die vor Hunger kaum sprechen konnten, sich aber um einen Weihnachtsbaum scharten und genug Kraft zum Singen hatten.

Heute flackerten die Kerzen fast in jedem zweiten Haus von Nowo Bulinskij, und es gab sogar einige Familien, die ein Grammophon besaßen und Platten mit den alten Weihnachtsliedern. Nicht mit deutschem Text, sondern nur gespielt von einem Orchester. Es waren japanische Platten, aber sie waren herrlich, denn man konnte mitsingen und hatte das Gefühl, in einer Kirche zu sitzen. Sogar die Glocken läuteten am Anfang und am Ende der Platten . . . Dann schloß man die Augen oder starrte auf die Dielen oder man sah zur Seite, auf seine Hände, gegen die Holzdecke, auf den Weihnachtsbaum mit den bunten Glaskugeln und Wattebällchen, auf die Ikone oder auf seine Frau und die Kinder, und man dachte weit, weit zurück . . . an die Glocken der Dorfkirche im Bayerischen Wald, an das Glockenspiel des Dresdener Zwingers, an die große Stimme der Glocke vom Kölner Dom und das zaghafte Bimmeln des Kapellenglöckleins im Allgäuer Tal, dort, wo der Pfad hinaufgeht zu den Almen.

Weihnachten.

In dieser Nacht war Nowo Bulinskij das deutscheste Dorf auf der Welt. Nirgends wurde inbrünstiger gebetet als hier, nirgendwo empfand man den Sinn der göttlichen Botschaft tiefer: Friede auf Erden! Und nirgendwo war es stiller in den warmen Stuben als in Nowo Bulinskij. Es war die Nacht, in der man sich erinnern durfte.

Um Mitternacht ging man in die Kirche zu Väterchen Alexeij. Es war eine steinerne Kirche inmitten eines Gartens, umgeben von weißgestrichenen Zäunen. Vor Jahren hatten deutsche Tüncher die Kirche gelb und das Dach rosa gestrichen, und so sah die Kirche von Nowo Bulinskij mit ihrem Zwiebeltürmchen, den byzantinischen Bögen des Eingangsportals, den gedrehten Säulen und den Heiligenbildern an kleinen Ziererkern wie das Werk eines fröhlichen Zuckerbäckers aus, lebenslustig und doch von rührend einfältiger Frömmigkeit, ein Lächeln zu Gott und voll tiefer Ehrfurcht zugleich.

Väterchen Alexeij liebte diese bunte Kirche. Er hatte das Innere ebenso gestaltet. Die Wände waren voller Bilder und Allegorien, und die prächtige Ikonostase, die Bilderwand der Heiligen, war fast prunkvoll wie in einer Kathedrale. Um die Kirche herum war ein riesiger Platz. Klein und erbärmlich – so sollte es sein – näherte sich der Mensch dem Höchsten. Und oft kam es vor, daß die Männer schon beim Betreten des Kirchplatzes die Mützen abnahmen und barhäuptig bis zum Portal gingen.

An diesem Heiligen Abend wurde das Kind Semjonows und Ludmillas getauft. Schliemann, die Kirstaskaja und Kurt Wancke, der Buchhalter aus Berlin, waren die Paten, und Wancke vor allem deshalb, weil er behauptete, er gehöre als dreifacher Blutspender Ludmillas fest zur Familie.

Eine prächtige Taufe war's. Ein Chor sang die herrlichen altrussischen Choräle; die großen Kerzen flackerten; von den Ikonen und Wandmalereien leuchtete das Gold – wenn es auch einfache Goldbronze war; Hunderte von Heiligenaugen blickten herab, als Väterchen Alexeij das Köpfchen der kleinen Nadja entblößte, die Kirstaskaja das Kind über das Taufbecken hielt und das Taufwasser in die dünnen schwarzen Haare rieselte, wie durchsichtige Perlen, die aus Väterchen Alexeijs Händen rannen.

»Ich taufe dich auf die Namen Nadja Ludmilla Irena Semjonowa«, sagte Väterchen Alexeij mit seiner tiefen Stimme. »Christus sei mit dir bis zu deinem letzten Tag.«

Ganz still war es in der Kirche, und ganz still war auch die winzige Nadja. Mit großen schwarzen Augen sah sie aus den Spitzen des Taufkleides in den weißen Bart, der über ihr schwebte wie eine dichte Sommerwolke. Dann wandte sie den Kopf, als verstünde sie schon alles, und sah Ludmilla an, ihr Mütterchen. Und weil die Kerzen flackerten und Wasser über ihr Gesicht lief und die weiße Wolke zitterte, schloß sie schnell die Augen und preßte den Mund zusammen.

Mein Kleines, dachte Ludmilla zärtlich. O mein Kleines. Wie ein Wolfjunges wurdest du geboren. Wie wird die Welt aussehen, wenn du so alt sein wirst wie ich?

Sie tastete nach der Hand Semjonows und hielt sie fest.

Väterchen Alexeij begann zu singen. Sein dröhnender Baß ersetzte eine Orgel. Der Mesner rieb sich die Hände, spuckte hinein und zog dann in einer Ecke hinter dem Altar am Glockenseil. Dünn, aber silberhell, klang der erste Ton auf und flog mit dem Eiswind über Lena und Taiga in die Unendlichkeit.

Christ ist geboren.
Ein Kindchen ist getauft.
Lobet den Herrn, der Himmel und Erde gemacht hat.
Und glaubet an seine Güte.
Amen.

Und wieder sang der Chor. Die Kerzen flackerten im Atemwind der Singenden, und Semjonow trat in die Menge zurück. Er trug sein Kind auf den Armen. Sicher und geborgen ruhte es in seinen starken Händen, und sein Schritt war fest und hart, wie es einem sibirischen Jäger zukommt.

Christ ist geboren!
Auch in der Taiga . . . Jawohl, auch in der Taiga!
Und die kleine Glocke läutete und läutete über Wald und Lena.

Es war gar nicht einfach, was sich Karpuschin vorgenommen hatte. Zwei Dinge spielten dabei eine Rolle, die man berücksichtigen muß. Erstens war Karpuschin kein Jüngling mehr, und zweitens hatte das Schicksal ihn nicht mit Schönheit ausgestattet, zumindest nicht mit jener sanften oder explosiven Männlichkeit, die auf Frauen wirkt wie Rauschgift. Nicht daß er übel aussah und man einen Kohlkopf hätte wohlwollender betrachten können als ihn, o nein, wir kennen ihn ja, Freunde, und wissen, daß er jetzt einen schwarzgefärbten Bart trug und Rasputin glich. Und Rasputin, auch das wissen wir, hatte mehr Glück bei den Weibern als ein Berufsspieler mit gezinkten Karten in einer Kneipe.

Und doch ... Schwierig war's, was Karpuschin wollte. Ein Mädchen wie Marfa Babkinskaja konnte man nicht einfach um die Schulter fassen, ihr über den Busen streicheln und sagen: »Komm ins Bettchen, mein Vögelchen. Man soll die Zeit des Zwitscherns nutzen, solange man noch bei Stimme ist!« O nein, so konnte man Marfa Babkinskaja nicht behandeln, auch wenn Karpuschin sicher war, daß ihre Unschuld der Legende angehörte. Zwei Fälle waren ihm aus den Akten des KGB bekannt, bei denen die Jungfräulichkeit Marfas gelitten haben mußte: Das war der Besuch des französischen Diplomaten Jean Desmoulins, dessen Betreuung Marfa sehr genau nahm, denn man protokollierte, daß sie mit ihm auf Zimmer 319 des Hotels »Ukraine« genächtigt hatte. Und da war der Fall des flotten Tschechen Marek Tvolskač, der für einen Spionagespezialauftrag in Prag gewonnen werden sollte und den Marfa ebenfalls in Moskau betreute. Hier sagte das Protokoll: »Genossin Babkinskaja gelang es, durch ihre persönliche Ausstrahlung den Genossen Marek zur Zusage zu bewegen.« Karpuschin erinnerte sich genau, wie er nach diesem Satz gegrinst und zu Leutnant Fettisow gesagt hatte: »Sieh an, sieh an, das ist wahre Vaterlandsliebe der Genossin Marfa! Hoffentlich verliebt sie sich nicht einmal ernsthaft.«

Das war bisher noch nicht geschehen, dachte Karpuschin, aber trotz ihres Vorlebens hatte er ein wenig Angst, Marfa mit dem Antrag zu überfallen, seine Geliebte zu werden.

»Willkommen, Matweij Nikiforowitsch!« sagte Marfa, als Karpuschin wieder in Kultbasa gelandet war und sie in ihrem Zimmer im Krankenhaus aufsuchte. Sie saß auf dem Bett, hatte nur Rock und Bluse an und machte einen frischen, unverbrauchten Eindruck. Karpuschin musterte sie genau, und er erinnerte sich, daß er sie nie hatte leiden können, wegen ihrer rotgeschminkten Lippen, der lackierten langen Nägel, den Nylonstrümpfen, den kurzen Röckchen und dem aufreizenden Schwingen ihres Hinterteils, wenn sie aus seinem Zimmer ging und er noch auf dem Flur das Geklapper ihrer hohen Absätze hörte.

Jetzt, wahrhaftig, sah das alles anders aus. Er war amtlich tot, seine Witwe Olga Jelisaweta tröstete sich bereits mit einem anderen, er war kein Generalmajor mehr und konnte eigentlich leben wie ein normaler Mensch, ohne das einschnürende Korsett der Uniform und die moralische Verpflichtung eines hohen Offiziers der Roten Armee. Und wenn ein Mädchen so aufreizend dalag wie Marfa Babkinskaja jetzt auf ihrem Bett, und man sah ihre Schenkelchen, weiß wie Alabaster, und unter der dünnen Bluse zeichneten sich die Spitzen ihrer Brustwarzen ab, Himmel und Hölle, dann durfte man zeigen, daß man ein Mann war!

»Wie sieht Moskau aus?« fragte Marfa und dehnte sich. Karpuschin schnaufte, setzte sich auf die Bettkante und starrte auf ihre Brust.

»Tragen Sie nichts darunter?« fragte er unvermittelt.

»Wo drunter, Genosse General?«

»Verdammt, unter der Bluse! Ein Mädchen, eine Frau, also, was ich so weiß, jede trägt doch einen Halter. Haben Sie keinen Halter an, Marfa?«

Die Babkinskaja sah an sich herunter, strich die Bluse glatt – ein Aas ist sie doch, dachte Karpuschin und spürte unter seinen Haarwurzeln ein Klopfen, wie er es seit seinen Jünglingsjahren nicht wieder verspürt hatte –, lächelte mild und schüttelte den Engelskopf.

»Nein, Genosse General. Ab und zu, ja. Aber nicht oft. Es beengt mich. Mißfällt Ihnen etwas daran? Sie wären der erste, Matweij Nikoforowitsch.«

Karpuschin erhob sich von der Bettkante. Genug des Vorgefechtes, dachte er rein militärisch. Ein Spähtrupp ist keine Angriffsspitze. Man muß den Gegner zermürben, ihn im unklaren lassen. Man muß ihn überlisten.

»Moskau hat sich nicht verändert«, sagte er und packte eine runde Reisetasche aus. Er holte vier Flaschen besten Wodka hervor, zwei Dauerwürste und ein großes Stück gekochten, mageren Schinken. Dazu zog er ein herrliches Weißbrot aus der Tasche, das allerdings nicht aus Moskau stammte, sondern aus Krasnojarsk. »Die Straßen sind glatt und schmutzig, die Menschen unfreundlich ... Es ist gut, daß wir hier sind, Marfa Babkinskaja. Hier weiß man, daß man lebt.«

»Und was sagte der Marschall?«

»Wir sollen weitersuchen. Wir hätten Zeit.«

»Das war alles?«

»Ja, mein Täubchen.« Karpuschin entkorkte die erste Flasche

Wodka und goß zwei Wassergläser voll. »Trinken wir auf die Sowjetunion, auf ihre großen Erfolge, auf ihre unsterblichen Leistungen im Weltraum, auf das ewige Leben von Mütterchen Rußland. Nasdrowje!«

Sie stießen an, und da Karpuschin in einem Anfall von Jugendlichkeit das Glas mit einem kühnen Schluck leertrank, blieb Marfa nicht zurück und leerte das ihre auch.

»Ein guter Tropfen, Genosse General«, lobte sie. »Weich wie ein Frauenhaar, nicht wahr?«

Karpuschin sah Marfa mit dem Blick eines innerlich Leidenden an. O du schwarzes Teufelchen, dachte er. Na warte! Zwar bin ich bald sechzig Jahre, aber was tut's? Mit den Bauern halte ich's, verdammt noch mal, die da sagen: Je älter der Bock, um so härter das Horn! Haha, dawai, mein Vögelchen, noch ein Gläschen Wodka! Ich schenke ein, und deine Wänglein werden brennen wie mein Herz, und später werden wir Wange an Wange brennen, und die Flammen werden uns fressen, und es wird um uns lodern und knistern und zischen und sprühen.

Nasdrowje, schwarzes Schwänchen! Noch ein Gläschen.

So tranken sie drei Wassergläser leer und kamen in ein Stadium, wo sie über Dinge lachten, die gar nicht lächerlich waren. Etwa wenn Karpuschin sagte: »In Moskau glaubt man, im nächsten Jahr die Ernte zu verdoppeln.«

»Haha!« lachte dann Marfa und bog sich zurück. »Welch ein köstliches Witzchen, mein Generälchen . . .«

»Noch ein Gläschen, Marfa, mein Adlerchen?« rief Karpuschin und schwenkte bereits die zweite Flasche.

»Warum nicht, Väterchen?« jauchzte Marfa. »Selten habe ich solch guten Wodka getrunken. So weich wie ein Frauenhaar.«

»So zart wie deine Haut!« sagte Karpuschin mutig und streichelte über Marfas Arm. Sie kicherte, lehnte sich im Bett an die Wand, zog die Beine unter das Gesäß und ließ den Rock so hoch, wie er war. Aber während der gute Karpuschin eingoß, beobachtete sie ihn mit schiefgelegtem Kopf und lächelte böse. Wirklich, das Teufelchen wußte, was Karpuschin von ihr wollte, und sie spielte mit ihm wie die Katze mit der armen kleinen Maus, zeigte die Krällchen und tappte mit Samtpfötchen und schnurrte und gurrte, daß es eine Wonne war.

Nach der zweiten Flasche entdeckte Karpuschin, daß er tanzen konnte. Er legte eine Platte auf das Grammophon der Kirstaskaja, knallte die linke Hand auf den Rücken und hob den rechten Arm wie ein Torero. Dann stampfte er auf und drehte sich, und Marfa klatschte dazu im Takt und rief mit heller Stimme »Jeijeijeij« und machte den armen Karpuschin ganz verrückt, als sie den Oberkörper zu seinem Tanz wiegte und ihre Brüste unter der Bluse hin und her schwangen wie zwei herrliche kleine Glöckchen.

»Rumbum-rumbum-rumbum!« schrie Karpuschin und tanzte wie ein dressierter Jahrmarktsbär, stampfte auf die Dielen, schnalzte mit den Fingern und rollte die Augen. O Gott, ein Uraffe war er! Sein gefärbter Bart flog ihm ins Gesicht, seine dicke Nase glänzte wie mit Wachs eingerieben, und Marfa, dieser kleine schwarze Satan, klatschte noch immer in die Hände und sang mit.

Und plötzlich, bei der dritten Flasche Wodka, war es zu Ende. Karpuschin grölte ein Lied, stand am Fenster und starrte die Lampe an. Da sah er, wie Marfa den Kopf senkte, wie alle Kraft aus ihr wich, wie das schöne, schmale Gesichtchen sich auflöste, als falle es von den Knochen ... Sie sank nach hinten aufs Bett, streckte sich, ihre Augen starrten Karpuschin mit dem leeren Blick des Nichterkennens an, und ihr schöner, voller Mund sagte: »Väterchen ... o Väterchen ... ich schwebe ... ich schwebe über Moskau ... über den Roten Platz ... ich bin ein Schmetterling, ganz gewiß, Väterchen ...«

Und dann schlief sie ein. Der Alkohol riß sie einfach mit in die Dunkelheit.

Der Sieg, dachte Karpuschin wieder militärisch. Der Feind ist überlistet. Er kapituliert. Sieg, mein Alterchen, Sieg über die herrliche Jugend. Sie ergibt sich mit Haut und Haaren. Und man darf es sogar wörtlich nehmen ...

Karpuschin schwankte durch das Zimmer, schloß die Tür ab, stellte die halbvolle dritte Flasche Wodka in das Waschbecken, betrachtete sein wildes, schwitzendes, verquollenes Gesicht im Spiegel, sagte zu sich: »Sieg! Alterchen! Sieg!« und grüßte sein Spiegelbild mit allen militärischen Ehren. Dann schwankte er zurück zum Bett und begann, Marfa Babkinskaja auszuziehen.

Das war kein schweres Stück Arbeit. Sie trug nur wenig auf dem schönen Körper, die Bluse, den Rock, ein Höschen, und Karpuschin sagte sich, daß es nicht von der Kleidung abhänge, eine Moral zu panzern, sondern von dem Willen, ganz allein davon.

Nun lag sie vor ihm, jung und weiß, ein Körperchen, das sonst nur Maler auf die Leinwand bringen. Sie lag da für ihn, Matweij Nikiforowitsch Karpuschin, und er brauchte sich nur dazuzulegen, die Hände auszustrecken und glücklich zu sein.

»O herrliches Sibirien!« sagte Karpuschin philosophisch, während er aus seinen Hosen kletterte und seine Kleidung ordentlich über eine Stuhllehne hängte. »In Moskau wäre mir das nie gelungen! Sibirien macht mich zwanzig Jahre jünger. Dawai, Matweij Nikiforowitsch!«

Ja, und hier irrte Karpuschin. Jeder Mann wird ihn bedauern, wenn er erfährt, wie es jetzt weiterging. An seine Brust wird er ihn drücken und ehrlich sagen: Armer, armer Matweij.

Mit Schwung legte sich Karpuschin neben Marfa Babkinskaja. Ja, er zuckte sogar zusammen, als er spürte, wie kühl das Körperchen war, obgleich es doch glühen mußte. Und mit schnaufender Wonne nahm er den Duft auf, der Marfas Haut entströmte ... süß wie Orangen in der Sonne und herb wie frisch gemähtes Heu oder wie Moos in der Mittagsglut. Betäubend war es, betäubend ...

Mehr aber erlebte Karpuschin nicht. Denn kaum lag er, war es, als steige eine Springflut von Alkohol aus seinem Magen in sein Hirn, zerbräche alle Dämme und durchspüle seinen Kopf bis zu den Haarwurzeln. In dieser Flut ertrank er völlig; er röchelte nur noch und fiel dann in die dumpfe Bewußtlosigkeit der Volltrunkenheit.

Fast gleichzeitig, gegen Mittag des nächsten Tages, erwachten sie wieder. Einen hellen Schrei stieß die Babkinskaja aus, starrte irr um sich, erkannte in dem nackten Mann an ihrer Seite Karpuschin, riß die Decke vor ihre Blößen und wich bis zum Fußende im Bett zurück.

Karpuschin setzte sich auf, schob dann die Beine aus dem Bett und erhob sich ungeniert, dehnte sich und ärgerte sich, daß Marfa den Kopf wegwandte und seine Männlichkeit nicht sehen wollte.

»Was schreist du so, Vögelchen?« sagte er und kaute an den Worten, denn sein Gaumen war wie Leder, und sein Atem schmeckte ihm selbst wie Jauche.

»Was ... was ist geschehen, Genosse General?« stammelte Marfa Babkinskaja und starrte gegen die Wand.

»Was soll geschehen sein, wildes Schwänchen? Herrlich war die Nacht! Man sieht, daß ein Mann nie alt wird, sondern nur reif. Reif, mein schwarzes Schwänchen!« Karpuschin wandte sich ab, ging zum Waschbecken und betrachtete sich im Spiegel. Lügner, dachte er. Aber sie muß es glauben, denn sie war betrunkener als du. »Wie fühlst du dich, mein Füchslein?«

»Bitte, schicken Sie mich zurück nach Moskau!« sagte Marfa Babkinskaja mit leiser Stimme. Und nun weinte sie sogar und verkroch sich unter den Decken. »Ich habe es nicht gewollt, ich habe mich vergessen, verzeihen Sie mir, General. Ich fliege heute noch nach Moskau . . .«

»Hier bleibst du!« sagte Karpuschin streng. »Ich bin glücklich, daß es so gekommen ist und du dich vergessen hast! Wir haben eine große Aufgabe zu erfüllen. Semjonow müssen wir bekommen. Dafür ist jedes Opfer groß genug. Ein Opfer für die Nation, Marfa Babkinskaja! Denken Sie daran, wenn Sie hierbleiben.«

»Ich gehorche, General!« Sie sah aus ihren Decken zu ihm hin. Nackt stand Karpuschin am Fenster, und sie sah, daß er kurze, stämmige Beine hatte, ein dickes Hinterteil und einen Bauch, der etwas überhing. Seine Brust war mit grauen Haaren besetzt, aber die Haut war fahlweiß und ungesund.

O Himmel, dachte sie. So lag er bei mir.

Sie wandte sich ab, und es wurde ihr furchtbar übel.

»Was nun?« fragte sie mit letzter Anstrengung. »Was ist nun mit uns?«

»Es geht weiter wie bisher«, sagte Karpuschin stolz. »Nur ist unser Leben reicher geworden . . . wir lieben uns!«

Marfa nickte, aber gleichzeitig erbrach sie sich in die Decken. Karpuschin zog sich schnell an und kämmte sich.

»Mein armes, armes Schwänchen«, sagte er zärtlich und streichelte über Marfas zuckenden Kopf. »Ich hole Tee. Ein Täßchen Tee wird dir helfen. Und dann fahren wir in die schöne, kalte Luft, hinunter zum Olenek. Du wirst sehen, es wird ein herrliches Leben werden. O Marfuschka . . . ich fühle mich jung! Ich bin zwanzig Jahre jünger! Eine Zauberin bist du. So jung bin ich, so jung und stark!«

Und wirklich, wie ein großer Junge rannte er hinaus und brüllte auf dem Gang schon nach der Köchin. Marfa Babkinskaja aber sank mit dem Kopf gegen die Wand und weinte und verfluchte sich.

Und hatte doch – wir wissen es, Freunde – gar keinen Grund dazu.

Drei Tage nach Weihnachten brach das Unglück über Nowo Bulinskij herein.

Es war ein Tag, wie geschaffen für solch eine gemeine Tat. Der Himmel hatte sich grau bezogen, und jeder wartete auf den neuen Schnee, der alles unter sich begraben würde; denn was dort in den tiefen Wolken hing, würde einer Sintflut von Schnee gleichen, wenn alles über der Lena herunterkam.

Auch der Leiter der Sowchose Munaska ahnte etwas und berief außer der Reihe seine Mitarbeiter zu den Silos. »Genossen«, ließ er verlauten, »verzeiht, daß ich euch kommen ließ, obgleich Winterferien sind, aber wenn der große Schnee fällt, werden wir wieder von aller Welt abgeschnitten sein. Noch neunhundert Kohlfässer sind zu salzen und zweitausend Doppelzenter Mehl zu mahlen. Wenn wir alle anfassen, sind wir in zwei Tagen damit fertig. Also, Genossen, spuckt in die Hände . . . es ist ja für euren Magen, Brüder.«

So fuhren also an diesem Tag fünfzig Männer aus Nowo Bulinskij hinaus, die Lena hinauf zur Sowchose und arbeiteten den ganzen Tag an den Kohlfässern und in der Mühle.

Als sie zurückkamen, war schon alles geschehen. Und es begann so harmlos, wie aus einem Frühlingslüftchen ein Wirbelsturm entsteht.

Gegen zehn Uhr vormittags holperten zwei Schlitten mit je vier unbekannten Männern über die Hauptstraße und hielten vor dem Postgebäude. Die Männer, finstere Gestalten in langen Wolfspelzen und Fuchsfellhosen mit angenähten Pelzstiefeln, stiegen aus den Schlitten, vertraten sich die steifen Beine, gingen zum Kirchplatz, sahen sich nach allen Seiten um, standen vor dem Fenster des Krämerladens von Oleg Schamow und sahen in die Schule hinein, wo die Lehrerin Anna Petrowna gerade das Märchen von Peter und dem Wolf erzählte und von einer Schallplatte die Musik von Prokofieff dazu erklang. Dann gingen sie weiter, umkreisten die Monopolgesellschaft, wo der staatlich kontrollierte Schnaps lagerte, und strichen durch die Straßen bis zum Haus des Dorfsowjets, wo sie umkehrten und zum Kirchplatz zurückwanderten. Dort holte einer der Männer, ein kleiner Kerl mit einem Bärenpelz, ein Blatt Papier aus der Tasche, studierte eine Zeichnung und nickte mehrmals.

»Es stimmt alles, Brüder«, sagte er zu den Gestalten, die ihn umringten. »In einer halben Stunde kann es losgehen.«

Das alles beobachtete der Posthalter von einem Seitenfenster aus und machte sich Gedanken über den fremden Besuch. Auch die Frauen, die zum Krämer Schamow gingen oder vor den Häusern den Eingang von Schneewehen säuberten, musterten die finsteren Gestalten mit Unbehagen. Ilja Jakowitsch Frolowski, ein Invalide aus dem Großen Vaterländischen Krieg – man hatte ihm ein Auge weggeschossen und einen Teil seiner linken Stirn, was eine ganz merkwürdige Kopfform ausmachte und ihm den Namen »Der Dreieckige« einbrachte –, ging auf die Gruppe der Dunklen zu, grüßte höflich, wie es üblich war, und fragte: »Genossen, woher kommt ihr? Kann ich etwas für euch tun?«

»Das Maul kannst du halten, du Affe!« antwortete einer der Fremden. Beleidigt wandte sich Frolowski ab, ging zum Posthalter und klagte: »Unhöfliche Menschen sind es, Sascha. Wäre ich nicht Invalide, ich würde sie verprügeln . . .«

Wenig später fuhren noch drei unbekannte Schlitten, mit schnellen Renhirschen bespannt, durch die Straßen von Nowo Bulinskij, und als die Männer ausstiegen, zählte der Posthalter zwanzig dick vermummte, fremde Gestalten, die wie eine schwarze, haarige Kugel auf dem weiten Kirchplatz zusammengeballt standen.

»Jeder weiß, was er zu tun hat!« sagte in diesem Augenblick der »Professor« zu den finsteren Brodjagi. »Vierzehn Frauen brauchen wir, und nicht eine mehr! Und keiner hält sich auf mit Privatvergnügen, es sei denn, er will dort hängen, wo Illarion hing! Ist das klar?«

Die neunzehn entsprungenen Sträflinge nickten. Noch einmal sah der »Professor« in die Gegend. Der Pope, Väterchen Alexeij, kam aus der Tür der Sakristei, um sich näher zu betrachten, wer da auf seinem Kirchplatz stand.

»In zehn Minuten fahren wir wieder zurück«, sagte der »Professor«. Er verbeugte sich vor Väterchen Alexeij, der vor dem Portal der Kirche stehenblieb und zurückwinkte. »Los jetzt!« sagte er dabei. »Jeder an seinen Posten!«

Das haarige Knäuel löste sich auf. Ganz ruhig geschah nun alles, ohne Aufregung und viel Geschrei.

Drei Männer gingen zum Kaufmann Schamow, zwei betraten das Postgebäude, zwei besuchten den Schuster Landowskij, einer ging in die Schule, drei beehrten den Dorfsowjet, sieben einzelne Männer betraten sieben Privathäuser, und zwei Brodjagi wandten sich dem Haus am Waldrand zu, in dem Semjonow wohnte.

Beim Kaufmann Schamow standen drei Frauen an der Theke und kauften Salz, Nudeln und Büchsen mit Tomatenmark. »Guten Tag, Brüder!« sagte Schamow höflich, als die drei seinen Laden betraten. »Einen Augenblick, ich stehe gleich zur Verfügung.«

Aber das brauchte er gar nicht, der Arme. In die drei großen, dunklen Gestalten kam unheimliche Bewegung. Eine dicke Faust sauste Schamow ins Gesicht, genau auf die Spitze seines Kinnes, und wer einen solchen Schlag schon einmal bekommen hat, kann verstehen, daß Schamow sich hinter seine Theke legte und das Bewußtsein verlor. Dann griffen die drei nach den erstarrten Frauen, umarmten sie, drückten sie an sich, würgten sie schnell und gründlich, so daß sie keinen Laut von sich geben konnten außer einem erbärmlichen Piepsen, das wie der Notschrei eines flüchtenden Kükens klang. Dann hingen die drei Frauchen schlaff in den mächtigen Armen, und man trug sie hinaus in den Schlitten, der vor der Tür des Krämerladens wartete.

Das alles geschah schnell und wortlos. Und während zwei der Männer noch die Frauen unter die Felldecken legten, warf der dritte Kisten und Eimer und Kartons mit Lebensmitteln aus dem Laden auf die Straße, riß Würste und Speck von den Haken und verließ den Laden Schamows, nicht ohne vorher dem armen Pantaleij noch einmal einen Schlag gegen das Kinn zu geben.

Zur gleichen Zeit geschah ähnliches in den anderen Häusern. Die Lehrerin Anna Petrowna wurde höflich aus der Klasse gebeten, im Flur von dem Besucher kurz gewürgt und zum Schlitten hinausgetragen. Im Haus des Dorfsowjets kam etwas Widerstand auf ... der Genosse wehrte sich zwei Minuten lang und sah noch im Umsinken, wie man sein Weibchen ergriff und wegschleppte. »Leute!« stammelte er. »Laßt mich leben! Gut, nehmt sie mit ... aber laßt mich leben ...« Dann sank er hinter einem Rentierledersessel auf die Dielen und verlor die Besinnung.

In der Post gab es keine Frauen. Hier war die »Sicherheitsgruppe« eingesetzt. Während einer der Brodjagi den Posthalter mit Faustschlägen an die Wand nagelte, zerschnitt der andere alle Telefondrähte und zerstörte den Telegrafen. Dann leerte er die Kasse – armselige 42 Rubel und neun Kopeken waren drin –, pfiff kurz und rannte aus dem Postgebäude. Der zweite folgte. Der Posthalter sank an der Wand in sich zusammen, und das Blut strömte ihm über das Gesicht aus seiner eingeschlagenen Nase und einer Platzwunde am Kopf.

Keine zehn Minuten dauerte es – wie geplant –, und in den Schlitten lagen unter den Fellen vierzehn betäubte, meist junge Frauen. Die jüngste war die Lehrerin Anna Petrowna, ein hübsches blondes Mädchen, und es war sicher, daß es später bei der Verteilung Krach um sie geben würde.

Nur dreimal wurde die Stille durch peitschende Schüsse zerrissen. Die beiden Männer, die sich dem Hause Semjonows näherten – es waren der »Professor« und sein Justizminister –, stießen auf Widerstand. Statt daß sich die Tür öffnete und ein süßes Frauchen erschien, nachdem sie höflich angeklopft hatten, ertönte hinter einem geschlossenen Fensterladen eine helle, scharfe Stimme.

»Stoj!« kommandierte die Stimme. »Wer seid ihr? Ich kenne euch nicht.«

»Wir sind eine Abordnung des Holzkombinats Shigansk und möchten den Genossen Popow sprechen!« sagte der »Professor«.

»Hier wohnt kein Popow!« sagte die Stimme hinter dem Fensterladen. »Geht, Genossen!«

»Im Gegenteil!« erwiderte der »Professor« und winkte. Der Mann, den man den Justizminister nannte, versuchte mit der Schulter die Tür einzurammen, und da er ein schwerer Mann war, bebte die Tür in den Angeln und knackte und krachte erbärmlich.

»Noch einmal!« schrie der »Professor« mit lauter Stimme. »Ich werde dir zeigen, mein Mädchen, wo die besten Stämme wachsen!«

In diesem Augenblick fiel der erste Schuß. Ludmilla hatte den Lauf des Tokarev-Gewehrs durch einen Schlitz des Fensterladens geschoben und schoß auf die Gestalt, die sich erneut gegen die Haustür stemmte. Sie traf den Mann in die Schulter, und er heulte auf, warf sich herum und flüchtete aus dem Schußwinkel.

»So ein Aas!« schrie der kleine »Professor«. »So ein verfluchtes Aas! Zum Schlitten, Josef!« Er riß einen Revolver aus seinem Bärenpelz und schoß zweimal gegen den Fensterladen. Das Holz splitterte, eine Scheibe klirrte, und irgendwo im Innern des Hauses schlugen die Kugeln in die Wand. Ludmilla hatte sich sofort, nachdem sie geschossen hatte, auf die Dielen geworfen, und als der Laden splitterte und das Glas zersprang, heulten die Geschosse hoch über sie hinweg. Nur ein Regen von Glas kam auf sie herunter und überschüttete ihre Haare.

Das war alles. Nach zehn Minuten rasten die fünf Schlitten, schwer beladen, aus Nowo Bulinskij hinaus und verschwanden im dichten Wald.

Es war Frolowski, der »Dreieckige«, der Alarm schlug. Heulend vor Wut rannte er in die Kirche, stieß den verblüfften Popen, Väterchen Alexeij, zur Seite, ergriff das Glockenseil und läutete Sturm. »Was soll's?« schrie Väterchen Alexeij in den Lärm hinein. »Du entweihst die Kirche, du Irrer! Hinweg, hinweg mit dir! Laß die Glocke los!«

»Überfall!« brüllte Frolowski. »Man hat uns überfallen! Unsere Weiber haben sie gestohlen! Den Posthalter haben sie halb totgeschlagen. Schamow ist jetzt noch besinnungslos. Überfall! Überfall! Unsere armen Frauchen . . .«

Und er zog am Glockenseil, und die Glocke schrie in den kalten Tag, daß es sogar die Männer in der Sowchose Munaska hörten, vor die Silos traten und lauschten.

»Entweder brennt es, oder die Lena tritt über die Ufer«, sagte Schliemann. »Rufen wir bei der Post an.«

Aber die Post meldete sich nicht. Tot war die Leitung. Nicht einmal ein Summen war zu hören. Aber die Glocke läutete noch immer, als hinge ein Verrückter am Seil.

Mit ihren Schlitten, mit Pferden und Rentieren, jagten die Männer von Nowo Bulinskij zurück in ihre kleine Stadt. Und je näher sie kamen und je lauter sie den Klageruf der Glocke hörten, desto sicherer wußten sie, daß etwas Schreckliches über Nowo Bulinskij hereingebrochen war.

Als sie in die Stadt rasten, mit Schnee überzogen wie Geisterjäger, war der Kirchplatz voll weinender und klagender Menschen. Väterchen Alexeij, der Pope, stand mitten unter ihnen und flehte mit hocherhobenen Händen in den grauen, schneeverhangenen Himmel.

»Unsere Frauen!« schrie der Dorfsowjet mit greller Stimme, als die Schlitten hielten. »Vierzehn Frauen haben sie gestohlen! Und das halbe Magazin von Schamow! Und mein Weibchen haben sie auch genommen, mein Mütterchen Anna! Die Brodjagi waren es. Ich habe sie erkannt! Ein Glück, daß sie nicht die ganze Stadt angezündet haben!«

Semjonow fuhr sofort zu seinem Haus. Dort stand Ludmilla, die Tokarev vor der Brust, und wartete auf ihn. Sie winkte ihm zu, als sie seinen Schlitten sah, und er atmete auf und lief ihr entgegen und küßte sie, als habe er sie lange nicht gesehen und käme zurück von einer großen Reise.

»Einen habe ich verwundet!« sagte sie, als sie im Haus waren und Semjonow sich die Finger an einem Becher heißen Tees wärmte. »Ich habe sie kommen sehen und sofort alles verriegelt. Oh, sie kennen Ludmilla Barakowa nicht! Noch nie habe ich vor einem Menschen Angst gehabt . . .« Und als sie Semjonows leises Lächeln sah, griff sie mit beiden Händen in seine Haare und zerrte an ihnen wie eine Wildkatze. »Warum lachst du?« schrie sie und küßte gleich darauf seine strahlenden Augen. »Ja, ja – einmal hatte ich Angst . . . vor dir, du Lump, vor deinen Augen, deinen Lippen, deinen Händen . . . Ich wußte, daß ich ein Nichts sein würde, wenn ich dir nachgebe . . .« Sie umarmte Semjonow und legte ihren schmalen Kopf auf sein Stoppelhaar. »Und ich habe nachgegeben und bin der glücklichste Mensch zwischen Moskau und Wladiwostok.«

Eine halbe Stunde später war das große Zimmer Semjonows voll wütender, harter, zu allem entschlossener Männer. Auch Schliemanns Frau hatten die Brodjagi mitgenommen – sie war eine von den Käuferinnen in Schamows Laden –, und nun stand Schliemann mitten im Zimmer, und vor seiner Brust hing eine der Maschinenpistolen der Roten Armee aus dem unbekannten Magazin der ehemaligen deutschen Plennies.

»Wir sind neunundachtzig Männer!« sagte er. »Kommst du mit, Pawel Konstantinowitsch?«

»Natürlich«, antwortete Semjonow. »Aber es wird schwer sein, ihnen die Beute wegzunehmen. Es wird auf Leben und Tod gehen.«

»Ich kenne meine Frau«, sagte Schliemann leise. »Sie würde lieber sterben, als sich in das Bett eines dieser Verbrecher pressen zu lassen. Und alle anderen denken ebenso. Die Schlitten sind bereit. Gehen wir.«

Ludmilla wartete, bis der lange Zug der Schlitten im Wald verschwunden war. Dann zog sie ihre Rentierlederkleidung an, warf den Pelz über, wickelte die kleine Nadja in eine Steppdecke und ging hinüber zum Krankenhaus.

Die Kirstaskaja operierte gerade. Sie reinigte die Kopfwunde des Posthalters, und nebenan wartete der Kaufmann Schamow mit einem dick geschwollenen Kinn, verquollenen Augen und klappernden Zähnen. Es war klar, daß er eine schwere Gehirnerschütterung hatte. Borja, der Krankenpfleger, assistierte der Kirstaskaja, und so war nur das dralle Weibchen Borjas da, der Ludmilla das Kind übergeben konnte.

»Paß auf Nadja auf«, sagte sie und küßte die Kleine. »Ich habe eine kleine Reise vor.«

»Gerade jetzt, Ludmilla Semjonowa? Ist es nicht schrecklich, der Überfall? Oh, wenn sie mich geraubt hätten – Borja würde mich zurückholen, und wenn ich auf dem Mond wäre!« Die dralle Jakutin seufzte, verdrehte die schrägen Äuglein, und ihr starker Busen erzitterte.

»Versorg Nadja gut«, bat Ludmilla noch einmal, dann rannte sie aus dem Krankenhaus, sattelte im Stall den Renhirsch und ritt den Spuren der Schlitten nach, die vor ihr durch die Taiga jagten, randvoll mit Rache und Gnadenlosigkeit.

Gegen Abend war's, als die Männer von Nowo Bulinskij die Senke erreichten, wo im dichten Urwald die Siedlung der Brodjagi lag. Das große Palisadentor war geschlossen; und vor dem Tor stand allein der kleine »Professor«, waffenlos, an einem Knüppel einen weißen Fetzen schwenkend, als die Schlitten in einem weiten Halbkreis vor ihm auffuhren und die neunzig Männer in den Schnee sprangen.

Schliemann, Semjonow, Haffner und Wancke gingen auf ihn zu. Hinter sich hörten sie, wie die Gewehre durchgeladen wurden. In einem der Schlitten lag eine Kiste mit Handgranaten . . . Während der Fahrt hatte man sie zu fünfen zusammengebunden und geballte Ladungen aus ihnen gemacht, um die Palisaden aufzusprengen.

»Bevor wir verhandeln«, sagte der »Professor« mit ruhiger Stimme, »wäre es nützlich, Bürger, wenn ihr einen Blick in das Lager werfen würdet. Dann können wir weitersprechen.« Er trat zurück, öffnete das Tor und ließ Schliemann und die anderen einen Blick auf den Dorfplatz werfen.

Dort standen in einem großen Kreis die Frauen – die sechs, die schon seit Jahren hier lebten, und die vierzehn neu geraubten –, und vor ihnen standen die Kinder. Vier Säuglinge, auf Fellen und in Decken gewickelt, lagen auf dem Schnee. Die Kinderaugen blickten groß und ängstlich auf das Tor, aber sie weinten nicht.

Hinter den Kindern und Frauen standen die Brodjagi, die Gewehre in den Händen, die Pelzmützen tief im Gesicht. Es bedurfte keiner Worte, um zu wissen, was geschehen sollte.

»Ist es klar, Bürger?« fragte der »Professor«.

»Ja«, antwortete Schliemann gepreßt. »Was verlangt ihr?«

»Freies Geleit und keine Verfolgung.«

»Und die Frauen?«

»Kommen mit uns.«

Schliemann wandte sich ab und riß seine Maschinenpistole hoch. Semjonow hielt ihm die Hand fest, die zum Abzug fuhr, und schlug sie zur Seite.

»Die Kinder«, schrie er. »Mensch, sieh dir die Kinder an . . .«

»Siebenunddreißig Kinderchen sind's«, sagte der »Professor« milde. »Hinter ihnen steht Kolka, ein guter Schütze. Und er hat wie du eine Maschinenpistole. Wie schnell sind siebenunddreißig Schuß hinaus . . .«

Schliemann blickte wieder hinüber zu dem Kreis der Frauen und Kinder. Er sah seine Vera vor einem kleinen, dicken Sträfling stehen, und das Gewehr des Brodjaga zeigte genau auf Veras schönen Nacken.

Flaumweiche, kleine Löckchen hat sie dort, dachte Schliemann, und er fühlte einen stechenden Schmerz in der Brust. Wie oft habe ich sie geküßt und »mein kleines Hühnchen« genannt. Drei Kinder hat sie mir geboren, und nun wird sie umkommen, vor meinen Augen, und keiner kann ihr helfen, denn die Grausamkeit der Menschen ist unbegreiflich.

Mit einem Ruck löste er sich aus dem Griff Semjonows, stieß den »Professor« zur Seite und trat in die Einfahrt.

»Vera!« schrie er. »Vera! Siehst du mich? Hörst du mich? Was soll ich tun, mein Liebling?«

»Laß uns sterben, Egonja!« schrie Vera zurück. Sie hob beide Arme und winkte Schliemann zu, und ihr blondes Haar fiel über ihr Gesicht wie ein Schleier, der ihre Todesangst verdecken wollte. »Erschießt sie alle, diese tollen Hunde! Denkt nicht an uns! Stolz sind wir auf euch, wenn ihr sie tötet.«

»Du hast ein mutiges Weibchen«, sagte der »Professor« und trat neben Schliemann. »Aber die Kinderchen, Bürger.«

»Wir töten sie nicht!« knirschte Schliemann. »Ihr ermordet sie!«

»Wer fragt danach, wenn sie tot sind?« Der »Professor« lächelte still und hob wie ein feilschender Händler die Hände. »Zugegeben, ihr werdet uns alle erschießen. Im Grunde ist uns das gleichgültig, denn zeit unseres Lebens schlafen wir mit dem Tod unter einer Decke. Aber euer Gewissen, Bürger? Zwanzig Frauen und siebenunddreißig Kinderchen ... ein Haufen Blut und Fleisch. Wer könnte das je vergessen ...?«

Schliemann wandte sich ab und trat von dem Palisadentor zurück. Er sah hinüber zu den Männern von Nowo Bulinskij, die mit den Waffen in den Händen auf ein Zeichen warteten. Er sah auch Semjonow an und wunderte sich über dessen starre Augen.

»Was soll ich tun, Pawel Konstantinowitsch?« fragte Schliemann mit heiserer Stimme. »Mein Gott, was sollen wir tun? Die Kinder ... und unsere Frauen ...«

Semjonow schwieg und senkte den Kopf.

Ich habe ihnen den Plan gezeichnet, dachte er, und es war eine tödliche Leere in ihm. Frolowski hat es gesehen: Mit meinem Plan in der Hand standen sie vor der Kirche, und nach meinem Plan haben sie gehandelt. Ihr solltet mich erschlagen, Brüder ... mich zuerst, ehe ihr die Brodjagi bestraft. Ich werde mich nicht wehren, Freunde. Ihr könnt mich in den Schnee stampfen, und es wird kein Ton von mir zu hören sein. Zwar habe ich den Plan aus Angst gezeichnet, ja, aus ganz gemeiner Angst ... Wer von euch weiß, was eine Folter ist ... wenn man euch stückweise verbrennt oder euch kleine Bambusstäbchen in die Fingerkuppen treibt, erst ein wenig und dann immer weiter, mit kleinen, kurzen Schlägen, bis ihr alles, was sie wissen wollen, hinausschreit oder wie wahnsinnig mit dem Kopf gegen die Wand rennt ...

Doch wer fragt danach? Ich hatte Angst, das ist es. Und darum solltet ihr mich totschlagen, Brüder. Ich habe es verdient ...

»Was soll ich tun?« schrie Schliemann und rüttelte Semjonow. »So sag doch etwas! Was würdest du tun, wenn deine Ludmilla dort im Kreis stünde ...?« Und als er sah, wie die Männer von Nowo Bulinskij langsam näher kamen, eine waffenstarrende, stumme Wand aus Rache und Vergeltung, warf er beide Arme empor und brüllte: »Stehenbleiben! Um Gottes willen, bleibt stehen, Brüder! Ihr wißt nicht, was hinter dem Zaun ist! Bleibt stehen, um Jesu willen!«

In diesen Minuten völliger Verzweiflung erreichte Ludmilla auf ihrem Renhirsch das Dorf der Brodjagi von der anderen Seite her. Einen Halbkreis war sie geritten und hielt nun vor der hohen

Palisadenwand, sprang in den Schnee und band den Hirsch an einen Baum. Sie warf ihren Pelz ab, steckte die Nagan in den Gürtel ihrer Lederkleidung und trat an die oben zugespitzten Stämme heran.

Niemand sah sie, niemand störte sie. Und sie ging die Palisaden entlang, durch den kniehohen Schnee, und sah hinauf zu den drohenden Spitzen. Sie suchte etwas an der langen, in den Waldboden gerammten, von Stürmen, Eis und Sonne ausgebleichten Holzwand.

»Sag etwas!« schrie Schliemann, dreihundert Meter jenseits der Wand, und umklammerte seine Maschinenpistole. »Wenn deine Ludmilla dort stünde . . .«

»Ich weiß es nicht«, erwiderte Semjonow leise und wandte sich ab. »Vielleicht ginge ich hinein und würde ein Brodjaga . . .«

»Freien Abzug, mit allen Frauen!« rief der »Professor« am Tor. »Das Leben gehört nun mal dem Stärkeren, Bürger!«

Dreihundert Meter jenseits des Tores blieb Ludmilla Semjonowa stehen. Der Schnee reichte ihr bis zu den Schenkeln, und sie schwitzte und keuchte von dem mühsamen Weg entlang der Wand.

Aber die Anstrengung hatte sich gelohnt. Was sie suchte, hatte sie gefunden.

15

Eine Birke war's. Ganz nahe an der Palisadenwand war sie gewachsen, ein junges Stämmchen, das sich wie haltsuchend an die Bretterwand lehnte und dessen dünner Wipfel kaum über die Spitzen der Pfähle hinausragte. Mit verharschtem, angewehtem Schnee und Eisklumpen war sie übersät, und es knackte in ihrem dünnen Stamm, als Ludmilla die Arme streckte, sich an sie klammerte und sie zu erklettern begann.

Ein paarmal rutschten Ludmillas Hände am Eis des Stämmchens ab, und als sie fast die Spitzen der Palisaden erreicht hatte und schon nach vorn griff, um sich an die Bretterwand zu klammern, glitten ihre Finger wieder ab, und sie fiel aus zwei Meter Höhe zurück in den Schnee und versank bis zu einem halben Meter.

Noch dreimal versuchte sie es. Sie biß die Zähne zusammen;

die Lippen waren nur mehr ein Strich; ja, sie riß sich die Pelzmütze von dem schweißroten Gesicht, schüttelte wild die Haare, sprang die Birke noch einmal an und kletterte wieder an dem glatten Stamm hinauf, bis sie die Hände um eine der Palisadenspitzen krallen konnte. Keuchend, mit aufgerissenem Mund, aus dem der heiße Atem wie eine dichte Wolke wehte und sofort in der kalten Luft zu klirrendem Nebel gefror, hing sie dann oben an der Bretterwand, zog sich ächzend empor und preßte sich seitlich mit der Schulter zwischen zwei der angespitzten Pfähle. So hing sie eine Weile, starrte in das Dorf der entsprungenen Sträflinge, sah in der Ferne das große Frauenhaus, von dem Semjonow erzählt hatte, und im weiten Halbkreis herum die Hütten der Männer. Vom Tor her flatterten Laute zu ihr. Stimmen, Geschrei, Frauenweinen. Als sie wieder Kraft gewonnen hatte, zog sie sich vollends auf die Palisade und sprang von da hinunter ins Dorf, indem sie sich abstieß und einfach fallen ließ. Sie kugelte durch den Schnee, sprang aber sofort wieder auf und rannte, ohne sich umzusehen, geradewegs auf die erste Hütte zu.

Was sie vermutete, traf zu. Das Haus war leer, die Tür nicht verschlossen, selbst der Hund war mitgenommen worden. Und als sie in der Tür stand und sich umblickte, sah sie alle Häuser so verlassen und wußte, daß die Männer vorn am Tor waren und auf den Angriff der Leute aus Nowo Bulinskij warteten.

Ludmilla handelte schnell. Sie nahm die Petroleumlampe, goß den Brennstoff auf dem Boden aus, sprengte ihn über Tisch und Bank, Stühle und Schränke, bespritzte sogar die Wände damit, den gemauerten Ofen und die dicke Balkendecke. Dann lief sie zum Herd, stieß einen dicken Birkenzweig aus dem Reisig, das überall in den Hütten in einer gemauerten Höhlung zum Feueranzünden unter dem Ofen lag, ins Feuer, ließ ihn hell aufflammen und warf ihn dann auf den Tisch. Es zischte, und dann loderte das Petroleum auf. Flämmchen, blauschwarz qualmend, liefen durch das ganze Haus, leckten die Wände empor, ergriffen die besprengten Möbel und Dielen.

Brennt! dachte Ludmilla und warf die Lampe in die Flammen auf dem Tisch, wo sie mit einem hellen Knall zerbarst. Brennt! Macht aus dem Haus einen Scheiterhaufen! Lodert in den kalten Himmel und verbreitet Panik! Brennt! Brennt!

Sie rannte aus dem Haus, bevor die Flammen zu groß wurden, und hetzte durch den Schnee zur nächsten Hütte . . . Petroleum über alles, ein flammendes Scheit darüber . . . Flammen . . . Flammen . . . noch im Haus, noch nicht sichtbar . . . aber es würde nicht lange dauern, und die Scheiben würden mit lautem Knall zerplatzen und aus dem Dach das Feuer in den grauen Schneehimmel emporlodern.

Und weiter . . . zum nächsten Haus . . . und das vierte . . . und das fünfte . . . Eine wahre Wonne war's, das Petroleum auszugießen und es anzuzünden, die blauen Flämmchen zu sehen, wie sie sich in das Holz fraßen und das laute Knistern der Zerstörung begann.

Im sechsten Haus stand sie plötzlich einem Kind gegenüber. Es lag auf dem Ofen, hatte ein rotes, fiebriges Gesicht und starrte die fremde Frau an, die ins Haus gerannt kam, mit wilden schwarzen Haaren, die nach Petroleum und Brand roch und nun an der Tür stehenblieb und hinauf auf die Plattform des Ofens sah.

Das Kind begann leise zu weinen. Angst hatte es und Durst, und der Kopf tat so weh, und die Zunge war dick geschwollen und schwer, und alles war so heiß, als läge man in kochendem Wasser. Und die Welt war so rätselhaft, so dunstig und manchmal wieder so merkwürdig schief und voller Punkte und Kreise.

»O Tjotka – Tante –«, wimmerte das Kind. »O Tjotkanja . . . hast du Wasser? Hast du Wasser?« Es hob die dünnen Ärmchen und streckte sie nach Ludmilla aus, die an der Tür stand und zum Ofen starrte.

»Was hast du?« fragte sie mit belegter Stimme. »Kannst du gehen? Komm, ich hebe dich herunter. Du mußt weg aus dem Haus.«

»Es geht nicht, Tjotkanja«, wimmerte das Kind. Ein Mädchen war's, mit langen blonden Haaren, ein hübsches Kind von etwa sieben Jahren, aber dünn und wie verhungert, mit einem gedunsenen Gesichtchen voller Schmerz und Fieber. »Djadja Iwanow sagt, ich hätte was im Bauch. Heißen Lehm hat er mir draufgetan, Tjotka, aber es ist nicht besser geworden. Oh, ich habe Durst. Hast du Wasser? Bitte, bitte . . .«

Ludmilla sah sich um. Dort stand die Lampe, wie überall in den Hütten, auf einem Brett in der »schönen Ecke«. Ein Griff nur, den Zylinder abgerissen, das Petroleum im Raum verspritzt, ein brennender Zweig aus dem Herd, und das sechste Haus brannte wie die anderen.

»Durst!« rief das Mädchen auf dem Ofen. »Oh, wie ich Durst

habe, Tjotka. Warum ist Mamuschka nicht hier?«

Ludmilla atmete tief. Sie lief zum Ofen, stellte sich auf die Bank und hob das fiebernde Kind herunter. Leicht war es, gar nicht wie ein sieben Jahre altes Mädchen. Wie ein zitterndes Hündchen lag es in Ludmillas Armen, schlang die Ärmchen um ihren Nacken und drückte das glühende Gesichtchen an ihre Brust.

»Wohin gehen wir, Tjotka?« fragte es. »Djadja Iwanow sagt, man müßte mich zum Arzt bringen. Den Bauch soll man mir aufschneiden. Aber ich habe Angst. Und Djadja Professor sagt, er könne das auch. Hast du Wasser?«

»Sofort, mein Kleines«, sagte Ludmilla Semjonowa, und sie hatte eine heisere Stimme. Sie legte das Kind auf die Bank hinter den Tisch, holte Schneewasser aus einem Topf, hielt ihm den aus Holz geschnitzten Kochlöffel an den Mund und ließ es trinken. Die aufgesprungenen Lippen des Kindes verzogen sich zu einem Lächeln, und in die fieberglänzenden Äuglein kam ein Ausdruck tiefer Dankbarkeit.

»Das ist gut, Tjotka«, sagte das kleine Mädchen und ließ den Kopf auf die Bank zurückfallen. »Du bist so gut. Woher kommst du?«

Ludmilla rannte an das nächste Fenster. Das erste Haus muß jetzt schon brennen, dachte sie. Die Flammen müssen aus den Fenstern springen, und im Dach wird es knistern, und der Rauch wird träge in den bleigrauen Himmel steigen.

Aber noch sah man nichts von dem Brand. Aus dem zweiten Haus quoll Rauch in dünnen Fäden durch einige Ritzen in den Wänden, und hinter den noch nicht zersprungenen Fenstern sah sie das Flackern der Flammen, tanzende Irrlichter der Zerstörung.

»Ich komme wieder!« sagte Ludmilla zu dem Mädchen. Es lag auf der Bank, die Händchen auf den harten, schmerzenden Leib gedrückt. Aber es lächelte noch immer zu Ludmilla hin und sah dann verlangend auf den Kessel mit dem Schneewasser.

»Noch einen Löffel voll«, bettelte es.

»Nachher!« Ludmilla lief zur Tür. »Hab' keine Angst, wenn draußen gleich ein großer Lärm entsteht. Schießen wird man und schreien und herumlaufen. Hab' keine Angst . . . ich bin in deiner Nähe.«

»Ich habe keine Angst, wenn du da bist, Tjotka . . .«

»Und bleib liegen, hörst du? Wie heißt du denn?«

»Sie nennen mich alle Darja.«

»Dann sei ganz ruhig, Darja, hörst du? Nichts wird dir geschehen, gar nichts!« Das alles sagte Ludmilla mit fliegendem Atem. Die Minuten verrannen, und an Minuten hingen Leben und Glück von Nowo Bulinskij.

»Du kommst wieder?« rief das Mädchen auf der Bank, als Ludmilla aus dem Zimmer lief.

»Ja!« rief sie zurück. »Ja! Sei ganz ruhig!«

Dann stand sie draußen im Schnee, sah hinüber zum großen Frauenhaus und erkannte die zusammengeballte Gruppe der Frauen und Kinder und mitten unter ihnen die dunklen Gestalten der Brodjagi. Und plötzlich erkannte sie auch, was dort vor dem großen Tor geschehen sollte, und sie ballte die Fäuste, preßte sie gegen den Mund und stöhnte in ohnmächtiger Wut und verzweifeltem Entsetzen.

Und dann zersprangen mit lautem Knall die ersten Scheiben der brennenden Hütten. Aus der Enge befreit, schossen die Flammen mit einem dumpfen Dröhnen aus den Fenstern, der Rauch entfaltete sich zu großen, grau wallenden Wolken, die mit ihrer glühenden Hitze gegen den Frost prallten, daß die Luft sogar knisterte und sich eine Wand aus brodelndem Nebel bildete. Da es nun Abend war und die Nachtschatten über die Taiga krochen, sah man auch den Feuerschein im Haus und unter dem Dach und erkannte, daß es kein kleiner Brand war, sondern die nicht mehr eindämmbare Vernichtung zu Glut und Asche.

Ludmilla wartete den ersten Knall ab, dann rannte sie weiter, zum nächsten Haus, warf die Lampe auf die Dielen und einen Scheit aus dem Ofen gleich darauf. Ein vornehmes Haus war es, das sie jetzt in Brand steckte. Ein handgewebter Teppich lag auf den Dielen. Er ging sofort in Flammen auf und griff über zu den Vorhängen aus Leinen, die vor den Fenstern hingen. Jagdtrophäen hatte man an die Wände genagelt, und neben dem Ofen hing aufgespannt das Fell eines herrlichen weißen Tigers, den man nicht erschossen, sondern todesmutig mit einem Spieß erlegt hatte. Die Stichwunde im Fell war deutlich zu sehen, man hatte sie so blutumrandet, wie sie war, gelassen. Eine Demonstration von Mut und Kaltblütigkeit.

Das Haus des Professors, dachte Ludmilla. Es muß ihm gehören. So wohnt ein kleiner Herrscher, und wenn er auch nur der Anführer einer Horde Sträflinge ist. Sie sprang zu dem wundervollen weißen Tigerfell, riß es von der Wand und schleuderte es auf den brennenden Teppich.

Von draußen hörte sie lautes Geschrei und die ersten Schüsse. Hunde heulten wie verwundete Wölfe, und dazwischen gellten die Schreie von Frauen und Kindern. Da rannte sie an die Tür und zog die schwere Nagan aus dem Gürtel.

Drei der Häuser standen in hellen Flammen, umgeben von wallenden Nebeln. Im vierten zerplatzten jetzt die Scheiben, im fünften brodelten die Flammen. Nur das sechste lag dunkel gegen den Wald und die Palisadenwand, und in ihm war ein kleines blondes Mädchen, verkroch sich vielleicht irgendwo in eine Ecke wie eine sterbende Katze und sah mit von Grauen verzerrtem Gesicht in die flackernde Dunkelheit.

Der Kreis vor dem Frauenhaus hatte sich aufgelöst. Die Brodjagi rannten zu ihren Häusern; die Frauen hatten sich über die brüllenden Kinder in den Schnee geworfen und schützten sie mit ihren Leibern, und vom Tor her stolperte mit hocherhobenen Armen eine kleine Gestalt, die wie ein gedrungener Bär wirkte. Diese Gestalt schrie mit gellender Stimme: »Schießen, Brüder! Schießen! Laßt die Hütten brennen! Wehrt euch doch! Ihr Memmen! Ihr Feiglinge! Ihr erbärmlichen Hunde! Die Frauen und Kinder schützen euch doch, ihr Idioten! Halt! Halt!«

Hinter Ludmilla zischten die Flammen aus dem Haus. Wie versteinert blieb der »Professor« stehen und starrte auf sein qualmendes, brennendes Haus.

»Oh!« sagte er dumpf. »Oh, ihr Schweine! Aber mich überlistet ihr nicht!« Er wandte sich ab, rannte zu einer Gruppe Frauen, die vom Platz weg zu den noch nicht brennenden Häusern flüchtete, und schwenkte dabei seine Pistole. »Verreckt alle!« schrie er wie irr. »Verdient habt ihr es! Alle! Aber nicht ich! Nicht ich!« Er erreichte die letzte der Frauen, fiel sie an wie ein Wolf, sprang auf sie und krallte sich in ihren Rücken. Die Frau schrie gellend auf, ließ sich in den Schnee fallen, wälzte sich herum wie ein angeschossener Fuchs und trat und schlug um sich. Und dabei schrie sie mit unmenschlicher Stimme, als röste man sie bei lebendigem Leib am Spieß.

Der »Professor« trat sie in den Leib und ins Gesicht, bückte sich und wollte sie mit der linken Hand zu sich emporreißen, um sie als lebenden Schild vor sich herzuschieben. Er hatte es jetzt leicht, denn die Frau war besinnungslos aus Angst und von seinen Tritten.

Da sah er Ludmilla im Schnee vor seinem brennenden Haus stehen, und er sah auch, daß sie eine Nagan in der Hand hielt und auf ihn zielte.

»Du mistiges Weibsstück!« brüllte er. »Du verfluchte Hure!«

Noch einmal bückte er sich, um die ohnmächtige Frau hochzureißen, da drückte Ludmilla ab. Der Schuß ging unter im Geschrei und Schießen vom Tor her, im Prasseln der Flammen und dem krachenden Gebälk, und daß es überhaupt ein Schuß war, sah man nur am Hüpfen der schweren Nagan in ihrer Hand.

Entsetzt blickte der »Professor« in das entschlossene, bleiche Gesicht Ludmillas. In seinen kleinen Körper hatte es eingeschlagen, eine riesenhafte Faust hatte ihn gegen die Brust geboxt, und nun zerging sein Leib im Feuer wie sein Haus. Alles in ihm brannte, sein Blut kochte plötzlich, aber er schrie nicht, obgleich er den Mund weit aufriß. Dann schwankte er, die Pistole entglitt seinen schlaffen Fingern, er fiel auf die Knie, warf den Kopf zurück und blickte in den fahlen Nachthimmel und die turmhohen Wipfel der Taigabäume. Aber auch diese Bäume verloren plötzlich ihre Kronen, sie fielen um, senkten sich zur Erde, lösten sich auf wie Nebel . . . Er lag im Schnee, der kleine »Professor«, der davon geträumt hatte, mitten in der Taiga, an der mächtigen, herrlichen, wilden Lena einen Staat der Brodjagi zu gründen, einen Staat der absoluten Freiheit, in dem nur sein Wort galt, und er hatte nie eingesehen, wie widersinnig das war. Und nun starb er mit dem Gesicht im zerstampften Schnee, in den er hineinbiß im letzten Todesschmerz, und sein brennendes Haus beleuchtete ihn, wie damals das brennende Rom den Untergang Neros beschien.

Ludmilla wandte sich ab und ging zurück zu dem dunklen, unversehrten Haus. Die Nagan hielt sie in der Hand, aber sie nahm nicht wahr, was um sie herum geschah. Sie sah nicht, wie die Männer von Nowo Bulinskij die bärenähnlichen Sträflinge jagten wie tolle Hasen, wie sie sie vor den Häusern erschossen oder in die Häuser eindrangen und sie dort töteten, wie Egon Schliemann seine Frau weinend durch den Schnee trug und Semjonow neben ihm herlief und Fetzen eines Kinderkleides auf eine Wunde drückte, die die ganze linke Schulter Vera Schliemanns einnahm. Sie sah nicht, wie Kurt Wancke einen unter Schlägen taumelnden Sträfling gegen die Wand des Frauenhauses trieb, und dieser Brodjaga schleifte an jeder Hand ein kleines, totes Kind mit sich, das er beim Hereinstürmen der Männer von Nowo Bulinskij erschossen hatte. An der Hauswand trieb Wancke den Kindermörder mit Kolbenschlägen hoch, und dann zielte er auf den Kopf des Unmenschen und schoß ihn in die Stirn.

Sie sah nicht, wie verwundete Frauen, blinden Hunden gleich, durch den Schnee krochen und schrien, wie eine Frau zwischen Blut und Schneematsch hockte und einen Säugling in den Armen wiegte, dem das winzige Köpfchen eingeschlagen war.

Sie rannte in das dunkle sechste Haus und fand das kleine Mädchen Darja schlafend auf der Bank. Das Köpfchen lag schief, und die blonden Haare hingen hinunter auf die Diele. Es schien im Schlaf glücklich zu sein. Getrunken hatte es, die gute Tjotka wollte wiederkommen, der Bauch brannte nicht mehr, die Zunge war kein Luftballon mehr, es war alles so anders und schön und voller Hoffnung.

Ludmilla setzte sich neben das Mädchen, legte die Nagan auf den Tisch und wartete auf den ersten, der in das Haus stürzen würde.

Es war Willi Haffner, der Maurer aus Monschau in der Eifel, und mit ihm stürmten drei Jakuten aus Bulinskij brüllend in die Stube.

»Ergib dich, du Wanze!« brüllte jemand. »Oder wir schmieren mit deinem Gehirn unsere Wagenräder!« Dann erkannten sie im flackernden Feuerschein des Herdes Ludmilla Semjonowa und senkten die Waffen.

»Du bist hier?« rief Willi Haffner schweratmend und ließ sich auf einen der Schemel fallen. »Pawel trägt Vera weg, sie hat's böse erwischt. Die anderen räumen auf!« Das klang bitter und entschlossen zugleich. »Sie haben tatsächlich die erste Salve auf die Frauen abgegeben, als die Häuser brannten. Aber dann –« Willi Haffner schwieg abrupt und starrte Ludmilla an. »Der Brand . . . die Häuser . . . mein Gott, das warst du . . .«

»Ja«, antwortete Ludmilla und beugte sich über die kleine Darja. »Ich mußte sie doch von euch ablenken . . .«

»Es war Rettung in höchster Not. Wir wußten keinen Ausweg mehr. Sie hätten vor unseren Augen die Frauen und Kinder ermordet. Alle . . .« Er wischte sich über die Augen. Im Dorf der Sträflinge verstummten jetzt die Schüsse und das Geschrei. Das Strafgericht war beendet. Es gab keine Brodjagi mehr. Nur der Feuerschein flackerte noch hoch in den Himmel und beschien auch Ludmilla und das schlafende Kind. »Mein Gott, was sind das für Menschen? Sind es überhaupt noch Menschen?« sagte Willi Haffner erschüttert. »Auf die Kinder haben sie zuerst geschossen, ehe sie flüchteten.« Er blickte auf das kleine Mädchen und erhob sich. »Wer ist denn das?«

»Das ist Darja«, antwortete Ludmilla und stand ebenfalls auf. »Laßt einen Schlitten kommen, schnell! Darja muß sofort zu Dr. Kirstaskaja. Eine Blinddarmentzündung hat sie ... und sie wäre gestorben, wenn ich sie nicht gefunden hätte. Ist das nicht merkwürdig, mein Freund: Inmitten von Blut und Tod retten wir ein Kind. Gibt es etwas Widersinnigeres als unser Leben?«

So endete das Dorf der Brodjagi.

Sollen wir Mitleid haben? Schließlich waren es Menschen wie wir.

Aber wer so denkt, kennt nicht die Taiga. Hier gelten andere Gesetze. Grausamere und einfachere. Logischere und naturgebundene.

Ein Wolf jagt das Reh. Ein Fuchs hetzt das Wasserhuhn. Ein Stör frißt die kleineren Fische der Lena und Muna. Ein Habicht stößt auf die Maus. Und die Stürme knicken und fällen die Bäume, das Eis schabt die Flußufer ab, der Frost zerreißt das Mark der Stämme, die Sommersonne dörrt das Gras aus.

Und der Mensch?

Leben will er inmitten dieser Feindseligkeit, weil er dieses herrliche Land liebt mit glühendem Herzen.

Nichts als leben will er.

Man sollte es nicht glauben, aber es ist wahr: Karpuschin war wie umgewandelt. Wenn ein alter Mann ein junges Mädchen liebt, verliert er den Verstand – das ist ein so unabwendbares Ereignis wie Regen und Wind. Was so ein hübsches junges Weibchen aus einem alten Mann machen kann, grenzt an die Zauberkraft chinesischer Magier ...

Mit Karpuschin war also eine Wandlung vorgegangen. Nachdem er Marfa Babkinskaja über den Wert und die Kraft seiner Männlichkeit belogen hatte und sie im Glauben ließ, daß eine wilde Liebesnacht hinter ihnen liege – und dabei hatte er noch nie so gut geschlafen wie in dieser Nacht, eingelullt von fast drei Flaschen Wodka –, als Marfa Babkinskaja sich schweren Herzens daran gewöhnt hatte, einen dicklichen, bärtigen und durchaus nicht schönen General als Liebhaber zu haben, traf Karpuschin eine Reihe fataler Entscheidungen, die mit seiner hormonalen Verwirrung in engem Zusammenhang standen.

Semjonow war in Olenekskaja Kultbasa nicht mehr zu finden, das war sicher. Also brach Karpuschin seinen Aufenthalt in der ins Gigantische wachsenden neuen Atomstadt ab und ließ sich nach Jakutsk fliegen. Aber nicht auf Grund einer seiner vielgerühmten »Ahnungen« reiste er dorthin, sondern wegen einem jener neuen Pläne, die in seinem Gehirn Purzelbäume schlugen, seitdem er das warme, seidenweiche Körperchen Marfas gesehen und sogar – vor dem Einschlafen – berührt hatte.

Nie werde ich Heller-Semjonow finden, dachte er an dem Tag, an dem Marfa verstört herumirrte und sich immer wieder sagte, daß nun nichts mehr zu ändern sei. Alle Erinnerungen an die Nacht fehlten ihr, und als sie aufwachte, lag sie nackt neben dem General, was ja wohl keine weitverzweigten Deutungen übrigläßt. Wer weiß, wo Semjonow untergekrochen ist, dachte Karpuschin weiter und betrachtete die große Karte Sibiriens. Wie soll man in einem ganzen Erdteil einen einzelnen Menschen suchen? Westlich des Urals war es leicht . . . Da war alles durchorganisiert, da paßten die Dorf- und Stadtsowjets auf, da gab es überall treue Kommunisten, die die Augen offenhielten. Aber hier, in der Taiga? Frag einen Jakuten oder Tungusen, einen Ewenken oder Tschuktschen, ob er ein Kommunist ist . . . Er wird nicken, da-da sagen und mit einem scheelen Blick weiterziehen. Ihn interessiert das Kalben einer Renkuh mehr als ein Manifest Lenins, und wenn man's genau bedenkt, hat er recht, der sibirische Genosse, denn Lenins Worte vermehren die Herde nicht, wohl aber die kalbende Kuh. Sinnlos, völlig sinnlos war es also, diese Menschen zu fragen, ob sie einen Semjonow versteckt hielten. Wer das in Moskau nicht einsah, war ein armer Geist, und Karpuschin kam zu dem erschreckenden Ergebnis, daß es eigentlich auch im Kreml wenig große Geister gab.

Man sollte ein ganz anderes Leben führen, dachte der verjüngte Karpuschin. Man ist amtlich tot als Karpuschin, also hat man ein Recht, ein neues Leben zu führen, und ein besseres Leben als vordem. Ein guter Startplatz dafür ist Jakutsk. Hier kommen Mongolen hin, um Handel zu treiben; hier sitzt eine chinesische Handelskommission, die den Seidenhandel ausbauen will; hier ist der Weg offen zum Süden . . . Und man sollte, so dachte

Karpuschin mit bebendem Herzen, der Sonne und der Wärme entgegenziehen, wenn man schon im Alter das große Glück hat, den Frühling noch einmal zu erleben.

Also flog man am nächsten Tag nach Jakutsk, und in dieser Nacht besoff sich Karpuschin nicht, sondern aß bei den Ärzten ein Omelett aus vier Eiern und mild gesalzenem Speck, trank ein Becherchen Kwass und war stark genug, Marfa Babkinskaja mit der Zärtlichkeit eines Walrosses von der neugewonnenen Jugend zu überzeugen.

Diese erste wirkliche Liebesnacht war für Karpuschin trotz nachfolgender Atembeschwerden, Kreislaufstörungen und Flimmern vor den Augen das ganz große Erlebnis seiner letzten vierzig Jahre. So wie jetzt hatte er nur als Zwanzigjähriger geliebt, und wenn er an seine »Witwe« Olga Jelisaweta dachte und an ihre Geziertheit, dann mußte er mehrmals schlucken und sich gestehen, die besten Jahre eigentlich versäumt zu haben. Wie sanft, wie zart und doch voll Glut war da Marfa Babkinskaja. Sie sprach nicht immer wie Olga Jelisaweta und stieß wohleinstudierte Quietscher aus, sondern sie hatte die Augen geschlossen, die Lippen etwas geöffnet, und ihr Gesichtchen zerschmolz unter seinen Küssen. Sie gab sich hin wie Leda, und Karpuschin fühlte sich als zärtlicher, wilder Schwan.

In dieser Nacht hatte Karpuschin auch seine Entscheidung gefällt. Er mietete in Jakutsk ein Zimmer in einem neuen Wohnblock und schimpfte mit den beiden Baubrigadiers, weil schon jetzt, da das Zimmer noch gar nicht bezogen war, der Putz von der Decke fiel, die hölzernen Fensterrahmen sich verzogen hatten und der Wind ins Zimmer pfiff.

»Was wollt ihr, Genosse?« brüllte der Brigadier der Tischler zurück. »Die Fenster kommen aus der staatlichen Fabrik Lastotschkuscha« – was soviel heißt wie »Schwälbchen« –, »sie sind qualitätsgeprüft, haben ihren Gütestempel, und wir bauen sie nur ein. Beschwerden also dorthin, Genosse! Können wir dafür, daß die Genossen von Lastotschkuscha mit dem Hintern am Hobel stehen statt mit dem Gesicht?«

Karpuschin seufzte und bezog das Zimmer. Er war froh, überhaupt ein Zimmer bekommen zu haben, denn auch in Jakutsk herrschte Wohnungsnot, wie in allen sowjetischen Städten. Nur sein Ausweis aus Moskau verschaffte ihm diese Bleibe; und es war Marfa Babkinskaja, die Möbel kaufte. Nicht viel

Möbel ... ein breites Bett, einen Tisch, vier Stühle, zwei Sesselchen, einen Schafteppich, einen Kohlenherd, einen runden Eisenofen, Geschirr für vier Personen, ein Transistorradio, ein Bild von Lenin, eine hölzerne Deckenlampe mit vier Glasschalen und einige andere Kleinigkeiten, die ein Zimmer wohnlich werden lassen.

Währenddessen besuchte Karpuschin nacheinander die chinesische Handelsdelegation, den größten mongolischen Silberhändler in Jakutsk und eine Versammlung merkwürdiger Männer, die sich mit Pferde- und Eselhandel beschäftigten und sich im vertrauten Kreise mit »Herr Oberst«, »Herr Major«, »Herr Oberstleutnant« und einmal sogar mit »Herr General« anredeten. Es waren Chinesen, vornehm, zurückhaltend, unauffällig, höflich, immer freundlich. Das ewige Lächeln Asiens lag auf ihren schmalen Lippen, aber ihre Augen waren wach und von sanfter Klugheit.

Mit diesen Männern kam Karpuschin ins Gespräch, nachdem man ihm auf der Handelsmission einen Brief mitgegeben hatte. In einem alten Haus mitten in Jakutsk traf man sich, saß um einen großen schwarzen Lacktisch, und der Rauch süßlicher Zigaretten lag im Raum und verzauberte die Gemüter der Anwesenden.

»Wir haben uns erkundigt, Exzellenz«, sagte der freundliche Eselhändler, den man mit »Herr Oberst« ansprach. »Sie sind tatsächlich der Generalmajor Matweij Nikiforowitsch Karpuschin. Es stimmt auch, daß Sie in Moskau und der Welt als tot gelten, als liquidiert wegen Konspiration mit dem Westen. Sie wurden erschossen. Es stimmt alles.«

»Ich lüge nicht!« erwiderte Karpuschin stolz und beleidigt zugleich. »Es ist meine Art, mit Ehrlichkeit durch das Leben zu gehen.«

Das war nun gewaltig übertrieben und gelogen, aber sehen wir darüber hinweg, denn Karpuschin begann ja, Politiker zu werden! Da gelten andere Gesetze als die der üblichen Moral.

»Ich erkläre mich bereit«, fuhr Karpuschin fort, »meine Erfahrungen in der Roten Armee und als Abteilungsleiter des KGB dem Aufbau der chinesischen Armee zur Verfügung zu stellen. Ich glaube, daß es sehr nützlich sein könnte.«

»Davon ist unsere Regierung auch überzeugt, Exzellenz.« Der Eselhändler, »Herr Oberst«, nickte und blätterte in einigen Papieren. »Sie waren in Stalingrad, an der Leningradfront und später beim Durchbruch über die Oder«, sagte er. »Sie galten, als Sie noch lebten –«, hier lächelten die anderen Herren höflich und verneigten sich im Sitzen vor Karpuschin, »– als ein Experte der Überwachung staatsfeindlicher Elemente. Außerdem haben Sie Kenntnis von der Ausbildung und Ausrüstung der sowjetischen Raketenbataillone, aufgrund Ihrer Freundschaft mit Marschall Sergeij Warenzow, dem Oberkommandierenden der sowjetischen Raketenstreitkräfte.«

»Das stimmt«, antwortete Karpuschin stolz. »Marschall Warenzow und ich besuchten die gleiche Kadettenschule.«

»Wir werden alles noch einmal genau überprüfen.« Der Eselhändler, »Herr Oberst«, klappte seine Mappe zu und reichte Karpuschin ein Porzellangefäß mit angewärmtem Reiswein, dem Saké, einem Getränk, das Europäer mit abgebrühten Geschmacksnerven voraussetzt. »Wir machen Sie darauf aufmerksam, daß die Arbeit in der Chinesischen Volksrepublik nicht leicht sein wird. Wir haben unsere eigenen Gesetze.«

»Soviel ich weiß, arbeiten schon einige sowjetische Offiziere in Peking.«

»Das stimmt. Aber sie wurden Chinesen . . .« Der »Oberst« sah Karpuschin über seine Porzellanschale voll Saké nachdenklich an. »Was soll aus dem Mädchen werden, das bei Ihnen lebt, Exzellenz?«

»Sie müßte mitkommen«, sagte Karpuschin laut. »Sie ist die Sonne meiner alten Tage – um mit Ihrer blumigen Sprache zu sprechen, meine Herren.«

»China ist gut für tausend andere Sonnen. Sie müssen das Mädchen in Rußland lassen, Exzellenz. In einer Kette von Männern ist ein Weib immer das schwache Glied, das die Kette sprengen wird. Sie werden in Peking entzückende Mädchen finden, die die Begabung besitzen, blühende Kirschzweige in Ihr Herz zu pflanzen.«

Mit dieser unguten Nachricht kam Karpuschin in seine Wohnung zurück und war froh, daß Marfa nicht zu Hause war, sondern Besorgungen machte. Unruhig und unentschlossen wanderte er in dem Zimmer umher, ärgerte sich über den abblätternden Putz der Decke und das zugige Fenster, dessen Ritzen Marfa bereits mit zerknüllten Zeitungen abgedichtet hatte. Dann betrachtete er das breite Bett, dachte an die Nächte mit der zartgliedrigen Marfa und das Glück seiner späten Jahre, und das Herz wurde ihm schwer und schwerer.

China war ein Weg in die Freiheit. Man blieb im kommunistischen Raum – was Karpuschin sehr wichtig war –, aber man hatte nicht den Druck des Kreml im Nacken und die Furcht, jederzeit wieder ein Telegramm zu bekommen: Mit allem Gepäck sofort nach Moskau. Und Karpuschin wußte, daß dieser Befehl dann endgültig sein würde.

»Was soll ich tun?« fragte er sein Spiegelbild über dem Waschbecken. Sein schwarzer Bart glänzte, er hatte ihn gestern neu einfärben lassen. »Verdammt noch mal, ich habe mich in Marfa, dieses Aas, verliebt. Was soll ich tun, Matweij Nikiforowitsch?«

Aber das Spiegelbild war ratlos, und so nahm er seine Wanderung durch das Zimmer wieder auf, bis Marfa vom Einkaufen zurückkam. Sie hatte gesäuerten Kohl mitgebracht, Suppenfleisch und Räucherspeck und verkündete, sie wolle eine wunderbare Schtschi russki kochen.

»Mein Engelchen«, sagte Karpuschin fast traurig. »Komm her und gib mir einen Kuß.« Und als Marfa gehorchte, seufzte er tief und ließ sich auf eins der beiden Sesselchen fallen. »Heute war ein schwerer Tag, mein Schwänchen. Gehen wir früh ins Bett.«

»Ärger, mein lieber Matweij?«

»Das Leben ist einfach beschissen«, sagte Karpuschin dumpf. »Total beschissen, mein Engelchen. Ein Glück ist's, daß du bei mir bist, Marfuschka.«

Marfa Babkinskaja nickte, aber sie schwieg. Sie empfand es nicht als Glück, sondern als Schicksal.

Wenig später durchzog der strenge Geruch gekochten Sauerkohls das Zimmer. Karpuschin saß am Fenster und starrte hinunter auf die Straße und auf den schmutzigen, von den Fahrzeugen zermalmten Schnee.

Darja, das kleine Brodjaga-Mädchen, wurde sofort von der Kirstaskaja operiert. Höchste Zeit war's, denn während der holprigen Fahrt mit dem Schlitten war der vereiterte Blinddarm durchgebrochen, und der Eiter hatte sich in die Bauchhöhle ergossen. Ludmilla, Borja und sogar Semjonow assistierten bei der Operation.

»Was soll mit Darja geschehen?« fragte die Kirstaskaja nach dem Eingriff, als alle an dem Bett des kleinen blonden Mädchens saßen und warteten, daß sie aus der Narkose erwachte.

»Ihre Mutter wurde getötet«, sagte Semjonow und blickte an

Ludmilla vorbei. »Und der Vater . . .« Er holte tief Atem. »Es lebt keiner der Brodjagi mehr. Darja hat niemanden mehr als uns.«

»Dann nehme ich sie zu mir.« Die Kirstaskaja sagte es, als unterzeichne sie einen Vertrag. »Ich werde sie großziehen als meine Tochter. Einverstanden?«

»Ich danke Ihnen, Katharina Iwanowna«, sagte Semjonow und stand auf. »Ich hätte Darja sonst zu mir genommen. Aber weiß ich, wie lange ich in Nowo Bulinskij bleibe?«

»Ich denke, daß man dich hier begräbt, Pawel Konstantinowitsch.«

»Ich wünschte es mir. Aber können Sie in die Zukunft sehen? Manchmal habe ich Angst, daß das Schicksal sich nur verschnauft, weil es auf meinem Weg zur Lena etwas außer Atem gekommen ist.«

Die Kirstaskaja schüttelte den Kopf. »Draußen hat man dich längst vergessen, Pawel Konstantinowitsch. Die Steckbriefe? Sie sind längst zerrissen oder vergilben in den Amtsstuben oder haben einen Jakutenhintern abgewischt. Niemand denkt mehr an dich.«

»Vergessen Sie Karpuschin nicht, Katharina.«

»Karpuschin wird wieder in Moskau sein. Von Jakutsk ist er damals abberufen worden. Seitdem ist es still um ihn.«

»Es wäre zu schön, wenn wir am Ende unserer Reise ins Paradies wären«, sagte Semjonow leise und drückte den Kopf Ludmillas an seine Brust. »Aber ich glaube es erst, wenn es keinen Karpuschin mehr gibt.«

Über das kleine, blasse Gesicht Darjas lief ein Zucken. Die Augenlider zitterten, die Lippen bewegten sich.

»Gleich wacht sie auf«, sagte die Kirstaskaja und hielt eine Brechschale bereit. »Hoffentlich würgt sie nicht zu sehr. Das ist nicht gut für die Nähte. Ja, könnte ich eine andere Narkose machen! Aber hier in diesem Misthaus habe ich ja nur Äther und Chloroform. Doch im Frühjahr fahre ich selbst nach Jakutsk und schlage dem Genossen Distriktapotheker meine Wunschliste um die Ohren. Und wehe, wenn er wieder Ausflüchte macht! Ich weiß, daß er alles da hat; Penicillin, Streptomycin, moderne Anästhesiemittel, neue Analgetika, die besten Kreislaufmittel; alles hat der Lump, aber er verschiebt es gegen Seide und Schmuck. Und ein modernes Transfusionsgerät will ich haben, zum Teufel, sonst lasse ich ihn hochgehen wie einen Ballon!«

Ihre tiefe Stimme grollte, und unter den blonden Haaren rötete sich ihr herbes, aber interessantes, breitknochiges Gesicht. Sie war noch immer schön, die Kirstaskaja, und wild wie die Schmelzwasser der Lena. Aber niemand war da, der sie hätte bändigen können, und sie wäre so glücklich gewesen, ihre Wildheit in Zärtlichkeit ertränken zu dürfen.

»Wie geht es Vera Schliemanna?« fragte Semjonow, um sie abzulenken.

»Ganz gut. Ihre Schulter ist zerfetzt. Aber es wird nur eine böse Narbe übrigbleiben. Ein Schönheitsfehler, aber wen kümmert's?«

Es war eine schlimme Nacht gewesen. Borja hatte neun Männer aus Bulinskij, die verwundet waren, verbunden. Einem schnitt die Kirstaskaja eine Kugel aus dem Oberschenkel, wo sie im Fleisch stecken geblieben war. Zwölf Frauen und sieben Kinder lagen in den Zimmern des Krankenhauses, und eine Frau – es war Marfa, das Brodjaga-Weibchen, das Semjonow zur Flucht verholfen hatte und schuld war am grauenhaften Tod Illarions – rang mit dem Tode. Sie hatte einen Hals- und einen Lungenschuß und drohte zu ersticken.

Was mit den Toten geschehen war, darüber sprach man nicht gern. Aber die Kirstaskaja und auch Ludmilla wußten es. Um alle Spuren der ehemaligen Sträflinge auszulöschen, hatte man die Leichen in ein Haus getragen und dann angezündet. In einem großen Scheiterhaufen verbrannte die letzte Erinnerung an Menschen, die ein grausames Regime entwurzelt hatte und die nie wieder zurückfanden in ein normales Leben, sondern die Rechtlosigkeit und das, was sie Freiheit nannten, zum Gesetz ihres Handelns erhoben hatten.

So gingen die Wochen in Nowo Bulinskij dahin. Die Männer arbeiteten auf der Sowchose Munaska oder fischten in den Eislöchern auf der Lena und Muna, besserten ihre Häuser und Ställe aus und flickten ihr Handwerkszeug für den Frühling. Zweimal in der Woche kam die Post von Shigansk mit einem großen Motorschlitten. Sie brachte als einzige Verbindung zur größeren Stadt Zeitungen und Illustrierte mit, Werkzeuge und Medikamente, Nachschub für das staatlich kontrollierte Magazin des Genossen Schamow und das Gehalt für die nette Lehrerin Anna Petrowna, die ebenfalls verwundet worden war, aber nur leicht, ein Streifschuß am Oberschenkel.

Einmal im Monat gaben die Männer aus Bulinskij ihre Jagdbeute mit. Fuchsfelle, Hermeline, Marder, Bärenhäute, Luchse und Wildnerze. Dann kam mit dem Postschlitten auch der Aufkäufer des staatlichen Pelzkombinats, und stets gab es einen wüsten Streit um den Preis der Felle, den Väterchen Alexeij mit den Worten schlichtete: »Meine Söhne, erregt euch nicht. Denkt daran, daß der Aufkäufer auch nur ein armer Beamter ist, der gehorchen muß. Und denkt daran, wieviel Felle ihr nicht abliefert, sondern im Frühjahr selbst heimlich in den Städten verkauft.« Dann war der Streit beendet, und die Rubelchen rollten zu Wassili Gubarjow, der die einzige Wirtschaft in Nowo Bulinskij besaß und die Konzession, edelgebrannten staatlichen Wodka auszuschenken und ihn sogar zu Himbeerlikör zu verarbeiten.

Als die ersten Mongolen in Bulinskij erschienen, wußte man, daß der Frühling nicht mehr fern war. Sie schlugen ihr Quartier bei dem Dorfsowjet auf, bauten Stände, in denen sie ihre bunten Glasperlen und die bestickten Kleider und Stoffe ausstellten, und erzählten, daß im Süden schon das Eis gebrochen sei und es kaum mehr eine Woche dauern würde, bis auch die Lena bei Bulinskij wie eine kalbende Kuh schreien und das Treibeis sich zu Bergen übereinanderschieben würde.

Und so war's.

In einer Aprilnacht wehte ein warmer Wind, und als die Bürger von Bulinskij am frühen Morgen aus den Fenstern sahen, schmolz der Schnee, hatten sich die Straßen in grundlosen Morast verwandelt, floß aus den Wäldern das Schneewasser in Wildbächen zur Lena und kreisten die ersten Wildenten über dem noch zugefrorenen Strom.

Drei Tage später krachte es an den Ufern. Das Treibeis aus dem Süden kam und mit ihm eine Flutwelle. Bis zum Krankenhaus stieg das Wasser und umgurgelte die Zufahrt, riß zwei Landungsbrükken weg und überschwemmte den Wasserturm, der nahe am Ufer erbaut war.

Die Taiga war nicht mehr in weißer Endlosigkeit erstarrt, sondern färbte sich wieder grün. Am Waldrand wuchsen die ersten Schneeglöckchen und Märzenbecher, und einen Tag später brachte Semjonow den ersten mageren Strauß gelber und blauer Krokusse mit.

Am fünften Tag der Schneeschmelze und des mit brausenden

warmen Winden sich nähernden Frühlings läutete Väterchen Alexeij, der Pope, die Glocke.

Die Kirche stand unter Wasser. Vor der schönen Ikonostase wogten die Wellen der Lena, und das Wasser floß zur geweihten Eingangspforte hinein und hinten an der Sakristei, unter dem Standbild des Heiligen Basilius, wieder hinaus.

»Sandsäcke!« schrie Väterchen Alexeij verwirrt, denn seit zwanzig Jahren hatte er eine solche Frühjahrsflut noch nicht erlebt. »Sandsäcke, liebe Söhne! Und sprengt das Eis auf dem Strom. Die Wasser müssen freien Lauf haben. Soll unsere Kirche ersaufen? Sagt nicht, ihr hättet keinen Sprengstoff. Ich weiß, daß ihr heimlich ein paar Zentner eingelagert habt!«

Die Männer von Bulinskij seufzten, und Schliemann sagte: »Der Pope weiß einfach alles! Zum Kotzen ist's! Gehen wir also an die Vorräte, Jungs.«

Drei Tage lang sprengte man das Packeis auf der Lena. Es donnerte weithin, die Häuser zitterten, die Scheiben klirrten, und die Kinder standen am Steilufer hinter dem Krankenhaus und johlten, wenn die dicken Eisschollen in die Luft flogen und zwischen den Explosionswolken tanzten wie riesige weiße Vögel. Dann war das Eis zerrissen; die Wasser der Lena flossen breit und gurgelnd nach Norden, und der warme Wind half kräftig mit. Das Hochwasser ging zurück, die Ufer wurden wieder frei und sahen aus wie pockennarbige Gesichter. Die Kirche konnte von Schlamm und angeschwemmtem Unrat gereinigt werden, und Väterchen Alexeij hielt einen Dankgottesdienst ab, lobte den Herrn und seine Mutter Maria, daß sie die Hand schützend über das Haus gehalten haben, sang einen Choral und betete ein altes byzantinisches Gebet, das niemand verstand, das aber sehr schön klang.

Mit der ersten Post nach dem großen Wasser kamen neue Zeitungen, und in einer von ihnen entdeckte die Kirstaskaja einen Aufsatz aus Moskau über die westlichen Agenten und den Satz: »Die Macht des Westens reicht selbst bis in die Büros des KGB. So wurde vor kurzem Generalmajor Karpuschin wegen Konspiration erschossen . . .«

Dreimal las Semjonow diesen Satz, ehe er ihn glauben konnte.

»Karpuschin erschossen?« sagte er kopfschüttelnd. »Als Konspirateur? Das ist doch Unsinn!«

»Aber es steht da, Pawel Konstantinowitsch.«

»Wir haben das Paradies gefunden. Wir haben es endlich gefunden, Pawluscha!« Ludmilla umarmte ihren Mann, riß ihm das Zeitungsblatt aus der Hand und tanzte mit ihm durchs Zimmer. So lustig war sie, so glücklich, endlich befreit von allem inneren Druck. »Tot ist er, unser großer grauer Wolf!« rief sie immer wieder. »Wir sind frei! Wir haben eine Heimat! Unsere Kinder werden eine Heimat haben. Pawluscha, mein lieber, lieber Pawlik, mein Seelchen, mein alles . . . wir haben eine Heimat!«

Die Kirstaskaja lachte mit, hob die Zeitung vom Boden auf und las weiter. Man brachte noch einige Sätze über Karpuschin, und es war sicher, daß man ihn erschossen hatte. Auch sie atmete auf, und einen Augenblick dachte sie daran, ein Gnadengesuch nach Irkutsk zu richten und um Rückführung aus ihrer Verbannung zu bitten. Aber dann sah sie die glücklichen Semjonows, dachte an die kleine blonde Darja, die jetzt mit anderen Kindern am Ufer der Lena spielte und »Mamuschka« zu ihr sagte, sie dachte an die Leute von Nowo Bulinskij und wie nötig sie eine Ärztin brauchten. So erlosch der Gedanke an Rückkehr in die große Welt, und auch Katharina gestand sich, daß die Ufer der Lena und die rauschende Taiga zu ihrer Heimat geworden waren.

Die Zeit des Osterfestes, des größten, heiligsten Festes aller gläubigen Russen, näherte sich. Väterchen Alexeij machte schon Pläne für die Ausschmückung der Kirche. Die bunten Laternen, mit denen die Straßen, die zur Kirche führen, besteckt werden, wurden aus den Kellern hervorgeholt, geputzt und repariert. Die Lampaden der Ewigen Lichter vor den Heiligenbildern wurden gewaschen; vier Frauen schrubbten die Fassade der Kirche; und Väterchen Alexeij saß beim Schneider und sah zu, wie man sein Festgewand ausbesserte.

Besonders viel Arbeit gab es in den Häusern. Der »Ostertisch«, das Glanzstück jeder Familie, mußte vorbereitet werden. Und so begannen die Frauen schon gleich nach der Schneeschmelze mit dem Backen und Vorbraten, dem Marinieren von Fischen und Einlegen von Sauerbraten. Die Frau des Dorfsowjets, berühmt als Brauerin, setzte Schnäpse und Liköre an. Semjonow ging in die Taiga und jagte Schneehühner und Hasen, Wildenten und wilde Rene; aus dem Fluß fischte er Störe und Lachse. Während man Ludmilla aus den Jahresvorräten marinierte Pilze und Entenschenkel in Gelee, roten Kaviar und in Honig kandierte Rosenblätter, Erdbeeren und Preiselbeeren brachte, bemalte sie mit kleinen Pinseln und Wasserfarben einen Berg von Eiern, und jedes Ei trug als Mittelpunkt ein rotes Herz.

In der Schule wurden die »Glockenläuter« eingeteilt, denn ab Mitteracht des Ostertages läuteten die Glocken drei Tage und drei Nächte lang ohne Unterbrechung. Am Tag übernahmen die Schuljungen den Dienst am Glockenseil, in der Nacht hingen die Männer an der Glocke; und es war eine Ehre, zu läuten und aller Welt zu verkünden: »Christus ist auferstanden!«

Wenige Tage vor dem großen Fest fuhren drei Boote die Lena hinab und die Muna hinauf bis zu der einsamen Hütte, in der man Ludmilla und Semjonow entdeckt hatte. Alles war noch so wie damals: die Landzunge, der riesige Wald, der bis zum Ufer reichte, der schiefe Anlegesteg, das Schilf und der Stall, in dem die Pferde gestanden hatten.

»Dieses Jahr werden wir Glück haben«, hatte Schliemann gesagt. »Es war ein verdammt stürmischer Frühlingsanfang. Ich wette, wir werden Gold finden! Das Eis hat viel Sand mitgeschleift. Vielleicht finden wir so viel, daß wir ein Jahr lang sorglos leben können.«

Also fuhren sie mit drei Booten zur Hütte an der Muna. Ludmilla begleitete sie, denn sie wollte noch einmal sehen, wo sie ihre schwerste Stunde verbracht hatte, die Geburt Nadjas auf einem Bett aus getrockneten Blättern und verschimmeltem Moos.

Zwei Tage blieben sie in der Hütte. Semjonow hatte sich einen schönen Platz ausgesucht. An einem Baumstamm, der quer im Wasser lag, hatte sich eine Barriere aus Steinen, Sand und Geröll gebildet, und hier hockte er sich hin, schöpfte mit seinen Sieben den Sand aus dem Flußbett, wusch und schüttelte, reinigte und sortierte, und als er den ersten Goldstaub fand, ein paar winzige Körnchen, die blaßgelb schimmerten, machte er einen Luftsprung, umarmte Ludmilla und trug sie auf seinen starken Armen singend am Ufer auf und ab.

Am zweiten Tag – Semjonow wusch an seinem Baumstamm das zehnte Sieb durch, während Schliemann und Wancke oberhalb der Hütte im Wasser standen und ihre Sieben schüttelten und Haffner in seinem Boot auf dem Fluß lag und angelte – kam Ludmilla zu ihm durch die Muna gewatet. Das Wasser reichte ihr bis über die Hüften, das schwarze Haar war naß, und die Bluse klebte an ihrem Körper.

»So schön ist keine Meerjungfrau!« sagte Semjonow, als Ludmilla stehenblieb und etwas in ihrer Hand hochhob. Ein Stein schien's zu sein, und an ihm glänzte etwas. »Komm aus dem Fluß, Ludmilluschka . . . du erkältest dich sonst. Oder willst du, daß ich dich wärme, mein schwarzes Teufelchen?«

»Sieh erst, was ich gefunden habe!« rief Ludmilla und schwenkte den Stein. »Da oben, um die nächste Biegung herum, ist ein Felsen ausgewaschen. Da liegen diese Steine und glitzern in der Sonne. Und der ganze Berg scheint daraus zu bestehen . . .«

Sie watete näher und hielt Semjonow den Stein hin. Dort, wo er abgebrochen war, glänzte er mit verschlungenen Adern und verschiedenen Farben.

»Achat!« sagte Semjonow und nahm den Stein in die Hand. »Tatsächlich Achat. Und es liegt noch mehr davon dort?«

»Ein Berg voll, Pawluscha.«

»Ein Glückskind bist du!« Er zog sie an sich und küßte sie. Dann wandte er sich um und hob die Arme, um Schliemann und den anderen ein Zeichen zu geben. Achat, dachte er. Wenn das Vorkommen lohnend ist, werde ich in Bulinskij eine Industrie aufbauen. Eine Achatschleiferei. Und es wird ein reiches Dorf werden, unser Nowo Bulinskij.

»He!« schrie er durch das Gurgeln des Flusses und winkte Schliemann und Wancke zu. »He! Kommt mal her! Ludmilla hat ein Vermögen entdeckt! Ein Vermögen!« Er rief es auf deutsch und watete zum Ufer, den Arm um Ludmillas nasse Schulter gelegt.

In diesem Augenblick löste sich der Kahn, in dem Willi Haffner, der Maurer aus Monschau in der Eifel, angelte, aus der Verankerung. Ehe er zugreifen konnte, drehte sich das leichte Boot im Strom, trudelte um einen Strudel, die Ruder wurden weggerissen, bevor Haffner sie ins Boot ziehen konnte. Nun trieb es mit der Strömung fort und auf eine Stromschnelle zu, hinter der die Muna fünf Meter tief abfiel, um dann in einem breiteren Bett träge weiterzufließen.

»Spring ab!« brüllte Semjonow, warf den Achatstein weg und rannte in den Fluß zurück. Auch Schliemann, Wancke und die anderen Männer hatten die Gefahr erkannt. Sie liefen zu ihren Booten und ruderten Haffner nach, der sich an die Bordwand klammerte und zu überlegen schien, was er tun sollte. Sinnlos war's, ihn noch erreichen zu wollen, mitten auf dem Fluß. In der Hauptströmung trieb sein Kahn, und er drehte sich und schwankte; und jeder, der es sah, mußte den Atem anhalten, denn aus dieser Strömung konnte sich nur ein guter Schwimmer befreien.

»Abspringen!« schrie Semjonow noch einmal. »Mensch, Willi, spring! Du kannst doch schwimmen! Laß dich zum Ufer treiben ... versuch, von dem Wasserfall wegzukommen ...«

Fünfzig Meter vor der Stromschnelle sprang Willi Haffner mit einem weiten Satz aus dem Boot. Alle, die am Ufer nebenher rannten, sahen, wie er schwamm, wie er sich gegen die reißende Strömung warf, wie er versuchte, seitlich zum Ufer zu kommen ... Immer wieder tauchte sein Kopf aus den Wellen auf, atemschöpfend, mit weitaufgerissenem Mund, aber die Muna war stärker, sie riß ihn mit zum Wasserfall, trieb ihn mit gurgelnden Wellen immer wieder vom Ufer ab und jagte ihn den Steinen und zerklüfteten Inseln zu, die dann fünf Meter tief abfielen.

»Er schafft es nicht!« brüllte Schliemann und raufte sich verzweifelt die Haare. »Willi! Willi! Halt dich am Fall an einem Stein fest! Versuch, eine der Inseln zu erreichen! Hörst du, Willi ...?«

Willi Haffner konnte ihn nicht mehr hören. Erschöpft trieb er wie ein Stück dunkles Holz auf die Stromschnelle zu, und kurz vor dem Absturz warf er noch einmal beide Arme aus dem schäumenden, brausenden Wasser, als wolle er sie alle noch einmal grüßen, die Kameraden, die fast zwanzig Jahre mit ihm gelebt hatten. Abschied schien er zu nehmen; und sein Tod war so sinnlos, so völlig banal, daß Schliemann stehenblieb, die Fäuste ballte und den blauen Himmel anheulte wie ein verwundeter Wolf.

Dann hob die Muna den Körper Haffners über die Steine und ließ ihn fünf Meter tief auf einen ausgewaschenen Felsen stürzen. Dort blieb er liegen, bis eine Welle ihn wegspülte. Träge schaukelte sein Körper dann zum Ufer und schwamm im seichten Wasser wie ein morscher Stamm.

»Wir müssen ihn holen!« sagte Schliemann später oben am Waldrand und blickte am Steilufer hinab auf den schaukelnden, leblosen Körper Haffners. »Ich seile mich ab. Wer kommt mit?«

»Ich!« antwortete Semjonow und sah weg, als er den bettelnden Blick Ludmillas bemerkte. Aber sie sagte nichts. Ein tapferes Frauchen war sie, wirklich, und sie half sogar mit, die Seile aneinanderzuknüpfen, damit sie lang genug waren bis zum Wasserfall.

Erst als sie das Seil um seinen Leib knüpfte, sagte sie leise: »Denkst du nicht an Nadja, Pawluscha?«

»Haffner hat drei Kinder, Ludmilla«, antwortete er ebenso leise. Und sie verstand ihn und nickte stumm, aber mit traurigen Augen.

Dann kletterte er über den Steilhang, ließ sich fallen und stemmte sich mit vorgestreckten Beinen von den bröckelnden, morschen Felsen ab, als man ihn Meter um Meter in die Tiefe gleiten ließ, einem brodelnden Kessel aufspritzenden, brüllenden Wassers entgegen.

16

In der Tiefe, am Rande des Wasserfalles, war es weniger gefährlich, als es von oben aussah. Zwar wurde Semjonow von dem aufsprühenden Gischt überschüttet und war in wenigen Sekunden völlig durchnäßt, auch riß unter dem großen Felsen, auf dem er stand, die Strömung alles mit sich, und die Steine waren glitschig und glatt, aber außer dem Tosen der niederstürzenden Wassermassen der Muna war nichts außergewöhnlich Erschrekkendes um ihn, sondern vielmehr ein grandioses Schauspiel der entfesselten Natur, ein Machtrausch des frühlingsgeschwellten Wassers. Und noch etwas sah er: Etwa zehn Meter von ihm entfernt, auf einer von schäumenden Wellen umtosten Sandbank an der Steilküste, saß gemütlich ein alter, großer Bär in seinem schwarzen Winterpelz, beobachtete die Fische, die mit dem Wasser über die Felsen herabstürzten, und wenn er einen großen Fisch sah, bückte er sich, hieb mit der Pranke blitzschnell in den Wellenschaum und erbeutete seinen Fraß. Den zappelnden Fisch nahm er in beide Pranken, setzte sich zurück und begann mit sichtlichem Behagen zu fressen.

Semjonow kletterte über die großen Steine weiter bis zu der Stelle, wo sich der Körper Haffners verfangen hatte. Es gab keine Hoffnung mehr, daß er noch lebte, aber er sollte in der Erde von Nowo Bulinskij ruhen und nicht weggeschwemmt werden in die Lena und dann in das Eismeer oder irgendwo an einer seichten Uferstelle, unter Schilf, verrotteten Bäumen und faulendem Aas zu Abfall werden.

Es war eine mühselige Kletterei durch Wassernebel und über moosglatte Felsen. Das Seil bewahrte ihn vor dem Wegtreiben, falls er ausrutschen sollte, aber wenn er in die Strömung unter sich sah, ahnte er, daß ihm die Knochen an den Steinen zerbrechen würden, ehe man ihn emporziehen konnte.

Er blickte hinauf. Schliemann und Wancke hielten das Seil. Ludmilla stand ganz nahe am Rand der Steilküste und winkte ihm zu, als sie sein Gesicht sah. Er hob die Arme und winkte zurück. Angst hat sie, dachte er. Wie klein und kindlich ihr Gesicht ist. Und wie tapfer sie ist. Wo – sagt es mir, Freunde – gibt es noch eine Frau wie sie? Ich meine, daß Gott nur einmal einen solchen Menschen macht . . .

Er tastete sich weiter über die Steine, kroch wie ein Lurch über die glatten Felsen, sprang und kletterte, watete durch ein Stück seichtes, versandetes Flußbett und stand dann wieder vor gurgelnden Tiefen, aus denen das Wasser schäumte wie aus einer heißen vulkanischen Quelle.

Noch fünf Meter bis zu dem Körper Haffners. Und dann den ganzen Weg zurück, mit dem Toten auf dem Rücken . . . Semjonow verhielt, setzte sich auf eine Steinplatte und atmete ein paarmal tief durch. Seine Kleider klebten am Körper; über sein Gesicht rannen Schweiß und Nässe; und als er sich über die Augen wischen wollte, sah er, daß seine Handflächen rot waren. Irgendwo mußte er sie an spitzen Steinen aufgerissen haben, ohne es zu bemerken. So hielt er seine Hände in den Fluß, wusch das Blut ab und betrachtete seine Schrunden. Aufgeschabt war die Haut an beiden Handballen, und das Blut sickerte aus ihnen hervor.

Weiter, Semjonow, weiter, sagte er sich. Noch fünf Meter sind es. Auf Haffner warten eine Frau und drei Kinder. Wir werden ihnen nur einen Toten bringen, aber sie werden ein Grab haben, an dem sie beten können, und Anna Iwanowna wird Blumen um das hölzerne Kreuz pflanzen und mit ihm sprechen. Willuschka, wird sie sagen. Ich habe dich geliebt wie keinen anderen Menschen. Die Taiga hat dich mir gegeben, die Taiga hat dich wieder genommen. Es ist unser Schicksal, der Natur untertan zu sein, aber wir kennen es nicht anders. Wer kann schon das Land besiegen, die Lena, den Wald, den Himmel voller Sturm und Eis, Sonnenglut und Wirbelwind?

Und sie wird sich eine Bank am Grab zimmern und neben ihrem Willuschka sitzen, dem deutschen Plenny aus Monschau in der Eifel . . .

Semjonow hielt noch einmal die aufgerissenen Hände in das Wasser und kroch dann weiter. Dreimal noch sprang er über schmale Stromschnellen, und als er die Steinplatte, auf der Haffner lag, erreichte, glitt er ab, fiel in die Strömung und umklammerte einen Felsvorsprung. Waagrecht lag er im Fluß und wurde von dem Wasser hin- und hergeschleudert wie eine Fahne im Wind am Mast eines Schiffes. Aber es gelang ihm, sich in das seichtere Wasser zu ziehen. Dort lag er ein paar Minuten erschöpft, drückte den Kopf auf den kalten, glitschigen Stein und schloß die Augen.

Auf dem Steilufer beobachteten die Männer aus Nowo Bulinskij den Kampf Semjonows gegen den Strom. Ludmilla saß im Gras, die Fäuste im Schoß geballt, und sprach kein Wort. Aber sie sah, daß Semjonow gegen eine urgewaltige Kraft kämpfte, auch wenn es von hier, aus der Höhe, so aussah, als kröche er unverständlich langsam von Stein zu Stein und lasse sich zuviel Zeit.

»Wir haben ihn fest, Ludmilla!« schrie Schliemann gegen das Gebrüll des Wasserfalles an. »Nichts kann ihm passieren! Jetzt hat er Willi erreicht! Bravo, Pawlik, bravo! Ein harter Bursche ist er, dein Mann!«

Ludmilla schwieg. Mit starren Augen sah sie hinunter in die tosende Wasserhölle. Zurück muß er ja noch, dachte sie. Warum schreit ihr bravo und habt selbst im Herzen die Angst? Wie kann er denn zurück mit dem schweren Körper auf dem Rücken? Wie, frage ich euch?

Auf der Felsplatte kniete Semjonow jetzt neben Haffner. Er hatte die zerfetzte, nasse Kleidung von dessen Brust gerissen und legte nun sein Ohr auf das Herz. Dann hob er den Kopf etwas an, sah ihm in die Augen, indem er ein Lid aufschob, legte den Kopf dann unendlich vorsichtig auf den Felsen und horchte nochmals nach dem Herzen.

»Das ist doch nicht möglich!« brüllte Schliemann durch das Tosen der Wasser. »Er kann doch nicht mehr leben! Unmöglich ist das! Aber seht, Freunde, seht ... Semjonow massiert Willis Brust ... Er beugt sich über ihn und bläst ihm seinen Atem in den Mund ... Er lebt! Er lebt! Man kann es nicht verstehen. Man kann es nicht begreifen.«

Aber es war so. Als Semjonow den Verunglückten erreichte, sah er, daß ein Zittern durch den zerschlagenen Leib lief. Die Füße zuckten, und die Finger krallten sich mit hackenden Bewegungen in den glitschigen Stein. Da durchjagte es ihn heiß, er vergaß alle Erschöpfung, ja, alle Vorsicht vergaß er, schwang sich auf die Platte, rutschte aus, fiel auf den Bauch und kroch weiter, bis er neben Haffner lag und sich an ihm festklammerte.

Die Stunde, die nun folgte, war für die Männer und Ludmilla auf der Steilküste die längste Stunde ihres Lebens ... Für Semjonow dagegen gab es keine Zeit mehr, er rechnete nicht mehr in Minuten oder Stunden oder Ewigkeiten ... Er sah weder die Sonne noch den Fluß, er wußte nicht mehr, ob es Tag war oder schwärzeste Nacht ... Er hatte nur einen Punkt vor sich, den er erreichen mußte ... eine Steilwand aus Felsen und Sand, bewachsen mit Moos und kleinen Wasserpflanzen, und diese Wand bedeutete Leben, Befreiung, Ruhe, Schlaf, Ludmilla, Wärme, Trockenheit. Und das alles war jetzt eine große, fast unerreichbare Sehnsucht, für die es sich lohnte, mehr zu leisten, als ein Mensch eigentlich leisten kann.

Mit dem Körper Haffners über der Schulter kroch er zurück über die Steine und watete durch die sandigen Untiefen. Als er an die tiefen Flußstellen kam, legte er sich neben Haffner, band sich mit ihm zusammen und rollte sich mit ihm in den Strom. Und die oben am Ufer zogen und schrien, stemmten sich in das Seil und beteten im stillen: Gott, o Gott, laß das Seil halten! Ein morsches Seil ist es ja nur, gedacht für die Reusen, um sie an den Pflöcken am seichten Ufer festzubinden, und die Knoten sind schlecht, schnell haben wir sie geknüpft. O Gott, laß es halten! Laß ein Wunder geschehen ... jetzt, hier an der Muna, im einsamsten Sibirien, in der Taiga, die sonst keine, gar keine Gnade kennt.

Und die Männer am Ufer zogen und hielten, und Ludmilla starrte auf den Strom und den verzweifelt kämpfenden Mann. Sie hatte die Hände gefaltet und sagte nichts, weil es nichts mehr zu sagen gab, denn vor dem, was da unten im Strom geschah, verstummten alle Worte. Und Semjonow überwand die erste Tiefe, kroch wie ein Rieseninsekt, das seine Beute abschleppt, oder wie eine Ameise, die einen Stamm davonschleift, mit Haffner über die Steine hinauf und hinab, über den Sand, durch das Wasser und zur zweiten Tiefe, wo das Wasser der Muna schwarz und gurgelnd tobte.

Und auch sie überwand er und erreichte keuchend, mit hervorquellenden Augen, den Platz an der Steilküste. Dort band er Haffner los, löste sich aus dem Seil, knüpfte es um den noch immer atmenden Körper und gab das Signal nach oben.

Als sich Haffner langsam, Zentimeter um Zentimeter, vom Boden abhob und in die Höhe schwebte, sich drehte und hin und her pendelte, ein großer, tropfender Klumpen Fleisch mit baumelnden Beinen und Armen und zurückgeworfenem Kopf, sank Semjonow in die Knie und fiel dann gegen die Steilwand. Schwarz wurde die Welt um ihn, das Tosen des Wasserfalles verstummte, und er starrte mit aufgerissenen Augen auf die Wassermassen, die vor ihm aus der Höhe in das Flußbett stürzten und so völlig lautlos waren. Wie Tinte sah das Wasser aus, und als er den Kopf drehte, waren auch alle Steine schwarz, die Küste, die Wellen, der Gischt; und auf der schwarzen Welt tanzten helle rote Punkte wie Kobolde und Moorgeister. Da schloß er die Augen und wachte erst wieder auf, als Schliemann ihn rüttelte und ihm ins Ohr schrie: »Junge! Hörst du mich? Junge! Sieh mich doch an! Erkennst du mich?«

Dann schwebte auch er wieder empor ins sonnige Leben und fiel oben im Gras in den Schoß Ludmillas. So weich war es da, so wohlig geborgen. Er umklammerte ihre Hände, die ihm das Gesicht streichelten, und er hielt sie fest, fester als das Seil, an dem sein Leben gehangen hatte.

In der alten Goldgräberhütte auf der Landzunge wurden Haffner und Semjonow versorgt. Ludmilla und Schliemann gaben ihnen Tee zu trinken, verbanden ihnen die Wunden, und Schliemann kniete, wie vor einer Stunde Semjonow, neben Haffner, massierte dessen Brustkorb und blies ihm seinen Atem in den Mund, als Haffner nach wenigen Augenblicken der Klarheit wieder in tiefe Bewußtlosigkeit fiel und sein Atem aussetzte.

Dann trug man beide in die Boote und kehrte, so schnell es mit der Strömung ging, nach Nowo Bulinskij zurück. Schon von weitem schoß Schliemann in die Luft, und da man im allgemeinen auf der Lena nicht schießt, liefen Borja und andere Männer aus dem Krankenhaus ans Ufer; und auch eine Menge Frauen und Kinder versammelten sich am Landesteg und am Wasserturm. Sogar Väterchen Alexeij, der Pope, hatte seine Röcke gerafft und stand am Ufer, als die Boote am Krankenhaus landeten und Semjonow und Haffner an Land getragen wurden.

»Willuschka!« schrie aus der Menge der Frauen Anna Iwanowna Haffnerowa auf. Sie warf die Arme empor, rannte neben dem leblosen Körper her, beugte sich im Laufen nieder und küßte ihn auf die blutenden Wunden. Ihre Stimme war schrill und die Worte unverständlich, die sie gegen den verblassenden Abendhimmel schrie.

Nach einer gründlichen Untersuchung, während der man

Anna Iwanowna, die Frau Haffners, in einem Zimmer festhielt und ihr eine Spritze gab, damit ihr Schreien verstummte, trat die Kirstaskaja mit ernster Miene aus dem Operationszimmer. Ludmilla und Borja waren noch bei Haffner, und Schliemann, der draußen auf dem Gang wartete, biß sich auf die Unterlippe, als er den Blick der Ärztin sah.

»Vorbei, Frau Doktor?« fragte er leise. »Ist es zu spät bei ihm?«

»Eine Gehirnquetschung hat er«, sagte die Kirstaskaja. »Und einen Beckenbruch. Und drei Rippen sind eingedrückt. Es scheint, daß die Spitzen die Lunge verletzt haben. Hat jemand von euch eine künstliche Atmung versucht?«

»Ich«, antwortete Schliemann leise und verschwieg, daß Semjonow es zuvor schon getan hatte.

»Du hast ihm den Brustkorb massiert?«

»Ja . . .«

»Ein Rindvieh bist du!« schrie die Kirstaskaja. »Die gebrochenen Rippen hast du ihm dabei in die Lungen gedrückt!«

»Kann ich das wissen?« stammelte Schliemann. »Habe ich Röntgenaugen, he? Er atmete nicht mehr, und da habe ich alles getan, was man tun kann. Nur deshalb lebt er noch! Er war ja schon tot . . .« Er schluckte mehrmals. »Wird er weiterleben, Genossin Ärztin?«

»Weiß ich es? Bin ich ein Prophet? Nach Jakutsk müßte er, aber bis er dort ankommt, ist er dreimal gestorben! Weißt du, was eine Gehirnquetschung ist?«

»Ich kann's mir denken.«

»Und wenn er sie überlebt . . . der Beckenbruch . . . Er wird nie wieder gehen können! In einem Rollstuhl wird man ihn herumfahren müssen. Er wird ein Krüppel bleiben.«

»Aber er lebt!« Schliemann atmete tief. »Er wird nicht merken, daß er ein Krüppel ist. Wir werden ihn mitnehmen auf die Jagd in der Taiga; wir werden ihn im Boot über die Lena fahren; er wird mit uns im Schlitten über das Land jagen . . . Er lebt, Katharina Kirstaskaja, er lebt! Wenn Sie das fertigbringen, daß er am Leben bleibt . . .«

»Was ich tun kann, habe ich getan.« Die Kirstaskaja sah zurück. Aus dem Operationszimmer kamen Borja und Ludmilla. In ihren Augen lag ein Schimmer von Hoffnung. »Was ist mit ihm?«

»Er ist wach. Aber er erkennt niemanden mehr. Er starrt an die Decke und spricht Deutsch . . .«

»Soll ich . . .?« Schliemann trat einen Schritt vor und blickte auf die offene Tür.

»Ja. Sag uns, was er spricht.«

Dann saßen sie neben Haffner, der auf dem OP-Tisch lag, mit Tüchern abgedeckt, den Kopf verbunden. Er atmete hastig, und zwischen Röcheln und leisem Stöhnen sprach er deutliche Worte.

»Er spricht von einem Haus«, sagte Schliemann mit schwerer Zunge. »Ein Haus mit einem Garten und einer Taxushecke an der Straße. Jetzt will er Äpfel abnehmen, und die Äpfel sind hart und grünrot und schmecken nach Wein. Er . . . er ist wieder in der Eifel, in seinem Haus in Deutschland . . .« Schliemann senkte den Kopf und wandte sich ab. Dann stand er auf und trat an das verhängte Fenster. Draußen sank der Abend über Nowo Bulinskij herab. Die Lena schimmerte dunkelblau. Noch vereinzelte Eisschollen trieben wie weiße Kreisel vorüber. Im Wind aus dem Süden rauschten die mächtigen Bäume der Taiga, und die Boote schaukelten an den Seilen. »Verzeihen Sie, Katharina Kirstaskaja«, sagte Schliemann und würgte an den Worten. »Aber es ist nun einmal so . . . wir können die Heimat nicht vergessen, auch wenn wir halbe Russen geworden sind. Wir Deutschen sind ein sentimentales Volk.«

»Wie wir Russen«, erwiderte die Kirstaskaja und beugte sich über Haffner. »Warum schämen Sie sich, Schliemannow? Auch ich würde in der Fremde heulen, trotz allem, was mir Rußland bisher geboten hat an Schmerzen. Es wäre traurig, wenn es nicht so wäre, zum Teufel!«

Und zum erstenmal erkannten die Männer von Nowo Bulinskij, daß auch die Kirstaskaja, dieses blonde Satansweib von einer Ärztin, ein Herz besaß und traurig sein konnte. Von nun an liebten sie sie.

Die Verletzungen Semjonows waren nicht schlimm. Er schlief sich aus, die Handwunden verschorften schnell, und als sich die ersten Anzeichen einer Lungenentzündung zeigten, nahm er ein Schwitzbad in der Sauna, hüllte sich in dicke Decken, trank Beerenblättertee und ertrank bald im eigenen Schweiß. Aber es half, auch wenn er hinterher schlapp war wie ein ausgewrungener Lappen.

Haffner hatte man nach Jakutsk transportieren können. Ein Flußboot, das zur Sowchose kam, nahm ihn mit. Schliemann und

Wancke, die ihn begleiteten, berichteten, daß er im Krankenhaus von Jakutsk ein Einzelzimmer bekommen und ein freundlicher Arzt zu ihnen gesagt habe, solche Fälle seien eine Kleinigkeit für die fortschrittliche sowjetische Medizin.

Nach vier Tagen rief die Kirstaskaja von der Post aus an und erkundigte sich. Haffner war noch bewußtlos, aber sein Puls war ziemlich normal und die Atmung nicht mehr so flach, sondern kräftig. Das gebrochene Becken hatte man gerichtet und in Gips gelegt; an den Rippen hatte man nichts getan und wartete ab. Noch war Haffner zu schwach, um operiert zu werden.

Mit einem Pferdewagen und einigen Säcken Verpflegung, zu denen jeder in Bulinskij etwas beisteuerte, sogar der Kaufmann Schamow aus sogenannten »Verschnittbeständen« der staatlich kontrollierten Waren, machte sich wenig später Anna Iwanowna Haffnerowa auf den Weg nach Jakutsk, um in der Nähe ihres Willuschka zu sein. Die drei Kinder nahm sie mit. Die Frau des Dorfsowjets reichte ihr eine Kanne mit Birkensaftsekt, ihrer Spezialität, in den Wagen, und Anna Iwanowna bedankte sich höflich und mit zwei Wangenküssen. Außerhalb Bulinskijs aber goß sie den Sekt in das Gras. Sie mochte das Getränk nicht, und Willuschka würde in Wochen noch nicht soweit sein, um das Gebräu standhaft genießen zu können.

Dazwischen aber – bis zur Abfahrt Anna Iwanownas – feierte man das Osterfest.

In der Nacht auf Ostern erloschen in Nowo Bulinskij alle Lichter. Nur die in den Straßenrand gerammten bunten Laternen brannten, und in der Kirche flackerte das Ewige Licht . . . vor jedem Heiligenbild eine bunte Lampade. Feierlich und ergreifend sah es aus . . . diese Dunkelheit in Erwartung des Herrn, der das Licht mitbringt auf die Erde.

In den Häusern war der Ostertisch, der Stolz jeder russischen Hausfrau, aufgebaut. Von kandierten Rosenblättern bis zum dampfenden Spanferkel gab es keine unerfüllbaren Wünsche mehr, und wenn die Männer an die Schnäpse dachten, die in Glasballons auf sie warteten, zogen sie den Speichel durch die Zähne, sahen sich an und grinsten wissend.

Als es dunkel wurde, füllte sich die Kirche. Alle Einwohner Bulinskijs kamen herbei. Niemand fehlte, und wer nicht gehen konnte, den trug man heran oder schob ihn in einem Rollstuhl.

Und so standen sie nun alle dicht an dicht, entblößten Hauptes, stumm, ergriffen von der Stille, der Dunkelheit und den von Ewigen Lichtern umflackerten Heiligen an der Ikonostase, warteten auf Väterchen Alexeij, den Popen, und auf den »Dreieckigen«, der in Bulinskij Solosänger war und den Chor leitete (und jeder wunderte sich jedes Jahr aufs neue, wie aus einem so deformierten Gesicht solche herrlichen Töne kommen konnten). Draußen wurde es tiefe Nacht. Die Wälder schwiegen, und die Lena rauschte gedämpfter. Die Häuser lagen in völliger Finsternis, die Straßen waren leer; und am Himmel glitzerten die Sterne, wie sie sonst nur glitzern in den eisigen, klaren Winternächten.

Als letzter kam der Dorfsowjet in die Kirche. Nicht weil er nicht eher Zeit gefunden hatte, sondern um sich ganz hinten schamhaft an die Tür zu stellen, denn ein Sowjet hat die Verpflichtung, nach dem Leninschen Lehrsatz zu leben: Religion ist Opium fürs Volk. Es war ein Satz, den der Sowjet von Nowo Bulinskij auch bei jeder Pflichtversammlung in der Stolowaja, dem Versammlungssaal, laut verkündete. Aber an Ostern schlich er sich in die Kirche, verbarg sich hinter einer Säule, faltete die Hände und wartete auf die Mitternachtsstunde. Man ist ja schließlich Mensch, nicht wahr, Genossen, und was kann Christus dafür, daß es einen Lenin gegeben hat . . .?

Kurz vor der elften Nachtstunde erschien Väterchen Alexeij, der Pope, im Festgewand, eine goldschimmernde, bestickte, hohe Kamilawka auf den langen weißen Haaren und mit einem langen, aber viereckig gestutzten Bart. Man wußte in Bulinskij, welche Dramen sich jedes Jahr vor Ostern abspielten, wenn der Friseur Fjodor Lukanowitsch Scheloboljew im Popenhaus erschien, Scheren und Rasiermesser auspackte und sagte: »Ehrwürdiger Vater Alexeij, nehmt Platz, es ist wieder soweit.«

Dann rang Väterchen Alexeij um jeden Millimeter Bart, bemekkerte die Kanten des Bartschnittes, beschimpfte Scheloboljew wie einen neungeschwänzten Satan, warf ihn hinaus, rief ihn wieder, und schließlich, nach zwei Stunden Ringen, hatte der Pope Alexeij seinen wunderschönen weißen, gestutzten, gebürsteten Osterbart, der seinem Gesicht etwas Erhabenes, ja Heiliges gab.

Mit dem Erscheinen Alexeijs an der Ikonostase erstarb jegliches Flüstern in der Kirche. Väterchen stimmte die Festliturgie an, die Leute von Nowo Bulinskij antworteten, und dann brauste aus dem Hintergrund der Chor auf, geleitet von Frolowski, dem »Dreieckigen«. Ein Schauer rann allen über den Rücken, wenn die Stimmen wie Orgeln den ganzen Kirchenraum füllten und aus allen Ecken und Winkeln die Töne auf die Menschen herniederfielen wie glühende Tropfen.

So verrann diese Stunde mit Liturgie, Chorgesang und dem Gebet der Andächtigen: »Herrgott, erbarme dich unser . . . Herrgott, erbarme dich unser . . .« Immer und immer wieder.

Mitternacht. Der Ostertag begann. Das Licht fiel über die ganze Welt. Die Erlösung der Menschen wurde Gewißheit.

Väterchen Alexeij hob beide Arme hoch empor. Seine dröhnende Stimme war ein Jubelschrei, der in allen Herzen widerklang:

»Christus ist auferstanden!«

Und ein zweiter, noch mächtigerer Schrei aus Hunderten von Kehlen antwortete ihm: »Ja, er ist wahrhaftig auferstanden!«

Und dann läuteten alle Glocken, und an den Heiligenbildern flammten die Osterkerzen auf. Dann wanderte die Flamme weiter, von Hand zu Hand, denn alle hielten Kerzen, die nun entzündet wurden an der kleinen Flamme der Ikone.

Hunderte von Lichtern sind es dann, ein flackerndes Lichtermeer. Die Glocken läuten über Taiga und Lena, und ihr Ton fliegt hinaus in die Unendlichkeit des Landes. Aus der Kirche strömen dann die Menschen, stehen auf dem weiten Kirchplatz, umarmen sich, küssen sich dreimal auf beide Wangen und den Mund und rufen sich zu: »Christus ist auferstanden!« Und der Ruf schallt zurück: »Ja, er ist wahrhaftig auferstanden!« In die Häuser eilen sie, denn alles ist noch völlig dunkel, aber in ihren Händen tragen sie die Kerze mit dem heiligen Feuer, schützen es vor Zug und zünden mit der Kerze aus der Kirche ihre Lampen in den Häusern an. Und dann leuchtet ganz Nowo Bulinskij, und die Glocken dröhnen über das Land, drei Tage und drei Nächte lang.

Christus . . . Christus . . . läuten sie. Aber die alten Bauern und auch die Jungen nehmen die Mütze in die Hand und blicken stumm über Strom und Wald. Sie hören die Glocke anders.

Taiga . . . Taiga . . . läuten sie für sie.

Und so wird es wohl auch richtig sein, denn der Mensch an der Lena sieht Gott in der Unermeßlichkeit des Waldes und des breiten Stromes.

Als um Mitternacht die Glocken läuteten, richtete sich Ludmilla auf, schob die Decke zurück und verließ das Bett. Semjonow, noch zu schwach, um aufzustehen, sah ihr zu, wie sie die Lampe entzündete und von Wand zu Wand ging, bis alle Lampen brannten und auch die vier Kerzen auf dem Ostertisch. Dann legte sie sich wieder an die Seite Semjonows und umarmte ihn.

»Mögen wir immer, immer so glücklich sein, Pawluscha«, sagte sie leise. »Mehr wünsche ich mir nicht. Immer, immer soll es hell um uns sein . . .«

»Ich liebe dich«, sagte Semjonow und legte seinen müden Kopf an ihre Brüste. »Oh, wie ich dich liebe, Ludmilluschka.«

Sie küßten sich und hörten von der Straße die ersten Stimmen. »Christus ist auferstanden!« Fröhliche Menschen zogen an ihrem Haus vorüber und lachten.

»Komm«, bat Semjonow und richtete sich mühsam auf. Auf Ludmilla gestützt, ging er zum Fenster und sah hinaus auf die erleuchteten Straßen und die Menschen, die mit ihren Kerzen nach Hause eilten.

»Es ist undenkbar, daß ich einmal woanders gelebt habe als hier«, sagte er und trat zurück ins Zimmer. »Es ist mir, als habe es immer nur dich, Nadja, den Strom und die Taiga gegeben.«

Sie gingen in den Nebenraum, standen am Bett der kleinen Nadja und hielten sich umarmt wie in ihrer ersten Liebesstunde.

»Wie schön ist das Leben!« sagte Semjonow leise. »Wie unbeschreiblich schön . . .«

Und die Glocken läuteten, und im Haus roch es nach frisch gebackenem Brot und einem Rentierbraten, der zugedeckt auf dem Feuer brutzelte.

Und alle, alle Lichter brannten . . .

Wenn es Frühling geworden ist in der Taiga, werden die Tage länger wie überall auf der Welt, aber in Wirklichkeit werden sie kürzer. Schnee, Eis und Stürme zwingen im Winter den Menschen ins Haus; da liegt man auf dem Ofen, flickt sein Handwerkszeug, gerbt die Felle, setzt Fallen und kontrolliert sie, aber wie der Pulsschlag eines Winterschläfers sich auf ein Mindestmaß verringert, ist auch das Leben der Menschen im Schnee begraben.

Aber der Frühling, die herrliche Zeit nach der Eisschmelze! Da brechen die angestauten Kräfte hervor. Da wird in den Gärten gegraben; da ziehen die Jäger in den Wald, denn nun kommen die Winterschläfer hervor, die Dachse und Bären, und ihr Fell ist noch dick und wertvoll, und unvorsichtig sind sie, die Tierchen, denn auch in ihnen regt sich der Frühling. Ja, und die Tiger streichen durch die Taiga, hungrig nach den langen, mageren Wintermonaten. Hellgelbe, fast weiße Tiger sind es, kleiner als die bengalischen, aber flinker, listiger, grausamer und furchtloser, denn wer in der Taiga überleben will, muß grausam sein und stärker als sein Gegner. Und so kommen sie bis an die Siedlungen und Dörfer, stehen an den Flußufern und schleichen über die Pfade. Man sagt, daß Tiger sogar unterhalb von Bulinskij, an den Ausläufern von Shiganski, zwei Kinder gerissen hatten, im Angesicht von wehrlosen Fischern, die zwar brüllten und mit Steinen warfen, aber was kümmert einen sibirischen Tiger ein Steinwurf?

So ist das Leben an den großen Strömen Sibiriens wild und weit, und wenn der Frühling gekommen ist, hat man so viel zu tun, daß die Sonne viel zu schnell wieder versinkt.

Semjonow und Ludmilla fuhren mit Schliemann und Wancke wieder zu dem kleinen Haus an der Muna und wuschen Gold. Es war ein gutes Jahr. Nach zwei Wochen besaß Semjonow Gold im Wert von über tausend Rubel, und Ludmilla brachte aus dem Steinbruch, den sie entdeckt hatte, wundervolle Achatstücke mit, die Wancke auf einem Schleifstein in der Hütte notdürftig anschliff. Aber schon da zeigte sich, welch eine herrliche Maserung die Steine hatten, welches Farbenspiel und welch seidigen Glanz an der Oberfläche. Ganz stolz war Ludmilla, als Schliemann verwundert ausrief: »Kinder, das ist ja eine Entdeckung, die mehr wert ist als unser Goldwaschen!«

Und auch Semjonow hatte längst erkannt – schon bei Ludmillas erstem Fund –, daß hier dem Ort Nowo Bulinskij von der Natur Reichtum und Ehre geschenkt worden waren.

Am Abend saßen sie alle um den Tisch in der Hütte. Ludmilla kochte eine kräftige Kascha, dazu gab es Kwass und Wodka, und es war eine gute Stimmung in dem engen Raum. Die Achatstücke lagen auf der Tischplatte und funkelten im Licht der Petroleumlampe.

»Wir werden eine Achatschleiferei gründen«, sagte Semjonow. »Jungs, ich will nicht darauf bestehen, daß mein Weibchen Ludmilla die Vorkommen entdeckt hat und uns also die Grube gehört, denn ich kann ja nicht als Eigentümer auftreten, ihr wißt es. Ich schlage vor, daß wir alle zusammen ein privates Kombinat gründen und eine Schleiferei unter dem Namen Schliemanns aufmachen. Er hat von uns allen die besten Verbindungen nach Jakutsk, er ist ein Freund des Sowjets von Bulinskij, und er hat die richtige

Schnauze, um sich durchzusetzen. Sagt mir, Brüderchen, ob ihr damit einverstanden seid.«

Sie waren alle einverstanden, und man hob die Blechbecher mit Kwass und stieß an auf die neue Fabrik, die in Nowo Bulinskij entstehen sollte.

»Nennen wir sie Sibirische Edelstein-Manufaktur«, sagte Schliemann. »Ich befürchte nur, daß bald irgendeine zuständige staatliche Stelle kommen wird und den ganzen Laden kassiert und verstaatlicht. Dann dürfen wir schuften und schleifen und bekommen im Monat dreihundert Rubelchen! Und einen Direktor setzen sie auch ein, der sich auf unsere Kosten vollfrißt. Man kennt das doch, Brüder! Lumpenpack ist alles, was sich Natschalnik nennt!«

»Dann stellen wir die Dinge heimlich her, Jungs«, erklärte Semjonow. »Wir werden uns in Jakutsk Schleifsteine besorgen und Steinschnitzmesser. Und über die Mongolen, die mit ihren Glasperlen und Seidenbändern kommen, vertreiben wir unseren Achat. Ein schwunghafter Handel wird es werden, garantiert! Und wir werden eine Menge Geld verdienen, ohne daß der Staat es merkt.«

»Und wenn es später herauskommt, wandern wir alle in ein Straflager«, sagte Wancke, der Buchhalter aus Berlin. »Ich habe die Schnauze voll vom Lager! Und ich habe Kinder und eine gute Frau! Laßt uns weiter Gold waschen, das fällt nicht auf. Aber diese Edelstein-Manufaktur . . . Kinder, das kann ins Auge gehen!«

Man war sich also nicht ganz einig, aber man nahm einen großen Sack voll Rohsteine mit nach Bulinskij. Man wollte einen Versuch machen und sehen, wie die Mongolen auf den Achat reagierten.

In Bulinskij zeigte es sich, daß Frolowski, der »Dreieckige«, nicht nur ein guter Sänger und Glockenläuter, sondern auch ein kunsthandwerkliches Genie war. Er ließ sich von Semjonow drei dicke Rohsteine geben und kam nach zwei Tagen wieder mit einer herrlichen Achatschale, zwei Aschenbechern und der Figur eines sitzenden Bären.

»Eine Schinderei war's, zum Teufel!« schrie er, als er die schönen Dinge auf den Tisch setzte. »Vor allem der Bär. Die Rohform habe ich mit dem Schleifstein herausgeholt, aber alles andere mußte ich mit Schmirgel machen. Säuisch war's, Pawel Konstantinowitsch.«

Am nächsten Tag kamen auch die anderen. Sie hatten die Achatsteine ebenfalls geschliffen, durchgeschnitten und poliert. Ein Jakute, sonst Jäger und Reusenleger, kam mit der primitiven, aber durch die Maserung des braunroten Steines wundervoll wirkenden Schnitzerei eines Rentierkopfes. Alle standen dann um den Tisch, bewunderten die Steine und waren sich einig, daß man damit eine Menge Geld verdienen konnte.

»Abgemacht, Freunde!« sagte Semjonow. »Übermorgen kommen die ersten Mongolen aus dem Süden. Auf der Post hat man Nachricht, daß sie von Shigansk abgeritten sind. Wir werden sehen, wie sie staunen! Und dann fahren Schliemann und ich nach Jakutsk und kaufen Maschinen! Wenn wir alle zusammenlegen, reicht es. Einverstanden, Brüder?«

»Einverstanden, Pawel Konstantinowitsch!« antwortete ihm der Chor der zukünftigen Achatschleifer.

Am Sonntag ritt die Karawane der Mongolen in Bulinskij ein. Das war immer ein kleines Fest. Vor allem die Frauen freuten sich, denn die Mongolen brachten Stoffe und Schmuck mit, handgearbeitete, mit Goldfäden verzierte Pantoffeln und Teppiche mit den schönsten Mustern, hochflorig und weich. Für die Männer gab es hellen, fast goldenen chinesischen Tabak und Cognac, aus schwerem, süßem Wein gebrannt. Auch Zeitungen und Zeitschriften brachten sie mit.

Am Abend dieses Tages gab es dann immer ein großes Fest. Man soff und sang; Lagerfeuer flackerten durch die Nacht. Väterchen Alexeij, der Pope, wiegte den Kopf, ging in der Kirche hin und her und sagte: »O Jesus, das wird in neun Monaten wieder viele Taufen geben! Ganz außer Rand und Band sind sie, meine Schäfchen.«

Bei Semjonow saßen die drei Anführer der Mongolen und drehten die Achatfiguren in den schmalen gelben Händen. Ihre Gesichter waren ausdruckslos, auch ihre Augen verrieten nichts, aber da sie die Figuren nicht gleich weglegten, sondern drehten und ansahen und wieder drehten, schien ihnen das Geschäft nicht so gleichgültig zu sein, wie ihre Mienen ausdrückten.

»Na?« fragte Semjonow, als die Mongolen noch immer schwiegen und schweigsam Tee mit Wodka tranken. »Wir können viele solcher Figuren liefern. Wir können aus dem Stein schneiden, was verlangt wird. Ich weiß aus meiner Heimat, was man alles aus Achat machen kann. Ein großes Geschäft kann es werden, Genossen! Aus den Händen wird man euch die Figuren reißen.«

Die Mongolen schwiegen. Sie tranken stumm, aßen Bärenkeule in Gelee und eine kräftige Grützsuppe mit marinierten Pilzen, verließen dann das Haus, aber sie nahmen die Figuren mit und legten hundert Rubel auf den Tisch.

Schliemann und Semjonow sahen sich an. »Hundert Rubelchen«, sagte Schliemann leise, als die Mongolen gegangen waren. »Wenn sie uns freiwillig hundert geben, sind die Sachen dreihundert wert. Ich glaube, wir haben eine wahre Goldgrube aufgetan. Fahren wir nächste Woche nach Jakutsk, um Maschinen zu kaufen?«

»Ich glaube doch.« Semjonow lachte und gab Ludmilla einen Kuß auf beide glänzende Augen. »Unser Leben wird völlig anders werden. Karpuschin ist tot, niemand wird mich hier mehr suchen . . . Ich werde aus Nowo Bulinskij eine reiche kleine Stadt machen!«

Es wurde noch ein schöner Tag. Der Sowjet von Bulinskij träumte von einem großen Kulturhaus, das er bauen wollte, wenn Geld in die Kassen floß. »Theater werden wir spielen«, rief er verzückt. »Genossen! Theater! Stücke von Gogol und Schiller! Von Gorkij und Jewgenij Schwarz! Aber Schiller, vor allem Schiller!«

Semjonow lachte. Er wußte, wie sehr die Russen Schiller lieben. In den Gefangenenlagern hatte er es immer wieder erlebt. Dort spielten Theatergruppen deutscher Plennies selbstverfertigte Lustspiele oder schaurige Ritterdramen. Jedes Stück mußte vorher von dem Lagerkommandanten genehmigt werden, und die Genehmigung wurde immer erteilt, wenn es hieß: »Es ist ein Stück von Schiller, Herr Kommandant!« Um all die Dramen zu schreiben, die in den deutschen Gefangenenlagern als von Schiller verfaßt ausgegeben worden waren, hätte der Dichter siebenhundert Jahre alt werden müssen. Jemand hat es einmal ausgerechnet.

Eine Woche später zogen die Mongolen wieder nach Süden, nach Jakutsk. Und jeder wartete von nun an auf eine Nachricht. Wurden die Figuren verkauft? War es ein Geschäft? Kam Geld, viel Geld nach Nowo Bulinskij?

Mit zwanzig Booten fuhren Semjonow und seine Teilhaber die Muna hinauf zum Steinbruch und holten Rohachat. Dann wurden sie von dem Motorboot, das im Winter Ludmillas Leben gerettet hatte, in Schlepp genommen, und ein langer Zug kehrte schwer beladen zur Lena und nach Bulinskij zurück.

In Jakutsk standen die Achatfiguren einen Tag im Fenster eines Geschäftes in der Frunsestraße. Dort sah Marfa Babkinskaja den kleinen, sitzenden Bären, kaufte ihn für dreißig Rubel und brachte ihn mit als kleines Geschenk für Karpuschin.

»Sieh einmal!« sagte sie, als sie das Zimmer betrat, Karpuschin war mißmutig. Die Verhandlungen mit den Chinesen schleppten sich hin; immer wieder sagte man ihm, man erwarte die letzte Nachricht aus Peking, aber sie kam nicht. Er hatte es sich leichter vorgestellt, der Generalmajor Karpuschin. Glücklich müssen sie sein, wenn ein Fachmann wie ich sich ihnen anbietet, hatte er gedacht. Aber nun zeigte sich, daß die Chinesen sehr kritisch waren; sie ließen Karpuschin schmoren wie einen zähen Braten.

»Was soll das?« fragte Karpuschin, betrachtete unlustig den Achatbären und wandte sich wieder ab. »Für so etwas gibst du Rubel aus!«

»Es soll dich aufheitern, Matweij Nikiforowitsch.« Marfa Babkinskaja stellte den kleinen Bären auf eine hölzerne Konsole und lächelte ihn an. »Sieh einmal, wie süß er ist.«

»Süß ist Zucker und Honig, und süß bist du im Bett«, brummte Karpuschin. »Die Chinesen machen Schwierigkeiten, und das ist verdammt sauer. Wir müssen aus Rußland weg sein, Täubchen, bevor man im Kreml ungeduldig wird und fragt, was mit Semjonow los ist! Was soll ich nach Moskau melden? Nichts Neues, Genossen ... Wer wagt so etwas? Ich selbst habe ja einst die Leute, die mir solche Meldungen einreichten, als blinde Idioten bezeichnet. Ach, Marfuschka, wenn du meine Sorgen hättest!«

»Man stellt diese Achatfiguren oben im Norden her, an der Lena, so sagte mir der Verkäufer.« Marfa drehte den kleinen Bären, bis er ihrer Meinung nach im richtigen Licht stand. »Ehemalige deutsche Kriegsgefangene sollen es sein. Sie haben einen Ort gegründet und leben dort als Bürger. Matweij Nikiforowitsch ...« Sie trat hinter Karpuschin, legte den Arm um seinen Hals und küßte ihn in den Nacken. Es kitzelte ihn, und er begann zu brummen wie ein schläfriger Bär. »Wäre es nicht eine Abwechslung, einmal dort hinzufahren? Stell dir vor ... ein deutsches Dorf in der Taiga! Das muß man gesehen haben.«

Karpuschin nickte. »Warten wir erst die Nachricht aus Peking ab, mein Täubchen«, sagte er, milder gestimmt, drehte sich um und erfreute sich an dem Anblick Marfas, wie er sich immer freute, in seinem Alter noch ein Stück Jugend erobert zu haben. »Dann sehen wir uns dieses Dorf an der Lena an.« Und da er fühlte, daß sein Groll sich verflüchtigte, lächelte er sogar und sah zu dem Bärchen hin. »Ein nettes Figürchen ist es«, lobte er. »Anatomisch zwar nicht ganz richtig ... aber so etwas nennt man künstlerische

Freiheit. Wenn es dir Freude macht, Marfuschka, mein wildes schwarzes Schwänchen.«

Und so erhielt Semjonow noch einmal eine Frist und blieb in dem Glauben, endlich sein Paradies gefunden zu haben.

Aus Jakutsk kam ein Telegramm der Mongolen.

Alle Figuren verkauft. Stellt weitere her. Produziert. Wir nehmen die Figuren mit auf allen Reisen. Es wird ein gutes Geschäft. Schon liegen Bestellungen vor.

»Gewonnen!« rief Schliemann, als er das Telegramm vorgelesen hatte. »Brüderchen – das wird ein Leben geben! Wie der letzte König der Inkas werden wir uns jeden Morgen mit Goldstaub pudern können!«

Da die wenigsten etwas von den Inkas wußten, jubelte man anders, vor allem Frolowski, der »Dreieckige«, der immer wieder rief: »Drei Weibchen werde ich mir leisten! Verdammt, o verdammt, drei Weibchen! Das wird ein Leben! Und am Fluß baue ich mir ein Haus, wo ich vom Schlafzimmer aus gleich angeln kann! Genossen, Freunde, Brüder – hoch sollen sie leben, Semjonow und seine Ludmilla! In Bulinskij wird von nun an immer die Sonne scheinen!«

Jawohl, großer Jubel erhob sich, nachdem das Telegramm gekommen war. Die Frau des Dorfsowjets opferte die letzten Flaschen Birkensekt, und ihr Mann, der gute Kommunist, sang freiheitliche Lieder und schrie immer wieder: »Ein Kulturhaus baue ich! Und Schiller spielen wir. O Schiller! Brüderchen, ich wollte schon immer zum Theater! Ich habe heißes Blut in mir! Heißes Blut! Hoho! Daß ich das noch erlebe . . .«

Semjonow und Schliemann fuhren nach Jakutsk, um neue Schleifsteine zu kaufen und sich umzusehen, wo man Werkzeuge zur Bearbeitung von Edelsteinen bekommen könnte.

Man darf nicht glauben, daß Jakutsk ein ödes Nest ist, wo die Hunde jaulen, weil es so trostlos ist. Jakutsk ist ein richtige Stadt mit Straßen und Autotaxen, Steinhäusern und großen Parteibauten, Pavillons und Läden, einem Schwimmbad und höheren Schulen, gesellschaftlichem Leben und militärischer Besatzung. Früher war es eine jakutische Siedlung. Aber nirgendwo auf der Welt wurde der Fortschritt so deutlich wie gerade in Sibirien; und während man im Westen meint, an der Lena lägen die Menschen noch wie die Eiszeitjäger auf Bärenfellen in Höhlen, promenieren die Frauen in Jakutsk auf den Plätzen und in den Kulturgärten umher, machen den Soldaten schöne Augen und duften nach Parfüm, das sogar aus Frankreich kommt. Und im Sommer tragen sie Höschen aus Nylon und Hemdchen aus Batist, mit kleinen Spitzen besetzt. Frolowski wußte es genau, er hatte es erzählt. Im vergangenen Sommer war er in Jakutsk gewesen und hatte es gesehen.

Auch eine Straßenbahn gab es in Jakutsk. Ratternd und klingelnd fährt sie durch die Hauptstraßen, und immer ist sie so überfüllt, daß die Menschen sogar auf den Trittbrettern und den Puffern stehen. Lebensgefährlich ist es – die Haare stehen einem zu Berge, wenn man so eine Bahn um die Ecke kommen sieht, übersät mit Menschenleibern. Und sie lachen auch noch, die Todesmutigen, winken und rauchen und rufen den hübschen Frauen Worte zu, die sie erröten lassen. Und – es ist die Wahrheit, Freunde – noch nie ist jemand von der Bahn gestürzt! Von Kind an trainiert man ja, und wer einmal an einem Trittbrett hängt, ist eine Klette, die kein Sturm davonwehen kann.

Während Schliemann im Büro einer Werkzeugfirma verhandelte, fuhr Semjonow mit der Straßenbahn durch die Stadt. Er hatte mit den Mongolen einen Treffpunkt ausgemacht, der außerhalb der Stadt im Kulturpark lag. Nachdem er vier volle Bahnen hatte vorbeifahren lassen, faßte er sich ein Herz, sprang – wie er es von den Jakutskern sah – den Waggon an, klammerte sich irgendwo fest, zog die Beine hoch, trat jemandem gegen das Schienbein und sagte: »Ein paar Zentimeter Platz, Genosse! Es geht, wenn man will!« Dann hing auch er auf dem Trittbrett und hatte als einziger Angst, herunterzufallen, vor allem in den Kurven, wo die Schienen unter ihm knirschten und wimmerten.

So sah ihn Marfa Babkinskaja, die gerade vom Einkaufen kam. Sie stand am Straßenrand und ließ die Wachstuchtasche mit den Einkäufen fallen, als die Straßenbahn an ihr vorbeiratterte und sie Semjonow draußen am Waggon hängen sah, inmitten anderer lachender Männer.

Auch Semjonow erkannte sie sofort. Als sie die Tasche fallen ließ, als ihr etwas hochmütiges Gesicht sich in plötzlichem Erkennen verzerrte, als sie die Arme hob, war es ihm, als stünde sein Herz still. Das ist nicht möglich, dachte er. Und doch – sie ist hier! Marfa Babkinskaja. Sie hat mich erkannt. Soll alles schon zu Ende sein? Soll die Jagd wieder von vorn beginnen? O Gott, mein Gott, laß es nicht zu. Wir haben genug gelitten! Nun ist das Kind da ... um Nadjas willen, Gott, laß es nicht zu ...

Aber es half alles nichts ... Er sah, wie Marfa Babkinskaja zu schreien begann, wie sich Menschen um sie sammelten, wie ein Taxi hielt und sie auf die Straßenbahn deutete, wie drei Soldaten herbeirannten und auf sie einsprachen. Da bog die Bahn um die Ecke, und mit einem weiten Satz sprang Semjonow ab, rannte die Straße entlang, fand eine Seitengasse, hetzte weiter, blindlings geradeaus und dann in eine Querstraße und dann wieder um die Ecke und immer weiter, weiter ... Gassen, Straßen, Plätze ... Endlich wurde er ruhiger, blieb in einem Hauseingang stehen, erholte sich und fragte sich dann durch zu dem Platz, wo Schliemann den Lastwagen der Sowchose Munaska, mit dem sie nach Jakutsk gekommen waren, geparkt hatte. Da Semjonow zuletzt chauffiert hatte, besaß er auch den Zündschlüssel; und wenige Minuten später raste er aus Jakutsk hinaus und auf die Straße nach Norden.

Als Schliemann eine Stunde später zum Parkplatz kam und den Wagen nicht mehr fand, ahnte er, daß etwas vorgefallen war. Er fragte nicht herum, sondern ging wie ein Unbeteiligter davon, mietete sich in Jakutsk in einer Herberge ein und wartete.

Anders war es bei Karpuschin.

Marfa riß die Tür des Zimmers auf, und bevor Karpuschin, der sich gerade rasierte, etwas fragen konnte – Marfa sah schrecklich aus, mit zerzausten Haaren, schweißigem Gesicht und bebend am ganzen Körper –, schrie sie ihm zu:

»Semjonow ist in der Stadt! Ich habe ihn gesehen! An der Straßenbahn hing er!«

»Oh!« sagte Karpuschin nur. Es war Stöhnen und Aufschrei zugleich. Das Rasiermesser warf er auf die Erde, trocknete den Schaum vom Gesicht, und es zeigte sich, daß er nur einseitig rasiert war. Aber wer achtet darauf, wenn Semjonow in der Stadt ist?

»Wo ist er?« brüllte Karpuschin und warf das Handtuch aufs Bett. »Wo?«

»In der Straßenbahn. Er fuhr an mir vorbei!«

»Und du?«

»Ich habe sofort geschrien und bin mit einem Taxi und drei Soldaten der Bahn nachgefahren!«

»Und dann?«

»Er war weg. Abgesprungen und verschwunden. Jetzt noch durchsuchen sie alle Häuser in der Umgebung. Er muß sich versteckt haben.«

»Geschrien hat sie!« brüllte Karpuschin und schlug mit den Fäusten gegen die Wand. »Wie ein Weibchen, das eine Maus sieht. Warum hast du nicht geschossen? Sofort geschossen?«

»Womit?« schrie Marfa zurück.

»Wo hast du deine Pistole?«

»In der Tischschublade.«

»In der . . . Oh! Ich werde wahnsinnig!« Karpuschin riß seinen Rock vom Nagel und rannte zur Tür. »Sie kann Semjonow erledigen und läßt ihre Waffe in der Schublade! Ich bekomme einen Schüttelfrost, wenn ich daran denke!«

Wie ein tollwütiger Stier rannte er durch die Straßen zum Parteihaus. Dort fegte er mit einer Handbewegung die Wache beiseite, die sich ihm in den Weg stellte, stürmte in das Zimmer des Distriktkommissars und hob beide Fäuste, als er sah, wie der Sowjet seine Pistole auf ihn anlegte.

»Ich bin Karpuschin!« schrie er. »Generalmajor Karpuschin. Hier, mein Ausweis!« Er warf dem versteinerten Kommissar sein Parteibuch hin und griff zum Telefon. »Sie kennen mich in anderer Maske, Genosse, ich weiß. Alles, was Sie an mir sehen, ist falsch. Aber ich habe unbeschränkte Vollmachten von Moskau. Und das werden Sie jetzt erleben.«

Karpuschin setzte sich ans Telefon. Mit wenigen Sätzen alarmierte er das gesamte Militär von Jakutsk, die Miliz, die Werkschutzbrigaden.

Er verfügte die Sperrung aller Ausfallstraßen. Miliz und Militär kämmten nach einem Stadtplan jedes Haus durch. Vom Keller bis unters Dach wurde alles durchsucht. Nicht ein Haus blieb verschont, auch nicht die Parteihäuser, nicht einmal das Bordell, das sich offiziell »Schneidereikombinat« nannte und Schürzen herstellte. Mehr aber als an den Nähmaschinen waren die Mädchen in den Betten beschäftigt. Jeder Offizier der Garnison Jakutsk wußte das.

Auf den Straßen patrouillierten Milizgruppen. Alle Spaziergänger in den Kulturparks wurden verhaftet und verhört. Auch zu Schliemann kam man und nahm ihn mit aus seiner Herberge auf die Milizstation III. Hier erst erfuhr er, was geschehen war, und er betete im stillen, daß Semjonow die

Flucht aus der Stadt gelungen sei.

Karpuschin lächelte böse, als von allen Seiten Meldungen kamen.

Die Straßen waren gesperrt.

Die Stadt wurde systematisch durchsucht.

Seit einer Stunde druckten die Maschinen der *Jakutskaja Prawda* das Bild Semjonows. In zehntausend Exemplaren wurde sein Steckbrief verteilt. Schon waren vierzehn Verdächtige verhaftet worden. Aber sie leugneten, Semjonow zu sein.

»Alle Verhafteten zu mir!« befahl Karpuschin. »Ist Semjonow dabei, wird er sprechen lernen! Meine Herren!« Er sah zu den Offizieren und Kommissaren, die im ganzen Zimmer wie Lakaien an den Wänden standen. »Er ist in der Stadt! Und er wird nicht wieder entkommen! Nicht ein Floh wird durch Jakutsk hüpfen, ohne daß man ihn sieht! Es ist jetzt nur noch eine Frage von Stunden.«

Ein heißes Gefühl von Jubel und Triumph erfüllte ihn. Der Zufall, dachte er. Wieder der Zufall, der große Helfer. Nun wird sich auch mein Leben ändern. Mit Semjonows Vernichtung wird auch Karpuschin wieder auferstehen.

Er griff zum Telefon und wählte die Nummer der chinesischen Handelsdelegation. Seine Stimme war knapp und militärisch hell, als er sprach.

»Hier Karpuschin! Nein, Ihre Nachricht interessiert mich nicht mehr! Es hat sich alles erledigt. Verstehen Sie? Erledigt! Ich verzichte! Frieden für die Sowjetunion!«

Dann legte er den Hörer wieder auf, und er war stolz, den Chinesen so etwas sagen zu können.

Peking, dachte er. Ich hätte mich in Peking nie wohl gefühlt. Wie habe ich nur diesen wahnwitzigen Gedanken haben können?

Semjonow ist in der Stadt!

Ehe die Dunkelheit hereinbrach, würde er hier vor dem Tisch stehen, und es würde Karpuschins glücklichste Minute sein.

Zu dieser Stunde waren bereits dreiundzwanzig Männer verhaftet, die Semjonow ähnlich sahen. Sie warteten in einem Nebenraum, und Marfa Babkinskaja bereitete sich darauf vor, alle anzusehen und Pawel Konstantinowitsch Semjonow zu identifizieren.

17

Arme, bedauernswerte Männer waren es, die da an den Wänden standen, von Milizsoldaten bewacht. Ein paar von ihnen bluteten aus Nase und Mund, dem einen quoll das Gesicht auf wie ein Hefekuchen, und einem anderen troff Speichel aus den Mundwinkeln, vor lauter ohnmächtiger Angst. »Es ist ein Irrtum, Genossen!« stammelte er, als Karpuschin, der Distriktsowjet und Marfa Babkinskaja in das Zimmer kamen. »Ich schwöre es, ein großer Irrtum ist es! Ich bin Jewgenij Nikolajewitsch Korolenkow, ein braver Elektriker. Mit der Straßenbahn fuhr ich zum Elektrokombinat. Weiter habe ich nichts getan. Glaubt es mir doch, Genossen!«

Karpuschin winkte. Einer der Milizsoldaten gab dem wimmernden Korolenkow eine schallende Ohrfeige. Er flog gegen die Wand und schwieg darauf gottergeben. Nur in seinen Augen flatterte der Wahnsinn der Angst, und der Speichel troff stärker aus seinem aufgeschlagenen Mund. Es sah nicht schön aus, gewiß nicht.

»Wer von euch ist Semjonow?« fragte Karpuschin knapp, als er mitten im Zimmer stand und sich die dreiundzwanzig verhafteten Männer ansah. Tatsächlich, sie glichen sich alle, sie hätten Brüder sein können, Söhne einer unheimlich fruchtbaren Mutter. Nur kleine Abweichungen gab es in der Haarfarbe, in der Größe, in der Gesichtsform . . . aber alle sahen aus wie Semjonow oder wenigstens so wie sein gezeichnetes Steckbriefbild. »Wenn Sie kein Feigling sind, Heller, so treten Sie vor«, sagte Karpuschin laut, und da er Sie sagte, bewies er, wie hoch im Inneren seine Achtung vor dem Mann war, den er bisher vergeblich gejagt hatte.

Die dreiundzwanzig Verhafteten glotzten Karpuschin an und schwiegen. Sie verstanden gar nicht, was man von ihnen wollte. Da stand ein mittelgroßer, dicklicher, dunkelbärtiger, grober Kerl in der Mitte des Zimmers und rief einen Namen, den niemand kannte. War man in einem Irrenhaus, he? Und das Weibsstück da! Sie stierte um sich und machte ein ganz verzweifeltes Gesicht.

»Keiner?« fragte Karpuschin leise. Er lächelte böse und legte die Hände auf den Rücken. »Brüderchen«, sagte er fast milde, »es ist traurig, wie selten Ehrlichkeit anzutreffen ist! Einer von euch *ist* Semjonow! Sollen wir ein kleines Spielchen machen? Jeder kommt einzeln zu mir in den Nebenraum, und ich gebe ihm Gesangsunterricht. Wollen wir wetten, daß der richtige Semjonow schnell ermittelt ist?« Karpuschin schüttelte wie wehmütig den dicken Kopf. »Warum diese Schwierigkeiten, Genossen? Heller, melden Sie sich! Seien Sie kein ekelhafter Feigling! Sie haben es nicht nötig!«

Karpuschin wartete. Die dreiundzwanzig Männer glotzten dumm und verständnislos. Marfa rang nervös die Hände und betrachtete immer wieder die zerschlagenen und blutverschmierten Gesichter. Wer ist es, dachte sie. O Himmel, ich könnte sagen, der . . . oder der . . . oder jener . . . Und nachher ist er es doch nicht! Wie können Menschen sich nur so ähnlich sehen? Vielleicht war es gar nicht Semjonow, der auf dem Trittbrett der Straßenbahn hing? Aber es waren seine Augen . . . Ich habe sie nie vergessen, seit damals im Botanischen Garten . . . und es war der gleiche Blick des Entsetzens wie damals am Goldfischteich.

»Fangen wir also an!« sagte Karpuschin fast gemütlich und rieb sich die Hände. »Die Röcke und Hemden aus!« Und jetzt wurde der Ton militärisch laut und duldete keine Widerrede. »Mit freiem Oberkörper tritt jeder ein! Und wenn ihr Schreie hört, macht euch nicht in die Hosen! Unter euch ist ein Spion . . . und wenn sich der nicht meldet, müßt ihr alle durch die Singschule gehen!«

Der brave Elektriker Korolenkow stöhnte auf. »Genosse!« rief er und fiel auf die Knie. Er hob die Hände; es fehlte nicht viel, und er hätte gebetet. »Ein treuer Kommunist bin ich, bei meiner Seele! Glaubt es mir doch! Warum soll ich Semjonow sein? Ich kenne diesen Mann nicht! Fragt mein Weibchen, ruft an im Elektrokombinat, man wird Ihnen sagen, daß ich Korolenkow bin! Ich habe nichts getan, nichts, gar nichts. Nur mit der Straßenbahn bin ich gefahren, zur Arbeit, Genossen, wie's sich gehört . . .« Dann weinte er, blieb auf den Knien hocken und benahm sich wie ein Verblödeter.

Karpuschin wurde unsicher. Er sah sich nach Marfa um und zupfte sich am Bart. »Wer ist es?« fragte er. »Du kennst ihn doch . . .«

»Wenn ich sie so ansehe, Matweij Nikiforowitsch . . . Es ist keiner von ihnen. Aber ich bin nicht sicher . . . Warum hat man sie auch so zugerichtet?«

»Der Volkszorn gegen einen amerikanischen Spion, Genosse General«, entschuldigte der Distriktsowjet seine Milizsoldaten. »Man muß das verstehen . . . Wer bekommt schon in Jakutsk einen Amerikaner zwischen die Hände?«

»Er ist nicht dabei?« Karpuschin sah Marfa wütend an. »Das ist unmöglich! Niemand, der wie Semjonow aussah, hat nach dem Alarm die Stadt verlassen können! Er *muß* dabeisein!«

»Ich weiß es nicht«, sagte Marfa Babkinskaja hilflos und hob die Schultern. »Du bist der General . . . du mußt es herausfinden . . .«

»Wenn man auf die Hilfe von Weibern hofft!« sagte Karpuschin böse und warf einen Blick auf die dreiundzwanzig Verhafteten, die sich anschickten, ihre Oberkörper zu entblößen. Das Entsetzen stand ihnen in den Augen. »Anziehen!« schrie Karpuschin. »Ihr stinkt wie die Böcke! Und wartet ab!«

Es dauerte zwei Stunden, bis Karpuschin jeden der dreiundzwanzig einzeln im Büro des Distriktsowjets verhört hatte. Es war ein normales Verhör, ohne Ohrfeigen und Tritte, Hiebe und andere gedächtnisanregende Mittel. Ganz normal sprach Karpuschin mit ihnen, erkundigte sich nach den Familien, nach der Wohnung, nach dem Beruf. Am Ende blieb einer übrig, der ehrlich angab, allein auf der Welt zu sein. Seine Mutter kannte er nicht; sein Vater war unter einen Traktor gekommen und breitgewalzt worden. Geschwister besaß er keine; verheiratet war er nicht, verlobt ebensowenig. Er war als Waldarbeiter tätig – ein armes, vom Wohlleben und allen Siebenjahresplänen noch unberührtes Schweinchen, ein Mensch, der lebte und nicht wußte, warum. Mit Semjonow hatte er eine große Ähnlichkeit, nur war er jünger. Aber wer fragt danach?

Karpuschin nickte, sagte freundlich: »Man wird dir für heute eine kühle Zelle geben und gutes Essen, Genosse!« und ließ den anhanglosen Menschen abführen.

»Ein guter Fang«, erläuterte er dann dem Distriktsowjet, der nicht verstand, was da geschehen sollte. »Legen wir ihn auf Eis, Bruder. Es kann sein, daß Semjonow tatsächlich durch eine uns noch unbekannte Lücke geschlüpft ist. Was dann, Genosse? Blamiert wären wir, bis ins Mark blamiert. Moskau würde Sie degradieren und in die Mongolei schicken, denn was ist das für ein Kommandant, der einen Spion entkommen läßt? Das sehen Sie doch ein!«

Der Distriktsowjet nickte. Er fror bei dem Gedanken, was alles mit ihm geschehen konnte. Karpuschin winkte mit beiden Händen ab, als er die verstörten Augen seines Gegenüber sah.

»Keine Furcht, Genosse! Wir haben ja diesen anhanglosen Menschen! Er sieht aus wie Semjonow, keiner vermißt ihn, wenn er fehlt, und wenn er in der Kiste liegt, fragt keiner nach dem Altersunterschied.« Karpuschin lächelte und zog eine Schachtel mit Papyrossi heran. »Man muß im Leben immer ein Ausweichgleis haben, Brüderchen«, sagte er weise. »Oft ist die Strecke blockiert, da muß man Nebenstrecken fahren. Es kommt nur darauf an, daß die Mitreisenden wahre, treue Genossen sind . . .«

»Ich bin auf Ihrer Seite, General«, erklärte der Sowjet von Jakutsk mit hohler Stimme. »Um meinen Kopf geht es ja auch . . .«

»Um Ihren in erster Linie, Genosse!«

»Was machen wir also mit dem Waldarbeiter?«

»Wir ernähren ihn gut, er bekommt ein weiches Bett und wird gut behandelt. Wenn wir Semjonow wirklich nicht finden sollten . . . Es gibt Menschen, Brüderchen, die Pech im Leben haben. Sie ertrinken beim Waschen oder ersticken an einer kleinen Gräte. Unser Anhangloser hat das Schicksal, Semjonow zu sein . . .«

Der Sowjet von Jakutsk nickte kurz. Wieder fror es ihn. Er sah Karpuschin von der Seite an und empfand ein Grausen, als er ihn fröhlich und munter rauchen und seinen gefärbten Bart streicheln sah. Ein gütiges altes Väterchen, so konnte man denken. Ein zufriedener Pensionär mit ein paar Rubelchen in der Tasche.

Und welch ein Teufel war er doch, dieser Matweij Nikiforowitsch! Falsch, ganz falsch ist es, was in den Kinderbüchern steht, daß der Satan dünn ist, Hörner trägt und einen Schwanz hat. Mittelgroß und dicklich ist er, der Teufel, und einen schwarzen Bart hat er und sieht aus wie das Großväterchen auf der Ofenbank.

Merkt es euch, Genossen!

Gegen Abend stand auch Egon Schliemann vor Karpuschin.

Man hatte alle Verdächtigen freigelassen. Die Straßen waren noch gesperrt; in den Außenbezirken durchkämmten Militär und Miliz noch die Holzhütten und krochen in jeden in die Erde gegrabenen Vorratsspeicher.

Schliemann brachte man zu Karpuschin, weil er ein ehemaliger deutscher Plenny war, der angab, an der Lena zu wohnen, im Norden, noch über Shigansk hinaus, und der in Jakutsk Schleifmaschinen kaufen wollte.

Karpuschin hatte den Fehlschlag überwunden und gut gegessen, als Gast der Parteileitung von Jakutsk. Daß in seinem Inneren der verletzte Stolz wie ein Bleiklumpen lag und sein Haß gegen Semjonow unmeßbare Ausmaße annahm, ging niemanden etwas an. Fröhlich saß er am großen Tisch, trank Wodka und später den herrlichen Mukusani-Grusinischen Nr. 4, einen Rotwein von sonnigem Feuer, erzählte Erlebnisse aus dem Krieg und aus seiner Zeit beim Geheimdienst. Dann ging er beschwingt ins Nebenzimmer, nahm Marfa mit, da sie ja Deutsch sprach, und stellte sich vor Schliemann hin, der zwischen zwei Milizsoldaten mit Maschinenpistolen stand und sich sichtlich langweilte.

»Angst?« fragte Karpuschin laut.

Schliemann hob die Augenbrauen und wedelte mit der Hand durch die Luft, denn Karpuschins Atem war eine Wolke von Alkoholdunst.

»Warum?« fragte er zurück.

»Du bist verhaftet, deutsches Schwein!«

»Hier dürfte ein Irrtum vorliegen, General.« Schliemann warf einen Blick auf Marfa Babkinskaja. Aus Semjonows Erzählungen wußte er, wer sie sein konnte, aber ganz sicher war er nicht. »Im Krieg waren wir Gegner, dann war ich ein Plenny; aber seit sieben Jahren bin ich ein freier Bürger in einem sozialistischen Musterland, habe mein Haus, meinen Beruf, meine Anstellung in der Sowchose Munaska, habe Kinderchen und im Stall drei Ferkelchen, zwei Renhirsche, zwei kleine struppige Pferdchen und eine Kuh. Ich zahle Steuern und besuche die Versammlungen der Partei in der Stolowaja . . . Können Sie mir sagen, General, ob das alles ausreicht, ein ›deutsches Schwein‹ zu sein?«

Karpuschin schwieg. Nicht aus Verlegenheit, nicht aus Verblüffung . . . er schwieg einfach deshalb, weil er nachdachte.

»Wo ist Semjonow?« schoß er plötzlich seine Frage ab.

»Semjonow? Wer ist das?«

»Was machst du in Jakutsk?«

»Ich will Maschinen kaufen. Zum Schleifen von Achatsteinen. Wir wollen in Bulinskij eine kleine Achatfabrikation aufmachen.«

»Oh!« rief Marfa und lachte. »Von Ihnen stammt der süße kleine Bär? Ich habe ihn gekauft. Er steht bei mir am Bett.«

Karpuschin winkte ab. Schliemann lächelte. Wie klein die Welt ist, dachte er. Ausgerechnet Karpuschin kauft einen Achat, den Ludmilla Semjonowa gefunden hat. Wenn er das wüßte . . . wie eine Rakete würde er über Bulinskij herunterkommen.

»Was würdest du tun, wenn Semjonow bei dir auftaucht?« fragte Karpuschin.

»Nichts. Weiß ich, wer Semjonow ist?« Schliemann sah Karpuschin treuherzig an.

»Hast du das Flugblatt nicht gelesen?«

»Ich kenne kein Flugblatt. Ich bin seit Stunden verhaftet. Und keiner sagt mir, warum! Ist es ein Verbrechen geworden, Maschinen zu kaufen und dem Fortschritt zu dienen?«

»Semjonow ist – aber was erzähle ich! Man wird dir ein Flugblatt geben! Auf fünftausend Rubel ist das Kopfgeld erhöht worden. Weißt du, warum ich dir das sage, du deutscher Hund?«

»Nein, General.«

Karpuschin blinzelte. Gut tat es ihm, ein wenig von dem Haß gegen Semjonow auf diesen deutschen Neugenossen abzuladen. »Es ist möglich, daß Semjonow vielleicht bei euch auftaucht. Und ihr werdet ihn verbergen, denn dann zuckt wieder euer deutsches Herz, und Mütterchen Rußland, eure neue Mutter, tretet ihr schamlos in den Hintern. Ich werde es entdecken, du schleimiges Rattenaas, und ich werde dich in fünftausend Teile zerreißen lassen, so viele, wie man Rubelchen zahlen würde für Semjonow. Verstehst du? Oder wirst du Semjonow anzeigen, wenn du ihn siehst?«

»Ich werde ihn anzeigen, General!« sagte Schliemann laut.

»Abführen!« Karpuschin atmete tief. »Laßt ihn frei. Ein Mensch, der so vor Lüge stinkt, verpestet nur die Gefängnisse!«

So wurde Schliemann aus der Haft entlassen. Man gab ihm vor dem Parteihaus als Abschied noch einen Tritt, und er stürzte auf das Pflaster und rollte unter dem Gelächter der Milizsoldaten in den Rinnstein. In der Hand hielt er den Steckbrief Semjonows, und es war eine Beruhigung, ihn zu sehen, denn das gezeichnete Gesicht hatte wenig Ähnlichkeit mit Pawel Konstantinowitsch. So bekommen sie ihn nie, dachte Schliemann, als er sich aus der Gosse erhob und davonhinkte. Die einzige, die ihn wirklich kennt, ist Marfa Babkinskaja. Und sie darf Semjonow nie wieder begegnen . . .

Kaltblütigkeit, Mut und starke Nerven gehörten dazu, trotz der Militärpatrouillen auf den Straßen an der Lena nach Nowo Bulinskij weiterzufahren, wie es Semjonow nun seit zwölf Stunden ohne Unterbrechung tat.

Nachdem er den inneren Sperrbezirk verlassen hatte, bevor noch die Wege abgeriegelt worden waren, fuhr er zu einer

Scheune, brach die Tür auf und belud den Lastwagen der Sowchose Munaska mit gepreßten Strohballen. Ein großes Geschrei würde es geben, wenn man den Diebstahl entdeckte. Der Bauer würde sich die Haare raufen und die Schlechtigkeit der Menschen verfluchen ... Aber was sind ein paar Strohballen gegen ein Leben, das nach dem Aufschrei Marfas von über dreitausend Soldaten gejagt wurde?

Dann rieb er sein Gesicht mit Lehm und Staub ein, als sei er den ganzen Tag schon auf den staubigen Straßen unterwegs und sehne sich nach einem heißen Trog in der Banja. Und eine Sonnenbrille setzte er auf. Er hatte sie vorsorglich mitgenommen, denn wenn die Sonne über die Lena und ihre sandigen Ufer scheint, blendet das Wasser und glitzert der Sand, und es ist besser für die Augen, hinter getönten Gläsern über das weite Land zu blicken.

Den ersten Aufenthalt gab es kurz vor Shigansk.

Drei Geländewagen der Roten Armee sperrten die Straße ab und kontrollierten jeden Menschen. Neun Bauernkarren standen am Straßenrand, und es war schon ein großes Geschrei an den drei Militärwagen, als Semjonow mit knirschenden Bremsen hielt und ausstieg.

»Seit hundert Jahren fahren die Polopows hin und her, keiner hat je gefragt: Hast du einen Ausweis!« brüllte ein riesengroßer Bauer mit einem Bart, der bis zum Nabel reichte. »Ist das die neue Zeit, Genossen, he? Auf mein Feld will ich, pflügen und es von Steinen säubern! Wie soll ich mein Soll erfüllen, wenn man mich festhält? Auf dem Weg, den seit hundert Jahren die Polopows –«

»Ohne Ausweis muß ich Sie verhaften, Genosse!« schrie ein Feldwebel der Roten Armee. »Befehl ist Befehl! Kann ich etwas dagegen machen?«

»Und die anderen?«

»Auch!«

»Verhaften? Das halbe Dorf?«

»Wer keinen Ausweis bei sich hat ...«

»O Brüderchen!« brüllte der alte Bauer verzweifelt. »Statt Hirn haben Sie Schweinemist im Kopf! Was soll man dagegen tun? Sie haben einen Befehl!«

»Ihr werdet alle mitkommen nach Shigansk.«

»Und die Felder? Unsere Frauen? Geht mit ins Dorf. Dort wird euch jeder sagen, wer die Polopows sind ...«

Es hätte noch weitere Diskussionen gegeben, wenn Semjonow nicht in den Kreis getreten wäre und laut: »Freiheit und Frieden, Genossen!« gerufen hätte. Der Feldwebel sah ihn wohlwollend an. Endlich ein Mensch mit Bildung, dachte er. Es tut gut, sich am Benehmen eines wohlerzogenen Genossen zu erholen.

»Was soll's?« fragte er. »Ist das dein Wagen da?«

»Ja. Von der Sowchose Munaska. Strohballen. Sie warten darauf, Genosse Feldwebel. Es ist dringend. Im Winter hatten wir Unglück. Die Ratten kamen in die Silos, und als der Schnee schmolz und die Lena überlief, da stand alles unter Wasser und verfaulte. Nun stehen die Pferdchen auf der nackten Erde, und die Ferkelchen weinen. Macht schnell, Genossen, seht euch die Ladung an und gebt den Weg frei. Oder wollt ihr, daß arme, unschuldige Tiere leiden?«

Es soll vorkommen, Brüder, daß auch Feldwebel denken. Nie bestritten worden ist, daß sie ein Herz haben. Und was ein tiefempfindender Russe ist, dem greift das Leid der Kreatur an die Seele, vor allem, wenn es sich um Pferdchen handelt, die kein Stroh mehr haben.

»Sowchose Munaska?« fragte der Feldwebel, denn er war verpflichtet, etwas zu tun und eine Amtshandlung auszuführen. »Strohballen?«

»Preßstroh, Genosse. Bitte, überzeugt euch.«

»Passieren!« sagte der Feldwebel. »Gute Fahrt, Genosse.«

Die Bauern am Straßenrand heulten auf, als Semjonow, fröhlich winkend, an ihnen und den drei Militärwagen vorbeifuhr und in einer Staubwolke verschwand.

»Warum darf er fahren?« brüllte der alte Polopow und zerrte an seinem Bart. »Hat er einen Ausweis gezeigt? Anzeigen werde ich euch, jawohl, anzeigen! Das ist Vetternwirtschaft! Nur weil er von der Sowchose ist ... Es gibt keine Menschen zweiter Klasse, sagte Lenin! Gleichheit für alle! Ich fordere sofort, daß man uns –«

Es half dem armen Polopow nichts, daß er Lenin zitierte und kommunistische Parolen hinausschrie. Man fuhr die Bauern nach Shigansk, wo sich bald die Gefängnisse mit Personen füllten, die sich nicht ausweisen konnten. Allerdings ging das Aussortieren schneller als das Verhaften ... Alle mußten an den Tischen der Kommissare vorbei, und vor denen lag der Steckbrief Semjonows. Wer nicht so aussah wie Semjonow, dem wurde gesagt: »Du kannst gehen, Genosse! Aber vergiß nächstens nicht deinen

Ausweis!«, und die Sache war erledigt. Ein reges Kommen und Gehen herrschte in Shigansk und allen anderen Orten, wo Straßensperren errichtet worden waren. Man erzählte später, daß Sprachforscher – falls sie zugegen gewesen wären – vor Freude umgefallen wären, denn so viele unbekannte und schreckliche Flüche wurden noch nie ausgestoßen wie an diesem Tag zwischen Jakutsk und Shigansk.

Hinter Shigansk wurde es ganz ruhig.

Keine Sperren, kein Militär, keine Patrouillen, keine Hubschrauber. Karpuschin hatte den äußeren Ring nur bis Shigansk gezogen, denn weiter konnte Semjonow nach menschlichem Ermessen nicht geflüchtet sein, wenn er überhaupt Jakutsk verlassen hatte. Auch Semjonow kann keine Wunder tun, dachte Karpuschin. Selbst wenn der Teufel ihm die Gabe verliehen hätte, fliegen zu können ... Shigansk war der äußerste Punkt im Norden.

Und während Karpuschin spät in der Nacht sich neben Marfa ins Bett wälzte, nach ihrem Körperchen tastete, mit schwerer Zunge »Mein wildes Schwänchen, komm zu mir!« stammelte und dann mit lautem Schnarchen einschlief, fuhr Semjonow ungehindert auf der Straße entlang der Lena nach Norden, Nowo Bulinskij entgegen und seinem Paradies, das nun viel von seiner Sicherheit verloren hatte.

Und je näher Semjonow Bulinskij kam, desto fester wurde in ihm der Entschluß, Ludmilla nichts von dem zu erzählen, was sich in Jakutsk zugetragen hatte.

Ihren Frieden soll sie haben, dachte er. Glücklich soll sie sein in unserem neuen Haus, mit Nadja, unserem Kind, und mit mir, ihrem Pawluscha. Wie der Vogel Strauß will ich es machen – den Kopf in den Sand stecken und nichts sehen von der Gefahr. Zum erstenmal tue ich es ... Ludmilla soll ihr kleines Paradies behalten.

So fuhr er auch nicht nach Hause, als er Nowo Bulinskij erreicht hatte, sondern durch die kleine Stadt hindurch zum Krankenhaus.

Früher Morgen war's. Über der Lena lag noch Nebel, aus der Taiga stiegen weiße Wolken in die silberne Morgensonne. Am Waldrand balgten sich zwei Füchse, und auf der Sandbank gegenüber dem Krankenhaus flog ein Schwarm Wildenten auf, als Semjonows pochender Dieselmotor die Stille des Morgens störte.

Ein Paradies, dachte Semjonow traurig. Bei Gott – ein Paradies ...

Und Karpuschin lebt ...!

Die Kirstaskaja war schon auf, und auch Borja, der Krankenpfleger, schlurfte durch den Flur, als Semjonow an die Tür klopfte. In der Nacht war ein Jäger eingeliefert worden, dem ein Bär die rechte Wange abgerissen hatte. Ein mächtiger Prankenhieb war es gewesen, und die Kirstaskaja hatte ihre Mühe, die hängenden Fleischfetzen so zusammenzuflicken, daß der Mann später wieder menschlich aussah.

»Was ist denn dir passiert?« fragte sie, als Semjonow sich im Arztzimmer auf einen Stuhl fallen ließ und die Beine erschöpft von sich streckte. Jetzt hätte er schlafen können, umfallen, sich auf den Boden legen und schlafen. Welch eine große Sehnsucht! Er blinzelte, hielt mühsam die Augen offen und sah der Kirstaskaja zu, wie sie den Oberkörper entblößte und sich an einer großen emaillierten Waschschüssel wusch.

»Hast du einen Unfall gehabt, Pawel?«

»Karpuschin lebt!« sagte Semjonow mühsam.

»Nein!« Die Kirstaskaja fuhr herum und bedeckte ihre vollen Brüste mit einem Handtuch. Ihre Augen waren ungläubig. Mit schräg geneigtem Kopf sah sie Semjonow an und schüttelte dann die blonden Haare aus der Stirn.

»Du hast getrunken, Pawel Konstantinowitsch.«

»Ich wünschte, es wäre so, Katharina Iwanowna. Seit gestern mittag weiß ich, daß die Hetze weitergeht. Ich komme direkt aus Jakutsk . . . Seit achtzehn Stunden sitze ich hinter dem Steuer. Mir ist, als seien meine Füße nur noch Bremse und Kupplung, und meine Hände . . . sehen sie nicht aus wie ein Lenkrad?« Er hielt die Hände vor, und sie zitterten wie im Schüttelfrost. Erschöpft war er, völlig erschöpft.

»Du hast Karpuschin selbst gesehen?« fragte die Kirstaskaja und begann, sich anzuziehen.

»Ich nicht. Aber Marfa Babkinskaja. Und sie hat mich erkannt. Minuten später war in Jakutsk die Hölle los. Alle Straßen sind gesperrt, alle Häuser werden durchsucht, fast drei Bataillone Militär sind mobilisiert . . . eine solche Macht hat nur Karpuschin. Aber ich war schneller als er . . . ich war um Minuten schneller . . .« Semjonow stützte den Kopf in beide Hände und seufzte laut. »Ludmilla darf es nie erfahren . . . darum bin ich zu Ihnen gekommen, Katharina. Ludmilla soll den Glauben an unser Paradies nicht verlieren.«

»Ist das nicht falsch, Pawel Konstantinowitsch? Es ist besser, die

Wahrheit zu kennen und sich darauf einzustellen.« Die Kirstaskaja ging zum Petroleumherd und zündete eine Flamme an. »Trinken wir erst eine Tasse Tee, mein Lieber. Und übrigens ist es undenkbar, daß Karpuschin lebt. Er wurde erschossen. In Moskau. Es stand in allen Zeitungen.«

»Eine Falschmeldung war's! Täuschen wollte man uns und die Welt. Und es ist ihnen gelungen!« Semjonow sah auf seine Hände, sie waren grau von Staub und Lehm. Nicht anders war sein Kopf, wie in Zement getaucht sah er aus. »Kann ich mich baden?«

»Natürlich. Borja wird dir heißes Wasser bringen.« Die Kirstaskaja trat an die Tür, öffnete sie und stieß sie dabei Borja an den Kopf. »Aha!« brüllte sie mit ihrem tiefen Organ. »Er lauscht! Er hängt mit seinen Fledermausohren an den Türritzen und erkältet sich die Pupillen an den Schlüssellöchern! Heißes Wasser, du Kretin!«

»Mütterchen«, stammelte Borja und rieb sich verlegen die breite, affenartig behaarte Brust. »Ich habe nicht gelauscht. Ich beugte mich gerade herunter, um die Klinke zu putzen. Staubig war sie, und es soll Sauberkeit herrschen in einem Krankenhaus, haben Sie selbst gesagt, Mütterchen . . .«

»Heißes Wasser für Pawlik! Und daß er hier war, hast du vergessen! Du hast ihn heute hier nicht gesehen.«

»Wenn Mütterchen es will, bin ich blind, völlig blind!« sagte Borja. Er war glücklich, daß es keine weiteren Diskussionen über sein Lauschen gab. Er rannte zum Badezimmer, schürte den Ofen und schob dicke Holzscheite auf das Feuer, füllte einen großen Bottich mit kaltem Wasser und holte Handtücher und eine Bürste. Ein Wechselbad tut ihm gut, dem lieben Semjonow, dachte er. Erst heiß, daß er dampft wie eine Lokomotive, dann kalt, daß die Haut zischt, und dann mit der Bürste drüber, erst der Rücken, dann der Bauch, dann die Schenkel. Das gibt neues Leben! Das erfrischt. Nach einem solchen Bad denkt der Erschöpfteste wieder an ein strammes, junges Weibchen . . .

Gegen sieben Uhr in der Frühe – die Männer, die auf der Sowchose arbeiteten, waren schon abgefahren, und am Ufer der Lena saßen schon ein paar Frauen und spülten im rauschenden Wasser ihre Wäsche – kehrte Semjonow zu seinem Haus zurück.

Ludmilla hatte die kleine Nadja gebadet und saß nun mit ihr am Tisch, und sie frühstückten.

»Wie war es in Jakutsk, Pawluscha?« fragte Ludmilla, nachdem Semjonow sie und das Kind geküßt hatte.

»Habt ihr die Maschinen gekauft?«

»Es ist alles in Ordnung, Ludmilla«, log er und brach ein Stück frisches Weißbrot ab, tauchte es in eine Schüssel gezuckerter saurer Milch und kaute es langsam. »Schliemann ist noch in der Stadt geblieben, um die Verträge auszuhandeln. Ich bin zurückgekommen, um neue Muster der Achate zu holen. Die Chinesen und Mongolen haben vorgeschlagen, aus dem Achat Perlen zu drehen und statt Schnitzereien Ketten und Medaillons und Anhänger zu verkaufen. Gute, kluge Geschäftsleute sind die Gelben, sie kennen den Markt.«

Das war alles gelogen, aber Ludmilla glaubte es. Er trug es gewandt und glaubwürdig vor, und er sah so sauber und zufrieden aus, wirklich wie ein erfolgreicher Geschäftsmann, der die Zeit überwunden hat, da er mit gezogener Mütze herumgehen mußte und »Wie Sie wünschen, Gospodin« sagte.

Dann lag Semjonow in seinem Bett, und die Müdigkeit zog wie ein Strom von flüssigem Blei durch alle seine Adern und Glieder. Nadja spielte nebenan mit bunten Holzklötzchen und einem geschnitzten Pferdchen, quiekte vor Freude und kroch hinter dem Pferdchen her, das vor ihr wegrollte.

»Deine Augen gefallen mir nicht, Pawluscha«, sagte Ludmilla leise und streichelte Semjonows Gesicht. Sie küßte ihn und legte ihren Kopf auf seine Brust. »So müde sind sie, so traurig. Ist noch etwas anderes, Liebster?«

»Nichts, Ludmilluschka, gar nichts.« Semjonow schloß die Augen. Sie kennt mich genau, dachte er und war glücklich, daß sie so völlig eins waren mit ihrer Seele und ihren Körpern. Schwer ist es, sie zu belügen. Wenn eine Frau liebt, sieht sie alles, wie eine Eule in der Nacht.

»Schliemann wird mit dem Zug nachkommen. Er muß in Shigansk abgeholt werden«, sagte Semjonow. »Sag es dem ›Dreieckigen‹. Er fährt gern in die Stadt, weil er dort als Kriegsheld auftreten und sich von Mädchen bewundern lassen kann.«

Dann schlief er ein. Ludmilla deckte ihn zu, küßte ihn noch einmal auf die Augen und streichelte sein blondes, stoppeliges Haar. Ihr Herz war schwer von Liebe und Angst, und sie konnte sich nicht erklären, warum es so war.

Mein Pawluscha, dachte sie. Gott möge verhüten, daß ich dich einmal überlebe. Wahnsinnig würde ich ohne dich, den Kopf würde ich mir einrennen oder in die Lena springen. Es gibt für mich keine Welt mehr ohne dich . . .

Hat jemals eine Frau schon so geliebt wie Ludmilla Semjonowa?

Man muß in der Taiga leben, um zu wissen, wie nötig ein Mensch den anderen braucht.

Das Unglaubwürdige trat ein: Es geschah nichts!

Schliemann kehrte nach zwei Tagen mit der Bahn nach Shigansk und von dort mit dem »Dreieckigen« per Lastwagen nach Bulinskij zurück und schwieg ebenfalls über das, was in Jakutsk geschehen war. Er brachte zehn Schleifsteine und zwei Drechselmaschinen mit, und der Transport dieser fünf Kisten von Jakutsk bis Shigansk, wo sie der »Dreieckige« auf den Lastwagen umlud, war eine Geschichte für sich.

Sie begann mit einem Streit beim Güterbahnhof-Vorsteher in Jakutsk, der behauptete, es gäbe in den nächsten acht Wochen keinen Platz für die fünf elenden Kisten.

»Staatstransporte, Genosse!« schrie er. »Die gehen vor. Alle Waggons sind besetzt! Und außerdem müssen Sie einen Antrag stellen, einen Fragebogen ausfüllen und nachweisen, daß der Inhalt der Kisten wichtig ist für den Aufbau unseres sozialistischen Staates!«

Egon Schliemann antwortete etwas Unfeines, aber dann legte er zehn Rubel auf den Tisch des Vorstehers und trat an das Fenster. »Sie haben eine hübsche Frau, Genosse«, sagte er. »Man kann Ihnen gratulieren. Bitte, benutzen Sie die kleine Summe, Ihrer Frau meine Verehrung zu bekunden mit dem Kauf eines schönen Blumenstraußes.«

»Genosse, Sie haben Anstand und Bildung«, antwortete der Güterbahnhof-Vorsteher und steckte das Geld ein. »Ich bin überzeugt, daß Ihre fünf Kisten dem Fortschritt dienen.«

Damit hatte Schliemann einen Platz in einem Waggon nach Shigansk. Aber die Welt der Güterbahnhöfe besteht nicht nur aus einem Vorsteher, o nein, Genossen! Da gibt es den Ladevorarbeiter, den Bremser, den Güterbuchführer, den Ankoppler und – ungeheuer wichtig! – den Mann mit dem Sackkarren und dem Mulischlepper, ohne den es keinen Güterbetrieb gibt, denn er muß die Kisten zum Waggon bringen. Und alle mußten überzeugt werden, daß die fünf Kisten dem Aufbau dienten.

»Genossen«, sagte Schliemann am Ende sichtlich erschöpft, als die Kisten endlich im Waggon standen, »jetzt begreife ich, warum man für die Herstellung einer neuen Schraube einen Siebenjahresplan braucht.«

Darüber lachte man wie über einen guten Witz, ließ eine Flasche Samogonka kreisen und war guter Dinge.

Das war das letzte, was Schliemann aus Jakutsk mitbrachte. Die Straßensperren waren aufgehoben worden, die Hausdurchsuchungen endeten mit einem Mißerfolg. Zwar hatte man noch neun Männer, die Semjonow ähnlich sahen, verhaftet, aber als Marfa immer wieder den Kopf schüttelte, verzichtete Karpuschin auf ein weiteres Verhör und ließ sie laufen.

»Verzichten wir darauf, eine Meldung nach Moskau zu machen«, sagte er zu dem Distriktsowjet und besprach die Sache auch mit den militärischen Kommandeuren der eingesetzten Truppen. »Oder melden wir die Aktion als eine Übung für den Ernstfall. Bereit sein ist alles, Genossen!«

Und so geschah es. In Moskau legte man den Bericht zu den Akten. Nur General Chimkassy, Karpuschins Widersacher im Kreml, wiegte den Kopf und meinte: »Da ist etwas faul, Brüder! Probealarm! Hat Karpuschin nicht den Befehl, so lange anonym zu bleiben, bis er Semjonow entdeckt hat?« Aber auch Chimkassy schwieg. Man soll die Mühlen nicht unnötig laufen lassen. Wer weiß, ob man nicht eines Tages selbst zwischen die Mahlsteine gerät . . .

Die Zeit verstrich. Das Leben in Nowo Bulinskij hatte seine festen Gesetze. Da war die Sowchose Munaska, da war die Lena mit ihrem Fischreichtum, da war die Taiga mit ihren Tieren, und da hatte jeder sein Gärtchen und ein bißchen Feld am Haus, einen Stall und einen Schuppen, einen Zaun, der im Frühling weiß gestrichen wurde. Und Bulinskij hatte den Popen Alexeij, der jedes Jahr im Frühjahr die Bürger aufrief, die Kirche zu retten, denn sie sei baufällig, vernachlässigt, dem Untergang geweiht, weil die Faulpelze lieber herumsoffen und sich zu ihren Frauen legten, als eine Hand für das Haus Christi zu rühren. So wenigstens brüllte der Pope es jeden Frühling durch die Kirche. Der Erfolg blieb nicht aus. Die Kirche von Nowo Bulinskij und Väterchen Alexeijs Popenhaus waren die am besten gepflegten Gebäude der kleinen Stadt.

»Es war gut, daß wir nichts von Jakutsk erzählten«, sagte Semjonow zu der Kirstaskaja, als fünf Wochen vergangen waren und tiefer Friede über Taiga und Lena lag. »Es wäre ein Zufall, wenn Karpuschin nach Bulinskij käme.«

Die Kirstaskaja hob die Schultern und schwieg. Unser ganzes Leben ist Zufall, dachte sie bitter. Ich habe noch nie so gelebt, wie ich leben möchte. Ich war immer nur ein Produkt des Zufalls.

Nach fünf Wochen wurde auch Willi Haffner nach Nowo Bulinskij zurückgebracht. Man hatte ihn wiederhergestellt, so gut es möglich war. Sein Schädelbruch war geheilt, die Gehirnquetschung hatte man durch eine Druckentlastungspunktion verharmlost. Was man nicht mehr beheben konnte, war der komplizierte Beckenbruch. Nun saß er in einem Rollstuhl, seine Frau schob ihn; und es war erschütternd, als sich Semjonow und Haffner begegneten und Haffner ihn zu sich herabzog, ihn umarmte und auf beide Wangen küßte.

»Ich danke dir, Pawlik«, sagte Haffner mit bebender Stimme. »Ich lebe wenigstens. Ich kann meine Frau sehen und die Kinder und den Strom und die Taiga . . . Ich danke dir.« Und als sie einen Augenblick allein waren, denn das Frauchen eilte schnell zu Kaufmann Schamow, um einen Krug Kwass zu holen, fragte Haffner und hielt dabei Semjonows Hände umklammert: »Glaubst du, daß ich eines Tages verblöde?«

»Was sind das für Gedanken, Willi?« erwiderte Semjonow. »Du merkst doch, wie klar du denken kannst.«

»Ich habe gehört, wie der Arzt in Jakutsk sagte: In drei oder vier Jahren lallt er wie ein Säugling . . .«

»Unsinn! Du hast dich getäuscht!«

Haffner schwieg eine Weile. Dann zog er Semjonow wieder zu sich herunter. »Versprichst du mir eins, Junge?«

»Was denn, Willi?«

»Du mußt es mir versprechen, als alter Kumpel, als Kamerad . . .« Haffner schluckte krampfhaft, die Erschütterung machte ihn atemlos. »Wenn ich verblöde, wenn ich tatsächlich anfange zu lallen . . . nimm deine Nagan und mach Schluß mit mir. Bitte, bitte versprich es mir . . .«

»Wenn du nicht im Rollstuhl säßest, würde ich dich jetzt in den Hintern treten, du Rindvieh!« sagte Semjonow auf deutsch, und Haffner lächelte zaghaft. »Und nun reiß dich zusammen, Junge, deine Frau kommt zurück.«

»Sie darf es nie erfahren!« sagte Haffner schnell. »Sie glaubt sogar, daß ich einmal wieder laufen kann. Sie ist so glücklich, sieh sie dir an. Ich habe eine fabelhafte Frau . . .«

Und die Arbeit ging weiter.

In dem Steinbruch an der Muna arbeiteten nun fünf Mann und brachten die schönsten Rohachate mit den Booten nach Bulinskij. Dort hatte Schliemann einen Schuppen als Fabrik ausgebaut und beschäftigte zehn Frauen mit der Herstellung von Perlen, Anhängern und Aschenbechern. Jede Woche kamen die Mongolen aus Shigansk und holten die fertigen Waren ab. Sie bezahlten sofort in bar mit guten, harten Rubeln, und Schliemann sagte mehr als einmal: »Wenn das so ein paar Jahre weitergeht, sind wir Kapitalisten in einem sozialistischen Land.«

»Bis man dich verstaatlicht!« meinte der Dorfsowjet von Bulinskij, der mit zehn Prozent beteiligt war.

»Das abzuwenden, ist deine Sache. Und dich hängt man sogar auf wegen der zehn Prozent!«

Und so blieb der Rubelsegen in Bulinskij geheim, denn wenn man die Mongolen fragte, woher die schönen Steine kämen, logen sie mit asiatischem Lächeln: »Aus Korea, Brüder. Große Mühe macht es, sie hereinzubekommen. Aber wir machen uns die Mühe gern, wenn es euch erfreut.«

Der Sommer kam. Mit einem heißen Sturm kündigte er sich an. Die Lena heulte und fraß wieder an den Ufern. Vom Krankenhaus wurde das Dach des Magazins abgedeckt und flog in den Strom. Auch ein Teil des Popenhauses wurde davongewirbelt, und Väterchen Alexeij klagte dem zürnenden Himmel: »Das ist der Beweis! Schlechte Arbeit tun sie am Hause Gottes! Betrügen den Popen, oh, diese schlechten Kreaturen. Herr, sei gütig und verschone sie mit deinem Zorn! Ich strafe sie schon . . .«

Irgendwo, weit weg, brannte es im Wald. Über der Taiga stieg eine dichte Rauchwolke hoch. Ein Rudel Rentiere jagte in Panik hinter Semjonows Haus vorbei am Waldrand nach Süden.

Der Sommer kam. Wie schnell die Wochen vergingen.

An den Händen Ludmillas und Semjonows machte Nadja ihre ersten, tappenden, unsicheren Schritte. Und sie streichelte die Nüstern der beiden Pferdchen und hatte gar keine Angst vor ihnen.

»Ein Kind der Taiga!« lachte Semjonow und hob sie auf den Pferderücken. »Sie wird eher reiten als richtig laufen lernen.«

Und er war stolz auf sein Kind und stolz auf seine Frau Ludmilla und stolz auf den kleinen Flecken Land an der Lena, der sein war und eine eigene, kleine Welt des Glücks.

Zuerst erzählten es Jäger, die südlich von Nowo Bulinskij in der Taiga auf Fuchsfang gegangen waren. Dann sahen es auch die Arbeiter der Sowchose Munaska, und schließlich fuhren einige Männer von Bulinskij an den Ort des merkwürdigen Geschehens:

Im Wald brachen Raupenroder aus Jakutsk eine Schneise in die Taiga, Planierfahrzeuge wälzten eine Straße von der Lenastraße bis zu einer Lichtung, und als das geschehen war, sperrte man die neue Straße ab, legte zwei Schlagbäume an, errichtete Schilder: »Betreten verboten! Militärisches Gelände! Es wird sofort ohne Anruf geschossen!«, und zog um ein großes Waldgebiet einen dreifachen Stacheldrahtzaun an vier Meter hohen Pfählen.

»Was will denn das Militär hier?« fragte sich jeder, der vor den zwei Schlagbäumen und den Warnschildern stand. »Völlig nutzlos ist es, Brüderchen! Sollen sie hier die Bären bewachen?«

Aber es wurde noch interessanter.

Sieben zusammenlegbare Baracken wurden herangefahren und auf der Lichtung aufgestellt. Man machte es sich einfach. Ein paar dicke Steine in die Erde, darauf die Bodenbalken, und fertig war das Fundament. Dann schob man die Wände ineinander, doppelte Bretterwände, die man mit Glaswollmatten ausfüllte, und – da sich einige Bretter verzogen hatten – verschmierte die Ritzen mit Lehm. Dann kam das Dach, ebenfalls Bretter mit drei Lagen Dachpappe, und in jedem Dach waren drei Löcher für die Ofenrohre.

Staunend standen die Sibiriaken herum und betrachteten den Aufbau der Baracken. »Die Ärsche werden sie sich abfrieren, die Brüderchen, die darin wohnen!« sagte jemand, und alle nickten. »Wenn der Schneesturm über sie kommt . . . o Genossen, welche Idioten bauen hier solche Häuser? Und was soll's überhaupt? Wer kommt hierher?«

Die Männer an den Planierraupen wußten es selbst nicht. Sie hatten nur den Auftrag, den Taigaboden zu bewegen. Die Barakkenaufsteller zuckten die Schultern. Die dämlichen Bretterbuden waren in Jakutsk ausgeladen worden. »Wir sollen sie aufrichten, mehr wissen wir nicht!« sagten sie und stimmten den Neugierigen zu, daß der erste Herbststurm die Baracken wegwirbeln würde wie trockene Blätter.

Drei Wochen später kamen die Möbel.

Holzbetten, zwei übereinander. Zehn Eisenbetten. Einfache Spinde. Drei Kochkessel, Schüsseln und Pfannen. Tische und Holzhocker. Eiserne Öfen mit lackierten Ofenrohren. Eine Waschanlage wurde eingebaut. Und dann rollten vier Tage lang Lastwagen in das geheimnisvolle Lager und luden Kisten und Kästen und Kartons und Säcke ab.

Der Dorfsowjet von Bulinskij war der erste, der kraft seines Amtes genaue Auskunft erhielt und sie aufgeregt in den Ort trug. Im Krankenhaus verkündete er die Sensation.

»Ein Lager kommt zu uns!« rief er und trank erregt ein paar tiefe Schlucke Kwass. »Ein deutsches Kriegsgefangenenlager.«

»Unmöglich!« Semjonow spürte, wie sein Herz plötzlich schwer wurde. Bis zu den Fingerspitzen lief ein Kribbeln. »Der Krieg ist fast zwanzig Jahre vorbei. Es gibt keine Plennies mehr . . .«

»Aber was ich sage, Brüderchen! Ich weiß es vom Kommandanten selbst. Ein Major Wassilij Gregorowitsch Kraswenkow ist es, ein Held des Großen Vaterländischen Krieges. Hat die Brust voller Ordensschnallen, der Gute. Nun aber ist er Kommandant des Lagers, denn er hat bei Küstrin ein Bein verloren und hinkt erbärmlich mit seiner Prothese. Seine Kommandantenbaracke hat er heute besichtigt. Wir haben uns gut unterhalten, Genossen. Morgen kommen die ersten Soldaten, und übermorgen sollen die deutschen Gefangenen eintreffen.«

Die Kirstaskaja sah Semjonow verstohlen an. Auch Schliemann und Wancke hatten andere Gesichter bekommen. Wie sie sich verändert haben, dachte sie erschrocken und doch mit fast wissenschaftlichem Interesse. Vor fünf Minuten waren es noch Russen . . . jetzt sind es Deutsche, und es ist, als seien sie völlig fremd hier.

»So etwas gibt es doch gar nicht«, sagte Semjonow in die lähmende Stille. »Zwanzig Jahre nach dem Krieg!«

»Es sind Verurteilte!« rief der Dorfsowjet und schwenkte seinen Kwasskrug. »Lebenslängliche! Sie bekommen keine Post und dürfen auch nicht schreiben! Sie sind lebendig tot . . .«

»Schweigelager«, sagte Schliemann leise.

»So etwas gibt es doch gar nicht«, stotterte Wancke. »Das ist doch nur eine Erfindung der Propaganda . . .«

»Sieben Werst von uns entfernt baut man die Wahrheit auf.« Schliemann ballte die Fäuste, wandte sich ab, trat an das Fenster und starrte hinunter zur Lena. »Verzeiht, Freunde, wenn ich in der

Stimmung bin, alles zusammenzuschlagen ... aber ich war selbst zehn Jahre Plenny ... zehn Jahre Nr. 392948/44. Strich 44 heißt: gefangengenommen 1944. Bei Bialystok ... und sie sind zwanzig Jahre und länger in Gefangenschaft ... Wie kommt es, daß sie noch nicht wahnsinnig sind?«

Von dieser Stunde an standen an der Zufahrtsstraße zum neuen Lager immer ein paar Männer aus Bulinskij. Nur waren es jetzt keine Jakuten oder Sibiriaken mehr, sondern ehemalige deutsche Landser wie Schliemann und Wancke, und als bekannt wurde, daß die Lebenslänglichen unterwegs seien, mit zehn Lastwagen und einer halben Kompanie Bewachung, fuhren die Wagen von Nowo Bulinskij am Straßenrand auf, zwanzig Stück. Alle waren mitgekommen, Semjonow und Ludmilla, die Kirstaskaja und der Dorfsowjet, der »Dreieckige« und Kaufmann Schamow. Und im Wagen des Popen Alexeij hockte in seinem Lehnstuhl Willi Haffner, eine Decke über den gelähmten Beinen, und starrte wie alle anderen zur Lenastraße, wo in wenigen Minuten die Staubwolke der Autokolonne aufsteigen mußte.

Einen kleinen Zwischenfall gab es noch. Ein Vorkommando der Wachkompanie, das in den Tagen vorher die drei Lagerbaracken, die Stabsbaracke, die Küchenbaracke, das Magazin und die Truppenbaracke eingerichtet hatte, rückte aus dem inneren Lagerbereich heraus an die Straße vor und befahl, daß die Bürger von Nowo Bulinskij sich unverzüglich entfernen sollten.

»Wir sind freie Bürger, Genosse Leutnant!« sagte Schliemann, der als erster angesprochen wurde. »Dies hier ist Staatsbesitz, und ein freier Bürger hat das Recht, sich auf Staatsbesitz frei zu bewegen! Lesen Sie Lenin, Genosse Leutnant!«

»Ich werde Gewalt anwenden!« schrie der junge Leutnant mit hochrotem Kopf. »Die Straße wird zum Sperrbezirk erklärt.«

»*Hinter* den Schildern! Wir stehen davor!«

»Zum letztenmal, Genossen! Ich möchte nicht schießen lassen!« brüllte der Leutnant.

»Zum letztenmal – seid friedlich, Bürger!« Schliemann zeigte in seinen Pferdewagen. Dort lag ein Gewehr, und auf einer Decke glänzte eine gutgeölte Nagan. »Wir würden euch die Unannehmlichkeit bereiten und zurückschießen! Es gäbe einen bitteren Bericht nach Moskau.«

»Die Wagen!« schrie jemand von der Ecke, wo die Waldstraße auf die Lenastraße mündete. »Die Kolonne kommt!«

»Es wird ein Nachspiel geben!« rief der Leutnant in ohnmächtiger Wut. »Ich garantiere ... es wird ein Nachspiel geben!«

Er ließ seinen Zug ausschwärmen. Die Rotarmisten stellten sich vor die Wagen aus Nowo Bulsinskij und entsicherten ihre Maschinenpistolen.

»Als wenn es Bestien und Mörder wären«, sagte Haffner leise. Sein Gesicht zuckte. Er umklammerte die Lehnen seines Rollstuhls und senkte den Kopf, als er merkte, wie ihm die Tränen aus den Augen rannen.

Dann war die Wagenkolonne da. Zuerst ein Jeep mit dem einbeinigen Major Kraswenkow, dann kam ein Mannschaftswagen, ihm folgten zwei Materialautos, und dann – man sah, wie Schliemann an sich hielt, um nicht zu schreien und zu winken – rollten die Lastwagen mit den deutschen Gefangenen vorbei. Ein Teil von ihnen trug zivile Kleider, aber einige hatten noch ihre Wehrmachtsjacken an, vielfach geflickt und ausgeblichen, aber man erkannte noch den graugrünen Farbton und die Stellen, wo einmal die Schulterstücke gesessen hatten. Die Knöpfe waren noch da ... die blaßgrünen oder blaßsilbernen gehämmerten Knöpfe.

»O Kameraden«, stammelte Haffner, der Gelähmte, und weinte laut. »O Kameraden ...«

Die Lebenslänglichen blickten auf die Bauernkarren und auf die schweigsamen, fast unbeweglichen Männer und Frauen am Straßenrand hinter der Kette der Rotarmisten. Sie sahen nicht aus wie Geknechtete oder Verhungerte oder Kranke, nur ihre Augen waren groß und hungrig und angefüllt mit Sehnsucht nach Freiheit und Leben. Sie winkten sogar und riefen den Frauen Scherzworte zu. Aus einem der Wagen klang Musik. Jemand spielte auf einer Mundharmonika. Ein russisches Lied war es. Schliemann kannte es. Auch in seinem Lager hatte man es gesungen und gespielt.

Dann waren die Gefangenenwagen vorbei. Ein Mannschaftsauto folgte, und den Schluß der Kolonne bildete ein Sanitätsfahrzeug. Neben dem sowjetischen Fahrer saß ein blonder Lebenslänglicher und las in einer Ausgabe der *Jakutskaja Prawda*.

»Sie haben einen eigenen Arzt!« sagte die Kirstaskaja. Erregung schwang in ihrer Stimme. Ein blonder Arzt. Ein Deutscher. Nur ganz kurz hatte sie ihn im Profil gesehen, und er war ihr noch jung vorgekommen, wie ein Student, obgleich das nicht möglich war bei zwanzig Jahren Gefangenschaft.

Die zwei Schlagbäume senkten sich. Der Straßenstaub zog träge in den Wald und klebte an den Bäumen. Eine Wache zog auf. Der junge Leutnant sah Schliemann noch einmal haßerfüllt an, dann stieg er in seinen kleinen Geländewagen und fuhr der Kolonne nach.

»Sie haben mit ihrem Schicksal abgeschlossen«, sagte nach langem Schweigen Kurt Wancke. »Sie ertragen es wie eine Selbstverständlichkeit.«

»Sind wir nicht auch hiergeblieben?« fragte Schliemann und steckte sich mit zitternden Händen eine Papyrossa an.

»Aber sie leben noch hinter Stacheldraht!«

»Einen Arzt haben sie«, sagte die Kirstaskaja noch einmal. »Es müßte möglich sein, von Kollege zu Kollege einen Kontakt zu bekommen. Dann werden wir mehr erfahren.«

Die Wagen fuhren zurück nach Nowo Bulinskij.

Wenn es auch keiner wahrhaben wollte ... die kleine Welt an der Lena, am Rande der Taiga, hatte sich von einer Stunde zur anderen verändert. Die Flucht in ein eigenes Paradies, das Verkriechen in ein Vergessen, war aufgehalten worden. Die Vergangenheit wurde plötzlich wieder Gegenwart, als Schliemann leise sagte:

»Hundertzwanzig Mann sollen es sein ... und zu Hause warten hundertzwanzig Mütter und Väter und Frauen und Kinder auf eine Nachricht und wollen nicht glauben, was man ihnen seit zwanzig Jahren sagt: Er ist vermißt! Er ist tot! Zwanzig Jahre sinnlose Hoffnung ... Und hier sind sie, sieben Werst von uns entfernt ...« Er wischte sich über die Augen und atmete laut und tief. »Jungs, wenn ich mich bloß nicht so schämen würde – ich könnte schreien!«

Der Himmel über Nowo Bulinskij war dunkler geworden, auch wenn die Sommersonne blendete und die Wasser der Lena glitzerten.

»Katharina Kirstaskaja wird versuchen, Kontakt zu bekommen!« sagte Semjonow später am Abend, als sie beim Dorfsowjet in der Stolowaja saßen. »Ihr wird es gelingen. Und dann wollen wir sehen, wie wir den Kameraden helfen können.«

In den nächsten Tagen geschahen merkwürdige Dinge.

Bald hatte man erfahren, daß die deutschen Lebenslänglichen zur Waldrodung eingesetzt werden sollten. Das war im Sommer eine gute Arbeit, aber was sie im Winter machen sollten, war allen ein Rätsel. Kaufmann Schamow war übrigens der erste, der das Lager betreten durfte. Major Kraswenkow ließ ihn kommen mit einem Glas marinierter Heringe und einem geräucherten Bärenschinken. Schamow zog seinen besten Anzug an und fuhr zum Lager wie zu einer Opernaufführung.

»Ein schönes Lager ist's«, berichtete er später in der Stolowaja. »Sie haben eine ganz moderne Küche, in der Kommandanturbaracke ein Krankenrevier mit zehn Betten, im Magazin lagern zweihundert Fässer Sauerkohl und dreißig Sack Graupen, und der Genosse Major ist ein feiner Mann. Er hat mir einen Rubel extra gegeben. Ich frage euch – welcher Offizier macht so etwas?«

Von diesem Tag an wurde das Lager der Lebenslänglichen scharf beobachtet. Man stellte fest, wann die Holzschlagkommandos ausmarschierten, wo sie rodeten, wie die Wachmannschaften waren, wann die Ablösungen kamen. Es zeigte sich, daß die Bewachung großzügig war. Hatte man den Arbeitsplatz erreicht, legten sich die Rotarmisten ins Gras und lasen, rauchten oder schliefen. Wer dachte an Flucht? Von der Lena bis nach Deutschland – Genosse, dann sag auch schon: bis zum Mond! Wer zwanzig Jahre durch Rußland gezogen ist, dem fehlt das Mark in den Knochen, sich auf eine Wanderung in eine andere Welt zu begeben.

Als man das alles erkundet hatte, setzte die Hilfe ein.

Jeden Tag fanden jetzt die Lebenslänglichen an ihren Arbeitsplätzen seltsame Dinge. Unter Baumstämmen, im Gras, an die Äste gebunden, in dem gestapelten Holz fanden sie Päckchen mit Tabak, Speckstreifen und Räucherfleisch, Wurst und Beutelchen mit kandierten Früchten, frisch gebratenes Ferkelfleisch und Schmalz, Butter und gekochte Eier, Puddings und einmal sogar Kaviar.

»Etwas Ungeheuerliches geschieht hier, Genosse Major!« meldete nach einer Woche der junge Leutnant. »Bei der Kontrolle von Block II entdeckte ich Schweinebraten und Schinken. In den Betten hatten sie es versteckt! Ich werde bis heute abend wissen, woher diese Dinge kommen!«

Major Kraswenkow winkte ab. Er saß vor einem Transistorradio, hatte Radio Irkutsk eingeschaltet und lauschte auf die Klänge eines Tschaikowskij-Konzertes.

»Ist das so wichtig, Leutnant?« fragte er.

»Sabotage ist es, Genosse Major! Es sind Verbrecher!«

»Aber sie haben Hunger. Haben Sie schon einmal Hunger gehabt, Stepan Maximowitsch?«

»Nein, Genosse Major.«

»Aber ich! In den Wolchowsümpfen. Acht Tage habe ich gehungert und schließlich fauliges Wasser und Gras gefressen. Es schmeckte wie Zunge in Madeira. Damals lagen Sie noch in den Windeln und saugten an der mütterlichen Brust, Stepan Maximowitsch. Was haben Sie davon, wenn Sie wissen, woher die heimlichen Köstlichkeiten kommen?«

»Vergessen wir nicht, daß es Feinde sind!« rief der junge Leutnant.

»O nein, vergessen wir es nicht.« Major Kraswenkow schob seine Beinprothese etwas zur Seite, er saß unbequem. Im Radio begann das Adagio. »Gehen Sie von mir aus hin, und untersuchen Sie den Fall. Ganz gefährliche Feinde sind es . . . Man sieht es ihnen schon von weitem an . . .«

Leutnant Stepan Maximowitsch grüßte und verließ die Kommandantur. Draußen, in der Sonne, blieb er an der Tür stehen und sah hinüber zu den drei Baracken der Deutschen. Der Lagerdienst fegte die Barackengassen. Vor der Küchenbaracke saßen die Küchendienstler und verlasen frischen Weißkohl. Sie hatten die Jacken und Hemden ausgezogen, und die Sonne brannte auf ihre gelbweißen, knochigen Rücken und Brüste und auf die kahlgeschorenen Köpfe.

Stepan Maximowitsch schob die Unterlippe vor und wandte sich ab. Die peinliche Untersuchung fand nie statt. Aber jeden Abend verteilten die Holzkommandos die gefundenen Dinge, und durch die Baracken zog ein Hauch stiller Glückseligkeit.

»Das schmeckt wie bei Muttern«, sagte jemand, als er an einem Stück Rinderbraten kaute.

Und zwanzig Jahre waren plötzlich wie ein Tag.

An einem Vormittag tauchte unvermutet Karpuschin im Lager auf. Schamow, der wieder privat an Major Kraswenkow geliefert hatte, brachte die Neuigkeit mit. Die Kirstaskaja überlegte nicht lange. Sie ging hinüber zu Semjonow und sagte ohne Umschweife: »Karpuschin ist da!«

Semjonow schwieg. Aber für Ludmilla war es wie ein Weltuntergang.

»Nein!« flüsterte sie, als die Lähmung von ihr wich. »Nein!

Nein! Das ist doch nicht wahr! Er ist doch tot! Sag, daß es nicht wahr ist . . .«

»Es ist so«, antwortete Semjonow dumpf. »Seit Wochen weiß ich es. Er lebt in Jakutsk, mit Marfa Babkinskaja.« Er erhob sich, griff zum Gürtel und schnallte ihn um. An dem Gürtel hing in ihrem Lederetui die schwere Nagan. »Es ist soweit.«

Ludmilla sprang auf und stellte sich ihm in den Weg, als er das Haus verlassen wollte. Auch die Kirstaskaja rannte ihm nach und hielt ihn am Rock fest.

»Wo willst du hin?« schrie Ludmilla und zerrte an seinem Gürtel. »Wo willst du mit der Nagan hin? Du bleibst, hörst du! Du bleibst bei mir! Ich lasse dich nicht mehr aus den Augen, und wenn ich dich nachts an das Bett fessele! Es kann nur ein Zufall sein! Er kann nicht wissen, daß du hier lebst! Pawluscha . . . du darfst nicht gehen!«

»Mach keine Dummheiten, Pawel Konstantinowitsch«, sagte auch die Kirstaskaja. »Was willst du erreichen?«

»Er ist im Lager, sagen Sie?« Semjonow legte den Arm um Ludmilla und blickte über ihren Kopf hinweg zum Wald. »Gibt es eine bessere Gelegenheit? Südlich der Sowchose führt die Straße durch ein Stück Wald. Dort werde ich stehen und ihn erschießen.«

»Bist du ein Mörder?« sagte die Kirstaskaja laut.

»Ehe ich mich ermorden lasse . . .«

»Noch ist es ein Zufall. Warten wir es ab.« Die Kirstaskaja griff mit beiden Händen zu und zog die Nagan aus dem Etui, ehe Semjonow sie daran hindern konnte.

»Ich habe noch mein Gewehr!« rief Semjonow trotzig.

»Es wäre eine große Dummheit, sich durch diesen Schuß zu verraten. Nach Karpuschin werden andere kommen und dich jagen, und sie wissen dann, wo sie dich zu suchen haben! Willst du das ganze Dorf in Gefahr bringen? Sie brennen es über unseren Köpfen ab, du weißt es!«

Semjonow senkte den Kopf und ging ins Haus zurück.

»Laß ihn nicht aus den Augen«, sagte die Kirstaskaja an der Tür zu Ludmilla. »Zum erstenmal habe ich Angst, daß ihn seine Klugheit verläßt! Paß auf ihn auf!«

»Ich werde ihn nicht eine Minute allein lassen!« erwiderte Ludmilla. Sie schloß die Tür zweimal ab und steckte den Schlüssel in ihre Tasche.

Um dieselbe Zeit etwa hielt Karpuschin einen kurzen Vortrag vor den deutschen Lebenslänglichen. Gleich nachdem er erfahren hatte, daß dieses Lager aufgebaut würde, war er nach Nowo Bulinskij gefahren. Sein Haß auf Semjonow hatte pathologische Formen angenommen. Nachts fuhr er jetzt öfter mit einem Fluch im Bett empor, ballte die Faust und schrie in die Dunkelheit: »Bleib stehen, du Hurensohn! Du entkommst mir nicht! Du entkommst mir nicht!« Dann war es immer eine große Mühe für Marfa, ihn zu beruhigen und ihn so lange zu liebkosen, bis er wieder einschlief.

Im Lager war – wie überall, wo Karpuschin jetzt auftauchte – der Steckbrief Semjonows mit dem gezeichneten Kopf verteilt worden. Es war anzunehmen, daß die Mehrzahl der Blätter sich schon am Abend in der Latrine befand. Major Kraswenkow hatte gleich nach der Verteilung jemanden sagen hören: »Man sollte die Blätter vollscheißen und diesem Karpuschin ins Auto legen . . .«

»Es ist anzunehmen«, rief Karpuschin mit dröhnender Stimme über die Lebenslänglichen hin, »daß dieser Semjonow sich im Wald verborgen hält. Wenn ihr ihn seht, nehmt ihn fest oder tötet ihn . . . Auf Semjonows Kopf sind fünftausend Rubel ausgesetzt, und ich persönlich, Generalmajor Karpuschin aus Moskau, garantiere demjenigen, der Semjonow abliefert, eine sofortige Rückkehr in die deutsche Heimat . . .«

Über das Lager der Lebenslänglichen senkte sich bedrücktes Schweigen.

Zurück in die Heimat.

Für einen Verrat.

Zurück – in – die – Heimat –

Nach zwanzig Jahren . . .

Karpuschin überblickte die kahlgeschorenen Schädel. Er spürte, was diese hundertzwanzig Männer jetzt dachten, und er schlug die Wunde tiefer, damit sie um so heftiger blutete.

»Es ist kein Verrat an einem Kameraden, nein!« rief er laut. »Dieser Heller-Semjonow ist ein Spion, der den Frieden stört! Er ist einer der Gefährlichen im Hintergrund, die die Voraussetzungen schaffen, daß in einem dritten Krieg eure Kinder und Frauen ausgelöscht werden! Ein Verbrecher ist er! Eine Gefahr für uns alle . . . auch für euch! Darum kennt kein Erbarmen, wenn ihr ihn im Wald aufstöbert. Jagt ihn wie einen Wolf! Fünftausend Rubel, deutsche Kriegskameraden – und Rückkehr in die Heimat! Ich verspreche es euch mit meinem Offiziersehrenwort!«

An diesem Abend schmeckte den hundertzwanzig Lebenslänglichen das Essen wie Seifensuppe. Vor allem Peter Kleefeld war es, ein kleiner, schmächtiger Mann aus Westfalen, der immer wieder in seiner Suppe rührte und doch nichts aß, weil seine Kehle wie zugeschnürt war.

»Was . . . was machen wir, wenn wir ihn wirklich sehen?« fragte er und sah sich im Kreis um. »Nun sagt doch mal was! Was machen wir? Auf die fünftausend Rubel scheiße ich . . . aber zurück in die Heimat. Kumpels . . . die Heimat . . .«

»Wir werden die Schnauze halten, das ist doch klar.« Josef Much, der Lagerälteste, ein Bankbeamter aus Rinteln an der Weser, brockte Brotkrumen in seine Kohlsuppe, obwohl sie schon über den Rand des Kochgeschirrs quoll. »Wer so in die Heimat käme, der wäre doch ein Schwein, ein erbärmliches Schwein!«

»Aber die Heimat, Jupp . . . die Heimat.« Peter Kleefeld umklammerte seine Blechschüssel und zitterte am ganzen Körper. »Ich habe drei Kinder . . . ich will doch einmal meine drei Kinder wiedersehen . . .«

»Mensch, halt die Fresse!« schrie jemand aus dem Hintergrund. Ein Schuh flog durch die Luft und traf Kleefeld im Nacken. Er kippte nach vorn, und die Suppe lief ihm über Hose und Beine. »Dieser Karpuschin kann uns am Arsch lecken! Nach dem Essen wird der Tabak verteilt . . . Er reicht wieder für zwei Zigaretten pro Mann . . .«

Am Abend fuhr Karpuschin wieder zurück nach Shigansk, wo er übernachtete. Major Kraswenkow hinkte neben Karpuschin her bis zum Wagen und bedankte sich noch einmal für die mitgebrachte Flasche Wodka.

»Können Sie übrigens Ihr Versprechen wirklich einhalten, Genosse Generalmajor?« fragte er, als Karpuschin schon im Wagen saß. »Freilassung nach Deutschland – so einfach ist das bei meinen Schützlingen nicht. Denken Sie an die politischen Konsequenzen, wenn man erfährt, daß es doch Schweigelager gibt.«

»Ich kenne sie, Genosse«, antwortete Karpuschin kurz.

»Und trotzdem versprechen Sie es?«

»Erst Semjonow . . . das ist wichtig! Was dann kommt, wird ohne Schwierigkeiten geregelt werden. Man soll nicht so an Worten hängen. Gute Nacht, Genosse.«

»Gute Fahrt, Genosse.«

Major Kraswenkow sah dem Wagen Karpuschins nach, bis er in der Dunkelheit des Waldes verschwand.

»Ein schönes Schwein bist du«, sagte er laut und schlug mit einer Gerte gegen sein Holzbein. »Ein schönes, großes, stinkendes Schwein!«

Dann hinkte er zurück zur Kommandantur und war froh, daß er eine Flasche guten Wodka hatte, um den bitteren Geschmack im Gaumen wegzuspülen.

18

Drei Tage später wurde die Kirstaskaja ins Lager gerufen. Major Kraswenkow schickte einen Jeep in das Krankenhaus von Nowo Bulinskij und ließ bestellen, es müsse eine dringende Operation gemacht werden. Der Verletzte sei nicht mehr transportfähig, und der Lagerarzt habe kein großes chirurgisches Besteck. Außerdem brachte der Bote, ein junger Rotarmist, einen Zettel des Lagerarztes mit.

»Quetschung und Zertrümmerung des linken Oberschenkels durch fallenden Baum. Schlage Amputation vor. Da Schlagaderriß, nicht transportfähig. Bringen Sie bitte alles mit. Ich habe hier nichts! Dr. R. Langgässer.«

Die Kirstaskaja zögerte keine Minute. Sie packte alles ein, was nötig war, von der Pinzette bis zum Kreislaufmittel, vom Tupfer bis zur Knochensäge. Ihr Gesicht glühte. Um zehn Jahre jünger sah sie aus. Ihre Augen leuchteten.

Dann fuhren sie mit dem Pferdewagen wie der wilde Jäger durch Bulinskij in die Taiga. Borja lenkte die Pferdchen, und Ludmilla fuhr mit als Assistentin.

Die große Stunde war gekommen.

Katharina Kirstaskaja betrat das Lager der deutschen Lebenslänglichen. Der letzte Abschnitt ihres Schicksals begann, und es war gut, daß dem Menschen nicht die Fähigkeit gegeben ist, in die Zukunft zu sehen.

Vielleicht wäre sie nicht gefahren . . . oder doch, erst recht, aus Trotz . . . Denn wer kennt sie wirklich richtig, die Katharina Kirstaskaja?

Am Lagertor empfing sie der junge Leutnant Stepan Maximowitsch und brachte sie zu Major Wassilij Gregorowitsch Kraswenkow.

Schon an der Tür der Kommandanturbaracke schlug ihr der

süßliche Geruch von Äther entgegen.

Major Wassilij Gregorowitsch Kraswenkow saß in einem breiten Schaukelstuhl, rauchte eine Pfeife, hatte sein Holzbein weit vorgestreckt und hörte aus dem Radio volkstümliche Gesänge. Wie ein gemütliches, liebes Großväterchen sah er aus, das den Rest seines Lebens im gepolsterten Stuhl verschaukelt, und so sprach er auch, als die Kirstaskaja eintrat.

»Kommen Sie näher, Töchterchen!« rief er und winkte mit beiden Händen. »Hören Sie nur . . . der Chor der Garnison Leningrad singt. Einen Baß haben sie dabei, einen Baß. Wie eine Orgel! Das röhrt in der Tiefe, eine wahre Pracht ist es! An Schaljapin erinnert er mich! Jawohl! An Schaljapin! Und dabei ist er nur ein unbekannter Soldat in Leningrad! Töchterchen, welche ewigen Reserven bringt Rußland immer wieder hervor!«

»Ich sollte ein Bein amputieren?« fragte die Kirstaskaja. »Ich habe alles mitgebracht, Genosse Major.«

Major Kraswenkow hörte mit dem Schaukeln auf und legte seine Pfeife seitlich auf einen kleinen Tisch. »Man sagt, Töchterchen, Sie seien ein Aas!«

»Das mag sein.«

»So schön sollte nur ein Engelchen sein. Aber wie Sie so dastehen, die Tasche in der Hand, mit einem Gesicht, als wollten Sie mich fressen . . . Es ist Ihnen wohl ein Herzensbedürfnis, einem Deutschen ein Bein abzusägen, was?«

Major Kraswenkow wartete die Antwort der Ärztin nicht ab, sondern beugte sich vor. Aus dem Radio erklang eine schwermütige Weise vom Don.

»Da! Der Baß! Hören Sie nur, Töchterchen! Ist das eine Stimme?« Kraswenkow lehnte sich zurück, sein hölzernes Bein klapperte gegen das Holz des Schaukelstuhles. »Früher wollte ich auch einmal Sänger werden. Ich hatte eine gute Stimme, alle sagten es! Was bin ich geworden? Soldat und Kriegsheld! Und mein Bein haben sie in Küstrin in die Erde gebuddelt. Nun sitze ich hier am Ende der Welt und bewache Menschen, die genausowenig wissen, warum sie hier sind wie ich. Wie schön ist da Musik . . . dabei kann man vergessen. Lieben Sie Musik, Töchterchen?«

»Sehr, Genosse Major. Aber wenn ich amputieren muß . . . im Flur habe ich schon Äther gerochen.«

»Das ist Dr. Langgässer. Wissen Sie, Äther und Chlorkalk ist so ziemlich das einzige, was er genügend hat. Mit Äther macht er das

Sterben leichter, und Chlorkalk über einen Toten verhindert Seuchen. Wir sind ein hygienisches Volk, Töchterchen.« Er stützte sich auf die Armlehnen des Schaukelstuhles, stemmte sich hoch und griff nach seiner Gerte. Im Flur standen Leutnant Stepan Maximowitsch und Ludmilla und warteten. Borja hatte draußen bei der ersten Sperre bleiben müssen, so sehr er auch tobte und schrie und beweisen wollte, daß er der erste Assistent der Ärztin sei.

»Das Lazarett ist gleich nebenan«, sagte Kraswenkow und humpelte auf Katharina Kirstaskaja zu. »Nachher zeige ich Ihnen das Lager. Ein Musterlager ist es!«

»Für den Sommer. Im Winter fliegen Sie davon, Genosse Major.«

Kraswenkow blieb ruckartig stehen. »Das ist ein Witz, Töchterchen.«

»Wo war das Lager zuletzt?«

»Am Baikalsee.«

»Dort mögen solche Baracken gut genug sein. Hier heult der Schneesturm bei fünfzig Grad Frost. In wenigen Stunden werden Sie alle Eiszapfen sein!« Die Kirstaskaja trat an das Fenster und zeigte hinaus. »Sehen Sie, dort baut man noch eine neue Baracke. Was soll es werden?«

»Eine Werkstatt. Wir haben unter den Verurteilten Schmiede und Tischler, Schlosser und Dreher.«

»Sie werden an ihren Werkzeugen festfrieren. Wände aus Brettern sind hier Unsinn . . . es müssen schon ganze Stämme sein. Haben Sie nicht die Häuser von Bulinskij gesehen? Und selbst in ihnen liegt man auf dem Ofen, wenn aus der Taiga der Sturm heult.«

Major Kraswenkow schlug mit der Gerte gegen sein Holzbein und sah hinüber zu den deutschen Gefangenen, die die Barackenwände aufrichteten. »Das weiß man doch in Jakutsk«, sagte er gedehnt.

»Natürlich.«

»Und liefert uns solchen Dreck? O Töchterchen, morgen fahre ich zum Abschnittskommandanten. Ein Lied werde ich ihm singen, daß ihm die Hosenknöpfe abplatzen! Mir das, einem Helden des Großen Vaterländischen Krieges, der sein Bein in Küstrin gelassen hat! Ich bin verantwortlich für meine deutschen Lebenslänglichen, und es sind gute Kerle, glauben Sie es mir, Genossin Kirstaskaja!« Major Kraswenkow schlug wieder gegen sein Holzbein. Es war, als müßte er immer diesen hohlen Ton hören, um menschlich und nicht militärisch zu denken. »Morgen fahre ich, bei Gott! Und ich werde winterfeste Häuser bekommen, das können Sie Wassilij Gregorowitsch glauben! Hat dieser Karpuschin auch damit zu tun?«

»Karpuschin? Nein!« Die Kirstaskaja spürte ein Brennen in der Kehle.

»Sie kennen Karpuschin, Genosse Major?«

»Flüchtig, flüchtig, Töchterchen.«

»Vom Geheimdienst ist er.«

»Dachte ich es mir doch.«

»Und er ist ein Satan.«

»Ein Schwein, Töchterchen, ein stinkendes Schwein ist er!« sagte Major Kraswenkow und humpelte in den Flur. »Ich möchte ihm aus dem Wege gehen, wo ich kann. Den Geruch, den er ausatmet, kann ich nicht vertragen. Ich bin ein Ästhet, Genossin, müssen Sie wissen. Ich liebe das Schöne.« Er blieb vor Ludmilla stehen und musterte sie. Ludmilla hatte das Tuch von den Haaren genommen, und die Sonne, die durch das Fenster flutete, übergoß ihr schwarzes Haar mit einem goldenen Schimmer.

»Zum Beispiel hier!« Er zeigte mit der Gerte auf Ludmilla. »So ein Mensch ist doch ein Wunder, nicht wahr?«

»Das ist Ludmilla, meine Assistentin«, sagte die Kirstaskaja schnell, bevor Ludmilla etwas sagen konnte. »Sie ist ein Eheweibchen. In Bulinskij verheiratet.«

»Ein glücklicher Mann!« Kraswenkow tippte Ludmilla mit der Gerte gegen die Schulter. »Ist dein Mann glücklich, he?«

»Sehr glücklich, Genosse Major«, antwortete Ludmilla und lächelte zaghaft.

Am Ende des langen Flures öffnete sich jetzt eine Tür. Der Äthergeruch verstärkte sich. In den Flur trat ein hochgewachsener, schlanker Mann mit kurzen blonden Haaren. Er trug über einer alten, ausgebleichten und geflickten hellgrauen Offiziersuniform eine lange braune Gummischürze. Sie glänzte vor Nässe. Man hatte sie eben erst mit einer Desinfektionslösung abgerieben.

»Ist die russische Ärztin hier?« rief der Mann in der Gummischürze. Hinter ihm kam ein zweiter Mann in abgetragener, grauer deutscher Offiziersuniform aus dem Zimmer. Weißhaarig, ein wenig nach vorn gebeugt, mit eingefallenem Mund.

»Da haben wir sie alle, die Prominenz des Lagers!« sagte Major Kraswenkow laut. »Zuerst Dr. Langgässer, dahinter Hauptmann

Rhoderich, der deutsche Lagerkommandant. Keine Aufregung, meine Herren, da ist die Ärztin!«

Dann standen sich Dr. Langgässer, der blonde, dürre Lagerarzt der deutschen Lebenslänglichen, und Dr. Katharina Kirstaskaja gegenüber. Und als sie sich stumm ansahen und dann die Hand gaben, kam etwas Merkwürdiges über die Kirstaskaja. Es war ihr, als zöge jemand einen Schleier von ihren Augen, der bisher den Blick getrübt und die Welt in ein einförmiges Grau gehüllt hatte. Nun leuchtete die Sonne glänzender, das Grün der Bäume war wie frisch lackiert, über den Gesichtern lag ein fremder Schimmer; so merkwürdig war es, daß die Kirstaskaja zwei Schritte zurücktrat, ans Flurfenster ging und hinaussah. Der Himmel wölbte sich wie ein blaues, goldbespritztes Dach über der Taiga. Die Bäume leuchteten, als brenne von innen heraus ein starkes Licht.

»Wo ist der Verletzte?« fragte die Kirstaskaja rauh. Sie ging an Dr. Langgässer vorbei in das Zimmer. Der Raum bestand aus zwei Zimmern, von denen man die Zwischenwand herausgenommen hatte. So war eine Art Behandlungs- und Operationssaal entstanden, dessen Wände man sogar weiß gestrichen hatte. Auch die Bodendielen waren lackiert.

Mitten in dem großen Zimmer stand ein Holztisch, an den man Lederriemen genagelt hatte. Ein nackter Mann lag darauf, an den Armen und einem Bein bereits festgeschnallt. Ein magerer, graugelber Körper, von Wind, Sonne, Sturm, Arbeit, Hunger, Sehnsucht und Heimweh zerstört. Die Haut über den Rippen war faltig, die Schenkel und Oberarme erschreckend dünn. Nur der Bauch war etwas aufgetrieben, gebläht, unnatürlich erweitert. Der Körper eines Gnoms, dachte die Kirstaskaja, als sie vor ihm stand. Wie hatte er vor zwanzig Jahren ausgesehen?

Das linke Bein war abgequetscht und völlig deformiert. Mit einem Knebelverband hatte man die gerissene Schlagader abgebunden, aber trotz der Dürre des Oberschenkels war die Blutung nicht zum Stillstand gekommen ... Immer noch tropfte es auf die Wachstuchunterlage, die man unter das zertrümmerte Bein geschoben hatte.

»Ich habe keine Arterienklemmen«, sagte Dr. Langgässer hinter der Kirstaskaja. Sie zuckte zusammen, antwortete aber nicht. Dr. Langgässer sprach ein gutes Russisch ... in zwanzig Jahren kann man es lernen.

»Vielleicht wäre das Bein in einer Spezialklinik zu retten, aber davon wollen wir gar nicht reden. Ich hätte auch selbst amputiert. In den vergangenen Jahren habe ich mehrmals mit einfachen Messern und selbstgebastelten Instrumenten Amputationen vorgenommen. Aber ich hörte von Major Kraswenkow, daß ein Arzt am Ort sei, und hoffte auf Unterstützung zum Wohl des Verletzten.«

»Ich bin ja hier!« sagte die Kirstaskaja abweisend. Sie beugte sich über das Bein, untersuchte es schnell und nickte. »Es ist besser, es abzunehmen, als daß er es als lästiges, unnützes Anhängsel seines Körpers mit sich herumschleppt.« Sie richtete sich auf, und wieder trafen sich ihre Blicke.

Was siehst du mich so an, du deutscher Hund? dachte die Kirstaskaja wütend und wandte sich zu Ludmilla um. Aber sie wußte, daß sie sich selbst belog. Er hat bernsteinfarbene Augen, dachte sie. Und welche Weite liegt in ihnen. Er hat Rußland in sich aufgenommen, und nun irrt er in der Grenzenlosigkeit umher und findet keinen Ort der Ruhe.

»Gib das Besteck her, Ludmilluschka«, sagte sie mit ihrer tiefen Stimme. »Der deutsche Arzt wird ja noch wissen, wie ein Amputationsmesser und eine Aderklemme aussehen . . .«

Während die Kirstaskaja und Ludmilla sich wuschen und weiße Kittel anzogen, ihre Hände in die mitgebrachte antiseptische Lösung tauchten und sich von einem deutschen Sanitäter, der Ludmilla mit rollenden Froschaugen anstarrte und bewunderte, die Gummihandschuhe überstreifen ließen, ordnete Dr. Langgässer auf einem weißen Handtuch das Operationsbesteck der Kirstaskaja. Nichts fehlte . . . von der Kreislaufinjektion bis zur Infusion, von der atraumatischen Nadel bis zum Penicillinpuder, von der kleinsten Pinzette und Tuchklammer bis zum scharfen Löffel und der großen Knochenschere.

Dr. Langgässer breitete alles aus, und die Kirstaskaja sah, wie seine langen, dünnen Finger liebkosend über die blitzenden Instrumente strichen. Jetzt ist er weit weg, dachte sie. Irgendwo in Deutschland, in einer Klinik. Er sieht sich im weißen Mantel am blitzenden OP-Tisch stehen, über sich die vielstrahligen Operationsscheinwerfer, die Sterilisatoren brummen, der Anästhesist reguliert gerade den Sauerstoffgehalt, die OP-Schwester wartet am Instrumententisch, der erste und der zweite Assistent stehen bereit.

Eine verlorene Welt, mein Lieber. Eine tote, für immer tote Welt.

Ein Lebenslänglicher bist du! Hier, in Rußland, vielleicht in der Taiga von Bulinskij, wirst du sterben . . . in diesem Winter wahrscheinlich, wenn keine anderen Baracken kommen. Du wirst an deinem weißlackierten Operationstisch erfrieren. Und deine bernsteinfarbenen Augen werden wie seit zwanzig Jahren fragen: Warum? Warum? Warum? Und keiner gibt dir Antwort, keiner. Denn wer weiß es . . .?

Katharina Kirstaskaja wusch sich besonders lange, um Dr. Langgässer die stillen Minuten an den Instrumenten zu gönnen. Major Kraswenkow war wieder hinausgegangen. »Ich möchte nicht zusehen, wie man mir einmal das Bein abgesägt hat!« sagte er und humpelte zur Tür. »Ich weiß nur, daß ich aus der Narkose aufwachte, und mir juckte die große Zehe, wo gar keine mehr war. Das ist eine verteufelte Sache, Brüder: Man spürt etwas und sieht's nicht mehr!«

Dr. Langgässer hatte in der Zwischenzeit ein Narkosemittel injiziert und die selbstgebastelte Ätherhaube vom Gesicht des Verletzten genommen. Nun sah man sein Gesicht. Ein erschrekkend vergreistes Jungengesicht . . . der Mund eines Kindes und darüber die schütteren, schon weiß werdenden Haare eines alten Mannes. Dr. Langgässer kontrollierte Atmung und Puls, als die Kirstaskaja mit ihrer Waschung fertig war und an den lackierten Tisch herantrat.

»Können wir?« fragte sie steif.

»Ja, Kollegin.« Dr. Langgässer ergriff das Skalpell. Mit dem Daumen prüfte er die Schärfe.

»Es ist scharf!« sagte die Kirstaskaja schneidend. »Wir Russen sind keine Barbaren.« Statt zum Skalpell griff sie zu dem Amputationsmesser, hob das Bein an und stemmte die Sohle gegen ihren Bauch. »Wollen Sie einen Rund- oder Lappenschnitt?«

»Ich glaube, in unserer Lage ist ein Rundschnitt am besten. Die Nachamputationen gehen dann glatter.« Dr. Langgässer legte das Skalpell auf das weiße Handtuch zurück. »Überlassen Sie mir das Bein, Kollegin. Diese rauhe Arbeit ist Männersache. Ich schlage vor, Sie machen die Gefäßligaturen.«

»Sehe ich wie ein blutarmer Schwächling aus?« Die Kirstaskaja nickte Ludmilla zu. Sie trat an ihre Seite und hielt das Bein mit fest. »Fangen Sie an!« sagte Katharina grob. »Ich dachte immer, die deutschen Ärzte reden weniger und handeln dafür mehr! Machen Sie den Hautrundschnitt, ziehen Sie die Haut zurück. Dann schneide ich oberhalb ein, und Sie setzen die Ligaturen! Muß ich Ihnen alles vorsagen?«

Dr. Langgässer biß die Zähne zusammen. Aus seinen bernsteinfarbenen Augen sah er die Kirstaskaja mit einem Blick an, der ihr wie ein glühender Stahl ins Herz drang. Ihre Lippen wurden ganz schmal und ihre Finger wie Krallen, mit denen sie den Griff des großen Amputationsmessers umklammert hielt.

In der nächsten halben Stunde sprachen sie nicht. Sie arbeiteten schnell und fast elegant, als hätten sie schon jahrelang zusammen operiert und wären aufeinander eingespielt. Es gab keine Fragen mehr, kein Zögern. Die Instrumente gingen hin und her, das Bein wurde bis zum Oberschenkelknochen präpariert, dann übernahm Dr. Langgässer die schaurige Arbeit des Zersägens mit der scharfen, blitzenden Knochensäge.

Nach der Amputation trug der Sanitäter das Bein hinaus. Mit einem Wachstuch umwickelt, hatte er es unter den Arm geklemmt und wollte gerade die Kommandantenbaracke verlassen, als er auf Major Kraswenkow stieß, der die Tür seines Zimmers zum Flur offen hatte.

»Halt!« schrie Kraswenkow. »Wohin mit dem Bein?«

Der deutsche Sani blieb stehen, nahm Haltung an und stellte das Bein neben sich wie ein Gewehr. Zur Küche, Herr Major«, sagte er mit ernster Miene. »Das gibt eine fette Markklößchensuppe . . .«

Kraswenkow lachte. Er klopfte mit seinem Holzbein auf die Dielen und winkte mit beiden Händen. »Komm rein, du deutscher Hund!« rief er. »Dafür bekommst du einen Wodka!« Doch dann wurde Major Wassilij Gregorowitsch Kraswenkow ernst und sogar sentimental und tippte den deutschen Sanitäter mit der Gerte gegen den Bauch, als dieser das Glas Wodka leerte. »Du willst das Bein wegwerfen, nicht wahr?«

»Jawohl, Herr Major. In die Chlorkalkgrube!«

»Ein Bein! Ein Männerbein in die Grube! Welche Schande! Kannst du dir vorstellen, daß mein Bein in einer Grube modert? Ich kann es nicht . . . Mir ist immer noch, als hätte ich es verloren und müßte es eines Tages wiederfinden! Nitschewo, deutscher Hund! Das Bein wird begraben! Verstanden? Am Waldrand, mit allen Ehren! Ich habe für mein weggeschossenes Bein die Tapferkeitsmedaille bekommen. Wer das Bein nicht ehrt, ist den Mann nicht wert! Das ist ein Spruch von mir . . . Grinse nicht, du deutsches Schwein! Das Bein wird begraben!«

Und so geschah es noch am Nachmittag. Man begrub das Bein am Waldesrand mit militärischen Ehren, mit einem Ehrengeleit von zwanzig Plennies und gezogenen Mützen am Grab. Major Kraswenkow wollte es so.

Er war eben ein seltsamer Mensch, dieser Wassilij Gregorowitsch. Ein letzter Romantiker ... oder ein verkappter Reaktionär, so genau kann man das nicht unterscheiden. Man wußte nur, daß man Kraswenkow nicht umsonst »Väterchen« im Lager nannte und daß man auch ein Lebenslänglich ertragen kann, wenn ein Väterchen Wassilij über einen wacht.

Im Operationszimmer waren die letzten Handgriffe getan. Zwei Gefangene trugen den nun einbeinigen Kameraden hinaus in ein Nebenzimmer, wo er in ein weißes Eisenbett gelegt wurde. Blutbeschmiert standen sich Dr. Langgässer und die Kirstaskaja gegenüber und zogen sich die Gummihandschuhe aus.

»Sie operieren blendend, Kollegin«, sagte er.

»Danke.« Katharina Kirstaskaja warf ihre Gummischürze ins Waschbecken, wo sich Ludmilla die Hände abseifte. »In der Klinik in Irkutsk sagten wir nach einer Operation immer: Jetzt eine Zigarette.« Sie sah auf ihre Hände. Sie waren blutig. Die Gummihandschuhe mußten während der Operation beschädigt worden sein. Sie hatte es nicht gemerkt, sie hatte immer nur auf die langen, schlanken, schnell und sicher arbeitenden Hände Dr. Langgässers gesehen.

»Das wäre schön, wirklich!« sagte Dr. Langgässer.

»Greifen Sie in meine rechte Rocktasche. Da ist eine Schachtel mongolischer Zigaretten.« Sie hob die Arme, und Dr. Langgässer faßte in ihre Rocktasche.

Bei der Berührung seiner Hand mit ihrem Körper durchzuckte sie ein Flimmern bis hinauf unter die Haare. Ihre Augen bekamen einen gehetzten, wilden Ausdruck wie ein Tier, das selbst in der Flucht keinen Ausweg mehr sieht.

»Ich habe sie«, sagte Dr. Langgässer. Auch seine Stimme hatte einen fremden Klang. Er hob die Schachtel hoch, öffnete sie und zog eine der goldgelben, süßlich riechenden und schmeckenden Zigaretten heraus. »Herzlichen Dank, Kollegin.«

»Rauchen Sie mir eine an?« Die Kirstaskaja wandte sich brüsk ab. »Ich muß meine Hände noch abspülen.«

Als sie wenig später die Zigarette von Dr. Langgässer nahm und zwischen die Lippen steckte, hatte sie sich wieder gefangen. Sie lehnte sich gegen das Fenster und blickte sich um, als sehe sie das Zimmer erst jetzt mit vollem Bewußtsein. Ein Gefangener schrubbte den Boden und den Operationstisch. Ludmilla packte die Instrumente wieder ein, die sie in einem Bottich gespült hatte. In Bulinskij wurden sie dann ausgekocht und sterilisiert.

»Warum sind Sie eigentlich ein Lebenslänglicher?« fragte die Kirstaskaja.

Dr. Langgässer fuhr zusammen, die Zigarette zitterte in seiner Hand. Er sog ab und zu an ihr wie ein Säugling an seinem Schnuller und inhalierte den Rauch mit halbgeschlossenen Augen. Zum erstenmal rauchte er eine mongolische Zigarette, und es war ihm, als rauche er Opium. Die Welt um ihn herum wurde leichter.

»Ich weiß es nicht«, sagte er leise.

»Unsinn! Sie wurden verurteilt, weil Sie dem russischen Volk einen Schaden zugefügt haben, weil Sie ein Verbrecher gegen unser Volk sind.«

»Fast genauso redete der Ankläger.« Dr. Langgässer sog wieder an seiner Zigarette. »Als ich in Gefangenschaft kam, war ich fünfundzwanzig Jahre alt. Ich hatte gerade mein Staatsexamen, und es war mein erster militärischer Einsatz. Sowjetische Panzer überrollten uns. Drei Jahre nach der Gefangennahme wurde ich von einem sowjetischen Militärgericht verurteilt. In Swerdlowsk war es. Man warf mir vor, in einem russischen Gefangenenlager an der Oder an sowjetischen Kriegsgefangenen Experimente mit Gasbrandbazillen und Fleckfieberversuche gemacht zu haben. Todesurteil. Begnadigung zu Lebenslänglich.« Dr. Langgässer hob die Hand mit der Zigarette. Sie zitterte stärker. »Das ist alles.«

»Ist das wahr?« Das Gesicht der Kirstaskaja war versteinert. »Sie haben diese Versuche an meinen Landsleuten gemacht?«

»Nicht einmal in Gedanken! Ich war nie in einem Gefangenenlager, ich hätte mich auch geweigert, so etwas zu tun! Ich kam praktisch von der Schulbank an die Front. Alles war und ist ein Irrtum. Aber da hatten sie Zeugen . . . dreihundertvierzig schriftliche Zeugen, die meinen Namen nannten.«

»Na also! Warum lügen Sie auch noch jetzt?« Die Kirstaskaja zerdrückte ihre Zigarette auf der Fensterbank. »In meinen Augen haben Sie den Tod verdient.«

Dr. Langgässer atmete tief. Er sah über den Kopf der Kirstaskaja hinweg in die Taiga, von der er wußte, daß es sein letzte Station war.

»Vor drei Jahren hat man den Arzt in Chemnitz verhaftet, den Arzt, der diese Versuche geleitet hat. Er wurde zu lebenslangem Zuchthaus verurteilt. Er hieß Dr. Langesser. Mit einem g und einem e statt einem ä.«

Das Gesicht der Kirstaskaja wurde fahl. »Wer hat Ihnen das gesagt?« fragte sie heiser.

»Väterchen Kraswenkow.«

»Dann . . . dann sind Sie also unschuldig?«

»Es scheint so.« Dr. Langgässer winkte ab, als Katharina noch etwas sagen wollte. »Aber wem nützt es? Ich bin verurteilt, und ich bleibe es! Man kann nach zwanzig Jahren keinen Irrtum einsehen. Und wer fragt in der Welt auch danach, ob es noch einen Dr. Rolf Langgässer gibt, irgendwo in Rußland. Wir sind tot, wir alle hier . . . seit zwanzig Jahren tot! Es wäre vielleicht nicht einmal gut, wenn wir wieder zurückkämen, so unverhofft aus dem Grab. Welche Tragödien könnten dann entstehen . . .? Das Leben ist ja zwanzig Jahre lang weitergegangen, die Welt hat sich gewandelt, verändert, und Gras ist über alle Trümmer gewachsen. Nur wir sind dieselben geblieben wie vor zwanzig Jahren, an uns ist die Zeit vorübergegangen . . . Wir sind einfach stehengeblieben wie Uhren, die man nicht mehr aufgezogen hat.« Dr. Langgässer tat die beiden letzten Züge an seiner mongolischen Zigarette und drückte den winzigen Rest aus, den er zwischen die Fingernägel geklemmt hatte. »Undenkbar, wenn wir jetzt zurückkämen. Wir würden wie Gespenster wirken . . . Und die Frauen, die wieder geheiratet und Kinder geboren haben, im guten Glauben, wir seien irgendwo in Rußland unbekannt verfault. Nein . . . Wir sind Lebenslängliche und ewig Schweigende. Damit müssen wir uns abfinden . . . und wir haben uns damit abgefunden.«

»Sie hatten auch eine Frau in Deutschland?« fragte die Kirstaskaja. Sie nahm die Schachtel Zigaretten und schob sie Dr. Langgässer in die Rocktasche.

»Nein. Ich war ja noch ein mit Idealen vollgestopfter Junge, der hinausmarschierte mit dem Glauben an den Endsieg.«

»Sie haben noch nie eine Frau geliebt?«

»Als Student. Kleine Abenteuer. Aber eine Frau . . . das, was man das große Erlebnis nennt . . .« Dr. Langgässer sah die Kirstaskaja mit großen Augen an. »Mein großes Erlebnis ist Sibirien . . . und ist der heutige Tag. Jetzt weiß ich, worauf ich zwanzig Jahre lang gewartet habe . . .«

»Auf eine Beinamputation?« Es sollte spöttisch klingen, aber diese Absicht mißlang. Die Kirstaskaja schob mit beiden Händen ihre blonden Haare zurück und band ihr buntes Kopftuch wieder um. »Sollte wieder etwas Dringendes sein, benachrichtigen Sie Major Kraswenkow. Leben Sie wohl, Dr. Langgässer.« Sie ging zur Tür und sah im Blick Ludmillas, daß sie eine schlechte Schauspielerin war. Das ärgerte sie, und sie wurde grob. »Ich bin Russin!« sagte sie scharf. »Und Sie sind Deutscher! Vergessen Sie nicht, daß dazwischen eine Welt liegt!« Mit hocherhobenem Kopf verließ sie das Zimmer.

»Sehe ich Sie wieder?« rief ihr Dr. Langgässer nach.

»Nein!« rief sie zurück. »Nein!« Die Antwort tat ihr körperlich weh, aber sie mußte sein.

Nachdem sie noch bei Major Kraswenkow ein Glas Kwass getrunken hatte und vor der Heimfahrt Borja aus der Arrestzelle des Lagers befreien mußte – denn Borja hatte in seiner größten Wut über seine Aussperrung von der Operation den jungen Leutnant Stepan Maximowitsch einen lallenden Bettnässer und wasserköpfigen Breischeißer genannt, was ihm eine Verhaftung einbrachte –, waren sie nach Nowo Bulinskij zurückgekehrt. Am Abend dieses Tages saß Katharina Kirstaskaja vor dem Spiegel und betrachtete ihr Gesicht.

Ihr Herz wurde schwer; sie bedeckte ihre Augen mit beiden Händen und ging zum Fenster. Lange blickte sie über die Lena und die Taiga und hinüber in die Ferne, wo inmitten der riesigen Bäume das Lager der deutschen Legenslänglichen stand.

Gute Nacht, du großer Junge mit deinen bernsteinfarbenen Augen. Gute Nacht.

Über die Lena wehte ein warmer Wind aus dem Süden ...

Man soll über seinem Glück nicht diejenigen vergessen, die vom Leben unsanft behandelt werden. Es gibt solche bedauernswerten Typen, Genossen. Unser Mitleid verdienen sie, denn was sie auch tun, und sei es in der besten Absicht ... es kehrt sich immer alles ins Gegenteil, und man ohrfeigt sie, wo man sie hätte streicheln müssen.

Ein unglücklicher Mensch war auch Karpuschin.

Nicht daß ihn sein Vögelchen Marfa verlassen oder er in ihren Armen gespürt hätte, daß man mit grauen Haaren nicht mehr den Atem eines Zwanzigjährigen hat, auch wenn der Wille dazu vorhanden ist – das alles wäre zu verschmerzen gewesen, denn es ging nicht an die Substanz Karpuschins. Es war vielmehr so, daß Marfa ein liebes Weibchen geworden war, das sein Schicksal mit Geduld trug und sich vorgenommen hatte, bei der ersten guten Gelegenheit Karpuschin zu betrügen. Nein, es war viel schlimmer – Moskau, das ferne Moskau, gab keine Ruhe.

Irgendwie mußte es bis zu General Chimkassy, diesem neidischen Scheusal, durchgedrungen sein, daß Karpuschin in Jakutsk die Stadt auf den Kopf gestellt hatte. Man fragte höflich, aber bestimmt an, was denn los sei. Und es war der letzte Satz, Brüder, dieser infame Satz, der Karpuschin aus der Fassung brachte:

»... bitten wir um sofortige Zusendung des Protokolls und der Aussage von Semjonow, da wir annehmen, daß die Großaktion Erfolg hatte. Für eine sofortige Überstellung Semjonows nach Moskau ist zu sorgen ...«

»Diese Hunde!« schrie Karpuschin und raufte sich den gefärbten Bart. Er rannte im Zimmer hin und her, schwenkte den Brief aus Moskau und brüllte Marfa an, die nackt im Bett lag, das Bein angezogen hatte und sich die Fußnägel rot lackierte. »Lieg nicht herum wie eine tatarische Hure!« fauchte er. »Das schreibt Chimkassy. Und hinter Chimkassy steht Malinowskij! Und hinter Malinowskij kommt der Genickschuß! Verstehst du das nicht, du hirnloses Geschöpf? Sie wollen Semjonow sehen! Soll ich schreiben: Genossen, ich habe die ganze Stadt durchsucht ... er ist mir *wieder* entwischt?«

»Semjonow ist ein Genie. Ich könnte ihn fast lieben!« sagte Marfa und streckte sich. Ihr herrliches, verderbtes Körperchen duftete nach Jasmin, einem Parfüm, das sie von einem Chinesen gekauft hatte.

Karpuschin warf den Brief gegen die Wand, schlug mit der Faust auf den Tisch, trank ein Glas Wodka und war ehrlich verzweifelt.

»Sie zwingen einen zu illegalen Methoden!« schrie er. »Jawohl! Man wird ein schlechter Mensch, um ihnen gerecht zu werden! Man wird ein Schuft, weil der eigene Kopf nicht wackeln soll! Marfa, schwarzes Schwänchen, erfüllter Traum meines Lebens ... sie werden auch dich in die Lubjanka stecken, weil du dich im Bett wälzt, statt nach Semjonow zu suchen. Ich werde es nun tun müssen. Verdammt noch mal ... ich werde es tun müssen!«

»Was, mein Bärchen?« fragte Marfa. Sie war müde. Karpuschins Zärtlichkeiten glichen dem Ersteigen eines Berges. Wenn man den Gipfel erreichte, war die Luft dünn.

»Der falsche Semjonow . . .«

»Wieso?« fragte Marfa.

»Ich habe aus der Auswahl der damals Verhafteten einen Menschen behalten, der so aussieht wie Semjonow und keinerlei Anhang hat.« Karpuschin atmete hastiger. Er ging zum Waschbecken und goß sich kühles Wasser über den erhitzten Schädel. »Ich *muß* jetzt einen Semjonow nach Moskau schicken. Einen toten Semjonow. Und du wirst erklären, daß der Tote der echte Semjonow ist.«

»Nein!« sagte Marfa. »Nein, das tue ich nicht.«

»Du tust es!« brüllte Karpuschin.

»Nein! Ich lüge nicht.«

»O Himmel! Sie lügt nicht! Ein treues Dummerchen ist sie, ein Seelchen, ein harmloses Goldfischlein!« Karpuschin war mit zwei Schritten am Bett und riß Marfa mit einem Ruck aus den Federn. Sie fiel vor dem Bett auf die Knie und stieß einen hellen Quietschlaut aus. »Anziehen!« schrie Karpuschin. »Dieser Brief ist deutlich genug! Ich bin ein guter Mensch . . . aber sie zwingen mich in Moskau, zu tun, was ich verabscheue.«

Marfa schwieg. Sie erhob sich vom Boden, rieb sich die Knie und zog sich stumm an. Daß sie nichts sagte, nicht klagte und auch nicht drohte, bei weiterer roher Behandlung in der nächsten Nacht mit einer geschlossenen ledernen Hose ins Bett zu gehen, hätte Karpuschin nachdenklich und vorsichtig machen müssen. Aber er übersah es, weil er zu wütend war und zu verzweifelt über das, was ihm bevorstand.

Marfa Babkinskaja kämmte sich und band ein rotes Band in ihre schwarzen Haare. Im Spiegel beobachtete sie den verstörten Karpuschin.

In meiner Gewalt bist du, dachte sie und lächelte böse. Ich muß bestätigen, daß es Semjonow ist. Ich ganz allein! An meinem Ja oder Nein hängt dein Leben, mein dickes Bärchen. Ein einziges, kleines, dummes Wort ist dein Leben noch wert, Generalmajor Karpuschin. Und dieses Wörtchen spreche ich.

Du solltest dich gutstellen mit Marfa Babkinskaja. Ihr Händchen solltest du küssen, Dickerchen. Zu spät ist es, wenn man dir den Nacken ausrasiert . . .

Eine halbe Stunde später saßen sie im Zimmer des Distriktsowjets von Jakutsk. Ein überraschender Besuch Karpuschins ist immer eine zweifelhafte Sache. Nie kommt etwas Gutes dabei heraus. Das wußte man bereits im Parteihaus. Und so servierte das Sekretariat erst einmal eisgekühlten Wodka mit Selterswasser und süßes Gebäck. Karpuschin trank ein paar hastige Schlucke und erklärte dann sein Kommen.

»Wir müssen Semjonow nach Moskau schicken, Genossen! Er muß unterwegs sein, bevor jemand von Moskau nach Jakutsk kommt. Sie verstehen?«

»Nein«, sagte der Distriktsowjet.

Karpuschin sah an die Decke aus Gipsstuck und Holztäfelung. Nicht die Klügsten haben immer die besten Stellungen, dachte er. Es ist wie überall: Ein großes Maul übertönt die Intelligenz.

»Wir müssen Semjonow abliefern, Genosse!« sagte er eindringlich.

»Gut, gut!« Der Distriktsowjet lächelte dümmlich. Was will er bloß, dachte er. Träumt er schon mit offenen Augen von diesem elenden Semjonow? Er sieht doch sonst ganz gesund aus, der Genosse Matweij Nikiforowitsch. »Wo ist er?«

»Bei Ihnen! Im Gefängnis!«

»Bei mir?«

»Der Anhanglose, Genosse!« rief Karpuschin. »Sagen Sie bloß nicht, Sie hätten ihn freigelassen!«

»Der Doppelgänger?« Über das Gesicht des Distriktsowjets zog ein Schatten. »Sie sind ein Unglücksmensch, Matweij Nikiforowitsch.«

»Ist er weg?« schrie Karpuschin und schnellte hoch.

»O nein, er lebt. Aber wie! Irrsinnig ist er geworden.«

»Irrsinnig?« fragte Karpuschin stockend.

»In der Zelle kriecht er herum, auf allen vieren, und bellt. Zweimal hat er die Wärter gebissen. Und wie Semjonow sieht er auch nicht mehr aus. Weiße Haare hat er bekommen. Es fing schon an, als wir ihn einschlossen. Drei Tage und drei Nächte hat er gegen die Tür gehämmert und geschrien, er sei unschuldig. Dann bellte er, und als wir die Tür aufschlossen, war er wahnsinnig. Ein hoffnungsloser Fall, Genosse Generalmajor. Was sollen wir mit ihm anfangen?«

Karpuschin schwieg. Seine letzte Hoffnung war zerstört. Und doch war er irgendwie zufrieden und erleichtert. Man hatte ihm einen Mord erspart. »Ich will ihn sehen«, sagte er nach einer ganzen Zeit bedrückender Stille. Auch Marfa saß auf ihrem Stuhl wie ein Püppchen und atmete kaum. Wie Karpuschin begriff auch sie, daß dieser Vormittag eine große Wende in ihrem Leben bedeutete. Alles änderte sich jetzt. Aus Moskau wehte es eisig heran. Und plötzlich bekam sie Angst.

Der Distriktsowjet erhob sich und zog seine Jacke an. Es war ein heißer Sommertag, und er war im offenen Hemd gewesen.

»Fahren wir, Genosse. Sie werden den armen Kerl, der sich jetzt für einen Hund hält, nicht wiedererkennen.«

Und so war's. Im Gefängnis starrte Karpuschin durch die Klappe in der Eisentür in die schmale, längliche Zelle.

Auf der Holzpritsche hockte ein Wesen, das kaum noch etwas Menschliches an sich hatte. Die weißen Haare hingen ihm über das bleiche, verzerrte Gesicht, die Beine hatte er angezogen, mit den Händen kratzte er über das Holz der Pritsche. Als er jetzt die offene Klappe sah und dahinter zwei ihn anstierende Augen, hob er den Kopf, riß den Mund auf und heulte schaurig wie ein Hund, der geprügelt und getreten wird. Dabei warf er den Kopf hin und her, und aus seinen Augen rannen Tränen.

Karpuschin wich zurück und warf die Klappe zu.

»Was sage ich, Genosse«, meinte der Distriktsowjet. »So etwas kann man nicht als Semjonow servieren.«

»Wie konnte das passieren?« schrie Karpuschin. »Warum hat man nicht aufgepaßt? Habe ich nicht gesagt, man solle ihn behandeln wie ein rohes Ei? Ich könnte Sie an die Wand werfen wie eine junge Katze!«

»Das macht ihn auch nicht wieder zu einem Menschen.« Der Sowjet hob beide Arme. »Kann man in das Hirn eines Menschen sehen? Vielleicht war es schon in ihm, als wir ihn verhafteten. Ein Mißgriff war's, Genosse Generalmajor. Und dabei hatten wir gut dreißig andere, die ebenfalls wie Semjonow aussahen.«

Ein hartes Schicksal war's, dem Karpuschin entgegensah. Er wußte es, als er wieder in seinem Zimmer war, und Marfa wußte es auch, denn sie hockte ganz klein und schmal auf ihrem Bett, schwieg und starrte Karpuschin an wie ein Kind, das nicht weiß, ob es gleich Schläge bekommt oder eine Zuckerstange.

»Nimm Papier, mein Täubchen«, sagte Karpuschin, nachdem er eine halbe Stunde auf und ab gewandert war. »Es hilft uns niemand mehr. Auch der Weg nach China ist verschlossen . . . ich war unklug, ich gebe es zu. Nimm Papier und schreib . . .«

Und dann diktierte Karpuschin in kurzen, aber deutlichen Worten seine Niederlage gegen Semjonow. Und er diktierte auch den Satz, bei dem die Feder Marfas zitterte und fahle Blässe über ihr Gesicht zog:

»... Ich melde, daß nach den vorliegenden Erfahrungen ein Ergreifen Semjonows so gut wie ausgeschlossen ist. Sämtliche Fahndungsmittel sind erschöpft. Das einzige, was noch helfen könnte, wäre der Zufall. Ich glaube nicht, daß wir darauf hoffen sollten. Ich bitte um meine weitere Verwendung und stehe zur Verfügung ...«

Marfa ahnte, was dieser letzte Satz bedeutete. Sie schrieb ihn nicht, sondern sah mit schreckensweiten Augen zu Karpuschin auf.

»Muß das sein, Matweij Nikiforowitsch?« fragte sie mit kindlich leiser Stimme.

»Es muß, mein Täubchen!« antwortete Karpuschin ernst.

»Und was geschieht mit mir?«

»Du wirst mir die Tage mit Sonne füllen, solange wir noch in Jakutsk sind. In Moskau wirst du dann weiter Dienst tun wie bisher.« Er beugte sich vor und sah Marfa in die dunklen, angstvollen Augen. »Mein Engelchen ... es war eine schöne Zeit. Du hast einem alten Mann noch einmal den Frühling geschenkt. Aber geliebt hast du mich nie. Belüge mich nicht. Man kann einen Mann wie mich nicht lieben.«

»Ich weiß es nicht«, sagte Marfa und sah an Karpuschin vorbei. »Als es damals passierte, in Oleneksskaja Kultbasa, da haßte ich dich, da stand mir der Ekel bis zum Hals. Aber jetzt ist es anders, jetzt bist du ein gehetztes, armes Väterchen für mich. Und man gewöhnt sich an alles, wie an Kapusta, Brot und Kartoffeln.«

»Du bist ein nüchternes Teufelchen, aber es ist gut so.« Karpuschin richtete sich auf und setzte seine Wanderung durch das Zimmer wieder fort. »Schreib den letzten Satz, Vögelchen. Man soll in Moskau sehen, daß ich kein Feigling bin. Nie war ich ein Feigling, nie!«

Mit der Kurierpost des Militärkommandanten von Jakutsk ging der Brief noch in der Nacht mit einem Flugzeug ab. Karpuschin stand am offenen Fenster und lauschte auf das Brummen der Motoren.

»Nun haben wir ein klein wenig Zeit für uns, mein Täubchen«, sagte er heiser. »Ein paar Stunden, ein paar Tage, ganz wie Moskau will. Du kannst dir etwas wünschen. Sollen wir die Lena hinunterfahren? Willst du den Baikalsee sehen? Sollen wir einen Bären in der Taiga jagen? Willst du schwimmen, segeln, mit dem Motorboot fahren?« Er schloß das Fenster und wischte sich über das breite Gesicht und den schwarzgefärbten Bart. »Es gibt keinen Semjonow mehr, der uns aufhält. Wir dürfen nur für uns leben . . .«

Marfa rückte in dem breiten Bett zur Wand und schob die Decke zur Seite. »Komm, du großer Wolf«, sagte sie leise.

Und Karpuschin zog sich aus und schlief in Marfas Armen bis zum nächsten Mittag.

An einem der nächsten Tage erschien plötzlich die Kirstaskaja im Haus der Semjonows. Um die Mittagszeit war's. Ludmilla hatte einen Schinken gekocht, dazu gab es Erbsen und Gurken in saurer Sahne, und Semjonow hatte gerade berichtet, daß die Achatschleiferei ein großes Geschäft werde, als es klopfte und die Ärztin draußen stand.

Verändert sah sie aus, und Ludmilla blickte sie verwundert an. Ihre blonden Haare hatte sie mit einer Brennschere behandelt und lange, bis zu den Schultern hängende Locken gedreht. Ihr voller Mund war rot geschminkt, und die Augenbrauen hatte sie nachgezogen.

»Ich muß mit euch sprechen«, sagte die Kirstaskaja, als auch Semjonow sie entgeistert anstarrte. Sie setzte sich an den Tisch in der »schönen Ecke« und trommelte mit den Fingern auf die Tischplatte – wirklich, auch die Nägel hatte sie manikürt und lackiert. »Ich brauche euren Rat. Die einzigen Freunde seid ihr . . . Wo sollte ich sonst hingehen?«

»Du bist verliebt«, sagte Ludmilla. »Nicht wahr?«

Über das Gesicht der Ärztin glitt eine sanfte Röte. Weich und mädchenhaft machte es ihr Gesicht, wie man es sonst nicht kannte.

»Wer behauptet das?« fragte sie.

»Deine Augen behaupten es, deine Lippen, dein Haar, dein Körper. Alles an einer Frau spricht von Liebe, wenn sie liebt. Ist es nicht so, Pawluscha?«

Semjonow nickte und umfaßte Ludmilla. »Eine liebende Frau ist ein wahres Wunder Gottes. Sehen Sie sich Ludmilla an, Katharina Iwanowna.«

Die Kirstaskaja griff nach einem Glas Milch und trank es hastig aus, als brenne etwas in ihrem Hals, das sie löschen müßte.

»Ja«, sagte sie dann, und ihre tiefe Stimme schwang wie bei einem Choralgesang. »Habe ich kein Recht dazu, bin ich nicht eine Frau wie jede andere auch? Zweimal habe ich geliebt ... in meinem ganzen Leben nur zweimal! Der eine verriet mich und war ein Schuft, der andere – du kennst ihn, Pawel Konstantinowitsch – war ein amerikanischer Spion und starb in meinen Armen. Ist meine Liebe nicht schrecklich ...?«

»Und der dritte ist nun ein Deutscher«, erwiderte Semjonow und stand auf. Er holte eine Flasche Erdbeerwein und goß drei Gläser voll. »Habe ich recht, Katharina Iwanowna? Ein Lebenslänglicher ist er.«

»Du mußt mir helfen, Pawel Konstantinowitsch.« Die Kirstaskaja umfaßte das Glas mit Erdbeerwein, als wolle sie es zerdrücken.

»Wie kann ich das? Sie wissen doch, wie hoffnungslos das ist. Hoffnungsloser als Ihre Liebe zu James Bradcock. Sie sollten diesen Mann vergessen!«

»Hast du Ludmilla vergessen, he?« schrie die Kirstaskaja. Ihr wildes Gesicht flammte. Wie goldene Schlangen umringelten die Locken ihre Stirn und fielen über ihre Augen. »Hast du gefragt, was wird? Du bist in Rußland geblieben. Und Ludmilla? Eine Kommissarin war sie. Und was ist sie jetzt? Ein braves sibirisches Mütterchen und deine zärtliche Frau! Hast du das alles geahnt? War das geplant, als du nach Rußland kamst, um unsere Atomgeheimnisse zu entdecken? Sag nicht, das sei etwas anderes gewesen! Sag das nicht! Eure Liebe war stärker als alles, was bisher euer Leben bedeutete. Alles habt ihr von euch geworfen, um nur noch für euch zu sein! Warum habe ich nicht das gleiche Recht?«

»Er lebt innerhalb eines Zaunes und du lebst außerhalb. Ein lächerlicher Stacheldrahtzaun nur, aber er trennt Welten.« Semjonow hob sein Glas mit Erdbeerwein. »Kommen Sie, trinken Sie!«

»Ich will nicht trinken, ich will deine Hilfe!« Wie ein trotziges Mädchen saß sie da, die stolze Kirstaskaja. »Weißt du, daß es keinen anderen mehr geben wird, den ich lieben kann? Weißt du, daß mein ganzes Leben ein einziges Warten auf ihn war, ohne daß ich es ahnte?«

»Das ist falsche Romantik, Katharina Iwanowna.«

»Sieh ihn dir an ... das ist alles, worum ich dich bitte. Du bist ein Deutscher wie er, du sollst mir sagen, ob er ein guter Mensch ist.

Sprich mit ihm, Pawel Konstantinowitsch ... und wenn er ein Lump ist, so sag es, und ich werde Nowo Bulinskij nie mehr verlassen ...«

»Und wenn er ein Mann ist wie Pawluscha?« fragte Ludmilla leise.

»Dann werde ich ihn lieben.«

»Durch den Stacheldraht ...«

»Es wird keinen Stacheldraht mehr geben. Ihr habt es vorgemacht. Eure Liebe hat euch quer durch Sibirien getrieben. Bin ich zu schwach dazu? Kann ich nicht mit ihm nach Süden, nach China, in die Mongolei?«

Semjonow trank mit einem langen Schluck sein Glas leer. Er scheute sich zu sagen, was notwendig war, aber die sprühenden Augen der Kirstaskaja ließen ihm keine Wahl.

»Das wird er nie tun.«

»Was?«

»Aus dem Lager ausbrechen.«

»Wenn er mich liebt ...«

»Er ist der Lagerarzt, nicht wahr?«

»Ja.«

»Würdest du hundertzwanzig Mann, die dich brauchen und mit denen du zwanzig Jahre lang gelebt und gelitten hast, denen du oft die einzige Zuflucht und der einzige Trost warst, würdest du sie verlassen?«

»Ich bin kein Held! Ich bin eine Frau!« schrie die Kirstaskaja. »Ich liebe und reiße dafür die Welt ein!«

»Aber er ist Arzt. Wissen Sie, was ein Arzt in Gefangenschaft bedeutet? ›Doktor, helfen Sie!‹ – Das war ein Schrei, der hunderttausendfach in den Lagern erklang ... vom Eismeer bis zur Steppe Kasakstans. Der Arzt ... er war uns Vater und Mutter, Beichtvater und Klagemauer! Was wären wir ohne ihn gewesen?«

»O ihr deutschen Helden! Ihr verfluchten deutschen Helden!« Die Kirstaskaja trommelte mit den Fäusten auf den Tisch. Jetzt war sie wieder wie früher, ein wildes, gefürchtetes Weib, der man aus dem Weg ging, wenn man seine Ruhe haben wollte. »Kannst du den Eisgang auf der Lena aufhalten, he? Hilft es etwas, wenn du dich in den Schneesturm stellst und schreist: Himmel, hör auf, es ist genug! Starr mich nicht so blöde an, Pawel Konstantinowitsch! Ich habe auf diese Liebe dreißig Jahre lang gewartet ... ich lasse sie mir nicht ausreden mit heldischen Phrasen!«

»Was soll ich also tun?« fragte Semjonow und hob hilflos die Schultern. »Befehlen Sie, Katharina Iwanowna. Sie wissen, ich bin Ihr Knecht. Sie haben mir Ludmilla vom Tod gerettet. Sie können mit mir tun, was Sie wollen.«

»Wir fahren ins Lager, wir alle. Und du siehst ihn dir an. Ludmilla kennt ihn. Was sagst du von ihm?«

»Ein großer blonder Mann ist er. Und er hat deine Augen«, sagte Ludmilla mit einem Blick auf Semjonow.

»Du hast es gesehen! Pawel Konstantinowitsch, dein Täubchen hat es auch gesehen!« In die Kirstaskaja kam eine hektische Bewegung. Sie rannte hin und her und schlug mit den Händen gegen ihre Hüften. »Wir fahren! Wir fahren gleich! Spanne die Pferdchen an, Pawel Konstantinowitsch. Jede Stunde, die ich ihn nicht sehe, ist leer.« Plötzlich blieb sie stehen, faßte Semjonow am weiten Hemd, jenem russischen Sommerhemd, das man über der Hose trägt und das am Hals einen runden Ausschnitt hat. »Sieh mich an!« sagte sie, und ihre Stimme bebte und grollte. »Sag die Wahrheit: Bin ich verrückt? Los, hab' keine Angst: Bin ich verrückt?«

»Sie lieben, Katharina Iwanowna. Und das ist bei Ihnen wie Wahnsinn . . .«

Da lachte sie. Sie bog sich zurück, ihr Leib war wie eine gespannte Sehne, und ihre vollen Brüste sprengten fast das enge, geblümte Sommerkleid mit den bunten mongolischen Perlen am Hals und am Gürtel.

Zwei Stunden später erreichten sie die erste Sperre des Lagers. Zwei Rotarmisten lehnten am Schlagbaum, rauchten und unterhielten sich mit zwei Mädchen aus Bulinskij. In einem Wachhäuschen war eine Sprechanlage, die mit der Kommandantur verband.

»Sagen Sie Major Kraswenkow, daß die Genossin Kirstaskaja hier ist, um nach dem Operierten zu sehen. Bei mir sind Ludmilla, meine Assistentin, und Pawel, mein Pfleger.«

Der Rotarmist, ein junger Unteroffizier, sah kritisch auf den hochrädrigen Bauernwagen und auf die drei Zivilpersonen.

»Ich weiß nicht«, sagte er und blieb am Schlagbaum stehen. »Wenn man Sie nicht gerufen hat, Genossin . . .«

»Beweg dich, du lahmer Floh!« brüllte die Kirstaskaja und stand im Wagen auf. »Hat man so etwas schon gesehen? Man macht Schwierigkeiten! Soll ich dem General in Jakutsk Meldung machen über einen hirnlosen Unteroffizier? Wie ein Häschen läufst du jetzt zum Telefon und meldest uns!«

Bei der zweiten Sperre stand – wie konnte es anders sein? – der junge, forsche Leutnant Stepan Maximowitsch. »Halt!« rief er und hob die rechte Hand. Er sah sehr militärisch aus mit seiner Maschinenpistole und dem erdbraunen Dienstanzug. »Halt! Kontrolle!«

»Noch ein Idiot!« fauchte die Kirstaskaja. »Wie kann man mein Gesicht vergessen, Leutnant?«

»Es geht nicht um Ihr Gesicht, Genossin, sondern um den Inhalt des Wagens. Ich muß kontrollieren.«

»Im Wagen sind zwei Freunde und Gehilfen, und unter den Decken am Boden vielleicht alter Kuhmist. Zusammengekratzt vielleicht hundert Gramm. Brauchen Sie ihn für einen Blumentopf, Leutnant?«

Leutnant Stepan Maximowitsch verzog das Gesicht. Immer dieser Ärger mit den Zivilisten, dachte er. Und man tut doch nur seine Pflicht. Warum wird Pflichtbewußtsein immer so schlecht bewertet?

»Jeden Tag finden im Lager Sabotageakte statt, Genossin«, sagte er und trat an den Wagen heran. Er blickte Ludmilla an, dann Semjonow und verzog den Mund. Sie kamen ihm bekannt vor, nicht so, als sehe er sie zum erstenmal an diesem Nachmittag. In Bulinskij muß ich sie gesehen haben, beim Stadtbummel. Man geht vorbei, sieht ein Gesicht und behält es in der Erinnerung. Ja, so ist es.

»Lebensmittel, Fleisch, Konserven, Tabak, Kleidungsstücke, ein ganzes Warenhaus wird seit Tagen ins Lager geschmuggelt«, sagte Stepan Maximowitsch. »Die Deutschen leben besser als wir. Sie haben Bärenschinken und Lachs, trinken Kwass und rauchen goldgelben Tabak. Und wir? Wir fressen Kascha mit Grütze und haben borkigen Machorka. Ist das gerecht? Ist das nicht Sabotage am Strafvollzug? Verbrecher sind es, die wir bewachen! Sollen sie leben wie die Wojwoden? Also, Bürger, macht es mir nicht so schwer . . . laßt mich kontrollieren.«

Es war vorauszusehen: Im Wagen Semjonows fand sich nichts. Stepan Maximowitsch grüßte, ließ die zweite Schranke hochkurbeln, und Semjonow fuhr in den inneren Lagerbereich.

Die Mehrzahl der deutschen Gefangenen war noch in der Taiga und fällte Bäume. Nur die Stubendienste, die Küchenhilfen und die Revierkranken waren im Lager. Sie hatten um die Baracken Beete ausgehoben und waren nun dabei, Stauden und Blumen zu pflanzen. Major Kraswenkow hatte nichts gegen einen Garten für die Lebenslänglichen. Er liebte das Schöne; und gibt es Schöneres als eine duftende Rose?

Während Katharina Kirstaskaja auf den Stufen der Kommandanturbaracke Major Kraswenkow begrüßte und Ludmilla die Verbandstasche auslud, suchte Semjonow einen Pfahl, wo er seine Pferdchen anbinden konnte. Es gab genug Gelegenheiten dazu, aber alle schienen sie ihm nicht gut genug. Erst an einer der Gefangenenbaracken sah er einen eisernen Haken und führte die Pferdchen mit dem Karren dorthin.

»Das habe ich gern!« schrie einer der Stubendienstler, der gerade das Beet geharkt hatte, und nun stampften die Gäulchen Semjonows alles wieder zusammen. »He, Iwan, du Dreckferkel, nimm deine Ziegen weg! Das ist ein Garten, du Holzkopf! Nun mach schon, du elender Hund!«

Das wurde alles auf deutsch geschrien, während der Gefangene auf das zerstampfte Beet zeigte und Zeichen machte, die Pferde wegzuführen.

Semjonow lächelte. Er band die Pferdchen an den eisernen Haken, ging hinüber zu dem wütenden Plenny und sagte leise, ebenfalls auf deutsch: »Halt die Fresse, Kumpel. Hinter den Rädern, an den Radnaben, ist ein Hohlraum. Da liegen Päckchen mit Tabak drin. Aber beeil dich, du sturer Hund!«

Der Plenny sah mit offenem Mund dem russischen Bauern nach, der mit schweren, stampfenden Schritten, wie ein Pflüger, zur Kommandantur ging. »Leck mich am Arsch«, stotterte er. »Das ist ja 'n Kumpel!«

Und er blieb stehen und starrte Semjonow nach, bis dieser in der Baracke verschwunden war. Dann drehte er sich um und kroch flink wie ein Wiesel unter den Bauernkarren. Mit acht Päckchen Tabak kam er wieder zum Vorschein, sah sich schnell nach allen Seiten um und rannte dann wie um sein Leben in die nächste Gefangenenbaracke.

Noch jemand hatte Semjonow gesehen und saß nun nachdenklich und verwirrt am Fenster der Revierstube.

Peter Kleefeld, der ehemalige Obergefreite aus Westfalen, hatte Putzerdienst im Revier. Nachdem er das Lagerlazarett geschrubbt und die Dielen desinfiziert hatte, saß er nun in der Sonne, kaute an einer Speckschwarte und dachte an gar nichts. Oder doch: Einen Augenblick dachte er daran, was die Kumpels wohl heute abend aus dem Wald mitbringen würden. Vorgestern hatte es eine Sensation gegeben. Schön zerteilt und verstreut über den ganzen Holzeinschlagplatz hatten sie einen vollständigen gebratenen Hammel gefunden. Die sowjetische Lagerinnenwache, die vor Dunkelheit noch einmal die Baracken kontrollierte, hatte geschwiegen, denn sie hatte mitgegessen. Außerdem bekam jeder Wachsoldat eine Handvoll Tabak, und so etwas überwindet alle völkischen Gegensätze.

Peter Kleefeld sah den Bauernkarren schon von weitem kommen. Er erkannte die Ärztin und ihre Assistentin, aber als er den Mann sah, der die Pferde lenkte, gab es ihm einen Stich in der Brust.

Das ist er doch, dachte Peter Kleefeld, und beugte sich aus dem Fenster. Himmel, Arsch und Wolkenbruch, das ist er! Sieht aus wie ein Russe, trägt russische Kleidung, aber es hat ja niemand gesagt, daß er in einem Maßanzug daherkommt. Er ist es, verdammt noch mal, er ist es!

Kleefeld griff in seine Hosentasche. Als einziger hatte er den Steckbrief aufgehoben, den Karpuschin damals im Lager verteilt hatte. Er hatte ihn so klein zusammengefaltet, daß er nicht auffiel. Nachts legte er ihn unter die Matratze und – um ganz sicher zu sein – trug er ihn tagsüber unter der Fußsohle in den Stiefeln.

Man kann nie wissen, hatte er immer wieder gedacht. Fünftausend Rubel . . . darauf pfeife ich. Aber zurück in die Heimat . . . zurück zu Muttern. O Mutter . . . ob sie noch lebt? Zwanzig Jahre sind eine verflucht lange Zeit . . .

Mit zitternden Fingern entfaltete Kleefeld den Steckbrief. Er strich ihn glatt, legte ihn auf die Fensterbank und starrte Semjonow nach, der gerade in die Kommandantur ging.

»Er ist es«, sagte Kleefeld heiser. »Er ist es wirklich! Ich . . . ich . . . kann in die Heimat . . .«

Er saß eine ganze Weile starr in der Sonne, den Steckbrief vor sich, und stierte ins Leere. Immer wieder strich seine Hand über das Papier und glättete es, und jede Bewegung war wie ein Glokkenschlag in seinem Kopf: Zurück . . . zurück . . . zurück . . .

Und plötzlich hatte er Angst.

Angst vor den Kameraden.

Sie werden mich umbringen, wenn ich es dem Major melde. Es wird nicht verborgen bleiben. Wie war es vor sieben Jahren? Da klaute einer Brot . . . und man fand ihn morgens in der Latrine. Ersäuft!

Peter Kleefeld faltete den Steckbrief wieder zusammen, zog seinen rechten Stiefel aus und steckte das Papier hinein.

Es war jetzt das Wertvollste, was er besaß.

Sein Freifahrschein in die Heimat.

Sein Lebensbillett.

Dem Amputierten ging es gut, er fieberte noch, aber die Lebensgefahr war vorüber. Semjonow hatte in einer Ecke des Flures mit dem Lagerarzt Dr. Langgässer gesprochen, während die Kirstaskaja und Ludmilla bei dem Amputierten waren und ihn frisch verbanden.

»Ich habe Sie gleich erkannt, als Sie eintraten«, sagte Dr. Langgässer und jagte Semjonow damit einen großen Schrecken ein. »Sie sind Heller oder besser Semjonow. Auf Ihren Kopf stehen fünftausend Rubel Belohnung.«

»Woher wissen Sie das?« fragte Semjonow.

»Wir alle hier haben Ihren Steckbrief bekommen. Von einem General Karpuschin. Und dazu die Versprechung, daß derjenige, der Sie entdeckt, sofort in die Heimat zurück darf.«

»Gratuliere, Doktor«, sagte Semjonow dumpf. »Ich wünsche Ihnen eine gute Heimfahrt.«

»Was Sie da eben sagten, war eine grobe Beleidigung, wissen Sie das?« erwiderte Dr. Langgässer ruhig. »Keiner von uns wird je ein Wort sagen. Aber es war eine Dummheit, hierherzukommen.«

»Ich wußte nicht, daß Karpuschin schon da war.«

»Stammt die Unterstützungsaktion von Ihnen? Es ist ja unfaßbar, was die Jungs am Abend alles aus dem Wald mitbringen.«

»Es gibt hier viele Deutsche, die als Russen leben. Solange es möglich ist, werden wir das Lager mit allem versorgen, was gebraucht wird.«

Semjonow bot Dr. Langgässer eine Zigarette an. Erst nach dem fünften Zug sprach er weiter: »Doktor, haben Sie nie daran gedacht, auszubrechen?«

»Wohin? Sibirien ist sicherer als hundert Gitter hintereinander.«

»Wir könnten Sie verstecken. Ich habe ein Haus oben an der Muna. Da sucht Sie niemand.«

Dr. Langgässer sah durch den Rauch der Zigarette Semjonow lange und schweigend an. »Vor neunzehn Jahren wäre es kein Problem gewesen«, sagte er dann, und seine Stimme klang nicht einmal traurig. »Aber zwanzig Jahre bin ich jetzt Lagerarzt. Ich bin so etwas wie der Vater einer großen Familie. Was würden Sie sagen, wenn ich von meiner Familie flüchtete? Wenn ich sie in der Taiga allein ließe, ohne ärztlichen Beistand? Und wissen Sie, was mit den anderen geschieht, wenn einer von uns flüchtet?«

»Ich weiß es, Doktor.« Semjonow nickte. »Es war nur eine Frage. Ich habe keine andere Antwort erwartet . . .«

Eine Stunde später fuhren sie wieder ab. Die Kirstaskaja hatte mit Dr. Langgässer kaum ein Wort gesprochen, nur angesehen hatten sie sich, und in ihren Blicken lag alles, was der Mund nicht sagen durfte. Zum Abschied gaben sie sich die Hand, und sie hielten sie länger fest, als es üblich war.

»Auf Wiedersehen«, sagte Dr. Langgässer mit glänzenden Augen.

»Do swidanija«, antwortete die Kirstaskaja. Ohne sich umzublicken, stieg sie in den Wagen und stieß Semjonow mit der Faust in den Rücken. Er saß schon auf dem Bock.

»Fahr!« sagte sie gepreßt. »Fahr doch, Pawel!«

Lange Zeit war es still im Wagen. Erst in der Taiga, als sie die breite Waldstraße entlangfuhren, beugte sich die Kirstaskaja vor und boxte Semjonow wieder in den Rücken.

»Was sagte er?«

»Er ist ein guter Mensch, Katharina Iwanowna.«

»Du glaubst es also auch! Hast du gesehen, wie er mich angeschaut hat?«

»Ja.«

»Er liebt mich auch.«

»Welcher Mann könnte Sie nicht lieben, Katharina?«

»Ich werde ihn glücklich machen.«

»Aber wie?«

»Ich habe einen Plan, Pawel Konstantinowitsch. Einen feinen Plan habe ich. Vertrau auf die Fantasie einer liebenden Frau. Sie hat göttliche Eingebungen.«

Sie fuhren noch eine halbe Stunde, bis die Pferdchen plötzlich unruhig wurden. Sie spielten mit den Ohren, hoben die Nüstern, schnaubten, schüttelten die Köpfe und legten sich ins Geschirr, als witterten sie schon den Stall, aber der war noch fünf Werst entfernt. Als Semjonow die Zügel straffer zog, wurden sie ungebärdig, brachen aus, warfen die Beine vorwärts und schnaubten wütend. Sie wehrten sich gegen den Gehorsam, fielen in einen Galopp, und so sehr Semjonow sie anrief und an den Zügeln zerrte – sie liefen und liefen, und die Schaumflocken flogen an ihren Köpfen vorbei, und die Körper glänzten von Schweiß.

Ludmilla und die Kirstaskaja hatten sich an den hölzernen Karrenwänden festgeklammert, sie wurden hin und her geworfen, und Semjonow auf dem Bock riß an den Zügeln und schrie und stampfte mit den Stiefeln gegen das Fußbrett.

»Von Sinnen sind sie!« schrie er nach rückwärts. »Ich kann sie nicht mehr halten! Seht ihr Wölfe? Wölfe müssen in der Nähe sein! Sie sind verrückt vor Angst! He! He! Stoj, ihr Teufel, stoj! Haltet an! Die Räder brechen ja!«

Aber es waren keine Wölfe.

Von der Seite des Waldweges, aus dem Gestrüpp der Taiga, sprang ein großer, weißfelliger Tiger ins Freie. Seine schwarzen Fellstreifen wirkten wie Gitterstäbe, und als er jetzt neben dem Karren herlief, den herrlichen, breiten Kopf hob und das Maul aufriß, war sein Rachen blutrot und dampfte.

Ludmilla tat einen hellen Schrei, und Semjonow blickte sich um. Die Pferdchen waren nun dem Wahnsinn nahe. Sie rochen den Tiger, hörten sein Hecheln und heiseres Schnauben, und sie jagten über den Weg, wiehernd und mit blutunterlaufenen Augen, alle Angst der Kreatur in sich.

»Legt euch in den Wagen!« brüllte Semjonow. »Ich habe meinen Bärenspieß neben mir. Wenn er anspringt, steche ich ihn ab!« Er griff zur Seite und holte den langen Spieß aus einer Lederschlinge, den Spieß, mit dem die alten jakutischen Jäger den Bär in einem ehrlichen Zweikampf jagen. Stolz sind sie dann auf das Fell, denn an jedem Haar von ihm hängt ein Tröpfchen Todesangst.

Mit federnden Sprüngen jagte der Tiger neben dem Wagen her. Er war nun auf gleicher Höhe mit Ludmilla, und sie starrte in den blutroten Rachen und in die kleinen, kalten, mordlustigen Augen. Die Kirstaskaja hatte Semjonows Rat befolgt, sie lag auf dem Wagenboden und klammerte sich fest. Nicht so Ludmilla. Sie hatte ihre Nagan aus dem Gürtel gezogen, lud sie durch und hob sie nun zielend an die Augen.

»Nicht schießen!« schrie Semjonow, der sich zufällig umdrehte. »Du triffst ihn nicht! Nicht schießen!«

In seinen Schrei hinein fiel der Schuß. Aus dem fahrenden Wagen heraus war ein Zielen unmöglich, und so traf der Schuß nicht den Kopf, sondern streifte den Rücken des mächtigen Tieres.

Es brüllte auf, machte einen wilden Satz in die Höhe, und dann war es, als gäbe es keine Erdenschwere mehr. Aus vollem Lauf heraus sprang der Tiger das linke Pferdchen an, grub die Tatzen in die Kruppe des Gäulchens, zog sich empor und biß mit lautem, zischendem Fauchen in den Rücken.

Das Pferd schrie gellend auf. Dann sank es vornüber in die Knie, riß das andere Gäulchen mit, die Leiber und das Zaumzeug und die Deichseln verwirrten sich, brachen, wurden ein um sich schlagendes Knäuel, und da hinein stürzte der Wagen, kippte zur Seite und begrub Ludmilla und die Kirstaskaja unter sich.

Noch im Stürzen war Semjonow abgesprungen, hatte sich vom Kutschbock abgestoßen, flog weit durch die Luft und schlug auf dem Waldboden auf. Alles schmerzte ihn, es war ihm, als sei seine Lunge zerrissen, aber er richtete sich auf, schwankte auf den Weg zurück, sah seinen Bärenspieß im Staub liegen, riß ihn an sich und streckte ihn in instinktiver Abwehr vor.

Vor ihm lag das Knäuel aus Pferdeleibern und Wagen. Die Räder drehten sich noch in der Luft, und unter dem Kasten, auf der Erde, lagen die Kirstaskaja und Ludmilla. Die Pferde lagen wie erstarrt daneben, sie rührten sich nicht, als habe das Entsetzen sie gelähmt.

»Meine Nagan ist fort!« schrie Ludmilla. »Der Tiger ist hinter dir, Pawluscha!«

Semjonow fuhr herum. Fünf Schritte von ihm entfernt stand der weiß-schwarz gestreifte Tiger, ein mächtiges, majestätisches Tier. Ganz ruhig stand er da. Seine Barthaare waren rot vom Blut des Pferdchens, und Blut troff auch aus seinem Rachen.

»Laß die Nagan!« rief Semjonow und stützte sich keuchend auf seinen Bärenspieß. »Verkriech dich unter den Wagen, Ludmilla! Denk an Nadja . . .«

Dann hob er den Bärenspieß, fällte ihn und richtete ihn gegen den Kopf des Tigers.

»Komm«, sagte er heiser. »Komm . . . einer von uns wird nur übrigbleiben . . .«

Der Tiger sah den Menschen mit dem Spieß an. Der kalte, goldene Blick war ausdruckslos. Nur der Schweif peitschte hin und her und wirbelte Staub vom Boden. Dann zog er die Lefzen hoch und fletschte die herrlichen, dolchspitzen Zähne.

»Komm«, sagte Semjonow noch einmal. »Ich laufe nicht davon . . .«

Es war, als verstünden sie sich, der Mensch und das Tier. Der

Tiger duckte sich. Sein Hinterteil glitt nach hinten, die Sehnen an den Vorderbeinen traten durch das Fell, die Muskeln des herrlichen Leibes spielten. Ganz leise, fast zärtlich brüllte er, sein Schweif peitschte den Boden mit wilden Schlägen, der Kopf streckte sich langsam vor, eine einzige, gespannte Sehne war der ganze Körper.

Semjonow stemmte die Beine in den Boden und senkte den Spieß.

Und der Tiger sprang, elegant und lautlos.

19

Wie ein schwarzer Schatten, durch den streifig die Sonne schimmert, schwebte der schwere, gestreckte, herrlich kraftvolle Körper in der Luft. Der Kopf war vorgestreckt, die langen, spitzen Reißzähne leuchteten gegen den blutroten Hintergrund des dampfenden Rachens. Kalt, gnadenlos, mörderisch starrten die Augen auf den kleinen, sich duckenden Menschen.

Semjonow riß den Bärenspieß an sich, sprang ebenfalls mit einem weiten Satz, als der Tiger durch die Luft flog, aber zur Seite, und mit wütendem, enttäuschtem Gebrüll federte das Tier einen Schritt neben Semjonow in den Staub der Waldstraße.

Genau hatte der Tiger die Entfernung berechnet. Mit allen vier Tatzen landete er auf der Stelle, wo Semjonow vor einer Sekunde noch gestanden hatte. Sein Schweif peitschte in den Staub, wirbelte ihn auf, und sein erneutes Gebrüll war eine Anklage gegen den Menschen, der schneller gewesen war als er, der perfekte Mörder.

Semjonow wartete nicht einen Wimpernschlag lang. Mit beiden Händen hob er den Bärenspieß und stieß zu. In diesen Stoß legte er sein ganzes Körpergewicht, seine Angst um Ludmilla und seine eigene Angst vor dem blutroten, dampfenden Rachen. Er traf den Tiger in die Brust, als dieser sich herumwarf und sich zu neuem Sprung ducken wollte. Ein dummer Stich war's, Semjonow sah es ein, als die Eisenspitze des Spießes vom Brustbein abglitt, der Tiger sich auf die Hinterbeine setzte und mit beiden Vordertatzen gegen den Schaft schlug, so gewaltig, daß Semjonow fast gestürzt wäre, denn er hielt den Spieß fest umklammert. Der Spieß allein konnte jetzt sein Leben retten.

»O du Satan!« keuchte Semjonow. Schweiß brach aus seinen Poren; wie aus dem Wasser gezogen fühlte er sich plötzlich. Schweiß rann ihm über die Augen, in die Mundwinkel, über die Brust, die Schenkel herunter. Er spürte, wie von innen heraus ein Zittern durch seine Nerven glitt. Das ist die Todesangst, dachte er. So also ist es, wenn man glaubt, es geht zu Ende.

Noch nie hatte er dieses Gefühl gehabt, nicht einmal in Nowa Swesda, dem Dorf des Riesengeschlechtes, wo man sie auf die Rücken der Renhirsche band und in die vereiste Taiga jagte. Damals hatte er nur an Ludmilla gedacht, und er hatte in den bleigrauen Winterhimmel geschrien vor Schmerz über das Leid, das Ludmilla seinetwegen ertragen mußte.

Jetzt war es ganz anders. Er war stumm. Jeder Ton in seiner Kehle war abgewürgt. Jeder Gedanke starb im Blick der flirrenden gelben, mörderischen Augen des Tigers. Nur die nackte Angst war da ... und sie war fürchterlicher als das lauteste Schreien.

Der Tiger sah sich kurz nach dem umgestürzten Wagen, den keuchenden Pferdchen und den beiden Frauen um, die unter dem Wagen auf dem Waldboden lagen und wie gebannt auf Semjonow blickten. Ludmilla hatte ihre Nagan entdeckt, die beim Niederstürzen aus ihrer Hand gefallen war. Fünf Meter seitlich, auf der Straße, lag sie. Aber sie war unerreichbar wie ein Stern. Neben dem Tiger schimmerte sie im Staub. Auch Semjonow sah sie, und er sah auch, daß aus der Brustwunde des Tieres Blut sickerte und es langsam zum Irrsinn trieb.

Wie ein mittelalterlicher Landsknecht spreizte er die Beine, stemmte sie in den Boden und rammte vor sich den Bärenspieß in die Straße. So stand er da, hochaufgerichtet, ein tödlicher Rammbock, und sah den Tiger an.

»Komm!« sagte er wieder, aber seine Stimme war so heiser, daß er sie selbst kaum hörte. »Komm, du Teufel ...«

Und wieder sprang der Tiger. Aus dem Sitzen heraus, ohne Ducken oder Brüllen. Es war, als werfe er sich dem Menschen entgegen, blind in seinem Haß und wahnsinnig vom eigenen Blut und seiner brennenden Brustwunde.

Semjonow hielt den Spieß mit beiden Händen, senkte die Spitze etwas und drückte sein Gewicht dagegen. Ein schrecklicher Aufprall war's. In die untere Brust des Tigers bohrte sich der eiserne, breite Spieß hinein, splitterte die Rippen und traf das Herz.

Einen Augenblick lang stand der Tiger hoch aufgerichtet auf den Hintertatzen, ein mächtiges Tier, das Semjonow um zwei Köpfe überragte. Der Rachen keuchte, Schaumflocken aus Speichel spritzten Semjonow ins Gesicht, und die gelben Mörderaugen starrten in die Sonne, als begriffen sie nicht, daß das Herz zerschnitten und das Leben, das herrliche Leben in der Taiga, zu Ende war.

Semjonow sprang zurück. Mit dem Spieß in der Brust drehte sich der Tiger einmal um sich selbst. Seht, konnte das heißen, seht es euch an, Pferde und Menschen, Bäume des Waldes und Vögel unter dem Himmel, Wasser der Lena und Wind vom Baikalsee . . . so stirbt ein König der Wildnis. Aufrecht und stolz.

Dann brachen die gelben Augen. Blut stürzte aus dem aufgerissenen Rachen, der schwere Körper fiel zur Seite in den Staub, bohrte sich den Spieß noch tiefer in den Leib, zuckte noch ein paarmal, die Pranken hieben in den Waldboden, Erdfetzen wirbelten empor . . . und dann war ein Seufzen in der Luft, als wende sich der Geist der Wälder trauernd ab.

Mit drei großen Sprüngen erreichte Ludmilla die Nagan, riß sie hoch und rannte zu Semjonow, der neben dem Tiger stand, mit hängenden Armen und schweißnassem Gesicht.

»Pawluscha!« schrie sie. »Mein Pawluscha! Du hast ihn besiegt! Du hast ihn getötet!«

Und dann tat sie etwas, was nur ihrer rätselvollen russischen Seele entspringen konnte. Tat, was jede Frau in Sibirien getan hätte, wenn der Mörder wehrlos vor ihr steht . . . ein Wolf oder ein Bär oder jetzt ein Tiger. Sie hob die Nagan und schoß. Dreimal, viermal, immer wieder schoß sie in den leblosen gestreiften Körper. Es war die Rache einer Seele, die vor Haß und Angst fast zersprungen war.

»Nun ist er tot!« sagte sie. Die Nagan dampfte in ihrer Hand. »Laß mich ihn mit Füßen treten, diesen Satan.«

Und sie ging zu dem Tiger und stieß ihre Schuhspitzen tief in seinen Leib, trat gegen das weiße Bauchfell und gegen den mächtigen, im Tode noch schrecklicheren Kopf.

Semjonow sah ihr zu, ohne sie zu hindern.

Das ist die andere Ludmilla, dachte er. Der Urstrom Asiens fließt auch durch ihre Adern. Wo ist das sanfte Täubchen? Nur Haß ist sie noch, nur Rache, nur Vernichtung. Jetzt ist sie ein Teil des uns Unbegreiflichen. Jetzt ist sie Russin.

Und er wußte, daß sein Leben mit Ludmilla das herrlichste, wildeste und unbegreiflichste Leben war, das einem Menschen je geschenkt wurde.

Mit schwankenden Schritten kam die Kirstaskaja zu ihnen. Stumm umarmte sie Semjonow und küßte ihn auf beide Wangen. Dann trat auch sie an den Tiger heran und blickte auf ihn hinunter.

»Wir werden ihn ausstopfen«, sagte sie.

»Ja, Katharina Iwanowna.« Semjonow ließ sich von Ludmilla das Gesicht abreiben, zog sein Hemd aus und frottierte sich die nasse Brust. Dann nahm er die Nagan aus Ludmillas Gürtel und ging zu dem Knäuel aus Pferden und Wagen. Trostlos sah es aus. Während das eine Pferdchen kniete und sich im Gewirr von Deichsel und Stricken verfangen hatte, lag das von dem Tiger angefallene Gäulchen auf der Seite, und aus dem aufgerissenen Rücken floß noch immer das Blut. Tausende von Mücken saßen schon darauf und Schmeißfliegen mit grünschillernden Flügeln.

»Was willst du tun, Pawluscha?« rief Ludmilla und rannte ihm nach. »Du willst das Pferdchen töten?«

»Es muß sein, Ludmilluschka.«

»Ein treues Pferdchen ist es.« Ludmilla hielt Semjonow fest, als er weitergehen wollte. »Alles Leid hat es mit uns geteilt. Durch die Taiga ist es mit uns gezogen, im Ställchen an der Muna lebte es mit uns, das Dorf der Brodjagi hat es mit erstürmt . . . Es gehört zu uns wie der Wald und der Fluß. Töte es nicht, Pawluscha, bitte . . .«

»Es wird nie wieder traben können, unser Burjuschka (Stürmchen)«, sagte Semjonow und beugte sich zu dem Pferd. Seine großen, traurigen Augen waren blutunterlaufen, und die Nüstern bebten im Schmerz. »Frag Katharina . . . es wird nie mehr gesund werden.«

Eine Weile standen sie bei dem Pferdchen und nahmen Abschied. Ludmilla kniete neben dem zitternden Kopf, streichelte ihn und küßte die Stirn, legte das Gesicht in die struppige Mähne und weinte.

»Mein Gäulchen«, sagte sie leise. »Mein liebes, liebes, treues Gäulchen . . .«

Dann sprang sie auf, rannte in den Wald, verbarg sich hinter einer mächtigen Zeder, drückte die Hände an die Ohren . . . und trotzdem hörte sie den bellenden Schuß aus der Nagan.

Wenig später richteten sie gemeinsam den Wagen auf, schirrten das eine Pferdchen an die Deichsel, schleiften den Tiger zum

Wagen und hoben ihn hinein. Eine traurige Fahrt war es. Immer wieder sah das eine Pferdchen zur Seite, wieherte und senkte den Kopf. Es schlich dahin, ohne auf die Zurufe Semjonows zu reagieren.

»Es ruft Burjuschka«, sagte Ludmilla. »Es wird uns bald vor Kummer sterben.«

In derselben Nacht noch holte man mit einem Lastwagen den Körper des Pferdes von der Waldstraße und begrub ihn hinter Semjonows Haus, am Rand der Taiga.

Es war das erstemal, daß man in Nowo Bulinskij ein Pferd begrub wie einen Menschen. Aber die Leute von Bulinskij verstanden Ludmilla, die darauf bestanden hatte. Erzählte man nicht, daß die Tatarenfürsten, wenn sie starben, ihr Lieblingspferd mit ins Grab nahmen? Ein Pferd ist in Sibirien wie ein Freund.

Und Ludmilla pflanzte über das Grab von Burjuschka eine weißrindige Birke.

Im Lager der Lebenslänglichen unterbrach das Erscheinen des »Heiligen Geistes« den täglichen, zum Stumpfsinn führenden Trott.

Wer es nicht kennt, dem sei es erklärt: Der »Heilige Geist« hat nichts mit Religion zu tun. Im Gegenteil. Etwas Unerfreuliches ist es, wenn er erscheint. Wo Männer gezwungen werden, in großer Zahl zusammen und miteinander zu leben, ist die äußere und innere Ordnung der Gemeinschaft das Wichtigste. Jeder, der sie durch Egoismus und Selbstsucht stört, ist wie ein Geschwür am Körper. Man schneidet es heraus, man brennt es weg.

In der Gemeinschaft der Männer heißt das Prügel. Prügel bis auf die Knochen. Nächtliche Prügel, ein aus völliger Dunkelheit herniederfallender Sturmwind von ungezählten Fäusten.

Das ist der »Heilige Geist«.

Major Wassilij Gregorowitsch Kraswenkow wußte von dem Erscheinen des Strafgerichtes ebensowenig wie der immer hellhörige junge Leutnant Stepan Maximowitsch. Dagegen wußten es Lagerarzt Dr. Langgässer und der Lagerkommandant Hauptmann Rhoderich. Aber sie schwiegen.

Es begann damit, daß der ehemalige Obergefreite Paul Kleefeld unvorsichtig war. Er hatte sich den Magen verdorben, war als Kartoffelschäler zum Küchendienst abkommandiert worden und saß nun mit zehn Kameraden in der Sonne vor der Küchenbaracke, ließ die geschälten Kartoffeln in die Wassereimer plumpsen und horchte auf die Musik des Mundharmonikaspielers. Da es sehr heiß war, hatte er nicht seine Stiefel angezogen, sondern trug selbstgeflochtene Bastschuhe an den Füßen, wie man es von den Kirgisen gelernt hatte.

Das war sein Fehler. Seine Stiefel wurden vom Stubendienst neben seinem Bett entdeckt, in die Mitte der Baracke geschleudert, da sie beim Scheuern des Dielenbodens im Weg standen, und als sie umkippten, rollte ein vielfach zusammengefaltetes Stückchen Papier heraus.

»Sieh mal einer an!« sagte der Lebenslängliche mit dem Schrubber, faltete das Papier auseinander und sah, daß es der Steckbrief Semjonows war. »Das ist ja 'n Ding! Will wohl fünftausend Rubel verdienen, der Kerl!«

Der Stubendienst brachte den Steckbrief zum Lagerältesten. Es war Josef Much, ein ehemaliger Oberfeldwebel und Bankbeamter aus Rinteln an der Weser. Der glättete das Papier, und als er das Gesicht sah, wußte auch er, daß dieser Semjonow vor wenigen Tagen im Lager gewesen war. Mit der Ärztin Kirstaskaja.

»Das war der mit dem Tabak in den Radnaben«, sagte einer vom Stubendienst. »Ich hab' dir das doch gleich erzählt.«

»Ihr solltet alle die Fresse halten!« sagte Josef Much und faltete den Steckbrief wieder zusammen. »Ihr redet zuviel. Der Peter hatte den Wisch also im Stiefel?«

»Ja. Und bestimmt nicht, weil der Stiefel zu weit war.«

»Es ist der einzige Steckbrief im Lager.« Der Mann, der den Tabak gefunden hatte, scharrte mit den Füßen. »Wir haben alle das Mistblatt auf die Latrine gebracht oder Zigaretten davon gedreht. Und seit ein paar Tagen ist der Peter anders als früher. Er sitzt im Bett, spielt keinen Skat mehr mit, starrt aus dem Fenster in den Wald und sagt, er habe Bauchschmerzen.«

»Gestern habe ich ihn nachts gesehen, wie er in der Tür stand. Ich mußte auf die Latrine. ›Ich hab's am Herzen‹, sagte er. ›Ich kriege keine Luft mehr.‹«

Noch bevor das Essen ausgeteilt wurde und Peter Kleefeld zu seinen Stiefeln zurückkam, hatte Josef Much eine Aussprache mit Hauptmann Rhoderich und Dr. Langgässer.

»Wir kennen den Peter«, sagte Much. »Es hat gar keinen Zweck, ihn zu fragen oder ihm ins Gewissen zu reden. Wißt ihr noch . . . vor neun Jahren? Da fehlten von einer Sonderzuteilung Schmalz drei Pfund. Es ist nie rausgekommen, wer sie geklaut hat ... aber der Peter hatte eine Woche lang den Dünnschiß. Und Beweise? Er wird sagen, das Papier habe er in die Schuhe gelegt, weil sie undicht seien.« Josef Much sah Dr. Langgässer und Hauptmann Rhoderich fragend an. »Wir wissen doch alle, was sich der Peter da zusammenspinnt. Heimkehr in die Heimat! Als ob die Sowjets das täten! Dieser Karpuschin kann ja so was gar nicht versprechen. Aber wenn der Peter durchdreht ...«

»Du weißt, daß Semjonow hier in der Gegend ist?« fragte Dr. Langgässer. Much nickte.

»Er ist einer der Initiatoren der Hilfsaktionen im Wald.«

»Ich weiß es.«

»Er ist Deutscher wie wir.« Dr. Langgässer stand auf, trat an das Fenster und sah hinüber zur Küchenbaracke. Peter Kleefeld saß in der Sonne, den Wassereimer zwischen den Knien, und schälte immer noch Kartoffeln. Der russische Küchenverwalter zankte sich mit dem Gruppenführer der Kartoffelschäler. Er hing halb aus dem Fenster der Küche und beschimpfte den deutschen Plenny. Ihm fehlten zwei bereits abgewogene Seiten Speck.

»Wirst sie selbst gefressen haben!« schrie der Deutsche zurück. »Woher haste denn den Bauch und den dicken Arsch, he? Immer wir armen Gefangenen ...«

»Ihr wollt den Heiligen Geist kommen lassen?« fragte Dr. Langgässer und wandte sich ins Zimmer zurück.

»Ja. Peter Kleefeld ist längst fällig.«

»Wann?«

»Heute nacht.«

»Schlagt ihn nicht tot, Jungs.«

»Du wirst ihn schon noch zusammenflicken können, Doktor.«

»Und Major Kraswenkow? Er wird euch strafexerzieren lassen. Das ganze Lager.«

»Kleefeld wird keinen Ton sagen.« Josef Much lächelte böse. »Zweimal Heiliger Geist ... das überlebt er nicht.«

»Aber wenn er ins Revier eingeliefert wird?«

»Er wird erzählen, daß er ein Mondsüchtiger sei und irgendwo bei seiner Wanderung heruntergefallen ist.« Oberfeldwebel Much stand auf und sah auf Hauptmann Rhoderich, der bis jetzt geschwiegen hatte. »Du sagst gar nichts, Hauptmann.«

»Ich bin gegen Gewalt, das wißt ihr.« Rhoderich schüttelte den Kopf. »Kleefeld ist auch nur ein Mensch ...«

»Soll er Semjonow verpfeifen? Eine kleine, spürbare Warnung ist immer gut . . .«

Dann kam die Nacht, eine dunkle Nacht mit tiefhängenden Wolken. In der Baracke Nr. 3 taten sie nur, als ob sie schliefen. Das Atmen und Schnarchen war ein gut einstudiertes Theater. Nur einer schlief wirklich, nachdem er in der Dunkelheit den zusammengefalteten Zettel aus dem Stiefel genommen und unter seine Matratze geschoben hatte. Wie jede Nacht.

Peter Kleefeld träumte von seinem Westfalen. Von den Kornfeldern und den Fichtenwäldern, vom Steinhägerkrug und Schwarzbrot mit Schinken. Und von seiner Frau Josefa. Heute war sie fünfundvierzig Jahre alt. Ob sie noch an den Peter Kleefeld dachte? Zwanzig Jahre Schweigen. O Josefa . . .

Kurz nach Mitternacht knackte Josef Much mit den Fingern. Die dunklen Gestalten kletterten von den Pritschen. Aus einer Ecke wurde ein großer Sack geholt. Er stank nach fauligem Kohl.

»Kein Wort!« flüsterte Much, als sie zum Bett Kleefelds schlichen. »Und denkt dran . . . er ist im Grunde genommen genauso ein armes Schwein wie wir alle . . .«

Es ging ganz schnell. Zwei Mann hoben den Kopf und den Oberkörper Kleefelds hoch, und ehe er aus dem Schlaf aufschreckte und erkannte, was geschah, war der Sack schon über ihm. Der Gestank des fauligen Kohls würgte in seiner Kehle, er wollte schreien, trat um sich, aber da schob man auch die Füße in den Sack, band ihn zu und versetzte ihm als ersten Gruß des »Heiligen Geistes« einen kräftigen Schlag in seine Magengrube.

Kleefeld grunzte laut. Lähmende Angst ließ seinen Körper unbeweglich werden. Er biß sich auf die Lippen, krallte die Nägel in seine eigenen Oberschenkel und schrie: »Sie schlagen mich tot! Sie erschlagen mich wie einen tollen Hund! Sie . . . sie . . . Kameraden! Jungs! Laßt mich leben! Leben!«

Dann prasselten die Schläge auf ihn herunter. Vom Kopf bis zu den Zehen spürte er die Schmerzen, überall hieben die Fäuste auf ihn ein, droschen sein Fleisch mürbe und hämmerten auf die Knochen. Einmal brüllte er viehisch auf, als ein Fausthieb seinen Unterleib traf und er zu explodieren glaubte und die Welt unterging in einer Hölle von Schmerz.

Er wurde ohnmächtig, streckte sich in dem stinkenden Kohlsack und nahm die Gewißheit mit, getötet zu werden.

Dr. Langgässer hatte bis gegen ein Uhr nachts gelesen und

immer wieder auf die Uhr gesehen. Er wartete. Als es ein Uhr vorbei war, ging er ans Fenster und blickte hinüber zu Baracke 3. Alles war dunkel und still. Hatte man das Strafgericht abgeblasen?

Er wollte schon wieder zurücktreten, sich ausziehen und ins Bett legen, als die Tür aufsprang. Gestützt von zwei Kameraden, humpelte Peter Kleefeld über den Appellplatz zum Revier. Es war zu dunkel, um zu erkennen, wie er aussah. Aber an der Art, wie er ging, wie die anderen ihn fast tragen mußten, war deutlich zu sehen, daß er grausam zugerichtet worden war.

Dr. Langgässer rannte aus dem Zimmer und riß die Tür nach draußen auf. »Was ist denn los?« rief er in die Nacht hinaus. »Was bringt ihr denn da an?«

»Einen Mondsüchtigen, Doktor!« Die Stimme des Lagerältesten Much. »Kleefeld. Wandelt da rum und fällt in den Gemüsekeller, das Rindvieh! Stinkt nach Kapusta wie ein ukrainisches Schwein. Los, nun komm schon, Peter . . .«

Eine Stunde lang hatte Dr. Langgässer zu tun, Kleefelds Wunden zu kühlen, zu verbinden, zu desinfizieren. Kaum eine Stelle des Körpers war ohne Hämatome. Mit weit offenen Augen lag Kleefeld auf dem Holztisch, unbeweglich, wortlos, und aus den Augenwinkeln rannen ihm die Tränen über den Hals.

»Du bist ein Idiot, Peter«, sagte Dr. Langgässer, als er mit der Wundversorgung fertig war. Er beugte sich über den Weinenden, und Kleefeld schloß die Augen. »Lohnt sich das, Peter? Sitzen wir nicht alle in der gleichen Scheiße? Zwanzig Jahre lang . . .?«

Am Morgen meldete Dr. Langgässer dem Lagerkommandanten, Major Kraswenkow, den nächtlichen Neuzugang im Lazarett. Wassilij Gregorowitsch frühstückte gerade. Ei mit Schinken, marinierter Stör, gesüßte Waldbeeren. Man brauchte nicht zu hungern in Sibirien. Das Transistorradio spielte wieder. Marschmusik. Ab und zu hörte Kraswenkow auch solche Musik. Aber Tschaikowskij war ihm lieber. Doch die Welt besteht nicht nur aus Tschaikowskij, nicht wahr, Brüderchen? Überall gibt es Menschen, die bei Marschmusik gleich Hurra schreien und ein steifes Kreuz bekommen . . . Für die muß der Rundfunk auch etwas senden, denn der Rundfunk ist für alle da! So ist's.

»Ein Mondsüchtiger?« fragte Major Kraswenkow zweifelnd und biß in den marinierten Stör. »Gestern nacht war doch gar kein Mondschein. Stockdunkel war's! Tiefe Wolken!«

»Es gibt schwere Fälle, Herr Major, wo Mondsüchtige zu wandeln anfangen, wenn sie nur von Vollmond träumen . . .« Dr. Langgässer sah Kraswenkow treuherzig an. »Der Mensch ist voller Wunder, Herr Major.«

»Wie glücklich bin ich, nur ein einbeiniger, lahmer Soldat zu sein!« sagte Major Kraswenkow. »Meine Wunder sind eine gespickte Rentierkeule und ein strammes jakutisches Weibchen, das es auf sich nimmt, sich an meinem Holzbein blaue Flecken zu stoßen!« Wassilij Gregorowitsch lachte laut, streckte das gesunde Bein weit von sich und schob ein halbes Ei in den Mund. »Setzen Sie sich, Doktor. Eine Tasse Tee kann ich Ihnen anbieten, ohne mir Vorwürfe zu machen, mich mit dem Kapitalismus zu verbrüdern!«

Er lachte dröhnend.

Der Fall Kleefeld war erledigt. Es wurde nie wieder von ihm gesprochen. Nicht umsonst nannte man Major Kraswenkow zärtlich »Väterchen«.

Genau besehen war er ebenso ein Lebenslänglicher wie seine deutschen Gefangenen.

Man spricht so etwas bloß nicht aus . . .

Das Bewußtsein, nichts mehr verlieren zu können als das eigene elende Leben, machte Karpuschin mindestens zwanzig Jahre jünger.

Marfa spürte es im Bett, und welches Frauchen würde sich nicht darüber freuen? Bist in den späten Morgen hinein schlief man jetzt, dann kochte Marfa Tee. Dazu aß man Kuchen und mit Honig bestrichene Fladen, und Karpuschin liebte es, als Nachtisch Marfa abzuküssen und immer wieder zu sagen: »Ein in Zucker getauchtes Vögelchen bist du. O welche Wonne! Dein Körper atmet den Honig wieder aus.«

Man sieht, wie jung er wurde, der gute Matweij Nikiforowitsch. Nur wenn die Zeit kam, in der die Post durchs Haus ging, wurde er still und wartete, daß man an seiner Tür schellte . . . oder er saß manchmal am Fenster, starrte auf die Straße und wunderte sich, warum nicht eine Gruppe Soldaten mit einem höheren Offizier vorfuhr und ihn abholte, um ihn nach Moskau zu bringen.

Auf seinen Kurierbrief war lediglich ein Telegramm aus dem Kreml eingetroffen. Von niederschmetternder Kürze: »Abwarten.«

Ein Wort nur.

Wer weiß, was Warten in Rußland bedeutet, warten auf sein

Schicksal, der kann ermessen, wie armdick die Nerven Karpuschins sein mußten, daß er noch Zeit fand, sich am weißen Körperchen Marfas zu erfreuen und mit ihr am Ufer der Lena spazierenzugehen.

Von mongolischen Händlern auf dem Markt von Jakutsk hatte Marfa eine neue Achatfigur gekauft. Einen Fisch, dessen Rücken hohl war und als Aschenbecher diente.

»Ist er nicht schön?« fragte sie mit kindlicher Freude und trug den Achatfisch auf beiden Handflächen im Zimmer umher. »Du hast mir versprochen, mein wilder Wolf, daß du mit mir zu den Schleifern fährst. Ich möchte zu gern sehen, wie sie aus den rohen Steinen solche herrlichen Sachen machen.«

»Ich will dir jeden Wunsch erfüllen!« sagte Karpuschin. »Noch kann ich es, mein Schwänchen. Gut denn . . . fahren wir morgen nach Nowo Bulinskij. Vom Distriktsowjet werde ich mir ein Auto leihen. Auf dem Weg nach Bulinskij kann ich mir noch einmal das deutsche Lager ansehen. Ein widerlicher Mensch ist dieser Major Kraswenkow. Ein unmilitärischer Ofenhocker. Ein Rätsel ist es mir, wie er Major geworden ist.«

Am nächsten Tag – ein Freitag war's – fuhr ein Milizsoldat im Auftrag des Distriktsowjets eine große Moskwitsch-Limousine vor das Haus, meldete sie, bekam von Karpuschin ein Lob, auf das er wenig Wert legte, und wartete am Straßenrand, bis Karpuschin und Marfa abgefahren waren.

Es war der 11. August.

Mit Daten soll man sich nicht belasten, aber dies war ein wichtiger Tag. Man sollte ihn sich merken.

Von diesem Tag an zerbröckelte das Paradies der Semjonows zwischen Lena und Taiga.

Sibirien kennt keine Gnade. Nur ein Atemholen.

Denn auch der Satan hat eine Lunge . . . sagt ein altes tatarisches Sprichwort.

Über Nowo Bulinskij lag die Sonnenglut wie eine gläserne Glocke. Über den Feldern der Sowchose drehten sich die Wassersprenger: In langen Rohren wurde das Wasser der Lena in die Sickergräben geleitet. Erträglich war es jetzt nur auf dem Strom. Jeder beneidete die Fischer, wenn sie braungebrannt, aber mit kühler Haut ans Ufer kamen und die Holzwannen mit dem Fang ausluden.

Das Trinkwasser im Wasserturm nahm beängstigend schnell ab.

Schon hielt Väterchen Alexeij, der Pope, Bittgottesdienste ab und ließ um Regen flehen.

»Ein elendes Jahr ist es wieder, Brüder!« schimpfte Schliemann, der zwischen der Sowchose und der Achatschleiferei hin und her pendelte. »Von Jahr zu Jahr wird es ärger mit dem Wetter. Erst der grausame Winter, dann die riesige Schneeschmelze, und jetzt ist der Himmel ein Backofen. Wo ist das gute, alte, verläßliche Sibirien geblieben? Sagt selbst: Macht es noch Freude zu arbeiten, wenn im Winter der Frost alles zerstört und im Sommer die Sonne es ausdörrt?«

Mit Willi Haffner ging es jetzt zu Ende. Anna Haffnerowa, seine Frau, erduldete es still und gefaßt. Sie war darauf vorbereitet, und es war schon ein Glück, daß nicht die Lena ihren Mann zum Eismeer mitgerissen hatte, sondern ihn hier, in seinem Blockhaus, sterben ließ.

Was die Kirstaskaja befürchtet hatte, bewahrheitete sich jetzt: Nicht die Lähmung durch den Beckenbruch war Haffners Schicksal, sondern die Hirnquetschung. Aber es war ein gnädiges Sterben . . . Haffner selbst spürte gar nichts davon. Er war ein glücklicher Mensch, der von einem Tag zum anderen plötzlich zu einem Kind geworden war, alle und jeden anlachte, sich mit der Lampe, dem Sessel, dem Wasserglas und dem Löffel unterhielt, das Kopfkissen mit »Herr Reinhardt« anredete und ihm versprach, den Kamin bis nächste Woche aufzumauern.

Anna Haffnerowa pflegte ihn mit unendlicher Geduld. Sie fütterte ihn, sie wusch ihn, sie verrichtete die niedrigsten Dienste für ihn, und keiner hörte sie klagen. »In meinen Armen wird er sterben«, sagte sie, als Semjonow einmal Haffner besuchte und ihn in angeregter Unterhaltung mit einer Teetasse fand. »Dafür werde ich dir ewig danken, Pawel Konstantinowitsch. Ich werde ihn so lange halten, bis sein Herz stillsteht.«

Frolowski, der »Dreieckige«, der Glockenläuter und Vorsänger in der Kirche, war Vorarbeiter geworden und leitete die »Entwurfsabteilung« der Achatschleiferei. Sein plötzlich entdecktes Talent im Entwerfen von Formen wurde neidlos anerkannt. Er hatte bereits begonnen, sein erträumtes Haus am Lena-Ufer zu bauen, mit dem berühmten Fenster, von dem aus er gleich angeln konnte. Nur die drei eingeplanten Weibchen fehlten noch. »Wartet ab, Brüder!« sagte er jedem, der ihn darauf ansprach. »Wenn ich genug Rubelchen gespart habe, fahre ich nach Jakutsk oder sogar bis Irkutsk. Und wenn ich zurückkomme, werdet ihr die Augen verdrehen und die Knöpfe an euren Hosenschlitzen fester nähen, denn dann bringe ich Weibchen mit, wie ihr sie noch nie gesehen habt! Hoihoi! Ein solch herrliches Leben muß gründlich vorbereitet werden!«

Und er schnalzte mit der Zunge, verdrehte die Augen und war ein kindlicher Narr.

In den ersten Augusttagen berief der Dorfsowjet außer der Reihe eine Versammlung aller Männer von Nowo Bulinskij in die Stolowaja ein. Der Saal war fast zu klein, um alle zu fassen. Die Stühle und Tische hatte man schon weggeräumt. Mann an Mann standen sie dicht gedrängt, schwitzten und rauchten, spuckten Sonnenblumenschalen um sich und schimpften.

»Genossen«, sagte der Dorfsowjet, und sein Gesicht zeigte einen sorgenvollen Ausdruck. »Ich habe einen Brief bekommen. Aus Irkutsk von der Regierung. Er geht uns alle an, denn es werden unruhige Zeiten kommen. Man schickt uns eine politische Kommission hierher.«

»Ersäufen werden wir sie, die Schwätzer!« schrie jemand aus der dichtgedrängten Menge.

»Man soll uns in Ruhe lassen!« brüllte ein anderer.

»Wem sagt ihr das, Genossen?« Der Dorfsowjet hob beide Arme. »Bin ich nicht ein armer Hund wie ihr? Bedenkt, was auf mich zukommt. Wollten wir nicht ein Theaterchen gründen und Schiller spielen? Nichts ist's damit, Genossen! Schulungen muß ich halten über Marxismus und Lenin. Und ihr werdet lernen müssen, was im ›Kapital‹ steht. Rauchen werden eure Gehirne, Brüder! Aber das ist nicht alles, Genossen! Die Kommissare aus Irkutsk werden jeden von uns genau befragen und durchleuchten, vor allem unsere deutschen Bürger.« Der Dorfsowjet suchte mit den Augen die Deutschen. Schliemann, Wancke und die anderen, die längst Russen geworden waren. Auch Semjonow sah er in dem Gewühl der bärtigen Köpfe. Sein blondes Stoppelhaar hob sich deutlich ab.

»Einbürgern will man euch, Freunde! Einen Paß sollt ihr bekommen. Mütterchen Rußland drückt euch an ihre Brust.«

»Ich denke, es ist seit Jahren alles klar?« rief Schliemann. »Was wollen die aus Irkutsk denn von uns?«

»Bisher hattet ihr nur das Wohnrecht, Bürger«, sagte der Dorfsowjet, und plötzlich war es still in der Stolowaja. Man begann zu ahnen, daß die Kommission aus Irkutsk nicht einfach in der Lena zu ertränken war. Plötzlich ging es wieder um die Existenz, um das Leben, um Weib und Kind und die mühsam aufgebaute neue Heimat.

Die Zeit drehte sich zurück. Die ersten Jahre nach dem Krieg ... das WP auf dem Rücken ...

Alles ist möglich in Sibirien.

Schliemann war der erste, der wieder sprach.

»Wir sind also nur geduldet gewesen?«

»So ähnlich, Genossen! Nun aber soll es anders werden. Zu jedem von euch wird die Kommission kommen. Und wenn sie euch für würdig befindet, werdet ihr Russen sein. Für immer!« Der Dorfsowjet wischte sich den Schweiß von der Stirn. Die Luft in der Stolowaja war dick wie Brei. Ein Sirup aus Männerdunst und Machorkarauch.

»Ich sage es euch, obwohl das Schreiben streng vertraulich ist. Ich sage es euch, damit ihr alles überlegen könnt, bevor die Kommission aus Irkutsk in Nowo Bulinskij eintrifft.«

Dabei sah er Semjonow an. Und Semjonow verstand.

Ludmilla war ganz ruhig, als er nach Hause kam und ihr alles berichtete. Nur schüttelte sie den Kopf, als er davon sprach, nach Süden zu ziehen.

»Wir haben nun ein Kind«, erwiderte sie. »Ein Haus haben wir, Freunde und Geld, Land und den Fluß, und um uns herum ist Frieden. Wo willst du hin, Pawluscha? Das Leben der Wölfe ist vorbei. Nun werden wir wie Tiger sein, die ihre Höhle verteidigen.«

»Gegen Kommissare und Militär?« Semjonow nahm die kleine Nadja auf die Arme und trug sie im Zimmer umher. Sie quietschte vor Freude und zerrte an seinen Haaren. »Uns bleibt wieder nur die Flucht.«

»Nein!« Ludmilla sprach es aus wie etwas Endgültiges. »Zur Muna gehen wir zurück. In unsere Goldgräberhütte.« Sie nahm Nadja aus Semjonows Armen und drückte sie an sich. »Dort wurde sie geboren ... Vielleicht ist es Gottes Wille, daß wir dort unser Paradies finden.« Sie sah Semjonow bittend an, und diesen Augen konnte er nicht widerstehen. Sie rührten sein Herz. »Weißt du noch, was ich sagte, als wir die kleine Hütte sahen? ›Unser Paradies, wir haben es entdeckt!‹ habe ich gerufen. Und du bist vorausgelaufen, hast die Läden aufgestoßen und mich in die Hütte getragen. Waren wir dort nicht glücklich wie noch nie, Pawluscha?«

Semjonow nickte. Die Stunden der Geburt Nadjas zogen an ihm vorbei, und er hob die Schultern und atmete laut, denn sein Herz wurde schwer.

»Ziehen wir also an die Muna«, sagte er. »Ewig werden sie nicht in Bulinskij bleiben, die Kommissare aus Irkutsk. Vielleicht können wir vor dem Winter noch zurückkehren.« Er ging zu Ludmilla, küßte sie und ließ seine Hände durch ihre schwarzen Haare gleiten. »Recht hast du, Ludmilluschka. Wir gehören jetzt zur Taiga . . . und aus ihr verjagt man keinen Wolf.«

Die Kirstaskaja half ihnen, den Hausrat zusammenzupacken. Große Bündel wurden es, in Säcke und Decken verpackt, und zwei Wagen voll fuhr Schliemann zur Lena und verlud sie auf das Motorboot. Als die Zeit des Abschieds kam, standen alle am Landesteg, die neuen Freunde von Bulinskij. Auch Borja war da, der Krankenpfleger, der heulte wie ein verprügelter Junge, und der Dorfsowjet mit seiner Frau, die zum Abschied eine Kiste Birkensekt mitgab, Väterchen Alexeij, der Pope, segnete Ludmilla und Semjonow, bevor sie aufs Boot gingen, und hängte der kleinen Nadja ein zierliches goldenes Doppelkreuz an einem goldenen Kettchen um den Hals. Sogar Willi Haffner war gekommen . . . Anna Haffnerowa hatte ihn ans Ufer der Lena gerollt, und er saß nun in seinem Rollstuhl, lachte wie ein spielendes Kind und winkte Semjonow zu, ohne ihn zu erkennen.

»Holt mich, wenn alles vorbei ist«, sagte Semjonow mit belegter Stimme und drückte jedem die Hand. »Ich gehöre zu euch, ihr wißt es doch.«

»Leb wohl, Bruder.« Der Dorfsowjet selbst war es, der das sagte. Er küßte Semjonow auf beide Wangen und umarmte ihn.

Dann legte das Motorboot ab, zog einen weiten Bogen und glitt hinaus auf die sonnengoldene Lena.

Als sie am Krankenhaus vorbeifuhren, waren die Fenster von Katharinas Wohnung weit geöffnet. Die Kirstaskaja stand in ihrem Wohnzimmer und winkte. Semjonow schwenkte ein Handtuch, und Ludmilla ließ ihr Kopftuch im Wind flattern.

Herrlich sah es aus, das geliebte Nowo Bulinskij. Der Kirchturm mit der goldbronzierten Zwiebelkuppel, der Wasserturm, die Silos, die Häuser an den geraden Straßen, dahinter die grüne Wand des Waldes und der flimmernde Dunst aufsteigender, verdunsteter Feuchtigkeit.

Der Atem der Taiga.

Die Kirstaskaja winkte, solange sie das Boot auf der Lena erkennen konnte und das Handtuch Semjonows und das Kopftuch Ludmillas im Winde wehen sah. Dann wurde der weiße Punkt von Wasser und Sonne aufgesogen und zerrann im Nichts. Mit einem Seufzer trat die Ärztin zurück und schloß das Fenster.

Wer wußte schon, daß man Semjonow nie wiedersah?

Eines Tages waren sie da, die Kommissare aus Irkutsk. Mit fünf großen Wagen kamen sie nach Nowo Bulinskij. Der Postvorsteher in Shigansk hatte sie schon bei seinem Kollegen in Bulinskij angemeldet, und der hatte sofort den Dorfsowjet und Väterchen Alexeij, den Popen, benachrichtigt.

Die schlimme Zeit war angebrochen.

Man merkte es schon am nächsten Tag, dem Sonntag. Nur die alten Weiblein waren in der Kirche und ein paar Greise, denen man die Religion verzeiht. Selbst Frolowski, der Vorsänger, war nicht gekommen. »Heiser ist er!« ließ er durch einen Jungen bestellen, der die Glocken läuten mußte. »Keinen Laut bringt er heraus.«

Väterchen Alexeij seufzte und betete für Frolowskis Gesundheit, obgleich er wußte, daß alles Lüge war. Lüge aus Angst . . . Gott verzeiht sie.

Im Hause des Dorfsowjets und in der Schule wohnten die Kommissare. Sie sahen sehr wohlhabend aus, trugen im Dienst hellgrüne Sommeruniformen und außer Dienst moderne hellgraue Anzüge mit seidenen Hemden und bunten Krawatten. Die Kinder vor allem staunten sie an wie Wesen von einem anderen Stern, denn wer trägt schon in Bulinskij Seidenhemden und Krawatten?

Sehr freundlich waren die Herren aus Irkutsk, das muß man sagen. Sie verteilten Bonbons an die Kinder, weil sie die Kirchgänger am Sonntag laut belachten, im Auftrag ihrer Eltern und mit Wissen der alten Frauchen und Greise, was aber die Kommissare nicht erfuhren. Der Lehrerin Anna Petrowna machten sie gleich in der ersten Nacht einen schamlosen Antrag, und sie konnte sich nur retten, indem sie zu Schliemann flüchtete, dessen Haus in der Nähe der Schule stand.

Man sieht, es kam neues Leben nach Nowo Bulinskij.

Anders wurde es allerdings, als die Kommission die Arbeit aufnahm und die ehemaligen deutschen Plennies der Reihe nach in der Stolowaja, die als Amtsstube bezeichnet wurde, aufmarschierten.

Gründliche Verhöre waren es, stundenlang, höflich und gefährlich, weil sie so freundlich waren.

»Es hat keinen Sinn, zu leugnen oder zu lügen, Brüder«, sagte der erste, der aus den Fragemühlen der Kommissare herauskam und die Stolowaja etwas erschöpft verließ. »Sie haben von jedem von uns genaue Unterlagen bei sich. Dicke Aktenstücke. Alles steht da drin, alles! Ihr glaubt es nicht . . . sie kennen uns genau! Wißt ihr, was sie mir gesagt haben: ›Ihre Mutter ist 1951 gestorben. Ihr Vater lebt jetzt in Bückeburg und hat dort eine Schlosserei. Ihr jüngster Bruder ist Feldwebel bei der Bundeswehr. Sie selbst wurden am 1. 1. 1960 amtlich für tot erklärt. Wollen Sie zurück nach Deutschland?‹« Der Mann schnaufte durch die Nase. »Das alles steht in den Akten, und so fragen sie.«

»Und was hast du geantwortet?« fragte Schliemann leise.

»Ich habe gesagt: ›Genossen, ich habe hier meine Frau und drei Kinder. Ich bin Vorarbeiter auf der Sowchose Munaska, habe zwei Kühe und drei Rene. Kann ich das mitnehmen nach Deutschland?‹ Und sie haben geantwortet: ›Nein! Weder die Frau noch die Kinder, noch den Besitz. Wenn Sie wollen, können Sie nur allein zurück nach Deutschland. Denn Sie bekennen sich damit zum Kapitalismus.‹ Und ich habe gesagt: ›Genossen, gebt mir meinen Paß. Ich werde ein guter, fleißiger Russe sein!‹«

Der Mann sah sich im Kreis der anderen um. »Wer von euch hätte etwas anderes gesagt? Ich soll Anuschka und die Kinder hierlassen . . .?«

So war es. Keiner sagte etwas anderes als der erste der Gefragten. Und jeder bekam einen Vermerk in seinen Akten und einen Händedruck des Genossen Oberkommissars.

»Sie hören von uns, Genosse!« hieß es. »Sie hören von uns.«

Auch Willi Haffner mußte sich vorstellen. Anna Haffnerowa rollte ihn in seinem Stuhl zur Stolowaja. Die Kommissare aus Irkutsk sahen sich an, als der kindisch Lallende vor ihrem Hufeisentisch stand, ihnen winkte und zurief: »Zieht den Richtkranz hoch, Zimmerleute! Hau ruck! Hau ruck! Verdammt, wer hat mir die Truffel geklaut?«

»Was soll das?« fragte der Oberkommissar.

»Mein Mann«, sagte die Haffnerowa stolz. »Ich beantrage für ihn die sowjetische Bürgerschaft.«

»Wollen Sie uns beleidigen, Genossin?«

»Seit zehn Jahren wartet er auf diesen Tag. Die Lena hat ihn so zugerichtet. Kann er dafür? Er wird bald sterben . . . Laßt ihn als Russen sterben.«

»Haffner. Willi Haffner.« Der Kommissar suchte unter den Akten, fand einen Schnellhefter, blätterte darin und sah immer wieder auf den lächelnden und schwatzenden Mann. »Aus Monschau in der Eifel. Das ist in Westdeutschland. Ist er unheilbar?«

»Ich glaube nicht an Wunder, Genosse«, sagte die Haffnerowa.

»Er kann zurück nach Deutschland.« Der Kommissar klappte die Akte zu. »Nur Gesunde können Bürger werden.«

»Was heißt das?« fragte die Haffnerowa starr.

»Er kommt zurück in seine Heimat. Er ist und bleibt Deutscher und wird amtlich ausgewiesen. Wir werden ihn abholen, wenn aus Moskau die Bestätigung gekommen ist.«

»Abholen? Meinen Mann?« fragte die Haffnerowa laut.

»Der nächste!« Der Oberkommissar sah zur Tür. »Gehen Sie hinaus, Genossin. Sie müssen einsehen, daß wir niemanden einbürgern, der bereits im Sterben liegt.«

»Dann laßt ihn hier sterben!« schrie die Haffnerowa. »Hier war er glücklich. Am Fluß, in den Wäldern, bei mir und den Kindern! Drei Kinderchen habe ich von ihm! Ich bitte euch, Genossen, laßt ihn hier sterben! Holt ihn nicht ab!«

Der Oberkommissar winkte. Zwei Milizsoldaten, die aus Shigansk mitgekommen waren, führten die Haffnerowa aus der Stolowaja und rollten den vor sich hinsingenden Haffner hinterher.

In der Nacht geschah es. Die Haffnerowa tötete ihren Mann, ihre Kinder und dann sich selbst. Lautlos, mit einer Hasenschlinge, tat sie es. Sie selbst erhängte sich an einem Haken oben in der Decke vor dem Ofen. Sie hing neben ihrem toten, im Rollstuhl lehnenden Mann, als die Nachbarn am Morgen ins Haus drangen, weil alles so still war bei Willi Haffner.

Väterchen Alexeij, der Pope, wurde ein Held. Er betete für die armen Opfer und ließ dann die Glocke läuten. Und da niemand es wagte, am Seil zu ziehen, hing er sich selbst daran und zog und zog und schrie den Schmerz der Verzweiflung über Fluß und Taiga.

Etwas bleich sahen die Kommissare in der Stolowaja auf, als das Glockenläuten begann. Sie wußten, daß es nicht nur den Haffners, sondern auch ihnen galt.

»Er soll das Läuten lassen!« sagte der Oberkommissar.

»Sofort soll er es sein lassen!«

»Das ist unmöglich, Genosse«, antwortete der Dorfsowjet von Bulinskij mit schwerer Stimme. »Alexeij ist ein freier Priester. Er bestimmt, wann geläutet wird! Haben wir nicht Religionsfreiheit, Genossen?«

Die Kommissare schwiegen. Nur der Oberkommissar sagte böse: »Auch um den Popen werden wir uns kümmern, Genosse. Mir scheint, wir sind zur rechten Zeit gekommen. Allerhand aufzuräumen gibt es hier, nicht wahr?«

Das alles erfuhren Semjonow und Ludmilla in ihrer Hütte an der Muna. Frolowski oder andere Männer aus Bulinskij, die mit dem Boot zur Muna fuhren, brachten jeden dritten Tag die neuesten Nachrichten mit. Sie erzählten auch, daß Semjonows Haus bei einer Kontrolle der Wohnungen beschlagnahmt worden sei, als leerstehendes, verlassenes Gebäude, in dem ein gewisser Sabeljewski gewohnt haben sollte, wie der Dorfsowjet den Kommissaren erklärt hatte. Sabeljewski, ein allen unbekannter Jäger, der nach zwei Jahren Nowo Bulinskij wieder verlassen habe. Wohin? O Genossen, wer soll das wissen? War ein düsterer, verschlossener Mann, dieser Sabeljewski. Niemand hatte ihn gefragt in den zwei Jahren.

So wurde Semjonows Haus nun belegt. Da es groß und massiv war, wurde es zum »Freizeithaus der Partei« umgestaltet. Bücher sollten kommen, Schachspiele, ein Billard, ein Radio und viele Karten zur Schulung.

»Vieles wird sich ändern«, verkündete der Oberkommissar und nahm den Schlüssel von Semjonows Haus an sich. »Vor allem wird eine richtige Parteidienststelle eingerichtet. Ich sehe, der Leninismus ist ja hier noch wie im Urzustand! Das muß anders werden. Alles muß anders werden! Wir werden Bulinskij in den Fortschritt einreihen.«

Semjonow hörte das alles mit wehem Herzen, und doch war er glücklich, hier in der Hütte an der Muna zu sein, so sicher, als lebe er auf einem anderen Stern.

Wenn sie abends allein waren und Nadja schlief, saßen sie im Schilf am Ufer der Muna. Semjonow hatte den Arm um die Schulter seiner Frau gelegt, und so sahen sie dem Sonnenuntergang zu. Hinter ihnen rauschte die Taiga. Im seichten Uferstreifen raschelte es, und Bären und Füchse, Marder und Wölfe, Biber und kleine, wilde Rene kamen aus dem Urwald und tranken das von der Sonne violett gefärbte Wasser.

»Ich habe gar keine Angst mehr«, sagte Ludmilla einmal an einem dieser Abende. »Ich weiß . . . das hier ist eine Falte in Gottes Hand . . .«

Und Semjonow streckte sich aus und legte seinen Kopf in ihren warmen Schoß. Über sein Gesicht hingen ihre schwarzen Haare, zwischen denen die Sonne unterging.

Er hatte noch immer Angst, aber er sprach nicht mehr davon.

Am 12. August trafen Marfa und Karpuschin in Nowo Bulinskij ein. Sie hatten in Shigansk übernachtet, und es war Mittag, als sie den Wagen vor dem Kirchplatz abstellten. Der Kaufmann Schamow sah durch die Scheibe seines Schaufensters kritisch zu ihnen hinüber und schickte dann seinen ältesten Sohn zu Schliemann mit der Botschaft, Besuch sei gekommen, der so aussehe, als sei er unangenehm.

Schliemann zögerte nicht, ging mit Schamows Sohn bis zum Kirchplatz und sah Karpuschin in Verhandlungen mit Frolowski, den er gerade fragte, wo die Achatschleiferei sei.

»O Himmel!« sagte Schliemann betroffen. »Karpuschin! Und Marfa! Wir müssen Semjonow verständigen. Wenn Karpuschin den Fundort der Achate sehen will – möglich ist alles –, kommt er ja bei Semjonow vorbei!«

Er rannte hinunter zum Motorboot, das gerade von der Muna gekommen war. Wancke putzte das Deck, und zwei Jakuten luden die Rohsteine aus. In großen, geflochtenen Körben schleppten sie sie ans Ufer.

Um die gleiche Zeit saß Ludmilla im Krankenhaus der Kirstaskaja gegenüber und trank Tee. Sie war mit dem Boot nach Bulinskij gekommen, um einige Medikamente zu holen. Nadja hatte sich bei den ersten Gehversuchen einen Dorn in den Fuß getreten. Nun war das zarte Fleisch entzündet. Sie brauchte Jod, eine heilende Salbe, und vielleicht war auch eine Spritze gegen Tetanus nötig. Und während Karpuschin auf dem Kirchplatz stand, aßen Ludmilla und die Kirstaskaja ahnungslos Rosinenkuchen und geschlagene, fette, süße Sahne.

Karpuschin schien von Frolowski mehr erfahren zu haben, als er wissen wollte. Der Kaufmann Schamow sah, wie Frolowski, dieser geile Hund, um die junge, schöne Dame herumschlich und sie anschließend zu der Steinschleiferei führte. Der Mann aber ging an der Kirche vorbei, hinunter zum Strom, den Weg zum Krankenhaus.

Es war Borja, der Karpuschin aufhielt. An der Tür des Krankenhauses trat er ihm entgegen und fragte:

»Wohin, Genosse? Sind Sie krank? Wo kommen Sie her? Ich kenne Sie nicht! Das ist hier ein Hospital und kein Bordell. Oder sind Sie doch krank?«

Karpuschin sah Borja verblüfft an. Er wollte ihn zur Seite schieben, aber wem gelingt es schon, Borjas massigen Körper wegzudrücken? Im Gegenteil, Karpuschin fand sich an der Hauswand wieder, und sein Schlips hing mißhandelt aus seinem Anzug heraus.

»Oho!« rief Borja fröhlich. »Das Herrchen will ein Spielchen machen!«

»Aus dem Weg, du Affe!« schrie Karpuschin. Aber Borja wich nicht. Er streckte die mächtigen Hände vor und schnalzte mit der Zunge.

»Ein kleiner Idiot, nicht wahr?« sagte er lustig. »Soll man sein Hirnchen klopfen, was?«

Karpuschin atmete tief auf. Dann trat er an Borja heran, atmete noch einmal tief und brüllte dann, daß es durch das ganze Haus dröhnte wie mit einem Lautsprecher: »Ich bin Karpuschin. Generalmajor Karpuschin, du Vieh! Häng dich auf, ehe *ich* dazu den Befehl gebe!«

Borja erstarrte. Wer Karpuschin war, das wußte er. Wer an den Türen lauscht, ist immer informiert. War Borja auch kein großer Denker, so erkannte er doch jetzt, wie gefährlich dieser Besuch war. Zehn Meter weiter saß Ludmilla Semjonowa bei der Ärztin, und sie tranken Tee.

»Oh, Karpuschin!« brüllte Broja, und seine Stimme war noch um ein paar Grade lauter als die Karpuschins. »Willkommen, Genosse Generalmajor. Melde: Borja Nurenjew. Gefreiter der III. Schützendivision von Jakutsk. War in Charkow und Perm und –«

Karpuschin hob die buschigen Augenbrauen.

»Wo ist Dr. Kirstaskaja?« fragte er scharf.

»Sechste Tür rechts, Herr Generalmajor Karpuschin!« brüllte Borja mit voller Lunge.

Karpuschin ging um Borjas massigen Körper herum, den weißen Gang entlang. Die sechste Tür. Eine Tür ohne Nummer oder Bezeichnung.

Karpuschin klopfte. Er drückte die Klinke herunter, bevor von drinnen die Stimme der Kirstaskaja erklang, diese tiefe, unverwechselbare Stimme.

»Welche Überraschung!« sagte Karpuschin, als er das Zimmer betrat. Die Kirstaskaja stand am offenen Fenster. Sie war allein. Vor ihr Bett hatte sie den geblümten Vorhang gezogen, und hinter dem Vorhang stand Ludmilla, die Nagan entsichert und schußbereit in der Hand. »Ich sehe Freude in Ihren Augen, Katharina!«

»Soll ich mich nicht freuen?« Die Kirstaskaja zeigte auf einen der Stühle, und Karpuschin setzte sich. »Eine Tasse Tee, Genosse Generalmajor?«

»Das wäre gut.« Karpuschin sah sich schnell um. Ein mittelgroßes Zimmer, karg möbliert. An der Schmalwand das Bett hinter einem Vorhang. Weißgestrichene Holzwände mit eingerahmten Fotos. »Wieso freuen Sie sich eigentlich, Katharina Iwanowna?«

»Ich verdanke Ihnen vieles.«

»Mir?«

»Meine Strafversetzung nach Nowo Bulinskij war Ihr Werk.«

»Allerdings.«

»Ich fühle mich hier glücklich. Ich war noch nie so fröhlich wie hier.« Die Kirstaskaja stellte ihm eine Tasse Tee auf den Tisch. Karpuschin nahm einen kleinen Schluck und blickte die Ärztin über den Tassenrand hinweg an.

»Wieder ein Mann, Katharina?«

»Nein! Die Ruhe macht glücklich. Hier an der Lena will ich sterben!«

Die Kirstaskaja warf einen verstohlenen Blick zum Vorhang vor ihrem Bett. Sie sah die Augen Ludmillas, eine Strähne ihrer schwarzen Haare und ihre Hand mit der schweren Nagan. Und sie wünschte sich in diesem Augenblick heiß, daß Ludmilla schießen würde, in diesen runden, lächelnden Kopf, der nie Mitleid gekannt hatte.

»Wissen Sie es schon?« sagte Karpuschin in dieser Sekunde und setzte die Tasse ab. »Wissen Sie, daß Semjonow hier in der Gegend ist? Ich bin ihm auf der Spur . . .«

Es fiel Katharina Kirstaskaja nicht schwer, zu lächeln. Wie sie Karpuschin dasitzen sah – siegessicher, die Hände um die Teetasse, auf den ersten Blick ein gemütliches Väterchen, aber die Gefährlichkeit eines Raubtieres im lauernden Blick –, kam er ihr ein wenig lächerlich vor. Er wußte nichts, gar nichts, aber er spielte den Allwissenden und glaubte, man nehme es ihm ab. Er wollte Furcht verbreiten, wo er an seiner eigenen Unsicherheit fast zugrunde ging. Ein gutes Spielchen, Matweij Nikiforowitsch. Aber ein Spielchen für Anfänger in der Kunst des Bluffens.

»Semjonow?« fragte die Kirstaskaja gedehnt. Ihr Blick flog schnell zum Vorhang vor ihrem Bett. Ludmilla hatte sich ganz zurückgezogen. Sie saß jetzt auf dem Bett und hörte mit angehaltenem Atem zu. »Er ist doch tot, Genosse.«

»Wissen Sie das genau?«

»Er braucht nicht physisch tot zu sein. Auf jeden Fall ist er politisch tot.«

»Das gilt nicht!« Karpuschin winkte ab. »Semjonow ist zu meiner Lebensaufgabe geworden. So groß die Welt auch ist, sie hat nur für einen von uns Platz. Und Semjonow lebt. Marfa hat ihn gesehen.«

»Wer ist Marfa?«

»Eine Dolmetscherin, die damals in Moskau Semjonow betreute, als er noch Franz Heller hieß. Sie kennt ihn genau.«

»Sie hat ihn hier gesehen?«

»Ja.« Karpuschin musterte die Kirstaskaja mit seinen kleinen, durch die Kontaktlinsen noch glänzenderen, listigen Augen. »Er ist hier in der Gegend.«

»Gratuliere.«

»Sie haben ihn nicht gesehen, Katharina Iwanowna?«

»Nein! Glauben Sie, ich hätte mir die fünftausend Rubel Belohnung entgehen lassen?«

»Das wissen Sie also doch?«

»Ihr Steckbrief hat ja halb Sibirien überschwemmt. Ich habe ihn zweimal bekommen. Einmal mit der Post, das anderemal bei Major Kraswenkow im neuen Lager der Lebenslänglichen. Es ist übrigens ein schlechtes Porträt Semjonows. Man muß schon viel Fantasie haben, um ihn danach zu erkennen.«

»Interessant. Wie sieht er denn jetzt aus?«

»Matweij Nikiforowitsch!« Die Kirstaskaja lächelte breit. »Sie sollten Ihre Zeit nicht damit verschwenden, Fangfragen an mich zu stellen! Weiß ich, wie Semjonow heute aussieht?«

»Sie sind mir zu sicher, Katharina Iwanowna.« Karpuschin trank seine Tasse leer und reichte sie der Kirstaskaja hin. »Noch eine, mein Täubchen! Sie kochen einen vorzüglichen Tee. Einen besonderen Geschmack hat er.«

»Ich habe ihn mit chinesischen Blättern gemischt. Das gibt ihm eine blumige Würze.« Katharina Kirstaskaja füllte Karpuschins Tasse noch einmal und schob ihm den Becher Honig zu, womit man hier den Tee süßte. »Wenn Semjonow wirklich lebt«, sagte sie dabei, »dann wünsche ich Ihnen das Gehirn eines Hellsehers, Matweij Nikiforowitsch. Einen einzelnen Mann in der Taiga zu finden . . . denken Sie an die Stecknadel im Heuhaufen.«

»Und wenn er wie eine Erbse im Kornfeld wäre . . . ich bekomme ihn!« Karpuschin ließ einen Löffel Honig in seinen Tee laufen und rührte klirrend um. »Es ist also nicht möglich, daß Semjonow in Bulinskij wohnen könnte . . . ganz zufällig, mein Töchterchen?«

»Ganz unmöglich. Seit Tagen haben wir die Einbürgerungskommission aus Irkutsk hier. Jedes Haus hat sie kontrolliert und in einer Liste erfaßt. Man hätte Semjonow dabei entdecken müssen, wenn er in Bulinskij wäre. Außerdem . . . hat er nicht eine Frau?«

»Ja«, sagte Karpuschin unwillig. »Und ein Kind auch; nach unserer Berechnung muß es neun oder zehn Monate alt sein.«

»Glauben Sie, daß man eine ganze Familie übersehen kann, wenn sie irgendwo fremd auftaucht?«

»Man kann es, wenn man beide Augen zudrückt.«

»Kein guter Kommunist tut das, Genosse. Wenn es um das Wohl des Staates geht . . .«

»Katharina Iwanowna!« Karpuschin erhob sich und stützte sich auf beide Fäuste. »Lassen Sie diese dummen Redensarten. Ich glaube, wir zwei kennen uns trotz der Kürze unserer Bekanntschaft zu gut, um uns mit solchen Plattheiten zu langweilen. Ich frage Sie als Generalmajor und Sektionschef des KGB: Haben Sie Semjonow gesehen? Ja oder nein?«

»Nein!«

»Überlegen Sie sich Ihre Antwort, Katharina Kirstaskaja! Ich werde darauf zurückkommen.« Karpuschin wartete ein paar Atemzüge lang. Dann sagte er mit gehobener Stimme: »Ja oder nein?«

»Nein!«
»Semjonow war in Jakutsk!«
»Dann suchen Sie dort, Genosse Generalmajor.«
»Er konnte flüchten! Nach Norden!«
»Warum nicht nach Süden?«
»Wohin nach Süden?«
»Wohin nach Norden?«
»Zu seinen ehemaligen deutschen Kameraden. Nach Nowo Bulinskij.«
»Dann fragen Sie die ehemaligen deutschen Kameraden.«
»Fragen Sie den Mond, warum er Krater und Berge hat und keine Atmosphäre! Aber Sie sind die Ärztin. Bei Ihnen läuft das Leben einer Stadt über Ihren Untersuchungstisch. Sie wissen alles, was im Umkreis von zehn Werst passiert! Zu Ihnen kommen die Geheimnisse der Taiga! Wenn jemand weiß, wo Semjonow ist, dann sind *Sie* es, Katharina Iwanowna!«
»Sie überschätzen mich, Matweij Nikiforowitsch.« Die Kirstaskaja setzte sich und schlug die Beine übereinander. Schöne, feste Beine hatte sie, und sie trug Seidenstrümpfe. Karpuschin bemühte sich, nicht auf ihre Beine zu sehen. Er dachte an Marfa und an ihre gelenkigen Glieder, und plötzlich hatte er es eilig, denn Marfa war allein in der Achatschleiferei bei jungen, nicht gerade schüchternen Männern.
»Sie können Semjonow warnen«, sagte er und trank seinen Tee im Stehen aus. »Es nützt ihm nichts. Sibirien ist für ihn eine riesige Falle geworden. Er kann von einer Ecke zur anderen rennen oder im Kreis herum ... verlassen kann er sie nie! Und ich werde vielleicht fünfzehn oder auch noch zwanzig Jahre leben. Glauben Sie nicht auch, daß man ein Land wie Sibirien in zwanzig Jahren systematisch durchkämmen kann? Wenn man nichts anderes mehr zu tun hat, als einen einzigen Menschen zu suchen, ist das kein Problem! Auf Wiedersehen, Katharina Iwanowna.«
»Leben Sie wohl, Matweij Nikiforowitsch.«
Karpuschin wandte sich an der Tür um und lächelte böse.
»Ich sagte: Auf Wiedersehen, Genossin! Ich komme wieder.«
»Sie können jederzeit bei mir eine Tasse Tee trinken, Genosse Generalmajor. In ein paar Wochen gibt es sogar frischen Honig. Wenn Sie sich anmelden, backe ich Ihnen einen Honigkuchen.«
»Katharina, Sie sind ein verteufeltes Aas!« Karpuschin strich über seinen langen, schwarz gefärbten Bart. »Der Mann, der Sie

erobert, müßte ein Drachentöter sein!«

»Er braucht nur eine zärtliche Hand zu haben, Väterchen.« Die Kirstaskaja lachte. Ihre weißen Zähne blitzten wie bei einem fauchenden Panther. »Aber es gibt so wenig zärtliche Hände . . .«

Karpuschin ging. Im Flur traf er Borja, den Krankenpfleger. Borja hatte wieder gelauscht und entfernte sich nun mit langsamen, gleichgültigen Schritten, als sei er gerade vorbeigekommen.

»He, du Affe!« schrie ihm Karpuschin nach. »Bleib stehen, du Urvieh!«

Borja drehte sich langsam um und sah Karpuschin an. Zwei Kopf größer war er als der Genosse Generalmajor, und fast doppelt so breit. Sein gelbliches jakutisches Gesicht strahlte entwaffnende Dummheit aus.

»Sie befehlen, Towarischtsch?«

»Nur etwas sagen will ich dir, du Riesenidiot.« Karpuschin sprach so laut, daß es durch alle Türen drang, auch zu der Kirstaskaja, und das war seine Absicht. »Wenn du weißt, wo Semjonow ist, es aber nicht meldest, und wir bekommen Semjonow und erfahren es, hängt man dich auf! Ist das klar?«

»Ganz klar, Towarischtsch.«

»An einem Strick um den Hals!«

»Es muß aber ein guter Strick sein, Towarischtsch. Über zwei Zentner wiege ich!« Borja faltete die Hände vor der breiten, bärenstarken Brust. »Ich erinnere mich an eine Hinrichtung in Kasalinssk. Ein Dieb war zum Tode verurteilt, ein kleiner, gemeiner, läppischer Dieb, der Militäreigentum gestohlen und an die Kirgisen verkauft hatte. Man hängte ihn auf, an einem Galgen . . . und dreimal riß der Strick, und der Mann plumpste in den Sand. Ein morscher Strick war's. Billiges Material. Es war ein unschöner Anblick, Towarischtsch, wie er immer wieder vom Galgen fiel und unten, im Sand, schrie: ›Nun holt doch endlich einen Lederriemen, Brüderchen!‹« Borja nickte dem entgeisterten Karpuschin zu. »Wenn ich darum bitten dürfte, Gospodin . . . sucht für meine zwei Zentner einen schönen Lederstrick aus . . . von einem Renhirsch, aus dem Rücken geschnitten . . .«

Karpuschin verließ ohne ein weiteres Wort das Krankenhaus. Borja ging ihm nach und warf hinter ihm die Tür zu, so laut und dröhnend, daß Karpuschin schon versucht war, umzukehren und Borja zu ohrfeigen. Aber dann bezwang er sich und ging mit zusammengepreßten Lippen zurück zum Kirchplatz.

Er würde wiederkommen, das wußte er jetzt. Sein berühmtes sicheres Gefühl durchzog wieder seinen ganzen Körper und kribbelte in allen, selbst in den kleinsten Nerven.

Semjonow war hier! Wenn nicht in Nowo Bulinskij, so doch in der Umgebung. Und die Kirstaskaja wußte es! So wie sie lächelte nur eine Frau, die sich völlig sicher war.

Karpuschin blieb stehen, sah hinüber zur Lena und zu den flachen Booten der Fischer, die lange Netze auswarfen und sie an den Bootsrändern verankerten. So blieben sie bis zum Abend draußen auf dem Strom und ließen die Schwärme in die Netze ziehen. Bei Einbruch der Dunkelheit holten sie dann die Netze ein, und die Boote füllten sich mit zappelnden, um sich schlagenden, silbern glitzernden Fischleibern.

Karpuschin atmete tief. Ein seit Monaten sein Gemüt bedrükkendes Gefühl war gewichen wie Schnee unter warmem Frühlingswind.

Semjonow ist hier! Er ist hier! Karpuschin fühlte es in allen Adern, in allen Nerven wie elektrische Schläge.

Und die uralte Stärke der Russen bemächtigte sich auch Karpuschins: Warten! Nicht auf die Zeit sehen! Die Uhr verachten! Den Kalender verbrennen. Die Tage nicht zählen.

Warten!

Für den Russen arbeitet immer die Zeit. So weiträumig sie scheint . . . sie arbeitet schneller als menschlicher Wille.

Warten!

Im Winter kriechen die Wanzen aus den Ritzen, kommen die Wölfe an die Siedlungen heran, werden die Kinder auf den warmen Ofenplattformen gezeugt. Die Zeit reguliert alles. Unbestechlich ist sie.

Und einmal wird auch Semjonow aus der Taiga kommen. In die wartenden Hände Karpuschins.

Wie hatte er gesagt? Sibirien ist eine riesige Falle geworden . . . er kann nur von einer Ecke zur anderen rennen oder im Kreis herum.

Karpuschin wandte sich vom Anblick der Netze auswerfenden Fischer auf der Lena ab und ging zur Kirche. Auch dem Popen wollte er sagen, daß die Hand Moskaus weiter reicht als bis zum Ural. In Sibirien glaubt man das nämlich nicht. Ein zu stolzes Volk war hier herangewachsen nach dem siegreichen Großen Vaterländischen Krieg. Ein Volk, das zu ahnen und sogar zu wissen begann, in welch reichem Land es lebte.

Väterchen Alexeij, der Pope, stand unter der Kirchentür, als Karpuschin näher kam und die rosa gestrichene Kirche betrachtete.

»Willkommen im Blick des Herrn«, sagte Pope Alexeij feierlich. Er wußte bereits durch Wancke, wer da vor seiner Tür stand. »Tritt näher, mein Sohn. Ein Durchreisender bist du? Komm herein, damit ich dir etwas von diesem Ort erzähle.«

»Ich werde *Ihnen* etwas erzählen!« antwortete Karpuschin grob und trat in den Vorraum der kleinen Kirche. »Und es wird interessanter sein als die Geschichte Ihrer gelben, schlitzäugigen Madonna da hinten in der Ecke . . .«

Am Abend war Ludmilla wieder in der kleinen Goldgräberhütte an der Muna. Semjonow saß im Abendrot, hatte die kleine Nadja neben sich im Gras und schnitzte aus Baumrinden kleine Boote, die er mit einem Schubs in den Fluß stieß und sie mit der Strömung davongleiten ließ. Nadja klatschte in die kleinen dicken Händchen und warf Steinchen hinterher. Ein schönes Bild war es, ein Bild des Friedens und des Glückes, und die Sonne übergoß es mit Purpur und Gold.

Oder mit Blut und Feuer, dachte Ludmilla, als sie vom Landesteg zur Landzunge lief, während Wancke, der das Motorboot gefahren hatte, und vier Jakuten aus Bulinskij die Waren ausluden und ins Haus brachten.

»Was macht der Fuß?« rief sie schon von weitem. »Hat sie noch Fieber, Pawluscha? Oh, wie froh bin ich, wieder hier zu sein!«

Semjonow lief Ludmilla entgegen, und sie fielen sich in die Arme und küßten sich, als hätten sie sich monatelang nicht gesehen. Und dabei war's nur ein halber Tag!

»Wir haben den Fuß in heißem Salzwasser gebadet. Die Entzündung ist zurückgegangen. Stell dir vor, ein winziges Stückchen Dorn war noch im Fleisch. Es wäre mit dem Eiter herausgekommen. Aber ich habe es herausgezogen!« Semjonow zeigte auf die quiekende Nadja. Zwei Rindenboote trieben auf der Muna, und ein großer silberner Fisch tauchte mehrmals auf und schnappte danach. »Wie fröhlich sie ist, Ludmilluschka! Ich habe ein Messerchen an einem Schleifstein ganz spitz geschliffen, ausgekocht und dann den Dorn herausgeschnitten. Sie war so brav, unser Töchterchen. Nur beim Einschnitt hat sie geweint . . .«

»Du hast –« Ludmilla riß sich aus Semjonows Armen und lief zu ihrem Kind. Nadja hatte das Füßchen verbunden, aber sie war munter und fröhlich und hatte keine fieberglänzenden Augen mehr.

»Mama!« schrie sie hell. »Mama! Da!« Sie zeigte auf die davontreibenden geschnitzten Rindenboote und klatschte wieder in die Hände. Dann lachte sie und strampelte vor Freude.

Semjonow war Ludmilla gefolgt und stand nun stolz im hohen Gras. Gelobt wollte er werden.

»Ein Barbar bist du!« sagte Ludmilla und streichelte das verbundene Bein Nadjas. »Gleich mit dem Messer! Man kann dich nicht allein lassen, du wilder Wolf!«

Semjonow lachte, zog Ludmilla aus dem Gras und nahm sie in seine Arme. Zwischen ihre Brüste vergrub er sein Gesicht und atmete den Duft ihrer Haut. Er spürte, wie sie zitterte und ihre Brustwarzen härter wurden.

»Komm«, sagte er leise. »Ein ganzer Tag ohne dich ist wie eine Ewigkeit im Eis. Ich kann nicht mehr ohne dich sein, Ludmilluschka . . .«

»Die Männer! Sie tragen noch die Waren ins Haus.«

»Ich werfe sie hinaus!«

»Was sollen sie denken, Pawluscha . . .?«

»Semjonow ist der glücklichste Mann zwischen Eismeer und Baikalsee. Das sollen sie denken! Und sie werden recht haben. Wer auf der ganzen Welt besitzt eine Ludmilla Barakowa?«

Als es dunkel war, Nadja in ihrem Bettchen schlief, das Boot schon längst auf der Rückfahrt nach Bulinskij war und vom offenen Herd das Feuer als einziger Lichtschein durch den Raum flackerte, lagen sie Arm in Arm und mit verschlungenen Beinen auf ihrem breiten Lager und starrten an die rundstämmige Balkendecke mit den lehmverschmierten Ritzen.

»Du hast also Karpuschin gesehen?« sagte Semjonow.

»Ja. Zwei Meter von mir war sein Nacken. Und ich hielt die Nagan schußbereit in der Hand.«

»Warum hast du nicht geschossen?«

»Ich wollte es. Aber dann dachte ich an Katharina. Auf sie wäre die ganze Last der Strafe gefallen.«

»Niemand hätte es je entdeckt. Borja hätte Karpuschin in den Wald geschafft und begraben oder mit Steinen beschwert in die Lena versenkt.«

»Und Marfa? Sie besichtigte die Steinschleiferei. Alarm hätte sie geschlagen! In wenigen Stunden wäre die Garnison von Jakutsk in Bulinskij gewesen.«

»Du bist ein kluges Weibchen.« Semjonow küßte Ludmillas nackte Brust. Dann ließ er den Kopf dort liegen und blickte seitwärts in die Flammen des offenen Herdes. »Wie kann in einem solch herrlichen Körper so viel Kaltblütigkeit wohnen . . .«

»Ich war einmal Kommissarin, vergiß das nicht.« Ludmilla griff in die kurzen blonden Haare Semjonows. »Ich wurde ausgebildet, herzlos zu sein. Und dann kamst du, und ich entdeckte, daß in meiner Uniform ein ganz anderer Mensch wohnte.« Sie zog an seinen Haaren, er knurrte und kroch höher und umfing ihren blanken, zarten Leib mit beiden Händen.

»Pawluscha . . .?«

»Ja?«

»Ich möchte noch ein Kind . . .«

»Nicht jetzt, mein Engelchen . . .«

»Einen Jungen, so stark, so mutig, so schön, so klug wie du . . .«

»Nicht, solange Karpuschin noch lebt.«

»Hätte ich das gewußt, oh, ich hätte ihn getötet! Zwei Meter nur . . . und hätte ich den Arm ausgestreckt, nur einen Meter.« Sie umfaßte Semjonows Kopf mit beiden Händen und hielt ihn fest. Seine Lippen strichen über ihre warme, kindlich glatte Haut. »Warum muß unser Weg ins Glück immer mit Blut und Toten gepflastert sein . . .?«

»Weil es das Glück, das wir suchen, gar nicht gibt, Ludmilluschka. Es liegt außerhalb des menschlichen Wesens.«

»Aber wir sind doch Menschen, Pawluscha.«

»Doch wir brechen aus . . . wir setzen über die träge Ordnung hinweg. Und das kostet Blut.«

»Wir lieben uns doch nur. Wir wollen doch nichts anderes als Ruhe, als Frieden, als einen Platz unter der Sonne, als ein kleines, einfaches Leben nur für uns . . . Ist das zuviel?«

»Es scheint so, mein Engelchen.«

»Warum sind wir dann geboren?«

»Ich weiß es nicht.«

»Warum ist Nadja geboren?«

»Weil wir uns lieben.«

»Das ist ein Kreis, Pawluscha.«

»Ein Teufelskreis! In ihm werden wir zerrieben werden, ohne

daß wir es merken.« Semjonow dehnte sich. Halb lag er über Ludmillas Körper; nun stützte er sich auf den Ellenbogen und sah ihr tief und lange in die schwarzen Augen. Die Augen, in denen ein goldener Punkt tanzte. »Was wirst du tun, wenn Karpuschin mich einfängt?«

»Ich werde ihn töten und dann Nadja und mich.« Es klang ganz ruhig, so als habe sie es sich schon lange überlegt.

»Das wirst du nicht tun!« sagte Semjonow streng. »Versprich, daß du es nicht tust. Du sollst mit Nadja weiterleben.«

»Es gibt kein Leben ohne dich, Pawluscha. Du weißt es.«

Sinnlos war's, weiter darüber zu reden. Semjonow sah es an ihrem Blick. Die Wildheit ihrer sibirischen Seele lag bloß . . . wie die Eisstürme der Taiga, so gnadenlos konnte sie lieben und hassen. Es gab kein Aufhalten dabei . . . wer hält schon den Sturm auf, indem er beide Hände dagegenstemmt?

»Hast du Angst?« fragte er.

Ludmilla schüttelte den Kopf. »Nein.«

»Warum nicht?«

»Es wird nichts geschehen, was nicht uns alle trifft, Pawluscha.« Ludmilla dehnte sich unter der Last seines Körpers. Gut tat es ihr, ihn zu spüren . . . die Schwere seines Leibes, den Pelz seiner behaarten Brust, die Muskeln an seinen Armen und Schultern, das feste, sehnige Fleisch an seinen Schenkeln. Nach sonnenbeschienenem Moos roch er, nach Waldboden, nach frisch abgeschälter Rinde. Ihre Hände glitten über seinen Rücken, über die beiden Narben seiner Kriegsverwundung, bis zu der Wölbung seines Gesäßes. Dort blieben sie liegen, in einer unendlich zärtlichen, kreisenden, streichelnden Bewegung. »Es wird nichts geben«, sagte sie leise, als glitte sie hinab in den Schlaf, »nichts, mein Liebster, was nicht im gleichen Augenblick auch ich ertrage. Wie kannst du denken, ich könnte weiterleben ohne dich? Was ist ein Flußbett ohne Strom, was ein Feuer ohne Wärme? Ich bin ein Nichts ohne dich . . .«

Über die Muna wanderte der Mondschein wie ein silberner Finger, der sanft das Wasser durchschnitt. Im Stall wieherte das Pferdchen. Irgendwo in den Büschen am Rande der Halbinsel strich ein Raubtier durch die Nacht. Durch die turmhohen Kronen der Bäume wehte ein warmer Wind aus dem Süden.

Die Taiga rauschte. Sie atmete. Kraft sog sie auf für den nahenden Winter.

In dieser Nacht schliefen Karpuschin und Marfa als Gäste Major Kraswenkows in der Stabsbaracke des Lagers der Lebenslänglichen.

Und Peter Kleefeld, der Obergefreite aus Westfalen, saß in dieser Nacht mit noch immer schmerzenden, zerschlagenen Knochen im Bett der Stube III des Reviers, starrte den Mond an und weinte vor Angst, Unentschlossenheit, Reue und Sehnsucht nach der Heimat und seinen drei Kindern, die ihren Vater gar nicht kannten.

Sechs Meter neben ihm hörte er die Stimmen des Majors und des russischen Generals Karpuschin. Sechs Meter trennten ihn von der Freiheit, lächerliche sechs Meter und ein einziger Satz: »Semjonow ist in Nowo Bulinskij.« Sechs Meter Überwindung von Angst und Skrupel. Sechs Meter Verrat. Weiter nichts.

»O Gott!« stammelte Peter Kleefeld. »Soll ich denn hier in diesem Sibirien verrecken? Hilf mir doch, o Gott! Ich kann nach Hause, wenn ich will. Ich – kann – nach – Hause . . .«

»Leg dich hin, du Saftsack!« knurrte der Plenny, der mit ihm auf Stube III lag. »Oder biste mondsüchtig?«

»Ich kann nicht schlafen, Julius.« Kleefeld lehnte sich an die weißgestrichene Holzwand und zog die Knie an.

»Dann halt wenigstens die Fresse und quassele nicht dauernd vor dich hin!« Der Mann, der Julius hieß, wälzte sich auf die andere Seite. Das Drahtbett knirschte laut. »Hast die Blase voll! Geh raus und leer dich aus . . . dann kannste auch schlafen . . .«

Peter Kleefeld schwieg. Er biß sich auf die Lippen und schluckte das Schluchzen hinunter.

Sechs Meter bis zur Heimat.

Kameraden . . . ich bin zwanzig Jahre lang ein Held gewesen. Jetzt kann ich nicht mehr . . .

Karpuschin fuhr in aller Frühe schon wieder nach Shigansk. Die Atmosphäre bei Major Kraswenkow behagte ihm nicht. Ein Major, der an seinem heilgebliebenen Bein statt einem Stiefel einen Fellpantoffel trug, der keine strengen Appelle abhielt, sondern über den Lagerlautsprecher sowjetische Soldatenchöre übertragen ließ und sonntags Sinfonien von Schostakowitsch und Prokofieff, der von seinen Gefangenen als »Gefährten« sprach und die kommunistische Brüderlichkeit allzu wörtlich nahm und nicht bloß im ideologischen Sinne, ein solcher Mann behagte Karpuschin nicht.

So reiste er früh wieder ab, ehe er sich noch mehr ärgern mußte, ohne Abschied von Major Kraswenkow, der noch schlief, denn eine seiner Weisheiten lautete: »Der Morgenschlaf ist der beste für Herz, Hirn und die Potenz!« Dementsprechend stand Kraswenkow nie vor zehn Uhr morgens auf, es sei denn, es war ein besonderer Anlaß wie die Oktoberrevolutionsfeier, Lenins Geburtstag oder Lenins Tod, den Kraswenkow besonders feierlich beging, sehr zum Mißfallen der Parteidienststellen.

Gegen Mittag erschien am Lagertor wieder die Kirstaskaja. Auf dem Bock des Pferdewagens saß Borja, neben ihr hockte der Kaufmann Schamow auf einem Berg von Kisten und Kartons. Leutnant Stepan Maximowitsch ließ den Karren passieren. Schamow brachte die Privatverpflegung für den Major. Doch am zweiten Lagertor, im inneren Bereich, gab's wieder den üblichen Krach. Borja mußte draußen bleiben. Die Soldaten luden die Kisten und Kartons ab. Leutnant Maximowitsch führte die Ärztin zur Kommandantur außerhalb des letzten Zaunes, der die Gefangenenbaracken umzog.

»Bin ich ein Aussätziger, he?« brüllte Borja und stampfte hin und her, schüttelte die Soldaten an den Schultern und benahm sich wie ein liebestoller Bär. »Warum behandelt ihr mich so? Ein guter Kommunist bin ich! Ich hasse die Deutschen! Laßt mich einen Blick in ihre stinkenden Unterkünfte werfen, damit ich vor Ekel kotzen kann! Macht den Weg frei, Genossen, für einen glühenden Patrioten!«

Es half nichts. Leutnant Stepan Maximowitsch war taub für alle Argumente. Er ließ den Schlagbaum herunter, nachdem der Wagen leer war, und ging hinüber zur Kommandantur.

Borja heulte vor Wut. Im doppelten Boden des Wagens lagen zehn Pfund Speck, zwanzig flache Pakete Tabak und zwanzig Portionen geräucherter Rentierrücken in Gelee. Und Milchpulver hatte er mitgenommen, Eipulver und grob gemahlenen Zucker. Das alles war versteckt in diesem klapprigen, alten Bauernwagen, der noch auf hohen, unbeschlagenen Holzreifen lief. Selbst unter das Zaumzeug der beiden Pferdchen hatte er flache Streifen Tabak geklebt.

»Schöne Kommunisten seid ihr!« brüllte Borja. »Wahrlich herrliche Genossen! Ihr zertretet in mir den Patriotismus! O ihr Geier, ihr Aasfresser . . . ich werde es dem Politruk melden! Jawohl, dem Politruk!«

In einer Ecke der kärglichen Lagerapotheke, in der auf zwei lächerlichen Holzregalen ein paar Binden, ein paar Lagen Zellstoff und einige Flaschen mit Chlor und Äther standen, küßten sich die Kirstaskaja und Dr. Langgässer zum erstenmal.

Ganz plötzlich war es gekommen, wie der Einschlag eines Blitzes aus einem sonnigen Himmel.

Der Amputierte hatte die Krisis überstanden. Der Stumpf mußte noch einmal nachoperiert werden, er näßte und schloß sich nicht.

»Dazu werden wir ihn zu mir ins Hospital bringen«, sagte die Kirstaskaja nach der Visite. »Ich werde mit Major Kraswenkow sprechen.«

»Darüber entscheidet die Zentralstelle Sibirien in Irkutsk.« Dr. Langgässer wusch sich die Hände. Die Kirstaskaja stand hinter ihm, so nahe, daß er ihren Atem hörte und die ausströmende Wärme ihres Körpers zu spüren vermeinte. »Es kommt einer Verlegung gleich, Kollegin.«

»Und wie lange dauert solch ein Antrag?«

»Ich weiß es nicht. Bisher ist ein solcher noch nie gestellt worden. Es ist möglich, daß wir gar keine Nachricht darauf bekommen, weil sie in Irkutsk denken, da ist jemand im fernen Norden betrunken gewesen.«

»Dann machen wir es ohne Genehmigung!« Die Kirstaskaja stampfte auf. Ihre dunkle Stimme brodelte. »Man muß damit rechnen, daß *ich* hier bin!«

»Allerdings. Das muß man!« Dr. Langgässer drehte sich um. Gesicht an Gesicht standen sie sich gegenüber. In ihren Augen lag alle Qual einer gefesselten Kreatur, vor deren Käfig sich die Weite der Freiheit dehnt. Aber keiner von ihnen tat den entscheidenden Schritt, überwand die wenigen Zentimeter von Lippe zu Lippe. Wie erstarrt sahen sie sich an, wie zwei leblose Skulpturen.

»Wann werden Sie den Amputierten holen, Kollegin?« fragte Dr. Langgässer mit belegter Stimme.

»Morgen schon.«

»Wer wird Ihnen bei der Operation assistieren? Ludmilla?«

»Nein. Sie!«

»Ich?«

»Sie werden mit dem Amputierten zur Operation in mein Krankenhaus verlegt. Ein Urlaub auf Ehrenwort. Ich weiß, daß Sie Ihr Ehrenwort nie brechen werden.«

»Das wissen Sie?«

»Ich kenne Sie schon sehr genau.« Die Kirstaskaja wandte sich abrupt ab. »Ich möchte Ihre Apotheke sehen. Ich habe die Möglichkeit, Ihnen Fehlendes zu beschaffen. In einer Woche geht meine Medikamentenliste nach Jakutsk ab.«

»Dann schreiben Sie alles auf, von A bis Z. Ich habe gar nichts! Nur Vertrauen auf die menschliche Abwehrkraft.«

»Das ist schon etwas. Buchstabe A.«

In der Lagerapotheke, in diesem kleinen, muffigen Raum mit den zwei lächerlichen Regalen, der kaum größer als eine Speisekammer war, schloß die Kirstaskaja die Tür mit einem Fußtritt und hob beide Hände, die Flächen nach außen, wie ein sich ergebender Gegner.

»Wir sind verfluchte Menschen«, sagte sie, und ihre tiefe Stimme zerwehte wie Schleier aus schwarzem Nebel. »Warum sollen wir nicht verflucht leben . . .?«

Dann küßten sie sich, und nach diesem Kuß, der hart und heiß war, in dem Jahrzehnte von Sehnsucht und ungestillter Lust lagen, die Glut wilden Blutes und die Unersättlichkeit eines Durstigen, hielten sie sich umklammert, umschlungen mit beiden Armen, Kopf an Kopf, Leib an Leib, und es war, als sauge der volle, lebenspralle Körper der Kirstaskaja den langen, knochigen deutschen Lebenslänglichen auf, wie eine Riesenspinne eine Eintagsfliege, wie ein Vampir ein blutleeres Opfer.

»Wir sind Verrückte«, sagte Dr. Langgässer und legte seine Stirn auf die blonden Haare Katharina Iwanownas. »Wir zerstören uns selbst . . .«

»Ist das nicht der Sinn? Ist es nicht herrlich, so zu lieben, daß man daran zugrunde geht? Wie sagte euer großer Schiller: Eine Nacht, gelebt im Paradiese, ist nicht zu teuer mit dem Tod gesühnt!«

»Schiller war ein Dichter. Du bist eine sowjetische Ärztin . . . ich bin ein deutscher Plenny. Ein Lebenslänglicher. Einer aus dem Schweigelager. Ein für die übrige Welt Toter! Für uns gelten keine Dichtersprüche. Für uns gilt nur der Befehl Moskaus. Und der lautet bei mir: Arbeite hinter Stacheldraht, bis du krepierst. – Und deshalb ist es Wahnsinn, Katharina . . .«

Er wollte sich aus ihren Armen lösen, aber sie verstärkte den Druck und hielt ihn fest. Oh, wie stark sie war, wie gesund, wie prall von Leben.

»Deine Augen«, sagte sie leise. »Deine goldenen Augen. Ich lasse dich nicht wieder los! Ich hole dich zu mir nach Bulinskij.

Niemand kann uns mehr trennen.«

»In zwei Jahren sollen wir verlegt werden. Das wissen wir schon.«

»Ich ziehe mit! Ich werde zur Marketenderin eures Lagers. Die Welt kann nicht größer sein als meine Liebe.« Sie nahm seinen Kopf in beide Hände und küßte seine Augen. »Wir sind Verrückte, Ljubimez . . . ich weiß es . . . aber was bleibt uns denn vom Leben noch als diese Verrücktheit? Sag es . . .«

»Nichts.« Dr. Langgässer suchte wieder ihre Lippen. Unter seinen Händen wand sich ihr Körper, und als sie höher glitten, legten sich ihre Brüste in seine Handflächen, warm und fest und voller Atem. »Wärst du doch nie gekommen«, stammelte er, bevor ihre Lippen ihn wieder hineinzogen in das Feuer von Glück und unerträglicher Erwartung. »Ich verrate zwanzig Jahre . . .«

»Du liebst und mußt sie nachholen! Wir haben beide unsere Zeit verloren und finden sie nun wieder . . . Unsere Uhren gehen rückwärts . . . und nur in Sibirien ist das möglich . . . nur bei mir . . .«

Als sie sich wieder küßten, hätte die Sonne vom Himmel fallen können . . . sie hätte sie nicht getrennt.

Mit den glänzenden Augen eines beschenkten Kindes betrat die Kirstaskaja später das Zimmer von Major Kraswenkow. Schamow, der Kaufmann, war gerade dabei, zu resignieren. Kraswenkow, dieser einbeinige, hinkende Satan, hatte ihm gerade vorgerechnet, daß er sich um zwei Rubel und neun Kopeken zu seinen Gunsten verrechnet hatte. Schamow prüfte es dreimal nach, aber die Zahlen stimmten.

»Die Zahlen ja, du Edelrind!« schrie Major Kraswenkow. »Aber in den Posten hast du mich betrogen, du schamloser Beischläfer! Seit wann kosten die marinierten Pilze zehn Rubel? Schon fünf wären ein Wucherpreis!«

»Ein schlechtes Pilzjahr war's, Genosse Major«, jammerte der Kaufmann Schamow. »Man mußte suchen wie nach Hermelinen.«

»Ich will keine Hermeline fressen, sondern Pilze! Großzügig bin ich noch, dir von deinem Wucherpreis nur zwei Rubel abzuziehen und von dem Mehl nur neun Kopeken . . .«

»Weizenmehl, Genosse!« schrie Schamow. »Wissen Sie, wie selten Weizenmehl in diesem Jahr ist?«

»Die Rechnung stimmt!« sagte Major Kraswenkow und zählte Schamow die Rubelchen auf den Tisch. »Nimm sie und verschwinde! Es ist ekelhaft, sich mit einem Krämer herumschlagen zu müssen! Ich, ein Held des Großen Vaterländischen Krieges! Die Brust voller Orden habe ich . . .«

»Ich sehe es, Genosse Major!« schrie der Kaufmann Schamow. »Ich stehe vor Ihnen stramm, Väterchen, und salutiere – aber mir zwei Rubel und neun Kopeken abzuziehen, das ist schrecklich!«

So war die Lage, als die Kirstaskaja eintrat. »Mein Käferchen!« rief Major Kraswenkow und deutete auf einen der Korbsessel. »Setz dich. Man wird gleich Tee bringen. Kennst du diesen widerlichen Menschen da? Schamow heißt er. Ein völlig schamloser Bursche ist er. Will einen Major der Roten Armee betrügen, will ihn heimlich in den Hintern treten! Ein Männlein aus Schleim! Pfui!«

»Hören Sie zu, Genossin Ärztin!« sagte Schamow schwitzend. »Jeder weiß, daß in diesem Jahr die Pilze –«

Die Kirstaskaja unterbrach Schamows Rede mit einer weiten Handbewegung. Sie setzte sich auch nicht, sondern sah Major Kraswenkow aus zusammengezogenen Brauen an. Aber das Leuchten in ihren Augen blieb. Wer konnte es auch abstellen? Ihre Seele brannte.

»Der Amputierte muß morgen zur Nachoperation ins Krankenhaus von Bulinskij. Nur dort habe ich die Möglichkeit einer sauberen Stumpfbereinigung. Geht das, Genosse Major?« fragte sie.

Kraswenkow sah sie irritiert an. »So dienstlich, mein goldenes Schwänchen? Natürlich geht es, wenn es notwendig ist.«

»Ich denke, Irkutsk muß es genehmigen?«

»Natürlich.«

»Sie werden den Antrag stellen?«

»Bin ich ein Mensch, der Steine frißt?« Kraswenkow klopfte mit seiner Gerte an sein Holzbein. »Holen Sie den Plenny morgen ab, und schnippeln Sie an ihm herum. Ehe Irkutsk sich dazu äußert oder gar einen Fragebogen schickt, wächst dem Mann schon ein drittes Bein!«

»Dr. Langgässer muß ebenfalls abgestellt werden.«

»Das ist schon schwieriger, Katharina Iwanowna.«

»Er muß assistieren. Er gibt Ihnen sein Ehrenwort . . .«

»Der Doktor reißt nicht aus, das weiß ich! Aber sonst? Wie lange brauchen Sie ihn?«

»Drei Tage . . . oder vier . . . vielleicht eine Woche . . .«

»Reicht das?« Major Kraswenkow sah die Kirstaskaja aus gütigen Augen an. Um seinen schmalen, faltigen Mund zuckte es. »Die Stunden vergehen schnell, Töchterchen . . .«

»Sie sind ein wundervoller Mann, Wassilij Gregorowitsch«, sagte die Kirstaskaja leise.

»Nur leider zu alt für dich.«

»Und Sie haben keine goldenen Augen . . .«

»Auch das nicht.« Kraswenkow schob Schamow den kleinen Berg Rubelscheine zu. »Nimm endlich, du elender Gauner. Beim nächstenmal schlägst du es doch irgendwo auf.«

»Sie verkennen mich, Genosse«, sagte Schamow beleidigt und steckte das Geld in einen ledernen Beutel. »Alle verkennen mich. Es ist ein harter Beruf, Kaufmann zu sein und seinen ehrlichen Ruf zu wahren . . .«

Die Rückfahrt verlief fröhlich. Borja und Schamow sangen ein altes Reiterlied, und die Kirstaskaja sah über die Lena und war so glücklich wie noch nie in ihrem Leben.

Borja hatte allen Grund, lustig zu sein. Er hatte einen großen Tag erlebt. Denn kaum war der junge Leutnant Stepan Maximowitsch in der Kommandanturbaracke verschwunden, trat einer der Posten an Borja heran, klopfte ihm auf die Schulter und sagte:

»Hör mit dem Tänzchen auf, Brüderchen. Sag, was du mit hast und wo es versteckt ist. Wir liefern es den Deutschen ab. Sie teilen es mit uns. Aber das weiß der Genosse Leutnant nicht. Stepan Maximowitsch ist ein ganz Scharfer. Als Findelkind im staatlichen Waisenhaus erzogen, dann Komsomolze, dann Kriegsschule. Muß einer da nicht so werden? Komm, sei ein Freund, Brüderchen, und rück mit dem Verborgenen heraus.«

So wurde Borja seine Geschenke an die Lebenslänglichen los. War das nicht ein Grund, fröhlich zu sein, frage ich euch, Genossen? Wenn noch Ehrlichkeit unter den Menschen herrscht und Menschenliebe in den Gehirnen wohnt . . . wahrlich, da ist ein frohes Liedchen angebracht.

Mit Schamow war es anders. Er hatte um zwei Rubel und neun Kopeken gekämpft wie eine Wölfin um ihr Junges, aber nur Ablenkung war das, Freunde, nur geschickte, üble Ablenkung. Denn auf alle Waren hatte Schamow ein paar Kopeken aufgeschlagen, und unter Abrechnung der verlorenen neun Kopeken und zwei Rubel hatte er immer noch im ganzen fünfzehn Rubel und sieben Kopeken mehr verdient, als ihm zustanden. So einer war der Schamow!

Ein wirklicher Kaufmann – man soll's ihm lassen, Genossen!

Katharina Kirstaskaja atmete die reine Luft, die von der Lena herüberwehte. Der Weg war staubig, unter den Hufen der Pferde wehten gelbe Wolken auf ... aber der Staubnebel zog nur bis zu den hohen, knarrenden Rädern und trieb hinüber in den Wald. Oben, im Wagen, wehte der Wind vom Strom. Nach Wasser roch es, nach Kühle, nach einer kalten, streichelnden Hand auf eine fieberheißen Stirn.

In der Tasche trug die Kirstaskaja einen Brief. Dr. Langgässer hatte ihn ihr mitgegeben. Und sie hatte versprochen, ihn aus Rußland hinauszuschmuggeln. Mit den Mongolen, wenn sie bei Herbsteinbruch wieder nach Süden gelangten. Nach zwanzig Jahren der erste Brief.

Ein Brief an seine Mutter. Frau Berta Langgässer. Lüneburg. Heidkampweg 19.

Bitte nachsenden, wenn verzogen.

Bitte vernichten, wenn keine Überlebenden.

Zwanzig Jahre ... welche eine Fülle von Tagen, in denen ein Leben vergehen kann.

Frau Berta Langgässer.

Liebste Mama ...

Ich lebe.

Ich weiß, mehr brauche ich nicht zu sagen, um Dich unsagbar glücklich zu machen.

Liebste Mama ...

Seit zwanzig Jahren sehe ich Dich vor mir, und Du sagst zu mir: Kopf hoch, Junge.

Weißt Du noch, wie ich weinte, als ich mir das Knie aufschlug?

Wieviel ist jetzt aufgeschlagen ...«

Die Kirstaskaja blickte über den breiten Strom. Die Lena glänzte in der Sommersonne wie flüssiges Silber.

Ich werde heute nacht nicht schlafen, dachte sie. Nein, ich werde nicht schlafen können. Ich werde die Freude der Erwartung genießen. Wie grausam atemberauend ist es doch, wenn eine Frau alle Dämme niederreißt und eine Sturmflut wird, die Himmel und Meer vereinigt.

»Hoj! Hoj!« schrie Borja und lachte. Der Kirchturm von Bulinskij kam in Sicht. Auf der Lena zogen sie die Netze ein.

Ist es nicht ein herrliches Leben in der Taiga?

Wenn die Sonne scheint ...

Am Morgen des folgenden Tages wurde der Plenny Peter Kleefeld dem Major Kraswenkow vorgestellt. Dr. Langgässer hatte ihn wieder arbeitsfähig geschrieben, und es war die Pflicht des Lagerkommandanten, sich davon zu überzeugen. Zumindest hielt es Major Kraswenkow so. Er war das »Väterchen« seiner Lebenslänglichen. Ihre Gesundheit war auch seine Gesundheit.

»Aha! Unser Schlafwandler!« sagte Kraswenkow, als Kleefeld in die Amtsstube kam und strammstand. Er hatte noch ein gelbgrün getöntes Auge, und auf dem rechten Fuß hinkte er etwas.

Kleefeld holte tief Atem. Er war allein mit Kraswenkow im Zimmer, niemand hörte ihn, niemand konnte ihn an seinem Vorsatz hindern.

»Ich habe eine Meldung zu machen, Herr Major!« sagte er.

Kraswenkow hob die Augenbrauen. Da kommt Unangenehmes auf mich zu, fühlte er. Man muß daran vorbeihorchen. Die Sache mit dem Schlafwandeln glaubt ja doch keiner. Aber das ist eine interne Angelegenheit des Lagers, das braucht Jakutsk nicht zu wissen. Eine Meldung jedoch muß weitergegeben werden.

»Fühlen Sie sich wieder gesund?« fragte er deshalb.

»Eine dringende Meldung, Herr Major«, wiederholte Kleefeld.

»Sie werden die ersten drei Wochen noch Küchendienst machen.« Kraswenkow winkte lässig mit der rechten Hand. »Dann soll der Lagerführer Sie für das Holzsammelkommando einteilen.«

»Herr Major . . .« Kleefeld zog den Kopf zwischen die Schultern. Nach Hause, dachte er. Nach Hause! Frei! Nicht in Sibirien verrekken und unter einem Birkenkreuz verfaulen. Ich habe einen Hof mit dreihundert Morgen, davon zweihundert unterm Pflug!

»Noch etwas?« Kraswenkows Stimme hob sich.

»Bleibt es bei dem Angebot, daß man sofort entlassen wird, wenn . . . wenn . . .« Kleefeld schluckte wieder. Ein Kloß steckte in seinem Hals. Jemand würgte ihn, er drehte sich um, aber da war niemand. Allein stand er mitten im Kommandantenzimmer. War es Angst? Das Gewissen?

»Verrat wird von bestimmten Kreisen immer belohnt!« Kraswenkow sah Kleefeld, diesen schmächtigen, blaugeschlagenen deutschen Plenny, aus harten Augen an. »Überlegen Sie sich, was Sie sagen wollen.«

»Eine Meldung, Herr Major . . .« Kleefeld rang die Hände. Die Fingergelenke knackten laut. »Schü . . . schützen Sie mich vor den anderen, wenn ich es melde? Sie schlagen mich sonst tot . . .«

»Es wird leider meine Pflicht sein«, antwortete Kraswenkow steif. »Sie *wollen* die Meldung machen?«

»Ich will nach Hause, Herr Major. Verstehen Sie das nicht? Ich habe drei Kinder . . .«

»Reden Sie!« Major Kraswenkow humpelte zu einem Tisch. Von dort aus schlug er mit der Faust gegen die Holzwand. Aus dem Nebenzimmer ertönte eine Antwort.

»Sofort, Herr Major!«

Leutnant Maximowitsch. Kleefeld erbleichte.

»Muß . . . muß er dabeisein, Herr Major?«

»Natürlich. Als Zeuge und Protokollführer.« Leutnant Stepan Maximowitsch trat ein, stand stramm, grüßte und musterte aus den Augenwinkeln den deutschen Plenny. Eine Beschwerde? O Brüderchen, keine ruhige Minute wirst du haben!

»Schreiben Sie, Stepan Maximowitsch«, sagte Kraswenkow und zeigte auf den Tisch. »Nr. P/49618 hat eine Meldung zu machen.«

»Zu Befehl.« Der junge Leutnant setzte sich und wandte den Kopf dann zu Kleefeld. Der Deutsche zitterte, als stünde er im schneidenden Frost. Seine Zähne klapperten. »Was soll ich schreiben?«

»Reden Sie!« sagte Kraswenkow hart.

»Ich melde . . . ich melde . . .« Kleefeld sah sich wieder um. Sein Herz zerschmolz im Feuer der Angst. »Ich melde, daß ich Semjonow gesehen habe . . . den Mann auf dem Steckbrief . . . den amerikanischen Spion . . .«

Leutnant Maximowitsch sprang auf. Der Stuhl krachte hinter ihm auf die Dielen.

»Er ist verrückt, Genosse Major!« rief er.

»Lassen Sie ihn reden, Stepan Maximowitsch.« Kraswenkow drehte sich um, ging zu seinem Korbsessel, setzte sich und entfaltete die *Jakutskaja Prawda.* »Schreiben Sie, was er sagt.«

»Also? Dawai!« rief Leutnant Stepan Maximowitsch. Kleefeld nickte mehrmals, wie aufgedreht.

»Er war hier im Lager. Ich habe ihn erkannt. Zusammen mit der Ärztin ist er gekommen . . .«

Das war der Augenblick, wo Major Kraswenkow explodierte. Er sprang auf, und so schnell ihn sein Holzbein trug, stampfte er auf Kleefeld zu, hob die Hand und gab ihm eine schallende Ohrfeige. Kleefeld stöhnte leise auf, fiel gegen die Wand, und Blut tropfte aus seiner Nase über den zuckenden, faltigen Mund.

»Laß die Genossin Kirstaskaja aus dem Spiel!« schrie Kraswenkow.

»Aber er war bei ihr«, stammelte Peter Kleefeld. »Er war hier im Lager. Mit dem Doktor hat er auch gesprochen und mit Hauptmann Rhoderich.«

Major Kraswenkow starrte Kleefeld an. »Ein schönes Schwein bist du«, sagte er leise. »Ein wunderschönes, dreckiges Schwein!« Und dann spitzte er die Lippen und tat etwas, was niemand dem guten Väterchen Kraswenkow zugetraut hätte: Er spuckte Kleefeld an. Er spuckte ihm mitten zwischen die Augen, und der Speichel lief ihm über die Nasenwurzel und tropfte von dort bis zur Spitze und dann auf das Kinn. Kleefeld rührte sich nicht. Gelähmt stand er da, mit hängenden Armen, und sein Blick war stier und irr und wie erfroren.

»Was soll ich schreiben, Genosse Major?« fragte Leutnant Maximowitsch vom Tisch her.

»Machen Sie eine einfache Meldung an Generalmajor Matweij Nikiforowitsch Karpuschin in Jakutsk. Parteihaus. Der Strafgefangene Peter Kleefeld, Nr. P/49618, meldet, daß er den gesuchten Spion Semjonow gesehen haben will. Er war mit einem Bauerngefährt im Lager und muß deshalb in Bulinskij oder näherer Umgebung wohnen.« Kraswenkow nickte. Es war erledigt. Was nun folgte, war der Sturm, mit dem Karpuschin über Bulinskij hereinbrechen würde.

»Werde . . . werde ich entlassen?« stammelte Kleefeld dumpf. »Man hat es versprochen . . . die fünftausend Rubel will ich nicht . . . nur eine Fahrkarte nach Hause . . . nach Hause . . .«

»Generalmajor Karpuschin wird alles veranlassen! Gehen Sie jetzt, Sie stinkendes Schwein!«

Peter Kleefeld rannte aus dem Zimmer, als läge im Fortlaufen sein ganzes Leben.

Niemand hatte diese Meldung gehört bis auf den Major und Leutnant Maximowitsch. Aber ein Gefangenenlager hat Ohren, feiner als die eines Luchses.

Schon eine Stunde später wußten der Lagerälteste Josef Much, Dr. Langgässer und der Lagerkommandant Hauptmann Rhoderich, was Kleefeld zu Protokoll gegeben hatte. Woher sie es wußten, wird niemals festzustellen sein.

Am nächsten Morgen fand man Peter Kleefeld.

Er war in dem Waschkessel, in dem man den Kapusta wusch, ehe er hinüber zu den Kochkesseln kam, ertrunken.

Mit dem Kopf hing er im schmutzigen Wasser. Ein merkwürdiger Unfall war's, denn in der Hand hielt er noch das Messer vom Kartoffelschälen. Was hat aber einer, der Kartoffeln schält, am Kapustakessel zu suchen?

»Tod durch Ersticken«, stellte Dr. Langgässer nach der Untersuchung sachlich fest. Er zog ein Leinentuch über das fahle, verzerrte Gesicht Kleefelds und sah Major Kraswenkow mit leicht geneigtem Kopf an. »Er ist ertrunken, Herr Major.«

»Und keiner hat es gesehen? Mitten in der Küche?«

»Jeder hat seine Arbeit, Herr Major.« Hauptmann Rhoderich hob die Schultern. »Ein tragischer Unglücksfall.«

Der Körper Kleefelds wurde hinausgetragen. Alle folgten ihm, bis auf Dr. Langgässer und Major Kraswenkow. Sie warteten, bis die Tür zufiel und sie im Untersuchungszimmer allein waren.

»Man könnte jetzt auch bestimmte Worte des Toten vergessen, Herr Major«, sagte Dr. Langgässer.

»Man könnte!« Kraswenkow schlug nervös mit der Gerte gegen sein Holzbein. »Leutnant Maximowitsch hat die Meldung gestern abend noch mit einem Kurier nach Jakutsk gebracht. Heute morgen muß Karpuschin sie bekommen haben. Ich erwarte ihn jede Stunde.«

»Also zu spät?«

»Ja. Zu spät!« Kraswenkow humpelte zur Tür. »Das einzige, was ich tun kann, ist der Versuch, Katharina Kirstaskaja zu retten . . .«

Dr. Langgässer drehte sich um und drückte die heiße Stirn gegen die Fensterscheibe.

Zum erstenmal spürte er, daß er kaum noch die Kraft besaß, sein Schicksal zu ertragen.

Als das Motorboot an der Landestelle der Landzunge in der Muna festmachte und die Kirstaskaja an Land rannte, wußte Semjonow, daß es soweit war.

Ludmilla hatte bereits alles gepackt, was mitzunehmen sich lohnte. Drei Säcke hatte sie mit Wäsche gefüllt, zwei große lederne Beutel enthielten die nötigsten Haushaltsgeräte. In einer Felltasche waren die Sachen für Nadja, und für Nadja selbst gab es eine Tragtasche aus Leder, an den Seiten mit Fellstreifen verziert.

»Katharina kommt«, sagte Semjonow und ging hinaus. Ludmilla folgte ihm, und so standen sie vor ihrem Haus, Hand in Hand, wie einst Adam und Eva, als sie den Engel mit dem flammenden Schwert kommen sahen und wußten, daß sie das Paradies verloren hatten.

»Ihr müßt weg!« schrie die Kirstaskaja schon von weitem im Laufen. »Karpuschin kommt! Major Kraswenkow hat angerufen! Einer eurer deutschen Gefangenen hat euch verraten!«

Semjonow senkte den Kopf. Er hatte es erwartet. Unter den Jägern der Taiga war er ein freier Mann gewesen. Bei Schliemann und den ehemaligen deutschen Plennies war er zu Hause, Bürger von Nowo Bulinskij. Und dann kamen die Lebenslänglichen und Karpuschins satanisches Versprechen der sofortigen Heimkehr. Keinem hatte er es gesagt, auch nicht Ludmilla ... aber als er wußte, daß sein Steckbrief verteilt worden war, konnte er die Tage zählen, bis das eintraf, was nun geschehen war.

»Alles ist schon gepackt«, sagte Ludmilla, als die Kirstaskaja ihr um den Hals fiel und weinte. Das war ebenso ungeheuerlich, die Kirstaskaja weinen zu sehen, wie wenn eine Wüste über Nacht blüht oder auf einem nackten Felsen Kornfelder sprießen. Vom Boot kamen Schliemann, Wancke und andere Männer aus Nowo Bulinskij gelaufen und umringten Semjonow.

»Ich bringe diesen Kerl um!« schrie Schliemann. »Wir wissen auch schon, wie! Statt der täglichen Spenden für das Lager legen wir jetzt Zettel unter die Bäume: Es gibt erst wieder Fressen, wenn ihr meldet, daß der Verräter nicht mehr lebt! – Du sollst sehen, wie das wirkt! Wie einen tollen Hund werden sie den Lumpen erschlagen!«

»Was ändert das?« Semjonow zeigte zum Haus. »Drinnen steht alles bereit. Wir können sofort fahren. Nur weiß ich nicht mehr, wohin ...«

Sie gingen alle ins Haus, und dort legte ihnen die Kirstaskaja ihren Plan vor. Er war lächerlich einfach.

»Wir bringen euch nach Shigansk«, sagte sie und zeigte auf einer Karte den Weg. »Von Shigansk fahrt ihr mit der Kleinbahn nach Jakutsk. Dort geht ein Zug nach Irkutsk. Von Irkutsk fahrt ihr mit dem Zug nach Nowosibirsk, steigt dort um in die Südroute und fahrt nach Alma-Ata. In Alma-Ata gibt es Züge nach Taschkent und Sarmakand bis zur iranischen Grenze.« Die Kirstaskaja richtete sich von der Karte auf. Ihr schönes, wildes Gesicht war um Jahre älter geworden. Tiefe Falten hatte sie in den Mundwinkeln.

»Über die Grenze müßt ihr zu Fuß, durch das Gebirge ... Ihr werdet, wenn alle Züge fahren, drei oder vier Wochen unterwegs sein.«

Semjonow betrachtete die Karte und den eingezeichneten Weg. Wieder quer durch das asiatische Rußland, dachte er. Mit einer Frau und einem kleinen Kind, das gerade zu laufen beginnt. Wieder eine Flucht ins Ungewisse ... aber diesmal aus Rußland hinaus.

Hinaus aus Sibirien. Weg aus der Taiga. Nie mehr den großen Strom vor Augen. Nie mehr das Rauschen der Wälder. Nie mehr der unendliche, weite, offene, Gott so nahe Himmel.

Er sah Ludmilla an und erkannte, daß sie den gleichen Gedanken hatte. Aber sie nickte ihm zu und lächelte.

Komm, Pawluscha, hieß dieses zaghafte Lächeln. Komm. Überall, wo wir zusammen leben, wird die Taiga sein, die breite Lena, der Schneesturm und der heiße Steppenwind, und unser blauer, goldglitzernder Himmel mit den Wolken, die wie weiße Schiffe mit geblähten Segeln über die Wälder schweben.

Sibirien – das ist nicht ein grüner Fleck auf der Karte. Sibirien, das ist in uns. Unser Herz. Unser Blut. Unser Hirn. Wir werden es nie verlieren ... ganz gleich, wo wir einmal leben und sterben werden ...

»Fahren wir!« sagte Semjonow rauh und richtete sich auf. Er trug die kleine Nadja zu der ledernen Tragtasche und setzte sie hinein in das weiche Polster aus Lammfell. Schliemann, Wancke und die anderen Männer aus Bulinskij griffen nach den Säcken und Beuteln und trugen sie zum Boot. Die Kirstaskaja stand da, fremd in ihrer lautlosen Trauer, zum erstenmal in ihrem Leben tatenlos und ohne Kraft.

»Alles im Boot!« rief Schliemann von draußen. »Das Pferdchen holen wir morgen! Kommt jetzt ... wer weiß, was in Bulinskij schon los ist!«

Semjonow und Ludmilla faßten sich wieder an den Händen. Sie gingen hinaus, hinüber zum kleinen Stall und stellten sich vor das kleine, struppige, treue Pferdchen.

»Leb wohl, moj druk«, sagte Ludmilla leise und streichelte es zwischen den Augen. Dann umarmte sie es und drückte den schmalen, schnaubenden Kopf an sich. »Mein Gäulchen«, sagte sie mit leiser Stimme. »Mein liebes, liebes Gäulchen ...«

Semjonow biß die Zähne zusammen. Er tätschelte den Hals des

Pferdchens, ging dann zur Futterkiste und holte einen halben Sack voll Hafer, schüttete ihn in die Krippe und klopfte dem Struppigen auf die Kruppe.

»Laß es dir gut schmecken, mein Lieber«, sagte er laut. »Und denk an uns, wenn Gott dir Gedanken gegeben hat . . .«

Dann waren sie auf dem Boot und sahen zurück auf ihr kleines, im Blau des Tages versinkendes Paradies. Die Halbinsel mit dem Schilf, das moosbewachsene Dach der Goldgräberhütte, dahinter die hohe, dichte, grüne Wand der Taiga, in denen der Bär hauste und im Winter der Wolf heulte.

Das Wasser der Muna glitzerte silbern. Von fern rauschte die Stromschnelle, die zum Schicksal Haffners geworden war. Das Hämmern von Preßluftbohrern unterbrach in Abständen die Stille. Ein Kommando der Achatschleiferei war dabei, neue Rohsteine zu brechen.

»Unsere Welt«, sagte Semjonow leise und legte den Arm um Ludmillas Schulter. »Unsere Welt versinkt . . .«

»Eine neue kommt, Pawluscha«, erwiderte Ludmilla leise und legte ihr Gesicht gegen seine Hand. »Wir leben doch . . . du und ich und unsere Nadja . . .«

Gegen Mittag fuhren sie mitten auf der Lena an Nowo Bulinskij vorbei.

Der Zwiebelturm der Kirche glänzte in der Sonne, der Wasserturm, die Silos der Sowchose Munaska, das Dach des Krankenhauses, wo jetzt Borja am Fenster stand, gegen die Wand schlug und heulte wie ein getretener junger Hund. Am Landesteg von Bulinskij schienen viele Menschen zu stehen. Man sah es vom Strom aus nicht so genau, aber es war eine dunkle Ansammlung am Ufer, wie eine zusammengeballte Gruppe Ameisen.

»Karpuschin ist noch nicht da!« schrie Schliemann, der am Ruder stand. Er zog an einer Leine, und eine Sirene gellte dreimal kurz auf. »Alle stehen am Fluß und winken jetzt. Da, hörst du, Pawel Konstantinowitsch?«

Über den Strom klang der dünne Ton der Glocke von Bulinskij. Frolowski, der »Dreieckige«, hing am Seil, und allen Schmerz, allen Kummer, alle Tränen legte er in sein Ziehen und weinte mit jedem Anschlag und fluchte gleichzeitig. Er war außer sich, der gute Frolowski, und schrie den Himmel und die Hölle an, diesen Tag einmal zu rächen.

»Die Glocke«, sagte Ludmilla leise und bekreuzigte sich. »Pawluscha . . . diesen Ton nehme ich mit ans Ende der Welt . . .«

Am Ufer stand in der Menge der Winkenden auch Väterchen Alexeij, der Pope. Geschmückt mit dem goldbestickten Chorrock und auf dem Kopf die glitzernde Kamilawka, hob er beide Hände und segnete den kleinen, in der Sonne blitzenden Punkt, der über die Lena raste, eingehüllt in eine Wolke von Gischt und spritzendem Wasser.

»Christus sei mit euch!« sagte Väterchen Alexeij laut. »Bis an der Welt Ende!«

»Amen!« sprachen dumpf die Männer und Frauen am Ufer und bekreuzigten sich.

Und der silberne Punkt raste weiter nach Süden und wurde vom Himmel, der hinunter bis auf die Lena hing, aufgesogen.

Noch einmal sahen sich Semjonow und Ludmilla um. Die Zwiebel des Kirchturms war das letzte, was sie gegen die grüne Wand der Taiga erkennen konnten.

Und dann war nur noch die Glocke da. Ihr weher Ton. Ihr in der Weite ersterbender Ruf. Und dann nichts mehr. Nur noch das Geräusch der Schiffsmotoren und das Rauschen der Lena.

Es gab keine Heimat mehr.

Am Nachmittag waren sie in Shigansk.

Kurz bevor sie anlegten, erlebten Semjonow und Ludmilla eine Überraschung, die ihnen ans Herz griff. Schliemann legte auf einen Klapptisch einen Haufen Rubelscheine.

»Das ist für euch«, sagte er dabei. »Dreitausend Rubel beträgt dein Anteil an der Achatschleiferei, Pawel Konstantinowitsch. Und als der Major bei der Ärztin anrief, haben wir sofort im Ort gesammelt. Fast jeder hat zehn Rubel gegeben. Schamow sogar zwanzig. Eintausenddreihundertfünfundsiebzig Rubel sind so noch zusammengekommen, als letzter Gruß von Nowo Bulinskij.« Schliemanns Stimme schwankte. Um seine Rührung zu verbergen, klopfte er auf den Rubelhaufen. »Nimm!« schrie er.

»Glotz mich nicht so an! Nimm das Geld.«

»Viertausenddreihundertfünfundsiebzig Rubel.« Semjonows Lippen zitterten. »Ihr macht uns zu reichen Leuten, Egonowitsch. Damit können wir uns irgendwo ein neues Leben aufbauen.«

Sie sahen sich an, die beiden Männer, die aussahen wie wettergegerbte Sibiriaken und doch Deutsche waren und in diesem Augenblick des Abschieds wieder zurückkehrten zu ihrem wahren Wesen. Um den Hals fielen sie sich, sie küßten sich wie Russen, dreimal auf jede Wange, aber als sie dann sprachen, redeten sie Deutsch.

»Gehst du nach Deutschland zurück, wenn du durchkommst?« fragte Schliemann und hielt Semjonow umfaßt.

»Vielleicht. Ich weiß nicht, was mich draußen erwartet.«

»Wenn du zurückkommst, fährst du dann auch mal nach Recklinghausen?«

»Ja, sicher, Egon.«

»Ruhrstraße siebzehn. Da habe ich gewohnt. Soll alles platt sein von den Bomben. Aber du guckst mal nach, ja?«

»Ich verspreche es dir.«

»Danke, Kumpel.«

Schliemann riß sich los, umarmte Ludmilla, küßte sie und rannte an den Bug des Schiffes, blieb dort stehen und starrte in die träge fließende Lena.

Wancke umarmte Semjonow und Ludmilla, und auch alle anderen lagen in ihren Armen und küßten sie und rissen sich los wie vom Bruder und von der Schwester. Als letzte stand die Kirstaskaja da, bleich, mit verkniffenem Gesicht, das Elend ihrer Seele in eine ohnmächtige Wut gegen das Schicksal hüllend. Sie hatte die ganze Fahrt über an der Bordwand gestanden. Das Wasser hatte sie völlig durchnäßt, ihre blonden Haare klebten um ihren schönen Kopf, aber ihre dunkelblauen Augen waren wie erloschen. Der Glanz fehlte ihnen. Ein Schleier hing über ihnen, wie vor dem Antlitz einer Witwe.

»Wir werden uns nie wiedersehen«, sagte sie leise, als Semjonow und Ludmilla vor ihr standen und jeder eine Hand von ihr festhielt, eine schlaffe, leblose, eiskalte Hand.

»Nein«, antwortete Semjonow dumpf. »Wir sehen uns nie wieder, Katharina Iwanowna.«

»Ich habe euch geliebt wie mich selbst.«

»Ich weiß es.«

»Mit euch geht der letzte Teil meiner Jugend dahin. Ich werde von nun an eine Greisin sein.« Sie sah Ludmilla groß an, so wie ein Sterbender noch einmal seine Welt betrachtet, ehe sie sich verdunkelt. »Werde glücklich, Ludmilla. Du hast den größten Schatz, deinen Pawel Konstantinowitsch.«

»Ich werde immer an dich denken, Schwesterchen.« Ludmilla neigte den Kopf. »Leb wohl . . .«

Semjonow nagte an der Unterlippe. Er wollte ihr noch etwas sagen, aber er tat es nicht, weil er seiner Stimme nicht mehr sicher war.

»In einer halben Stunde fährt die Bahn nach Jakutsk«, sagte Schliemann warnend.

Semjonow nickte. Er umfaßte Ludmilla, die zu weinen begann, und nahm mit der anderen Hand die Tragtasche, in der die kleine Nadja schlief. Während Schliemann und Wancke mit dem Gepäck schon auf dem Steg waren, drehte er sich noch einmal nach der Kirstaskaja um.

Sie stand an der Bordwand, hatte die Fäuste geballt und schlug in stummer Verzweiflung gegen das Eisen, immer und immer wieder. Ein dumpfer Paukenwirbel unsagbaren Schmerzes.

Dann begann Semjonow zu rennen. Er zog Ludmilla mit sich, rannte über den Steg an Land, rannte zwischen Karren und Schuppen in die Stadt, ohne sich umzusehen, ohne noch einmal die Lena zu grüßen oder das weiße Boot und die Frauengestalt, die mit ihren Fäusten an die Bordwand schlug.

Eine halbe Stunde später saßen sie in der Kleinbahn nach Jakutsk, die hauptsächlich Holz befördert und nur zwei Personenwagen mit sich führt. Sie fuhren zwischen Taiga und Lena nach Süden, an der Straße entlang, die Semjonow mit seinem Lastwagen gefahren war, als er vor Karpuschin flüchtete.

Es war Nacht, als sie in Jakutsk ankamen. Der nächste Zug nach Irkutsk fuhr nicht, weil es gar keinen gab. Die in den Karten eingezeichnete Strecke wurde erst in drei oder vier Jahren eröffnet. Solange stand sie als »geplant« auf den Karten und im Streckenverzeichnis. Nur Züge in die nächste Umgebung von Jakutsk gab es. Kleinbahnen für die Bauern und Händler.

»Ihr müßt fliegen, Genossen!« sagte der Bahnhofvorsteher, an den sich Semjonow wandte. »Ein anständiger Bürger macht sich den Fortschritt zunutze und fliegt! Wenn ihr Glück habt, bekommt ihr noch einen Platz. Sie fliegen viermal am Tag nach Irkutsk.«

Mit einer Autotaxe fuhren sie zum Flugplatz. Dort standen bereits zwei Schlangen Reisender an den Fahrkartenschaltern an und warteten, bis sie für den ersten Flug am frühen Morgen geöffnet wurden.

»Warte hier«, sagte Semjonow zu Ludmilla und führte sie zu einer Bank. Sie legte sich darauf, stellte die Tasche mit Nadja neben sich und schlief ein, als sie kaum lag.

Semjonow aber ging durch eine Tür, über der »Eintritt nicht

gestattet« stand, in die Räume der Fahrkartenbeamten und traf einen schläfrigen Genossen an, der die Kasse und die Flugkarten bewachte.

»Zwei Karten für den ersten Flug nach Irkutsk brauche ich, Brüderchen«, sagte Semjonow, setzte sich dem verblüfften Beamten gegenüber und legte vier Hundertrubelscheine auf den Tisch. »Was übrigbleibt, ist für deine Matka, Freundchen. Sicherlich braucht sie ein neues Kleid, nicht wahr? Und ein Paar gute Schuhe für den kommenden Winter ... Man soll so etwas nicht abschlagen.«

»Geh hinaus, Genosse!« sagte der schläfrige Beamte. »Ich bin ein guter Kommunist!«

»Wie ich, Brüderchen! Hast du Kinder?«

»Sechs.«

»Du glücklicher Mensch und Vater! Hier, nimm noch fünfzig Rubelchen dazu, für die lieben Kinderchen ...«

Als Semjonow zur Bank zurückkam, auf der Ludmilla tief schlief, hatte er zwei Flugscheine für Irkutsk in der Tasche. Vor den Schaltern hatte sich die Schlange der Wartenden verlängert. Ein großes Geschrei würde es geben, wenn am Morgen jemand sagen würde: »Genossen, es ist alles ausgebucht. Erst morgen wieder ...«

Semjonow setzte sich zu Ludmilla, nahm ihren Kopf in seinen Schoß und wartete die Morgendämmerung ab. So verging die lange Nacht. Semjonow wachte. Über Ludmilla, deren Kopf warm in seinem Schoß ruhte. Über Nadja, die in ihrer ledernen, mit Fellstreifen verzierten Tragtasche lag und mit geballten Fäustchen schlief. Über sein Gepäck, das wenige, was ihm aus dem Paradies geblieben war: drei Säcke, zwei Lederbeutel, eine große Tasche.

Mit dem ersten Flugzeug verließen sie Jakutsk im Morgengrauen, stießen durch die Wolken in den sonnigen, blanken Himmel und hatten auf einmal das Gefühl, frei zu sein wie ein Vogel, der vom betauten Gras jubelnd der Sonne entgegensteigt.

Um die gleiche Zeit traf Generalmajor Karpuschin mit einem Militärhubschrauber in Nowo Bulinskij ein. Er landete auf dem Kirchplatz, mitten im Ort.

Es war der alte Karpuschin, wie man ihn kannte. Die Generalsuniform trug er wieder, sein gefärbter schwarzer Bart war abrasiert, auf der Nase wippte wieder der berühmte Kneifer. Nach ihm sprang Marfa aus der surrenden Riesenlibelle, auch ein wenig militärisch, mit hohen Juchtenstiefelchen und einem engen, knappen Mäntelchen.

Der Kurierbrief aus dem Lager hatte Karpuschin erst in der Nacht erreicht. Zwei Tage war er mit seinem Täubchen Marfa unterwegs gewesen. Eine Flußfahrt auf der Lena bis zur Mündung des Aldan hatten sie gemacht. Als er den Brief gelesen hatte, tobte er, aber dann geschah doch alles in einer einzigen Stunde: die Rückverwandlung in den alten Karpuschin, die Alarmierung der Truppen in Shigansk, die Bereitstellung des Hubschraubers, das Herbeizaubern einer Generalsuniform.

Nun war er hier, auf dem Kirchplatz von Nowo Bulinskij.

Sein erster Weg führte ihn ins Krankenhaus, wo er von Borja schon erwartet wurde und von der Kirstaskaja, die den Tisch gedeckt hatte wie zu einem Fest. Der Geruch chinesischen Tees schlug Karpuschin entgegen, als er ohne anzuklopfen in ihr Zimmer trat.

»Da bin ich wieder – früher als gedacht, nicht wahr?« sagte er dröhnend. Seine goldenen Eichenblätter glänzten in der Morgensonne.

»Willkommen, Genosse Generalmajor. Ihr Tee wartet schon.« Katharina Kirstaskaja zeigte auf den Tisch. Sogar Honigkuchen, wie versprochen, hatte sie gebacken.

»Wo ist Semjonow?« fragte Karpuschin laut.

»Ich weiß es nicht.«

Karpuschin lächelte böse. Er setzte sich und hielt seine Teetasse hoch.

»Wir werden genug Zeit haben, uns darüber zu unterhalten, Katharina Iwanowna«, sagte er in seinem gefährlich-gemütlichen Ton. »Ich werde nicht eher wieder gehen, bis ich Semjonow vor mir habe . . . und Sie, Töchterchen, werden mir den Weg zu ihm zeigen! Lächeln Sie nicht . . . Sie werden einsehen lernen, daß ich stärker bin als Sie . . .«

Der letzte Lebensabschnitt der Kirstaskaja hatte begonnen, während Semjonow und Ludmilla sich in 4000 Meter Höhe dem Baikalsee und Irkutsk näherten.

DRITTES BUCH

21

Die Sonne stieg auf.

Blaßblau wurde der Himmel, und die Baumkronen der Taiga wogten im Morgenwind. Die Lena bekam einen silbernen Glanz, als wische eine unsichtbare Riesenhand den grauen Belag der Nacht von ihr weg. Unglaublich grün leuchtete der Wald, die Sandbänke in der Lena glitzerten weiß, als seien sie nicht aus in Millionen Jahren zermahlenen Kieseln entstanden, sondern beständen aus winzigen Diamanten, in denen sich jetzt die ersten Strahlen der Morgensonne brachen.

Am Stadtrand von Nowo Bulinskij, dort, wo die Gemüsefelder der Sowchose Munaska lagen, und auf dem Marktplatz, vor der Kirche und auf der breiten Straße, die zum Krankenhaus führte, landeten jetzt weitere Hubschrauber. Rotarmisten mit Maschinenpistolen und in Kampfuniform, den Stahlhelm auf dem Kopf, sprangen aus den großen Transporthubschraubern und formierten sich zu Kolonnen. Von Shigansk, das hatte man der Sowchosenleitung gemeldet, rollten Kolonnen von Lastwagen heran; auf der Lena rauschte seit zwei Stunden eine Motorbootflotte von sechs Militärbooten nach Norden. Vier Hubschrauber kreisten über der Taiga und kontrollierten aus der Luft die ganze Umgebung von Nowo Bulinskij.

Katharina Kirstaskaja trat vom Fenster zurück. Der Samowar summte, der Tee war fertig.

»Wollen Sie einen Krieg führen, Matweij Nikiforowitsch?« fragte sie und nahm Karpuschins Teetasse. »Welch ein Aufmarsch von Soldaten!«

»Drei Kompanien, Genossin Kirstaskaja«, sagte Karpuschin stolz.

»Für einen einzigen Mann?«

»Er ist gefährlicher als eine ganze Armee.«

»Sie übertreiben, Väterchen.«

»Wer weiß, was Semjonow für mich bedeutet?« Karpuschin nahm die gefüllte Tasse entgegen, süßte den Tee mit einem Löffel Honig und schöpfte etwas Rahm aus dem Porzellantopf. Marfa Babkinskaja, das stolze Vögelchen, hielt ebenfalls ihre Tasse hin.

Die Kirstaskaja übersah sie, so deutlich, daß Marfa rot wurde und die Lippen vor heller Wut zusammenpreßte. Karpuschin sah über den Tassenrand die Ärztin lange an. So sicher wirkte sie, so kalt, so entschlossen, so sinnlos tapfer. »Es ist ein Zweikampf, Töchterchen«, sagte er langsam. »Die Politik! Der Spionageauftrag! Das Prestige der sowjetischen Abwehr! Das Ansehen des KGB! Das sind alles untergeordnete Dinge, Katharina Iwanowna. Sie wissen, daß ich amtlich tot bin.«

»Ich habe es gelesen, Matweij Nikiforowitsch.«

»Und geglaubt?«

»Natürlich. Wer kommt auf den Gedanken, daß der Kreml Lebende begräbt?«

»Alles kann man, mein Täubchen. Alles! Sagen Sie mir, was in Rußland nicht möglich wäre?« Karpuschin nippte wieder an seinem süßen, goldgelben chinesischen Tee. Marfa war aufgestanden und selbst zum Samowar gegangen. Sie füllte sich ihre Tasse und empfand große Lust, den heißen Tee der Kirstaskaja von hinten in den Nacken und über die Schultern zu schütten.

»Ich bin tot«, fuhr Karpuschin fort. »Meine Frau hat wieder geheiratet und ist weggezogen nach Kiew. Meine Karriere ist unterbrochen, solange ich Semjonow nicht finde. Ich werde nie wieder Karpuschin sein, wenn Semjonow weiterlebt. Sein Leben ist mein Untergang. . . sein Tod ist meine Auferstehung! Begreifen Sie nun, was Semjonow für mich bedeutet? Und deshalb frage ich Sie zum letztenmal, Katharina Iwanowna: *Wo ist er?*«

Die Kirstaskaja hob die Schultern. »Fragen Sie die Lena. Sie wird es eher wissen als ich.«

Karpuschin seufzte. Welches Heldentum, dachte er traurig. Eine so schöne Frau muß man nun zerbrechen, und es wäre so einfach, das Leben. Weiß sie nicht, was es heißt, von Karpuschin verhört zu werden?

»Sie haben Semjonow nie gesehen, Töchterchen?« fragte er.

»Doch. In Olenekskaja Kultbasa.«

»Nicht in Bulinskij?«

»Nein.«

»O mein Schwänchen.« Karpuschin schüttelte den Kopf. »Wer war es denn, der mit Ihnen zum Lager der Deutschen fuhr?«

»Borja.«

»Der Riesenaffe da draußen? Das stimmt. Einmal! Und beim zweitenmal? Semjonow war's. In der Meldung stand es ganz deutlich! Warum sind Sie so hartnäckig, Katharina Iwanowna? Ich werde es doch gleich erfahren, wenn ich das deutsche Lager verhöre.«

Katharina schwieg. Sie trat wieder ans Fenster und sah über die sonnenblanke Lena. Am Ufer hatten sich Menschengruppen gebildet. Schimpfen, Befehle und Flüche klangen bis zu ihr. Die Rotarmisten hinderten die Fischer von Bulinskij daran, auf den Fluß zu fahren. Sie hatten die Boote beschlagnahmt. Ein Oberleutnant erklärte mit einem Megaphon vor dem Mund die Sachlage.

»Bis auf weiteres ist alles untersagt! Jeder geht in sein Haus! Keiner verläßt den Ort! Alle Straßen sind abgeriegelt. Wer auf dem Fluß angetroffen wird, wird sofort von den Militärbooten beschossen. Alles in die Häuser!«

Frolowski, der »Dreieckige«, sprang vor Erregung in die Luft.

»Wer ersetzt den Verdienstausfall, he?« schrie er mit heller Stimme. »Kommandieren könnt ihr, fressen und huren . . . aber wer schafft alles heran? Wir, die Bauern, die Fischer, die Sowchosenarbeiter, die Brigaden des arbeitenden Volkes! Was wärt ihr ohne uns? He? Antwortet! Im Krieg war ich selbst in der ersten Linie gegen die Deutschen. Seht mein Gesicht! Glaubt ihr, es ist so schief, weil ich immer nur auf einer Backe schlafe? Wer von euch hat so viele Orden wie ich? Packt sie aus! Und mich wollt ihr hindern, das Notwendige zu tun? Mit welchem Recht?«

»Macht keinen Ärger, Bürger«, sagte der Oberleutnant und schüttelte den Kopf. »Es geht hier um eine staatswichtige Aktion, es geht um unser Mütterchen Rußland.«

Die Kirstaskaja trat vom Fenster zurück. Karpuschin hatte bis jetzt geschwiegen. Marfa saß neben ihm und hatte einen Stenogrammblock auf den Tisch gelegt. Mit gezücktem Bleistift wartete sie. Ihre dunklen Augen starrten die Ärztin mit dem Haß an, der Frauen zu mitleidlosen Geiern macht.

»Ja«, sagte Katharina Iwanowna. In ihrer dunklen Stimme schwang ein Unterton von Stolz. »Ich habe Semjonow gekannt.«

»Na also.« Karpuschin nickte Marfa Babkinskaja zu. Es beginnt, hieß das. Die dicke Quadermauer vor ihrem Herzen hat ein Loch. Durch sie wird jetzt die Angst marschieren und die Festung nehmen, dafür soll gesorgt werden. »Weiter, Töchterchen.«

»Es gibt kein Weiter, Matweij Nikiforowitsch. Ich kannte ihn. Es steht Ihnen jetzt frei, mich erneut strafversetzen zu lassen.«

Karpuschin wiegte den runden Kopf. Der Kneifer auf seiner

Nase bebte. Jede Sekunde mußte er herabfallen, aber das war eine Täuschung, der schon viele erlegen waren.

»Sie nehmen das alles noch zu leicht«, sagte er. »Sie begreifen nicht Ihre Lage, Katharina Iwanowna. Einen Staatsfeind haben Sie verborgen gehalten . . . Sie und die Bürger von Bulinskij.«

»In Bulinskij weiß keiner etwas davon!« erwiderte die Kirstaskaja laut.

»Das wird man feststellen! Es macht mir nichts aus, den ganzen Ort zum Gefängnis zu erklären und jeden einzelnen zu verhören! Sauberkeit in einem Saustall benötigt Zeit, vor allem, wenn er so verdreckt ist wie hier! Und ich habe Zeit, Genossin . . . unendlich viel Zeit, wenn Semjonow unschädlich gemacht worden ist.« Karpuschin lehnte sich zurück. Seine Jovialität, der Eindruck des guten Onkelchens waren verflogen. Der General saß auf dem Stuhl, der ehemalige Abteilungsleiter des KGB in Moskau, der gefürchtete Karpuschin, bei dessen Erscheinen im Gefängnis Lubjanka ein Seufzen durch alle Zellen flog und die dicken Mauern zu weinen schienen.

»Ich spiele mit dem Gedanken«, sagte er halblaut, und wer Karpuschin kannte, wußte, daß die Zwischentöne in seiner Stimme die gefährlichsten waren, »Nowo Bulinskij verschwinden zu lassen. Ganz einfach ist das, Genossin, einfacher als ein Zaubertrick auf der Bühne: Man sammelt alle Bewohner auf Lastwagen und fährt sie weg in verschiedene Lager. Dann zündet man die Häuser an, und was nach einer Woche noch übrigbleibt an Trümmern und verkohlten Balken, das walzen große Traktoren zusammen und planieren es ein.«

Die Augen der Kirstaskaja verdunkelten sich. Auf den Spitzen ihrer Backenknochen, die sich durch die Haut drückten, entstanden runde rote Flecke. »Das werden Sie nicht tun, General«, sagte sie leise.

»Warum nicht?« fragte Karpuschin fast gemütlich.

»Weil Sie ein Mensch sind! Weil Sie wie wir alle ein fühlendes Herz haben!«

»Warum gehen Sie an der Wahrheit vorbei, Katharina Iwanowna? Tot bin ich! In allen Zeitungen stand es! Wie kann man von einem Toten noch menschliche Regungen erwarten?« Karpuschin schob seine leere Teetasse von sich. Er winkte ab, als die Kirstaskaja an den Tisch treten und sie neu füllen wollte. »Genug, Genossin Ärztin. Wo wohnte Semjonow?«

»Hier im Krankenhaus!«

»Das kann Ihr Riesenaffe Borja bestätigen?«

»Borja sah Semjonow wohl, aber er wußte nicht, wer er war.«

»O Himmel, warum lügt man immer noch?« Karpuschin nahm den Bleistift aus Marfas Fingern. Sie kritzelte Männlein auf das Papier, und das regte Karpuschin auf. »Katharina, warum tun Sie das? Sehen Sie doch ein, daß Lügen sinnlos sind. Ich werde nachher Borja verhören, und, glauben Sie mir, anders als Sie. Sie werden ihn durch zehn Türen schreien hören! Es ist schade, daß Sie nie in Moskau waren, Genossin. Dort gab es einen Spruch im Kreml und auch bei denen, die es wissen mußten: Ein Verhör von Karpuschin ist wie eine Beichte . . . man sagt ihm alles! Ich wäre glücklich, wenn sich diese Ansicht auch in Bulinskij durchsetzte. Es erleichtert vieles.«

Karpuschin erhob sich, ging an der Kirstaskaja vorbei und trat an das Fenster.

Über Bulinskij lag nun Schweigen. Die Flußufer waren leer, auf dem Kirchplatz standen die Hubschrauber, durch die Straßen zogen Patrouillen der Rotarmisten. Von Shigansk her mußten in spätestens einer Stunde die Lastwagen kommen. Eine ganze Kompanie sowjetischer Schützen. Von den Bewohnern Bulinskijs war nichts zu sehen. Sie warteten in ihren Häusern auf die unbekannten Dinge, die man mit ihnen plante. Nur der Dorfsowjet und die Einbürgerungskommission aus Irkutsk waren in der Stolowaja zusammengekommen und beschwerten sich, daß man selbst sie wie Gefangene behandelte und nicht mehr aus der Stolowaja herausließ.

»Ich bin Oberkommissar Wladimir Stepanowitsch Kurkin!« schrie der Leiter der Kommission aus Irkutsk. »Ich verlange eine Sonderbehandlung.«

»Sagen Sie das dem General!« entgegnete ein Leutnant, warf die Tür der Stolowaja zu und verschaffte so dem Oberkommissar Kurkin eine Beule an der Stirn, denn der vorgestreckte Kopf war der Tür im Weg gewesen. Ein Wutgeheul hinter der Tür war alles, was an Protest möglich war.

Väterchen Alexeij, der Pope, lief frei herum. Wie eine Katze, die Baldrian riecht, umkreiste er seine Kirche, versuchte mit den Rotarmisten an den Hubschraubern Gespräche anzuknüpfen und duldete es, daß die rauhen Burschen ihn auslachten, drei Rubelchen und vier Kopeken sammelten und ihm überreichten mit dem

Auftrag, sich einmal gründlich rasieren zu lassen. Sonst aber schwiegen die Rotarmisten auf alle Fragen des Alten.

»Jetzt sitzen wir in der Scheiße!« sagte Wancke, der bei Schliemann saß und Angst bekommen hatte. »Die zünden uns die Bude unterm Hintern an.«

»Abwarten!« sagte Schliemann und ging im Zimmer hin und her. »Natürlich haben wir Semjonow hier im Ort gesehen. Aber wer denkt daran, daß man ihn von Moskau aus sucht? Moskau . . . das ist am anderen Ende der Welt. Wenn wir alle so aussagen, kann Karpuschin gar nichts machen.«

»Und der Steckbrief? Wir haben alle einen bekommen! Mit der Post sogar!«

»Wir haben ihn gelesen und dann, wie andere Papiere auch, zum Feueranmachen verwendet. Wer behält schon ein Gesicht, vor allem, wenn es gezeichnet ist?« Schliemann blieb stehen. »Kurt! Mach dir nicht in die Hosen vor Angst! Wir haben schon andere Dinger miteinander gedreht. Denk an Perwo-Uralsk . . . wie wir vierzehn Tage zum Kulissenbau beim Theater abkommandiert wurden, uns Zivilklamotten aus dem Theaterfundus klauten, nach Swerdlowsk fuhren und dort eine Woche lang ein süßes Leben führten. Damals stand auf so was Todesstrafe! Und wir haben es trotzdem getan!«

»Das ist fünfzehn Jahre her, Egon!« Kurt Wancke drehte sich eine Papyrossa. »Ich denke jetzt an die Kinder, an die Frau . . .«

»Hab' ich keine, du Idiot?« Schliemann nahm seine unruhige Wanderung durch das Zimmer wieder auf.» Was kann uns denn passieren? Nichts kann er uns nachweisen!«

»Deportation«, sagte Wancke, und auf einmal war Todesstille im Zimmer. Ein Würgegriff war's, der sich um ihre Kehlen legte. Schliemann atmete tief, aber der fürchterliche Druck gegen die Kehle blieb.

Deportation. Straflager. Die Todesgruben von Karaganda in Kasakstan. Die Bleibergwerke im südlichen Ural. Die Höllenstollen des Uranabbaus.

Niemanden gab es, der sie davor schützte. Im Gegenteil: Man suchte Arbeitskräfte, denn die Sterblichkeit war größer und schneller als der Nachschub.

»Warten wir es ab«, sagte Schliemann leise. Als er Wanckes flackernde Augen sah, warf er die Arme empor und brüllte: »Mensch, sieh mich nicht an wie eine verbrannte Katze. Können wir denn etwas anderes tun als warten? Wir haben es doch gelernt, Mensch! Wir warten doch schon ein halbes Leben lang . . .«

Karpuschin trat vom Fenster zurück und umkreiste den Tisch mit den Teetassen und dem duftenden Gebäck wie ein unruhiges Tier. Marfa saß mit bösem Gesicht hinter ihrem Stenogrammblock.

»Semjonow ist weg?« fragte er plötzlich. Ganz dicht stand er vor der Kirstaskaja. Er hatte nicht damit gerechnet, sie zu überrumpeln – eine Frau wie Katharina Iwanowna verliert nicht die Nerven. Und wirklich, sie lächelte Karpuschin an und nickte.

»Ja, Genosse General.«

Karpuschin war verblüfft. Er nahm seinen Kneifer ab, putzte ihn mit seinem Taschentuch und klemmte ihn wieder auf die Nase.

»Sie sagen so einfach ja?«

»Haben Sie mir nicht eben in überzeugenden Worten erklärt, daß es sinnlos sei, zu lügen?« Die Kirstaskaja lächelte breiter. Durch das Fenster flutete die Sonne und übergoß ihr blondes Haar mit Gold. Die Bluse, die sie trug, war dünn und gegen die Sonne durchsichtig. Karpuschin entdeckte, daß sie nur diese Bluse trug und darunter nichts als einen Halter aus weißer Spitze. Welch ein schönes, wildes, nie zu bändigendes Tier, dachte er. Eine Schande ist's, daß so etwas zugrunde geht. Aber was hilft es, wenn man Mitleid hat? Mit dem eigenen Kopf muß man auf den Schultern leben . . . Was gehen einen die anderen Köpfe an?

»Woher diese Geständnisfreudigkeit, Katharina Iwanowna?« fragte er sanft.

»Ihre Logik überzeugt, Matweij Nikiforowitsch.« Die Kirstaskaja setzte sich an den Tisch, Marfa gegenüber. Karpuschin war es, als stehe er vor der schwersten und undankbarsten Aufgabe seines Lebens. »Sie werden Borja verhören, Sie werden im Dorf Befragungen anstellen, zu den Lebenslänglichen werden Sie gehen . . . nicht alle sind Helden! Gut denn – Semjonow hat bei mir gewohnt, ich habe ihn vor allen anderen Menschen abgeschirmt. Er und seine Frau Ludmilla Barakowa und sein Kind Nadja lebten verborgen wie Biber im Winter . . . Ich allein bin dafür verantwortlich.«

»Er hat also ein Kind?« sagte Karpuschin.

»Ja, und ich habe seine Frau vor dem Verbluten gerettet, als es geboren wurde.«

»Das war Ihre ärztliche Pflicht, Katharina Iwanowna. Aber danach wurden Sie zur Volksverräterin!«

»Das weiß ich!« antwortete Katharina laut.

»Traurig, sehr traurig, mein Töchterchen.« Karpuschin beugte sich vor und las, was Marfa mitgeschrieben hatte. Es war wortwörtlich die letzte Aussage der Kirstaskaja. Da griff er zum Stenogrammblock, riß die Seite herunter und zerdrückte sie in der Faust. Marfas Kopf zuckte hoch, ihre Augen sprühten Gift.

»Was soll das, Matweij Nikiforowitsch?« rief sie.

»Verräter schreibt man mit einem t!«

Über Marfas Gesicht wetterleuchtete es. Wie ein Häschen aus einer Ackerfurche, das von fern das Gebell der Hetzhunde hört, sprang sie vom Stuhl hoch und ballte die Fäuste. »Es war ein t! Du vernichtest das Protokoll, weil dir diese Katharina gefällt! Was starrst du mich an aus deinem lächerlichen Kneifer? Du bist keine Schlange, und ich bin kein Kaninchen, das vor dir erstarrt! Sie hat Sabotage begangen, das schöne Frätzchen von Ärztin! Sie hat die Nation verraten! Nach Workuta müßte sie! Da kommt es nicht darauf an, ob sie dir gefällt oder nicht!«

Außer Rand und Band war sie, die schöne, schwarze, zierliche Marfa Babkinskaja. Mit den Juchtenstiefelchen stampfte sie auf den Bretterboden, und wenn sie es gewagt hätte – glaubt es mir, Genossen –, sie hätte Matweij Nikiforowitsch, ihrem großen grauen Wolf, ins Gesicht gespuckt und einen geilen Bock genannt.

Karpuschin sah sie mit schräg geneigtem Kopf an. Dann tat er etwas sehr Unfeines. Er hob die rechte Hand und gab Marfa eine Ohrfeige.

Verwirrt taumelte sie zurück, stieß gegen den Schrank und wischte sich mit beiden Händen über das Gesicht.

»Du . . . du schlägst mich«, stammelte sie.

»Wie du siehst . . .« Karpuschin wandte sich zu Katharina Iwanowna und verbeugte sich leicht. »Verzeihen Sie, Töchterchen, aber manchmal ist es nötig, das Züchtigungsrecht des Mannes gegenüber der Frau, wie es im Eherecht des alten Rußland üblich war, wieder zu entdecken. Kann man sich sonst wehren? Aber fahren wir fort: Wohin ist Semjonow?«

»Nach Süden. Er wollte von Jakutsk zur Mongolei und versuchen, über Wladiwostok nach Japan zu kommen.« Die Kirstaskaja sagte es völlig ruhig, griff nach einem Stück Gebäck und aß es mit kleinen, schnellen Bissen. Wie ein Eichhörnchen, dachte Karpuschin. Sie knabbert daran wie an einer Haselnuß. Nervös ist sie, der wilde Schwan, sehr nervös. Sie belügt mich mit einer Meisterschaft, die Achtung abnötigt.

»Nach Wladiwostok . . . soso«, sagte Karpuschin gedehnt. »Jetzt weiß ich, daß Semjonow noch in der Gegend ist. Wer geht nach Wladiwostok? Ein Irrer müßte es sein! Mit Frau und Kind gerade in das sibirische Gebiet, das am meisten industrialisiert wurde und voller Militär liegt!«

Die Tür schwang auf. Borja sah herein und versperrte einem Offizier den Weg.

»Da ist einer, der will hier rein!« sagte er laut. »Benimmt sich wie ein Viehtreiber, Genossin Ärztin! Sie sollten ihm ein Spritzchen geben. Sehr aufgeregt ist er.«

»Das ist ein Major!« schrie Karpuschin. »Hat man so etwas schon gesehen? Du bist verhaftet, du Wandpisser!«

»O heiliger Nikolaus!« Borja schlug das Kreuz und senkte den Kopf. »Wie man sich irren kann! Und welche Worte muß man hören. Wie schlecht ist die Welt, o heiliger Sankt Uar!«

Karpuschin hatte es von jetzt ab sehr eilig. Der Major meldete die Ankunft der Truppen aus Shigansk, auf der Lena rauschten die Motorboote heran, Nowo Bulinskij war eine tote Stadt, alle Menschen warteten in den Häusern, berittene Streifen durchkämmten bereits die Taiga, selbst die Sowchose Munaska war abgeriegelt. Dort begannen unter Leitung eines Hauptmanns bereits die Verhöre der deutschstämmigen Arbeiter.

»Wir reden noch einmal miteinander, Katharina Iwanowna«, sagte Karpuschin, bevor er das Zimmer verließ. »Sie haben Hausarrest. Niemand verläßt das Hospital.«

»Ich muß die Scheißkübel leeren, Genosse General!« rief Borja.

»Sauf sie aus, Idiot!«

»Es bekommt mir nicht, Genosse.« Borja setzte sich beleidigt auf einen Schemel in den Flur. »Ich gehöre nicht zu der verwöhnten gehobenen Klasse . . .«

Karpuschin winkte. Der Major nahm die Befehle in strammer Haltung entgegen.

Abriegelung des Krankenhauses. Durchsuchung vom Keller bis zum letzten Dachziegel. Für alle Insassen Gefangenenstatus. Isolierung aller Zeugen voneinander. Verhör gehobenen Grades für Borja.

»Das lasse ich nicht zu!« schrie die Kirstaskaja und stellte sich neben Borja. Der jakutische Riese grinste breit, aber in seinen gelben Schlitzaugen stand die blanke Angst. Und da sie sah, wie zwei Rotarmisten auf ein Nicken des Majors herantraten und Borja vom Sitz reißen wollten, sprang sie hinzu und trat die beiden Soldaten gegen das Schienbein. »Der nächste Tritt ist höher!« schrie sie. »Wer von euch wagt es, eine Frau und Ärztin anzurühren?«

Karpuschin, der schon am Ende des langen Ganges war, drehte sich um und kam zurück.

»Katharina Iwanowna«, sagte er fast gütig, »wir haben jetzt Kriegsrecht in Bulinskij. Sie wissen, was das heißt? Ich kann Sie standrechtlich erschießen lassen.«

»Ich dulde keine Folterungen!« schrie die Kirstaskaja. »Was hat Borja euch getan, ihr Ratten? Ich dulde es nicht!«

»Sie werden noch vieles dulden müssen, Genossin.« Karpuschin winkte. Zwei Soldaten hielten mit brutalem Griff die Kirstaskaja fest, zwei andere Rotarmisten rissen Borja hoch und schleiften ihn davon. Er heulte wie ein angeschossener Hund, und man hörte sein entsetzliches Heulen noch, als er längst durch die Eisentür in den Keller geprügelt war.

»Sie Satan!« sagte die Kirstaskaja dumpf, als man sie wieder freiließ. »Sie von Gott verfluchter Satan!«

»Sie tun mir unrecht, Katharina Iwanowna.« Karpuschin drückte seinen Kneifer fester auf die Nase. »Ich erfülle bloß meine Pflicht gegenüber dem Vaterland. Eine schwere Pflicht, glauben Sie mir. Eine Pflicht, die auch Sie trifft . . .«

»Wo ist Ihr Herz, Matweij Nikiforowitsch? Wo Ihre Seele?«

»Wo? Das fragen Sie noch, Töchterchen?« Karpuschin hob den dicken, runden Kopf, als wittere er wie ein Raubtier Blutgeruch und den Schweiß seiner Beute. »Ich bin tot . . . das wissen Sie doch . . .«

Major Wassilij Gregorowitsch Kraswenkow erwartete Karpuschin am zweiten Schlagbaum. Er hatte alle Orden angelegt, wie zur Oktoberparade, und er grüßte zackig und meldete das Lager der Lebenslänglichen als angetreten und verhörbereit. Hinter ihm stand Leutnant Stepan Maximowitsch in Galauniform. Kraswenkow hatte es so befohlen.

»Wir erleben eine Beerdigung erster Klasse, mein Sohn!« hatte er zu dem jungen Leutnant gesagt. »Soll man die guten Klamotten nur zu Lenins Geburtstag tragen? Machen Sie die Augen auf, Stepan Maximowitsch . . . Sie werden einen Anschauungsunterricht über

Freiheit in sowjetischer Sicht erhalten.«

Aus dem offenen Fenster der Kommandanturbaracke tönte Musik. Der Trauermarsch aus »Götterdämmerung« und Brünnhildes Abschied. Gleichzeitig dröhnte die Musik aber auch über die Lautsprecher ins ganze Lager.

Karpuschin blieb stehen. Sein Gesicht rötete sich.

»Was ist das?« fragte er und zeigte auf die Lautsprecher.

»Das Sinfonieorchester des Moskauer Rundfunks, Genosse Generalmajor«, erklärte Major Kraswenkow. »Ich habe mir vier Platten davon schicken lassen. War eine lange Reise von Moskau bis hierher. Aber dafür ist es auch eines der besten Orchester, die ich kenne.«

»Was spielen sie?«

»Den Trauermarsch. Acht Mannen heben Siegfried auf seinen Schild und tragen den Erschlagenen gemessenen Schrittes quer über die Bühne hinaus. Gunther folgt gesenkten Hauptes. Hagen, der finstere Mörder, bleibt allein zurück. Langsam verlöscht das Licht. Vorhang . . .«

»Sagen Sie mal – sind Sie verrückt, Genosse Major?« Karpuschin sah sich nach den vier Offizieren um, die ihn begleiteten. Sie lächelten still vor sich hin, was Karpuschin ungemein erregte. »Was soll das?« brüllte er. »Die Musik aus!«

»Gleich kommt ›Brünnhildes Abschied‹, Genosse Generalmajor«, sagte Kraswenkow unbeirrt. »Mit ihrem Pferdchen springt das arme Weibchen in einen flammenden Holzstoß. Was die Germanen alles machten, man muß den Kopf schütteln, Genosse! Aber die Musik, von Wagner, ist sie nicht herrlich? Und dieses Orchester! Hören Sie, wie die Geigen singen, und der traurige Klang der Waldhörner . . . In Moskau, Charkow und zuletzt in Samarkand habe ich die ›Götterdämmerung‹ gesehen. Am fröhlichsten war's in Samarkand, im Kulturpalast. Da war der Siegfried ein Mongole, und der lange, dünne Bart hing ihm herab bis zum Brustbein. Und in Charkow, Genosse, was sage ich Ihnen . . . gerade als Brünnhilde in die Flammen reiten will, fängt das Pferd an zu apfeln! Und jemand ruft vom Rang: He, Genossen, heute abend gibt's Bratäpfel!«

Die Offiziere lachten laut. Selbst Stepan Maximowitsch, der Ernste, lächelte breit. Nur für Karpuschin war es nicht zum Lachen.

Er blähte sich auf und brüllte Kraswenkow ins Gesicht.

»Die Musik aus, sag' ich!«

»Es steht in der Verordnung für die Betreuung der Gefangenen, daß im Lager durch Lautsprecher Kulturarbeit, vorwiegend Musik, zu leisten ist. Ich handle streng nach den Befehlen aus Moskau.« Kraswenkow brüllte nun ebenfalls, aber nicht mit Karpuschin, sondern mit Leutnant Stepan, der wegrennen und die Musik abstellen wollte. »Hiergeblieben, du Arschputzer!« schrie er. »Der Kommandant des Lagers bin ich!«

»Aha! So ist das?« schrie Karpuschin zurück. Sein Kneifer tanzte auf der fleischigen Nase.

»Ja, so ist das, Genosse General! Ich unterstehe nicht der Militärexekutive, auch nicht dem KGB, sondern ganz allein dem Kriegsministerium in Moskau! Mein Lager ist ein Sonderlager, und ich habe einen Sonderstatus! Als Gast kann ich Sie begrüßen, Matweij Nikiforowitsch, aber nicht als meinen Oberbefehlshaber.«

»Ich werde Sie melden«, antwortete Karpuschin mit knirschenden Zähnen. »O ja, melden werde ich Sie! Welche Zustände sind das?« In den Lautsprechern knackt es. Eine Stimme, auf russisch, sagte an:

»Und nun, Kameraden, Brünnhildes Abschied. Es singt die Moskauer Primadonna Natascha Tschugunowa.«

»Wer ist das?« fragte Karpuschin in eiskalter Wut.

»Unser Dolmetscher. Bei klassischen Stücken lasse ich immer eine Ansage machen. Die Wohlgaschlepper und Stenka Rasin kennen sie alle. Da braucht man das nicht.«

»Gehen wir.« Karpuschin betrat den inneren Lagerbereich. Unter den dröhnenden Klängen Wagners passierte er den letzten Stacheldrahtzaun und sah sich einer Mauer stummer, gutausgerichteter, leidlich genährter, kahlschädeliger Männer gegenüber. Auf dem Appellplatz zwischen den Baracken standen sie, in der prallen Sonne, einhundertzwanzig Mann in Dreierreihen, vierzig Glieder Lebenslängliche, ein grauer, höckriger Wurm mit 240 Augen und 480 Gliedmaßen. Vor diesen Reihen hohlwangiger Gesichter und tiefliegender Augen standen, fünf Schritte von den anderen getrennt, drei Gefangene nebeneinander.

Alle einhundertdreiundzwanzig Männer trugen gebürstete und saubere Kleidung, und selbst die Schuhe waren geputzt, so gut es der Staub des sommerheißen Bodens zuließ.

»Was soll das?« fragte Karpuschin wieder und blieb stehen. »Wer sind die drei vor den Gliedern?«

»Lagerführer Hauptmann Rhoderich. Der Lagerälteste Josef

Much. Und unser Lagerarzt Dr. Langgässer.«

»Aha!« Karpuschin schielte zu dem großen, dürren Lebenslänglichen, dessen Haare als Ausnahme nicht geschoren, sondern nur gestutzt waren.

»Wer hat den Mann, der die Meldung machte, umgebracht?« fragte Karpuschin. »Wissen Sie das schon?«

»Nein!« Major Kraswenkow brüllte gegen die Musik an. Die Tschugunowa aus Moskau hatte eine herrliche Stimme. Sie ließ Brünnhilde wahrhaft heldisch sterben. »Der Mann ist ja ertrunken!«

»In einem Kochessel! Mord war das!«

»Ein Unfall, Genosse General. Wer will das Gegenteil beweisen?«

»Ich!« Karpuschin drehte den vierzig grauen Gliedern den Rükken. Er griff in die Tasche und zog einen Brief heraus. Vor aller Augen übergab er ihn Major Kraswenkow, der ihn auseinanderfaltete und durchlas.

Eine Vollmacht war's, unterschrieben von Marschall Wassilewskij und gegengezeichnet von Marschall Malinowskij. Ein Dokument, wie es Kraswenkow noch nie gesehen hatte.

»Sie haben Generalvollmacht?« sagte Major Kraswenkow und gab den Brief an Karpuschin zurück. »Das ändert die Lage, Genosse, das ist etwas anderes! Bitte, verfügen Sie über mich und mein Lager.« Er machte eine alles umfassende Armbewegung, drehte sich dann um und humpelte auf seinem Holzbein allein zurück zur Kommandantur. Karpuschin war stärker als er. Für Kraswenkow schien die Sonne dunkler. So ist es, dachte er, während er in seine Baracke humpelte. So ist es auf dieser verdammten Welt. Die fettesten Schweine bekommen immer wieder die vollsten Tröge!

Und plötzlich spürte er seinen Beinstumpf wieder. Nach zweiundzwanzig Jahren. Er zuckte in den Nerven und brannte wie Feuer.

Karpuschin übernahm das Kommando im Lager. Er tat es mit seiner jovialen, gefährlichen Art.

»Leute«, sagte er, nachdem er die Lautsprecher hatte ausschalten lassen, »man sollte annehmen, daß ihr nach diesen langen Jahren wißt, was Sabotage bedeutet. Ich sehe euch so schön in Reih und Glied stehen, in echter, deutscher Tradition, mit Seitenrichtung und auf Vordermann. Verlernt habt ihr's nicht. Und solltet ihr wirklich nicht wissen, daß ihr das Land, das euch zu fressen gibt und euch das mistige, hundertfach verwirkte Leben gelassen hat, nicht betrügen könnt? Macht euch nicht dümmer, als ihr seid, Leute.« Das alles sagte Karpuschin wie ein mahnendes, ins Gewissen böser Kinder redendes Väterchen. Und als er sah, daß alle diese kahlgeschorenen Männer in ihren frischen Hemden die gleichen Augen hatten, unbeteiligt, abwehrend, geringschätzig, hob er die Schultern und rückte an seinem breiten Lederkoppel. Das goldene Eichenlaub seiner Generalsuniform schimmerte in der Sonne.

»Ihr habt Zeit, und ich habe Zeit«, fuhr Karpuschin etwas lauter fort. »Ich warte bei Major Kraswenkow, bis diejenigen kommen, die den Kameraden Kleefeld im Kapustakessel ersäuft haben. Und wenn es Tage dauert, Leute . . . ich stelle meine Uhr ab! Nasdrowje . . .« Damit verließ er den Appellplatz. Die einhundertzwanzig Mann standen.

Im Zimmer des Majors ging Karpuschin zu dem Grammophon, das mit den Lautsprechern verbunden war, und stellte es wieder an. Der Schluß von »Brünnhildes Abschied«. Kraswenkow saß in seinem Schaukelstuhl und las die *Jakutskaja Prawda*.

»Wieviel Platten haben Sie, Genosse?« fragte Karpuschin.

»Siebenundsiebzig.«

»Alles so große?«

»Ja.«

»Sehr gut!« Karpuschin rieb sich die Hände. »Ich habe das Gefühl, daß ich durch Sie, Genosse Kraswenkow, zur klassischen Musik geführt werde.«

Major Kraswenkow sah über den Zeitungsrand zu Karpuschin hin. Die Freude des Generals war ihm unheimlich. Über das Lager brüllten die Wagnerschen Posaunen. Walhalla ging in Flammen auf, Gunthers Burg stürzte ein, der Rhein trat über die Ufer.

»Was nehmen wir als nächstes?« fragte Karpuschin mit schrecklichem Entzücken. Er hob ein paar Platten vom Stapel und las die runden Etiketten. »Aha! Die Nußknackersuite! Die paßt! Hier ist eine harte Nuß zu knacken! Nehmen wir die, Genosse?«

»Wie Sie wollen, Genosse General.« Kraswenkow sah aus dem Fenster. Die 123 Lebenslänglichen standen noch immer in der prallen Sonne, ohne Kopfbedeckung, mit schweißnassen Gesichtern. Die Hemden klebten an den ausgemergelten Körpern. »Können die Deutschen wegtreten?«

»Wegtreten?« Karpuschins Stimme jubelte. »Was denken Sie,

Major! Ich will unseren Freunden ein großes Konzert bieten! Sie bleiben stehen!«

»In der Sonne sind es siebenunddreißig Grad.«

»Und wenn es hundert Grad sind . . . sie bleiben stehen!«

»Wie lange?«

»Von mir aus, bis Ihre verdammten siebenundsiebzig klassischen Platten abgespielt sind . . . oder bis sich der meldet, der Peter Kleefeld ertränkt hat!«

»Ach so«, sagte Kraswenkow gedehnt und nahm die Zeitung wieder hoch. »Es wird langweilig werden, Genosse General . . . Sie werden das ganze Programm dreimal hören müssen. Ich kenne meine Lebenslänglichen seit über zehn Jahren . . .«

Und so war es.

Nach drei Stunden fielen die ersten in den Staub. Sie sanken einfach aus den Reihen nach vorn in den Dreck oder rollten aus dem Glied wie zerbrochene Puppen. Dort blieben sie liegen. Niemand rührte sich, niemand bewegte sich. Die Augen starrten gegen die grüne Wand der Taiga oder gegen die Barackenwände oder auf die Blumen in den schmalen Beeten oder in den blauen, glühenden Himmel. Die Schädeldecken brannten, die Lippen wurden dick, die Zunge schwoll an und füllte die ganze Mundhöhle aus, am Hals hämmerte das Blut, das Herz zuckte, vor den Augen tanzten die Bäume, Baracken, Geräte, Soldaten und Stacheldrahtzäune einen wilden Walzer, rote und gelbe Punkte klebten am Himmel . . .

Vier Stunden . . . Die nächsten fielen in den Staub. Jetzt lagen sie schon übereinander, wie verdorrte Gemüseabfälle, zusammengeschrumpft und fleckig.

Fünf Stunden.

Kraswenkow sah aus dem Fenster. Karpuschin hatte unterdessen gegessen und herrlich kühlen Wein getrunken. Er war zufrieden. »Ihr Koch ist ein Meister«, lobte er und suchte in einem Backenzahn nach einer lästigen Fleischfaser. »Ich habe selten ein so zartes Filet gegessen. Und der Wein . . . exzellent, Genosse Major.«

»Es stehen noch neunundsechzig«, sagte Kraswenkow und setzte sich wieder. Um seinen Mund zuckte es, seine Haut war fahl, als stände er selbst draußen in der Sonne und verdorrte.

»Was spielen wir jetzt?« Karpuschin beugte sich zum Grammophon. »Die Symphonie classique von Prokofieff. Sehr schön!

Klingt lustig, wie Mozart. Was man alles entdeckt bei Ihnen, Genosse Major. Ein Russe, der wie Mozart komponiert. Allerhand! Sage ich es nicht immer: Die russische Kultur ist richtungsweisend in der Welt!«

Kraswenkow schwieg verbissen. Die Nachmittagssonne wurde röter. Über den riesigen Bäumen der Taiga lag ein orangefarbener Schimmer.

Auf dem Appellplatz fiel neben Dr. Langgässer der Lagerälteste Josef Much um. Er litt an einem Herzmuskelschaden. Dr. Langgässer wußte es, und er hatte sich gewundert, wie lange es Much in der glühenden Sonne aushielt. Nun lag auch er im Staub, ohnmächtig, mit verkrampften Fingern. Hinter ihnen, aus den gelichteten Gliedern, hörten sie leises Stöhnen. »Wasser«, stammelte jemand. »Kumpels, wenn wir Wasser hätten . . . ich stände eine Woche. Nur Wasser . . .«

Dr. Langgässer und Hauptmann Rhoderich sahen sich an. Ihre Kopfhaut war wie verbrannt. An den aufgesprungenen Lippen klebten Klümpchen verhärteten Blutes.

»Nein!« sagte Rhoderich leise, als er Langgässers fragenden Blick sah. »Nein, Rolf . . . wir stehen es durch . . .«

Sieben Stunden.

Der Abend senkte sich über Lena und Taiga. Aus der Küche quoll der Geruch von gebratenem Stör. Aus den Lautsprechern dröhnte Beethoven. Die dritte Sinfonie.

Sieben Stunden Glut vom Himmel. Sieben Stunden überlaute Musik in den Ohren. Die Köpfe platzen, Kameraden. Die Nerven zerreißen. Das Herz explodiert in der Brust.

Karpuschin trat ans Fenster. Er rauchte eine Zigarette und zählte mit erhobenem Zeigefinger die noch Stehenden.

»Noch zweiunddreißig. Und der Doktor ist dabei. Ein zäher Hund, nicht wahr, Genosse Major? Man sieht's ihm nicht an, wirklich nicht.«

Kraswenkow schwieg. Er schien nach innen zu weinen. Meine Lebenslänglichen, dachte er. Zehn Jahre habe ich mit ihnen gelebt wie ein Vater mit seinen Söhnen. Und nun kommt solch ein dickes Schwein aus Moskau, und alle Menschlichkeit wird weggeworfen wie faulende Rüben in einen Ferkeltrog! O Gott, und dafür habe ich mein Bein gelassen!

Bei Einbruch der Dunkelheit sank Dr. Langgässer zusammen. Hauptmann Rhoderich fing ihn auf, aber auch er hatte keine Kraft mehr, den Fall aufzuhalten. Gemeinsam sanken sie um, sich umklammernd, und rollten über die Erde. Eine sibirische Form der Pietà des Schmerzes.

Karpuschin blickte auf seine Uhr und dann auf die laufende Schallplatte.

»Neunzehn Uhr zweiundvierzig und beim Brautchor aus ›Lohengrin‹«, stellte er sachlich fest. »Noch sind es zwölf, die stehen! Major Kraswenkow, mein ungeteiltes Lob: Sie haben Ihre Lebenslänglichen gut trainiert!«

Um zwanzig Uhr neunzehn war alles vorbei. Einhundertdreiundzwanzig verkrümmte Leiber bedeckten den Lagerplatz, beschienen von den starken Scheinwerfern aus den beiden Eckwachtürmen. Rotarmisten standen jenseits des Zaunes und starrten auf die graue Masse.

»Jeder bekommt Wasser und hinterher ein kräftiges Essen. Was sollte die Küche heute ausgeben?«

»Bohnensuppe, gedickt mit Graupen!« sagte Kraswenkow heiser.

»Das ist gut.« Karpuschin stellte Grammophon und Lautsprecher ab. »Das belebt. Für jeden Mann auch noch einen Schluck Wein!« Er sah wieder auf seine Uhr. »Ich nehme an, daß gegen zwei Uhr nachts alle wieder bei Kräften sind. Dann geht es weiter, Major . . . Antreten und Musik.« Karpuschin sah hinüber zu dem dünn gewordenen Plattenstapel. »Wir haben Ihre siebenundsiebzig Platten ja noch nicht einmal durchgespielt . . .«

Was Major Kraswenkow in diesem Augenblick tat, wurde später – bei der Verhandlung vor dem Militärgericht in Irkutsk – als Folge einer Depression, ausgelöst durch die Tatsache, ein Krüppel zu sein, bewertet: Er humpelte wortlos an Karpuschin vorbei zum Grammophon, nahm die beiden Plattenstapel, die gespielten und die noch nicht gespielten, warf sie auf die Erde und trampelte mit beiden Beinen, dem richtigen und dem Holzbein, darauf herum. Es knackte und krachte, die Scherben spritzten durch das Zimmer, und als Karpuschin ihn zurückreißen wollte, schlug Kraswenkow mit seiner Gerte um sich und wehrte sich mit der stummen Verbissenheit eines Fanatikers.

»Bitte, Genosse General«, sagte er schweratmend, als alle Platten unter seinen Füßen zermalmt waren. »Nun spielen Sie um zwei Uhr weiter.«

»Sie Narr!« erwiderte Karpuschin gepreßt. »Sie holzköpfiger Narr!«

»Diese Musik wurde zur Freude geschrieben, nicht zur Folter!« Kraswenkow ließ auch die Gerte fallen und nahm stramme Haltung an. »Ich stehe zur Verfügung, Genosse. Um zwei Uhr stelle ich mich zu meinen Lebenslänglichen.«

»Das vergesse ich Ihnen nie«, fauchte Karpuschin. Er griff nach seiner Uniformmütze und setzte sie mit einem Ruck auf. »Sind Sie ein Russe?«

»Ich liebe mein Land so sehr, daß ich mir das zweite Bein abschießen lassen würde – wenn es dadurch weniger Männer gäbe wie Sie!«

Karpuschin verzichtete auf eine Antwort. Er rannte aus dem Zimmer, warf die Tür zu und brüllte vor der Kommandanturbaracke nach seinem Wagen. Auf dem Lagerplatz krochen die ersten Deutschen auf Händen und Füßen in ihre Baracken, sie stützten sich gegenseitig und schwankten wie Betrunkene.

»Nach Bulinskij!« schrie Karpuschin den Fahrer an, als er auf der Lenastraße hielt und sich fragend umblickte. »Oder willst du zum Mond, du Idiot?«

Dann lehnte er sich zurück und saß die Strecke bis zum Krankenhaus der Kirstaskaja mit geschlossenen Augen da.

Er wußte, daß er eine Niederlage erlitten hatte.

Und Semjonow war noch immer nicht gefunden.

Sie fielen gar nicht auf in dem Gewimmel von Menschen, das in den großen Hallen des Flugplatzes von Irkutsk herrschte, der Mann mit den blonden Stoppelhaaren, die junge schwarzhaarige Frau und das Kind in der ledernen Tragtasche. Ungehindert gingen sie durch die Kontrolle, zeigten ihre Pässe, die Milizbeamten lasen flüchtig, und das war die einzige kritische Minute, die sie erlebten. Dann sagte der Beamte freundlich: »In Ordnung, Genosse Semjonow. Der nächste . . .«

Jetzt muß ein Funken springen, dachte Semjonow, als er das Gepäck aufnahm und die drei Säcke an Lederriemen über die Schulter warf, so daß zwei auf seinem Rücken hingen und einer vor seiner Brust. Ludmilla stand schon weit in der Halle, Nadja in der Tasche neben sich, und wartete. Aber nichts geschah. Die Menschen hinter Semjonow drängten nach, halfen ihm, die großen Taschen zu ergreifen, und schoben ihn weiter.

»Sie haben wohl einen Umzug vor, Genosse?« fragte jemand.

Und Semjonow nickte und sagte: »So ist's, Brüderchen. Eine gute Stellung habe ich in Taschkent bekommen. In einer Baumwollspinnerei. Wenn du mir sagst, wie ich nach Taschkent komme, sorge ich dafür, daß du eine besonders haltbare Unterhose bekommst.«

Der Mann, ein Jakute war's, lachte über diesen Witz und half Semjonow, seine Lasten bis zu einer gemauerten Ablage zu tragen. Dort gab ihm Semjonow eine Zigarette und winkte hinter seinem Rücken Ludmilla, sich fernzuhalten. Sie nickte, wandte sich ab und setzte sich neben den gläsernen Eingang des Intouristbüros auf eine Bank.

»Nach Taschkent, Bürger«, sagte der Jakute. Er war ein weitgereister Mann und gehörte der intellektuellen Klasse an. »Willst du mit dem Zug fahren oder fliegen?«

»Was ist besser?« fragte Semjonow.

»Billiger ist's mit dem Zug. Aber eine Schinderei ist's auch. Nach Nowosibirsk mußt du, von dort nach Ust-Kamenogorsk, und von dort geht die Gurksib-Linie der Staatsbahn über Alma-Ata nach Taschkent. Wenn du ankommst, hast du einen wunden Hintern, geschwollene Füße, einen Backenzahn weniger, denn die Genossen Zugbeamten sind rauhe Kerle, die keine Beschwerden entgegennehmen, nicht von uns, Freundchen, wohl aber von den ausländischen Intouristreisenden, und weil sie denen nichts sagen können, lassen sie es an uns aus! So ist's, Brüderchen. Fliegen ist besser, aber teurer. Du kannst in zwei Etappen fliegen. Nach Alma-Ata und von dort nach Taschkent.« Der Jakute trat mit dem Fuß gegen die Säcke neben Semjonow. »Aber nicht damit, Genosse. Damit läßt dich kein Beamter in ein Flugzeug. Wie war's möglich, daß du überhaupt bis hierher geflogen bist?«

»Man hat seine Verbindungen, Brüderchen«, sagte Semjonow und grinste. Der Jakute verstand. Er klopfte Semjonow auf die Schulter und küßte ihn auf beide Wangen.

»Unser Sibirien, was, Genosse!« rief er glücklich. »Was wäre Rußland ohne uns? Ein Weibchen ohne Unterleib! Kann man mit einem solchen Weibchen leben? Ich sage nein! Nimm einen guten Rat an . . . wenn du's bezahlen kannst . . . flieg nach Taschkent.«

Nach einer Viertelstunde trennten sie sich wie Brüder, umarmten sich und wünschten sich alles Glück auf dieser Welt.

Es war klar, daß sie sich nie mehr begegnen würden. Aber so ist man in Sibirien. Die Härte des Landes ist wie Amboßfeuer, das die Menschen zusammenschweißt.

»Wir fliegen nach Alma-Ata«, sagte Semjonow, als er sich neben Ludmilla auf die Bank setzte. »Wir müssen dieses Geld noch opfern. Von Alma-Ata geht eine gute Zugstrecke entlang der chinesischen und afghanischen Grenze nach Taschkent und Samarkand. Es bleibt uns noch genug Geld zum Leben, mein Täubchen.«

Ludmilla nickte. Sie gab der kleinen Nadja zu essen. Ein Stück Brot mit selbstgemachter Himbeermarmelade. Himbeeren, die sie im Gestrüpp gesucht hatte, wo sie wild wuchsen, klein, hellrot und duftend von Aroma.

»Aber das Gepäck müssen wir verringern«, fuhr Semjonow fort. »Die Fluggesellschaft nimmt uns so nicht mit, und außerdem fallen wir auf. Nur eine Tasche sollte jeder haben, das genügt.«

Ludmilla schüttelte den Kopf. »Wir haben nur das Nötigste mit, Pawluscha.«

»Was hatten wir mit, als wir aus Kusmowka flohen?«

»Jetzt haben wir ein Kind.«

»Aber die Flucht ist die gleiche. Nur komfortabler. Vor uns liegen die Grenzgebirge nach Persien. Wir werden froh sein, wenn wir das Leben hinüberretten.« Semjonow legte den Arm um Ludmillas Schulter. »Wir haben nur Atem geschöpft, Ludmilluschka. Ein Engel weinte vielleicht über uns und bewog dadurch das Schicksal, ein paar Monate wegzusehen. Nun ist das alte Leben wieder da . . . der gnadenlose Kampf um unser unbekanntes Paradies. Und im Paradies ist man nackt . . .«

Ludmilla lächelte. Traurig war sie, man sah es an ihren Augen. »Laß uns alles wegwerfen, Pawluscha«, sagte sie leise. »Recht hast du ja . . . wenn wir nur endlich Ruhe finden.«

In einer Ecke der großen Flughalle sortierten sie ihr Gepäck. Alles, was nicht unbedingt zum Leben nötig war, stopften sie in die Säcke zurück. Die Kleider und die Wäsche, sogar die Pelze, aus Fellen, die Semjonow selbst geschossen hatte, ließen sie zurück. Nur zwei Taschen blieben übrig und für jeden eine Decke. Das Wichtigste aber war unter den Kleidern, die sie trugen, an einem Riemen um den nackten Leib geschnallt: die Nagan und vier volle Magazine. Zehn weitere Magazine hatten sie, in Unterwäsche gerollt, in den Taschen liegen.

»Wohin mit den Säcken?« fragte Ludmilla, als sie alles umgepackt hatten. »Sollen wir sie einfach stehenlassen?«

»Nein. Das könnte uns verraten. Ich werde sie verschenken.«

Semjonow schnallte sich die Säcke wieder über die Schulter und verließ das Flughafengebäude. Vor dem weiten Platz, auf dem Autodroschken warteten und Omnibusse in ununterbrochener Folge ankamen und abfuhren, saß im Schatten einer hohen Fichte ein älterer Mann und schlief. Er hatte sich an den Stamm gelehnt, den Kopf zurück, und schnarchte mit offenem Mund. Der Baum gab ihm Schatten, der Boden war trocken und heiß. Gönnt ihm das Schläfchen, Genossen, denn er war ein guter, alter Mann mit sieben Kindern und hatte seine Familie ernährt als Fahrkartenknipser auf einem Ausflugsschiff auf dem Baikalsee. Jetzt, im Alter, lebte er von den Zuwendungen seiner Kinder, hatte keine Sorgen, freute sich, daß seine Erziehung solche Früchte trug, alles in allem: ein braver Mensch.

Neben diesen schlafenden Mann legte Semjonow vorsichtig, damit er nicht aufwachte, seine Säcke nieder, mauerte den Schlafenden gewissermaßen mit neuem Reichtum ein und schlich sich dann weg, zurück zur Flughalle.

Genosse Lukanewskij, so hieß der gute Alte, schlief vier Stunden lang, denn er hatte von seinem vierten Sohn, Dimitri, das Wochengeld bekommen und sich ein Fläschchen Wodka geleistet. Als er aufwachte und um sich die fremden Säcke sah, war er zuerst sehr erschrocken und lugte über den Rand des vorderen Sackes über den Platz, was geschehen sei. Aber da war das normale Leben wie vor vier Stunden, nur die Sonne war kühler.

»Das ist ein Wunder«, sagte Lukanewskij laut, erhob sich, putzte sich die Nase, kratzte sich an der Hose und ließ einen alkoholischen Wind ab. »Ein verdammtes Wunder ist's. Die Säcke gehören mir. Niemand ist zu sehen.« Er drückte den Zeigefinger gegen die Säcke, und sie fühlten sich weich und verlockend an.

»Man soll nicht denken!« sagte Lukanewskij und lehnte sich gegen Semjonows Gepäck. »Ein Mensch, der denkt, ist immer unzufrieden!«

Er winkte einem Pferdewagen, bot drei Rubel und ließ die drei Säcke in die Stadt bringen. In seinem Zimmerchen in einem windschiefen Haus an der Angara löste er die Verschnürung der Säcke und zog als erstes zwei dicke, wertvolle Pelzmäntel ans Licht.

»O Nikolaus!« schrie Lukanewskij und warf die Pelze weit von sich. »Das muß ein Irrtum sein! Man wird mich als Dieb aufhängen!«

Am Abend schlich er zur Kirche Krestowskaja, kaufte eine große Kerze und vertraute sich dem Popen an. Und der Pope, ein weiser Mann, sagte: »Warte ab, ob sich jemand meldet. Lies die Zeitung. Wenn beim Einbruch des Winters sich niemand gemeldet hat, kannst du den Pelz anziehen, mein Sohn.«

Beglückt fuhr Lukanewskij nach Hause. Die Pelze gehörten ihm . . . denn er konnte nicht lesen.

Semjonow aber gelang es, noch zwei Flugkarten für den Abendflug nach Alma-Ata zu bekommen.

Die Entfernungen schrumpften zusammen. Durch die Luft, über den Nachtwolken, unter einem flimmernden Sternenhimmel, glitten sie nach Süden, der Freiheit zu.

Reichte ihr Vorsprung vor Karpuschin?

Ludmilla und die kleine Nadja schliefen, als das Flugzeug auf dem Flugplatz von Alma-Ata, der Hauptstadt Kasakstans, zur Landung niederglitt. Semjonow weckte Ludmilla sanft mit einem Kuß auf die geschlossenen Augen, und alle im Flugzeug, die es sahen, lächelten und nickten Semjonow zu.

Ein schönes Frauchen, Genosse. Man muß es küssen! Ein glücklicher Mensch bist du, Brüderchen . . .

»Alma-Ata, Engelchen«, sagte Semjonow, als Ludmilla um sich blickte.

Unter ihnen leuchtete die riesige Stadt mit Tausenden von Lichtern, ein Märchenland an der Grenze Chinas, eine Drehscheibe zwischen Asien und Sibirien. Im Mondlicht glänzten silbern die ewigen Schneegipfel des Komsomol und des Tagar über der Bergkette des Zajlinski Ala-Tau. In Terrassen bis zu 800 Meter Höhe kletterte die Stadt einen Berghang hinauf, umgeben von Wildbächen und einem Wald wilder Aprikosen- und Apfelbäume. Riesige Felder mit Frühgetreide und Mais, Baumwolle, Reis und Zuckerrüben zogen sich um die Stadt breit in die Täler der Almatinka und der Ili hinein.

Als Gott die Welt schuf, so singen die kasakstanischen Dichter, und sich am sechsten Tag ausruhen wollte, kam er noch einmal zurück ins Tal von Alma-Ata und küßte es, weil er glücklich war über seine Schöpfung.

Ihr glaubt es nicht? Kommt nach Alma-Ata, Freunde, dem Herz Kasakstans . . . ihr werdet etwas spüren von diesem Kuß Gottes, und wenn es nur der erregende Duft der wilden Aprikosen ist ...

Eine warme Nacht war's, als Semjonow und Ludmilla, die kleine Nadja in der Tragtasche zwischen sich, den Flughafen verließen und sich nach einer Autotaxe umsahen. Sie ließen sich zum Bahnhof fahren, bezahlten drei Rubel, denn der Fahrer war ein guter Mensch und sagte: »Der Kleidung nach kommt ihr aus Sibirien und sucht Arbeit, nicht wahr? Gebt mir drei Rubel, das ist genug. Ich weiß, wie es ist, in einer fremden Stadt das Glück zu suchen. Macht's gut, Genossen!« Er fuhr davon, ohne daß Semjonow ihm die Hand drücken konnte.

Der Zug nach Taschkent und Samarkand fuhr erst am nächsten Nachmittag. Viel Zeit hatten sie nun, sinnlose Zeit, denn jede Stunde, die sie hier verbrachten, verringerte den Abstand zwischen ihnen und Karpuschin. Wer wußte, was um diese Zeit in Nowo Bulinskij geschah oder geschehen war? Nur wer Karpuschin kannte, versteht die Angst, die jede verlorene Stunde Warten aufhäuft wie Stein auf Stein, bis sie eine hohe Mauer ist, die umstürzt und alles unter sich begräbt.

Semjonow verzichtete darauf, eine Unterkunft zu suchen und damit Spuren zu hinterlassen. »Ich habe im Flugzeug gut geschlafen, Pawluscha«, sagte Ludmilla und lehnte den Kopf an ihn. »Und sieh dir Nadja an, sie schläft noch immer. Was brauchen wir ein Zimmer?«

Durch die helle Nacht wanderten sie und lernten Alma-Ata, den Kuß Gottes, kennen. Am Ufer des Flusses Malaja Alma-Atinka betraten sie den Gorkij-Erholungspark und gingen über die breiten Wege, vorbei an den Blumenbeeten und künstlichen Seen, wanderten um das moderne Schwimmbad herum und sahen durch die Gitter des Zoologischen Gartens. Ein sibirischer Tiger lag auf der Seite und schlief, und er hob nicht einmal den Kopf, als er die Menschen witterte, die um diese Nachtzeit nichts bei ihm zu suchen hatten. So satt und zufrieden war er, der Herr der Taiga.

Ludmilla drückte sich an Semjonow, und er legte den Arm um sie. So sahen sie den Tiger an, und jeder dachte das gleiche.

»Er war größer, viel größer, Pawluscha«, sagte Ludmilla leise, ja, sie flüsterte es fast, als könne das Tier es hören. »Wie er neben uns herlief ... und mit dem Bärenspieß hast du ihn getötet ... Angst hatte ich, Angst wie noch nie ... aber nachher war ich stolz. Wer hat schon einen Tiger mit dem Spieß getötet? Nie habe ich einen mutigeren Mann gesehen als meinen Pawluscha ...«

Semjonow sah empor in den klaren Himmel. Die Schneegipfel von Komsomol und Tagar glitzerten, wie mit Glassplittern bestäubt. »Der Tiger . . . Wie weit ist das jetzt. Und dabei sind's nur ein paar Tage. Die Zeit wird zum Riesen, und wir bleiben Zwerge . . .«

Dann gingen sie weiter, zum Varietétheater und zu der wunderschönen Anlage der Kindereisenbahn, dem »Kleinen Transsibirien-Expreß«, nachgebaut dem Stolz Rußlands, der Bahnlinie von Moskau nach Wladiwostok am Japanischen Meer, ein Zug, der einen ganzen Erdteil durchquert.

Hier, an der Kindereisenbahn, trafen sie auch einen Menschen. Ein alter Kasake kontrollierte mit einem Handscheinwerfer die Spuren und Weichen, ölte hier etwas, drehte dort an einer Schraube, und dabei sang er leise vor sich hin, in einer fremden Sprache, die wohl das alte Kasakisch war. Als er Semjonow und Ludmilla aus dem »Stationsgebäude« der Kindereisenbahn treten sah, blieb er stehen und legte seinen Schraubenschlüssel neben sich auf den Boden.

»He, Genossen!« rief er, aber es klang nicht befehlend. »In der Nacht solltet ihr schlafen, aber nicht den Park beschmutzen! Wenn die Milizkontrolle euch entdeckt, wird's ein langes Verhör geben.«

»Auf der Durchreise sind wir, Väterchen!« sagte Ludmilla und stellte die Tasche mit der kleinen Nadja vor sich hin. »Weitergehen soll's nach Taschkent und Samarkand, und wir wollten uns das teure Zimmer sparen. Nur ein paar Stunden sind's ja.«

Der Alte sah das Kindchen, und er erkannte an der Kleidung, daß es wirklich Fremde waren, die eine lange Reise angetreten hatten.

»Kommt mit, Bürger«, sagte er. Seinen Schraubenschlüssel ließ er liegen, trottete zum »Stationsgebäude« der Kindereisenbahn, schloß die Wartehalle auf und zeigte auf die Bankreihe entlang der Wand. »Legt euch hin, ihr Lieben. Aber wenn es hell wird, müßt ihr gehen. Dann kommt der Oberaufseher und kontrolliert, ob ich in der Nacht fleißig war. Ich wecke euch, wenn die Sonne kommt.«

»Gottes Dank für Sie, Väterchen«, sagte Ludmilla und setzte die Tasche mit Nadja ab. Der Alte nickte, schüttelte dann den Kopf und trottete wieder zu seinen Schienen.

Gottes Dank . . . von weither mußten sie kommen, um solche Sprache zu haben.

In der Morgensonne glänzte Alma-Ata wie ein Paradies. Breite, saubere Alleen durchzogen die Neustadt, bepflanzt mit

Pappeln, Eichen, Birken, Maulbeerbäumen, weißen Akazien, sibirischen Ulmen und wilden Apfelbäumen, und das Tal aufwärts leuchteten Fichtenwälder, Aprikosenhaine und sanft ansteigende Hänge voller Wein.

Semjonow und Ludmilla wanderten zurück zum Bahnhof. Der Verkehr einer Großstadt umbrauste sie. Scharen von Kindern, in Gruppen oder mit besonderen Omnibussen, ergossen sich in die über fünfzig Schulen Alma-Atas, und ein buntes Völkergemisch aus Russen, Tataren, Chinesen, Kasaken, Dunganen und Usbeken malte in den Garten Gottes neue Farben und verwirrende Formen.

Aber sonst war es in Alma-Ata nicht anders als überall in Rußland: Man mußte anstehen. Zwei Züge gab es, die nach Usbekistan fuhren: den normalen Expreß, mit dem die Reichen reisten, die Natschalniks, Funktionäre und Intellektuellen, wenn sie nicht ganz so vornehm waren und sogar flogen, was am angenehmsten war im Sommer, ja, und den Güterzug, an den man alte Personenwagen koppelte und sie vollstopfte mit Menschen und Tieren. Hier fuhren die Bauern und kleinen Verdiener, die Arbeiter in den Gerbereien und Nudelfabriken, die Tabakdreher und Tuchwalker. Hier war es üblich, daß die Mütter ihre Kinder säugten; und man rückte dann zusammen, damit das Kindchen Platz genug hatte, unterhielt sich über die Ernte und schimpfte über die Natschalniks. Eine große Familie war's, und man lebte ja auch zusammen bis Taschkent oder Samarkand oder gar bis Aschchabad in Turkmenien. Sogar auf die Liebe verzichtete man nicht. Wenn es dunkel war im Zug, und man lag unter den Decken eng zusammen, kam das heiße asiatische Blut in Wallung, und die Decken bewegten sich wie Wellen im Sturmwind, und das Kichern war wie das Gurren eines Schwarms Lachtauben. Wen störte es, ich bitte euch, Genossen? Menschen sind wir alle, und ein warmes Körperchen unter der Decke ist etwas Schönes. Warum sollte man sich schämen? Eine große Familie ist's doch im Waggon, und jeder versteht den anderen so gut, weil er selbst ja nicht anders denkt und fühlt als sein Bruder oder sein Schwesterchen neben sich.

Semjonow schien es zu gefährlich, mit dem Expreß zu fahren. Offiziere reisten dort mit, Parteifunktionäre, Kommissare, und wenn es das Schicksal will, steigt gerade in Alma-Ata jemand ein, der Ludmilla kannte, als sie noch die Kommissarin und Kapitänin Ludmilla Barakowa war.

Zwei Stunden mußte Semjonow anstehen, bis er einen Platz für sich und Ludmilla in dem Güterzug erhielt. Er fuhr außerhalb des vornehmen Hauptbahnhofes ab. Auf dem Güterplatz schob man ihn zusammen, und dort sah es aus, als zögen Völkerschaften weg oder hätte Vater Noah seine Arche ausgeleert. Zwergziegen, Ferkel und Hühner rannten zwischen den wartenden Menschen umher, zwei Schafböcke bekämpften sich und rammten die hornigen Schädel krachend aneinander; und dazwischen spielten die Kinder, saßen die Männer, meistens Kasaken oder Usbeken, auf der Erde, eine Matte unter sich, auf dem Kopf die runden, gestickten tatarischen Käppchen, und spielten Schach.

Als Semjonow und Ludmilla kamen, fand gerade eine große Diskussion statt. Ein usbekischer Bauer hatte zwei Lamas mitgebracht. Es waren schöne, stolze Tiere, die ihre Köpfe hoch erhoben und die Umwelt mit großen, mißbilligenden Augen musterten. Und weil sie so stolz waren und alles verachteten, gingen sie mit königlicher Haltung durch die Menschenreihe, sahen nach links und sahen nach rechts und spuckten die Menschen an.

»Stecht sie ab!« schrie einer der Angespuckten, ein kleiner, wütender Tatare, und tanzte auf einem Bein vor Wut. »Gut kann das werden, Genossen! Sollen wir uns anspucken lassen bis Samarkand? So etwas gehört nicht in einen ordentlichen Zug! Stecht sie ab!«

Und der usbekische Bauer, der Besitzer der stolzen Lamas, brüllte zurück, zückte ein langes, gebogenes Messer und rannte neben seinen spuckenden Lamas her. »Ihre Natur ist's, Brüder!« schrie er immer wieder. »Nehmt ihnen nicht ihre angeborene Eigenheit übel. Wenn ihr rülpsen müßt, he, könnt ihr's unterlassen? Die Natur ist stärker, Genossen, Freunde, Brüder! Und mein ganzes Kapital sind sie, meine Tierchen. Zehn Jahre gespart habe ich für sie. Habt Mitleid, Brüder. Sie hören mit Spucken auf, wenn sie sich an euch gewöhnt haben, Genossen!«

Ein großer Spektakel war's, als die Waggons rumpelnd und krachend heranfuhren, die Bremsen knirschten und die Völkerscharen mit ihren Hunden, Katzen, Hühnern, Zwergziegen und Ferkeln die Wagen stürmten. Der Usbeke mit seinen Lamas kroch in einen Viehwaggon. Glücklich war er, allein mit seinen Lieblingen zu sein. Er streichelte sie, kraulte ihnen die Nüstern und ließ sich anspucken. Genossen, wenn man zehn Jahre gespart hat ...

Semjonow eroberte mit Fäusten und Tritten eine Ecke, gleich neben der Tür, in einem Güterwagen, in dem vor kurzem noch

Reissäcke verladen worden waren. Reiskörner bedeckten den Dielenboden, und die Hühner stürzten sich sofort darauf und pickten sich durch den Waggon. Hier, in der windgeschützten Ecke und doch in guter Luft durch die nahe gelegene Tür, baute Semjonow das Lager für seine Familie, breitete die Decken aus, benutzte die großen ledernen Reisetaschen als Rückenkissen, schob den Benzinkocher an die Holzwand, stellte die Kochtöpfe daneben, und verkündete dann laut im Wagen:

»Wer etwas klaut, Genossen, fliegt aus dem Zug! Ein unhöflicher Mensch bin ich, das sei vorweg gesagt! Und stark bin ich auch. Ich komme aus der Taiga! Genügt das, Genossen?«

Es genügte. Man ließ Ludmilla und Semjonow in Frieden. Man beachtete sie gar nicht. Unhöfliche Menschen sind in Kasakstan wie Tote. Und so war es, als stände eine gläserne Wand zwischen der bunten Völkerschar im Waggon und Semjonow in der Ecke, und es war ihm recht so.

Die Sonne versank schon über dem goldenen Alma-Ata, und von den Hängen wehte der Geruch der wilden Obstbäume durch die Täler, als der Zug endlich anruckte, ein paar Bremser neben den Schienen liefen, die zwischen den Gleisen gackernden Hühner einfach irgendwo in einen Wagen warfen, was ein großes Geschrei verursachte, »Achtung, Genossen, es geht los!« riefen und völlig sinnlos mit langstieligen Hämmern gegen die Bremskontakte schlugen. Dann lief ein helles Knirschen durch den langen Zug, in seinem Viehwaggon tanzte der Usbeke vor Freude, umarmte seine Lamas und schrie in einem fort: »Wir fahren! Wir fahren!«, und so war's auch. Ganz langsam rollte der Zug an und verließ durch ein Spalier von Apfel- und Aprikosenbäumen die Hauptstadt Kasakstans, die Gott einmal geküßt haben soll . . .

Semjonow saß an der offenen Tür, sah hinüber zu den rauhen Berghängen des Zajlinski Ala-Tau und hatte die kleine Nadja auf dem Schoß. Er hielt sie mit beiden Händen fest und zeigte ihr, wie der Mond bereits blaß am fahler werdenden Himmel schien und drei große, helle Sterne schon gegen die letzten Strahlen der Sonne schimmerten.

Hinter ihm kochte Ludmilla das Abendessen. Kascha mit getrockneten Aprikosen und Rosinen. Ein köstlicher Duft durchzog die Ecke des Waggons . . . ein Geruch nach Heimat und Geborgenheit.

»Wie lange werden wir fahren, Pawluscha?« fragte Ludmilla und beugte sich zu Semjonow. Sie rieb ihre Nase an seinem Nacken, und es tat ihm gut.

»Vielleicht eine Woche, Ludmilluschka. Diese Züge haben keinen festen Plan. Es sind fast sechshundert Werst. Ich nehme an, daß wir nachts nicht fahren, und wenn die Expreßzüge kommen, stehen wir auf einem Abstellgleis.«

Und so war's. Für eine Woche wurde die Ecke in dem Waggon ihre kleine, abgeschirmte Welt.

In Taschkent wurden sie umgekoppelt an einen anderen Zug. Nur wenig sahen sie von der sagenhaften Oasenstadt des alten Turkestan, sie spürten nur einen Hauch Mittelasiens, als der Zug am Rande der Millionenstadt über künstliche Kanäle – die man Aryks nennt und die die ganze Stadt durchziehen zur Kühlung – und über steinerne Brücken ratterte. Ab und zu hob sich im Sonnenglast aus dem Gewühl der unzähligen Häuser und engen Gäßchen der Eingeborenenstadt die Kuppel einer Moschee ab, oder der Finger eines Minaretts stach in den kochenden Himmel.

Heiß war's. Der Waggon dampfte, und man glaubte, in einem glühenden Brattopf zu liegen. Die Männer liefen in Badehosen im Waggon umher, und die Frauen saßen mit nacktem Oberkörper nahe an der Tür und ließen die Fahrtluft über ihre Brüste streichen.

Nach einer Stunde schon ging es weiter. Nach Samarkand.

Als sie Taschkent verließen, kamen sie in eine Steppe, die bald in eine Art Wüste überging. Sanddünen wechselten ab mit fruchtbaren, wasserhaltigen Bodensenken, und dann war einen Tag lang nichts neben ihnen als flache, flimmernde, sanddurchsetzte Steppe mit schütteren Saxaul-Büschen, über die der Staub wehte und an denen man meinte, die Hitze der Sonnenstrahlen kleben zu sehen wie Honigfäden.

In dieser Steppe geschah es dann, und Semjonow erkannte, daß die Macht Moskaus, 3500 Kilometer von hier entfernt, am freien Geist Asiens scheitert. Schon in Taschkent war ihm aufgefallen, daß drei Waggons zwischen die Güterwagen gekoppelt wurden. Waggons mit Soldaten, die Maschinengewehre mit sich schleppten und sogar einen Granatwerfer.

»Warte ab, Brüderchen«, sagte ein Usbeke, als ihn Semjonow nach den Soldaten fragte. »Noch sind wir nicht in Samarkand.«

Gegen Mittag war's. Die Hitze hatte müde gemacht, man lag in den Wagen, nahe an der Tür, und schlief wie satte Füchse, als aus einer Senke der heißen Steppe eine Schar Reiter brach. Auf kleinen, struppigen Pferdchen jagten sie auf den Zug zu, Staubwolken hüllten sie ein, und plötzlich war ein Geschrei in der glühenden Stille, ein Kreischen und Heulen. Die Reiter, über den Hals ihrer galoppierenden Gäulchen geduckt, schossen auf den Zug und die Wagen und die brüllenden Menschen an den offenen Türen. Aus den Soldatenwagen schoß man zurück, die Maschinengewehre knatterten, ein paar Pferdchen sprangen hoch in die Luft, überkugelten sich und stürzten, aber die Reiterschar jagte schreiend neben dem Zug her, und so nahe kamen sie, daß man ihre schlitzäugigen Gesichter sehen konnte und das Keuchen der Pferde zu hören war.

»Das ist der dritte Überfall der Räuber auf einen Zug!« schrie ein usbekischer Bauer und kroch von der Tür weg. »Wie gut, daß wir Soldaten haben. Gebt es ihnen, Brüderchen, gebt es diesen Teufeln! Zwei Banden haben sie schon gefangen. Geköpft hat man sie, Brüder, einfach geköpft auf dem Marktplatz von Kanibadam. Das ist gerecht! Man sollte sie vierteilen, die Teufel!«

Der Zug schien aus den Schienen zu springen. Pfeifend raste er durch die Steppe, aber wie die Geier jagten die Räuber neben ihm her; und nun warfen sie Flaschen mit Benzin, die an den Holzwänden der Waggons zerschellten. Das Benzin floß zu den heißen Rädern und Achsen, und dort begann es zu brennen.

Ludmilla und Semjonow hatten sich vor Nadja gelegt und eng an den Boden gepreßt. Aber als Semjonow sah, wie Ludmilla unter ihre Bluse tastete und die Nagan herausholen wollte, gerade als ein gelbes, grinsendes Gesicht über einem schwarzen, wiehernden Pferdchen an ihrer Tür erschien, hielt er ihre Hand fest.

»Nicht!« schrie er ihr ins Ohr, denn der Lärm war unbeschreiblich. »Sie dürfen nicht wissen, daß wir Waffen haben.«

»Sie werden uns umbringen, Pawluscha!« schrie Ludmilla und kroch zu Nadja, die unter den Decken weinte, denn sie erstickte fast. »Sie werden den Zug zum Stehen bringen und uns abschlachten!«

Nun wurde geschossen wie in einer offenen Feldschlacht. Zwei Wagen am Ende des langen Zuges brannten, und bis zu Semjonow hörte man die gellenden Schreie der Menschen in diesen Waggons.

Noch ein paarmal pfiff die Lokomotive grell. Dann kreischten die Bremsen, und der Zug hielt mitten in der glühenden Steppe. Semjonow und Ludmilla sprangen auf. Beide hatten ihre Nagan in der Hand; und die verängstigten, in einer Ecke zusammengedrängten, wimmernden Bäuerlein starrten entgeistert auf den Mann, den sie zu Beginn der Fahrt ausgestoßen hatten aus ihrer großen Familie.

An der Tür erschien ein Pferdekopf. Um das Maul flockte der Schaum.

Semjonow schoß, und der grelle Schrei des Pferdes übertönte alles.

Ein Kopf. Rund, mit hängendem, dünnem Schnurrbart und listigen, glitzernden Augen.

Ludmilla schoß, und auf der Stirn des grinsenden Kopfes sprang ein Loch auf, eine Quelle, aus der in weitem Strahl das Blut strömte.

»Gut so, gut so!« schrie jemand im Wagen.

Semjonow wartete auf den nächsten Kopf, aber keiner schob sich mehr vor die Tür. Da trat er vor und sah hinaus. Die Soldaten waren ausgeschwärmt und lagen in Schützenkette im Steppengras. Aus den brennenden Wagen holte man die Menschen, ihre Kleider qualmten, und eine Frau lief wie wahnsinnig umher. Die Reiterschar der Räuber galoppierte davon, nur eine Staubwolke hinter ihnen war ihr letzter Gruß. Sie hatten nichts gewußt von den in Taschkent hinzugekommenen Soldaten.

In seinem Viehwaggon lag der glückliche Usbeke zwischen seinen Lamas und verblutete. Ein Schuß hatte ihm die Brust zerfetzt, ein Abpraller, der wie ein glühender Haken das Fleisch weggerissen hatte. Nun lag er im Stroh, das Blut rann aus ihm heraus, sein Geist war schon gestorben, und die Lamas standen um ihn herum, stolz und wie beleidigt und spuckten ihn an.

Als man ihn entdeckte und verbinden wollte, war er schon tot. Der gute alte Mann, der zehn Jahre für diesen Tag gespart hatte.

Als der Zug endlich weiterfuhr, nachdem man die verbrannten Wagen abgekoppelt hatte und stehen ließ, damit man sie von der nächsten Station abholen konnte, kam der Waggonälteste in Semjonows Ecke und verbeugte sich.

»Brüderchen, ich spreche im Namen aller«, sagte er. »Wir haben dich verkannt. Ein guter Mensch bist du, ein tapferer Mensch, und dein Weibchen ist ein wahrer Satan. Laß dich umarmen, Genosse.«

Und sie umarmten und küßten sich dreimal und gehörten nun bis Samarkand zur großen Familie. Und es war Semjonow, der von jetzt an im Wagen befahl.

So erreichten sie Samarkand, die Stadt des großen Helden und Tyrannen Timur.

Das Tor in die Freiheit. Die Pforte zum neuen Paradies.

Im Süden, ein Sprung nur, verglichen mit den Entfernungen, die hinter ihnen lagen, zog sich die persische Grenze durch das Gebirge.

»Wir schaffen es, Ludmilluschka«, sagte Semjonow, als sie endlich auf dem Boden Samarkands standen und aufblickten zu den in der Sonnenglut flimmernden Bergketten. »Ich fühle es . . . wir schaffen es. Nie wird uns Karpuschin mehr einholen . . .«

Und niemand ahnte, wie sehr sich Semjonow jetzt irrte.

22

Für Karpuschin stand es nach einer Woche fest, daß sich die größte und nie wieder gutzumachende Blamage seines Lebens abzeichnete.

Alles hatte er verhört, was zu verhören war.

Borja und die Deutschen, von Schliemann bis Wancke, jeden Lebenslänglichen und jeden Bürger von Bulinskij. Er hatte sogar Väterchen Alexeij, den Popen, verhört und ihm angedroht, ihn an seinem weißen Bart an die Glocke zu hängen und Sturm läuten zu lassen, bis Väterchen als Gerippe durch die Gegend fliegen würde. Und Frolowski, dem »Dreieckigen«, versprach er, auch die andere Gesichtshälfte wegzuhobeln, wenn er nicht sprechen wollte.

Was half's? Karpuschin wurde im Kreise gedreht, die Antworten glichen sich wie die Fußsohlen eineiiger Zwillinge, jeder hatte Semjonow gesehen, ihn aber nicht erkannt, und nun war er weg, samt Weib und Kindchen.

»Das ist eine tragische Situation, Genosse Generalmajor«, sagte der Dorfsowjet sogar. »Wie gut hätten wir fünftausend Rubel brauchen können für den Ausbau einer volkseigenen Bibliothek!«

Vor soviel Heuchelei kapitulierte Karpuschin. Keuchend vor Wut kehrte er zum Krankenhaus zurück und schlug im Zimmer der Kirstaskaja mit beiden Fäusten auf den Tisch.

»Genug, Katharina Iwanowna!« schrie er. »Genug! Bin ich ein Narr? Sie allein wissen, wo Semjonow jetzt ist! Sie allein! Keinen Zweifel gibt's mehr! Gestehen Sie es!«

»Er müßte jetzt schon in Wladiwostok sein, Matweij Nikiforowitsch«, antwortete die Kirstaskaja ruhig.

»Sie sind eine Selbstmörderin, Katharina, wissen Sie das?«

Karpuschin atmete keuchend. Seine Augen hinter dem Kneifer funkelten. »Ihre starre Haltung zwingt mich dazu, ein Unmensch zu sein. Aber halten Sie mir zugute, daß ich wieder leben will ... und ich kann nur leben, wenn es keinen Semjonow mehr gibt.« Er winkte, und zwei Rotarmisten traten aus dem Flur ins Zimmer und stellten sich neben die Kirstaskaja.

Über das Gesicht Katharinas zog ein Schatten von Traurigkeit und Ergebenheit. Ihr Leben hatte sich erfüllt. Nun begann der Abschied.

»Was haben Sie vor, Matweij Nikiforowitsch?« fragte sie, und ihre dunkle Stimme war ganz ruhig. Sie fragte es, obwohl sie wußte, was geschehen würde.

»Sie sollen reden lernen, Katharina Iwanowna, weiter nichts.« Karpuschin ging zum Fenster und sah hinaus. Noch soviel Seele hatte er, jetzt nicht in die Augen der Kirstaskaja sehen zu können. »In den Keller!« befahl er laut. »Major Natschenkow soll schon beginnen ...«

Die Soldaten griffen nach den Armen Katharinas, aber sie schüttelte den Griff ab.

»Ich kann allein gehen!« sagte sie ohne Erregung. »Ich kenne den Weg. Und zu stützen braucht mich auch keiner.«

Mit erhobenem Kopf verließ sie das Zimmer. Der Schritt in ihren Stiefeln, die sie heute trug, war fest und kraftvoll.

Karpuschin hob die Schultern und zog den Kopf etwas ein. Man mußte sich wieder daran gewöhnen, eine Frau schreien zu hören, ohne Mitleid zu haben.

Eine Viertelstunde etwa blieb er noch im Zimmer der Kirstaskaja, ehe er selbst hinunter in den muffigen, durch das Grundwasser der Lena feuchten Keller stieg.

Langsam ging er, Stufe um Stufe, blieb mitten auf der Treppe stehen, putzte seinen Kneifer, zog an seinem Uniformrock und seufzte leise. Ein schwerer Gang war's. Man ist nicht mehr in der Gewohnheit, dachte er. In Moskau, in der Lubjanka, gehörte es zum alltäglichen Dienst. Man hörte die Beteuerungen schon gar nicht mehr, man war taub gegen Stöhnen und Schreie ... Wie ein Automat saß man hinter seinem Tisch und sagte nur immer wieder: »Sag die Wahrheit, du Mißgeburt! Gestehe! Ich habe Zeit, viel Zeit ...« Aber heute war's ein schwerer Entschluß. Nicht nur wegen Katharina Iwanowna Kirstaskaja. Weit weg von Moskaus Luft hatte Karpuschin eine andere Art des Atmens gelernt.

In einem Raum, der als Magazin diente und in dem alte Matratzen, Bettgestelle und zerbeulte Blechwannen standen, saß die Kirstaskaja auf einem Stuhl. Man hatte darauf verzichtet, ihr den moralischen Halt zu nehmen und sie nackt auszuziehen, wie es zu Karpuschins Methoden gehörte. Ein nackter Mensch ist ein halber Mensch, das hatte er immer wieder festgestellt. Seine Entblößung bricht einen inneren Widerstand. Nackt ist es schwerer, ein Held zu sein.

Heldentum, dachte Karpuschin und schloß hinter sich die Tür. Das ist ein lächerliches, dummes Wort, wenn man es so weit gebracht hat, in einem Keller zu sitzen und verhört zu werden. Heldentum kann man zeigen beim Kampf Mann gegen Mann . . . Es hört auf, wenn man nur das Opfer ist.

»Katharina«, sagte Karpuschin und setzte sich auf einen Hocker vor die Kirstaskaja. Durch seinen im trüben Kellerlicht spiegelnden Kneifer starrte er die Ärztin wie beschwörend an. »Warum sind Sie so störrisch, Töchterchen? Ich gestehe es Ihnen: Ich bin ein alter Mann, ich sehne mich nach Ruhe. Versprechen will ich Ihnen, mich aus dem aktiven Dienst zurückzuziehen und auf irgendeiner Datscha Kartoffeln und Kohl zu ziehen und das Leben eines ruhigen Bürgers zu führen – wenn ich mein Leben wiederhabe! Wenn ich wieder Karpuschin sein kann! Und das kann ich nur sein, wenn Sie mir Semjonow ausliefern . . .« Karpuschin beugte sich vor und legte seine Hände auf die Knie Katharinas. Über seinen Kopf hinweg sah sie starr an die tropfende Kellerwand. Die Wassertropfen zählte sie, die neben der Tür herunterrannen, und Karpuschin wußte gar nicht, ob sie seine Worte überhaupt hörte.

»Töchterchen«, sagte er heiser, »an Ihnen allein liegt es, ob wir alle unseren Frieden finden. Für einen Satan halten Sie mich! Gut. Aber im Grunde genommen bin ich doch auch ein Mensch, nicht wahr, Katharina Iwanowna? Wie jeder habe ich ein Recht zu leben. Sagen Sie mir, wo Semjonow ist, wo er sich versteckt, wohin er geflüchtet ist.«

»Ich weiß es nicht!« antwortete die Kirstaskaja mit ihrer dunklen Stimme. In diesem Kellerraum klang sie, als spräche sie durch eine Röhre.

»Muß ich Sie an Borja erinnern?« fragte Karpuschin seufzend.

Die Augen der Kirstaskaja verdunkelten sich. Borja! Auch ihn hatte man in diesen Keller geschleift, und sein Gebrüll war später im ganzen Haus zu hören, in jedem Zimmer, es durchbrach alle

Wände, es klebte an den Steinen, es setzte sich in den Fugen fest wie Moos . . . das gräßliche Geschrei eines Menschen, dessen Qualen die Grenzen des Erträglichen überschritten hatten. Die Kranken in den Zimmern krochen unter die Decken, zogen das Bettzeug über sich, stopften sich Watte in die Ohren . . . Aber das Gebrüll Borjas blieb, hatte sich festgenistet in den Hirnwindungen und zitterte in den Dielenbrettern. Dann war es plötzlich still, und die Kirstaskaja war hinausgetreten in den Flur und hatte auf die Kellertür gestarrt.

Vier Rotarmisten brachten den Körper Borjas herauf, einen verkrümmten, blutbespritzten Berg Fleisch, und trugen ihn fort aus dem Haus zu einem Lastwagen. Dort warfen sie Borja wie ein geschlachtetes Schwein in den Laderaum, ließen die Plane fallen und fuhren mit ihm davon.

Vor einer Woche. Und niemand hatte Borja wiedergesehen.

»Was haben Sie mit Borja gemacht?« fragte die Kirstaskaja. Karpuschin hob den Kopf und sah an die Decke aus gemauerten Flußsteinen der Lena.

»Er ist nach Jakutsk gebracht worden.«

»Sie lügen! Sie haben ihn umbringen lassen!«

»Bei meiner Ehre, nein, Katharina Iwanowna.« Karpuschin sah die Kirstaskaja wieder voll an. »Allerdings gestehe ich, daß Borja kein Mensch mehr ist. Wir mußten ihn in die geschlossene Abteilung der Irrenanstalt einliefern. Das Verhör hat ihn zerbrochen.«

»Sie Teufel! Oh, Sie Teufel!« Die Kirstaskaja ballte die Fäuste. Aufspringen konnte sie nicht, man hatte Stricke um ihren Leib geschnürt und sie an den Stuhl gefesselt. Aber mit den Beinen konnte sie stampfen, und so hieb sie die Füße gegen den Steinboden, als sei er eine große, dröhnende Trommel. »Warum hat man Sie nicht wirklich im Kreml erschossen? Warum darf ein Vieh wie Sie leben, die gleiche Luft mit uns atmen, die gleiche Sprache sprechen?« Außer sich war die Kirstaskaja, ihre Augen sprühten, und da sie beim Sprechen den Kopf hin und her warf, verwirrten sich ihre blonden Haare und verwandelten ihren Kopf in das Aussehen einer vom Wind zerzausten, wilden Steppenreiterin. »Machen Sie mit mir, was Sie wollen!« schrie sie. »Lassen Sie mich wahnsinnig werden wie Borja! Nichts sage ich Ihnen! Nichts! Und wenn ich wüßte, daß Semjonow hinter dieser Wand in einem unbekannten Raum haust . . .«

Karpuschin erhob sich und wandte sich ab. Er sah in den Blicken der beiden Offiziere und der Soldaten, die an den Wänden standen, Verwunderung und Ratlosigkeit. Wo ist der berühmte Karpuschin, fragten diese Blicke. Die Uniform eines Generals trägt er zwar, aber er benimmt sich wie ein murmelndes Väterchen, wie ein Pope bei der Beichte.

»Ich habe in Ihrem Zimmer gesehen, Katharina Iwanowna, daß Sie einen schönen Nähkasten besitzen«, sagte Karpuschin, und seine Zunge war schwer, als sei sie mit Blei belegt.

»Eine japanische Lackarbeit«, antwortete Katharina.

»In diesem Nähkasten befinden sich Stecknadeln mit kleinen, runden, bunten Köpfen.«

»Ja.« Verblüffung war in den Augen der Kirstaskaja. »Was soll's, Matweij Nikiforowitsch?«

Karpuschin winkte einem der Rotarmisten. »Hol den Kasten. Auf dem Tischchen, neben dem Fenster, steht er.«

Bis der Rotarmist mit dem japanischen Lackkasten zurückkam, blieb es still im Kellerraum. Karpuschin stand mit dem Rücken zu Katharina und starrte die feuchte Wand an. Jeder, der ihn so sah, nahm an, daß er mit schweren Gedanken rang. Aber so war es nicht. An nichts dachte er, leer war es in ihm; eine große Traurigkeit befiel ihn und drückte auf sein Herz.

»Der Kasten, Genosse Generalmajor!« meldete der Rotarmist.

»Halten Sie, Leutnant.« Karpuschin drehte sich um. Während ein Leutnant den kleinen Lackkasten hielt, klappte Karpuschin den Deckel auf und griff hinein. Eine flache Schachtel mit Stecknadeln zog er heraus und wandte sich wieder zu Katharina Iwanowna. »In diesen Nadeln steckt die Wahrheit«, sagte Karpuschin langsam und betont. »Zu der Agentenausbildung in allen Ländern gehört die Kenntnis der asiatischen Wahrheitsfindung. Es ist eine teuflische Fantasie, die sich so etwas ausdenkt, aber sie zeugt andererseits von der genauen Kenntnis des menschlichen Schmerzes. Mit dem Einsatz geringster Mittel und unter völliger Schonung des Körpers werden durchschlagende Wirkungen erzielt. Immerhin hatte Asien einige Jahrtausende Zeit, sich mit solchen Problemen zu beschäftigen.«

Karpuschin nickte den stummen Soldaten an den Wänden zu.

Zwei traten hinter die Kirstaskaja und drückten ihre Schultern fest an die Lehne des Stuhles. Unmöglich war's, sich noch zu bewegen. Zwei andere Rotarmisten rissen ihren linken Arm hoch und umklammerten ihre Hand wie mit einem Schraubstock. Und in diesem Augenblick wußte Katharina Iwanowna, was Karpuschin beabsichtigte. Ihre Augen weiteten sich vor Entsetzen. Der schöne, volle Mund brach auf wie eine soeben geschlagene, klaffende Wunde.

»Das ist nicht Ihre Linie, Matweij Nikiforowitsch«, sagte sie tonlos. »Das ist unter Ihrer Würde als Mensch und General der siegreichen Roten Armee.«

»Ich weiß, Töchterchen.« Auch Karpuschin fiel das Sprechen schwer.

»Aber die Wahl der Mittel wird mir von der Situation diktiert.«

Ein Feldwebel der Rotarmisten aus Shigansk griff in die Schachtel mit den Nadeln und holte eine Handvoll heraus. Ein Burjate war es, aus Ulan-Ude. Sein blaßgelbes mongolisches Gesicht mit den breiten Augen war unbeweglich, eine Maske mit bewegten Augen und unter dem Atem zitternden Nasenflügeln.

Er sah Karpuschin wortlos an, und Karpuschin nickte. Fünf Nadeln nahm der Burjate heraus und steckte sie in die Fingerspitzen der linken Hand der Kirstaskaja, in jeden Finger eine Nadel, fein säuberlich zwischen Kuppe und Nagel, wo die empfindsamsten Nerven des menschlichen Körpers liegen. Bei jedem Einstich zuckte die Kirstaskaja leicht zusammen, aber sie preßte die Lippen zusammen, warf den Kopf zurück und starrte an die tropfende Kellerdecke.

Es ist, als würde ich punktiert, dachte sie. Ja, ich werde punktiert . . . punktiert . . . punktiert . . . Dabei schreit man nicht. Das kann man ertragen. Das geht schnell vorbei.

Sie atmete auf, als die letzte Nadel in der Fingerkuppe des kleinen Fingers stak. Dann senkte sie den Kopf wieder und sah auf ihre Hand. Die dünnen Nadeln mit den runden, bunten Köpfen zitterten in ihren Fingern. Nur die Spitzen waren in das Fleisch gedrückt, gerade so weit, daß die Nadeln staken.

»Ein buntes Bild, Matweij Nikiforowitsch«, sagte sie gepreßt. »Rot, grün, blau, weiß, weiß . . . Sagen Sie Ihrem Folterknecht, er soll die fünfte Nadel auswechseln. Im Kasten sind auch Nadeln mit schwarzen Köpfen . . .«

»Katharina Iwanowna, lassen Sie uns das schreckliche Spiel nicht bis zu Ende führen.« Karpuschin setzte sich wieder ihr gegenüber auf den Schemel. »Ich weiß, ich erniedrige mich . . . aber ich flehe Sie an: Sagen Sie, was Sie von Semjonow wissen. Ich weiß, daß Sie allein seinen Aufenthalt kennen.«

Die Kirstaskaja schwieg. Wieder starrte sie über den Kopf Karpuschins hinweg an die Wand und zählte die träge herabfallenden Wassertropfen.

Karpuschin winkte und drehte sich auf dem Schemel zur Wand um. Er wollte es nicht sehen ... genug war's, es hören zu müssen.

Mit seinem breiten Daumen drückte der burjatische Feldwebel die Nadel einen Millimeter tiefer in die Fingerkuppe. Dann die Nadel am Zeigefinger ... am Mittelfinger ... am Ringfinger ... am kleinen Finger ... Nur einen Millimeter, aber die Nerven zuckten, und der Schmerz jagte wie ein Blitz, der Hirn und Herz durchschneidet, durch den Körper der Kirstaskaja.

Katharina Iwanowna stöhnte auf. Oh, sie schrie nicht, aber ihre Zähne knirschten, deutlich hörte man es. Ihre schönen blonden Haare wurden schweißnaß, ja es war, als verlören sie auch plötzlich ihren seidigen Glanz, als zöge der Schmerz das Leben aus ihnen bis aus der letzten Spitze.

»Töchterchen«, sagte Karpuschin leise. »Ich bitte Sie ...«

Nur eine Viertelstunde dauerte es.

Die Kirstaskaja brach zusammen, als der Burjate die Nadeln bis zur Hälfte in ihre Fingerkuppen gedrückt hatte. Da schrie sie auf, so unvermittelt und grell, daß Karpuschin vom Schemel sprang und ihn umwarf. Auch über sein Gesicht lief der kalte Schweiß, und als er sich zu Katharina Iwanowna umdrehte, hatte sein Gesicht allen Schmerz gespeichert, den die Kirstaskaja aus sich hinausschrie. Mit den Füßen trampelte sie gegen den Steinboden, und die beiden Rotarmisten hatten alle Kraft aufzubringen, sie trotz der Fesseln auf dem Stuhl festzuhalten. Ihr Gesicht war ein einziger Schrei. Am schrecklichsten aber waren ihre Augen ... sie leuchteten nicht mehr, sondern sie waren fahl geworden, farblos. Auch Augen können aus Schmerz und Grauen weiß werden, dachte Karpuschin. O mein Gott, was habe ich getan ...?

»Wo ist Semjonow?« fragte er heiser. »Katharina Iwanowna ... es ist sofort vorbei! Nur ein Wort ... Wo ist Semjonow?«

Und die Kirstaskaja schrie mit hohlen, farblosen Augen: »In Samarkand! Zur iranischen Grenze wollen sie! Gebe Gott, daß sie schon drüben sind ...«

Karpuschin atmete tief auf. Er nickte dem Feldwebel zu, und der Burjate zog die Nadeln einzeln aus den Fingern der Kirstaskaja. Schmerzlos, mit einem schnellen Ruck. Und mit dem Herausziehen der letzten Nadel aus dem kleinen Finger fiel der Kopf Katharinas nach vorn, und sie wurde bewußtlos.

»Pflegt sie wie eure Schwester!« befahl Karpuschin, bevor er den Keller verließ. Er sah die Offiziere der Reihe nach an und erkannte in ihren Augen Entsetzen und hündische Angst. Ein bitteres Lächeln zog um seinen Mund. »Das war Karpuschin!« sagte er hart. »Mit vollen Hosen regiert man keine Welt! Ich verlange jeden Tag eine telegrafische Meldung an meine noch bekanntzugebenden Standorte, daß es Dr. Kirstaskaja gut geht und es ihr an nichts fehlt!«

Er grüßte, übersah, daß alle im Keller strammstanden, und verließ schnell den feuchten, nach Moder riechenden Raum.

Samarkand, dachte er, als er oben im Flur stand und sich reckte, als habe er stundenlang krumm gelegen. Nicht eine Stunde ist mehr zu verlieren.

Wenn Semjonow die Grenze überschreitet, bin ich wirklich ein begrabener Mensch.

Eine Stunde später landeten Karpuschin und Marfa bereits mit einem Militärhubschrauber in Jakutsk. Eine Kuriermaschine stand bereit für den Weiterflug nach Samarkand. Der Militärbefehlshaber der usbekischen Provinz war bereits alarmiert. Alle Züge wurden überwacht, die Hauptstraßen kontrolliert, über die Steppen flogen Aufklärer.

Während Karpuschin und Marfa in Jakutsk mit dem Kurierflugzeug aufstiegen, breitete sich der Alarm durch eine Ringsprechanlage über alle Grenzstationen aus. Entlang der iranischen Grenze gab es keinen Grenzposten mehr, der nicht die Beschreibung Semjonows und Ludmillas über das Telefon erhalten hatte.

Es schien eine einfache Sache zu sein. Ein Mann, eine Frau und ein kleines Kind . . . wem fällt diese Gruppe nicht auf? Blöd und blind müßte man sein, Genosse, wenn einem das entgeht.

Die Posten fluchten. Zu Ende war's mit der seligen Ruhe in den einsamen Garnisonen am Alla- und Karagebirge. Streifen mußte man jetzt gehen, über Felsgrate und durch Schluchten reißender Bäche. Das kostete Schweiß und steigerte die Wut.

Ein Mann, eine Frau und ein Kind . . . Sie konnten nicht verborgen bleiben, wenn sie wirklich die Dummheit begingen, über die schmalen Gebirgspfade nach Persien zu flüchten.

Wie es Karpuschin befohlen hatte, so geschah es auch: Der Kommandierende Offizier der Shigansker Truppen, ein Major, umsorgte die Kirstaskaja rührend. Aus dem Sanitätsstab stellte er eine Feldscherin ab, die am Bett Katharina Iwanownas saß und sie mit Geschichten aus Irkutsk unterhielt.

Nachdem sie aus ihrer Ohnmacht erwacht war, lag sie wortlos im Bett und sah apathisch an die weißgetünchte Decke. Schliemann und Wancke besuchten sie, nachdem sie von Frolowski, dem »Dreieckigen«, der alles wußte, erfahren hatten, was Karpuschin mit ihr angestellt hatte.

»Pawel Konstantinowitsch ist längst in Sicherheit«, sagte Schliemann tröstend. »Sein Vorsprung ist nicht aufzuholen. Drei Wochen, Katharina Iwanowna . . . ich schwöre es, er ist längst in Persien.«

Die Kirstaskaja sprach kein Wort. Wer begriff sie denn? Ob man Semjonow jetzt einfing oder ob er gerettet war, welche Bedeutung hatte das noch? Karpuschin hatte es geschafft, sie zu zerbrechen, er hatte sie zwingen können, Semjonow zu verraten . . . das galt viel mehr! Das war ein Untergang, den die Kirstaskaja nie verwand. Und so lag sie in ihrem Bett, hörte geduldig den Erzählungen der Feldscherin zu, ließ sich das Essen machen, empfing Schliemann und Wancke, telefonierte mit Major Kraswenkow und sagte mit gleichgültiger Stimme: »Ja, danke, Väterchen Wassilij Gregorowitsch, gut geht es mir. Grüßen Sie Dr. Langgässer von mir«, und es war nicht einmal mehr ein Zucken in ihrem Herzen, als sie diesen Namen nannte.

Ich bin tot, dachte sie, wenn sie allein im Zimmer war und die Feldscherin im OP nebenan den Arztdienst im Krankenhaus notdürftig versah. Nicht einmal das stärkste der Gefühle ist noch in mir, die Liebe. Zerbrochen hat er mich, der Teufel mit dem Kneifer auf der Nase. Zerbrochen mit fünf kleinen Stecknadeln mit roten, grünen, blauen, weißen und schwarzen Köpfen.

Zwei Tage lag sie so im Bett, eine blonde, bleiche Puppe mit merkwürdig farblosen Augen. Dann stand sie auf, zog ein Kleid an und darüber ihren weißen Arztkittel. Die Feldscherin schnitt nebenan im OP eine Rückenwunde aus. Ein jakutischer Bauer war gegen das Treibrad einer Rübenschnitzelmaschine gefallen. Für eine Stunde war sie beschäftigt, denn nach dem Unfall kam die Säuglingssprechstunde. Jede Woche einmal, das hatte die Kirstaskaja in Nowo Bulinskij eingeführt. Eine gute Tat war's gewesen, überall lobte man sie. Noch nie waren die Kinder von Bulinskij so gesund wie jetzt. Wie Hefeküchlein gingen sie auf, eine wahre Pracht konnte man es nennen.

Katharina Kirstaskaja handelte sicher und überlegt, als stände eine schwere Operation bevor. Aus der Schublade der Fichtenkommode holte sie eine Injektionsspritze, setzte eine dünne Nadel darauf und ging dann zu einem Blechkästchen, das auf der Ablage über dem Waschbecken stand. Aus dem Kasten nahm sie ein kleines Glasrohr, das mit einer wasserhellen Flüssigkeit gefüllt und durch einen Deckel aus Gummi verschlossen war. Beides trug sie zum Tisch, setzte sich und schrieb zwei Briefe, obgleich sie wußte, daß außer Karpuschin sie niemand lesen würde. Doch was tat es? Es befreit, wenn man niederschreibt, was man fühlt.

An Major Wassilij Gregorowitsch Kraswenkow schrieb sie den einen Brief. »Gutes Väterchen, ich bin nicht mehr. Gott hat mein Leben verflucht, und es ist nicht die Aufgabe des Menschen, diesen Fluch zu übersehen. Ich träumte vom Glück, seit ich atmen konnte – aber es gibt Menschen, Väterchen, die darin ewige Träumer bleiben. Nun kann ich nicht mehr; was ich an Kräften besaß, habe ich verbraucht. Meine Natur ist es nicht, als Wrack auf dem Meer zu treiben . . . ich gehe unter mit flatternden Fahnen und leuchtenden Lichtern . . .«

Und an Dr. Rolf Langgässer schrieb sie den anderen Brief. »Liebster. Einziger, den ich liebte – jetzt weiß ich es. Sei nicht traurig, wenn meine Augen erblindet sind. Wir sind Menschen, die man verraten hat, aber was nutzt es, die Schuldigen anzuklagen? Sieh, Liebster – jedes Jahr schreit die Taiga auf, wenn die Fröste kommen und der Eiswind bis ins Mark geht; jedes Jahr stirbt der Wald und erwacht im Frühjahr wieder; jedes Jahr erstarrt die Lena, aber unter ihrer Totendecke strömt das Waseser weiter. Alles Leben ist unsterblich. Auch wir sind es, Liebster, Einziger! Ich lebe in Dir, und Dein Bild nehme ich mit in die herrliche ewige Ruhe. Glaubst Du an ein Wiedersehen unter den Sternen? O glaube es, bitte, bitte, glaube es . . . Wir sind untrennbar, und ich werde um Dich sein, bis Du Staub bist wie ich, ein Hauch des Windes, ein Tropfen in der Lena, ein Punkt in den Wolken. Ich liebe Dich und bin so froh . . . so froh . . .«

Katharina Kirstaskaja faltete die Briefe, adressierte die Kuverts, klebte sie zu und legte sie in eine Schale aus Porzellan, in der sie sonst Obst aufbewahrte. Darauf stach sie die dünne Nadel durch den Gummideckel des Röhrchens und zog die wasserhelle Flüssigkeit in die Spritze.

Langsam – o nein, sie schwankte nicht, sondern ihr Schritt war fest wie immer – ging sie zum Fenster, setzte sich auf den Stuhl, schob den Rock hoch und stach sich die Nadel tief in das Fleisch des Oberschenkels. Mit ruhigen Fingern drückte sie den Kolben herunter, bis die Spritze leer war, zog die Nadel dann heraus und warf die Spritze weg, als ekele sie sich plötzlich davor. Auf der Erde, in der Ecke neben dem Bett, zerschellte sie in winzige, dünne Glasteilchen.

Noch einmal betrachtete sie die Fingerspitzen ihrer linken Hand. Wo die Stecknadeln in den Kuppen gesteckt hatten, waren winzige rote Pünktchen. Fünf Punkte an einem schönen, makellosen Körper, aber sie hatten genügt, ihn zu zerbrechen.

Die Kirstaskaja sah hinaus auf die Lena. Wieder fischten die Fischer mit ihren flachen Booten im Strom. Am Ufer hatte sich eine Werkstatt aufgetan, die zwei neue Ruderboote baute. Die gebogenen Spanten ragten in die Sonne wie die Rippenbögen eines Riesenwales. Drei Jungen saßen auf einem hölzernen Steg und angelten. In der Waschbucht hockten neun Frauen und schlugen die Wäsche auf hölzernen Brettern und mit einem Schlegel aus, wie seit Jahrhunderten, wo die Strömung eines Flusses die Wäsche spülte. Ihr rhythmisches Schlagen und Klatschen war wie eine urweltliche Musik, ein Takt, wie das Stampfen tanzender, trunkener Männer.

Schönes Sibirien, dachte sie. Geliebte Taiga. Wie blank deine Sonne ist. Wie weit der Himmel! Nennt mir ein Land, wo Gott den Menschen mit offeneren Armen empfängt . . .

Müdigkeit lähmte plötzlich ihre Gedanken. Sie riß die Augen auf und umklammerte das schmale Fensterbrett.

Wie die Lena breiter und breiter wird . . . ein Meer wird sie, ein unendlicher Wasserwall. Im Wasser ertrinkt die Welt. Im Wasser der Lena.

Atemlos starrte die Kirstaskaja auf dieses Wunder vor ihren Augen. Die Sonne schwamm im Strom, der Himmel badete sich, die Fischerboote segelten wie Wolken auf den Sonnenstrahlen, weit, weit, weit wurde die Welt, so wie sie ein Vogel sieht am frühen Morgen, eine Lerche vielleicht oder ein Adler, wenn er lautlos über den Wäldern kreist.

Der Tod, dachte Katharina Iwanowna, ist ein Zauberer. Sehen wir alle so die Welt im letzten Augenblick, so herrlich, so fern aller Schwere und Düsterheit? Sollte es wirklich wahr sein, daß sich die

Seele emporschwingt zur Sonne? Bin ich schon Seele?

Sie lächelte, und so tauchte sie ein in dieses allumfassende, goldschimmernde Wasser der Lena, wie ein kleiner silberner Fisch, der einer dunklen Höhle entronnen ist . . .

Die Feldscherin fand die Kirstaskaja eine Stunde später am Fenster. Ihr Kopf lag auf dem Holz des Rahmens, der Wind spielte in ihren blonden Haaren, und sie war kalt und tot.

So starb Katharina Iwanowna Kirstaskaja, die Ärztin von Nowo Bulinskij.

Und Gott nahm sie in seine Arme; das sagte Väterchen Alexeij, der Pope, und wir glauben es.

Amen, Brüder.

Erinnern wir uns noch an Maxim Sergejewitsch Jefimow?

Einen Augenblick, Genossen, nicht überfordern will ich euch. Denkt einmal nach. Jefimow! Wer kann ihn vergessen? Wer einmal mit ihm zu tun hatte, vergißt eher seine Mutter als Maxim Sergejewitsch.

Noch nicht, Freundchen? Krasnojarsk . . . Ludmilla Barakowa, die Kommissarin . . . Jefimow, der Mann . . . Aha!

Ja, er ist es, Genossen. Jefimow, der ehemalige Distriktkommissar von Krasnojarsk, den man nach drei Wochen quälender Ungewißheit und selbstanklägerischer Reden weit weg, in den elendsten Winkel Rußlands versetzte, ihn lebendig begrub, weil er bei der Jagd nach Semjonow versagte und behauptet hatte, seine Kommissarin Ludmilla Barakowa sei über alle Zweifel erhaben und eine Kommunistin, deren Namen man auf die Fahnen schreiben sollte. Das erste Opfer der gnadenlosen Jagd wurde er selbst. Aber er überlebte, und deshalb sollte er eigentlich glücklich sein.

Noch immer, nach einem Jahr nun, hockte er in der größten der fünf Steinbaracken, die den Namen Kisyl-Polwan trugen und eine schmale Straße bewachten, die durch ein steiniges Tal hinauf zu den Karabergen zog und dort auf iranischem Gebiet an eine ausgebaute, breitere Straße stieß, die nach Mesched, der uralten Teppichknüpferstadt, führte.

Über ein Jahr lang hatte Jefimow Zeit gehabt, sich Gedanken über den Kommunismus, über Marx und Lenin und das zu machen, was aus allen schönen Worten, die man in Saffianleder band, geworden war. Wenn er mit seinen fünf abwechselnd betrunkenen, halb verblödeten und in den Betten der herumziehenden Ziegenhüterinnen zu Helden werdenden Milizsoldaten am Schlagbaum stand und die Bauernfuhrwerke kontrollierte, die zum Markt nach Serachs, der nächsten iranischen Siedlung, zogen, überfielen ihn das ganze Elend seines Lebens und die geballte Wut über die ihm angetane Ungerechtigkeit. Dann war er wieder der alte Jefimow – oder nur ein Abglanz davon –, schrie die Bäuerlein an, kontrollierte die Pässe, bemängelte deren Dreckigkeit, trat die Protestierenden in den Hintern und brüllte: »Man soll es nicht für möglich halten! Wollen ins Ausland und das russische Volk repräsentieren und laufen herum wie die Bettnässer! Ist das sowjetische Kultur, he? Stinkt ein ehrlicher Russe nach Schafsmist und Kamelpisse? Ab mit euch! Badet euch im Fluß und kommt dann wieder! Bei Jefimow kommt nur über die Grenze, und sei's, um Äpfel und Aprikosen auf dem persischen Markt zu verkaufen, wer wie ein kultivierter Mensch aussieht!«

Schikane war's, man wußte es, aber man schluckte sie, denn wer kam gegen Jefimow, den Grenzwächter von Kisyl-Polwan, an? Der einzige Weg war's nach Serachs, die einzige Straße für Fuhrwerke, Pferde und Lastkamele. Ein paar Pfade waren zwar noch da, rund um die Felsen, aber sie verlangten artistische Leistungen und Schwindelfreiheit. Nie war ein Kamel über solche schmalen Pfade zu führen. Also blieb es dabei ... man mußte an Jefimow vorbei, und die Bauern am Tedschen, dem Fluß, der an Kisyl-Polwan vorbeifloß, träge und schmutzig und im Frühjahr wild wie ein verrückter Affe, seufzten tief, wenn der Markttag nahte, stiegen ins Wasser, badeten sich, verfluchten Jefimov und zogen dann sauber an den fünf Steinhäusern der Grenzstation vorbei.

So weit war es mit Maxim Sergejewitsch gekommen. Das traurige Schicksal eines Mannes, der von einer Karriere in Moskau träumte.

Nun, plötzlich, wie Schnee aus sonnendurchglühtem Himmel, tickte der Telegraf in Jefimows Dienstzimmer und gab die Meldung durch:

Sperrung aller Grenzen. Es sind unterwegs und sofort festzunehmen, bei Widerstand ohne Rücksicht zu erschießen: Pawel Konstantinowitsch Semjonow und seine Frau Ludmilla und beider Kind Nadja Pawlowna ...

Jefimow saß lange und stumm vor dem Blatt Papier, auf dem er die Durchgabe notiert hatte.

Sie lebt noch, dachte er. Und ein Kindchen hat sie, meine kleine

Ludmilla mit den feurigen schwarzen Augen. Noch immer ist sie auf der Flucht, eineinhalb Jahre lang. O mein schwarzes Täubchen ... so sind die Jäger. Auf der Spur eines Wolfes vergessen sie Zeiten und Räume. Es ist die Natur des Vernichtens, die sie vorwärtstreibt.

Aber dann trat Jefimow ans Fenster und sah hinüber auf die Straße, die zum Tedschen führte und über eine Holzbrücke, die jedes Jahr nach der Schneeschmelze in den Bergen, wenn der Fluß durch seine Nebenbäche zum wilden Wasser wurde, weggerissen wurde und jedes Jahr in der gleichen, sinnlosen Form wieder aufgebaut wurde. Hinter dieser Brücke ging die Straße weiter nach Bajram-Ali, der kleinen Stadt an der Bahnlinie von Samarkand nach Aschchabad, und weiter nach Krasnowodossk am Kaspischen Meer. Die Transkaspische Bahnlinie, so heißt sie stolz.

Wenn sie dort über die Brücke kommen, was mache ich, dachte Jefimow. Es wäre einfach, sie von hier aus zu erschießen. Ein guter Schütze war er, in Krasnojarsk hatte er oft seine Künste bei Militärfesten gezeigt. Und auch hier in Kisyl-Polwan hatte er sie einmal gebraucht. Ein Bär hatte ein Schaf mitgeschleppt, oben, auf einer Felsnase saß er, sicher und frech, und keiner kam an ihn heran ... Da war es Jefimow mit seinem guten Auge, der ihn abschoß wie eine Zwölf auf der Scheibe eines Schießstandes.

»Verhüte der Himmel, daß sie kommen«, sagte er laut und ging zurück ins Zimmer. Aus einer Holzkiste nahm er eine Handvoll Kischmisch, das sind trockene Rosinen aus Samarkand, aber sie schmeckten ihm heute bitter, und er warf sie zurück zu den anderen. Damit niemand las, was von Norden her auch nach Kisyl-Polwan kommen konnte, zerriß er den Zettel mit der Meldung und verbrannte ihn in einem Aschenbecher. Jefimow brauchte keinen Steckbrief. Wenn er die Augen schloß, sah er Ludmilla vor sich, wie sie immer in seinem Gedächtnis geblieben war ... die schwarzen Haare, der zierliche, wohlgeformte Körper, die langen, schlanken Beine, von denen er einmal sagte: »Genossin Barakowa, ich könnte Ihre Stiefelchen vor Eifersucht ermorden. Sie dürfen umfassen, was nur mein Blick streicheln darf.« Ihr Lachen klang noch jetzt in seinen Ohren. Silberne Glocken waren es, die man sanft aneinanderschlägt.

In dieser Nacht bemühte sich Jefimow vergeblich um Schlaf. Auf dem Bett lag er, in voller Uniform, die Nagan an der Seite geladen und gesichert, und jede Stunde sprang er auf, weil er glaubte, draußen etwas klappern zu hören, stürzte ans Fenster und sah hinaus in die helle Mondnacht. Hinüber zur Brücke über den Tedschen, hinauf zum Schlagbaum und den Bergen.

Das Land schlief. Weit entfernt, vielleicht schon auf persischer Seite, heulten Schakale. Die Steine träumten im Mondlicht. Kalt war's ... er sah es an dem Gefreiten Iljitsch Wladimirowitsch, der neben dem Schlagbaum in einem engen Häuschen hockte, einen Pelz um sich geschlagen, eine Flasche guten Weizenschnaps aus Samarkand getrunken hatte und nun schlief. Eine hohe Strafe stand darauf, aber Jefimow übersah es. Wer kommt schon in der Nacht nach Kisyl-Polwan? Ein Fuchs vielleicht oder eine Ratte vom Tedschen. Sie brauchen keine Pässe.

Gegen Morgen schlief auch Jefimow ein. Er löschte das Licht und rollte sich auf die Seite. Am Schlagbaum saß, zum drittenmal als Ablösung, der Gefreite Iljitsch Wladimirowitsch und fror erbärmlich. Er sah hinüber zu den iranischen Bergen des Kara und dachte darüber nach, daß es dort bald schneien würde. Schließlich war es Mitte September. Wie die Zeit rast, selbst in Kisyl-Polwan!

»Jetzt«, flüsterte Semjonow und drückte Ludmilla die kalte Hand. In einer Senke neben der Brücke lagen sie, dicht an den Boden gedrückt, ein paar Flußsteine vor sich als Schutz. Über die Brücke waren sie gerannt, auf bloßen Füßen, die Schuhe an den Schnürbändern um den Hals gehängt. Zwischen ihnen in der ledernen Tasche schaukelte die kleine, schlafende Nadja. Betäubt hatten sie sie, mit starkem, süßem Wein, den sie auf dem Bahnhof von Bajram-Ali gekauft hatten. Nun schlief sie fest, und der Schlaf mußte anhalten, bis sie die iranische Grenze erreicht hatten.

Von Samarkand bis Kisyl-Polwan war es schnell gegangen. Mit der Transkaspischen Bahn hatten sie Bajram-Ali erreicht, in der Stunde, in der von Samarkand aus die Telegrafen des Militärbefehlshabers tickten und der Name Semjonow in Usbekistan bekannt wurde. Dann hatte sie ein Lastwagen der Karakulschafzucht-Sowchose Merwska mitgenommen, bis zur Kreuzung zweier Straßen. Der Lastwagen fuhr weiter zu den Weideplätzen der Schafe, und der Fahrer sagte:

»Der nächste Weg geht dort entlang, Genossen, über den Fluß und zu den Bergen. An die Zollstation werdet ihr in zwei Stunden kommen. Fünf Häuser nur, aber der Kommandant ist ein Hundesohn! Ich rate euch, badet vorher ... das ist wichtiger als ein guter Paß!«

Er lachte, als er Semjonows und Ludmillas ungläubige Gesichter sah, gab Gas, ließ den Motor heulen, fuhr weiter und umhüllte Semjonow mit einer Wolke gelben Staubes.

Nun lagen sie am Flußufer, schon diesseits der hölzernen Brücke, beobachteten den Gefreiten Iljitsch Wladimirowitsch, der wieder soff – denn es war ja kalt, Freunde, verzeiht es ihm –, und sahen, wie das Licht im größten der fünf Häuser ausging.

»Nun schläft der Kommandant auch«, flüsterte Semjonow. »Ich werde den Posten mit der Nagan niederschlagen. In eineinhalb Stunden wird er erst abgelöst, ich habe auf die Uhr gesehen. Dieser Vorsprung muß reichen, die Grenze in den Bergen zu erklettern.«

»Klettern?« flüsterte Ludmilla. Sie hatte die Tasche mit der kleinen Nadja an sich gedrückt, wie eine Glucke, die ihr Küken unter sich schiebt.

»Über die Straße geht es nicht! Wir müssen seitlich ins Gebirge. Nur drei Werst sind es.«

»Drei Werst unbekannte Felsen und Schluchten, Pawluscha.«

Semjonow schwieg. Tausende von Werst lagen hinter ihnen. Einen Erdteil hatten sie auf der Flucht durchquert. Urwälder und Urströme, Steppen und Wüsten . . . Sollten drei Werst Felsen sie nun aufhalten? Die Kuppen der Berge im Mondlicht . . . das war schon Persien. War die endgültige Freiheit. Umkehren im Angesicht des Paradieses? Weiter nach Westen ziehen, zum Kaspischen Meer, und mit einem Boot übersetzen zur iranischen Küste?

»Komm«, sagte er entschlossen. »Schlimmer als die Taiga im Dezember ist es nicht . . . und wir haben sie besiegt! Schleich dich an den Häusern entlang, ich werde den Posten betäuben . . .«

Auf dem Bauch wic Molche krochen sie vom Fluß seitlich der Straße durch das steinige, mit Steppengras bewachsene Tal zu den fünf Steinbaracken. Im Schatten des Kommandantenhauses warteten sie und starrten hinüber zu dem Gefreiten Iljitsch Wladimirowitsch. Noch war er unruhig, stampfte hin und her, setzte ab und zu sein Fläschlein an die Lippen und trank. Aber er schlief nicht, er setzte sich nicht, er pendelte vor dem Schlagbaum wie ein unruhiges Tier hinter einem Gitter.

Semjonow sah in den Himmel. In zwei Stunden stieg die Sonne auf, dann mußten sie in Persien sein. Zwei Stunden nur noch bis zur Freiheit . . . ein Gefühl war's, das nicht zu erklären ist.

»Ich werde ihn töten müssen«, sagte er zu Ludmilla, die Nadja in der Ledertasche an ihre Brust gedrückt hatte und mit beiden

Armen umfaßt hielt. Sie nickte und schwieg. Semjonow entsicherte die Nagan, griff in die Tasche, holte ein dickes Stück Brot heraus, wickelte es mit einem Taschentuch um den Lauf und vor die Mündung der Nagan.

»Was soll das?« flüsterte Ludmilla.

»Das haben wir in Alaska gelernt. Ein natürlicher Schalldämpfer. Noch besser ist's, wenn das Brot naß ist. Ein Schuß klingt dann wie ein Schlag mit einem nassen Handtuch.«

Semjonow hatte das Brot gegen die Mündung gebunden und sah hinüber zu dem unruhigen Gefreiten Iljitsch Wladimirowitsch. Und da geschah es, daß Iljitsch sich vom Schlagbaum abwandte und – wer weiß, was er wollte – langsam auf das Haus des Kommandanten zuging.

»Schieß!« flüsterte Ludmilla. Ihre Hand krallte sich in den Arm Semjonows. Er spürte ihre Nägel in ihrem Fleisch brennen. »Bei allen Heiligen . . . schieß . . .«

Semjonow hob die Pistole. An die Handwand gedrückt, gleich neben der Tür, standen sie im Schatten, und nun blieb Iljitsch Wladimirowitsch stehen, suchte in den Taschen seines Pelzmantels nach einer Papyrossa, fand sie und zündete sie an. Doch bevor der schwache Lichtschein des Feuerzeuges gegen die Hauswand fiel und die beiden Menschen aus der Dunkelheit hob, hatte Semjonow die Tür aufgeklinkt, Ludmilla ins Haus geschoben und war hinterhergesprungen.

Nun standen sie im dunklen Raum, irgendwo, aus einer Ecke, hörten sie das Schnarchen eines Mannes, und als sich die Augen an die Dunkelheit gewöhnt hatten, erkannten sie Gegenstände. Einen Tisch, Telegrafiergeräte, ein Radio, Telefon, einen Gewehrständer mit drei Tokarevs, Stühle, im Hintergrund ein Bett, und darauf, in Uniform, den schlafenden Kommandanten.

Das Gefühl, allein nur das Gefühl, nicht allein zu sein, weckte Jefimow. Er schlug die Augen auf und schob die Beine vom Bett. Blinzelnd sah er um sich.

Neben dem Telefon stand Semjonow, hinter ihm preßte sich Ludmilla an die Wand. Sie sahen auf den Mann, der sich vom Bett erhob und zur Lampe gehen wollte.

»Stoj! Bleib stehen, Brüderchen!« sagte Semjonow laut. Jefimow zuckte zusammen, wie gelähmt stand er mitten im Raum, das eine Bein vor, im Schritt wie von einer Riesenfaust festgehalten und an den Boden genagelt. »Geh zurück zum Bett und leg dich wieder hin!« sagte Semjonow kalt. »Kein Licht! Und die Hände zurück und im Nacken gefaltet . . .«

Sie ist da, dachte Jefimow. Ludmilla ist hier im Raum. O Himmel, konntest du das nicht verhüten? Wie mag sie aussehen? Hat sie das Kindchen bei sich? Ob sie mich erkennt? O nein, zu dunkel ist's . . . aber meine Stimme wird sie erkennen . . . meine Stimme, die einmal zu ihr sagen wollte: Heiraten Sie mich, Ludmilla Barakowa . . .

»Warum wollen Sie mich erschießen?« fragte Jefimow und blieb stehen. »Lassen Sie uns Licht machen, Semjonow, und darüber nachdenken, was zu tun ist.«

»Maxim Sergejewitsch«, flüsterte Ludmilla. Und dann lauter, daß Semjonow es hörte: »O Gott, das ist nicht möglich. Es ist Maxim Sergejewitsch . . .«

»Sie erkennen meine Stimme noch, Ludmilla?« fragte Jefimow glücklich. »Ich danke Ihnen.«

Semjonow wandte sich zu Ludmilla um. »Wer ist Maxim Sergejewitsch?«

»Jefimow!« rief Ludmilla. Wie befreit klang es, wie ein Jubelschrei. Sie wollte an Semjonow vorbei zu dem starr stehenden Mann, aber er hielt sie fest. Jefimow sah auf die Schatten neben der Telegrafenwand.

»Wollen Sie noch immer schießen, Pawel Konstantinowitsch?«

»Nicht, wenn Sie versprechen, keinen Alarm zu schlagen.«

»Semjonow, Sie haben Ludmilla bei sich, das rettet Sie! Wären Sie allein im Raum, stünde ich nicht mehr mitten im Zimmer.« Jefimow setzte das Bein zurück. »Darf ich Licht machen?«

»Ja.«

Als das Licht aufflammte, sah Jefimow in die Nagan mit dem dicken Brotstück vor der Mündung. Er lächelte bitter und blickte Ludmilla an, die ängstlich hinter Semjonows breiter Schulter hervorlugte.

»Schalldämpferersatz«, sagte er. »Natürlich, so etwas lernt man auf den Agentenschulen.« Jefimow setzte sich an den Tisch, er wußte nicht, was er jetzt tun sollte. »Wissen Sie, daß Sie mein Leben zerstört haben, Semjonow? Doppelt zerstört. Ludmilla haben Sie mir weggenommen, und ich werde mein trauriges Dasein beschließen in diesem Dreckposten von Kisyl-Polwan. Mußte das alles sein?«

»Diese Frage haben wir uns selbst oft genug gestellt. Wissen Sie eine Antwort darauf, Jefimow?« Semjonow trat an den Tisch. Ludmilla begrüßte Jefimow mit einem Händedruck, aber er war mehr als ein Gruß. Er war eine stumme Bitte um Hilfe, ein Ausdruck von Vertrauen. Jefimow sah auf das im Schlaf etwas verzerrte Gesicht der kleinen Nadja in der großen ledernen Tasche.

»Der Mensch ist irr, das ist es, Pawel Konstantinowitsch.« Er beugte sich über das Kind. »Es sieht wie Sie aus, Ludmilla.«

»Nein, wie Pawluscha. Sie sollten es ansehen, wenn es wach ist, wenn es herumläuft und lacht.« Ludmilla lehnte sich gegen die Tischkante. »In zwei Stunden müssen wir über die Grenze sein, Maxim Sergejewitsch.«

»Alle Posten sind alarmiert. Am späten Nachmittag kam die Sperre der Grenze über den Telegraf.« Jefimow sah auf seine Hände und dann auf die Nagan Semjonows mit der dicken Scheibe Brot davor. »Ich nehme an, daß Karpuschin schon jetzt in Samarkand ist. Wie ist das alles so plötzlich gekommen? Sind Sie verraten worden?«

»Ich weiß es nicht.« Die Erwähnung Karpuschins ließ keinen Raum mehr für Überlegungen. Ein klarer Fluchtweg lag vor ihm, wenn er die Meldungen zusammensetzte.

Der Weinverkäufer im Bahnhof von Bajram-Ali. Der Lastwagenfahrer der Karakulschaf-Sowchose Merwska. Der Kameltreiber, den sie später nach Kisyl-Polwan fragten.

Semjonow wischte sich über die Augen. »Fast zwei Jahre sind wir auf der Flucht«, sagte er langsam. »Was ist uns davon geblieben? Ein Vorsprung von ein paar Stunden! Ist das nicht ein lächerliches Schicksal, Maxim Sergejewitsch? Jetzt liegt es an Ihnen, ob die Unlogik, die unsere Welt regiert, wieder triumphiert.«

»An mir?« Jefimow nickte mehrmals. »Was, glauben Sie, sitzt hier an diesem Holztisch in dem Dreckhaufen Kisyl-Polwan? Jefimow, der Distriktkommissar von Krasnojarsk? Zeit genug hatte ich, nachzudenken! Man denkt viel zuwenig nach, Brüderchen. Man verläßt sich darauf, daß die anderen klüger sind. Sind sie es? In gewisser Hinsicht sind sie es wirklich . . . Sie haben den Geist, den einzelnen Bürger und dann ein Dorf, eine Stadt, eine Provinz, ein ganzes Land, ein Riesenvolk zu belügen! Mit Ideen, mit tönenden Worten, mit Versprechungen und Drohungen, mit philosophischen Sprüchen und spitzfindigen Verdrehungen. Nicht nur bei uns, Semjonow, auch bei Ihnen ist es so, in Ihrem

Deutschland! Fragen Sie einen Politiker, was er für Wahrheit hält . . . Er wird Sie erstaunt ansehen und zurückfragen: ›Wahrheit? Was ist das für ein Wort? Ich habe es im Lexikon unter W nicht finden können!‹ Aber kann man ohne Wahrheit leben, frage ich Sie!«

»Wir können es! Täglich wird es praktiziert!« sagte Semjonow.

»Auch bei Ihnen, Pawel Konstantinowitsch?«

»Ach bei uns. Politiker sind Brüder, die nur andere außereheliche Väter haben! Die Mutter ist die gleiche: Lüge!«

»Unser Vater hieß Lenin.«

Semjonow lächelte bitter. »Und unser Vater nennt sich Demokratie.«

»Es ist ein wahres Hurennest, Semjonow.« Jefimow langte über den Tisch und zog ein Buch heran. »Ich habe viel gelesen in den letzten Monaten. Aber was man auch liest . . . nichts ist es gegen die Internationale! Kennen Sie diesen Gesang?«

»Nur die Melodie.«

»Auf die Worte sollten Sie achten. Mein Gott, wenn man sie mit Verstand liest . . . Hat das noch niemand getan, sich dann in einem Spiegel angeschaut und angespuckt über soviel Dummheit im eigenen Hirn?

Hören Sie, Pawel Konstantinowitsch.« Jefimow las:

»Wacht auf, Verdammte dieser Erde,
die stets man noch zum Hungern zwingt.
Das Recht wie Glut im Kraterherde
nun mit Macht zum Durchbruch dringt.
Freien Tisch macht dem Bedränger,
Heer der Sklaven, wache auf.
Ein Nichts zu sein, tragt es nicht länger.
Alles zu werden, strömt zuhauf!
Völker, hört die Signale!
Auf zum letzten Gefecht!
Die Internationale erkämpft das Menschenrecht.«

Jefimow warf das Buch mit einer wilden Bewegung beider Arme in die Ecke. »Das haben wir gesungen!« schrie er. »Hinter diesem Lied sind wir hermarschiert! ›Heer der Sklaven, wache auf!‹ Wo sollen sie aufwachen? In den Lagern von Workuta und Karaganda? In den Sümpfen Mittelsibiriens, am Eismeer oder am Rande der mongolischen Wüste? ›Ein Nichts zu sein, tragt es nicht länger!‹ – Was sind wir denn, Semjonow? Ein verkrüppeltes Nichts. Das nichtigste Nichts, das es je gab! Wie sollen wir es nicht länger tragen? Sollen wir den Kreml stürmen? Mit nackten Händen? Sollen wir schreien: Wacht auf, Verdammte dieser Erde? – Man wird uns mehr denn je verdammen, ins Bleibergwerk, in die Urangruben, in die Sägewerke der Taiga! – Aber wir haben es geglaubt, wir haben es gesungen, wir haben die anderen gezwungen, es auch zu singen, und haben sie blutig geschlagen, bis sie mitgrölten: Völker, hört die Signale . . .« Jefimows Gesicht war wie zerstört. Tiefes Mitleid kam über Ludmilla, als sie ihn so sah, den ehemals gefürchteten Herrn von Krasnojarsk, dessen Namen Schrecken verbreitete und Tränen.

»Und was singt ihr, ihr Deutschen?« schrie Jefimow und zeigte mit ausgestrecktem Arm auf Semjonow. »Einigkeit und Recht und Freiheit sind des Glückes Unterpfand. Wo, sag mir das, wo ist bei euch Einigkeit? Wo Recht? Wo Freiheit? Die Parteien und Interessenverbände bekriegen sich um den eigenen Profit, das Recht ist bei den Starken, Mächtigen und Reichen, und eure Freiheit liegt auf Atombomben und Angst vor uns, den Russen, gebettet. Gäbe es uns nicht, wäret ihr eine Kolonie Amerikas, eine melkende Kuh für die Engländer und der hungernde und getretene Hofhund für die Franzosen. Mein Gott, mein Gott, in welcher Welt leben wir . . .«

Ludmilla war ans Fenster getreten. Der Himmel war fahl. Der Gefreite Iljitsch Wladimirowitsch war abgelöst worden. Ein anderer pelzvermummter Soldat stampfte vor dem Schlagbaum auf und ab.

»Es wird Morgen«, sagte sie leise in die betretene Stille, die Jefimows Gebrüll folgte. »Wir müssen zur Grenze, Maxim Sergejewitsch.«

»Ich fahre euch mit meinem Jeep bis zur Markierung.« Jefimow sprang auf. »Ich möchte etwas gutmachen, Ludmilla, um nicht mit völlig leeren Händen vor Gott zu stehen. Sie wundern sich, daß ich von Gott rede, über den ich früher lachte? Erinnern Sie sich an den Popen, dem ich den weißen Bart mit Tomatensaft färbte? Unter Bewachung mußte er durch die Straßen von Krasnojarsk gehen und rufen: ›Seht her, Genossen, ich bin ein rotes Väterchen!‹«

Ludmilla nickte. »Ich sehe ihn noch durch die Straßen laufen. Auf dem Leninplatz brach er zusammen. Und ich stand dabei und lachte . . .«

»Heute würde ich seine Hände küssen, wenn er noch lebte, Ludmilla.«

Jefimow warf seinen Mantel über und schnallte die schwere Nagan um. Außerdem nahm er aus dem Gewehrständer eine Tokarev und aus einer Schublade fünf Ersatzmagazine. »Ob Gott das alles verzeihen kann?« fragte er dabei. »Wir haben in unserem Leben hundertmal Christus ans Kreuz geschlagen!«

»Wollen Sie uns helfen, Jefimow?« fragte Semjonow. Er stand an der Tür, noch immer die Nagan mit dem Brot in der Hand. »Dann reden Sie nicht soviel . . . wir müssen im Iran sein, wenn Karpuschin kommt. Und er wird kommen!«

»Natürlich. Aber er wird zu spät dran sein.« Jefimow stieß die Tür auf.

»Kommt, Freunde. In einer halben Stunde könnt ihr in Serachs sein.«

Hintereinander gingen sie zum Fahrzeugschuppen, vorbei an den anderen Steinhäusern und an dem Posten, der ihnen verblüfft nachstarrte.

Jefimow holte den alten Jeep aus dem Schuppen. Ludmilla und Semjonow stiegen ein. Jefimow steckte gerade den Schlüssel in das Zündschloß, als durch die Stille des dämmernden Morgens das Telefon schrillte. Der Posten am Schlagbaum sah seinen Kommandanten an. Jefimow nickte und winkte. Der Milizsoldat rannte ins Haus, öffnete das Fenster und rief hinaus, was er am Telefon hörte.

»Bajram-Ali!« schrie er in den kalten Morgen. Vor seinem Mund tanzte das Atemwölkchen. »General Karpuschin . . .«

Ludmilla preßte die Lippen aufeinander. Semjonow sah hinüber zu den dunklen Bergen. So nahe ist er schon, so nahe . . . Jefimow nickte.

»Der Genosse General fragt, ob Semjonow, seine Frau und das Kind hier sind!« schrie der Soldat am Fenster.

Jefimow winkte mit beiden Händen. »Nein!« rief er zurück. »Sag nein!«

»Aber da . . .« Der Soldat zeigte auf die beiden Menschen hinten im Jeep. »Der Genosse General . . .«

Jefimow sprang aus dem Wagen, lief zum Fenster seines Hauses und riß den Hörer aus der Hand des Soldaten.

»Matweij Nikiforowitsch!« sagte er mit ruhiger Stimme ins Telefon. »Hier spricht Jefimow. Es ist gut, daß Sie sich an mich erinnern, Genosse General. Sie fragen nach Semjonow? Wozu diese Frage? Wenn er bei mir wäre, hätte ich es Ihnen sofort gemeldet. Oder vertrauen Sie nicht auf meine kommunistische Treue?«

Und Karpuschin antwortete: »Der Soldat, Genosse, benahm sich so merkwürdig. Was ist los bei Ihnen?«

»Der Soldat, Genosse, ist besoffen! Kommen Sie her, und Sie werden verstehen, daß Saufen hier zu einer Philosophie werden kann!«

Damit legte Jefimow auf, aber er hörte noch, wie Karpuschin sagte: »Ich werde kommen. Das dürfte sicher sein!«

»Ich bin nicht betrunken«, sagte der Milizsoldat. Er war ein älterer Mann, den man in die Einsamkeit strafversetzt hatte, weil er einen jungen Leutnant, der ihn ein krummes Schwein genannt hatte, verprügelt hatte. »Und dort im Wagen sitzen der gesuchte Semjonow und seine Frau.«

»Du schielst, mein Junge!« sagte Jefimow aufatmend. Dann gab er dem Soldaten eine Ohrfeige und nickte ihm zu. »Nun kannst du wieder geradeaus sehen, nicht wahr? Erkennst du einen Mann und eine Frau in meinem Wagen?«

»Nein!« erwiderte der Soldat verbittert. »Ich sehe nichts.«

Dann schwieg er und blieb am Fenster stehen, bis Jefimow den Jeep angelassen hatte und mit Semjonow und Ludmilla die Grenzstraße hinauf in die Berge fuhr. Da griff der alte Soldat zum Telefon, wählte die Direktnummer der Kommandantur von Bajram-Ali und meldete, die Füße zusammen, als stände er vor ihm:

»Genosse General, man betrügt unser Volk. Soeben hat Jefimow mit den Gesuchten die Station verlassen. Sie fahren zur Grenze. In einem Jeep sitzen sie, Genosse General. Ich bitte, meinen Namen sich zu merken. Anastas Lukanowitsch Gaijew. Man hat mir versprochen, bei einer besonderen vaterländischen Tat begnadigt zu werden . . .«

Dann hängte er ab, stolz und zufrieden.

»Ein braver Sohn«, hatte der Genosse General gesagt.

Das Leben in Kisyl-Polwan war für den Soldaten Gaijew zu Ende. Nach Samarkand würde er kommen. In den blühenden Garten Gottes.

Der Soldat Gaijew sah hinüber zur Straße. Der Jeep war nicht mehr zu sehen. Aber eine dünne Staubwolke stieg zwischen den Felsen in den silbernen, morgendlichen Himmel. Über dem Karagebirge lag Neuschnee. In der Nacht war er gefallen. Vorbote des Winters.

Und in Bajram-Ali stieg ein Hubschrauber auf. Mit Karpuschin, Marfa und zwei Maschinengewehrschützen.

Die Zeit war zusammengeschrumpft bis zum Ticken der Sekundenzeiger.

Da können auch drei Werst länger werden als ein Flug zum Mond.

Jefimow saß stumm hinter seinem Steuerrad und ließ den alten Jeep über die rissige Bergstraße hüpfen. Hier kannte er nun jeden Stein, jede Bodenwelle, jede Senke, jede Höhle, jedes Wildbachbett, jeden mageren Strauch. Nach zweihundert Metern kommt ein kleiner, runder Hain aus wilden Mandelbäumen, Geißblatt und Karagatschi, kleinen sibirischen Ulmen, dachte er. Und dann eine Steinbrücke, noch von den Sklaven Scheibani-Khans gebaut, und dann geht es steil hinauf zu den verschneiten Pässen, wo die eigentliche Grenze ist, unsichtbar, nur eine Linie auf den Karten der Politiker. Eigentlich weiß man gar nicht, ob man noch in Rußland oder schon in Persien ist, das weiß man nur, wenn man den Marktflecken Serachs erreicht. Die amtliche Grenze, das ist Kisyl-Polwan, sind die fünf Steinhäuser im kahlen Tal, die Jefimow in eineinhalb Jahren hassen gelernt hatte.

Der Wagen blubberte und stieg dem silbernen Morgenhimmel entgegen.

Nadja rührte sich, sie bewegte sich in der Tasche, gähnte, stieß ein paar wimmernde Schlaflaute aus und versank dann wieder in Träume. Semjonow hatte das Stück Brot von der Mündung seiner Nagan abgenommen und reinigte den Lauf mit einem dünnen Stöckchen und einem Fetzen seines Taschentuchs. Ludmilla sah auf den Nacken Jefimows; sie saß hinter ihm, mit gefalteten Händen, und blickte ab und zu zu den Gipfeln des Karagebirges empor, auf denen der Neuschnee glänzte wie blankgeputzte Silberkappen.

»Noch zwei Werst«, sagte Jefimow. »Dann setze ich euch ab. Nur ein kleines Stück ist es noch bis zum Iran.« Er hielt an und drehte sich um zu Ludmilla. »Das große Glück wünsche ich dir, mein Täubchen.«

»Ich habe es schon, Maxim Sergejewitsch. Ich habe Pawluscha und Nadja.« Ludmilla legte ihre Hand auf Jefimows Schulter. Er drehte den Kopf zur Seite und legte seine Wange auf ihren Handrücken. Es war die letzte, zaghafte Zärtlichkeit eines Mannes, der wußte, daß ihm das Leben nichts mehr zu schenken hatte. »Willst du nicht mitkommen?« fragte Ludmilla leise. Dabei sah sie Semjonow an, und er nickte ihr zu.

Jefimow schüttelte den Kopf. »Was soll ich bei euch?«

»Einen Handel werde ich aufmachen, Maxim Sergejewitsch«, erklärte Semjonow. »Er wird auch dich ernähren.«

»Ich bin Russe.« Jefimow umklammerte das Lenkrad. Weiß waren seine Knöchel, so sehr preßte er die Finger um das gerillte Holz. »Ich könnte woanders nicht atmen.«

»Karpuschin wird dich bestrafen!« rief Ludmilla. »Er wird schnell erfahren, daß du uns über die Grenze gebracht hast.«

»Gibt es einen einsameren Ort als dieses Kisyl-Polwan, mein Vögelchen?« Jefimow versuchte ein schwaches Lächeln, aber nur ein Grinsen wurde daraus. »Soll er mich hinbringen, wo die Biber vor Einsamkeit weinen. Wer Sibirien und Kisyl-Polwan kennt, dem ist jeder Ort auf dieser Welt ein Paradies . . .«

Ein Brummen in der Luft ließ sie aufschrecken. Von Bajram-Ali her schwirrte es durch die Luft, eine in der Morgensonne glitzernde Libelle, mit blitzenden, kreisenden Flügeln und einem großen gläsernen Kopf.

»Karpuschin!« schrie Semjonow und sprang aus dem Wagen. Er riß die Tasche mit Nadja an sich und zerrte Ludmilla vom Sitz, die mit großen Augen hinauf in den Himmel starrte. »Ich habe es geahnt!« brüllte Semjonow. »Nimm das Kind und lauf in die Felsen, wirf dich hin, verkriech dich . . .« Er zog Ludmilla von der Straße, aber sie lief nicht, sondern krallte sich an seinem Hemd fest.

»Ich gehe nicht ohne dich!« schrie sie.

Semjonow schüttelte sie ab wie ein Hund einen Wassertropfen und nahm die Nagan in die Hand. Jefimow war ebenfalls aus dem Jeep gesprungen, nun lief er zu ihnen, die Tokarev an die Brust gedrückt.

»Keinen Sinn hat's!« rief er. »Ein Militärhubschrauber aus Samarkand ist es. Ich kenne sie genau. Zwei MGs haben sie an Bord! Was wollt ihr da mit eurer Nagan?« Schwer atmete er, als er Semjonow die Tokarev gab und die fünf Reservemagazine. »Dort hinauf!« keuchte Jefimow.

»Seht ihr den Pfad? Hintereinander müßt ihr gehen, so schmal ist er. Aber überall sind kleine Höhlen ausgewaschen. Niemand kann euch sehen aus der Luft, wenn ihr euch an die Felsen haltet. Der Pfad endet plötzlich in einer Schlucht, die von zwei Bergen gebildet wird. Dort müßt ihr hindurch. Jenseits des Berges ist dann Persien. Ein Umweg von sieben Werst ist es. Aber niemand kann dort kontrollieren. Ein Weg ist's, den die Bauern den Teufelstritt nennen . . .«

Jefimow starrte in den Himmel. Karpuschins Hubschrauber kreiste über den fünf Häusern von Kisyl-Polwan, drehte dann ab und flog in geringer Höhe die Straße entlang.

»Los!« schrie Jefimow. »Lauft!« Er sah Ludmilla an, und er wußte, daß er sie zum letztenmal sah. »Gott mit dir«, sagte er leise, beugte sich vor und küßte sie dreimal nach alter russischer Sitte auf die Wangen. Dann liefen Semjonow und Ludmilla in die Felsen, die lederne Tasche mit der kleinen Nadja zwischen sich. Jefimow rannte zurück zu seinem Jeep und war bereits auf der Rückfahrt, als der Hubschrauber über ihm kreiste und donnernd einen Augenblick in der Luft stehenblieb.

»Er ist allein!« rief Karpuschin in der gläsernen runden Kanzel des Hubschraubers, nahm seinen Kneifer und putzte ihn mit zitternden Fingern.

»Abgesetzt hat er sie schon, über die Grenze sind sie . . . eine halbe Stunde zu spät, Genossen.« Er sah hinüber zu den schneeglänzenden Bergen und beugte sich zu dem Piloten. »Fliegen Sie weiter, Leutnant! Immer die Straße entlang. Wir werden sie noch sehen und aus der Luft mit den MGs erschießen . . .«

Der junge Leutnant sah schnell zur Seite und flog eine Schleife. »Das wäre eine Grenzverletzung, Genosse General«, entgegnete er ruhig.

»Was geht mich die Grenze an?« schrie Karpuschin und schlug mit der Faust gegen die gläserne Kanzel. »Drehen Sie bei, Leutnant! Die Straße entlang! Einen Dreck gebe ich für diese Grenze.«

»Es wird diplomatische Verwicklungen geben, Genosse General. Protestnoten.«

»Die Finger sollen sie sich wundschreiben und ihre Ärsche am Konferenztisch durchwetzen . . . wenn Semjonow tot ist, macht ihn kein Protest mehr lebendig! Und das allein ist wichtig! Ich werde mir mit den iranischen Noten den Hintern wischen! Fliegen Sie nach!«

Karpuschin war außer sich. Er röchelte vor Wut, und rot wie eine Tomate war sein rundes Gesicht.

»Ich werde in Samarkand anfragen, ob ich die Grenze überfliegen darf«, sagte der junge Leutnant kalt. Noch immer flog er Schleifen und kreiste über derselben Stelle.

»Ich habe alle Vollmachten aus Moskau!« brüllte Karpuschin.

»Aber ich unterstehe der Sechsten Taktischen Luftflotte, Genosse General.«

»*Mir* unterstehen Sie!«

»Ich bin Ihnen zugeteilt. Zum Flug nach Kisyl-Polwan. Alle Abänderungen muß ich nach Samarkand melden.«

»Erschießen lasse ich Sie!« tobte Karpuschin. Er sah, wie Jefimows Jeep fröhlich zurück nach Kisyl-Polwan fuhr, ja, Jefimow besaß noch die Frechheit, dem Hubschrauber zuzuwinken und mit den Armen zu fuchteln. In Karpuschin zerbrach alles, was sechzig Jahre lang sein Wesen gewesen war. Mit einem Ruck zog er seine Pistole aus dem Futteral und setzte sie dem jungen Leutnant in den Nacken.

»Nach Persien«, befahl Karpuschin. Von hinten kam ein heller Aufschrei. Dort kauerte Marfa mit angstgeweiteten Augen. »Die Straße entlang, mein Söhnchen.«

Der junge Leutnant rührte sich nicht. Unbeirrt von dem kalten Pistolenlauf in seinem Nacken flog er einen neuen Kreis und kehrte nach Kisyl-Polwan zurück. »Bitte, schießen Sie, Genosse General«, sagte er ruhig.

»Wie ein Stein werden wir aus dem Himmel fallen und alle in den Felsen zerschellen.«

Karpuschin steckte die Pistole ein. Mit zitternden Lippen wandte er sich um und sah zurück auf die Straße und die Berge, die schneller und immer schneller kleiner wurden. Nur ein winziger Punkt tanzte auf der Straße und wirbelte eine hellgelbe Staubwolke auf.

Karpuschins Kopf sank nach vorn. Er resignierte. Die Jagd war vorbei, das Wild war geflüchtet. Und jetzt war es sicher: Es gab keinen Matweij Nikiforowitsch Karpuschin mehr.

Als Jefimow die fünf Steinhäuser seiner Grenzstation erreichte, stand der Hubschrauber schon hinter seinem Haus, und seine fünf Milizsoldaten, zwei Maschinengewehrschützen aus Samarkand, ein junger Leutnant, Marfa und Karpuschin erwarteten ihn, nebeneinander stehend, wie ein Ehrenspalier. Mit einem Sprung setzte Jefimow aus dem Wagen auf den Boden, grüßte und ging auf Karpuschin zu. Als er vor ihm stand, bildete sich ein Kreis um ihn, und Jefimow wußte, was das zu bedeuten hatte.

»Machen wir es kurz, Maxim Sergejewitsch«, sagte Karpuschin knapp, als zerhacke er jedes Wort wie einen dicken Ast Winterholz. »Sie haben Semjonow in den Iran gebracht?«

»Ja, Genosse General.« Jefimow sah zu Marfa. In ihren dunklen Augen lagen Trauer und Erschrecken. Und als sie sich anblickten, flammte ein unsichtbarer Bogen von ihm zu ihr, und sie wußten in dieser glücklichen Sekunde, daß ihr Leben anders geworden wäre, wenn sie sich irgendwo in früheren Monaten begegnet wären. Dann sahen sie weg . . . Marfa zu Karpuschin und Jefimow zu seinen fünf Soldaten, die ihn eingekreist hatten, die Gewehre in den Händen.

»Sie wissen, daß Sie damit Landesverrat begangen haben?« fragte Karpuschin laut.

»Ich habe eine alte Schuld beglichen, Genosse General.«

»Sie haben dem sowjetischen Vaterland einen Schaden zugefügt, der nie wieder gutzumachen ist. Sie taten es mit vollem Verstand!«

»Ja, Genosse General.«

Karpuschin griff in seine Uniformtasche. Er hielt dem jungen Leutnant die Generalvollmacht Marschall Malinowskijs vor die Augen, faltete sie dann zusammen und rückte seinen Kneifer gerade.

»Maxim Sergejewitsch Jefimow. Als Vorsitzender eines Sonder- und Standgerichtes verurteile ich Sie wegen Landesverrats, Sabotage und Beihilfe zur Spionage zum Tode durch Erschießen. Sie haben unter Zeugen gestanden. Ihr letztes Wort, bitte . . .«

Jefimow sah hinüber zu den Bergen. Nun sind sie auf dem Pfad, dachte er. In vier Stunden können sie die Schlucht erreicht haben, und dann werden sie bald in Sicherheit sein.

Gott mit dir, Ludmilluschka.

»Nein!« erwiderte Jefimow laut. »Ich habe nichts mehr zu sagen.«

»Dann treten Sie bitte an die Wand des Hauses, Maxim Sergejewitsch.«

Jefimow ging. Sein Schritt war ruhig und weitausgreifend. An der rauhen Steinwand seines Kommandantenhauses drehte er sich um und sah in die Gewehrläufe seiner fünf Milizsoldaten und der beiden Maschinengewehrschützen aus Samarkand. Da lächelte er. Meine eigenen fünf Leute schießen auf mich, dachte er.

Ach ja, eineinhalb Jahre habe ich sie gequält, war ihnen ein unbequemer Vorgesetzter ... Wie fröhlich muß es ihnen ums Herz sein, jetzt auf mich zu zielen. Eine billige Rache ist's, Brüder, aber ich gönne sie euch.

»Ich bin bereit, Genosse General«, sagte Jefimow laut. »Ich mache Sie nur darauf aufmerksam, daß meine Milizsoldaten miserabel schießen.«

Karpuschin schwieg. Er blickte zu Marfa, und dort flammte ihm unverhüllter Haß aus den dunklen Augen entgegen, ein Haß, der einen Augenblick seinen Herzschlag lähmte.

»Es muß sein, Marfuschka«, sagte er leise. »Es geht um mein Ansehen und um die Ehre der Nation!«

Sie antwortete nicht. Nur ihre Lippen verzogen sich, als wolle sie Karpuschin anspucken ... Dann drehte sie sich um und ging fort zu dem Hubschrauber hinter dem Haus.

»Leutnant, übernehmen Sie das Kommando«, sagte Karpuschin mit belegter Stimme.

Jefimow schloß die Augen.

Was denkt ein Mensch in diesem letzten Augenblick?

Maxim Sergejewitsch Jefimow war wieder ein Kind.

Mamuschka, dachte er. O Mamuschka. Jetzt fällt mir wieder ein, was du damals sagtest. Sechs Jahre war ich alt, und du sagtest zu Onkel Dimitrij: Maxim macht mir Sorgen, Onkelchen ... ein trotziger Junge ist er ... O Mamuschka.

Aus den geschlossenen Augen liefen ihm die Tränen über die Wangen. Er hörte kein Kommando, er hörte die Salve nicht ... ein Sonnenstrahl fiel in sein Herz, heißer als glühendes Eisen ...

»Ein guter Schuß«, lobte Karpuschin, als er von dem Toten zurücktrat.

»Genau ins Herz!« Dann stand er stramm, grüßte den verkrümmten Körper im gelben Staub und ging, den Kopf nach vorn gesenkt, die Straße hinunter zum Fluß. Dort stand er lang allein, starrte über den Tedschen und kam sich leer vor wie ausgebrannte Schlacke.

Soll das das Ende sein? dachte er. Geht so ein Karpuschin ins Nichts?

Ebenso könnte man sich nun erschießen oder in den Fluß springen oder den Kopf in die kreisenden Flügel des Hubschraubers halten.

Nein! So endet kein Karpuschin.

Was bedeuten Grenzen oder Räume?

Karpuschin wandte sich ab vom Fluß und ging zurück zu den fünf Häusern von Kisyl-Polwan. Die Leiche Jefimows hatte man ins Haus getragen. Die Genossin sei bei ihm, meldete der Leutnant.

»Zurück nach Samarkand!« befahl Karpuschin laut. »Es wird mir gelingen, mit einer Handelsdelegation offiziell nach Teheran zu kommen. Hier ist nichts mehr zu tun!«

»Nein, Genosse General, hier ist nichts mehr zu tun.« Der junge Leutnant setzte seine lederne Fliegerkappe auf. »In zehn Minuten sind wir startbereit.«

»Sehr gut, Leutnant.«

Karpuschin nickte und betrat das Haus. Marfa saß auf einem Stuhl neben dem toten Jefimow, wie eine Totenwache. Man hatte ihn auf sein Bett gelegt, und er sah aus, als schlafe er.

»Komm!« sagte Karpuschin hart. »Wir fliegen.«

Stumm erhob sich Marfa und deckte ihr kleines, spitzenbesetztes Taschentuch über das bleiche Gesicht Jefimows.

»Seit wann bist du romantisch?« fragte Karpuschin spöttisch.

»Ich werde noch manche unbekannte Eigenschaft haben«, antwortete Marfa und ging an Karpuschin vorbei. Und da er in der Tür stand, machte sie sich so schmal, daß sie ihn beim Hinausgehen nicht berührte.

Es war, als ekele sie sich vor seiner Berührung, als sei sein Körper mit Aussatz übersät.

23

Fünf Stunden kletterten Semjonow und Ludmilla den Berg hinauf, auf einem Pfad, der den Namen Teufelstritt verdiente. Nur gegen die Felsen konnte Ludmilla blicken . . . sah sie zur anderen Seite in den Abgrund, zuckte ihr Magen zusammen, und um ihren Kopf begann der Himmel zu kreisen. Als die kleine Nadja aufwachte und weinte, hockte man sich in eine der von Jefimow erwähnten ausgewaschenen Höhlen im Fels, und Ludmilla gab der Kleinen zu essen. Fladen aus Weißmehl, ein paar gezuckerte Erdbeeren, ein Stückchen gebratenen Fisch. Semjonow und Ludmilla aßen nichts. Sie versuchten es, aber die ersten Bissen mußten sie hinunterwürgen, und ihr Magen begann zu schmerzen.

Nach dieser Rast stiegen sie weiter und tasteten sich an den Felsen entlang. Semjonow trug die große Ledertasche mit Nadja an einem Lederriemen um den Hals, da sie nur hintereinander über den schmalen Pfad gehen konnten und die Tasche für Ludmilla allein zu schwer war.

In der sechsten Stunde ihrer Kletterei machte der Pfad einen scharfen Knick, der Boden bröckelte ab, die Felsen waren verwittert und grau und brüchig. Aber hinter dem Knick des Pfades sahen sie die große Schlucht, hinter der Persien beginnen sollte, das letzte, dunkel drohende Stück Weges, das hinein in die Sonne der Freiheit führte.

Semjonow blieb stehen und legte den Arm um Ludmillas Schulter.

»Am Abend sind wir frei«, sagte er, und zum erstenmal seit Wochen war seine Stimme unsicher vor Ergriffenheit.

Ludmilla nickte stumm. Sie verließ ihre Heimat. Für sie starb Mütterchen Rußland an diesem Tag.

Als sie in die Schlucht hinabstiegen, tat Ludmilla einen falschen Tritt. Sie stolperte, stieß einen hellen Schrei aus, hob das linke Bein und lehnte sich an einen starken, verkrüppelten Busch.

»Mein Fuß, Pawluscha!« rief sie. »Mein Knöchel. Umgeknickt bin ich. Es geht nicht mehr. Ich kann nicht auftreten.«

Semjonow stellte die Tasche mit Nadja hin und lief zurück zu Ludmilla. Sie hockte auf einem großen Stein, hatte die derben Schuhe ausgezogen und hielt ihren Fuß mit beiden Händen umklammert. Sichtbar schwoll der Knöchel an, und als Semjonow sich hinkniete und den Fuß leicht bewegte, stöhnte Ludmilla auf und griff vor Schmerzen in Semjonows Haare.

»Was machen wir nun?« fragte Ludmilla, als Semjonow sie auf seine Arme nahm und zum Eingang der Schlucht trug. Dort war Nadja aus der Tasche geklettert, rutschte über den Boden und suchte kleine, glitzernde Steinchen.

»Wir werden den Fuß kühlen und warten, bis du wieder laufen kannst.«

»Unmöglich! Karpuschin wird uns suchen.«

»Karpuschin denkt, wir seien schon in Persien.« Semjonow legte Ludmilla in das harte Gras unter eine Zwergkiefer und schob die leere Tasche als Stütze unter ihren immer dicker anschwellenden Fuß. »Diese Schlucht ist sicherer als das Haus an der Muna«, sagte Semjonow. »Hier kann niemand über den Fluß kommen. Zeit haben wir jetzt, Ludmilluschka. Und wenn es drei oder vier Tage sind ... was bedeuten sie, verglichen mit dem, was hinter uns liegt ...?«

Am Nachmittag baute Semjonow Fallen. Ob es hier Tiere gab, wußte er nicht. In der Schlucht war es still, als gäbe es keinerlei Leben. Aber ein guter Jäger hofft immer, und so stellte er seine Fallen auf an Stellen, von denen er glaubte, sie könnten Wildwechsel sein.

Dann kam die Nacht. Eng zusammengedrückt lagen sie unter den beiden Decken, Nadja zwischen sich. Sie froren sehr und schliefen kaum, der Fuß Ludmillas zuckte und stach, und Semjonow sah voller Sorge zu den fernen Gipfeln des Karagebirges auf.

Dort schneite es wieder. Der kalte Wind von dort wehte schon über sie und drang durch die Decken und Kleider. Ludmilla kroch an Nadja heran, und Semjonow legte seinen Arm um beide.

»Morgen kann es hier schneien«, sagte er.

»Und wir haben nichts als diese zwei Decken, Pawluscha«, erwiderte Ludmilla. »Und mein Fuß ist ganz dick ... ich kann nicht einen Schritt gehen ...«

Semjonow beugte sich vor, über Nadja hinweg, und küßte Ludmilla auf die kalte Schläfe.

»Keine Sorge«, sagte er, und seine Stimme war tröstend in ihrer Sicherheit. »Ich bin bei dir, Ludmilluschka. Vier Werst weiter ist die Grenze. Nichts kann uns mehr geschehen ...«

Ludmilla lächelte, und sie schlief ein, weil Semjonow so stark war und sie sich so sicher fühlte.

Semjonow aber wachte.

Die leblose Schlucht füllte sich mit Leben. Er hörte Rascheln und Tappen, knackende Zweige und rollende Steine.

Er setzte sich, schob sich aus der Decke, legte sie um Nadja und Ludmilla und rutschte etwas von ihnen weg. Die Tokarev legte er entsichert über seine Knie und lauschte in die dunkle Schlucht hinein.

Die Nacht war voller Töne. Weit weg ein heiseres Gebell. Schakale. In der Nähe ein Knirschen und Steineschlagen.

Semjonow erhob sich und stellte sich an den Stamm einer wilden Ulme. Der Wind strich über ihn hinweg und ließ ihn vor Kälte zittern.

So stand er fast eine Stunde lang und kämpfte mit seiner Übermüdung. Ein paarmal rutschte ihm die Tokarev aus den

Händen ... dann zuckte er zusammen, ergriff sie noch, bevor sie auf die Steine schlug, und merkte, daß er im Stehen eingeschlafen war, an den Baum gelehnt wie ein Tier der Steppe. Um sich wachzuhalten, ging er mit steifen Beinen hin und her, umkreiste das Deckenbündel, in dem Ludmilla und die im Traum leise wimmernde Nadja lagen, lauschte auf die Geräusche in der urwaldähnlichen Schlucht und sehnte sich nach dem Morgen, nach Licht, nach Wärme, nach dem weiten Himmel, der ihm zum Symbol der nahen Freiheit wurde.

Einmal glaubte er, Stimmen zu hören, menschliche Stimmen, irgendwo in der Schlucht. Da ließ er sich zwischen die Steine gleiten, kroch hinter die wilde Ulme und entsicherte das Gewehr.

Er hat nicht aufgegeben, dachte er dabei. Karpuschin läßt weitersuchen. Wie konnte man nur denken, daß er als Verlierer zurückbleibt? Wir kennen ihn doch ... So väterlich er aussieht, in seiner Brust rauscht die Wildheit der sibirischen Ströme, die niemand zu bändigen vermag.

Wieder rollten Steine die Hänge hinab. Jemand ging lautlos durch die Nacht. Aber auch der Wind konnte es sein, der morsche Stücke aus dem Gestein löste. Alles um ihn herum lebte ... selbst das hohe, harte Gras schien einen Ton zu haben, wenn der Wind über die wiegenden Spitzen glitt.

Die Harfe der Nacht ... das sagte Hafis, der persische Dichter. Semjonow schüttelte den Kopf und schloß die Augen. Woran ein Mensch denkt, wenn er nachts allein ist und sich nach der Sonne sehnt!

So schlief er ein, den Kopf auf den Kolben des Gewehres gelegt, die Hände um Schaft und Schloß. Und wer ihn jetzt sah, der glaubte einen Toten vor sich zu haben, so völlig regungslos machte ihn die Müdigkeit.

Es war Ludmilla, die Semjonow mit einem Kuß weckte. Die kleine Nadja hatte bereits Obst und eine Scheibe Brot gegessen und spielte jetzt mit den Steinen. Ein Haus baute sie und ließ einen großen schwarzen Käfer, den sie gefangen hatte, durch die Zimmer laufen.

Semjonow zuckte zusammen und riß sein Gewehr an die Brust. »In Deckung!« schrie er schlaftrunken und warf sich vor die neben ihm kniende Ludmilla. »Wirf dich hin!« Dann wurde er vollends wach und erkannte den friedlichen Tag. Über den verschneiten Kuppen der Berge stand die Sonne, ein wenig blaß, wie hinter einem Schleier; die kahlen Felsen drückten graubraun den Horizont zusammen, in der Schlucht sangen die Vögel, und Ludmillas Augen waren voller Glanz und Liebe, und ihre Hände streichelten sein kaltes Gesicht.

»Ich habe geschlafen«, sagte Semjonow wie ein reuiger Sünder. »O verdammt, ich habe mich von der Müdigkeit besiegen lassen!« Er stand auf, reckte sich und rieb sich die Augen mit beiden Handrücken. »Was hätte alles geschehen können, Ludmilluschka!«

»Nichts, Pawluscha! Hier ist kein Mensch!« Ludmilla humpelte auf einem Bein zu der Verpflegungstasche. Sie stützte sich auf einen dicken Knüppel, und daran erkannte Semjonow, daß sie schon lange wach gewesen war und sich um ihren Fuß gekümmert hatte.

»Warum hast du mich nicht geweckt?« fragte er.

»Du schliefst so schön.« Ludmilla setzte sich auf die ausgebreitete Decke. Da war der Tisch gedeckt mit Obst, Brot, einer Büchse Fleisch, und auf dem kleinen Petroleumkocher blubberte das Teewasser.

Nachdem er gegessen hatte, ging Semjonow davon, um nach seinen Fallen zu sehen. Nichts hatte er gefangen, unberührt lagen sie auf den kleinen Pfaden, die er als Wildwechsel angesehen hatte.

»Wir werden sparsam sein müssen mit dem Essen«, sagte er, als er zurückkam. »Die Schlucht ist tatsächlich ohne Tiere.« Dann untersuchte er Ludmillas verletzten Fuß und tastete ihn vorsichtig ab. Die Schwellung war groß, der Knöchel färbte sich bläulich, und Ludmilla verzog den Mund, als er ganz sacht ihre Zehen bewegte.

»Das kann ein paar Tage dauern«, sagte er.

Ludmilla schüttelte den Kopf. Sie richtete sich auf, versuchte ein paar Schritte zu gehen und lehnte sich dann keuchend gegen die Felsen. Ihre Lippen zitterten, und es war kalter Schweiß, der über ihr verzerrtes Gesicht rann.

»Es geht«, sagte sie mit klappernden Zähnen. »Immer ein paar Meter ... wir werden zur Grenze kommen ... ich kann es aushalten, Pawluscha.«

Aber ihre Augen gaben die Lüge preis, und der Schmerz in ihrem Gesicht war nicht zu bändigen.

Semjonow sah wieder hinauf zu den Bergkuppen, hinter denen Persien lag. Wie ein Verdurstender, der hinter einer dicken, gläsernen Mauer einen See sieht, kam er sich vor. Er roch das Leben, aber der Körper klebte an der Erde fest.

»Komm«, sagte er. »Versuchen wir es.«

»Was, Pawluscha?«

»Ich werde euch tragen. Drei Werst nur, mein Gott, drei lächerliche Werst! Recht hast du, Ludmilluschka. Wir müssen jetzt in Metern denken! Ich trage euch, so gut es geht.«

Sie packten alles wieder zusammen und hatten Mühe, die kleine Nadja von ihrem Steinhaus und dem großen schwarzen Käfer zu trennen. Sie schrie, als Ludmilla sie wieder in die Tasche setzte, und die helle Kinderstimme wurde aus der Schlucht zurückgeworfen in einem dreifachen Echo. Semjonow band die Verpflegungstasche vor seine Brust, darüber hing er die Tokarev; dann schnürte ihm Ludmilla die Tasche mit der weinenden Nadja auf den Rücken und legte darüber die gerollten Decken. Wie ein bepackter Bär sah er aus, einer jener Gauklerbären, die Rucksäcke trugen und Drehorgeln zogen und von Jahrmarkt zu Jahrmarkt tappten.

»Ich gehe«, sagte Ludmilla, als Semjonow die Arme vorstreckte, um sie auch noch auf sich zu laden. »Wenn du mich stützt, muß es gehen, Pawluscha.«

So gingen sie in die Schlucht hinein, in das grüne Wirrwarr. Es war, als durchbrächen sie eine Wand zu einer neuen Welt . . . der Boden wurde saftig, an einen schmalen, kristallklaren Bach kamen sie, der irgendwo aus den Felsen hervorbrach. Die Büsche überragten sie meterhoch, und sie waren wie Käfer, die durch eine ungemähte Wiese krochen.

Tapfer war sie, die humpelnde Ludmilla, ein zähes Wölfchen, das nicht klagte, sondern am Arm Semjonows auf einem Bein hüpfte und ab und zu mit dem kranken sich abstützte, wenn sie das Gleichgewicht verlor.

Dann stöhnte sie leise, krallte die Finger in Semjonows Arm und lächelte ihn verzerrt an.

»Weiter, Pawluscha«, sagte sie jedesmal, wenn er stehenblieb und auf ihren Fuß sah. »Weiter! Haben wir schon eine Werst hinter uns?«

Mitten in der Schlucht war es, als Ludmilla die Kraft verließ. Sie weinte plötzlich, lehnte den Kopf an Semjonows Schulter und schlang die Arme um seinen Hals.

»Ich verbrenne«, stammelte sie. »Pawluscha, ich verbrenne vom Fuß aus. Faß mich an . . . ganz heiß bin ich. Bis in die Haare gehen die Flammen . . .«

Semjonow stützte sie und schwieg. Sie war nicht heiß, kein Fieber hatte sie, im Gegenteil, ganz kalt fühlte sich ihr Kopf an, so als sei alles Blut aus ihm gewichen. Da bückte er sich etwas, schob die Arme unter Ludmillas Schultern und Gesäß und hob sie mit einem Ruck vom Boden. Wie ein Kind trug er sie, preßte sie gegen die Verpflegungstasche und die Tokarev und machte die ersten Schritte mit der neuen Last.

»Wie leicht du bist, Ludmilluschka«, sagte er leise. »Wie ein krankes Vögelchen. Leg die Arme um meinen Hals und halte dich fest . . . wir werden die Freiheit erreichen! Wir werden es! Heute noch!«

Aber es ging langsam. Jeder Schritt war ein Taumeln, jeder Meter durch diese verdammte, schöne, stille grüne Schlucht kostete die Kraft eines ganzen Tages.

Nach hundert Metern zitterten Semjonows Lippen. Aber er ging weiter, stemmte die Beine gegen den Boden, hob die Füße ab, machte einen Schritt, spürte in den Hüften und den Lenden die ungeheure Anstrengung wie ein Stechen und Beben. Da biß er die Zähne zusammen und kämpfte gegen den herrlichen Gedanken an: Bleib stehen! Laß dich hinfallen! Ruhe dich aus.

»Nein!« sagte er laut. »Nein! Nein! Nein!«

Ludmilla starrte ihn an. Ganz nahe waren ihre Augen, und sie drückte den Kopf gegen sein Gesicht und wischte mit ihren Haaren den Schweiß aus seinen Augen.

»Mein großer, starker Wolf«, sagte sie leise. »Mein mächtiger Bär.«

Das gab ihm neue Kraft für vier, fünf Schritte. Dann aber erlahmten seine Arme. Ludmilla rutschte auf den Boden, er hatte nicht einmal mehr die Kraft, sie sanft abzusetzen. Sie fiel, als seine Arme herabsanken, auf das feuchte Gras und stieß wieder gegen ihren verstauchten Fuß.

»Oh!« stöhnte sie. »O Pawluscha!« Dann sah sie auf und erblickte Semjonow, der im Gras kniete, den Kopf tief nach vorn, ein Bild völliger Erschöpfung. »Wir haben zwei Werst geschafft! Es müssen zwei Werst sein. Sieh es dir an . . .«

Semjonow nickte, aber er sah sie nicht an. Nach vorn sank er um, streckte sich, und aus der großen Tasche auf seinem Rücken rollte die kleine Nadja und kroch weinend zu Ludmilla hin.

Über zwei Stunden lag Semjonow im Gras und rührte sich nicht.

Ludmilla wusch ihm das Gesicht, humpelte zu dem kleinen Bach, zog ihre Bluse aus, tauchte sie in das kalte Wasser und massierte mit ihr seine Brust. Was half es? Eine Hülle nur noch war der Körper Semjonows . . . in jeder Spur seiner Füße lag ein Tropfen Kraft, nun war er leer wie ein sonnenausgedörrtes Faß.

Und wieder kam ein Abend, schneller, als es Ludmilla und Semjonow erwartet hatten. Über die Berge schoben sich die Nachtwolken, die Schlucht wurde schwarz, als übergösse man sie mit Tinte.

»Es können bis zur Grenze nur noch eineinhalb Werst sein«, sagte Semjonow, als er Ludmillas Abendessen – einen Reisbrei mit gedörrten Aprikosen – mühevoll hinuntergewürgt hatte, denn seine Kehle war wie verbrannt und schien so eng geworden zu sein, daß nur noch Wasser durchrann in den Magen. »Hast du Angst?«

»Ich habe nie Angst gehabt!« Ludmilla sah ihn verwundert an.

Semjonow hatte eine Idee. Man sah ihm an, daß es ihm schwer wurde, so zu denken, und daß es ihm noch schwerer war, es auszusprechen.

»Dummheit ist's, Ludmilluschka«, sagte er gedehnt. »Vergessen wir es.«

»Was, Pawluscha?«

»Nichts.« Semjonow legte das Kinn auf die angezogenen Knie und starrte in die Dunkelheit. Es wurde wieder kalt, hier in der Schlucht noch kälter als auf dem Felsenpfad. Beide Decken hatten sie über die kleine Nadja gelegt, und nun drang der Nachtwind durch ihre dünnen Kleider bis auf die Knochen.

»Ich weiß, woran du gedacht hast«, erwiderte Ludmilla und legte den Arm um seine Schulter. »Tu es, Pawluscha. Ich habe keine Angst . . .«

Semjonow schüttelte den Kopf. »Wenn ich wüßte, wo man Menschen trifft . . .«

»Wenn du auf persischer Seite bist.«

»Ich lasse euch nicht allein!« Semjonow sprang auf und betrat eine Lichtung in dem Buschgewirr. Von hier aus konnte er das Ende der Schlucht sehen. Sie stieg leicht an und mündete zwischen zwei Bergen in einen neuen, seitlich sich wegschwingenden Hohlweg.

Dort muß Persien sein, dachte Semjonow. Hinter der Schlucht beginnt die Freiheit, sagte Jefimow. Nur diesen Hohlweg braucht man zu erreichen . . . nur diese wenigen Meter noch, eine Strecke, die unter dem Blick zusammenschrumpft, die einem entgegenkommt wie eine heiße Lockung.

Semjonow wandte sich langsam um und stieß gegen Ludmilla. Sie stand hinter ihm, aber er hatte sie nicht kommen hören.

»Wenn ich dir die Tokarev hierlasse . . .« Er atmete tief vor innerer Erregung. »Nur ein paar Stunden sind's. Die ersten Menschen, die ich finde, bringe ich zu dir.«

Ludmilla nickte. »Ich habe auch noch die Nagan«, sagte sie entschlossen.

»Und wenn es bis zum Morgen dauert?«

»Und wenn es ein ganzer Tag ist. Habe ich jemals Angst gehabt?«

»Nein.« Er zog sie an sich. »Aber *ich* habe Angst, Ludmilluschka! Wenn Karpuschins Rotarmisten in die Schlucht kommen . . .«

»Karpuschin sucht uns nicht mehr. Hast du heute einen Hubschrauber gesehen? Wenn er uns noch sucht, dann zuerst aus der Luft! Aber der Himmel war blank, Pawluscha.« Ludmilla sah ihn mit ihren großen dunklen Augen an, und sein Herz krampfte sich zusammen in neuer Angst, sie und das Kind allein zu lassen in dieser einsamen Schlucht.

»Ich will noch einmal deinen Fuß sehen«, sagte er.

Hoffnungslos war's. Dick geschwollen war der Knöchel, und die Kühlung in dem eisigen Wildbach schien nichts geholfen zu haben. Unförmig wie ein Kamelhuf sah Ludmillas Bein aus. Sie mußte unerträgliche Schmerzen haben, aber sie lächelte, als sich Semjonow wieder aufrichtete und den Fuß vorsichtig ins Gras legte.

»Ich gehe«, sagte Semjonow heiser. »Ich werde auf persischer Seite in die Luft schießen, so lange, bis mich jemand entdeckt. Wenn Rußland hier eine Grenzstation hat, haben es die Iraner auch!«

Sein Entschluß war der schwerste, den er jemals ausgeführt hatte. Er gab Ludmilla die Tokarev und die fünf Reservemagazine, ging zu der schlafenden Nadja und küßte sie auf den trotzigen Kindermund. Dann blieb er stehen, ballte die Fäuste und schüttelte wild den Kopf.

»Nein!« sagte er laut. »Verflucht werde ich sein! Nein, ich gehe nicht allein!«

»Du gehst!« Ludmilla nahm ihn an der Hand wie ein Kind und

drehte seinen Kopf so, daß er wieder auf das Ende der Schlucht blickte.

»Nein! Ich werde dich morgen wieder tragen, so weit ich kann!«

»Und wir werden Persien erreichen, und du wirst zusammenbrechen, und dein Herz wird stillstehen!« Hart wurde Ludmillas Stimme, und Semjonow blickte sie verwundert und erschrocken an. »Was nützt mir ein freies Land, wenn ich es aufgraben muß, um dich darin zu beerdigen? Ich werde mit Nadja hier einen Tag allein sein ... Was ist da Schreckliches dabei? Wir werden spielen, Häuser aus Steinen bauen, einen Staudamm im Bach; vielleicht kommt ein Vogel, und wir hören zu, wie er singt, und ich werde Nadja sagen: Nadja, mein Liebling, noch bevor es dunkel wird, kommt Papuschka zurück. Und er wird uns in eine schöne, fremde Stadt führen, und in einem weichen, wunderschönen Bettchen wirst du schlafen, und am nächsten Tag gehen wir in die Stadt und kaufen eine Puppe und einen großen braunen Bär, so wie die Bären in der Taiga, und einen Tiger oder Hasen oder Hirsch ... was du willst, mein Kleines. Und so wird die Zeit verfliegen, bis du wirklich zurückkommst.«

Semjonow nagte an der Unterlippe. Es gab nur diese Möglichkeit, das wußte er. Die Kälte der Nacht war wie ein Alarmsignal. Morgen schon konnte der Himmel grau sein und Schnee in die Schlucht werfen. Was waren da zwei Decken, was zwei warme, sich aneinanderpressende Körper?

Und Semjonow ging. Ein Loßreißen war's, als er endlich in der Dunkelheit unterging, aber immer wieder blieb er stehen, sah zurück, ja, als er hundert Meter gegangen war, ging er fünfzig wieder zurück und wollte rufen: »Ich komme wieder, Ludmilluschka! Keine Angst! Ich bin hier! Ich gehe nicht weiter. Ich trage euch alle wieder durch die Felsen! Ihr sollt leben! Jung seid ihr, und die Welt ist für euch noch ein grünes Tal mit saftigen Weiden und wogenden Feldern und im Wind flüsternden Wäldern ...« Aber dann ging er doch weiter, und je näher er dem Ende der Schlucht kam, um so schneller wurde sein Schritt. Schließlich lief er, rannte wie ein flüchtender Bär und keuchte dabei aus leergepumpten Lungen.

Wie unendlich ist der Weg, dachte er. Man sieht ihn, man kann ihn fast greifen, aber wenn man ihn läuft, dehnt er sich, und der Horizont weicht zurück ins Unbegreifliche.

Die Bäume am Ausgang der Schlucht. Die Felsen. Der Hohlweg.

Am Himmel steht ja ein Mond! Wirklich, ein Mond. Ein runder, heller, silberner, lachender Mond.

Die Freiheit! Das muß Persien sein! Dieser steinige Boden, der so aussieht wie alle steinigen Böden, ist doch ein anderer Boden. Er ist freies Land! Er gibt endlich, endlich Ruhe . . .

Semjonow blieb stehen und warf die Arme empor. Und er lachte, lachte den Mond an und fiel auf die Knie und nahm beide Hände voll Steine und warf sie über sich und ließ sich berieseln von Staub und Kieseln; und es waren freie Steine, die über sein Haar rollten, über seine Stirn, die Augen, die Nase, das Kinn, hinein in sein Hemd und über die Brust.

Freie Steine! Freiheit!

O Gott, o mein Gott, o mein Gott. Freiheit . . .

Und Semjonow weinte.

Im Staub und zwischen den Steinen hockte er, blickte den Mond an und heulte wie ein Kind. Alles lag in diesem Weinen, was Pawel Konstantinowitsch Semjonow erlebt hatte . . . von Moskau bis Nowo Bulinskij, vom Sägewerk Kusmowka bis zur Goldgräberhütte an der Muna, vom Krankenhaus in Oleneksskaja Kultbasa bis zur Schlucht in den Karabergen, die man den Teufelstritt nennt.

Eine Welt ging unter in Tränen, die große, herrliche, wilde Welt des Semjonow, das Rauschen der Taiga und der krachende Eisgang der Lena, das Schnauben der Rentierherden und das Klingeln der Glöckchen am Geschirr der Schlitten, der tiefe Gesang Väterchen Alexeijs und das fröhliche Lachen Egon Schliemanns.

Vorbei diese Welt.

Vorbei die Jagd im verschneiten, im Frost erstarrten Wald. Vorbei das Schütteln der Siebe im Goldsand der Muna. Vorbei die glücklichen Augen der deutschen Lebenslänglichen, wenn unter Baumstümpfen Tabak und Büchsenfleisch lagen. Vorbei die stillen Abende bei Katharina Kirstaskaja, wenn der Samowar summte und das Abendrot wie der Mantelsaum Gottes über die Lena glitt.

Vorbei . . . aber frei.

Frei!

Semjonow weinte, und er fühlte sich wie ein neuer Mensch, als er sich wieder aufrichtete, sich das nasse Gesicht abwischte, die Nagan aus dem Gürtel zog und durchlud.

Dann schoß er. In längeren Abständen hintereinander. Er verschoß ein ganzes Magazin und lud dann nach und lauschte in die Nacht hinaus.

In der Schlucht lag Ludmilla neben der kleinen Nadja und hatte sich in die Decke gerollt. Sie hörte die Schüsse, sie hatte darauf gewartet, wie sie noch nie auf einen Ton in dieser Welt gewartet hatte. Nicht einmal der erste Schrei Nadjas in der Hütte an der Muna hatte sie glücklicher gemacht als jetzt das ferne Bellen der Nagan.

Er ist in Persien, dachte sie. Pawluscha ist ein freier Mann, und er wird uns nachholen, so schnell es möglich ist.

Danach lag sie wach und sah in den fahlen Himmel. Den Mond sah sie nicht, er schwamm über dem dichten Gestrüpp wie in einem engmaschigen Netz. Ihr Herz war schwer, aber sie weinte nicht. Ihr Abschied von Rußland war still. Ich habe Pawluscha und Nadja, dachte sie. Sie allein bilden meine Welt. Im Herzen werde ich die Taiga tragen . . . aber in den Händen halte ich sie, den Mann und das Kind. Was kann ein Weib sich mehr wünschen . . . sagt es mir, Freunde . . .

Noch ein zweites Magazin seiner Nagan schoß Semjonow leer, dann hatten ihn die iranischen Grenzpatrouillen erreicht. Von drei Seiten kamen sie aus den Felsen. Khakibraune Uniformen trugen sie, und die Schnellfeuergewehre hatten sie schußbereit angelegt. Ein Soldat mit einer Silberkordel um die Mütze, ein Offizier mochte es sein, rief Semjonow in persischer Sprache an, und Semjonow hob die Arme hoch und wartete, bis man ihn umringt hatte.

»Du – Russe?« fragte der Mann mit der Silberkordel. Ein junges Bürschchen war's, mit einem flotten Schnurrbart unter der gebogenen Nase, und sein Russisch klang wie aus einem Wörterbuch gelernt.

»Ja«, antwortete Semjonow und nickte. »Aus der Schlucht komme ich. Bitte helft mir, Freunde. Meine Frau und mein Kind warten auf uns . . .«

Bedauernd hob der junge Offizier die Schultern. Dann sagte er etwas in seiner Sprache. Ein Soldat trat an Semjonow heran, zog ihm mit einem Ruck die Nagan aus dem Gürtel und warf sie den anderen zu. Dann winkte man ihm, und eingekreist von den Soldaten wurde er um die Felsen herumgeführt zu einer schmalen, aber festen Straße, die abfiel in die nächtliche Dunkelheit. Zwei Jeeps warteten dort, und Semjonow stieg ein, ohne daß man ihn dazu aufforderte. Hinter ihn setzten sich drei Soldaten, und er spürte in seinem Nacken die drei Läufe der

Gewehre, auch wenn sie nicht an seiner Haut lagen.

Es muß selten sein, daß hier ein Russe über die Grenze kommt, dachte Semjonow. Eine Aufregung ist's, als wäre eine ganze Armee eingefallen. Er sah den jungen, bärtigen Leutnant mit einem Sprechfunkgerät hantieren, aus der Dunkelheit kamen andere Soldaten zurück und meldeten. Man suchte die ganze Gegend ab.

Noch dachte Semjonow russisch, aber bald sollte es sich zeigen, daß das falsch war. Rußland lag hinter ihm, und wenn die Grenze, die er überschritten hatte, auch nur ein Streifen auf der Landkarte war, ein kahler Felsenstrich, der in Rußland genauso vom Wind umweht wurde wie in Persien . . . eine andere Welt war's von jetzt ab, völlig verschieden wie die beiden Seiten eines Geldstückes.

Dann fuhren sie durch Schluchten und über eine Hochebene. Der kalte Fahrtwind blies Semjonow in die Augen. Ein Steppenstück erreichten sie, mit hohem, dürrem Gras, und in einer Senke blinkten plötzlich Lichter. Wachttürme wuchsen in den Nachthimmel und ein hoher Zaun aus Draht.

Semjonow lächelte müde. Die Welt ist überall gleich, dachte er bitter. Ohne Zäune kommt sie nicht aus. Man sollte wieder weinen, Genossen . . .

So erreichten sie ein Militärlager der iranischen Armee. Die Baracken standen in Reih und Glied wie versteinerte Kompanien. Am großen Tor wartete die Wache mit Maschinenpistolen, und von den Wachttürmen tasteten sich die Strahlenfinger der Scheinwerfer durch die Nacht und erfaßten die beiden über die Steppe hüpfenden Jeeps.

Der junge Leutnant ließ ein paarmal hupen. Das Tor wurde aufgestoßen, mit heulenden Motoren fuhren sie in das Lager und hielten vor einer Baracke, auf deren Dach eine Fahne wehte.

Semjonow stieg aus und sah sich um. Erinnerungen überfielen ihn. 1946. Die Flucht aus dem Lager Borissow. Nach drei Tagen fing man ihn wieder ein. In einer Scheune lag er, kraftlos vor Hunger; und ein spielendes Kind hatte ihn der Miliz verraten. Genauso war's wie heute . . . Er kam zurück, die Scheinwerfer blendeten ihn, und er stand vor der Kommandanturbaracke und wartete, bis Pjotr, der sowjetische stellvertretende Lagerführer, herauskam, in Hosen und mit nacktem Oberkörper und in durchlöcherten Strümpfen, ihn wortlos anstarrte und mit zwei Hieben auf die Erde warf.

Aber heute war es anders. Heute war er in die Freiheit geflüchtet, und die Scheinwerfer beschienen einen glücklichen Menschen, glaubt es mir, Freunde.

Der junge Leutnant mit dem Bärtchen erschien in der Tür und winkte. Semjonow stieg die drei Steinstufen hinauf, und er tat es bedächtig, denn es waren die Stufen zum wiedergewonnenen Leben. In ein Zimmer kam er, das aussah wie alle Kommandantenzimmer auf dieser Welt . . . ein paar Stühle, ein großer Tisch, eine Karte an der Wand, ein Schrank mit Rolltüren. Und ein Teppich lag auf dem Bretterboden, ein schöner roter, dicker Teppich. Semjonow freute sich darüber. Ich bin wirklich in Persien, dachte er. Nur in Persien kann man es sich leisten, einen solchen Teppich in eine Baracke zu legen.

Oberst Aref, der Abschnittskommandant, war ein eleganter Mann. Die Frauen liebten ihn, und oft stand er vor dem Spiegel und bewunderte sich selbst. Schwarze Locken hatte er, einen stechenden Blick, eine kühne Nase, und wäre er ein Kosak gewesen, bei der Heiligen Mutter von Kasan, er wäre Ataman geworden, so wild und herrlich reiten konnte er. Nun trat er ins Zimmer, eine lederne Reitgerte nach englischer Offiziersart unter der linken Achsel, und musterte stumm den Mann, der mitten auf dem roten Teppich stand.

Ein Dreckskerl ist er, dachte Oberst Aref und atmete etwas vorsichtiger, denn was da wie ein Mensch aussehend vor ihm stand, stank nach Gras und Moos, und Staub bedeckte die blonden, stoppeligen Haare. Ein Individuum ist es, und wer weiß, was er mit sich herumschleppt und warum er über die Grenze geschlichen ist!

Aref setzte sich, legte die Gerte quer vor sich auf den Tisch und strich sich über die glänzenden schwarzen Locken.

»Wer sind Sie?« fragte er. Auch er sprach ein jämmerliches Russisch. Semjonow verbeugte sich leicht.

»Sprechen Sie Englisch, Sir?« fragte er.

Oberst Aref sah verblüfft um sich. An den Wänden und neben der Tür standen seine Offiziere, und es schien wirklich so, als sei Semjonow an der friedlichsten Stelle aus Rußland geflüchtet, und sein Erscheinen würde bestaunt wie ein Kalb mit drei Köpfen.

»Ja.« Aref zeigte auf einen Stuhl, und Semjonow setzte sich. »Wieso sprechen Sie Englisch? Wer sind Sie?«

Oberst Aref räusperte sich. An seiner versilberten, breiten Koppelschnalle zog er, und in ihm kam das Gefühl hoch, hier etwas

Unangenehmem entgegenzugehen. Ein verdreckter Kerl, der Englisch spricht wie ein Gentleman . . . man kann schon mißtrauisch werden, nicht wahr?

»Wo kommen Sie her?« fragte Aref weiter. »Heimlich haben Sie den Iran betreten! Sind Sie ein politischer Flüchtling?«

»Viele Fragen sind das, Sir.« Semjonow lehnte sich zurück. O diese Müdigkeit! Diese Schwäche in allen Gliedern. Zwei Jahre fast war man durch Eis und Wälder geflüchtet, aber die letzten hundert Meter zerbrachen den Körper völlig. Wie bei einem Gäulchen war's, das tagelang gelaufen war, den Kopf vorgestreckt und den Stall witternd . . . und nun war es da, roch die Krippe, fühlte das warme Stroh, hörte das Zwitschern der Schwalben, und es fiel hin wie tot und streckte sich aus und ergab sich ganz dem lähmenden Glück, zu Hause zu sein.

Semjonow hob den Kopf. Er sah den Blick Arefs, abschätzend, kühl, ein wenig abwehrend, und er fühlte die Blicke der Offiziere in seinem Nacken wie vor Minuten noch die Läufe der Gewehre. Und plötzlich wußte Semjonow, daß die Flucht noch nicht zu Ende war und daß die Freiheit Ordnung heißt und er, der schmutzige, stinkende Flüchtling, diese Ordnung verletzt hatte.

Natürlich, dachte Semjonow, wer kann's ihnen übelnehmen? Was wissen sie von Karaganda und Workuta, von den Straflagern in Asbest und von den Holzfällerdörfern zwischen Jenissej und Lena? Sie haben nie die vereisten Baumstämme an Stricken durch den Schnee der Taiga gezogen, und nie haben sie in Erdhöhlen gehaust, wenn draußen der Schneesturm mit fünfzig Grad Frost über die Wälder heult. Man hat sie nie auf die Rücken von Rentieren gebunden und Gott angerufen, nun zu urteilen, und sie haben auch nicht den »Professor« der Brodjagi gekannt, oder Jurij, den Riesen aus Nowa Swesda.

Freiheit, das ist für sie selbstverständlich, das ist Ordnung und Gesetz . . . Wissen sie, wie betäubend Freiheit sein kann, wie berauschend . . . mehr als ein Faß Wodka oder ein Fuder süßen grusinischen Weines?

»Ich heiße Pawel Konstantinowitsch Semjonow«, sagte er auf englisch. »Aber in Wirklichkeit bin ich Franz Heller, ein Deutscher. Vor allem aber war ich amerikanischer CIA-Mann und Spion in Sibirien . . .«

Oberst Aref nickte. Die Offiziere an den Wänden schwiegen. Man sollte lachen, dachten sie wie Aref. Da kommt eine staubige

Ratte über die Grenze und bildet sich ein, ein weißes Kamel zu sein. Wozu der Aufwand?

Aref verließ das Zimmer und ging in einen Nebenraum. Dort war die Funkerstelle. Eine Ordonnanz saß bereits am Telefon und hatte das Auftauchen eines Russen nach Mesched gemeldet. Der General selbst ließ sich berichten, denn wichtig war's, alles zu vermeiden, was den großen, mächtigen Nachbarn im Osten störte.

»Herr General«, sagte Oberst Aref, und er war der Überzeugung, nichts Falsches zu sagen. An seiner Stimme hörte man: Es ist nicht nötig, deswegen eine Nacht schlaflos zu verbringen. »Hier ist ein Verrückter! Er will ein Russe sein, spricht ein perfektes Englisch, nennt sich einen Deutschen und war amerikanischer Spion in Sibirien. Ein vollkommen Verrückter, Herr General! Über die Grenze kam er und machte auf sich aufmerksam, indem er mit einer sowjetischen Nagan in die Luft schoß, bis wir ihn fanden.« Oberst Aref holte Luft. Peinlich war es ihm, den General mit solchen Dingen nachts zu belästigen. »Ich schlage vor«, fuhr er fort, »wir bringen diesen Irren zurück an die Grenze und schieben ihn wieder ab. Wenn er sich wehrt, übergeben wir ihn der sowjetischen Grenzstation Kisyl-Polwan.«

Ein Klopfen unterbrach ihn. Einer der Offiziere trat ein, beugte sich vor und flüsterte Aref etwas ins Ohr. Plötzlich bekam der Oberst rote Backen und einen wirren, irritierten Blick.

»Herr General«, sagte er, und seine Stimme klang etwas gedrückter, »soeben höre ich von einem meiner Herren, daß dieser Verrückte behauptet, nicht allein zu sein. In der Schlucht Planquadrat III/Punkt 9 sollen eine Frau und ein Kind warten. Abholen sollen wir sie. Ich werde sofort feststellen, ob es den Tatsachen entspricht oder eine neue Idiotie ist. Ich melde mich sofort wieder, Herr General. Jawohl, ich halte Sie auf dem laufenden . . .«

Semjonow saß noch immer auf dem Stuhl, als Oberst Aref ins Zimmer zurückkam. Eine Zigarette rauchte er jetzt. Der Offizier, der ihn nach Arefs Weggang verhört hatte, hatte sie ihm angeboten. »Zu jeder Auskunft bin ich bereit«, sagte Semjonow in dem Augenblick, als Aref eintrat. »Aber vorher flehe ich Sie an, meine Frau und mein Kind aus der Schlucht zu holen.«

Oberst Aref warf die Tür zum Funkraum zu. Einen harten Knall gab es, und Semjonow drehte sich erschrocken um.

»Was heißt das?« rief Oberst Aref, ehe Semjonow sprechen konnte. »Keine Märchen, Mr. Semjonow! Frau und Kind in der

Schlucht! Womöglich noch eine Herde Kamele . . .«

Semjonow schüttelte den Kopf. Wie schwer ist es, Menschen zu überzeugen, daß man aus einer Hölle kommt. Wie wenig würden sie es begreifen, wenn man ihnen von Karpuschin erzählte. Kann man es ihnen übelnehmen? Wer kennt schon das riesige, wilde Land von der mongolischen Steppe bis zum ewigen Eismeeer?

»Geben Sie mir Soldaten mit«, bat Semjonow. »Ich führe sie hin.«

»In welche Schlucht?« fragte Aref.

»Der Teufelstritt. Die Russen nennen sie so . . .«

»Planquadrat III/Punkt 9?«

»Es mag sein.« Semjonow lächelte nachsichtig. Langsam begann er, umzudenken. Ich bin kein Russe mehr. Im Westen bin ich wieder, und hier geht es komplizierter und präziser zu als bei uns in der Taiga. Sagst du zu einem Jäger, ich komme von Norden oder von Osten, er wird dich verstehen und genau wissen, woher du kommst . . . Aber hier geht es nach Planquadraten und Nummern, und jeder Zentimeter Land hat eine Zahl in Hunderten von Akten.

»Ich kenne die Einteilung Ihrer Generalstabskarte nicht, Sir«, sagte Semjonow. »Aber die Schlucht kenne ich.«

»Ich denke, Sie sind amerikanischer Agent?« Oberst Aref zog die Lippen hoch. Schöne Zähne hatte er.

»Für Sibirien, Sir. Leider mußte ich einen südlichen Rückweg nehmen. Ich habe mich an der Schlittenfahrt durch den Norden sattgesehen . . .«

Irritiert setzte sich Oberst Aref. Genau unter einem Bild in goldenem Rahmen saß er, und es zeigte den Schah in goldglänzender Marschalluniform. »Die Schlucht ist sowjetisches Hoheitsgebiet!« sagte Aref steif.

»Ich weiß.« Semjonow beugte sich vor. In seiner Hand zitterte die Zigarrette. »Etwas mehr als einen Kilometer ist es bis zu Ihrer Grenze. Helfen Sie mir, meine Frau und mein Kind zu holen.«

»Wie stellen Sie sich das vor?« Aref sah hinüber zu seinen Offizieren. Keine Provokationen, hieß dieser Blick. Ein freier Staat sind wir und achten die Gesetze. »Wie können wir Ihre Frau und das Kind holen? Eine eklatante Grenzverletzung ist es, wenn iranische Soldaten sowjetisches Territorium betreten! Ich würde meinen Truppen sofort das Feuer freigeben, wenn von der anderen Seite Rotarmisten auf iranisches Gebiet kämen!«

Semjonow sprang auf. Eine Explosion war in ihm, und sein Herz brannte.

»Den Knöchel hat sie sich verletzt!« schrie er. »Sie kann nicht gehen! Wollt ihr, daß sie in der Schlucht verreckt? Und das Kind? Noch kein Jahr ist es alt! Soll es verhungern?«

Oberst Aref nagte an der Unterlippe. Den General müßte man fragen, dachte er. So etwas entscheidet kein kleiner Oberst. Das ist Politik. Wer weiß, wer dieser Semjonow wirklich ist? Soll mein Name genannt werden als Verletzer sowjetischer Rechte?

»Wir werden sofort die sowjetischen Kollegen in Kisyl-Polwan verständigen«, sagte Aref. »Sie sind dafür zuständig.«

Semjonow nickte. Wie eine große Jahrmarktspuppe stand er da, und jemand hatte an seinen Spiralhals gestoßen, und nun nickte er immerfort.

»Das wäre Mord«, sagte er leise, aber im Raum lagen seine Worte wie Donnerschläge, denn es war vollkommen still. »Mord wäre es, Sir. Geflüchtet sind wir vor dem Tod ... und Sie schicken uns zurück in die Hölle ...«

Oberst Aref erhob sich abrupt. Wieder ging er hinaus in den Nebenraum, wo der Funker noch am Telefon saß, den Hörer in der Hand. Der Oberkommandierende in Mesched wartete noch, für ihn schien der einsame Mann in den Bergen wichtiger zu sein, als Oberst Aref annahm.

»Herr General«, sagte Aref, »die Situation verwirrt sich. Wenn dieser Mann, der sich Semjonow nennt, wirklich ein Agent des CIA ist, könnte es unangenehm werden. Ich wage nicht, in dieser Sache Entscheidungen allein zu treffen, vor allem wegen der Frau und des Kindes ...«

Semjonow stand noch immer mitten im Zimmer, ein zerlumpter, staubiger, müder Mensch, als Aref zurückkam.

»Sie werden meine Frau holen«, sagte Semjonow leise. »Ich habe es ihr versprochen ...«

»In einer halben Stunde wird ein Hubschrauber hier sein und Sie nach Mesched zu General Saheli bringen. General Saheli wird sofort Teheran benachrichtigen und Weisungen einholen.«

»Ich will nicht nach Mesched!« schrie Semjonow. Er stürzte an den Tisch und schlug mit beiden Fäusten auf die Platte. O ja, soviel Kraft hatte er noch, der Jäger aus der Taiga, daß die Holzplatte donnerte wie eine Pauke. »Ich muß meine Frau und mein Kind aus der Schlucht holen! Oberst, im Namen der Menschenrechte, die auch Ihr Staat in der UNO vertritt, verlange ich, daß meine Frau und mein Kind gerettet werden!«

»Wir können keinen Krieg wegen zwei Menschen machen!« brüllte Oberst Aref zurück.

»Niemand sieht es! Die Schlucht ist menschenleer. Tausend Meter sind es . . . zwei Männer nur mit einer Trage . . . Mein Gott! Mein Gott! Ist denn ein Menschenleben gar nichts mehr wert?«

Oberst Aref wandte sich ab und trat an das Fenster. Von hier aus konnte er hinaussehen zu den Bergen. Bald zog der Morgen wieder als fahler Streifen über die Felsen, und es war, als schwebten die Berge frei im Raum. Vielleicht gab es Nebel, wenn die Sonne schien; es war eine nasse Nacht, und die Erde atmete Feuchtigkeit aus, sobald die Wärme aus dem Himmel fiel.

»Sie können allein zurückgehen, Semjonow«, sagte Aref und vermied es dabei, Semjonow anzusehen. »Wir geben Ihnen einen Tragegurt mit. Genau auf der Grenzlinie warten wir . . . Wenn Sie uns Ihre Frau und das Kind bringen, nehmen wir sie selbstverständlich an . . .«

Semjonow nickte. Das Atmen war ihm schwer. Wenn es nicht Karpuschin gäbe, dachte er, kehrte ich zurück nach Nowo Bulinskij. Wie frei ist die Lena, wie herrlich weit die Taiga, wie ohne Panzer von Paragraphen das Leben in der kleinen Hütte an der Muna! Die Pferdchen traben durch den Wald, Wildenten flattern über den Sumpf, und da ist ein Bär, den man schießt, oder ein Fuchs schnürt durch das Unterholz. Und im Winter heulen die Wölfe, daß es einem angst wird ums Herz. Und doch werden sie uns fehlen . . . jetzt, in der Freiheit . . . Oft werde ich wach liegen und nach draußen lauschen . . . und alles wird still sein, bis auf das Hupen der Autos auf der Straße und die Jazzmusik aus den Musikboxen.

»Es ist gut«, sagte Semjonow mit heiserer Stimme. »Ich werde sie selbst herüberholen, meine Ludmilla und meine Nadja.«

Auf russisch sagte er es, aber Aref verstand ihn gut, auch wenn er die Worte nicht kannte.

Mit den Jeeps fuhren sie wieder zum Eingang der Schlucht. Semjonow schnallte sich die Tragriemen um und lief dann durch den dämmernden Morgen hinunter in die grüne, verfilzte Unterwelt.

Ludmilla und Nadja schliefen noch, als er sie erreichte. Unter den Decken lagen sie, und ihre Gesichter waren kalt und blaß.

»Ludmilluschka!« rief Semjonow und fiel neben ihnen auf die Knie.

»Hier bin ich! Ich hole euch!« Und er herzte und küßte Ludmilla. Unter seinen Küssen wachte sie auf, schlang die Arme um seinen Nacken und war glücklich.

»Pawluscha«, flüsterte sie und spürte, daß Semjonow die Tränen aus den Augen rannen. Da wischte sie sie ihm mit ihrer Hand vom Gesicht und streichelte ihm über das stoppelige Haar. »Es ist so schön, daß du wieder da bist. Wollen wir wirklich hinüber nach Persien? Laß uns hierbleiben, Liebster . . . Irgendwo werden wir leben können . . . Rußland ist so weit, so schön, so reich an Paradiesen . . .«

»Aber es hat auch einen Karpuschin!« Semjonow setzte sich auf die Erde und sah sein Kind an. Nadja schlief fest, und sie würde später, wenn sie denken lernte, nie begreifen, was sie im ersten Jahr ihres Lebens an Schicksal schon ertragen hatte.

»Er wird denken, wir sind in Persien«, sagte Ludmilla und lehnte sich an Semjonow. »Laß uns in Rußland bleiben, Pawluscha . . .«

»Wir werden immer auf der Flucht sein! Nie werden wir Ruhe haben! Ein Wolf wird friedlicher leben als wir.«

»Aber es ist Rußland, Pawluscha.«

Semjonow schüttelte den Kopf. »Wahnsinn wäre es.« Er sah in den Himmel. Fahl wurde er, und es stieg Nebel aus dem feuchten Boden, wie es Oberst Aref geahnt hatte. »Sie warten auf uns, oben an der Grenze. Sieh, ich habe Trageriemen bei mir. Ich trage dich hinauf. Tausend Meter nur noch, Ludmilluschka . . . und wir können die Arme ausbreiten und Frieden sagen.«

Ludmilla nickte, aber schwer fiel es ihr, man sah es ihren Augen an.

»Zuerst Nadja. Du schaffst es nicht, wenn du uns beide gemeinsam tragen willst.«

Und so ging Semjonow zweimal zwischen Persien und Rußland hin und her. Zuerst brachte er die große Ledertasche mit Nadja zur Grenze, und über dem Rücken trug er die Decken und die Verpflegungstasche und das wenige, was sie für ihre Flucht gebraucht hatten . . . einen Kocher, einen Topf, ein paar Löffel, zwei Messer und zwei blecherne Tassen. Die iranischen Soldaten nahmen ihm alles ab, und Semjonow ging zurück, um Ludmilla zu holen.

In den Trageriemen hockte sie, auf dem Rücken Semjonows, als er keuchend die Grenze zum letztenmal erreichte, ein schwankender, von Schweiß durchnäßter Mensch, der nicht mehr fähig war, ein Wort zu sagen, und gegen die Wand des Wagens sank, als

Ludmilla von seinem Rücken gehoben wurde.

Die iranischen Soldaten starrten sie an, denn Ludmilla hielt in der Hand die schußbereite Tokarev, und sie sah nicht aus, wie man sich ein armes, schwaches Weibchen vorstellt, sondern bis auf ihren dick angeschwollenen Fuß war sie munter und musterte mit aufmerksamen Augen die fremden Uniformen.

Oberst Aref, der mit zur Grenze hinausgekommen war, grüßte sie mit militärischem Gruß. Ein glücklicher Mensch, dieser Semjonow, dachte er jetzt. Welch eine Frau hat er!

Welch ein Weib! Und man kann es dem Oberst Aref glauben ... denn von Frauen verstand er mehr als alle Männer zwischen Mesched und Teheran.

Noch am selben Tag wurden Semjonow und Ludmilla nach Teheran geflogen, nachdem General Saheli sich eine Stunde lang mit ihnen unterhalten hatte. Etwas Unerhörtes hatte sich da zugetragen, das wußte man jetzt. Durch die Schlucht war eine Bombe in den Iran gerollt, deren Detonation verhindert werden mußte.

Der Generalstab in Teheran wurde verständigt; der iranische Abwehrdienst stellte außerhalb Teherans ein Haus bereit, in dem Semjonow so lange wohnen sollte, bis man über sein weiteres Schicksal Klarheit gewonnen hatte. In der US-Botschaft erschien ein Bote des Schahs und berichtete von dem Mann, der nach zweijähriger Flucht quer durch Rußland den Boden der freien Welt erreicht hatte.

Im Morgengrauen noch summten die Telegrafen zwischen Teheran und Moskau. Oberstleutnant Hadley, der Presseattaché der US-Botschaft in Moskau, wurde aus dem Bett geholt und hörte mit verschlafenen Augen die Meldung an, die soeben durchgegeben worden war. Dann aber wurde er sehr munter und verlangte laut nach einem doppelten Whisky und einer Zigarette.

»Semjonow?« rief er. »Jungs, das ist doch ein Witz! Der fault doch längst in sibirischer Erde wie unser guter James Bradcock!« Aber dann las er den Klartext der verschlüsselt durchgegebenen Meldung aus Teheran noch einmal durch und warf den Zettel gegen die Wand. »Ich werde verrückt«, rief er und trank seinen Whisky in einem Zug. »Nach dem, was die Brüder aus Teheran melden, ist er es! Mit Frau und Kind sogar, ein vollendeter russischer Muschik! Ich bekomme Herzklopfen, Jungs ... Wißt ihr, was da aus der Taiga herübergekommen ist?« Und als die in Schlafanzügen oder notdürftiger Bekleidung erschienenen Botschaftsmitglieder schwiegen, schlug Hadley auf den Tisch.

»Ein ganz dickes Ei ist da gekommen, Jungs! Dieser Semjonow ist der Knabe, der uns von Kusmowka aus einfach in den Hintern trat, seinen Auftrag zurückgab, die Geräte zerstörte und mit dem Mädchen abhaute in die Wälder! Damals haben wir ihn fallenlassen; aber jetzt kommt er zurück, und er war in den Raketenbasen und hat den Aufbau von Oleneksskaja Kultbasa miterlebt! Der Kerl steckt voller Informationen! Begreift ihr, Jungs! Dieser Heller-Semjonow ist ein Goldstück ... man muß ihn nur wieder blankputzen. Er ist etwas angelaufen! Und das werde ich tun! Ich werde ihn polieren!«

Mit einer Verkehrsmaschine flog Oberstleutnant Hadley am Morgen nach Tiflis, stieg dort um und flog weiter über Täbris nach Teheran. Gegen Abend traf er ein, berichtete dem US-Botschafter des Iran, wer dieser Knabe Semjonow wirklich war, und hatte anschließend eine Besprechung mit Vertretern der iranischen Regierung und des Geheimdienstes.

Die Besprechung war unangenehm. Auf die Forderung Hadleys, Semjonow unter den Schutz der US-Botschaft zu stellen, lächelte ihn der Chef des iranischen Geheimdienstes freundlich an, und dieses Lächeln sagte Hadley, daß er in der falschen Richtung marschiert war.

»Mein lieber Oberstleutnant«, sagte General Reza Achmed, und er steckte sich dabei umständlich eine Zigarette an. »Wieso wollen die USA den Schutz Semjonows übernehmen? Sie wissen genausogut wie ich, daß Semjonow ein Deutscher ist und Franz Heller heißt. Wir werden ihn also der Deutschen Botschaft übergeben, wenn wir mit seinem Verhör fertig sind.«

»Lieber General!« Hadley nippte an dem Orangensaft, den man ihm gebracht hatte, denn ein Mohammedaner mißachtet Alkohol. »Warum spielen wir Katz und Maus? Sie wissen, wer Heller ist. Sie kennen seine Aufgabe im CIA ...«

»Natürlich. Er hat uns alles erzählt.« General Reza Achmed war glücklich, das sagen zu können. »Eben deshalb soll sich die Deutsche Botschaft mit ihm beschäftigen. Die iranische Regierung möchte sich aus diesem Spiel heraushalten, verstehen Sie! Es geht um die gutnachbarlichen Beziehungen zwischen uns und der Sowjetunion ...« Der General sah dem Rauch seiner Zigarette nach. Gut tat es ihm, einmal so mit einer westlichen Großmacht sprechen zu können. »Semjonow hat im übrigen um Asyl gebeten und um die Daueraufenthaltsgenehmigung nachgesucht. Er möchte einen Teppichexport gründen, sagt er.«

»Unsinn!« Oberstleutnant Hadley sprang auf. »Wie steht Ihre Regierung zu dem Antrag?«

»Wir werden Semjonows Antrag eingehend prüfen.« General Reza Achmed lächelte wieder, und dieses Lächeln brachte Hadley fast um den Verstand. »Er kann nachweisen, daß er reich ist ... im iranischen Sinne. Er hat einige tausend Rubel mitgebracht. Er wird also dem Staat nicht zur Last fallen, sondern im Gegenteil unserer Wirtschaft nützen ...«

»Reden wir also deutlich, General. Semjonow oder Heller oder Ali Achdabad, wie er sich vielleicht nennen wird, wenn er Iraner geworden ist, kann in Teheran bleiben ...«

»Wenn er will und wenn unsere Überprüfung –«

Hadley winkte ab. Es hatte keinen Sinn, um den Teller zu schleichen, wenn man Hunger hatte. »Kann ich Semjonow wenigstens sprechen?« fragte er rauh.

»Im Beisein meiner Offiziere, jederzeit.«

»Dann bitte ich darum!« sagte Hadley steif. »Vielleicht überzeuge ich ihn, daß New York besser ist als Teheran.«

»Das wäre eine Kunst, Herr Oberstleutnant.« Reza Achmed zerdrückte seine Zigarette in einem goldenen Aschenbecher. »Ich habe den Eindruck, daß Semjonow genaue Vorstellungen hat, wie sein Leben weitergehen soll.«

»Die habe ich auch, General«, erwiderte Hadley hart. »Verlassen Sie sich darauf ... die habe ich auch!«

»Der Wagen wartet.« Reza Achmed nahm seine Mütze vom Tisch. »Wir können fahren. Aber vergessen Sie bitte nicht, daß auch zwischen den USA und dem Iran eine enge Freundschaft besteht ...«

Hadley nickte. Es war eine deutliche Warnung. Aber wie wenig nützte sie? Es ging um größere Dinge als um eine Freundschaft. Es ging um die Raketenbasen in Sibirien.

Und eine Interkontinentalrakete ist mehr wert als alle Verträge der Diplomaten.

Bis gegen Mittag hatten Semjonow, Ludmilla und Nadja geschlafen. In einem weißen Haus wohnten sie nun, ein herrlicher Garten mit einem Schwimmbecken umgab es. Aber da waren auch hohe

Mauern mit einbetonierten spitzen Glasscherben als Abschluß; und vor dem Eingang – ein schönes Gittertor war's – standen zwei iranische Soldaten, und unten, neben der großen Diele, saßen in einem Zimmer weitere sechs Soldaten mit einem Offizier und spielten Schach oder Domino.

Nach dem Mittagessen standen Semjonow und Ludmilla auf einem Balkon, sahen in den Garten und freuten sich über die kleine Nadja, die unten im Gras herumkroch und mit einem jungen Soldaten spielte. Das erste Verhör durch General Reza Achmed war vorüber, Semjonow hatte seine Wünsche vorgetragen und um Schutz gebeten. Aus einem nahen Bazar hatte man ihnen Kleider gebracht; Semjonow einen hellbeigen Anzug und Nylonhemden, Ludmilla ein Kleid aus leichter Seide, lustig geblümt und kurz bis zu den Knien. Wie ein Schulmädchen sah sie aus, und da sie gebadet und Semjonow sich rasiert hatte, waren sie nun ein schönes Paar, das jeder beneidete ... die Männer um dieses Weibchen, das so wundervoll jung aussah, und die Frauen um diesen Mann, in dessen Falten der Sturm der Taiga schlief und in dessen Augen die Weite der Lena rann.

»Schön ist es hier, Pawluscha«, sagte Ludmilla leise und legte den Arm um Semjonows Hüfte. »Wie lustig Nadja mit den Blumen spielt! Weißt du noch, wie sie die ersten Blumen im Garten von Bulinskij sah ...?«

Semjonow legte seine Hand auf ihre Lippen. »Nicht mehr daran denken«, sagte er, tief atmend. »Wo liegt Bulinskij? Irgendwo dort, wo es nebelhaft ist und kalt und grau ... Aber dort unten, siehst du, dort ist die Stadt Teheran. Sieh dir die glänzenden Kuppeln der Moscheen an, die schlanken Finger der Minarette. Das Meer der Häuser um die engen Gassen und die neue Stadt mit den breiten Boulevards. Dort, irgendwo in dem Gewühl der Menschen, werden wir einmal leben, einen Teppichladen haben und abends die Tür abschließen, uns umarmen und ganz allein für uns sein. Und kein Karpuschin wird an die Tür klopfen, und wir brauchen nicht mehr die Nagan unter den Kopf zu legen, wenn wir schlafen wollen. Und Nadja wird nie erfahren, was Not und Elend sind, Verfolgung und Todesangst. Lohnt es sich nicht, dafür zu leben, Ludmilluschka?«

»Ja, Pawluscha, o ja.« Ludmilla blickte hinunter auf Nadja. Auf dicken, tapsigen Beinchen lief sie einem bunten Ball nach, und sie ruderte mit den Armen, um das Gleichgewicht zu halten. »Glaubst du, daß wir hier Freunde haben werden?« fragte sie.

»Ich hoffe es. In Teheran leben viele Deutsche. Ich werde, sobald die politische Seite unseres Aufenthaltes geklärt ist, mich sofort an die Deutsche Botschaft wenden. Wir werden in ein neues Leben hineinwachsen . . .«

»Ich freue mich darauf, Pawluscha.« Aber ihre Augen sprachen anders. Sie blickten nach innen. Und sie sahen den Jenissej und den weiten Himmel über der Taiga und den Ostertisch und den Schlitten mit den kleinen, struppigen Pferdchen.

Wer kann das auch vergessen, Freunde, da es doch nichts Schöneres gibt . . .

Am Abend – sie aßen gerade in Gesellschaft eines iranischen Majors – trat General Reza Achmed in das Speisezimmer und brachte einen Besucher mit. Semjonow, mit dem Zerteilen eines Stücks Rostbraten beschäftigt, blickte erst auf, als der Besucher, die Hände in den Taschen, sich an den Tisch stellte und lässig sagte:

»Na, mein Junge, das schmeckt besser als Kapusta und Kascha, was?«

Semjonow ließ das Messer fallen. Ludmilla starrte ihn erschrokken an.

Ein wildes Gesicht hatte er plötzlich, ein Gesicht wie damals, als er dem Tiger gegenüberstand und nur einen Bärenspieß in den Fäusten hatte.

»Wer sind Sie?« fragte Semjonow und stand auf. »Soll ich Ihnen eine Ohrfeige geben?«

»Danke!« Hadley grinste breit. »Man sieht, Sie haben die Ausbildung in Alaska und Texas nicht vergessen! Rauhe Kerle haben wir da herangezogen, alle Achtung! Freund James war genauso. Der gute alte James! Freut mich, Franz, daß Sie wieder auf der normalen Erde sind . . .«

»Wer sind Sie?« fragte Semjonow noch einmal. Die Erwähnung Bradcocks ließ sein Herz schmerzen.

Hadley sah sich um. Das Speisezimmer war groß, mit orientalischen Bogenfenstern, Säulen und vergoldetem Gitterwerk, das als Zwischenwände diente. Hinter den Gittern sah er die Uniformen iranischer Soldaten, an den Fenstern lehnten Offiziere. Er hatte sie nicht hereinkommen sehen.

»Ich bin Oberstleutnant Hadley«, sagte er ruhig.

»Sie sind Hadley? Hadley aus Moskau . . .«

Bei der Erwähnung Moskaus zuckte Ludmilla zusammen. Vom

Stuhl sprang sie auf, stieß ihn zurück und griff nach dem Messer vor sich.

»Was will er?« rief sie. »Was ist mit Moskau, Pawluscha?« Ihre Augen flammten, und die schwarzen Haare fielen ihr ins Gesicht.

Hadley lächelte dünn. »Sie haben eine fabelhafte Frau, Heller. Ist sie die sagenhafte Kommissarin aus Kusmowka?«

»Was wollen Sie?« fragte Semjonow.

»Ich möchte Sie daran erinnern, wo Ihr Platz ist, Heller Teppichhandel, stimmt das? So ein Unsinn! Wir haben andere Möglichkeiten für Sie.«

»Ich bin Semjonow. Pawel Konstantinowitsch. Und sonst nichts! Es gibt keinen Franz Heller mehr. Und das ist endgültig!«

»Man kann, was man ist, nicht auslöschen, Heller!« sagte Hadley laut. »Vor allem nicht das, was *Sie* sind!«

»Man kann es, Oberstleutnant Hadley.« Semjonow nickte. »Ich werde es Ihnen vormachen.«

»Und warum, um Himmels willen?«

»Ich will Ruhe haben, Hadley. Ich habe eine Frau und ein Kind. Und seit einer Stunde weiß ich, daß wir ein zweites Kind haben werden.«

»Um diesen Kindern eine freie, friedliche Welt zu schaffen, waren Sie in Sibirien, Heller! Sie haben gesehen, was da, fern aller Augen, heranwächst. Sie waren dort, wo der Untergang der Welt vorbereitet wird! Ihre Augen haben gesehen, was die Existenz der freien Welt bedroht!«

Hadley trat einen Schritt näher, aber er blieb stehen, als Ludmilla an die Seite Semjonows trat, das Messer in der Hand.

»Was will er, Pawluscha?« fragte sie.

»Nur seine Pflicht tut er, Ludmilluschka.« Semjonow legte den Arm um Ludmillas Schulter und zog sie an sich. »Wir können es ihm nicht übelnehmen . . .«

»Sie sind Deutscher, Heller«, sagte Hadley eindringlich. »Sie sind Angehöriger einer Welt, die in ständiger Angst lebt. Sagen Sie, was Sie wissen!«

»Nein!« Semjonow schüttelte den Kopf. »Es freut mich, daß ich Sie gesehen habe, Oberstleutnant Hadley. Ich habe viel von Ihnen gehört . . . von James vor allem. Sie haben James auch beauftragt, mich umzubringen.«

»Reden wir nicht mehr davon, Heller. Manchmal muß man Konsequenzen ziehen, die einem selbst widerstreben . . .«

»Ich weiß, Hadley. Ich kenne das . . . und meine Konsequenz ist, Semjonow zu bleiben und ein neues Leben zu beginnen.« Semjonow sah sich um. General Reza Achmed drehte ihnen den Rücken zu, aber zwanzig andere Augen beobachteten die beiden Männer am Tisch. »Sie könnten mich später entführen«, sagte er. »Sie könnten versuchen, aus mir das Wissen herauszupressen. Wenn Sie das im Sinn haben, Hadley, muß ich Sie enttäuschen. Ich habe in Texas die Verhöre dritten Grades geübt, und ich hatte Gelegenheit, echte asiatische Vernehmungsmethoden zu überleben. Sie machen mir keine Angst mehr mit Drohungen.«

Sie sahen sich an, schweigend und aufmerksam. Hadley war der erste, der das stumme Duell abbrach. Langsam hob er die Schultern.

»Gut, wie Sie wollen, Heller. Es ist erledigt. Leben Sie wohl.« Hadley wollte sich abwenden, aber eine Frage Semjonows hinderte ihn daran.

»Wann wollen Sie mich umbringen, Hadley?«

»Überhaupt nicht! Warum?«

»In Sibirien wollten Sie es.«

»Das war vor zwei Jahren, Heller. Seitdem hat sich manches geändert.«

Hadley streckte Semjonow die Hand hin, und zögernd schlug Semjonow ein. »Sie nehmen sich viel vor.«

»Das meiste liegt schon hinter mir.« Semjonow lächelte. »Ich sehne mich jetzt nur noch nach Ruhe.«

Hadley hob wieder die Schultern. Ruhe, dachte er. Wo wird es auf dieser Welt jemals Ruhe geben? Wir leben nicht mehr im Paradies, und selbst dort gab es die Schlange.

»Viel Glück, Franz«, sagte er. »Wie soll ich Sie übrigens nennen?«

»Pawel Konstantinowitsch . . .«

»Sie sind ein Fantast!«

»Das ist vielleicht die einzige Möglichkeit, glücklich zu sein . . .«

Als Hadley ging und die Tür hinter General Reza Achmed zufiel, atmete Semjonow tief auf. Er nahm Ludmilla das Messer aus der Hand und führte sie zum Tisch zurück.

»Den Braten mußt du probieren, mein wildes Schwänchen«, sagte er und rückte ihren Stuhl zurecht. »Setz dich, Ludmilluschka. Auch der Salat ist köstlich. Mit saurer Sahne angemacht . . .«

»Wie der Salat in Rußland, Pawluscha«, erwiderte Ludmilla und lächelte traurig.

»Genau so.« Semjonow beugte sich über seinen Teller. In seiner Hand zitterte die Gabel. Er wagte nicht, sie zum Mund zu führen ... so sehr zitterte er, daß ihm alles heruntergefallen wäre. »Nun haben wir Ruhe«, sagte er leise. »So Gott will, haben wir endlich Ruhe ...«

Um dieselbe Stunde landete in Teheran ein neues Mitglied der sowjetischen Handelsdelegation für Felle und Webwaren mit seiner Sekretärin. Er besaß einen Diplomatenpaß und wurde nicht kontrolliert. Ein Mitglied der Sowjetischen Botschaft erwartete ihn in der Flughalle; auf dem Parkplatz stand ein großer schwarzer Moskwitsch-Wagen.

»Willkommen, Matweij Nikiforowitsch«, sagte der Handelsattaché und warf einen Seitenblick auf das Mädchen. »Wir erwarten Sie schon.«

Karpuschin nahm seinen Kneifer von der Nase und putzte ihn. Einen schönen hellgrauen Anzug trug er, modern und jugendlich, sogar mit einer scharfen Bügelfalte, und der Schneider in Taschkent, der ihn machte, hatte bei der Anprobe gerufen: »Genosse General, fast kapitalistisch sehen Sie aus!«

Karpuschin hatte dumpf geknurrt, aber er war zufrieden. Und Marfa, o Genossen, wer sie kennt, weiß, wie sie aussah, als sie aus dem Flugzeug stieg, in einem weißen, engen Kleidchen, hohen Schuhen und in den schwarzen Locken eine rote künstliche Rose. Der Mund leuchtete ebenso rot, die Brauen hatte sie sich rasiert, das zwitschernde Vögelchen, und um die dunklen Augen zog sich ein Strich und rahmte sie ein, damit sie noch größer und lockender erschienen.

»Was ist mit Semjonow?« fragte Karpuschin und setzte seinen Kneifer wieder auf die Nase.

»Er wohnt außerhalb der Stadt in einem Haus des iranischen Geheimdienstes.«

»Wie geht es ihm, Genosse?«

»Gut!« Der sowjetische Handelsattaché lächelte. »Wir haben erfahren, daß er in Teheran bleiben will.«

»Das ist gut, das ist sehr gut, Genosse.« Karpuschin faßte Marfa unter; und er sah aus wie ein reicher Mann, der es sich leisten kann, ein Weibchen wie Marfa zu verwöhnen. »Gehen wir ... die Zeit steht nicht still ...«

Im Strom der anderen Reisenden verließen sie die Flughalle und gingen hinüber zu dem wartenden Moskwitsch-Wagen der Botschaft.

Und niemand ahnte, daß das gütige, elegante Väterchen die Hölle in seinem Koffer trug.

24

Sechs Wochen sind ein Hauch vor der Ewigkeit.

Verträumen kann man sie, dann werden sie zeitlos, durchleiden kann man sie, dann werden sie selbst zur Ewigkeit, durchlieben kann man sie, dann werden sie zu einem seufzenden Atemzug.

Für Semjonow und Ludmilla waren diese sechs Wochen eine Fahrt durch ein Märchenland. Über die Straße konnten sie gehen, frei von Angst. Am Fenster konnten sie stehen und in die Nacht sehen, sie brauchten nicht zu lauschen, ob ein fremder Wagen heranfuhr oder aus der Luft das Gedröhn eines Flugzeugs klang und sie zwingen würde, weiter zu flüchten. Ein merkwürdiges Leben war es, ungewohnt und nur schwer zu begreifen.

Die ersten Nächte schlief Ludmilla nicht. Sie lag wach, lauschte auf die Atemzüge Semjonows, ging zum Bett Nadjas und wanderte in dem großen, stillen Haus umher. Die Ruhe machte sie unruhig, die plötzliche Sorglosigkeit bedrückte sie . . . aber als sie aus dem Fenster sah und unten vor dem Tor die Soldaten bemerkte, wie sie hin und her gingen und der Mondschein auf den Läufen ihrer Gewehre schimmerte, wurde sie ruhiger und atmete auf.

Wie man sich daran gewöhnen kann, verfolgt zu werden, dachte sie. O Pawluscha, schwer wird es sein, zu begreifen, was Freiheit ist. So anders ist dieses Leben hier, so selbstverständlich, so satt wie ein schlafender Biber im Winter. Und manchmal ist es, als wehe keine Luft mehr, als müsse man ersticken, als blühten diese Blumen in einem geschlossenen Glaskasten, und die Stimmen der Menschen erklängen hinter Mauern aus Watte.

Semjonow hatte nach einer Woche von General Reza Achmed einen vorläufigen Aufenthaltsschein bekommen. Er durfte das Haus verlassen, fuhr in einer Taxe durch Teheran und sah sich leere Wohnungen und Läden an, kaufte Anzüge und Wäsche und zahlte sein Rubelvermögen auf der iranischen Staatsbank ein.

»Es hindert Sie niemand mehr«, sagte Reza Achmed eines Tages,

»als freier Mann zu leben. Versuchen Sie, in unserem Land eine Heimat zu finden, es würde mich freuen. Haben Sie schon ein Geschäftslokal gefunden?«

»Ich glaube es«, antwortete Semjonow. »Ein kleiner Laden in der Nähe des Bazars. Eine Wohnung mit vier kleinen Zimmern ist auch dabei. Dort sollte man versuchen, anzufangen. Gestern habe ich mir eine Schreibmaschine gekauft und mit dem Direktor der staatlichen Teppichmanufakturen gesprochen. Es wird schwer sein, sagte er, ins Geschäft zu kommen.«

»Jeder dritte Perser ist Teppichhändler, sagt man«, lachte General Reza Achmed. »Aber versuchen Sie es, Semjonow. Allah allein weiß, warum . . . aber ich mag Sie gern.«

»Ich Sie auch, General.« Semjonow gab ihm die Hand. »Ab und zu trifft man noch Menschen«, sagte er leise.

»Und wie wollen Sie ins Geschäft kommen?« fragte Reza.

»Über die Deutsche Botschaft. Ich werde sie um eine Liste der deutschen Importeure bitten.«

Und eines Tages war Semjonow dann soweit, zum erstenmal nach zwei Jahren wieder deutschen Boden zu betreten, und wenn es auch nur der geschliffene Boden der Botschaft war und er in einen Raum geführt wurde, in dem an der Decke ein Flügelventilator brummte. Das kleine Geschäft hatte er gemietet, in den Teppichwebereien hatte er wunderschöne Teppiche gekauft, vor allem Brücken und Verbinder, denn, so sagte man ihm, mit ihnen wäre es leichter, in den Handel zu kommen, als gleich mit großen, teuren Stücken.

In der Deutschen Botschaft führte man Semjonow statt zum Handelsattaché zunächst zur Konsularabteilung. Ein Botschaftsangestellter saß dort hinter einem Schreibtisch, las die »Frankfurter Allgemeine« und faltete sie umständlich zusammen, als Semjonow »Guten Morgen« sagte.

Auf dem Schreibtisch lag eine Akte, und nach guter deutscher Art war auf den Deckel mit Tusche sein Name geschrieben: Franz Heller.

»Sie erwarten mich bereits?« fragte Semjonow und zeigte auf seinen Namen. Der Botschaftsangestellte musterte ihn. Deutlich sah man in seinen Augen, daß er an das dachte, was er in den Akten gelesen hatte.

CIA-Mann. Agent in Sibirien. Für tot erklärt. Gesucht von Moskau bis Wladiwostok. Unter Beobachtung der Amerikaner.

Von Bonn aus als unerwünscht betrachtet.

Ein Mensch voller Sprengstoff. Eine lebende Bombe.

»Sie wollen zurück nach Deutschland?« fragte der Beamte knapp. Beamte reden immer so . . . nie haben sie Zeit, und doch verstauben sie. Ein ewiges Rätsel bleibt es, Freunde . . .

»Nein!« antwortete Semjonow erstaunt. »Wieso?«

»Wieso nein?« Der Beamte schlug die Akte auf.

»Ich bleibe in Teheran und mache einen Teppichhandel auf.«

»Aber Sie sind doch Deutscher. Zuletzt wohnhaft in Bad Godesberg.«

»Ich *war* Deutscher.«

Der Botschaftsangestellte blinzelte etwas. Die Bombe, dachte er. Sie schwelt bereits. Er erinnerte sich an die Worte des Ersten Botschaftssekretärs: »Dieser Heller ist zu behandeln wie ein rohes Ei. Wir haben kein Interesse, uns hier in den West-Ost-Konflikt einzuschalten. Versuchen Sie, ihn so zu lenken, daß er keinerlei Schwierigkeiten bereitet. Um Himmels willen keine politischen! Je weniger er von uns verlangt, um so besser. Er brauchte uns in Sibirien nicht, also brauchen wir ihn in Teheran nicht.«

»Deutscher *ist* man«, sagte der Beamte. »Es sei denn, Sie geben die deutsche Staatsangehörigkeit auf. Das ist aber ein umständliches Verfahren. Fassen wir uns kurz, Herr Heller. Auf Grund Ihrer Verschollenheit in Rußland und nach Meldungen der Amerikanischen Botschaft in Plittersdorf wurde amtlich Ihr Tod festgestellt. Nun leben Sie, und wir werden für Ihren neuen Paß und für die Weiterführung im Personenstandsregister sorgen. Wenn Sie die Fragebogen ausfüllen . . .«

Semjonow winkte ab. »Lassen Sie mich tot. Ich heiße Pawel Konstantinowitsch Semjonow. Hier ist mein Paß.«

Er reichte ihn über den Tisch, und der Beamte blätterte verstört darin herum. »Gefälscht«, sagte er endlich und gab ihn Semjonow zurück.

»Echt!«

»Das ist doch unmöglich!«

»Ich habe es verlernt, unmöglich zu sagen.« Semjonow setzte sich und knöpfte sich den Kragen auf. Heiß war es im Zimmer; der Ventilator bewegte nur die stickige Luft und brachte keinerlei Kühlung. »In der Taiga kennt man dieses Wort gar nicht.«

»Aber wir sind hier im Iran, und Sie sitzen in der Botschaft Ihres Vaterlandes.«

Semjonow lächelte schwach. »Sie sagten Vaterland? Was ist das?«

»Sind Sie Kommunist?«

»O Gott!« Semjonow lehnte sich zurück und blickte auf die summenden, kreisenden Flügel des Ventilators. »Das müssen Sie mich fragen! Ich bin ein Mensch, genügt das nicht?«

»Was wollen Sie eigentlich?« Der Konsulatsbeamte schloß die Akte Heller. Er tat es mit Widerwillen, man sah es. »Wir leiten sofort ein neues Paßverfahren ein. Bonn ist bereits verständigt.«

»Ich habe Sie nicht darum gebeten.«

»Das ist auch nicht nötig. Sie sind in politische Verwicklungen geraten . . .«

»Ach, so ist das!« sagte Semjonow und stand schnell auf. »Man schämt sich in Deutschland, daß ich ein Deutscher bin?«

»Bitte mäßigen Sie sich, Herr Heller.« Der Beamte erhob sich gleichfalls.

Semjonow sah ihm an den Augen an, daß er Angst hatte. Angst vor einer Aussprache, vor der Wahrheit, die sich hinter Paragraphen versteckte.

»Mäßigen?« schrie Semjonow. »Mein Herr, was würden Sie tun, wenn ich mich auf mein Deutschtum besänne und Sie um Schutz ersuchte?«

»Schutz vor wem?«

»Vor den Russen etwa!«

»Hier tut Ihnen keiner etwas!« erwiderte der Beamte laut.

»Wissen Sie das? Kennen Sie einen Karpuschin? Woher sollten Sie ihn kennen, nicht wahr? Im deutschen Klub wird Golf gespielt, Dortmunder Bier getrunken und der Aktienmarkt studiert! Wissen Sie, daß der sowjetische Geheimdienst mich sucht? Daß auf meinen Kopf eine Prämie ausgesetzt ist?«

»Ich würde so etwas Berufsrisiko nennen, Herr Heller.« Der Beamte stand hinter seinem Tisch und sah an Semjonow vorbei. »Deutschland hat Sie nicht in diese Gefahr gedrängt! Wir waren nicht Ihre Auftraggeber.«

»Natürlich nicht. Deutschland trifft auch keine Schuld, daß ich meine ostpreußische Heimat verloren habe!«

»Lieber Herr Heller!« Der Beamte lächelte mokant. »Ich glaube nicht, daß hier der richtige Ort ist, Parolen der Vertriebenenverbände zu wiederholen. Oder wollen Sie mit mir über Kriegsschuld diskutieren? Dazu habe ich wenig Zeit. Sie waren Agent des CIA,

Sie standen damit außerhalb der Legalität. Bis auf die Möglichkeit, Ihnen einen neuen Paß zu geben, sieht die Botschaft keinen Anlaß, in Ihr selbstgewähltes Leben gestaltend einzugreifen.«

»Das haben Sie wunderschön gesagt.« Semjonow verbeugte sich kurz. Wenn so etwas der Dorfsowjet gesagt hätte oder irgendein Kerl in der Taiga, an die Wand hätte ich ihn geworfen, daß ihm die Knöchelchen krachten. Aber vorbei ist das alles . . . wir leben jetzt in einer freien Welt. Da trägt man die Faust in der Tasche – weil man frei ist. »Leben Sie wohl!«

»Wo wollen Sie hin, Herr Heller?« Der Beamte erwachte aus seiner Erstarrung. »Der Botschaftsrat erwartet Sie in einer halben Stunde.«

»Ich lasse ihn grüßen«, sagte Semjonow und ging zur Tür. »Ich kann mich nicht mehr daran gewöhnen, eine Luft zu atmen, in der der Staub von Akten und der fade Geruch behördlicher Sturheit schwebt. Mein Gott, wie eng ist das hier alles! Warum ersticken Sie nicht? Sie sind fast ein Wunder, armer Freund . . .«

Auf der Straße fühlte sich Semjonow wohler. Als er zurückblickte, sah er einige Köpfe an den Fenstern der Deutschen Botschaft.

Schaut ihn euch an, dachte er und ging mit festen Schritten über die Straße, als stampfe er durch das Sommergras der Taiga hinunter zu seiner Hütte an der Muna, wo aus dem Stall die Pferdchen wieherten und Ludmilla auf dem Steinherd einen Rentierrücken briet. Betrachtet ihn genau, deutsche Brüder: Das ist er! Der Mann aus Sibirien. Der unbequeme Deutsche. Wie er geht, nicht wahr? Einem Bären ähnlich. Wie ein Mensch verrohen kann, da sieht man es wieder.

Er blieb an der Ecke stehen und drehte sich um. Die Köpfe waren noch immer hinter den Fenstern zu sehen. Auch lockige Köpfe. Die Sekretärinnen. Das Wundertier zeigte man ihnen. Einen echten sibirischen Wolf. Einen ausgewachsenen Spion. So etwas sieht man nicht alle Tage, ihr hübschen Mädchen . . .

An der Ecke wartete er auf eine Taxe, winkte sie heran und stieg ein. Durch das Rückfenster sah er auf das entschwindende Gebäude der Deutschen Botschaft, und er wußte, daß er heute Deutschland wirklich verlassen hatte, endgültig und für immer.

Es schmerzte ein wenig . . . aber dann beugte er sich vor und starrte auf das Gewimmel der Menschen auf den Straßen und in den Gassen.

Ich habe Ludmilla und die Kinder, dachte er.
Mehr braucht ein Mensch zum Leben nicht ...

In der Sowjetischen Botschaft sorgte Karpuschin für helle Aufregung.

Wie ein Sturmwind war er in die etwas langweiligen Räume eingebrochen und hatte den scharfen Atem Moskaus mitgebracht. Vom Botschafter bis zum Leiter der Militärmission, General Fjodor Timofejewitsch Jelankin, seufzte man hinter der vorgehaltenen Hand und verfluchte heimlich das Schicksal, daß es die Maschine, mit der Karpuschin aus Taschkent gekommen war, nicht hatte abstürzen lassen.

»Semjonow lebt dick wie eine Made in einer Wohnung mitten in der Stadt!« brüllte Karpuschin und tippte mit seinem Zeigefinger auf den Stadtplan von Teheran. »Hier! Keine zwei Kilometer von uns entfernt. Und was tun wir, Genossen? Wir sitzen herum, saufen Wodka, kitzeln in der Nacht die Weiber und vergeuden Zeit und Kraft! Es wird Zeit, daß etwas geschieht! Sie wissen, ich habe alle Vollmachten von Marschall Malinowskij!«

»Gut, gut, Matweij Nikiforowitsch.« General Jelankin hob beschwichtigend die Hände. »Aber was soll geschehen? Was stellen Sie sich vor?«

»Eine Tat, zum Teufel noch mal!« Karpuschin starrte wieder auf den Fleck des Stadtplans, den man mit einem roten Kreis umrandet hatte. Ein Fleck wie ein Spritzer Blut. Die Straße, in der Semjonow nun wohnte. Das Haus, in dem er sich sicher wähnte. Der sowjetische Geheimdienst in Teheran hatte gut gearbeitet. Seine Informanten saßen in der Regierung und bei der Polizei, im Stadtrat und in der Vereinigung der Großhändler.

Schon einen Tag nach Semjonows Umzug in die ersehnte Freiheit hatte Karpuschin den roten Kreis auf den Stadtplan gemalt, und seine Hand hatte dabei gezittert.

»In die Luft sprengen sollte man das Haus!« schrie er jetzt. »Leben Sie in einer Lämmerherde, Genossen, und meckern friedlich durchs Gras? Besorgen Sie mir einige Kerle, die Semjonow erstechen oder erschießen oder erwürgen ... ganz gleich ist es mir. Nur melden muß ich, daß Semjonow unschädlich gemacht ist. Und bei mir ist der unschädlichste Mann ein toter Mann!«

»Semjonow wird von den Amerikanern überwacht.« General Jelankin, ein großer, dürrer Mensch mit einer schiefen Nase, fuhr sich über die Augen. »Denken Sie an die Verwicklungen, Genosse.«

»Ich kümmere mich einen Dreck um Ihre politischen Bedenken und Rücksichten, Fjodor Timofejewitsch!« schrie Karpuschin wütend. Ein unhöflicher Mensch war er schon immer, wir kennen das ja, Genossen, aber hier in Teheran wurde er ausfällig wie ein Irkutsker Fischweib. »Ich kann Ihnen nicht erklären, was Semjonow für unser Vaterland und für mich besonders bedeutet. Ich fürchte, Sie begriffen es auch gar nicht. Wer kann das schon begreifen, wenn man es ihm so erzählt?« Er starrte wieder auf den kleinen roten Kreis, und in dem Kreis erschien ihm das Gesicht Semjonows. Karpuschin seufzte leise. Verrückt wird man noch, dachte er. Bei Gott, ich werde noch verrückt, wenn Semjonow wieder aus meinen Händen schlüpft. »Handeln wir, Genossen?« fragte er laut.

»Machen Sie einen Vorschlag, Matweij Nikiforowitsch.« General Jelankin öffnete seinen Uniformkragen. Nicht allein wegen der äußeren Hitze kam er ins Schwitzen. Bei Stalingrad hatte er gekämpft, als Kommandeur einer Brigade den linken Flügel der deutschen 6. Armee eingedrückt ... aber das war ein ehrlicher Kampf und ein großer Sieg. Jetzt sollte getötet werden, hinterlistig und kalt getötet, und er mußte sich überwinden, nicht seine Uniform ganz auszuziehen, um an diesem Gespräch weiter teilzunehmen.

»Ich habe ganz bestimmte Vorstellungen von der Aktion«, sagte Karpuschin und nahm wieder seinen Kneifer ab. Er putzte ihn mit dem Daumen, und General Jelankin wußte, obgleich er Karpuschin erst sechs Wochen kannte, daß eine Teufelei geboren wurde. »Sie, Genossen, bestehen darauf, daß die Liquidierung Semjonows ruhig, ohne Aufsehen, still, lautlos erfolgen muß. Ich habe dies mit einkalkuliert. Es widerstrebt mir allerdings, so zu handeln wie ein bourgeoiser Mörder.«

General Jelankin sah an die Decke. Ehrlich ist er, wahrhaftig. Von einer Ehrlichkeit, die einen erschauern läßt. Hat er überhaupt Nerven?

»Wir verfügen über einen ganzen Katalog unauffälliger Möglichkeiten«, fuhr Karpuschin fast dozierend fort. »Die Blausäurepistole ... aber dazu wäre es notwendig, nahe an Semjonow heranzukommen. Vergessen wir sie also, obgleich sie das beste und sicherste Liquidierungsmittel ist, das wir besitzen. Bisher waren wir sehr zufrieden damit. Eine andere Methode ist die Inszenierung eines Unfalls. Das bedeutet große Vorbereitungen und enthält einen Unsicherheitsfaktor. Genossen, ich habe Semjonow sechs Wochen lang beobachten lassen. Ich habe tagelang in einem Zimmer gegenüber seinem Laden gesessen und selbst über alle Möglichkeiten nachgedacht. Zwei gibt es nur: Einmal – wir entführen Ludmilla Barakowa, das treibt uns Semjonow in die Arme wie eine Katze, die Baldrian riecht . . . oder zum anderen: Wir werden widerlich weibisch und vergiften ihn.«

»Wollen *Sie* ihm die Pillen geben, Matweij Nikiforowitsch?« fragte General Jelankin spöttisch.

»Jeden Morgen bekommt Semjonow eine kleine Kanne Milch aus dem Milchgeschäft«, sagte Karpuschin, ohne Jelankin, den dürren Idioten, anzuhören. »Über vier Wochen habe ich es selbst beobachtet. Der Milchmann kommt pünktlich gegen sechs Uhr morgens durch die Straße, stellt die Kanne in eine Nische neben der Tür und nimmt eine andere Kanne für den nächsten Tag mit. Um sieben Uhr holt Semjonow oder Ludmilla die Kanne ins Haus, um halb acht öffnet er den Laden. Genossen . . . halten Sie mich für so schwachsinnig, daß ich innerhalb einer Stunde nicht ein paar Tropfen Gift in die Milch schütten kann?«

General Jelankin und die anderen schwiegen. Wie einfach ist es doch, einen Menschen zu töten. Fast bietet er sich an mit seiner Milchkanne vor dem Haus. Und schnell wird es gehen. Ludmilla wird ein Süppchen kochen oder einen Krug Kakao oder einen Milchkascha, und sie werden mit morgendlicher Freude essen, sich an die Kehlen fassen, zu Boden fallen und nicht mehr atmen. So dreckig einfach ist das, Genossen.

»Ist das klar, Brüder?« fragte Karpuschin fast fröhlich. Er sah die Wirkung seiner Worte. Man war beeindruckt.

»Völlig klar, Matweij Nikiforowitsch.« General Jelankin trommelte mit den Fingern auf den Tisch. »Aber Semjonow ißt die Suppe oder trinkt die Milch nicht allein. Auch Ludmilla und das Kind werden davon trinken.«

Karpuschin war ehrlich verwundert. Er sah sich im Kreis um und verstand nicht, warum sie alle schwiegen.

»Genossen«, sagte er und nahm seinen Kneifer ab, »was soll's? Ludmilla Barakowa hat das Vaterland verraten! Eine Kommissarin, die konspiriert . . . ich bitte Sie, Genossen, das ist doch ein todeswürdiges Verbrechen!«

»Und das Kind?« sagte General Jelankin leise.

»Kinder sind die Feinde von morgen!« Karpuschin setzte mit einem Ruck seinen Kneifer wieder auf. »Wenn wir so denken, Genossen, wie Sie, werden wir nie zu einer Weltrevolution kommen!«

General Jelankin erhob sich abrupt. Der Stuhl fiel um, und alle zuckten bei dem plötzlichen Lärm zusammen.

»Sie haben entschieden, Matweij Nikiforowitsch!« sagte er heiser. »Sie haben die Vollmacht aus Moskau. Handeln Sie, wie Sie müssen! Aber bitte, entschuldigen Sie mich! Ich bin Chef der Militärmission, ich trage den Leninorden und die Tapferkeitsmedaille von Stalingrad. Von den Praktiken des KGB verstehe ich nichts, und ich möchte damit auch nicht in Zusammenhang gebracht werden!«

Karpuschin wartete, bis Jelankin den Raum verlassen hatte. Dann lehnte er sich zurück und blickte die Zurückgebliebenen der Reihe nach an. Die meisten sahen auf ihre Hände oder starrten an die Wand.

»Schlechte Nerven hat er, der gute Fjodor Timofejewitsch«, sagte er mit lauter Stimme. »Ein so kluges Köpfchen ist er und hat so wenig Kraft in den Knochen! Ich danke Ihnen, Genossen!«

Die Russen gingen, wortlos, ein wenig bleich, voller Gedanken. Karpuschin blieb allein zurück, und er beugte sich, als der letzte gegangen war, über den Stadtplan und holte seinen Rotstift aus der Tasche.

Mit ruhiger Hand malte er den Kreis zu und schmierte einen dicken roten Fleck. Unter ihm versank das umkreiste Haus, ertrank im Rot, das wie Blut schimmerte.

Wir kennen Karpuschin . . . er liebte solche Symbole.

Völlig verändert hatte sich Marfa Babkinskaja.

Nicht allein äußerlich, das wäre nicht wichtig, denn Schminke und Lippenstift und Puder kann man abwaschen, und darunter ist dann der alte Mensch.

Aber ein Weibchen, das sich innerlich verändert, das ein anderes Herz entdeckt hat, um andere Ecken denkt als bisher und fühlt, daß seine Seele angerissen ist und flattert, ein solches Weibchen sollte man behandeln wie eine Blüte, die keinen Nachtfrost mehr verträgt.

Der Tod Jefimows an der Hauswand der fünf Steinbaracken von

Kisyl-Polwan, dieser sinnlose Tod auf den Befehl Karpuschins hin, hatte Marfa verwandelt. Die Schüsse, die Jefimows Herz zerrissen, trafen auch Marfa, und sie schossen alle Liebe zu Karpuschin aus ihrer Seele, zerfetzten das letzte, dünne Mäntelchen von Sympathie, das sie über ihr Gewissen gedeckt hatte, um die Nähe Matweij Nikiforowitschs zu ertragen, diese schwitzende, röhrende Nähe der vielen Nächte, in denen sie die Augen schließen mußte und nur zum Fühlen sich zwang, wenn sie sein Gesicht sah, seine hervorquellenden Augen, seine offenen, feuchten Lippen und das Zukken seiner Nase. Das alles war gestorben an der Hauswand in Kisyl-Polwan, und nun war nur noch Haß da, blanker, verzweifelter Haß und der Wille, frei zu sein von einem Untier, das wie ein Mensch ging, wie ein Mensch aß, wie ein Mensch sprach und wie ein Vieh liebte.

Bisher hatte Marfa wenig zu tun in Teheran. Einmal nur brauchte Karpuschin sie in ihrer amtlichen Eigenschaft: Sie stand mit ihm hinter der Gardine in einem schmierigen, übelriechenden Zimmer, sah auf das Schaufenster eines Teppichladens, sah einen Mann in die Tür und auf die Straße treten, einen Mann mit blonden Haaren und braunem, kantigem Gesicht. Ihr Herz machte einen Sprung und schlug bis an die Kehle, und Karpuschin fragte, völlig ruhig: »Wer ist es, Täubchen?« Und sie antwortete kaum hörbar: »Semjonow . . .«

Von dieser Stunde an war es still um Marfa Babkinskaja. Was Karpuschin tat, wußte sie nicht; er sprach auch nicht mehr darüber. In einem großen, schönen Zimmer des Hotels »Palace« wohnte sie, las Zeitungen und Zeitschriften, besuchte mit einem Fremdenführer den Schahpalast und die kaiserlichen Gärten, wartete auf Karpuschin, der stets zum Abendessen kam, trank dann viel Wein, weil sie wußte, was die Nacht von ihr verlangte, und schlief oft ein, bevor Karpuschin ärgerlich ins Bett kam und sie an sich zog wie eine schöne, aber kalte Puppe.

»Es ist entschieden«, sagte Karpuschin plötzlich an einem dieser Abende.

Im Bett lag sie schon, nackt wie immer, und Karpuschin rasierte sich, denn Marfas weiße Haut war sehr empfindlich und zeigte rote Flecke, wenn sein Bart zu stoppelig war. »In wenigen Tagen fahren wir zurück nach Moskau, Täubchen . . .«

»Und Semjonow?« fragte sie.

»Es wird alles geregelt sein. Nur auf das Gift warte ich noch. Es soll mit einer Diplomatensendung der Botschaft morgen oder übermorgen kommen.«

Marfa Babkinskaja schwieg. Sie sah Karpuschin zu, wie er den Schaum über das Gesicht verteilte, wie er eine neue Klinge in den Apparat legte, wie er, vor sich hinpfeifend, zum Spiegel zurückkehrte, den Hals reckte und den Bart zu schaben begann.

Vergiften, dachte sie. Und er pfeift dabei. Hat er auch gepfiffen in Kisyl-Polwan, als die Schüsse krachten und Jefimow in den Staub fiel?

Sie drehte sich um und zog die Decke über sich.

Und wieder kam es über sie . . . diese Welle kalten Hasses, diese innere Leere, in die Karpuschin hineinfiel wie in eine tiefe Schlucht und auf dem Grund zerschellte.

Zwei Tage später kam Karpuschin mit einem kleinen Paket ins Hotel. Marfa saß vor dem Frisierspiegel und kämmte sich die Haare. Mit einem goldenen Kamm, den Karpuschin im Goldschmiedeviertel Teherans gekauft und ihn seinem »wilden Schwänchen« geschenkt hatte.

»Das Gift, Matweij Nikiforowitsch?« fragte sie. Karpuschin nickte. In süßer Stimmung war er, setzte sich an den Tisch, wickelte die Schnur von der Verpackung, holte ein Pappkästchen aus dem Papier und öffnete es ganz vorsichtig, als enthalte es zerbrechlichstes Glas. Aber nur ein flaches Tütchen war darin, ein einfaches, flaches Tütchen ohne Aufschrift, ohne Besonderheiten, ohne Kennzeichen. Ein Stück gefaltetes und verklebtes Papier. Marfa beugte sich über Karpuschins Schulter. Angenehm war das, denn ihre Brust drückte gegen ihn, und er hatte es gern.

»So wenig?« fragte sie. Kindlich klang es, und Karpuschin lächelte wie ein Väterchen, das zu einer wichtigen Belehrung ansetzt.

»Es genügt, um zwanzig Semjonows wegzuräumen«, sagte er. »Man riecht es nicht, man schmeckt es nicht, es löst sich völlig auf . . . ein wahres Teufelsmittelchen ist's. Oh, wir haben gute Chemiker in Moskau, mein Schwänchen.«

Den ganzen Tag über verließ Karpuschin nicht das Zimmer. Wie eine brütende Henne bewachte er das kleine Gifttütchen. Das Essen ließ er sich aufs Zimmer bringen, und er duldete es auch, daß Marfa allein in die Stadt ging, um im Bazar ein Seidenkleidchen zu probieren, das sie gestern gesehen hatte.

»Die Flugkarten nach Moskau sind schon bestellt«, sagte er glücklich.

»Übermorgen schon fliegen wir zurück zu Mütterchen Rußland! Ein Leben wird das werden, Marfuschka! In einer Garnison, vielleicht in der Ukraine, übernehme ich das Kommando, und wir werden glücklich sein wie die Schwalben unterm Dach! Freust du dich, Vögelchen?«

»Sehr, Matweij Nikiforowitsch.« Marfa küßte ihn auf die Nase, auf das Häßlichste in seinem Gesicht, und sie tat es mit Absicht, um sich innerlich vor Ekel zu schütteln. Dann ging sie, mit hohen, klappernden Absätzen und schwingendem Röckchen, und Karpuschin nannte sich den glücklichsten Mann der Welt, seufzte tief und setzte sich wieder an den Tisch und vor sein Tütchen Gift.

Semjonow saß in seinem Laden und wartete auf Kunden, als Marfa vor dem Fenster stehenblieb und die Teppiche betrachtete.

Schwer hatte es Semjonow in den vergangenen Wochen gehabt. Wer einen Laden und gute Ware hat, besitzt noch keine Kunden, und wenn auch General Reza Achmed der erste war, der einen Verbinder kaufte, obgleich er seine Villa mit Teppichen behängen konnte, und auch einige Offiziere bei Semjonow Brücken kauften, nur um ihm Mut zu machen und zu zeigen, daß man ihn anerkannte im Kreise der zahllosen Teppichhändler . . . in das ersehnte Geschäft mit der deutschen Kolonie und den deutschen Importeuren kam er nicht hinein.

Viermal hatte es Semjonow versucht. Er hatte im deutschen Klub vorgesprochen und seine Empfehlungskarten abgegeben. Nach guter alter Sitte hatte er sich erst an den Portier gewandt, der neben Persisch auch Französisch sprach, und zu ihm gesagt:

»Lieber Freund, ich sehe Ihnen an, daß Sie in eine Tänzerin verliebt sind.«

Und der Portier hatte geantwortet: »Mit einer Taxe, Monsieur, erreichen Sie die Irrenanstalt in zehn Minuten.«

»Es wäre so einfach, der Kleinen ein Geschenk zu machen, ohne daß Ihr Gehalt darunter leidet. Ich habe hier ein Päckchen Geschäftskarten . . . wenn sie beim nächsten Klubabend neben jedem Teller lägen, wäre mir das fünfzig Rial wert.«

Ein glattes Geschäft war's, aber was half's? Als die Karten neben den Servietten lagen, runzelte ein Herr Mölldorf, der in Teheran das Büro einer deutschen Eisenfirma leitete, erbost die Stirn.

»Semjonow?« sagte er laut und wedelte mit der Karte durch die gekühlte Luft. »Teppichhandel? Ist das nicht der Kerl, von dem mir der Botschaftsrat erzählte? Dieser amerikanische Spion? Der Lümmel soll doch glatt auf die deutsche Staatsbürgerschaft verzichtet haben! Eine Frechheit ist das, uns diese Karten unterzujubeln! Mansur! Weg mit den Mistdingern!«

Und der Portier Mansur sammelte die Geschäftskarten Semjonows wieder ein und warf sie draußen in einen Eimer mit Müll.

So war das in der schönen Freiheit. Die großen Importeure nahmen nicht Notiz von Semjonow. Nur ein paar kleine Einkäufer kamen zu ihm, sie schlichen fast zu ihm, und man sah es ihnen an, wie böse es sein würde, wenn man ihre Anwesenheit bei Semjonow entdeckte. Sie bestellten kleine Kollektionen, fragten Semjonow, wie es in der Taiga aussehe und ob es stimme, daß die sibirischen Mädchen mannstoll seien und selbst in einem Schneeloch . . . Wilde Dinge hörte man ja, ein schreckliches Land muß es sein, dieses verfluchte Sibirien.

Semjonow antwortete wortkarg, verkaufte seine Brücken und nahm gute Ratschläge an. »Mit Teppichen allein werden Sie bald vor Hunger Ihre eigenen Nägel kauen«, sagte ein Einkäufer aus München. »Ins Kunstgewerbe müssen Sie einsteigen! Persische Schnitzereien, Miniaturen aus Elfenbein, getriebene Plastiken aus Kupfer und Messing. Und Ausgrabungen . . . lieber Mann, Ausgrabungen, ganz wild sind sie darauf in der Heimat! Mit einer Kiste echter Tonkrüge aus der Zeit des Xerxes oder Darius können Sie mehr Geld machen als mit hundert echten Keshan-Teppichen!«

»Wo soll man die Ausgrabungen herbekommen?« fragte Semjonow. »Alles geht doch in die staatlichen Museen.«

»Sie sind ja ein naives Gemüt!« Der Mann aus München lachte dröhnend. »Ziehen Sie sich einen guten Töpfer an Land . . . für zehn Rial in der Woche macht er Ihnen die schönsten antiken Kannen und Amphoren.«

»Das ist Betrug«, erwiderte Semjonow ernst.

»Das ist Wirtschaftswunder, mein Lieber!« Der Mann aus München klopfte Semjonow wohlwollend auf die Schulter. »Vergessen Sie, sibirisch primitiv zu denken, mein Lieber! Eine Welt, die nicht betrogen wird, ist langweilig und fühlt sich todunglücklich! Betrug ist das Salz in der faden Lebenssuppe! Grüß Sie Gott, Landsmann!«

Und dann saß Semjonow allein hinter seiner Theke, sah auf die

Ballen der zusammengelegten und gerollten Teppiche, wartete auf Kunden und hatte Zeit genug, sich an dieser Welt zu ekeln.

Noch dreimal versuchte er, an seine deutschen Landsleute heranzukommen. Zweimal hieß es, eine plötzliche Abreise sei erfolgt, man wolle einen neuen Termin ausmachen, aber dieser Termin kam nie. Der dritte Besuch bei einem Herrn Luckroth brachte endlich Klarheit. Herr Luckroth, Einkäufer eines Kaufhauskonzerns, bewohnte einen großen weißen Bungalow außerhalb Teherans am Fuße des Demawendberges, wo die Luft kühler war und ein leichter, ständiger Wind die Sonnenstrahlen zerblies.

Luckroth empfing Semjonow ohne Zögern und Ausweichen. Aber er empfing ihn wie einen Bettler, der an der Haustür geklopft hat.

»Mein lieber Heller oder Semjonow oder wie Sie sich sonst nennen«, sagte Luckroth, und es tat ihm wohl, mit der Macht deutschen Reichtums einen solchen Schmierfinken wie diesen sibirischen Waldläufer zu demütigen. »Ihre Karte habe ich gelesen, und es wäre besser gewesen, das Geld für Papier und Druck zu sparen und sich einen Vorrat Reis hinzulegen für die Hungerzeit. Was glauben Sie eigentlich, wer wir sind?«

»Deutsche«, antwortete Semjonow ruhig.

»Jawohl!« schrie Luckroth. »Wir haben einen Namen wieder aufgebaut, man grüßt uns wieder in der Welt, wir geben Milliarden für Entwicklungshilfe her, gut verdientes Geld, um im Ausland unser Ansehen zu stärken und ein Schild gegen den Kommunismus und Bolschewismus aufzurichten! Und Sie? Semjonow nennen Sie sich, ein Deutscher nennt sich wie ein Russe! Pfui, das ist alles, was da zu sagen ist. Pfui!«

Semjonow schwieg. Mit gewölbten Lippen sah er Luckroth an, ein gerötetes Gesicht mit blauen Äderchen in den Wangen und etwas vorquellenden blauen Augen.

»Waren Sie in Rußland?« fragte Semjonow leise.

»Werden Sie nicht frech!« schrie Luckroth.

»Kennen Sie den russischen Menschen? Wissen Sie, wie der kleine Muschik denkt, der sein Soll erfüllen muß, ob die Sonne ihm alles verbrennt oder Hagel die Frucht zerschlägt? Er *muß* sein Soll erfüllen! Wissen Sie, wie die Menschen am Jenissej leben, in den Holzlagern und Sägewerken? Haben Sie gesehen, wie man Staudämme baut mitten in den Urwald oder Straßen hinauf zum Eismeer, wo jeder Meter Boden aufweichen müßte von dem Blut der Gestorbenen, nein – der elend Verreckten?«

Luckroth zog die Nase hoch. Es war, als röche er den Gestank schwitzender Männer.

»Das russische Volk will es ja so«, sagte er abweisend. »Warum jagt es die Burschen im Kreml nicht davon?«

»Wer von uns hat damals Hitler davongejagt?« fragte Semjonow zurück.

Herr Luckroth machte sich steif und sah deutlich auf die noch offenstehende Tür. »Mit Ihnen zu diskutieren ist sinnlos! Habe ich es nötig? Wir haben uns jedenfalls zum letztenmal gesehen . . .«

Semjonow fuhr in die Stadt zurück. Nichts erzählte er Ludmilla von diesen Erkenntnissen, wie schwer es war, ein freier Mensch zu sein und leben zu wollen in Ehrlichkeit und Anstand. Ludmilla war glücklich, und sie sollte es bleiben. Sie lauschte nach innen, wo ihr zweites Kind heranwuchs, und sie sagte zu Semjonow:

»Pawluscha, es wird ein Junge werden. Ganz bestimmt! Ich fühle es. Stark ist er schon, er drückt mir fast die Luft ab. Das war bei Nadja nicht.«

Und dann lagen sie wieder umschlungen in dem neuen breiten Bett, sahen hinaus in die Nacht und auf das Minarett der Ali-Moschee, das über den Dächern in den Himmel betete, direkt vor ihrem Fenster.

»Bist du glücklich?« fragte Semjonow einmal.

»Ja, Pawluscha. Sehr . . .«

»Du hast kein Heimweh?«

»Nicht wenn du bei mir bist! Aus deiner Haut strömt noch der Duft der Taiga . . . nie wird er vergehen.« Und sie kroch an ihn, legte den Kopf in seine Achsel und vergrub ihr Gesicht in seinem angewinkelten Arm.

An alles das dachte Semjonow, als er jetzt hinter der Theke saß und auf die Straße blickte. Dann klingelte die Tür, ein Kunde betrat den Laden. Es war eine junge Frau, deren Gesicht Semjonow im Gegenlicht nicht erkennen konnte. Aber als sie sich umdrehte, sprang er auf und machte einen mächtigen Satz zur Tür, stellte sich wie ein Wall davor und duckte sich wie ein Raubtier in der Falle.

»Marfa Babkinskaja«, sagte Semjonow dumpf.

»Ja, Pawel Konstantinowitsch.« Marfa lehnte sich an die Theke und sah Semjonow mit großen Augen an. Welch ein Mann, dachte sie. Vor zwei Jahren in Moskau, da zuckte das Herz, als er seine Hand auf mein Knie legte . . . auf der Fahrt ins Hotel »Moskwa«, in einer Taxe vom Flugplatz. Und später, im Botanischen Garten, das war das letztemal, daß ich ihn sah. Da war er schon Semjonow, und doch war er anders als die anderen Männer. Er strahlte in mich hinein, und ich schrie nicht: Haltet ihn!, sondern ließ ihn in der Menge verschwinden.

»Wo ist Karpuschin?« fragte Semjonow mit heiserer Stimme. »Wo Sie sind, ist auch Karpuschin!«

»Matweij Nikiforowitsch sitzt im Hotel ›Palace‹ und bewacht ein Tütchen mit Gift. Für Sie ist es bestimmt, Pawel Konstantinowitsch.«

»Wie haben Sie mich entdeckt?«

»Karpuschin hat Sie entdeckt. Der Geheimdienst arbeitet gut – wem sage ich das, Semjonow?«

»Und warum sind Sie jetzt hier, Marfa Babkinskaja? Weiß Karpuschin von Ihrem Besuch? Will er mich in Panik versetzen? Soll ich Ludmilla, das Kind und mich selbst umbringen, bevor er kommt?«

»O Himmel, nein, Pawel Konstantinowitsch.« Marfa hob beide Hände, eine Geste wie eine Ergebung war es, und Semjonow wunderte sich. »Ich will Sie retten.«

»Marfa, Sie – mich?«

»Warum wundern Sie sich, Semjonow?«

»Gibt es eine glühendere Kommunistin als Sie? Zwei Jahre hetzen Sie mich mit Karpuschin durch die halbe Welt, und jetzt stehen Sie hier und wollen mir helfen?«

»Später werde ich Ihnen alles erzählen, Pawel Konstantinowitsch.« Marfa lächelte, und ihr geschminktes Gesicht zeigte einen hilflosen Ausdruck.

»Ich werde heimatlos wie Sie und Ludmilla sein«, sagte sie leise. »Das Leben ist blind, Semjonow, und wir laufen in ihm herum wie Schafe mit ausgestochenen Augen. Können Sie mir helfen, wenn alles vorbei ist?«

»So gut es geht, Marfa Babkinskaja, natürlich.«

»Kann ich bei Ihnen wohnen?«

»Das können Sie. Aber wir werden in den nächsten Monaten keinen Braten mehr essen, und auch die Zeit der geräucherten Störe aus der Lena ist vorbei. Maisfladen werden es sein, mit billiger Marmelade, und Reisbrei mit gesäuerten Gurken. Es braucht seine Zeit, bis man Semjonows Teppichhandel kennt.«

»Ich werde Ihnen helfen, daß man sich den Namen merkt.«

Marfa senkte den Kopf. Traurigkeit überfiel sie. Man kann es verstehen, denn schwer ist's für ein junges Mädchen, die Heimat aufzugeben und Moskau nie mehr zu sehen. »Trinken Sie morgen die Milch nicht, Pawel Konstantinowitsch«, sagte sie langsam. »Heben Sie sie auf . . .«

»Die Milch . . .« Semjonows Gehirn begann zu arbeiten. Natürlich, die Milch. Wie einfach hatte man es Karpuschin gemacht. Seien wir ehrlich, unvorsichtig war man geworden oder müde und gleichgültiger. Die Flucht war zu Ende, und nun hatte man sich nach Ruhe gesehnt und das Gespenst Karpuschin aus den Gedanken verbannt. Doch Gespenster ziehen mit, wie Sandkörner in den Taschenfalten.

»Morgen früh zwischen sechs und sieben Uhr wird Karpuschin Gift in die Milch rühren. Gegenüber wird er sein, in einem dreckigen, stinkenden Zimmer, und beobachten, wie Sie die Milch ins Haus holen, wie jeden Morgen. Am nächsten Tag wollen wir dann zurück nach Moskau fliegen . . . Eine Abschrift des Totenscheins will er mitnehmen und in einen Rahmen spannen. ›Das schönste Gemälde wird es sein!‹ sagte er. ›Wertvoller als ein Rembrandt.‹ Er schäumt über vor Haß.«

»Und was wollen *Sie* tun, Marfa Babkinskaja?« fragte Semjonow.

»Er wird allein nach Moskau zurückkommen.« Marfa drehte sich um und beschäftigte sich mit ihrer Tasche. Aber sie holte nichts daraus hervor, sie klappte sie nur auf und zu, auf und zu. »Geben Sie mir morgen früh die Milch, Pawel Konstantinowitsch«, sagte sie leise.

»Ich gebe sie Ihnen.« Semjonow nickte. »Wenn Gott unser Vater ist, müßte er es uns verzeihen . . .«

Schon am Abend, als die Dunkelheit schwer in den Gassen lag und der Mondschein schräg nur die Hauswände erhellte, schlich Karpuschin mit Marfa in das Haus gegenüber Semjonows Laden und bezog das Zimmer. Zum Schlafen war's nicht eingerichtet, aber wer Karpuschin geraten hätte, ein Stündchen einzunicken, den hätte er schallend ausgelacht.

»Schlafen?« hätte er gebrüllt vor Vergnügen. »Am schönsten Tag meines Lebens schlafen? Brüderchen, bist du ein Idiot? Am Fenster werde ich sitzen, die ganze Nacht, und das Ticken der Uhr genießen, das Kreisen der Zeiger auf dem Zifferblatt, und jede Stunde, die beendet ist, wird in meinem Herzen mit Glocken klingen: Noch fünf Stunden für Semjonow ... noch vier ... noch drei ... Und dann dämmert der Morgen, der Milchmann geht die Gasse hinunter, mit klappernden Kannen auf seinem kleinen, flachen Wagen. Den Krug nimmt er aus der Nische, füllt ihn mit weißer, dicker, fetter Milch, eiskalte Milch, mein Freundchen, ein Genuß wird es sein, wenn sie über die Zunge rinnt ... und ich werde auf die Uhr sehen und nicken und sagen: Wach auf, Pawel Konstantinowitsch, wach auf, damit du sterben kannst! Vorbei ist es, dein Leben. Und ich werde die Uhr anhalten, damit sie für immer diese Stunde zeigt, und ich werde die Uhr unter Glas legen und sie immer ansehen. Verrückt nennst du das, Brüderchen? Du würdest es nicht sagen, wenn du wüßtest, wie sehr ein Karpuschin unter Semjonow gelitten hat. Sag nun, Freundchen – kann man da schlafen? Ich bitte dich: Eine Entweihung wäre es, zu schnarchen, wenn Semjonows Uhr abläuft ...«

So hätte er gesprochen, wenn ihn jemand gefragt hätte. Aber niemand fragte ihn ... Marfa setzte sich in einen alten, knarrenden Korbsessel, dessen Polster stank, als habe eine Katze darauf gejungt, und Karpuschin, stumm wie ein Fisch, setzte sich ans Fenster und verfiel in den Genuß des Tötens. Das kleine Tütchen mit dem Gift legte er auf die schmale Fensterbank, darüber deckte er seine große, dicke Hand, wie eine Glocke über eine Goldwaage.

So saß er, mit geradem Rücken, ohne Müdigkeit, die ganze Nacht, und starrte auf das dunkle Haus vor sich und auf den Laden mit den Teppichen. Marfa schlief ein, mit zurückgeworfenem Kopf, ihr Atem pfiff ein wenig, und Karpuschin sah sich um, lächelte sie an, dachte an übermorgen und an Moskau und an die kommende schöne Zeit in einer Garnison, irgendwo im weiten Land, in der Ukraine, am Don, an der Wolga oder – wenn es sein mußte – auch am Ob.

Gegen Morgen wachte Marfa auf und fror. Sie reckte sich, kroch aus dem stinkenden Sessel, schlug sich die Arme um den Körper und gähnte.

Karpuschin sah sie fröhlich an.

»Du piepst wie eine Maus«, sagte er lustig. »Wirklich, zum erstenmal hab' ich's gehört. Wie ein erschöpftes Mäuslein.« Er sah auf seine Uhr und wandte den Kopf wieder der Straße zu.

»Noch eine halbe Stunde, Marfuschka.« Wie ein Jubelton klang's aus seiner Kehle. »Wenn der Arzt kommt und später der Totenwagen, kannst du gehen. Das genügt. Ich warte in der Botschaft.«

»Ich habe alles genau behalten, Matweij Nikiforowitsch«, sagte Marfa und trat hinter Karpuschins Rücken.

Die ersten Sonnenstrahlen glitten in die Gasse. Semjonows Ladenfenster glitzerte. Vor der Tür saß ein wilder Hund und kratzte sich.

»Noch eine Viertelstunde.« Karpuschin durchlief ein Zittern. So lauert ein Tiger im Gras und läßt die Herde an sich vorbeiziehen, bis er hervorbricht und sich auf die Beute stürzt.

Semjonow schlief in dieser Nacht ebenfalls nicht. Er wußte Karpuschin in dem Zimmer gegenüber, nur durch die Gasse von ihm getrennt. Ahnungslos lag Ludmilla auf der Seite und träumte. Sie sprach im Schlaf, undeutliche Worte, aber schöne Worte, denn sie lächelte wie ein Kind vor dem Ostertisch.

Ab und zu sah Semjonow auf die Uhr und verfluchte die Stunden, die sich dehnten wie Jahrhunderte im Fegefeuer. Gegen fünf Uhr schon stand er auf, schob sich vorsichtig aus dem Bett, schlich auf Zehenspitzen aus dem Zimmer, zog sich an und schob einen Stuhl vor das Fenster zur Gasse.

Dort sitzt er, dachte er, und blickt durch die Gardine. Zu mir starrt er herüber, und seine Gedanken sind voll Rache und Freude. Ab und zu putzt er seinen Kneifer, und nur seine Finger beben. Das runde, dicke Gesicht aber ist kalt, und die Augen sind einem Fisch ähnlich, der auf dem Grund des Stromes steht und auf einen Schwarm der kleinen Stichlinge wartet.

Sechs Uhr.

Der Milchträger klapperte durch die Gasse. Semjonow hörte ihn, und Karpuschin hörte ihn. Die Kannen schepperten, ein ungeöltes Rad quietschte schauerlich. Dann war er vor Semjonows Laden, nahm die Kanne aus der Mauernische, füllte sie mit süßer, sahniger Milch, stellte den Krug in die Nische zurück und trug den Reservekrug zum Karren.

Karpuschin erhob sich. Die kleine Tüte steckte er in die Tasche und blickte Marfa an, die plötzlich bleich und kleiner geworden war, wirklich ein müdes Mäuslein, das sich nicht mehr verkriechen konnte.

»Denk an die Zukunft!« sagte Karpuschin mit fester Stimme.

»Ich wünsche dir Erfolg, Matweij Nikiforowitsch«, sagte Marfa, und ihre Stimme hatte jeden Ton verloren.

Karpuschin ging. Ruhig stieg er die Treppe hinunter, öffnete die Haustür, ging mit festen Schritten über die Gasse, stellte sich in die

Tür Semjonows, nahm das Tütchen heraus, riß es auf und schüttete ein Pulver in die Milch. Mit einem Hornlöffel, aus dem Hotel mitgenommen, rührte er die Milch um, mit der gleichmäßigen, leidenschaftslosen Bewegung eines Menschen, der seine Milch vor dem Trinken zuckert. Dann zog er den Hornlöffel heraus, ließ ihn auf dem Gassenpflaster abtropfen, nahm ein Taschentuch aus dem Jackett, putzte den Löffel sorgfältig ab, ging ebenso gemessenen Schrittes zurück zum Haus und zog hinter sich die Tür zu.

Semjonow trat von der Gardine zurück. Selten hat man die Gelegenheit, seinen eigenen Tod zu beobachten und zu sehen, wie er arbeitet. Ein Gefühl war es, das Semjonow noch nie empfunden hatte, eine Leere, in der er sein Blut rauschen hörte wie einen mächtigen Wasserfall.

Unendlich dehnten sich die Minuten bis kurz vor sieben Uhr. Ein paarmal lauschte er an der Tür des Schlafzimmers, ob sich Ludmilla regte oder die kleine Nadja schon wach war. Aber sie schliefen fest. Schweren Wein hatten sie am Abend getrunken, und Semjonow hatte Ludmilla belogen, er feiere heute ein gutes Geschäft mit einem Importeur aus Holland. Und heimlich hatte er auch Nadja ein paar Schlucke Wein gegeben, um ganz sicher zu sein, den frühen Morgen für sich allein zu haben.

Sieben Uhr.

Karpuschin wurde ungeduldig. Vor dem Fenster rannte er hin und her und sah auf seine Uhr, schüttelte sie und fluchte leise. Marfa hockte auf dem Stuhl, die Hände im Schoß, und sah ihm zu. Wie ein Abschied war es, ein stummer, böser Abschied.

»Er kommt«, sagte sie, als Karpuschin zum Tisch ging und mit zitternden Händen nach einem Wasserglas griff. Karpuschin rannte zum Fenster.

Semjonow war vor das Haus getreten, sah hinauf in die Morgensonne, reckte sich und holte den Krug Milch aus der Nische. Wie gut er es spielt, dachte Marfa, und sie sah Karpuschin an, dessen Gesicht glänzte, einer Speckschwarte gleich.

»Er nimmt die Milch«, sagte sie leise.

Karpuschin nickte, immer und immer wieder, als sei er eine aufgezogene Spielzeugpuppe.

Mit dem Krug in der Hand sah sich Semjonow noch einmal um. Ein langer Blick war's, und Karpuschin genoß ihn wie den Schlafduft einer schönen Frau.

»Nasdrowje!« sagte er fröhlich. Ja, ein Schrei war es fast. Ans

Herz griff er sich und schwankte leicht vor Wonne.

Dann nahm er seine Taschenuhr, ging zur Wand und warf sie dagegen. Das Glas splitterte, Federn und Räder zersprangen in dem Gehäuse, die Zeiger blieben auf 7 Uhr 9. Mit glänzenden Augen hielt Karpuschin die Uhr hoch empor und Marfa entgegen.

»In dieser Stunde wurde Karpuschin geboren!« sagte er ergriffen. » Mein Täubchen, das ist ein historischer Morgen!«

Von jetzt ab hatte Karpuschin es eilig. Er verließ das schmutzige Haus, ermahnte Marfa noch einmal, sofort zu kommen, wenn die Leichenträger im Hause Semjonows waren, lief durch die Gasse bis zur Moschee und nahm dort eine Taxe, die ihn ins Hotel brachte. Seinen Plan hatte er geändert. Im Hotel wollte er auf Marfas Nachricht warten und erst dann zu General Jelankin gehen und zu ihm sagen: »Genosse Fjodor Timofejewitsch, es ist geschehen! Ich werde dem Marschall berichten, wie wichtig mir Ihre Hilfe war!« Und er würde General Jelankin beschämt zurücklassen.

Zehn Minuten wartete Marfa nach dem Weggang Karpuschins, dann verließ auch sie das Haus und ging hinüber zu Semjonow.

Semjonow wartete im dunklen Flur auf sie. Den Milchkrug hatte er in beiden Händen, und er hielt ihn fest wie eine nicht entschärfte Bombe.

»Geben Sie her, Pawel Konstantinowitsch«, sagte Marfa mit eisiger Ruhe.

»Nur ein Fläschchen brauche ich davon. Schütten Sie den Rest in die Grube . . . Sie werden sehen, wie wenig Ratten Sie ab morgen haben werden.«

Aus der Handtasche holte sie ein dunkles Medizinfläschchen und tauchte es in die Milch. Es blubberte leise, als die Luft entwich und der Tod sich abfüllen ließ, dann verkorkte sie das Fläschchen, legte es zurück in die Handtasche und ging mit Semjonow in den hinteren Waschraum, seifte sich die Hände und kämmte sich mit schrecklicher Gelassenheit.

»Sie können grausam sein, Marfa«, sagte Semjonow leise. »Grausamer als ein einsamer Wolf. Gießen Sie die Milch weg!«

»Nein, Pawel Konstantinowitsch.« Marfa schüttelte entschlossen den Kopf. »In Jakutsk war's, in einer langen Nacht, da sprach er einmal darüber. Das erste- und das letztemal. ›Eine Brigade könnte ich mit Toten füllen, die durch meine Hände gingen‹, sagte er. Und er war stolz dabei, so etwas zu sagen. Man sollte diese Milch segnen, Pawel Konstantinowitsch.«

Und Semjonow schwieg, wandte sich ab und stieg langsam und bedrückt von der Schwere des Schicksals die Treppe hinauf zu Ludmilla, die mit lächelnden Lippen schlief wie ein Engel auf dem Mantelsaum Gottes.

Marfa wartete in einem Café bis zehn Uhr, ehe sie zum Hotel »Palace« fuhr. Karpuschin kam ihr auf dem Flur entgegen. Am Fenster hatte er gewartet, und er hatte einen dumpfen Schrei ausgestoßen, als er Marfa aus der Autotaxe steigen sah. Nun trug er sie über den langen Flur ins Zimmer, küßte und liebkoste sie, und sie ließ es geschehen, wie man einem Delinquenten den letzten Willen läßt, ehe sein Blick bricht.

»Mein Täubchen! Mein Adlerchen! Mein schwarzes Schwänchen!« rief Karpuschin und trug Marfa durchs Zimmer, und es war fast, als tanze er dabei. »Wann sind sie gekommen?«

»Vor zehn Minuten, mein wilder Bär.« Marfa hielt sich an Karpuschins kurzen Haaren fest und duldete es, daß er ihre Brust küßte. »Drei Särge haben sie mitgebracht. Die ganze Familie ist ausgelöscht . . .«

»Welch ein Tag!« sagte Karpuschin und setzte Marfa ab. »Oh, welch ein Tag! Sieh hinaus . . . ist die Sonne wirklich gewachsen und bedeckt den halben Himmel? Ich sehe sie so . . . es weitet sich alles vor mir . . .«

Er schob einen Teewagen heran, der in der Ecke gestanden hatte, und dabei sang er mit seiner tiefen Stimme unzusammenhängende Laute.

»Das Frühstück, Marfuschka! Ein festliches Frühstück habe ich bestellt! Eier und Schinken und Toast und Kaviar und einen chinesischen Tee mit fetter Milch und Honig.« Er lachte, als er Marfas Augen sah, wie sie weit wurden bei dem Wort Milch. »Mein Lieblingsgetränk wird sie werden!« schrie er voll Übermut. »Milch! Ein Name ist's, der mir von heute ab auf der Zunge zerschmilzt!«

Marfa schwieg und setzte sich. Und während Karpuschin ins Bad rannte, um aus dem Eiskühler eine Flasche Sekt zu holen, goß Marfa die Milch aus der silbernen Kanne in eine Blumenvase und füllte das Kännchen neu mit Semjonows Milch.

Singend setzte sich Karpuschin und entkorkte die Flasche Sekt. Dann goß er sich Tee ein, tat einen Löffel goldenen, flüssigen Honig dazu und ließ aus der silbernen Kanne einen großen Schuß Milch in die Tasse laufen.

»Du trinkst nicht, Marfuschka?« rief er fröhlich.

»Ich habe den Sekt, mein Bär«, antwortete sie ruhig. »Wie kann man Sekt mit Tee mischen?«

»Ich könnte heute den Himmel mit der Hölle vermählen!« schrie Karpuschin ausgelassen. »Was glaubst du, was für Augen Jelankin macht, wenn ich nachher zu ihm komme.«

»Augen wie ein Mühlrad, Matweij Nikiforowitsch . . .«

»Auf das Leben!« Karpuschin trank einen großen Schluck Sekt, griff dann zur Teetasse und probierte den Tee. Er war nicht mehr heiß, und mit dem Vergnügen des morgendlichen Genießers öffnete er den Mund und trank mit drei langen Schlucken die Tasse leer.

»O Marfuschka!« rief er und setzte die Tasse ab. »Wie süß schmeckt alles, wenn man wieder ein Mensch ist mit Zukunft . . .«

Marfa Babkinskaja schwieg. Klein waren ihre Augen, und sie beobachtete Karpuschin wie eine Schlange, die vor dem Loch einer Maus sitzt.

Noch nicht drei Minuten dauerte es. Über Karpuschins Gesicht zog eine fahle Blässe, die Lippen färbten sich bläulich, und die Augen bekamen rote Ränder. Er schwankte auf dem Stuhl, und seine Hände tasteten sich zum Magen.

»Was ist das?« flüsterte er. Aufspringen wollte er, aber es war keine Kraft mehr in seinen Beinen, die Knochen waren wie erweicht, er stolperte, hielt sich am Tisch fest und sank mit einem dumpfen Ächzen in die Knie. Seine Stirn schlug gegen die Kante, und von den Fußsohlen aufwärts fuhr ein Zittern durch den ganzen schweren Körper.

»Marfuschka«, stöhnte er. »Was ist das? O Himmel, was ist das? Wo bist du, Marfuschka? Wo bist du, mein Engelchen?«

Er kroch umher, erst auf den Knien, dann auf Händen und Füßen wie ein angeschossener Hund und heulte leise. Der Kneifer zersplitterte auf dem Boden, aber die Augen brauchten ihn nicht mehr; blutunterlaufen starrten sie aus dem bleichen Gesicht, und sie waren blind und ohne Seele.

»Marfuschka!« brüllte Karpuschin. Auf den Rücken wälzte er sich, schlug mit den Beinen auf die Dielen und hob die Fäuste. »Hilf mir, Engelchen! Hilf mir . . . Wo bist du denn? Was ist mit mir? Oh, ich liebe dich, dich nur, dich nur . . . bleibe bei mir, Engelchen . . .«

Marfa Babkinskaja starrte den Sterbenden an. Die Beine hatte sie empor auf den Stuhlsitz gezogen, das Haar fiel ihr ins Gesicht, und so hockte sie wie eine schwarze Katze und betrachtete den Mann, der sich brüllend wälzte und nach ihr, seinem Engelchen, schrie. Und sie wußte in diesen schrecklichen Minuten, daß es keine Zukunft gab bei Semjonow und seinem Laden, daß es sinnlos war, wegzulaufen vor dem, was sie für immer in sich aufnahm, dieses fürchterliche Sterben Karpuschins, das einem anderen gegolten hatte, ein Sterben, in dem er um Liebe flehte, und es war die Wahrheit, die letzte, bitterste Wahrheit, die Karpuschin zu verschenken hatte.

Auf dem Rücken lag er nun, seine Beine zuckten noch, und aus den Mundwinkeln lief ihm der Speichel, schaumig und grünlich. Kein schöner Anblick war es . . . Kalt lief's einem über den Rücken, wenn seine toten Augen in den Höhlen rollten und die Sonne suchten.

»Wo bist du?« fragte Karpuschin leise. Die ewige Ruhe glitt über ihn . . . nach den Schmerzen der Hölle wehte die Kühlung der Ewigkeit ihn an.

»Mein Engelchen . . . bleib . . .«

Marfa Babkinskaja wartete, bis sie sicher war, daß Karpuschin gestorben war. Sich niederzubeugen und sein Herz abzuhören, dazu war sie nicht mehr fähig. Um den Toten ging sie herum, nahm das Telefon in beide Hände und rief die Sowjetische Botschaft an.

»General Jelankin?« sagte sie mit ruhiger Stimme. »Guten Morgen, Fjodor Timofejewitsch. Ja, es ist ein herrlicher Tag. Bitte kommen Sie ins Hotel, Genosse General. Matweij Nikiforowitsch möchte Sie sprechen . . .«

Eine Stunde später führte man Marfa Babkinskaja aus dem Hotel in einen Wagen der iranischen Polizei. Mit erhobenem Kopf ging sie und mit weiten, kräftigen Schritten.

Oben, im Zimmer, deckte General Jelankin ein Tischtuch über den massigen Körper Karpuschins. Vier Offiziere stellten sich zu Häupten und zu Füßen des Toten auf, die erste Ehrenwache, bis der Sarg geliefert wurde.

»Wir werden ihn nach Moskau bringen«, sagte General Jelankin und trat von der Leiche zurück. »Ein Staatsbegräbnis wird er erhalten, ich glaube es bestimmt. Er ist gefallen in einem gnadenlosen Kampf . . .«

25

Wie jeden Morgen öffnete Semjonow seinen Teppichladen. Mit einem nassen Lappen putzte er die Fensterscheibe, denn tagsüber staubte sie zu, und man konnte sie nur putzen, wenn die Sonne noch nicht darauf schien. Dann ließ er die Ladentür offen, um den Geruch der neuen Teppiche, die nach nasser Wolle und strengen Farben rochen, hinauszulassen.

Zu Ludmilla hatte er gesagt, daß er die Milch weggeschüttet habe, zum erstenmal sei sie sauer gewesen. »Du bist ein lieber, dummer Mensch«, hatte Ludmilla gesagt. »Hättest du sie aufgehoben, könnten wir in einigen Tagen süßen Quark essen.«

Semjonow bestätigte das, nannte sich einen verschwenderischen Familienvater und ging nach dem Morgenkaffee, der diesmal ohne Milch war, hinunter ins Geschäft.

Er hatte sich vorgenommen, Ludmilla nichts zu sagen von der vergangenen Nacht und dem Morgen; erst wenn Marfa kam, sollte sie alles erfahren, und das Gefühl, nun ledig aller Gefahr zu sein, würde ihr das letzte Heimweh nach Sibirien nehmen. Es scheint, dachte Semjonow, daß unser Leben zur Ruhe kommt. Eine kleine, unbekannte Familie werden wir sein, bescheiden und arm, aber wir werden glücklich sein, weil es niemanden mehr gibt, der uns dieses Leben mißgönnt.

Nach dem Säubern der Wohnung ging Ludmilla mit der kleinen Nadja in die Stadt. Sie setzte Nadja in einen kleinen, zweirädrigen Karren mit langer, starrer Deichsel, und Semjonow winkte ihnen nach, bis sie um die Ecke zum Bazar bogen.

Ein Kunde, der einen Vorleger suchte, aber die Ware Semjonows zu teuer fand, hatte gerade den Laden verlassen, als ein hochgewachsener, dürrer Mensch eintrat, in einem weißen Anzug, einen geflochtenen Strohhut auf dem langen Schädel. Semjonow musterte ihn, denn es war ungewöhnlich, daß ein wohlhabender Käufer, und noch dazu ein Europäer, den Weg zu seinem Laden fand.

Der dürre Mensch sah sich um, betrachtete die Teppiche, fühlte eine Knüpfung ab und ließ den Zipfel wieder fallen.

»Gute Ware haben Sie«, sagte er unvermittelt, und Semjonow zuckte zusammen, denn der Mensch sprach Russisch. Langsam ging er zurück bis zur Wand und lehnte sich an. O nein, nichts hatte Semjonow verlernt. Den Rücken muß man frei haben, dann ist der Gegner nur noch halb so gefährlich.

»Beste Knüpfung ist's, Genosse«, sagte er und schob die Schultern vor. Die Nagan ist in der Lade hinterm Tisch, dachte er. Auch das ist ein großer Fehler, wie man sieht. »Sie wollen einen Teppich kaufen, Väterchen?«

Der dürre Mensch lehnte sich gegen einen Stapel lederner Sitzkissen und betrachtete Semjonow wie ein Gemälde in der Kunstgalerie. Fast ein Genuß war's, den Menschen ruhig anzusehen, der einen Karpuschin vernichtet hat.

»Ich bin ein friedlicher Mensch, Pawel Konstantinowitsch«, sagte der Dürre. »Es ist nicht nötig, daß Sie darüber grübeln, wie Sie an eine Waffe kommen, um mich zu bezwingen.«

»Wer sind Sie, Genosse?« fragte Semjonow heiser. »Geht es denn weiter? Geht es immer weiter? Warum läßt man mir keine Ruhe?«

»Ich bin Fjodor Timofejewitsch Jelankin. General der siegreichen Roten Armee.«

»Sind Sie der Erbe Karpuschins, Genosse General?« Semjonows Hals wurde trocken. »Ich finde es fair, Fjodor Timofejewitsch, daß wir neuen Gegner uns vorstellen. Heute kann ich verstehen, warum der sterbende Wolf noch um sich beißt. Ich werde beißen, solange ich einen Willen habe . . .«

General Jelankin hob die Hand. Den Strohhut nahm er ab und strich sich über die Haare.

»Wir sollten uns setzen, Pawel Konstantinowitsch«, sagte er. »Und wenn Sie etwas Erfrischendes haben, wäre es noch besser. Und sprechen sollten wir miteinander . . . ja, das ist wichtig! Mit dem Tod Karpuschins – Sie wissen doch, daß er tot ist, Brüderchen? – ändert sich vieles. Ich glaube, ich habe Ihnen ein Angebot zu machen . . .«

Semjonow seufzte, und ein Gefühl von Trostlosigkeit stieg in ihm auf.

General Jelankin lächelte dünn. Zur Theke sah er, dann zurück zu Semjonow, und dann hob er den Strohhut und fächelte sich Luft ins knochige Gesicht und über seine schiefe Nase.

»Ich sehe, Sie betrachten mich als Feind, Pawel Konstantinowitsch«, sagte er. »Sie haben Sehnsucht nach Ihrer Pistole, die vielleicht nebenan im Zimmer liegt.«

»In einer Schublade der Theke, Genosse. Zwei Schritte nur von mir.«

Semjonow blieb an der Wand stehen. Wo ist Ludmilla, dachte er.

In den Bazar wollte sie, um für Nadja neue Kleidchen zu kaufen. Das kann eine Stunde dauern, oder auch zwei. Möge Gott es so einrichten, daß sie nicht früher nach Hause kommt, als bis auch dieses Gespräch beendet ist. So – oder so . . . wie es sein muß. Rußland ist nicht mit Karpuschin gestorben – wie konnte man sich diesem Wahn hingeben?

»Ein unhöflicher Mensch sind Sie, Pawel Konstantinowitsch«, sagte Jelankin nach einer längeren Pause.

»Warum, Fjodor Timofejewitsch?« Semjonows Stimme war wie eingerostet.

»Ich hatte eben gesagt, daß ich etwas Erfrischendes von Ihnen erwarte. Einen Fruchtsaft, ein Glas gekühlten Wein, einen Wodka mit Sodawasser . . .«

»Ich habe einen guten Wein, Genosse Jelankin.«

»Das ist mir das liebste.« General Jelankin sah sich um. »Wo trinken wir ihn? Zwischen den Teppichen. Ehrlich, Pawel Konstantinowitsch, sie stinken! Ein ästhetischer Mensch bin ich; sogar bei der Schlacht am Donbogen hatte ich eine leicht nach Rosen duftende Seife mit und wusch mich dreimal täglich.«

»Gehen wir in das Hinterzimmer, Fjodor Timofejewitsch.« Semjonow ging an der Theke vorbei, und er wußte, daß Jelankin ihn scharf beobachtete. Was würde er tun, wenn er in die Lade griff? War er bewaffnet? Aber Semjonow griff nicht nach der Nagan . . . Mit ruhigen Schritten ging er voraus, und Jelankin folgte ihm in das kleine, dumpfe, muffige Stübchen, in dem Semjonow stundenlang saß und auf Kundschaft wartete, Briefe mit Werbeprospekten schrieb und viel Zeit hatte, nachzudenken. Mit einer Handbewegung wischte er ein paar deutsche Zeitungen vom Tisch, schob einen alten Stuhl zurecht und nickte Jelankin zu.

»Meine Welt ist klein geworden, Fjodor Timofejewitsch«, sagte er. »Von der Unendlichkeit der Taiga ist mir ein winziger, nach gewaschenen Teppichen riechender Raum geblieben. Aber ich bin glücklich, und ich bin frei! Ludmilla erwartet unser zweites Kind, und es soll ein Junge werden, so wünscht sie es sich. Ein Junge, frei geboren in einem weißen Bett, in einem sonnigen Zimmer, in saubere Tücher gewickelt, und nicht in einer Hütte auf einem Lager aus getrockneten Blättern wie ein Wolfsjunges geworfen, während draußen der Schneesturm über Taiga und Muna heult.« Semjonow stellte sich an das kleine, fast blinde Fenster und sah General Jelankin fast traurig an. »Nun kommen Sie, Fjodor

Timofejewitsch, und es fällt wieder Eis über unser Glück.«

»Sie haben eine Art, zum Herzen zu sprechen, Pawel Konstantinowitsch, die teuflisch ist!« General Jelankin legte seinen Strohhut auf den Tisch und leckte über seine spröden, dünnen, etwas bläulichen Lippen. »Sie erwarten keine Freundschaft?«

»Nicht aus der Richtung Karpuschins.« Semjonow lächelte bitter. »Ich lief zwei Jahre lang vor seiner Umarmung davon.«

»Ich will Sie nicht umarmen, Genosse. Ich habe ein Geschäft für Sie!«

»Teppiche für die Sowjetische Botschaft?« fragte Semjonow spöttisch. »General Jelankin, wir wollen doch keine billigen Witze erfinden.«

»Ich habe am Don gekämpft, Pawel Konstantinowitsch. Ich war dabei, als man die Oder überquerte, und ich befehligte ein Korps bei der Eroberung Berlins. Meine Rotarmisten waren es, die auf dem Brandenburger Tor die Rote Fahne hißten, und ich stand darunter, zwischen den Säulen, und weinte vor Glück.« General Jelankin kratzte mit den Fingernägeln über den Rand seines Strohhutes. Seine schiefe Nase zitterte in der Ergriffenheit der Erinnerung. »Das ist lange her, Pawel Konstantinowitsch, die Welt veränderte ihr Gesicht, aber sie wurde nicht schöner. Wie eine Hure wurde sie, dick geschminkt, eitel, in schillernde Fetzen gekleidet, mit jedem im Bett vergnügt, der sie bezahlt. Die Lüge wurde zur Weltanschauung, die eigene Überschätzung zu einem Kult, der Tanz um das Goldene Kalb war noch nie so hektisch wie heute. Was haben die Völker vom Krieg gelernt? Ich frage Sie, Genosse! Nichts! Man gibt den Hungernden ein Zuckerbrot, und sie schreien wieder hurra. Und man sperrt die Nachdenkenden in Irrenhäuser, Gefängnisse, Straflager, Kohlengruben und Holzfällerbrigaden und redet vom Recht des Menschen auf Selbstbestimmung. Sagen Sie, Pawel Konstantinowitsch: Warum haben wir einen Krieg geführt?«

Semjonow starrte Jelankin verblüfft an. Ehrliches Erstaunen sprach aus seinen Augen.

»Woraus Kriege entstehen, das weiß man, Fjodor Timofejewitsch«, erwiderte er. »Ein Rätsel bleibt es nur, warum ihn Millionen mitmachen und nicht die davonjagen, die nach Waffen schreien. Wenn wir uns angewöhnen könnten, zu denken, daß wir Menschen sind, nur Menschen, weiter nichts, Menschen, von denen jeder den anderen braucht, als Bruder, nicht als Zielscheibe oder als Objekt eigener Gier . . . dann wäre Frieden! Aber wer so denkt, ist ein Idiot, Genosse Jelankin, denn mir scheint, der Mensch ist nur geschaffen worden, um zu vernichten.«

Jelankin nickte mehrmals. Semjonow ging zu einem alten Schrank, holte eine Flasche roten Wein und zwei niedrige Wassergläser. Er goß sie voll und schob eines dem General über den Tisch.

»Wir haben keine geschliffenen Gläser«, sagte er. »Wenn Ihnen der Wein nicht aus Wassergläsern schmeckt, Fjodor Timofejewitsch, dann gießen Sie ihn hinter sich auf den Boden.«

Jelankin schüttelte den Kopf, als wolle er sagen, daß es sündhaft sei, so etwas von ihm zu denken. Er trank mit zwei kräftigen Schlucken das Glas leer und stellte es vorsichtig ab, als habe er wirklich einen geschliffenen Pokal in der Hand.

»Sie sind ein mutiger Mensch, Pawel Konstantinowitsch«, sagte er und wischte sich mit einem Seidentuch über die bläulichen Lippen. »Ich kenne Ihren Weg bis nach Teheran sehr genau. Ich suche einen mutigen Mann.«

»Bitte sprechen Sie nicht weiter, General Jelankin!« entgegnete Semjonow rauh. »Ich verkaufe Teppiche und nicht mehr das, was Sie Mut nennen und in Wirklichkeit nur Verzweiflung und Liebe war. Vor allem Liebe.«

»Auch ich bin ein verzweifelter Mensch, Pawel Konstantinowitsch.«

»Noch ein Glas Wein, General?« fragte Semjonow ausweichend.

»Auch ich liebe! Nicht ein Weibchen, so blutvoll wie Ihre Ludmilluschka, sondern ein Mütterchen von unendlicher Schönheit. Ein Mütterchen, dem die Sterne gehören, die Sonne und der Mond, der Sturm, der Regen, der Schnee und das wilde Wasser . . .«

»Rußland«, erwiderte Semjonow leise.

»Ja, Pawel Konstantinowitsch!« General Jelankin sprang auf. Sein dünner Körper zitterte, über sein knochiges Gesicht flog ein Zucken, als unterdrücke er das Weinen, das in seinem Kehlkopf saß. »Es ist verraten worden, unser Mütterchen! Von Stalin, von Chruschtschow, von allen. Der Große Vaterländische Krieg war keine Säuberung . . . er machte nur die Ratten fett! Wollen Sie Rußland helfen, Pawel Konstantinowitsch?«

»Nein!« sagte Semjonow fest. »Nein, General.«

Jelankin starrte Semjonow aus farblosen, wäßrigen Augen an. »Viel könnten Sie tun, Brüderchen. Eine Brücke schlagen könnten

Sie zu den Menschen der westlichen Welt, die so denken wie wir. Eine Welt von Brüdern, Semjonow ... Ist das nicht auch *Ihr* Ideal?«

»Eine Utopie ist's, Fjodor Timofejewitsch! So etwas gibt es nicht!«

»Fünfundfünfzig Millionen Tote in *einem* Krieg rufen uns dazu auf, Semjonow! Der nächste Krieg kostet zwei Milliarden Menschen! Er fegt uns von der Erde weg! Sie können mithelfen, diesem Wahnsinn die Nahrung zu entziehen! Sie kennen die Leute in den USA, auf die es ankommt. Eine Verbindung könnten Sie schaffen von ihnen zu uns. Eine Gruppe Offiziere sind wir, die an der Wahrheit nicht vorbeigehen. Semjonow ...« General Jelankin beugte sich weit über den Tisch. Seine bläulichen Lippen zitterten. »Semjonow ... helfen Sie mit am Frieden.«

Semjonow schwieg. Er trug die Flasche Rotwein wieder zurück zum Schrank, nahm die Gläser und spülte sie aus in einem Eimer mit frischem Wasser, stellte sie auf die Fensterbank und trocknete seine Hände an einem Handtuch ab, das an einem Nagel neben der Tür hing. Er tat das alles sehr langsam, und Jelankin verfolgte jede seiner Bewegungen wie den Tanz einer grazilen Balletteuse.

Ein armer Mensch ist er, dachte Semjonow dabei. Wie kann man es ihm sagen? Ein Träumer ist er, trotz seiner Uniform, die er zu Hause im Schrank hängen hat, die sein Bursche ausbürstet und in der er glänzt bei den Empfängen, stolz seine Reihe Orden zeigend, die Tapferkeitsmedaille und den Leninstern. Eine Gruppe Offiziere ... und mögen sie alle zusammen im Chor nach der Freiheit schreien ... zehn Meter tief in der Taiga ersticken ihre Stimmen, der Wind treibt sie weg über die Ströme, die Sonne läßt sie verdunsten und die Kälte als Eiskristalle in den Schnee regnen.

Und Moskau ist 4000 Kilometer weit entfernt!

»Ich kann gehen, Pawel Konstantinowitsch?« fragte Jelankin in die Stille hinein. Semjonow nickte stumm; am Fenster stand er, mit dem Rücken zu dem dürren, armen General und sah hinaus auf den schmutzigen, winzigen Hof, in dem eine gelbe Katze saß und an einem schimmeligen Mehlfladen nagte.

»Leben Sie wohl, Pawel Konstantinowitsch«, sagte Jelankin leise. Mühe hatte er, man hörte es, seine Stimme zu beherrschen, denn seine Worte erstickten an unterdrückten Tränen. »Der letzte Besuch eines alten Russen bei Ihnen war es. Wir sterben aus, Semjonow.«

»Ich weiß es, Fjodor Timofejewitsch. Gott sei mit Ihnen.«

»Gott hat immer Mütterchen Rußland geliebt.«

»Er wird es auch weiterhin lieben, Jelankin.«

»Ob wir es erleben, daß sich die Menschen unter dem Geläut der Glocken in die Arme fallen und sich nicht mehr Genossen, sondern wie früher Brüderchen nennen?«

»Ich weiß es nicht, General.« Semjonow drehte sich um. Jelankin stand in der Tür. Seinen Strohhut hatte er wieder auf dem dürren Schädel, und er sah schrecklich traurig und noch schrecklicher lächerlich aus, denn der Hut saß ihm schief auf dem Kopf, so schief wie seine lange Nase, nur nach der anderen Seite.

Semjonow preßte die Lippen zusammen. Mitleid ergriff ihn, und plötzlich sah er in Jelankin das große, herrliche Rußland und seine ewige Sehnsucht nach Freude und Glück.

»Nimm es mir nicht übel, Brüderchen«, sagte er stockend. »Aber ich habe Ludmilluschka und die kleine Nadescha, und im Februar werden wir – so Gott es will – einen Alexeij Pawlowitsch dazu haben. Wir werden jeden Tag satt sein, wir werden Blumen in einem Garten pflanzen und unter einem Maulbeerbaum sitzen, wenn die Sonne untergeht, und uns fragen: Sind wir glücklich? Und wir werden antworten: Ja, wir sind glücklich. Und dann werden wir dasitzen unter dem Maulbeerbaum, in die rote untergehende Sonne blicken und an die Taiga denken, an die Lena mit ihren Sandbänken und Stromschnellen, an Nowo Bulinskij und Katharina Kirstaskaja, an Egon Schliemann und den Popen, Väterchen Alexeij, an den Vorsänger Frolowski, den man den ›Dreieckigen‹ nannte, und an Major Kraswenkow mit seinem Holzbein. Und wir werden uns ansehen und sagen: Pawluscha, unser Leben war schön! Und ich werde antworten: Ja, Ludmilluschka. Es konnte gar nicht anders sein . . .« Semjonow atmete tief auf. »So soll es werden, und so soll es immer sein, Fjodor Timofejewitsch. Wir haben unser Paradies gefunden.«

»Ein großer Mensch bist du, Pawel Konstantinowitsch.« General Jelankin kam zurück in das kleine Zimmer, umarmte Semjonow und küßte ihn nach alter russischer Art dreimal auf jede Wange. »Leb wohl . . . man wird dich nicht mehr belästigen . . .«

Dann ging er, den Strohhut schief auf dem Kopf, mit durchgedrücktem Rücken, geraden Beinen und pendelnden Armen.

Wie ein Reiter, der sein Pferd verloren hatte . . .

Ende Februar war's, da spürte Ludmilla, daß das Kind kommen

wollte. In der Nacht erwachte sie von einem ziehenden Schmerz im Rücken und in den Leisten; sie legte die Hände auf den hohen, prallen Leib und fühlte die Kraft des Kindes, das sich in ihr bewegte.

»Pawluscha«, sagte sie und küßte Semjonow auf die Augen. »Pawluscha, unser Sohn kommt . . .«

Semjonow wachte auf und sprang aus dem Bett. Alles hatte er vorbereitet, denn seit Tagen warteten sie auf diese Stunde. Im Nachbarhaus war ein Junge, der zur nächsten Polizeiwache laufen wollte, um von dort das Krankenhaus anrufen zu lassen, denn wer hatte schon Telefon in dieser Gegend? Ein Zimmer war bestellt, und Semjonow hatte gespart, um für Ludmilla ein Einzelzimmer nehmen zu können, so wie sie es sich immer erträumt hatte: ein Zimmer mit einem Balkon, groß und kühl und sauber und weiß, und eine Schwester, die auf sie aufpaßte, und ein Arzt, der ihr half . . . und ein zweites Bett im Zimmer für Semjonow, denn nicht einen Tag lang wollte sie getrennt sein von ihm und von seinen tröstenden Händen und strahlenden Augen.

»Ist es sicher?« fragte Semjonow und sah Ludmilla an. Sie lächelte und nickte.

»Sicher, Pawluscha.«

Da klopfte er gegen die Wand zum Nachbarhaus; ein Klopfen antwortete ihm, und er wußte, daß jetzt gleich der Junge loslief und in einer halben Stunde spätestens der Krankenwagen unter auf der Gasse hielt.

»Kommst du mit, Pawluscha . . .?« Ludmilla hob die Hand, er setzte sich neben sie auf das Bett, beugte sich vor und legte sein Gesicht auf ihre Schulter.

»Natürlich, Ludmilluschka.«

»In das Krankenhaus?«

»Ja.«

»In den Kreißsaal?«

»Das werden die Ärzte nicht erlauben.«

»Sie müssen! Ich will es, Pawluscha! Ich will es! Laß mich nicht allein, wenn das Kind kommt. Sei bei mir wie damals in der Hütte an der Muna.« Sie legte beide Arme um seinen Hals, drückte ihn an sich und hielt ihn fest. »Weißt du noch, wie es war, Pawluscha? Wie du das Seil an das Bett geknotet hast, und ich zog daran und stemmte die Beine ab . . .«

»Es war furchtbar, Ludmilluschka«, sagte Semjonow tief

atmend. »Die schrecklichste Nacht war es. Wie ein Wolf habe ich geheult. So hilflos war ich . . .«

»Aber du warst bei mir! So schön war das! Mit deinen Händen hast du Nadescha aufgefangen . . . O Pawluscha, wie haben wir gelebt . . .«

Auf der Gasse hörte er Motorenlärm, das Knirschen von Gummireifen und ein kreischendes Bremsen.

»Der Krankenwagen.« Semjonow löste sich von Ludmillas Armen. Er half ihr aus dem Bett, zog ihr einen gestickten persischen Morgenmantel über den unförmigen Körper und das lange seidene Nachthemd. Sie band ein Tuch um die schwarzen Haare, und sie sah fröhlich und glücklich aus und so jung und trotz ihres hohen Leibes so zerbrechlich.

»Ich werde ihnen sagen, daß ich das Kind nicht aus mir lasse, wenn du nicht dabei bist, Pawluscha!« sagte sie trotzig. »Allen Ärzten sage ich es, gleich wenn wir ankommen!«

Semjonow lachte, und es war das sichere, starke Lachen, das Ludmilla so liebte und das ihr immer Kraft gegeben hatte.

»Noch immer das wilde Tierchen!« sagte er und faßte sie unter. »Hier ist keine Taiga, du Wölfin!«

»Wo ich bin, ist immer Taiga!« Ludmilla lehnte sich an Semjonows Schulter. »Ist es ein gutes Krankenhaus, Pawluscha?«

»Ein deutsches . . .«

»Du bringst mich in ein deutsches Krankenhaus?«

Semjonow knöpfte ihr den Morgenmantel zu; er war weit genug, doch jetzt saß er stramm um den Leib. »Deutsche Ärzte sind's. Man hat sie nach Persien geschickt zum Aufbau eines neuen Gesundheitswesens. Ich habe schon mit ihnen gesprochen, sogar einen Teppich haben zwei von ihnen bei mir gekauft. Sie freuen sich auf dich.«

Die Treppe herauf kamen Schritte, und Stimmen flogen ihnen entgegen.

Die Sanitäter und die Nachbarin, die bei Nadja blieb, bis Semjonow aus dem Krankenhaus zurückkam.

»Komm«, sagte Semjonow. »Wenn die Sonne scheint, will ich meinen Sohn herumtragen . . .«

»Du bleibst bei mir . . .« Ludmilla umklammerte ihn. Und plötzlich war die Angst wieder in ihren Augen und die wilde Entschlossenheit wie damals in der Hütte an der Muna. »Geh nicht fort von mir . . . laß mich nicht allein . . .«

Und Semjonow nickte, küßte ihre bleichen, kalten Lippen und führte sie hinaus zum Wagen.

Das Kind wurde morgens um sieben Uhr geboren.

Es war ein Sohn.

Alexeij Pawlowitsch Semjonow . . . so schrieb eine Schwester mit Tinte auf den Leukoplaststreifen, den man dem schreienden Menschlein um das linke Handgelenk klebte, damit es nicht verwechselt würde.

Ludmilla merkte nichts von ihren Schmerzen. Als die gefürchteten letzten Wehen ihren Körper fast zerrissen, gab ein junger, freundlicher Arzt ihr eine Lachgasnarkose, und sie dämmerte dahin, merkte nicht, daß Semjonow nicht im Zimmer war, denn das hier war ein gutes, steriles Krankenhaus und keine Goldgräberhütte an der Muna; und das Kind kam, war gesund und kräftig, und der kleine Brustkorb wölbte sich bei seinem ersten Schrei, daß der Arzt anerkennend sagte: »Das kann einmal ein Sänger werden . . .«

Semjonow wartete unterdessen, wie alle Väter, und es waren in dieser Nacht vierzehn unruhige Männer, in einem großen Raum unten im Parterre, weit weg von der Entbindungsstation, denn, Freunde, so ist es doch: Gibt es in dieser Stunde etwas Unwichtigeres als den Vater?

Er saß da, sah in die Nacht hinaus, erlebte das Erbleichen des Mondes und die Geburt der Sonne, und sie ging strahlend und golden auf, was er als gutes Zeichen nahm. Ein Kommen und Gehen war um ihn, Namen wurden gerufen, Glückwünsche geschrien, die neuen Väter rannten hinaus, den Schwestern nach. Ein kleiner Mann, zerknittert und vergrämt, wartete schon zehn Stunden, und er hatte in seinen kleinen Körper Mut gepumpt, indem er trank. Nun war es soweit, man rief seinen Namen, und er schwankte hinaus, konnte kaum stehen und noch weniger gehen, und statt sein Kind zu bewundern, schaffte man ihn weg in einen Kellerraum und befahl ihm, seinen Rausch auszuschlafen.

Am Morgen war Semjonow allein. Die vierzehn Väter hatten ihn verlassen und ihm so viel Glück gewünscht, wie sie bereits besaßen.

»Nur keine Sorge!« sagte ihm ein dicker Mann, der nach saurer Milch roch und tatsächlich ein Ziegenmilchhändler war. »Sie sind noch alle gekommen! Es ist noch keines drin geblieben . . .« Und

Semjonow hatte gelächelt und sich für den guten Rat bedankt, denn er war ein höflicher Mensch.

Er zwang sich, nicht daran zu denken, was Ludmilla jetzt irgendwo in diesem großen Haus erlitt, wie sie schrie und stöhnte und nach ihm rief. Er zwang sich, jetzt nicht an die Hütte an der Muna zu denken und an die langen Stunden, in denen er neben Ludmilla saß und hilflos zusehen mußte, wie sie verblutete.

Hier ist sie gut aufgehoben, dachte er immer wieder. Hier kann so etwas nicht geschehen. Ein ganz modernes Krankenhaus ist es, der Universität von Teheran angeschlossen. Deutsche Ärzte leiten es. Ludmilla ist ein zartes Weibchen, aber sie haben hier Erfahrung. Eine Geburt . . . was ist das schon!

Und so saß er, blickte in den Garten, beobachtete einen rötlich schillernden Käfer, der über die äußere Fensterbank kroch und sich in die Sonne legte wie ein Pensionär in den Sand von Westerland; und er vermied es, auf die Uhr an seinem Handgelenk zu sehen, um nicht noch unruhiger zu werden, als er es schon war.

»Herr Semjonow . . .«

Er sprang auf. Ein junger, ihm unbekannter Arzt stand in der Tür. Er bemühte sich, Persisch zu sprechen und sah Semjonow dabei fragend an.

»Können Sie mich verstehen, Herr Semjonow? Ich spreche leider kein Russisch . . .«

»Sie können Deutsch mit mir reden«, sagte Semjonow mit trockener Kehle. Am Fenster blieb er stehen. Hier habe ich Halt, dachte er, wenn er mir eine schlechte Nachricht bringt. Mit einem Tiger habe ich gekämpft . . . aber vor meinen eigenen Beinen habe ich Angst.

»Das ist gut!« Der junge Arzt lächelte freundlich. »Es freut mich! Darf ich Ihnen gratulieren? Ein Junge ist es!«

»Ein Junge«, sagte Semjonow langsam. In seinen Augenwinkeln zuckte es. Kraft kehrte wieder in seine Beine zurück, das Herz schlug ruhig und laut, und er hatte das Gefühl, als rausche um ihn der turmhohe Wald der Taiga und brause das Wasser der Lena über die rundgeschliffenen Steine der Stromschnellen.

»Ja! Ein Junge!« wiederholte der Arzt.

»Alexeij Pawlowitsch . . .«

»Gratuliere!«

»Kann ich ihn sehen?« fragte Semjonow. »Wie geht es meiner Frau?«

»Sie hat alles fabelhaft überstanden.« Der junge Arzt nickte. »Natürlich können Sie Ihre Frau und das Kind sehen. Aber nur ein paar Minuten. Ein bißchen schwach ist sie noch . . .«

»Danke, Doktor.« Semjonow stieß sich vom Fenster ab. In seinem Nacken brannte die Morgensonne, und er kam sich vor wie der Sonne entstiegen, so hell und glücklich und frei. »Können wir gehen?«

»Bitte. Ich begleite Sie, Herr Semjonow.«

Aus dem Zimmer gingen sie, über einen Gang, fuhren mit einem Fahrstuhl in den vierten Stock und kamen in einen Teil des Krankenhauses, wo einzelne Zimmer lagen mit kleinen, markisengeschützten Balkonen. Von ihnen überblickte man Teheran, Moscheenkuppeln und Minarette, die Kasbah und die Villen der Neustadt. Ein Blick in die Märchenwelt.

»Zimmer zehn«, sagte der junge Arzt. Er musterte Semjonow von der Seite. »Für einen Russen sprechen Sie ein fabelhaftes, akzentfreies Deutsch.«

»Ich bin Deutscher.« Semjonows Blick flog aus einem der Fenster hinaus in den unter ihnen liegenden Palmengarten. Dort wehte an einer weißen Fahnenstange die deutsche Flagge. Schwarz-rot-gold. Etwas wie Wehmut lag in Semjonows Blick, als er sich wieder abwandte. »Ich *war* Deutscher.«

»Das verstehe ich nicht.« Der Arzt blieb stehen. Ein wenig verwirrt war er. »Sie heißen doch Semjonow?«

»Jetzt, ja. Früher hieß ich Franz Heller. Aber ich habe das alles abgelegt, Doktor.«

»Abgelegt?« Der Arzt sah Semjonow etwas konsterniert von oben bis unten an. Jung war er noch, er mußte gerade seine Examina gemacht haben. Es schien seine erste ärztliche Stelle in Teheran zu sein. »So etwas kann man doch nicht ablegen wie etwa ein altes Hemd. Man ist Deutscher, und man bleibt es doch immer . . .«

»Natürlich, man bleibt es.« Semjonow vermied es, wieder zur Seite zu sehen. Der Anblick der deutschen Fahne lastete auf seinem Herzen. Es war merkwürdig, und er hätte es nie geglaubt . . . er dachte plötzlich an Deutschland und hatte Heimweh. »Sind Sie eigentlich stolz darauf, ein Deutscher zu sein?«

Der junge Arzt hob die Augenbrauen. »Aber ja!«

»Diese Antwort habe ich erwartet.« Semjonow nickte ein paarmal. »Ganz natürlich ist sie. Sie muß so sein. Aber man sollte einmal überlegen, ob man nicht vor allem stolz sein sollte, ein Mensch zu sein. Bloß ein Mensch. Das ist das Wichtigste.«

»Und warum heißen Sie jetzt Semjonow?«

»Das ist eine lange Geschichte, Doktor.« Semjonow knöpfte sich den Kragen auf. Ihm war heiß, und es war nicht allein wegen der Morgensonne. »Wenn ich einmal viel Zeit habe, will ich sie Ihnen gern erzählen. Es ist ein verteufeltes, herrliches, verfluchtes, geliebtes Leben. Wo, sagten Sie, liegt mein Sohn Alexeij Pawlowitsch?«

»Zimmer zehn.« Die Stimme des jungen Arztes war plötzlich belegt. Mit Augen, in denen ein Wald von Fragen wogte, Fragen einer ganzen Generation, sah er Semjonow an. »Kann ich Sie nachher noch einmal sprechen?«

»Immer . . .«

»Ich glaube, ich habe noch viele Fragen, Herr Semjonow.«

»Ich keine einzige mehr, Doktor!«

»Sie Glücklicher!«

Und das klang ehrlich, wie ein Seufzer.

Semjonow sah sich um. »Glücklich?« sagte er leise. »Ja, ich bin glücklich . . . trotz vielem Unglück. Wirklich, ich bin glücklich. Zimmer zehn, sagten Sie?« Seine blauen Augen strahlten. »Ein Junge ist es? Ein großer, kräftiger Junge? Wäre es dumm, jetzt zu beten, daß er einmal anders leben möge als sein Vater? Daß er eine bessere Welt erlebt? Oder glauben Sie, dazu müsse Gott erst die Gehirne der Menschen auswechseln?«

»Ich weiß es nicht«, sagte der junge Arzt leise.

»Ich auch nicht!« Semjonow atmete tief auf und breitete die Arme aus. Wie stark war er jetzt! »Und wie gut ist es, daß wir es nicht wissen!«

Semjonow wandte sich ab und ging weiter. Den langen weißen Flur entlang mit den vielen Türen zu den Zimmern mit den kleinen Balkonen zum Märchenland.

Die Sonne schien durch die Fenster. Heiß war es jetzt. Sehr heiß. Mit dem Handrücken wischte sich Semjonow den Schweiß von der Stirn. Aber als er zu dem Zimmer ging, über dessen Tür eine kleine schwarze 10 stand, war sein Schritt weit ausgreifend, fest und stark, wie es zu einem sibirischen Jäger aus der Taiga gehört.

HEYNE BÜCHER

UTTA DANELLA

Schicksale unserer Zeit im erzählerischen Werk der Bestseller-Autorin.

01/6552

01/6632

01/6940

01/7890

01/7948

01/6846

01/7653

01/6875